Kristina Ohlsson
Die Frau im Eishaus

Weitere Schweden-Krimis von Kristina Ohlsson:

Aus der Serie mit Fredrika Bergman und Alex Recht:
Aschenputtel
Tausendschön
Sterntaler
Himmelschlüssel
Papierjunge
Sündengräber

Aus der Serie mit Martin Benner:
Schwesterherz
Bruderlüge
Blutsfreunde

Aus der Serie mit August Strindberg:
Die Tote im Sturm
Das Feuer im Bootshaus
Die Frau im Eishaus
Weitere in Vorbereitung

KRISTINA OHLSSON

DIE FRAU IM EISHAUS

Ein SCHWEDENKRIMI mit AUGUST STRINDBERG

Deutsch von Susanne Dahmann

LIMES

Die Originalausgabe erschien 2022 unter dem Titel
»Skuggläge« bei Bokförlaget Forum, Stockholm.

MIX
Papier | Fördert
gute Waldnutzung
FSC® C014496

Penguin Random House Verlagsgruppe FSC® N001967

1. Auflage 2024

Redaktion: Ingola Lammers
Umschlaggestaltung: www.buerosued.de
Umschlagmotiv: mauritius images / Stuart Black / Alamy /
Alamy Stock Photos; www.buerosued.de
BL · Herstellung: DiMo
Satz: Buch-Werkstatt GmbH, Bad Aibling
Druck und Bindung: GGP Media GmbH, Pößneck
Printed in Germany
ISBN 978-3-8090-2776-8
www.limes-verlag.de

Der Sommer begann damit, dass die Sonne schien und die Vögel zwitscherten. Im ganzen Land sprach man über die Mittelmeerhitze, und die erreichte sogar die Westküste. Das Dasein auf Hovenäset ging von harmonisch zu paradiesisch über. Die Eisbude war offen, und am Badeplatz bei Reso öffnete die Schwimmschule. Gleichzeitig begannen die jährlich von der Segelgemeinschaft Hovenäset organisierten Segelkurse, und als endlich auch alle Sommergäste vor Ort waren, gab es ein Singalong im Österparken.

Mit anderen Worten, die Stimmung auf der Halbinsel war in diesem Sommer sehr gut, als der Nebel angekrochen kam. Zunächst schüttelte man einfach nur den Kopf. Das Wetter war schließlich strahlend schön, was konnte schon ein bisschen Dunst daran ändern? Doch dann schloss sich ein dicker Nebel erster Güte, wie er sonst nur im Märchen vorkam, um den kleinen Ort, und da wurde man doch ein wenig nachdenklich.

Und so blieb es. An manchen Tagen strahlte die Sonne von einem klaren blauen Himmel, und dann wieder hing der Nebel so dicht, dass man kaum die Hand vor Augen sah. Das war sehr ungewöhnlich, darüber waren sich alle einig. So viel Nebel in so kurzer Zeit.

Mit einem Mal wurde der Sommer zu etwas, was kam und ging. Manchmal war er da, dann wieder nicht. Als würde die Jahreszeit manchmal einatmen, um die Sonne scheinen zu lassen, und dann wieder ausatmen, um dem Nebel Platz zu machen.

In dieser seltsamen Zeit stieg auch das Vergangene wieder an die Oberfläche.

Jemand hatte die Gelegenheit erkannt, ein jahrzehntealtes Geheimnis zu lüften – und damit war das Drama vorprogrammiert.

Niemand konnte ahnen, dass die Sache bereits ins Rollen gebracht worden war.

Niemand wurde gewarnt, keiner blieb verschont.

Als schließlich neuer Nebel über die Halbinsel zog, stieg die Anspannung unter den Bewohnern von Hovenäset. Wem konnte man noch vertrauen? Und was würde die Wahrheit diejenigen kosten, die ihr Leben lang verzweifelt versucht hatten, die Schrecken der Vergangenheit zu verbergen?

20. Juli

»Ein dunkler, schwerer Schatten«

Als er am Tierpark Nordens Ark vorbei war, verdichtete sich der Nebel. Laut Navi hatte er da noch ungefähr dreizehn Kilometer bis Hovenäset, was mit vierzehn Minuten Fahrzeit berechnet wurde.

Vilhelm seufzte.

Das Navi hatte keine Ahnung von Nebel, so viel stand fest. Er kroch im Schneckentempo über eine Landstraße, und selbst das fühlte sich schon zu schnell an. Diese Fahrt hier dauerte einfach so lange, wie sie dauerte. Da er es bis hierher geschafft hatte, wäre es völlig bekloppt, alles zu ruinieren, indem er von der Straße abkam.

Vilhelm hielt das Lenkrad fester als sonst und ertappte sich dabei, wie er sich beim Fahren vorbeugte, als ob er dann besser sehen könnte. Er lachte in sich hinein. Nun benahm er sich wirklich wie sein alter Großvater, der mindestens zehn Jahre zu lange stur darauf beharrt hatte, noch weiter Auto zu fahren.

Er wischte sich über die Stirn.

Irgendwas stimmte mit der Heizung nicht. Man konnte sie nicht abschalten, deshalb war es die ganze Zeit zu warm im Auto. Jetzt, da er so langsam fuhr, hatte er die Fenster sowohl auf der Fahrer- als auch auf der Beifahrerseite ein paar Zentimeter geöffnet, doch auf der Schnellstraße war das viel zu laut gewesen, da hatte er sie geschlossen halten müssen.

Verdammte Scheißkarre. Er hätte sich einen anderen Wagen ausleihen sollen. Mit diesem Schrotthaufen konnte man keinen Staat machen.

Vilhelm fluchte leise vor sich hin.

Der Nebel schuf eine so märchenhafte Stimmung, dass er eine Gänsehaut bekam. Ein Straßenschild informierte ihn darüber, dass er sich nun Askum näherte. Gleichzeitig sagte das Navi, dass er bald links abbiegen und dann den Hallindenvägen runterfahren sollte. Von der umliegenden Landschaft konnte er fast nichts erkennen, der Nebel war zu dicht. Auf der rechten Seite konnte er Felder erahnen, und ab und zu kam er linker Hand an etwas vorbei, das wie Wasser aussah.

Er fuhr nicht zum ersten Mal nach Hovenäset und wusste sehr wohl, wie schön die Strecke auf den letzten Kilometern war, denn er hatte die Natur im Herbst, Winter, Frühjahr und jetzt im Sommer ihre Farben wechseln sehen. Ein ganzes Jahr hatte er in das Projekt investiert, und jetzt endlich war das Ende der Reise in Sicht.

Was war das für ein Jahr gewesen.

Was für eine Schufterei.

Aber das war es unbedingt wert.

Vilhelm umklammerte das Steuerrad noch fester.

Das hier würde eine große Sache werden. Richtig groß.

Ein Blick aufs Navi. Gleich war er da, wenn auch etwas später als vereinbart.

Er hatte Schmetterlinge im Bauch.

Jetzt war er kurz vorm Ziel, das spürte er am ganzen Leib.

Der Nebel schloss sich dicht um das Auto. Es war kurz vor drei Uhr nachmittags, doch das viele Weiß löste die Grenze zwischen Tag und Nacht, zwischen Sommer und Winter auf. Die Wirklichkeit endete fünf Meter vorm Auto. Alles danach war nur weißer Rauch.

Das Auto rollte am Ortsschild von Hovenäset vorbei.

Vilhelm blinkte links und bog in den Lerdalsvägen ein, eine Nebenstraße über die Halbinsel.

Langsam glitt der Wagen durch den Ort.

Die weißen Häuser wirkten im Nebel geradezu gespenstisch. Ein in Milch getauchtes Sommerparadies.

Bald würde er da sein. Bald würde er der Wahrheit, die so lange unentdeckt bleiben konnte, einen weiteren Schritt näher kommen.

»Walderdbeeren-Pie«, sagte August Strindberg.

Er saß in seinem Secondhandladen in Kungshamn am Schreibtisch und sah Maria erwartungsvoll an. Sie lehnte an einem der hohen Bücherregale, aus dem sie ein Jugendbuch gezogen hatte. Ihr taubenblaues Sommerkleid endete kurz oberhalb der Knie.

Sie sah skeptisch aus.

»Gibt es das nicht schon?«, fragte sie.

»Natürlich gibt es Walderdbeeren-Pie«, erwiderte August ungeduldig. »Aber so darf man doch nicht denken. Es geht schließlich darum, die eigene einzigartige Version zu entdecken.«

Maria lächelte. An diesem Lächeln konnte sich August gar nicht sattsehen.

»Strindbergs Walderdbeerenversteck«, sagte sie.

»So in der Art«, erwiderte August.

»Das wird bestimmt gut. Aber wenn das zu einem Kuchen reichen soll, musst du wahrscheinlich die ganze kostbare Walderdbeerenstelle abernten.«

»Gegessen werden sie ja sowieso. Und es müssen ja nicht nur Walderdbeeren im Kuchen sein. Ich kann mir auch Blaubeeren und etwas weiße Schokolade als Füllung vorstellen. Aber mich legst du nicht rein. Ich sehe genau, dass du das Thema nicht wirklich ernst nimmst. Ich werde einfach einen Pie probebacken, und dann schauen wir mal, was du meinst.«

»*Just do it*«, entgegnete Maria.

Im Frühjahr, als die Tage heller und länger wurden und alles um ihn herum grünte, war August die Idee mit dem Backwettbewerb gekommen.

Der Plan war einfach: Es ging darum, den besten Kuchen von Hovenäset zu backen. Wer mitmachen wollte, musste ein eigenes

Rezept erfinden, und dann sollte eine Jury entscheiden, welches das beste Backwerk war.

August hatte sich sein ganzes Erwachsenenleben lang anhören müssen, wie ungewöhnlich es doch war, dass er gerne buk. In seiner Heimatstadt Stockholm hatten sich Männer höchstens mal zu Sauerteigbrot hinreißen lassen, doch er stellte süße Stückchen und Konditoreitörtchen her, und das erstaunte die Leute. Dabei machte er das nicht, um zu essen, sondern weil er das Ritual und den kreativen Moment mochte. Es hatte etwas Meditatives, binnen weniger Stunden – oder manchmal auch schneller – von der Idee zu einem fertigen Werk zu gelangen.

Und wenn sein Hobby schon im Stockholmer Bekanntenkreis eher ungewöhnlich gewesen war, so hatte es ihn unter den Männern in Kungshamn und Hovenäset erst richtig zum Exzentriker gemacht.

Ungefähr so wie sein Name.

August Strindberg. Konnte man so denn heißen?

Ja, das konnte man. Er hieß so, und ja, natürlich war er mit dem Schriftsteller verwandt, doch nur sehr weit entfernt.

Der Gedanke an den Wettbewerb, den er ins Leben gerufen hatte, machte August froh. In zwei Wochen war es so weit. Er hoffte, dass dieses Ereignis etwas Licht auf Hovenäset werfen würde. Es kannten einfach viel zu wenig Menschen diese wunderbare Halbinsel. Von Smögen, das knapp sieben Kilometer entfernt lag, hatte jeder schon gehört oder war sogar dort gewesen, doch die wenigsten wussten, dass Hovenäset existierte. Das fand August schade, denn von allen Orten, die er in seinem Leben besucht hatte, war dies der absolut schönste.

Maria riss ihn aus seinen Gedanken, als sie versehentlich das Buch fallen ließ, in dem sie blätterte. Schnell hob sie es wieder auf und schob es zurück ins Regal.

Die hellbraunen Locken tanzten ihr ums Gesicht, als sie sich bewegte.

Sonne, salziger Wind und das Schwimmen im Meer hatten ihre Haare ausgebleicht. Sie hatte Sommersprossen auf der Nase, und ihre Haut war hellbraun.

Wie herrlich, dachte August, und musste lächeln.

Es war ihr letzter Urlaubstag. Die Ferien gehörten zu den besten, die August je erlebt hatte. Ganz Bohuslän hatte fast die ganze Zeit herrliches Sommerwetter geboten, und Maria hatte ihre Wohnung auf Fisketången in Kungshamn verkauft, um endgültig bei ihm auf Hovenäset einzuziehen. Sie hatten Besuch von Augusts Freunden aus Stockholm gehabt, und auch Marias Eltern waren da gewesen und hatten beim Umzug geholfen.

Alles stimmte. Das Leben war so perfekt wie nur möglich.

Ein solches Glück hätte er sich nicht träumen lassen, als er vor einem Jahr hier gewesen war und das alte Bestattungsinstitut in Kungshamn besichtigt hatte. Doch dann war alles so schnell gegangen. Mit 45 Jahren verließ er Knall auf Fall das Leben als Finanzbeamter in der Hauptstadt, um sich in der Region Bohuslän an der Westküste niederzulassen, und, einmal vor Ort, verwandelte er das Bestattungsinstitut in einen Laden für alte Dinge, die ebenso heimatlos waren wie er selbst.

Lautester Kritiker war damals sein bester Freund Henrik gewesen.

»Du denkst doch nicht klar«, hatte er gesagt. »Deine Eltern sind gerade gestorben, und deine Freundin hat dich verlassen. Jetzt überstürz mal nichts!«

Überstürzen?, hatte sich August gefragt. Wie kann es überstürzt sein, ein Dasein zu verlassen, in dem ich mich nie wohlgefühlt habe?

Und so dachte er immer noch. Die Westküste und sein Secondhandladen waren genau das Richtige für ihn. Davon war er immer fester überzeugt.

Heute war er allerdings nur im Laden, um nach dem Rechten zu sehen, bevor am nächsten Tag der Urlaub zu Ende ging. Und außerdem hatte er versprochen, einen Sommergast abzuholen, der ein Haus auf Hovenäset mieten wollte.

»Wann wird sie eigentlich kommen?«, fragte Maria.

»Viertel nach sechs, sie müsste also bald da sein.«

Esmeralda Jansson hatte sich bei August gemeldet und gefragt, ob er vielleicht den Gast in Kungshamn abholen könnte.

»Sie wird unser Haus auf Hovenäset mieten«, hatte sie erklärt, »und das für ganze zwei Wochen. Bloß jetzt hat sie mir geschrieben, dass sie zwei Tage früher kommt als geplant. Aber da sind Sven und ich verreist. Du hast ja schon mal in dem Haus gewohnt und kennst dich aus, und da dachte ich, du könntest sie vielleicht empfangen und ihr alles zeigen.«

Nur wenige Häuser hatten eine so finstere und dramatische Geschichte wie das von den Janssons. Es wurde »das Eishaus« genannt und war Augusts erstes Zuhause auf Hovenäset gewesen.

Das Eishaus war hauptsächlich wegen einer einzigen Sache bekannt:

Vor knapp dreißig Jahren hatte ein junges Paar in dem Haus gewohnt. Die Frau hieß Lydia Broman und war eines Tages plötzlich verschwunden. Kurz darauf wurde ihre Leiche zerstückelt in der Tiefkühltruhe gefunden, die im Keller ihres Hauses stand. Ihr Mann war für das Verbrechen zu lebenslänglicher Haft verurteilt worden und hatte sich später im Gefängnis das Leben genommen.

Daher hatte das Eishaus seinen Namen, und aus diesem Grund wollte niemand auf Dauer dort leben – nicht einmal die Besitzer Sven und Esmeralda. Sie hatten das Haus als Geldanlage gekauft und angefangen, es im Sommer, wenn die Touristen Bohuslän bevölkerten, wochenweise zu vermieten.

»Wir können der Frau, die wir mitnehmen sollen, ja schon mal entgegengehen«, schlug Maria vor. »Vielleicht findet sie im Nebel nicht hierher.«

»Ich schalte nur noch die Alarmanlage ein«, sagte August.

Die Alarmanlage war das neueste Modell. Sie war teuer gewesen, doch niemand hatte infrage gestellt, dass August eine anständige Alarmanlage brauchte. Nicht nach alldem, was im letzten Winter im Zusammenhang mit dem Brand in seiner Bootshütte passiert war. Damals wäre er fast ums Leben gekommen, doch dachte er immer seltener an die schlimmen Tage. Er und Maria lebten und waren gesund, und das war das Einzige, was zählte. Die Ordnung war wiederhergestellt und die Bootshütte neu aufgebaut. Bei Maria dauerte es etwas länger, die Ereignisse zu verarbeiten, doch schien es ihr mit jeder Woche und jedem Monat, der verging, besser zu gehen.

August streckte seinen Finger aus, um die sechs Ziffern des Codes, die den Alarm aktivierten, einzutippen, hielt aber inne, als plötzlich sein Telefon klingelte.

Als er sah, wer ihn anrief, konnte er einen Seufzer nicht unterdrücken.

Gunnar Wide.

Der Ritter von Hovenäset und bis vor Kurzem der Vorsitzende der örtlichen Interessenvereinigung.

Immer bereit, sich in irgendetwas einzumischen, das ihn nichts anging.

Schnell tippte August den Code ein und ging mit Maria auf die Straße hinaus. Sie grinste, als er ihr das Telefon hinhielt, sodass auch sie sehen konnte, wer da anrief.

Gunnar war es gewesen, der an jenem Wintertag August das Leben gerettet hatte, deshalb konnte man ihn nur schwer abweisen. Seit einem Schlaganfall saß er nunmehr im Rollstuhl, doch das hatte überhaupt nichts verändert, denn nun nutzte er erst recht jede Gelegenheit, Gesellschaft und Aufmerksamkeit zu bekommen.

»Jetzt habe ich gerade keine Zeit«, sagte August. »Ich rufe ihn nachher zurück.« Das Handy verstummte, als hätte Gunnar neben ihnen gestanden und gehört, was August sagte.

Und da erblickten sie den Schatten.

August blinzelte.

Plötzlich war er einfach da.

Eine dunkle Gestalt bewegte sich durch die Nebelschleier auf sie zu.

Wie ein Gespenst, dachte August. Genau wie ein Gespenst.

Geheimnisse können krank machen. Das pflegte die Großmutter von Oskar Samuelsson immer zu sagen, und er konnte ihr da einfach nur recht geben. Lügen waren ein Gift, das Menschen und Beziehungen zerfraß. Trotzdem gab es so viele.

Vor allem in Oskars Familie.

Ohne diesen Ort und diese Menschen hier wäre ich verloren, dachte er, als er die Tür öffnete und vor den Räumen der Anonymen Alkoholiker in Kungshamn auf die Treppe trat. Die Sitzung war vorüber, und wie immer fühlte er sich gestärkt und sicher.

Mit einem Lächeln auf dem Gesicht atmete er die kühle Sommerluft ein.

Die meisten Menschen hatten Geheimnisse, aber wer hatte schon so vieles, wofür er dankbar sein konnte, wie Oskar? Er hatte ein Kind, das er über alles liebte, ein Zuhause, in dem er sich wohlfühlte, und einen Job, der ihm Spaß machte.

Keine Selbstverständlichkeiten – das war ihm schmerzhaft bewusst. Die Zeit, in der er all das nicht gehabt hatte, lag nur wenige Jahre zurück.

»Wie ist es denn dazu gekommen?«, hatte ein Therapeut, der ihm über die Anonymen Alkoholiker vermittelt worden war, gefragt.

»Weiß nicht«, hatte er geantwortet.

Das war nicht die Wahrheit, aber doch die einzig denkbare Antwort. Er wusste nur zu gut, warum er irgendwann angefangen hatte zu trinken, und er wusste auch, warum er aufgehört hatte. Das musste genügen.

Oskar holte tief Luft.

Jetzt würde er nach Hause fahren und den Babysitter ablösen. Vielleicht würde er Matilda Chips essen und ein bisschen Limonade trinken lassen, um ein Gefühl von Sommerferien aufkommen zu lassen, obwohl er doch tagsüber arbeitete und der Nebel dick über dem Ort hing. Nicht, dass Matilda gewusst hätte, wie Nebel aussah, aber sie spürte durchaus, wenn es kühler wurde.

Oskars Tochter war blind geboren, und im Laufe der Jahre hatte er zu akzeptieren gelernt, dass seine Trauer darüber größer war als ihre. Sie wusste nicht, was man sehen konnte, und hatte ihre eigene Art, die Welt zu entdecken.

Zwei der anderen Teilnehmer traten aus dem Raum. Man nickte einander zu und sagte »Schönen Abend noch«, und jeder ging zu seinem Auto. Oskar kannte nur ihre Vornamen und konnte sich auch nicht erinnern, ihnen jemals in irgendeinem anderen Zusammenhang begegnet zu sein.

Das gehörte zum Besten mit den Anonymen Alkoholikern, dass man eben anonym bleiben konnte. Oskar passte das perfekt, denn so konnte er selbst entscheiden, was er über sich erzählen und worüber er kein Wort verlieren wollte.

So sprach er auf den Treffen laut und gerne davon, wie er nah daran gewesen war, als Mensch völlig bankrottzugehen. Er war ein junger Alkoholiker, gerade erst 38 Jahre alt. Was alle anderen in den ersten 38 Jahren ihres Lebens gemacht hatten, wusste er nicht, aber er selbst hatte sich von der Abhängigkeit ganze Jahrzehnte stehlen lassen.

Und am Ende war er sogar nah daran gewesen, Matilda zu verlieren.

»Du darfst unsere Tochter gerne besuchen, wenn du nüchtern bist«, hatte Matildas Mutter gesagt. »Doch solange du so drauf bist, werde ich nicht erlauben, dass sie übers Wochenende oder auch nur über Nacht bei dir bleibt.«

Jetzt lebte Matildas Mutter nicht mehr.

Sie war an einem sonnigen Frühjahrstag vor exakt 802 Tagen gestorben. Das waren ebenso viele Tage, wie Oskar nüchtern war. Kein Ereignis hatte sein Leben auf eine solche Weise verändert. Kein einziges. Nicht einmal Matildas Geburt.

Oskar bekam einen Kloß im Hals, wenn er daran zurückdachte, wie er wegen seiner Alkoholsucht Hilfe gesucht hatte. Er war außer sich vor Angst gewesen, weil er plötzlich die Elternrolle übernehmen musste und weil er nicht wusste, was Matilda davon halten würde, mit ihm zu leben. Vielleicht würde sie ihn hassen, wo er doch nicht einmal imstande war, sich selbst zu mögen.

Und dann war alles über jede Erwartung gut gegangen.

Er suchte in der Hosentasche nach den Autoschlüsseln. Der Nebel war wirklich grandios. Normalerweise wäre er zu Fuß zum Treffen gegangen oder mit dem Fahrrad gefahren, doch in diesem Wetter hatte sich das völlig unmöglich angefühlt.

»Alles in Ordnung?«

Seine Betreuerin Ellen stand neben ihm. Sie war für eine Frau recht groß, fast genauso groß wie Oskar, und er war einszweiundachtzig. Sie schaute ihn mit warmem Blick aus den braunen Augen an. Das dunkle Haar war kurz geschnitten, und in ihren Ohren trug sie wie immer große, auffällige Ohrringe – heute hatte sie sich mit zwei Papageien geschmückt.

»Ja, alles gut.«

Ellen war die beste Betreuerin, die Oskar sich denken konnte. Ihr Engagement war immer groß, aber nie erstickend. Bei den AA gab es nur wenige Regeln, aber eine, die in den meisten Gruppen berücksichtigt wurde, war, dass man keinen Betreuer des anderen Geschlechts haben durfte. Das könnte zu einer unglücklichen Vermischung von Gefühlen führen, zum Beispiel, wenn Menschen sich aus falschen Gründen ineinander verliebten. Aber Ellen war glücklich verheiratet mit ihrer Sonia, und deshalb durfte sie seine Betreuerin sein.

Er dankte den höheren Mächten für dieses Geschenk.

Die Idee mit den Betreuern war, Neulingen bei den AA das Gefühl zu geben, dass es jemanden gab, der ihren Kampf aus der Nähe verfolgte und verstand, und der auch zwischen den Treffen mal Fragen beantworten und eine Hilfe sein konnte.

»Man sieht dir an, dass es dir gut geht«, sagte Ellen. »Du scheinst an einem guten Punkt in deinem Leben zu sein.«

Oskar lächelte.

»So ist es«, antwortete er.

Tatsächlich war in diesem Moment alles in seinem Leben ganz genau so, wie es sein sollte.

Abgesehen von dem Geheimnis.

Und es gab noch eine Sache, die ihn beunruhigte. Nicht viel und nicht immer, aber manchmal. Denn Oskar hatte sich eine weitere Weisheit seiner Großmutter bewahrt, diesmal über das Zweifeln:

»Vom Zweifeln kommt die größte Ungewissheit, die den Menschen zerfrisst«, hatte sie gesagt. Auch das kannte Oskar. Aber was sollte man da schon tun? Zweifeln konnte ohnehin nur, wer Wahlmöglichkeiten hatte, und die gab es für Oskar nicht.

Und auch seine Großmutter hatte die vielleicht nicht immer gehabt, denn durch die gesamte Verwandtschaft zog sich eine vergiftete Linie des Blutes. Es begann mit Oskars Urgroßvater, der schon als junger Mann ins Strafarbeitslager gekommen war, nachdem er in einem Sommer mehrere Frauen vergewaltigt und in ganz Bohuslän Angst und Schrecken verbreitet hatte, und ging weiter zu Oskars Großvater, der wegen Mordes an einem Mann in seiner Jagdgesellschaft verurteilt worden war. Dann schien die kriminelle Ader eine Generation übersprungen zu haben, ehe sie erneut durch Oskar in der Familie Fuß fasste.

Verstohlen sah er zu Ellen.

Er wurde beschuldigt, etwas Schreckliches getan zu haben – das war sein Geheimnis. Und sein Zweifeln rührte daher, dass er sich selbst an nichts davon erinnerte.

Doch war es unmöglich, Ellen davon zu erzählen. Nicht jetzt und wahrscheinlich niemals.

Der Schatten löste sich aus dem Nebel, und ein junges Mädchen erschien.

»Hallo«, sagte sie, »ich bin Iben Syrén.«

August und Maria begrüßten sie und stellten sich vor. Ibens Händedruck war erstaunlich fest und stand in scharfem Kontrast zu ihrem fast kindlichen Aussehen.

»Welch ein dramatischer Auftritt«, sagte August und machte eine diffuse Geste in den Nebel hinein. »Willkommen in Kungshamn.«

Iben antwortete ihm mit einem reservierten Lächeln. Ihre helle Haut und das lange rote geflochtene Haar ließen sie jünger aussehen, als sie war. Laut Esmeralda Jansson war Iben neunzehn Jahre alt, und das stimmte sicherlich, denn die Janssons nahmen es immer sehr genau damit, ihr Haus nicht an unmündige Personen zu vermieten.

August fragte sich, wieso wohl ein junges Mädchen allein ausgerechnet das Eishaus mieten wollte. Er selbst hatte sich nicht über die Geschichte des Hauses informiert, ehe er dort eingezogen war, und scheinbar galt das noch mehr für Iben, denn nach den Geschehnissen im vorigen Herbst, als die Lehrerin Agnes Eriksson verschwunden war, hatte das Haus noch mehr Schlagzeilen gemacht.

Doch darüber wollte er nicht weiter grübeln. Er hatte anderes zu bedenken, zum Beispiel seinen und Marias letzten Abend im Zeichen der Dekadenz, ehe sie wieder an ihre Arbeitsplätze zurückkehren mussten. Sie waren auf Smögen gewesen und hatten frische Krabben und Muscheln für eine Meeresfrüchtepasta gekauft, die sie gemeinsam kochen wollten, und dann würden sie ein Glas Wein trinken und auf der verglasten »Punschveranda« sitzen und bei Nebel lesen. Oder sich vielleicht ins Bootshaus setzen, das seit Sommeranfang wiederhergerichtet war.

»Ist die Tasche schwer? Sollen wir tragen helfen?«

Marias Stimme riss August aus seinen Überlegungen. Ihre Frage richtete sich an Iben, deren Gepäck aus einem Rucksack und einer Reisetasche bestand.

»Ist es denn weit zum Auto?«, fragte Iben.

»Nein«, sagte August, »es steht hier um die Ecke.«

»Dann brauche ich keine Hilfe.«

August warf einen Blick in Richtung Hafen, ehe er die wenigen Schritte zum Auto ging. Dort konnte man die Konturen der Segelbootmasten erahnen, doch die immerhin vierhundert Meter lange Smögen-Brücke war kaum mehr als ein schwacher schmaler Strich, und das auch nur, weil sie so hoch war. Dass etwas so Großes von etwas so Flüchtigem wie Nebel verschluckt werden konnte, war grandios und gruselig zugleich.

Der Hafen war nur einen Katzensprung vom Laden entfernt. Das gehörte zu den Vorteilen, die August an seinem Dasein sowohl in Kungshamn und auf Hovenäset am meisten schätzte. Nichts war weit weg. Alles war nah. Das gab ihm das Gefühl, sich die ganze Zeit in einer Miniaturwelt zu bewegen.

Erdrückend, fanden seine Freunde aus Stockholm, wenn sie zu Besuch kamen.

Befreiend, dachte August.

Während er das Auto aufschloss, sah Iben sich um und wirkte dabei mehr schüchtern als neugierig.

»Warten wir noch auf jemanden?«, fragte August.

Sie schüttelte rasch den Kopf.

»Nein«, sagte sie. »Nicht, dass ich wüsste.«

Doch dann hob sie wieder den Blick und ließ ihn wie ein Radar durch den Nebel gleiten.

Der Wagen stand auf der Auffahrt neben dem bahnhofsähnlichen Haus, in dem August seinen Laden hatte. Das Haus war groß, und er hatte immer noch nicht entschieden, was er mit dem oberen Stockwerk anfangen wollte.

»Cooles Auto«, sagte Iben.

»Danke«, erwiderte August.

Vorher hatte er einen gelben Leichenwagen besessen, den er zusammen mit dem Bestattungsinstitut gekauft hatte, doch diese Zeit war vorbei. Jetzt fuhr er einen knallblauen Kastenwagen, der an einen alten Schulbus erinnerte und oft die Blicke auf sich zog.

Doch jetzt im Sommer fuhr er nur selten mit dem Auto zur Arbeit, denn er hatte eine neue Angewohnheit: Neuerdings legte er die Strecke zum Laden per Boot zurück. Ein Dienstboot, das er mehr als alle Fahrzeuge liebte, die er je besessen hatte, und für das er sich einen Liegeplatz in Kungshamn besorgt hatte. Auf Hovenäset lag es dann am Steg des Bootshauses.

»Danke, dass Sie angeboten haben, mich zu fahren«, sagte Iben. »Das wäre wirklich nicht nötig gewesen.«

August betrachtete sie schweigend.

Sein Eindruck war, dass Iben nicht nach Hovenäset gekommen war, um Ferien zu machen. Sie wirkte nicht unfreundlich, war aber auch nicht sonderlich mitteilsam. Obwohl sie noch nicht einmal im Auto saß, schien sie schon zu bereuen, der Fahrt zugestimmt zu haben.

Als sie zum dritten Mal den Blick über die Umgebung schweifen ließ und dann das Handy aus der Hosentasche nestelte, um es schnell zu checken, wiederholte Maria ihre Frage.

»Sind Sie sicher, dass wir nicht auf noch jemanden warten sollen?«

Iben schluckte.

»Alles gut«, entgegnete sie.

August und Maria wechselten einen Blick, und Maria zuckte nur mit den Schultern.

Offensichtlich hatte sie dasselbe gesehen wie er.

Irgendetwas beunruhigte Iben.

Und sie wollte nicht mit Fremden darüber sprechen.

»Werden Sie alles finden?«

Der hochgewachsene Mann mit dem unwahrscheinlichen Namen August Strindberg sah Iben an. Obwohl ihr das eigentlich widerstrebte, antwortete sie mit einem raschen Lächeln. Iben gehörte nicht zu den Leuten, die unnötig lächelten.

»Ja, natürlich.«

»Hier sind also die Schlüssel. Der zur Eingangstür und der zur Veranda. Und das ist der Schlüssel zu dem Fahrrad, das an der Treppe steht. In den Keller kommt man nur von außen, und die Tür ist verschlossen. Die Besitzer wollen nicht, dass Sie hineingehen, denn sie benutzen den Keller als Abstellraum.«

Nicht in den Keller gehen?

So ein Mist.

»Okay, dann weiß ich Bescheid. Vielen Dank noch mal fürs Abholen.«

Strindberg und seine Freundin gingen zur Tür. Dann drehte sich August um.

»Wissen Sie«, begann er, »ich habe selbst einmal hier gewohnt. Ich war damals völlig neu auf Hovenäset und wusste überhaupt nichts von der Geschichte des Hauses. Und das war ein bisschen schade, denn die ist sehr speziell. Aber alles, was geschehen ist, ist Vergangenheit und … Ja, das wollte ich einfach nur sagen. Sie müssen nicht darüber grübeln, was das Haus schon alles erlebt hat.«

Hier hielt er inne und sah Iben an. Sie bemühte sich, erstaunt und gleichzeitig abwartend auszusehen. Sie wollte nicht den Anschein erwecken, bereits zu wissen, was in diesem Haus passiert war, wollte aber August auch nicht ermuntern, noch weiter über das Thema zu sprechen.

»Okay«, erwiderte sie. »Ich werde es mir merken.«

»Gut«, sagte August. »Und vergessen Sie nicht, dass wir nur fünf Häuser weg wohnen. Kommen Sie gerne vorbei, wenn Sie irgendwelche Fragen haben. Unsere Telefonnummern haben Sie doch, oder?«

»Ja«, erwiderte Iben.

Die hatte sie bereits im Auto von der Freundin bekommen. Die war Polizistin. August hatte während der Fahrt darüber Witze gemacht, dass Iben sich auf der Halbinsel ganz sicher fühlen könnte, denn es würde zumindest eine supergute Polizistin geben, und dann hatte er vielsagend zu Maria geschaut. Doch Iben hatte schon längst erraten, in welchem Beruf Maria arbeitete, sie hatte alle Zeichen erkannt: die gerade Haltung, die stets verschränkten Arme, der durchdringende Blick.

Iben hatte sich auf die Zunge beißen müssen, um nicht sofort eine Menge Fragen zu stellen. Sie wollte alles darüber wissen, wie es war, heute Polizistin zu sein, denn das wollte sie selbst unbedingt auch werden. Genau wie ihr Großvater. Der hatte ihr natürlich viel über seine Arbeit erzählt, aber da Maria jünger war und außerdem eine Frau, würde sie sicherlich ein paar andere Dinge über den Polizeiberuf zu sagen haben. Doch diese Fragen mussten warten. Am besten zog sie nicht so viel Aufmerksamkeit auf sich. Wenn sie anfing, Leute auszufragen, bestand doch die Gefahr, dass man auch auf sie neugierig werden würde.

Obwohl sie wusste, dass sie vorsichtig sein sollte, hatte sie sich fast sofort verraten. Als sie hörte, dass sie in Kungshamn abgeholt werden würde, war sie völlig außer sich gewesen und hatte schreckliche Angst gehabt, dass jemand auf der Straße sie erkennen würde. Und das war wirklich lächerlich dumm, denn niemand in Kungshamn wusste, wer sie war. Sie musste sich zusammenreißen, sonst würde alles schiefgehen.

August und Maria verabschiedeten sich und gingen. Die Tür schlug zu, und dann waren sie weg.

Im Haus war es mucksmäuschenstill.

Shit!

Dass sie das geschafft hatte. Endlich war sie vor Ort.

Natürlich war Iben bekannt, was man über das Haus wissen musste, das war ja genau der Grund, warum sie ausgerechnet hier wohnen wollte. Sie wusste sogar, dass dieses Haus von den Bewohnern der Halbinsel das Eishaus genannt wurde.

Das Eishaus.

Was für ein episch lächerlicher Name. Und gleichzeitig: völlig logisch. Schließlich war eine Frau tot in der Tiefkühltruhe gefunden worden. So etwas hinterließ Spuren.

Ihr Magen knurrte und beendete fürs Erste Ibens Begeisterung darüber, dass sie ihr erstes Etappenziel erreicht hatte. Sie war hungrig und sollte etwas essen, also kramte sie eine Stulle aus ihrem Rucksack. Die Miete des Hauses hatte sie so viel Geld gekostet, dass kaum mehr etwas übrig war, um Essen zu kaufen.

Aber das war egal.

Bei den zwei Wochen auf Hovenäset ging es ja nicht um luxuriöses Essen, sondern sie wollte ein paar Dinge erledigen, über die sie schon eine gefühlte Ewigkeit, im Grunde aber nur ein paar Monate nachdachte.

Sie biss in ihr Brot und goss sich ein Glas Wasser ein.

Das Haus roch muffig, und es war kalt. Alle Heizkörper waren abgeschaltet, und zwei der Deckenlampen funktionierten nicht. Hier drinnen hatte man das Gefühl, dass schon Herbst war, obwohl draußen noch Sommer war.

Iben aß im Stehen, das Brot in der einen Hand und das Handy in der anderen. Sie sah auf die Uhr. Sie musste achtgeben, dass sie das Treffen nicht verpasste. Noch hatte sie gut Zeit, aber sie hatte noch andere Sorgen. Zum Beispiel, dass die Website und der dazugehörige Chat, wo sie überhaupt etwas über das Treffen erfahren hatte, gelöscht worden waren. Einfach so. Ohne Erklärung. Zuletzt hatte sie das bei ihrer Ankunft in Kungshamn gecheckt, aber die Website war immer noch weg. Es war reines Glück, dass sie Screenshots von allem gemacht hatte, was sie wissen musste.

Die Website über den Stückelmord hatte Iben vor ein paar Wochen entdeckt. Sie war zum Lachen schlecht, voller halb fertiger Texte und einem gelinde gesagt fantasielosen Layout und Design. Nicht einmal die Rubriken waren hübsch, alles sah einfach zusammengebastelt aus. Doch gab es auf der Website auch einen Chat, und der war ihr von großem Nutzen gewesen.

Von sehr großem Nutzen.

Sie schob sich den Rest des Brotes in den Mund.

Es war, als wäre sie bei einem LARP von einem Horrorfilm dabei. Was für eine krasse Vorstellung, dass hier im Keller eine zerstückelte Leiche gefunden worden war. Wenn ihre beste Freundin Ronja hier wäre, dann würde die nur kreischen, dass Iben doch verrückt wäre und dass sie packen und abhauen sollten. Ronja hatte immer Angst im Dunkeln, aber Iben nicht.

Sie hatte das Haus nicht gemietet, weil es gemütlich aussah, sondern um es ungestört erforschen zu können.

Damit ich endlich mal erfahre, was hier eigentlich passiert ist, dachte sie.

Doch im Moment schien das gar keine so gute Idee zu sein.

Iben konnte das Gefühl der Enttäuschung, das sich allmählich in ihr ausbreitete, nicht abschütteln. Sie hatte sich vorgestellt, dass es unglaublich episch sein würde, in das Eishaus zu kommen, doch jetzt vor Ort fühlte es sich überhaupt nicht heftig an.

Das Haus war einfach nur … ein Haus.

Wie jedes andere auch.

Und es war unsäglich viele Jahre her, was hier passiert war.

Ich hätte genauso gut im Hostel wohnen können, dachte Iben. Das wäre einfacher und weniger spooky gewesen. Und billiger.

Was würden wohl ihre Mutter und ihr Großvater sagen, wenn sie erfuhren, was sie entdeckt hatte und wo sie sich befand? Erstmal würden sie völlig durchknallen, so viel war klar. Doch dann würden sie ja wohl hoffentlich begreifen, dass dies hier nicht ihre Schuld war.

Nicht sie hatte zuerst gelogen, sondern ihre Mutter.

Und nun wollte Iben die Sache auf ihre Art regeln.

Deshalb musste sie sich etwas ausdenken, wie sie ihre Mutter und ihren Großvater da raushielt.

Ihre Mutter auf Abstand zu halten, das war ein sehr fremder Gedanke für Iben, denn sie war es gewohnt, sie immer ganz nah bei sich zu haben. Die Mutter hatte bereits mehrmals angerufen, aber Iben war nicht rangegangen. Sie hatte fürs Erste genug gelogen.

Iben hatte Schuldgefühle, wenn sie an ihre Mutter dachte, und dabei hatte sie eigentlich nichts falsch gemacht. Sie war neunzehn Jahre alt und hatte seit Kurzem das Abitur in der Tasche. Sie musste niemandem Rechenschaft darüber ablegen, was sie tat.

Ich habe alles richtig gemacht, dachte sie. Und jetzt mache ich, was ich will. Sie hatte brav die Schule durchlaufen und mit einem Abschluss verlassen, der absolut in Ordnung war. Sie hatte nebenher gearbeitet und jede einzelne Krone, die sie übrig hatte, gespart – nun war das Geld bald verbraucht, aber das war eine andere Geschichte.

Und sie hatte einen Plan für die Zukunft. Das war mehr, als man von der Mehrheit ihrer Klassenkameraden behaupten konnte.

Bei der Abschlussfeier hatte ihre Mutter sie umarmt und ihr zugeflüstert: »Ich freue mich so über deine guten Noten. Ich bin so froh, dass du es geschafft hast.«

Wobei sie wahrscheinlich meinte, dass *sie selbst* es geschafft hatte, ihre Rolle als Mutter zu bewältigen, obwohl sie, als sie schwanger wurde, so alt war wie Iben heute.

Noch einmal versuchte Iben, die Gedanken an ihre Mutter abzuschütteln, und beschloss, sich das Haus anzusehen. Das stand ganz oben auf ihrer To-do-Liste und war ein guter Anfang.

Sie begann mit dem Erdgeschoss. Da gab es die Küche, ein Wohnzimmer und ein Badezimmer. Keines der Zimmer war frisch renoviert, doch wirkten sie auch nicht heruntergekommen. Iben versuchte, sich vorzustellen, wie Lydia Broman dort gelebt hatte.

Wie sie in der Küche gekocht hatte, vielleicht im Wohnzimmer zu einem Fest oder einem Abendessen mit ihrem Mann gedeckt hatte. Lydia war dreißig Jahre alt gewesen, als sie starb. Da hatten sie und ihr Mann Mats seit drei Jahren in dem Haus gewohnt.

Iben ging ins obere Stockwerk. Ein knarrendes Geräusch ließ sie innehalten. Sie kannte das aus dem Haus ihrer Großeltern. Alte Häuser machten Geräusche, das war nichts Besonderes.

Sie betrat das Schlafzimmer, wo ein breites Doppelbett stand. Die Möbel gehörten wahrscheinlich dem Vermieterehepaar Jansson und stammten nicht mehr von Lydia und Mats. Alle Zimmer waren auf eine unpersönliche, aber funktionelle Weise möbliert. Die Tapeten an den Wänden waren alt und groß gemustert, aber kaum abgenutzt.

Wie gesagt.

Das Eishaus war einfach nur ein Haus.

Draußen war die Welt weiß von fluffigem Nebel. Als ob ganz Hovenäset in eine Wolke hinaufgeschickt worden wäre. Zu Hause in Trollhättan war es warm und sonnig gewesen, fast perfektes Sommerwetter. Und jetzt das.

Iben streckte sich.

Luft, dachte sie. Vor dem Treffen brauche ich noch einmal frische Luft.

Rasch lief sie die Treppe herunter, zog ihre Jeansjacke an und ging hinaus. Auf dem Bürgersteig blieb sie stehen und betrachtete noch einmal das Haus.

Weiße Holzfassade und Schnitzereien. Viel zu süß, um ein Tatort zu sein. Und der Name der Straße, an der das Eishaus lag, fühlte sich ja auch völlig falsch an, wenn man bedachte, was in dieser Bruchbude alles Schreckliches passiert war. Die Straße hieß Kärleksvägen, der »Liebesweg«, und da wohnte ja offensichtlich auch August Strindberg, »nur fünf Häuser weg«.

Sie warf einen Blick auf die Uhr. Es war Viertel nach sieben.

Die Verabredung war um acht Uhr, und die wollte sie auf keinen

Fall verpassen. Vor allen Dingen, da ja sowohl die Website als auch der Chat aus dem Netz genommen waren, sodass die anderen nicht wussten, dass sie bei dem Treffen dabei sein wollte.

Sie hoffte, dass niemand verärgert reagieren würde, wenn sie überraschend auftauchte.

Andererseits spielte es auch keine große Rolle, ob sie willkommen war oder nicht.

Es gab etwas, was Iben Syrén einfach erfahren musste, weil es möglicherweise ihr ganzes Leben verändern würde.

»Das ist wirklich verdammt lecker. Ist es in Ordnung, wenn ich noch mal was nehme?«

Maria Martinssons Kollege Ray-Ray sah sie fragend an. Er hatte sich nach Dienstschluss gemeldet und gefragt, ob er vorbeikommen dürfe. Eigentlich hatte Maria sich darauf gefreut, den letzten Ferienabend alleine mit August verbringen zu können, doch da es so selten vorkam, dass Ray-Ray anrief und sich mit ihr treffen wollte, hatte sie es nicht übers Herz gebracht, Nein zu sagen.

Und jetzt saß er am Tisch auf der Punschveranda und hatte wie gewöhnlich nichts anderes vor, als von ihnen allen am meisten zu essen.

»Natürlich«, erwiderte Maria trocken. »Vergiss August und mich einfach, wir können stattdessen an einem anderen Tag was essen.«

Die Pasta war genauso wunderbar geworden, wie sie gehofft hatten. Das Rezept war neu, aber die Zutaten klassisch: Meeresfrüchte, selbst gemachter Fond, etwas Chili, Tomaten, Knoblauch, ein paar Spritzer Sahne.

August grinste Ray-Ray an und schenkte Maria noch etwas Wein ein, um dann auch sein eigenes Glas nachzufüllen. Seine Haare waren genau wie ihre von den vielen Sonnenstunden des Frühjahrs und des Sommers ausgebleicht, und außerdem war er lange nicht beim Friseur gewesen und hatte jetzt helle Strähnchen und Locken. Das stand ihm gut.

»Jetzt lass mal deinen armen, hart arbeitenden Kollegen in aller Ruhe essen«, erwiderte August. »Er kann ein paar zusätzliche Kalorien gebrauchen.«

»Typisch«, sagte Maria. »Ihr haltet immer zusammen.«

Wie um ihre Aussage zu bestätigen, sahen sich August und Ray-Ray an und nickten gleichzeitig.

Maria wurde warm ums Herz.

Die Atmosphäre wirkte entspannend auf sie. Der Wein und das Essen und die beiden Männer. August, den sie mehr liebte als jeden anderen Mann zuvor, und Ray-Ray, der ihr vertrautester Kollege und Freund war. Wer alles über mich wissen will, dachte sie, der muss nur diese beiden entführen.

Ray-Ray versorgte sich mit Pasta und Soße. Er gehörte wirklich nicht zu den gesellschaftlich aktiven Menschen in ihrem Bekanntenkreis. Im Gegenteil. Eigentlich war er immer mit seinen fünf Kindern beschäftigt, die er mit vier verschiedenen Frauen hatte, oder mit einem neuen Date oder einer neuen Freundin. Doch heute Abend hatte das offensichtlich nicht geklappt, was er auch sofort gestanden hatte, als er kam.

»Eigentlich sollte ich auf einem Tinderdate in Hamburgsund sein, aber das wurde abgesagt«, hatte er gesagt. »Und außerdem habe ich den ganzen Tag allein in diesem verdammten Wohnwagen gehockt.«

An den Wohnwagen wollte Maria nicht gern erinnert werden. Zu Anfang hatte er als Notquartier für die Streifenpolizisten gedient, die über den Sommer die polizeiliche Präsenz auf den Inseln verstärkten. Doch als im vorigen Herbst eine Frau aus Kungshamn verschwunden war, verwandelte sich der Wohnwagen plötzlich in eine Polizeizentrale für die Ermittler vom Gewaltdezernat, die sich um den Fall kümmerten.

Nachdem der Fall gelöst war, hatte ihr Chef Roland sich entschieden, Maria und Ray-Ray auf Dauer in diese Gegend zu versetzen. Bis dahin war ihr Hauptquartier die Polizeistation in Uddevalla gewesen, und jetzt also der Wohnwagen in Kungshamn. Besonders ärgerlich war an diesem Arrangement, dass der Wohnwagen lächerlich dicht bei den Räumen des Rettungsdienstes stand, in denen sich zuvor das inzwischen aufgelöste Polizeirevier in Kungshamn befunden hatte.

Ray-Ray schaute konzentriert auf seine Gabel, als er die langen

Spaghetti aufrollte. Seine schwarzen Haare waren wie immer zu einem kleinen Pferdeschwanz gebunden, und an den Schläfen waren immer mehr graue Strähnen zu erkennen.

Sein Handy brummte, und er holte es schnell heraus.

»Na, hast du noch mehr Dates am Laufen?«, fragte Maria. »Ich nehme gerne die Portion, die du dir aufgehäuft hast, falls du keine Zeit hast, das alles aufzuessen.«

Ray-Ray grinste breit.

»Es gefällt mir, dass du so von meiner Anziehungskraft überzeugt bist«, sagte er. »Aber ich habe nicht das geringste Date am Laufen. Das hier war Job.«

»Wer's glaubt«, entgegnete Maria. »Das ist dein privates Handy, das sehe ich doch.«

Ray-Ray schob das Telefon wieder in die Tasche.

»Es war eins von den Kindern«, erklärte er.

»Aha.«

»Was heißt hier Aha? Könnte doch sein, oder?«

Maria brach in lautes Lachen aus.

»Könnte sein? Dann stimmt es also nicht?«

Ray-Ray sah ertappt aus und konzentrierte sich etwas verlegen wieder auf die Pasta.

»Wie läuft's denn so mit dem Backwettbewerb?«, fragte er.

»Gut, glaube ich«, sagte August.

»Es geht das Gerücht, dass du selbst dran teilnehmen willst.«

»Das stimmt. Ich habe das Gefühl, das wäre eine wichtige symbolische Handlung.«

»Aber es ist doch verdammt noch mal dein alter Kumpel, der die Jury ausgesucht hat.«

»Dein alter Kumpel«, sagte Maria grinsend. »Wie süß.«

»Dass du aber auch alles kommentieren musst, was man sagt«, schimpfte Ray-Ray und sah sie streng und gleichzeitig warmherzig an. »Wie soll ich Henrik denn sonst nennen?«

»Ich mach doch nur Witze«, sagte Maria.

»Ich weiß. Deshalb mögen wir dich ja so«, sagte Ray-Ray und schob sich dann eine unfassbar große Ladung Pasta in den Mund.

Maria war von Zuneigung überwältigt.

Ray-Ray und sie waren überhaupt nicht verwandt, doch keinem ihrer Geschwister hatte sie sich je so nah gefühlt wie ihm.

August verstand, dass man Familie lieber aussuchte als sie vorgesetzt zu kriegen, da konnte sie sicher sein. Er hatte keine Geschwister, und seine Eltern waren tot, aber er hatte seinen Henrik. Und er wäre nicht einmal im Entferntesten eifersüchtig, wenn er Maria und Ray-Ray zusammen sah.

Marias inzwischen verstorbener Ehemann Paul hätte ein solches Abendessen niemals ertragen. Er wäre wahnsinnig geworden vor Eifersucht und davon ausgegangen, dass Maria und Ray-Ray eine Affäre hatten. Und sobald er und Maria dann allein gewesen wären, hätte er auf die deutlichste und schmerzhafteste Weise dafür gesorgt, dass sie nicht auf die Idee kam, ihn zu betrügen.

Die Erinnerung an Paul ließ sie vom Tisch aufstehen, um die Wasserkaraffe zu füllen, obwohl sie noch halb voll war. Wenn sie an diesen Mann dachte, wurde sie schnell nervös.

»Sie müssen einsehen, dass es viel Zeit braucht, eine so schreckliche Erfahrung zu verarbeiten«, hatte der Psychologe, den sie nach Pauls Tod aufgesucht hatte, zu ihr gesagt.

Viel Zeit.

Als ob Paul sie nicht schon viel zu viel Zeit gekostet hätte. Eine quälend lange Ehe und eine langwierige Scheidung, in die er niemals eingewilligt hatte, weil er sie bis zum Schluss unter Kontrolle haben wollte.

Und er hatte ihr nicht nur Zeit gestohlen, sondern auch Freunde und Familie und Interessen.

Zuletzt wollte er ihr noch August entreißen, doch das war ihm zum Glück nicht gelungen. Sein teuflischer Plan hatte ihn das Leben gekostet. Er war im März gestorben, und das machte die ganze Situation viel einfacher.

Paul war weg.

Und Maria war frei.

Jetzt musste sie sich daran gewöhnen, dass es ihr gut ging.

Als Maria den Wasserhahn zudrehte, lenkte eine Bewegung draußen auf der Straße sie ab. Das Küchenfenster war über der Spüle, und von dort aus war es nur ein knapper Meter bis zum Kärleksvägen, sodass sie gerade noch die Person erkennen konnte, die da durch den Nebel ging. Der lange rote Zopf verriet sie.

Es war das Mädchen, das sie aus Kungshamn mitgenommen hatten.

Iben Syrén.

Maria sah ihr nach.

Im Auto und bei der Ankunft war Iben sehr wortkarg gewesen und hatte weder über ihren Besuch auf der Halbinsel noch über sich selbst viel reden wollen. Und irgendetwas war seltsam daran gewesen, wie sie mit ihren großen grünen Augen alle Orte, an denen sie vorbeifuhren, scannte. Als würde sie nach etwas oder jemandem suchen.

Iben war ihr unheimlich, aber Maria konnte nicht erklären, warum. Das war doch dumm und kindisch.

Was tust du hier, ganz allein im Eishaus?, dachte sie und sah zu, wie der Nebel Iben verschluckte.

Es war ein kühler Abend. Oskar und Matilda hatten eben etwas gegessen, und sie hatte ununterbrochen davon erzählt, was im Laufe des Tages im Kindergarten passiert war. Vor allem sprach sie von einem Mädchen, das neu in die Gruppe gekommen war.

»Die ist supernett«, sagte Matilda. »Und lustig!«

»Wie schön«, sagte Oskar.

Ihm tat das neue Mädchen ja leid, das mitten im Sommer, wenn fast niemand da war, in einer neuen Tagesstätte anfangen musste.

Matildas Hund jaulte vorsichtig. Er war es jetzt leid, ihr Gerede anzuhören.

Matilda, die immer gut darin war, die Bedürfnisse ihres vierbeinigen Freundes zu erraten, strahlte sofort.

»Sollen wir rausgehen, Tony?«, fragte sie. »Möchtest du das?«

Der Hund antwortete mit einem euphorischen Geheul.

Matilda brach in Lachen aus und wandte sich Oskar zu.

»Wir müssen rausgehen«, erklärte sie, als wäre sie nicht sicher, dass er den Hund genauso verstanden hatte wie sie.

»Ich höre es«, sagte Oskar und stand auf.

Den Hund hatte er gekauft, als Matilda dauerhaft zu ihm gezogen war. Er hatte sich gedacht, dass ein Hund ihnen beiden das Leben vielleicht erleichtern könnte.

Und das erwies sich als richtig.

Oskar war völlig unvorbereitet darauf gewesen, wie sehr er den Hund mögen würde. Tony war ein riesiger Bernhardiner mit einem Herz aus Gold und keinem einzigen bösen Gedanken im Leib. Und wer konnte schon zu achtzig Kilo selbstloser Liebe Nein sagen?

Matilda verschwand in der Diele, um die Leine zu holen. Er hörte sie in dem Korb wühlen, den er auf ihrer Höhe an der Wand angebracht hatte. Ihre Bewegungen waren hastig und eifrig, wie bei allen Kindern, wenn sie sich auf irgendetwas freuten.

Er stellte ihre Teller auf die Spüle. Ein normaler Alltag war das Schönste für ihn, wo keine nicht zu bewältigenden großen Sachen passierten und es tausend Routinen gab, derer er niemals müde wurde. Das war eine Lebenssituation, in der man Harmonie entstehen lassen konnte, und davon brauchte Oskar ganz viel.

»Müssen wir jetzt noch spülen?«, fragte Matilda ungeduldig.

»Nein, nein, das mache ich, wenn wir nach Hause kommen.«

Oskar schob das Handy in die Hosentasche.

Matilda und er wohnten in einem Sommerhaus auf Valberget in Kungshamn, das Oskar von den Eltern seiner Betreuerin Ellen mietete. Sie hatte ihm den Tipp gegeben, dass das Haus frei würde und ihre Eltern gern einen langfristigen Mieter hätten.

Für Oskar, der damals eine neue Wohnung suchte und gerne etwas Kleineres mit Terrasse haben wollte, war es perfekt. Das Haus hatte nicht mehr als 65 Quadratmeter, aber es war winterfest und warm und lag nur zweihundert Meter vom Meer entfernt.

Matilda schloss die Tür auf und ging auf die Treppe hinaus. Tony zog an der Leine, doch nicht mehr, als Matilda dagegenhalten konnte. Es war, als gäbe es zwischen den beiden eine Art *Gentleman's Agreement*, obwohl Tony hundertmal stärker war als Matilda. Er war kein echter Blindenhund – wenn Matilda älter war, würde man sehen müssen, ob sie einen solchen brauchen würde.

Oskar legte die Hand auf Matildas Arm. Sie hatte schon eine Gänsehaut von der Kälte.

»Du solltest einen Pullover anziehen«, sagte er. »Ich hole einen.«

Ehe er reinging, warf er Tony einen scharfen Blick zu, und das genügte schon, dass sich der Hund setzte.

Oskar griff sich schnell einen Pullover von Matildas Bett und eilte wieder hinaus. Immer in Sorge. Ein einziger Moment des Versagens könnte katastrophale Konsequenzen für Matilda haben. So ging es allen Eltern, aber Oskar noch mehr, weil seine Tochter nichts sehen konnte und sich manchmal bei dem, was sie sich vornahm, gravierend verschätzte.

»Dann gehen wir mal los«, sagte Oskar.

Matilda hielt sich am Geländer fest, als sie die Treppe runterstieg.

Tony trottete wie ein Leibwächter neben ihr.

»Sollen wir die lange Runde gehen?«, fragte Matilda.

Oskar spürte den Nebel auf den Wangen und schüttelte den Kopf.

»Nein, die kurze reicht.«

Matilda hielt Oskar am Arm, und in der anderen Hand hatte sie die Leine. Wie immer lief sie schnell. Früher hatte Oskar geglaubt, sie würde nur deswegen eilen, weil er zu schnell ging, doch dann hatte er erkannt, dass sie immer mit so raschen Schritten unterwegs war. Völlig furchtlos, nicht im Geringsten um ihre eigene Sicherheit besorgt.

»Das wird toll, wenn ich mal mit Tony alleine rausgehen kann«, sagte Matilda und strahlte dabei.

Das war etwas, was sie sich wirklich wünschte, rauszugehen und den Hund alleine ausführen zu können.

»Hm«, sagte Oskar.

Rein intellektuell verstand er schon, dass blinde Menschen auch ihren Hund ausführen konnten.

Rein praktisch war ihm unbegreiflich, wie das vor sich gehen sollte. Im Herbst kam Matilda in die Schule. Da hatte er auch erst nicht gewusst, wie das funktionieren würde. Mussten sie jetzt umziehen? Wo gab es die nächste Sonderschule für Sehbehinderte? Doch die Gemeinde hatte einen beruhigenden Bescheid für ihn. Es gab keine solchen Sonderschulen mehr. Matilda würde in eine gewöhnliche Schule gehen, und genau wie jetzt in der Tagesstätte hatte sie das Recht auf einen Assistenten.

Seine Gedanken wanderten von der Tochter zu seinem Geheimnis, das die Wurzel allen Übels war.

Sosehr er es auch versuchte, vermochte er seine Zweifel doch nicht abzuschütteln. Aufgekommen waren die überhaupt erst, seit er trocken war. Je mehr gute Tage es in Oskars Leben gab, desto stärker wurden die Zweifel. Und je stärker sie wurden, desto öfter wagte er, an das Vergangene zu denken.

Was, wenn ich das Schlimme gar nicht getan habe?, dachte er jetzt wieder. Ich erinnere mich nur an Fetzen von alldem, was angeblich geschehen ist, und es erscheint mir völlig unbegreiflich.

Oskar hatte angefangen, sich unbeobachtete Momente zu suchen, in denen niemand merkte, dass er sich auf etwas anderes konzentrierte. Bei einer solchen Gelegenheit hatte er sich hingesetzt und Informationen im Netz gesucht.

Wie funktionierten Erinnerungslücken, und gab es die überhaupt?

Von welchem Alter an begann ein Mensch, Erinnerungen zu speichern, und welche Geschehnisse zu vergessen war normal?

Aber vor allem las er über einen aufsehenerregenden Kriminalfall in Schweden, bei dem zwei Kinder für den Tod ihres Freundes verantwortlich gemacht worden waren und dann jahrzehntelang damit leben mussten. Daran hätte sich sicherlich nichts geändert, wenn nicht eines Tages ein Journalist auf die Idee gekommen wäre, sich den Fall näher anzusehen, und herausfand, dass die Jungen überhaupt keine Mörder gewesen waren.

Jedes Mal, wenn er an diese Jungen dachte, stieg Oskars Puls.

Er wollte auch freigesprochen werden, er wollte auch Gerechtigkeit.

Aber wie sollte das vor sich gehen?

Im Unterschied zu dem Fall der anderen Jungen war der von Oskar nie in die Öffentlichkeit gedrungen. Nicht durch die Polizei, nicht von irgendeinem Gericht. Wie sollte er dann erwarten, freigesprochen zu werden? Sie konnten ja kaum einem Menschen, von dem sie nie gehört hatten, Gerechtigkeit verschaffen.

Mehrere Male schon hatte er sich überlegt, ob er jemanden um Rat fragen sollte. Vielleicht könnte er Kontakt zur Polizei aufnehmen und so tun, als würde er sich im Auftrag von jemand anderem erkundigen. Oder er könnte die Sache mit Ellen besprechen. Sie wusste ja bereits so viel von ihm.

Aber das?

Nein, das war unmöglich.

Sein Handy brummte in der Jackentasche.

Sein Onkel Espen schickte eine Nachricht.

Oskar blieb wie angewurzelt stehen.

Eine deutlichere Erinnerung daran, dass er mit niemandem über sein Dilemma sprechen durfte, hätte er nicht bekommen können.

»Was ist los?«, fragte Matilda.

»Ich muss nur kurz was nachsehen.«

Eilig las er die kurze Nachricht.

Oskar. Lange her. Wäre doch schön, wenn wir uns sehen würden. Wir dachten, dass ihr, du und Matilda, doch zu einem kleinen Essen zu Olgas Geburtstag vorbeikommen könntet. Melde dich bei uns.

Olgas Geburtstag. Oskar kramte in seinem Gedächtnis, wann der überhaupt war. So ungefähr in einer Woche, er musste den exakten Tag aber noch mal checken.

Espen und seine Frau hatten zusammen mit Oskars Eltern entschieden, dass die Polizei Oskars angebliches Verbrechen nicht untersuchen dürfe. Oskars eigene Familie war es also gewesen, die ihn in ein rechtliches Vakuum versetzt hatte.

Lange Zeit hatte er sich in diesem Prinzip des Schweigens sicher gefühlt. Seine Eltern und Onkel und Tante hatten alle gesagt, das sei die beste Art, wie man die Sache regeln könnte, und es sei zu seinem eigenen Besten, wenn die Polizei nicht reingezogen würde – und Oskar hatte das akzeptiert.

Bis er eines Tages trocken war und sein Leben wieder zurückbekam und sich zum ersten Mal Zweifel erlaubte.

Oskar las die SMS noch einmal.

An Espen war nichts Böses, er meinte es sicherlich nur gut. Oskars Eltern waren tot, und Espen war seine letzte Verbindung in die Vergangenheit.

Sie sahen sich nur sporadisch und ausnahmslos zu Hause bei Espen und Olga. Oskar widerstrebte es, die beiden in das Haus auf Valberget einzuladen. Espen und Olga erinnerten ihn an eine Geschichte, an die er nicht rühren wollte, und deshalb hatten sie in seinem Zuhause nichts zu suchen. In diesem Haus war er immer nüchtern gewesen, immer ordentlich und immer der alleinige Sorgeberechtigte für Matilda.

»Stimmt was nicht?« Matildas Stimme.

Er legte einen Arm um ihre schmalen Schultern und zog sie an sich.

»Nein, nein«, beteuerte er. »Alles gut.«

Vielleicht sollte er die Essenseinladung positiv sehen. Es war doch gut, wenn Matilda merkte, dass sie auch auf Oskars Seite Verwandte hatte und nicht nur die Verwandten ihrer Mutter, die weit von Kungshamn entfernt lebten und sie deshalb nicht oft sahen.

Er beschloss, noch einmal darüber nachzudenken, ob er die Einladung annehmen sollte, und seinen Onkel nicht allzu schnell abzuwimmeln.

Matilda wedelte mit den Armen.

»Du, Papa«, sagte sie. »Das neue Mädchen in der Tagesstätte. Kann ich nicht mal mit der spielen?«

»Natürlich kannst du das«, sagt Oskar. »Sie kann gerne zu uns nach Hause kommen, wenn sie möchte. Oder vielleicht willst du ja auch sie besuchen.«

Er war dankbar, dass Matilda so sozial und nach außen gewandt war, das würde ihr im Leben von großem Vorteil sein.

»Wir können doch beides machen«, meinte Matilda entschieden. »Aber zuerst will ich zu ihr nach Hause gehen.«

Oskar lächelte.

»Warum das denn?«, fragte er.

»Weil sie auf Hovenäset wohnt, und da bin ich noch nie gewesen.«

Oskar erstarrte.

Da hast du nichts zu suchen, dachte er. Das ist ein böser Ort auf der Welt.

»Papa?«

Sie zupfte ihn am Arm und blieb stehen.

Warum bin ich hiergeblieben?, dachte Oskar müde. Ich hätte schon vor mehreren Jahren ganz weit wegziehen können.

»Papa? Sag doch was.«

Oskar schluckte ein paarmal.

»Deine Freundin ist jederzeit bei uns zu Hause willkommen«, sagte er.

Dann gingen sie schweigend weiter.

Nicht in hundert Jahren würde Oskar einen Fuß auf Hovenäset setzen.

Die Luft war schwer von Feuchtigkeit und viel zu kühl. Iben knöpfte ihre Jacke zu, während sie langsam den Kärleksvägen herunterging.

Sie schaute die Häuser an, an denen sie vorbeikam. Aus einigen hörte man Menschen, die redeten und lachten, und in mehreren Fenstern brannte Licht. Viele der Häuser lagen so dicht an der Straße, dass die Hauswand mit der Grundstücksgrenze abschloss. So etwas hatte Iben noch nie gesehen.

Natürlich hatte sie recherchiert, ehe sie losgefahren war. Sie wusste, dass nicht mehr als knapp 200 Menschen das ganze Jahr über auf Hovenäset wohnten, dass es keine richtige Stadt war und es dort kein einziges Geschäft gab. Nicht einmal jetzt im Sommer, da die Bevölkerungszahl sich mehr als verdoppelt hatte.

Iben schaute sich um. Was für ein Mensch wäre sie geworden, wenn sie an einem Ort wie diesem aufgewachsen wäre?

Das laute Klingeln ihres Handys ließ sie zusammenfahren.

Wieder ihre Mutter. Die würde nicht aufgeben, so viel war klar.

Widerwillig ging Iben ran.

»Endlich!«, rief ihre Mutter. »Ich habe schon so oft angerufen. Warum gehst du nicht ran? Wie geht es dir? Hattest du eine gute Reise?«

Iben duckte sich unwillkürlich im Ansturm der Fragen. Sie hätte gleich beim ersten Mal rangehen sollen, das machte sie nämlich sonst immer.

»Alles ist gut gegangen, es gab überhaupt keine Probleme.«

»Ist der Schlafsaal und alles gut?«

»Ja, supergut. Nur ein bisschen eng.«

Iben wurde rot.

Der Schlafsaal.

Wenn Mama wüsste.

»Ich freue mich so für dich«, sagte ihre Mutter und klang erleichtert. »Ich weiß doch, wie sehr du dir dieses Stipendium gewünscht hast.«

All die Lügen.

Iben presste das Telefon ans Ohr und hob den Blick. Sie war vom Kärleksvägen auf den Hovenäsvägen gegangen und dann in eine Straße eingebogen, die Kryssnäsvägen hieß. Die führte auf einen Wendeplatz und von dort aus weiter zu einem kleineren Aussichtspunkt. Der Nebel schien fast zärtlich über die graue Wasseroberfläche zu streichen, und sie konnte sich überhaupt nicht vorstellen, wie dieser Ort wohl im Sonnenschein aussah.

»Es ist doch schön, oder?«, sagte ihre Mutter.

Iben wurde wachsam.

»Was denn?«, fragte sie.

»Visby. Das ist doch so schön da«, erklärte ihre Mutter.

Visby auf Gotland. Sie hatte behauptet, sie würde dorthin fahren, weil sie ein Stipendium für einen Fotokurs bekommen hätte. Eigentlich war das nur halb gelogen. Sie hatte das Stipendium tatsächlich bekommen, aber abgesagt, als sie sich dazu entschloss, den Sommer anderen Themen zu widmen.

Oh Mama, verzeih mir.

»Ja, es ist sehr schön.«

»Mein Liebes, du klingst aber nicht gerade fröhlich.«

Iben atmete schwer.

»Das ist im Moment hier einfach ziemlich viel«, sagte sie leise. »Und ich war gerade auf dem Weg, noch mal auszugehen, also ...«

Sie verstummte. Sie konnte einfach nicht mehr lügen.

Ausgehen, Schlafsaal, Kursteilnehmer, Freunde.

All das hatte sie für das hier abgelehnt: einen vom Nebel verschluckten Ort, an dem sie sich vor allem und jedem versteckte.

Zumindest fast.

Sie ging jetzt vom Kryssnäsvägen auf das Haus zu, wo die Verabredung stattfinden sollte.

»Ich rufe dich ein andermal an«, sagte sie.

»Morgen«, entgegnete ihre Mutter entschieden. »Wir telefonieren morgen.«

»Wenn ich es schaffe«, sagte Iben.

»Das schaffst du«, erwiderte ihre Mutter. »Ich hab dich lieb, Oma und Opa lassen auch grüßen. Die sind grade vorbeigekommen und wollen jetzt eine Tasse Kaffee.«

Sie hörte ihre Großmutter im Hintergrund rufen.

»Wir vermissen dich, Iben!«

Sie beendete das Gespräch. Ihre Schritte wurden länger, sie ging eiliger. Sie war nervös und wütend, weil ihre Mutter sie zu einer Menge Lügen zwang. Weil sie ihr dann noch ein schlechtes Gewissen machte. Weil sie sich plötzlich kindisch vorkam. Das passiert sonst fast nie, aber jetzt war es so.

Ein Stück von dem Haus entfernt, wo sie sich verabredet hatten, blieb sie stehen.

Sie musste in der Nähe bleiben, um das Haus trotz des Nebels im Blick zu behalten, wollte aber auch nicht entdeckt werden. Zumindest nicht, bevor es so weit war. Schließlich entschied sie, sich auf der anderen Straßenseite an eine Laterne zu stellen. Es war jetzt Viertel vor acht, die Person, auf die sie wartete, müsste also jeden Moment kommen.

Sie holte ihr Handy raus und ging ins Netz. Die Website und der Chat funktionierten immer noch nicht.

Verdammter Mist.

Was war denn da los? Die Website gehörte einem älteren Mann auf Hovenäset, der Gunnar Wide hieß, und nun stand sie vor seinem Haus. Iben hatte Gunnar gegoogelt, aber nur ganz wenige Treffer gefunden, darunter seine Adresse.

Dieser Gunnar schien sehr vorsichtig zu sein, denn er ermahnte alle, die in seinem Chat schrieben, ein Alias zu benutzen, »weil man ja nie weiß, wer alles sich die Website näher anschaut«. Scheinbar nahmen das alle auch wirklich ernst. Aber so viele waren es ja auch gar nicht, die in dem Chat geschrieben hatten. Iben hatte kichern müssen, als sie das sah, doch dann war plötzlich jemand aufgetaucht, der sich Mister Private Detective nannte. Im Unterschied zu den anderen schien Mister Private Detective nicht auf Hovenäset zu wohnen. Er drückte sich auch besser aus als die anderen und schien in dem Chat nur deswegen aktiv zu sein, weil er mit Gunnar in Kontakt kommen wollte.

»Ich bin sehr interessiert an dem Stückelmord«, hatte er geschrieben. »Gibt es eine Telefonnummer, unter der ich Sie erreichen kann?«

Gunnar hatte daraufhin bereitwillig seine Handynummer offen in den Chat gestellt, und dann war es still geworden. Man weiß nie, wozu es gut ist, hatte Iben gedacht und Gunnars Nummer gespeichert.

Vor allem fand sie aber Mister Private Detective interessant. Mehrere Male war sie drauf und dran gewesen, einen eigenen Beitrag in den Chat zu stellen, hatte aber jedes Mal gezögert. Zu der Zeit hatte sie sich bereits entschieden, nach Hovenäset zu reisen, und wollte nicht, dass zu viele Leute davon erfuhren. Andererseits wollte sie wirklich den treffen, der sich in die Sache mit dem Stückelmord schon eingearbeitet zu haben schien, und deshalb hatte sie sich ein eigenes Alias zugelegt. Sie schrieb dort unter »Klein Mü«, brachte aber niemals eine Nachricht an Mister Private Detective auf den Weg, sondern postete lediglich ein paar Likes.

Doch eines Tages stand ein neuer Beitrag im Chat.

Er stammte von Gunnar und richtete sich an Mister Private Detective.

»Hallo! Ich glaube, ich habe Ihre Telefonnummer verloren, würde aber gerne noch mal bestätigen, dass wir uns wie besprochen am Zwanzigsten um acht Uhr abends bei mir treffen.«

Da hatte Ibens Herz schneller geschlagen. Eigentlich wollte sie nicht vor dem 22. nach Hovenäset kommen, hatte aber sofort Kontakt zu dem Ehepaar Jansson aufgenommen und gefragt, ob sie auch schon zwei Tage früher in das Haus könnte. Das konnte sie, aber Janssons waren nicht zu Hause, und so war sie stattdessen von August Strindberg abgeholt worden. Ihrer Mutter hatte sie gesagt, dass der Kurs in Visby vorgezogen worden wäre und sie deshalb früher als geplant hinreisen würde.

Und dann war etwas Seltsames geschehen.

Nur wenige Stunden nach Gunnars Mitteilung im Chat war die ganze Website abgeschaltet worden. Alles war weg. Hoffentlich spielte das keine Rolle, und die beiden hatten jetzt nicht den Ort oder die Zeit für ihr Treffen verändert.

Sie bewegte sich etwas. Wenn sie nur so still stand, fror sie. Das lag an diesem verdammten Nebel.

Sie schaute auf die Uhr. Es war schon nach acht.

Bitte, bitte, lass Mister Private Detective kommen.

Die Minuten vergingen. Viel zu schnell.

Bald war es halb neun.

Iben fluchte vor sich hin.

Hier auf dem Bürgersteig konnte sie jetzt nicht länger herumstehen. Es waren schon zweimal Leute vorbeigekommen und hatten sie neugierig angesehen.

Sie sagte sich noch einmal, dass das Zusammentreffen mit Mister Private Detective ja gar nicht zu ihren ursprünglichen Plänen gehört hatte und dass die Reise nach Hovenäset nicht davon abhängig war. Außerdem hatte Iben dieses Treffen ja ganz allein geplant, weder Gunnar noch Mister Private Detective wussten schließlich etwas von ihr.

Seufzend gab sie auf.

Wie sollte sie nun den Mann treffen, der so scharf darauf gewesen war, Gunnar über den Stückelmord zu befragen?

Gemächlich verließ sie ihren Platz an der Laterne und ging zum Anleger des Dampfschiffs. Sie kam an einer Reihe Bootshäuser vorbei und dann zum Svinevikshamn, von dort ging sie hinaus auf den Steg, der um die Klippen herum zum Badeplatz führte.

Da war kein Mensch.

Nur Iben.

Die Holzplanken gaben ein gedämpftes Geräusch von sich, als sie den Steg betrat. Im Wasser schaukelten die Boote und ruckten leise an ihren Tampen.

Ganz Hovenäset fühlte sich so krank öde an.

Wo waren nur alle Menschen?

Die Frage war wahrscheinlich nicht schwer zu beantworten. Was sollten denn die Leute bei diesem seltsamen Wetter schon draußen tun? Die saßen lieber gemütlich drinnen in ihren Häusern, zündeten Kerzen an und tranken Tee. Vielleicht spielten sie ein Spiel.

So etwas machte ihre Mutter gern, wenn das Wetter mal schlecht war. Dann trommelte sie die ganze Herde zusammen und lud zu einem heißen Getränk ein.

Iben mochte es, wenn ihre Mutter die kleine Familie Herde nannte.

Iben, Mama und Oma und Opa.

Kein Papa.

Doch in der Sache würde sich jetzt vielleicht was ändern.

Schnell schüttelte Iben die Gedanken an ihre Familie ab. Das machte sie nur traurig.

Während sie weiter den Steg entlangging, strich sie mit der Hand über die raue, aber dennoch sanfte und etwas feuchte Oberfläche der Klippen. Wenn sich der Nebel nur bald mal verflüchtigen würde.

Da hörte sie Stimmen. Eine Frau und ein Mann. Erst leise, dann etwas lauter. Das ging ein paar bange Momente so.

Iben blieb stehen.

»Oh mein Gott, Hilfe!«, schrie die Frau. »Helfen Sie uns!«

Iben lief schnell durch den Nebel, ließ sich vom Steg lenken.

Jetzt wurden die Stimmen lauter. Noch verzweifelter.

Und plötzlich rannte eine Frau direkt auf sie zu und stieß heftig mit Iben zusammen.

»Hilfe!«, rief die Frau. »Wir müssen ihm helfen!«

Die Schüsseln waren leer, und alle drei waren nach dem Essen in eine Art Koma verfallen. Vor allem Ray-Ray.

»Das war einfach wahnsinnig gut«, sagte er und tätschelte sich den Bauch.

August musste grinsen. Maria nahm ihn bei der Hand und flocht ihre Finger zwischen seine.

»Ich fand es auch ausnehmend geglückt«, sagte sie.

»Ach, ihr beiden, also wirklich«, sagte Ray-Ray und zog eine Grimasse. »Müsst ihr so lächerlich verknallt sein? Das macht mich total fertig. Am liebsten würde ich euch mit dem Feuerwehrschlauch abduschen. Ihr seid einfach zu viel.«

August und Maria lachten laut.

Ein aggressives Handyklingeln brachte sie zum Schweigen.

Ray-Ray wühlte das Telefon aus der Hosentasche.

»Es ist Roland«, sagte er und stand auf, um ungestört sprechen zu können.

August sah, wie Maria ihm nachschaute. Diesmal war es offensichtlich wirklich ein dienstliches Gespräch.

»Und wie fühlt sich das an, morgen wieder zu arbeiten?«, fragte er.

»Ach, wie ich mich danach seeeeehne«, entgegnete Maria und verzog das Gesicht.

Dann wurde sie ernst.

»Nein, es fühlt sich tatsächlich sehr gut an. Ich glaube, es wird Spaß machen.«

August drückte ihre Hand.

»Sollen wir nach dem Essen einen Spaziergang machen?«, fragte er. »Ich habe so viel gegessen, dass ich …«

August unterbrach sich, als Ray-Ray zurück auf die Veranda kam.

»Ich muss gehen und was nachprüfen«, sagte er. »Offensichtlich ist hier irgendwas Übles passiert.«

August wechselte einen raschen Blick mit Maria. Sie sahen beide erstaunt und besorgt aus.

»Hier?«, fragte Maria. »Auf Hovenäset?«

Ray-Ray nickte. »Roland möchte, dass ich sofort hingehe. Kommst du mit?«

Sie zögerte.

»Ich hab schließlich Wein getrunken«, sagte sie. »Und wohin eigentlich? Was ist denn passiert?«

»Du sollst nicht arbeiten«, sagte er, »ich wollte nur wissen, ob du mitkommst. Wir werden garantiert morgen mit der Sache zu tun kriegen.«

Er verstummte und schien nicht so richtig zu wissen, wie er es formulieren sollte. Am Ende sagte er:

»Am Badeplatz hat sich jemand aufgehängt.«

August schlug die Hand vor den Mund.

»Was …«

»Mehr weiß ich nicht. Ein junges Paar hat ihn gefunden und Alarm geschlagen.«

Ray-Ray zog sich die Jacke über, die er über die Stuhllehne gehängt hatte, und öffnete die Verandatür. Kühle Luft zog in den Raum.

Nun kam auch Maria auf die Füße. Sie suchte ein Haargummi aus der Tasche und band ihre Haare zu einem Pferdeschwanz.

Von der Straße her waren besorgte Stimmen zu hören. Man konnte sehr gut hören, was gesagt wurde.

»Das kann doch wohl nicht wahr sein. Stellt euch nur vor – was, wenn ein Kind ihn gesehen hätte?«

»Das finde ich auch. Unglaublich furchtbar. Wissen wir, wer es ist?«

Auch August stand jetzt auf, er wusste nicht recht, was er machen sollte und wohin er gehörte. Er wollte nicht rausgehen und mit den Nachbarn auf dem Bürgersteig tratschen, aber der Gedanke, allein zu Hause zu bleiben, machte ihn auch nervös.

»Ich komme auch mit«, sagte er zu Maria.

»Aber nein, warum das denn? Das ist nichts, was du dir anschauen musst.«

Ihre Miene war verschlossen, als ob sie sich bereits vorstellen konnte, wie die Szene am Badeplatz aussah, und ihn jetzt vor dem schrecklichen Anblick bewahren wollte.

Doch August gehörte nicht zu den Menschen, die vor den dunklen Seiten des Lebens beschützt werden mussten.

»Ich gehe mit dir«, sagte er entschieden. »Du bist nicht im Dienst, aber alle hier wissen, dass du Polizistin bist, deshalb ist es überhaupt nicht seltsam, wenn wir zusammen kommen.«

Ein Lächeln huschte schnell wie ein Blinzeln über Marias Gesicht.

Zusammen.

Das wichtigste Wort von allen, das Einzige, was zählte, wenn das Leben in Stücke zerbrach.

August knallte die Verandatür hinter sich zu und schloss ab. Seine Stockholmer Freunde waren sehr erstaunt gewesen, als sie sahen, dass nicht nur er, sondern auch seine Nachbarn sorgfältig darauf achteten, ihre Türen zu verschließen.

»Wir dachten, ihr hier auf dem Lande seid ganz sicher«, hatte Henrik gesagt. »Welcher Dieb fährt schon bis hierher, um einen Einbruch zu begehen?«

Mehr als man glauben sollte, dachte August.

Ein Ort musste ja nicht sonderlich bekannt sein, um böse gesonnene Menschen anzuziehen, die kamen einfach trotzdem.

Er atmete leicht in der kühlen Abendluft.

Mit einem Mal fühlte sich der Sommer sehr weit entfernt an.

Ein paar Meter vor Maria wurden die Umrisse des Sprungturms sichtbar. Überall waren Menschen. Auf der Leiter des Sprungturms, auf dem Steg, in einem Boot im Wasser.

Der Turm hatte zwei Absätze, einen niedrigeren und einen höheren. Die Absätze mit ihren Sprungbrettern ragten ein Stück über die Wasseroberfläche.

Der Mann hing unter dem obersten Absatz.

Wie ein dunkler, schwerer Schatten in all dem Weiß pendelte die Leiche sacht vor und zurück, gerade so, als würde sie frei zwischen Sprungbrett und Wasseroberfläche schweben.

Doch das tat sie nicht. Wenn man ein paar Schritte näher trat, konnte man das Seil erkennen, an dem sie hing.

Dies war ein Anblick, von dem Maria jetzt schon wusste, dass sie ihn nie vergessen würde, und allen anderen, die sich auf dem Steg versammelt hatten, würde es wahrscheinlich genauso gehen.

Die Stimmung vor Ort war gedrückt.

Etwas musste schiefgegangen sein, denn der Mann hing noch da.

Warum hat man ihn nicht heruntergeholt?

Der Rettungsdienst arbeitete schnell und professionell, und die Polizisten nahmen rasch ihre Rollen ein. Maria hielt sich zurück, beobachtete aber alles, was geschah. Eine Absperrung war errichtet worden, um die Menschen vom Steg beim Sprungturm abzuhalten. Maria nahm an, dass die Anzahl derer, die an der Rettungsarbeit teilgenommen hatten und deswegen auf dem Steg herumgetrampelt waren, bereits alle Möglichkeiten, irgendwelche Beweise vor Ort zu sichern, zerstört hatte.

Beweise, die etwas darüber sagen konnten, wie der Mann gestorben war. Nur weil es wie ein Selbstmord aussah, durften sie doch nicht einfach davon ausgehen.

Ein Stück entfernt war Ray-Rays Silhouette zu erkennen. Er sprach mit einem uniformierten Kollegen. Maria hatte kurz das Gefühl, hingehen zu wollen, aber sie war nicht im Dienst. Die Kollegen vor Ort hatten sie erkannt und passieren lassen, aber das musste genügen.

»Maria, komm doch mal kurz her.«

Offensichtlich nicht.

Ray-Rays Stimme bewegte sich träge durch den Nebel.

»Was ist denn los?«

Maria hörte, wie angespannt sie klang.

»Er hängt an einem verdammten Stahlseil. Das muss durchgesägt werden, sie fangen gleich damit an.«

Das erklärte, warum der Mann noch nicht runtergeholt worden war. Was wie ein Seil aussah, war aus Stahl.

Ray-Ray holte sein Handy heraus.

»Hier«, sagt er. »So sieht der Typ aus. Kennst du ihn?«

Maria zögerte, ehe sie hinschaute.

»Man sieht nur das Gesicht«, sagte Ray-Ray.

Der Mann war jung, sicher nicht älter als dreißig. Dunkle Haare und auf den Wangen ein kurzer Bart. Die Miene wirkte verloren. Der Tod war erbarmungslos, wenn er einem Menschen das Leben nahm. Das Gesicht war nur noch eine Hülle.

»Kennst du ihn?«

»Nein.«

Ray-Ray sah verstohlen zu den Bewohnern von Hovenäset hin, die an der Absperrung standen. »Die Kollegen sagen, wir wissen nicht, wer er ist«, sagte er. »Man kann die Leiche vom unteren Absatz aus erreichen, und sie haben seine Kleider durchsucht. Er hat keine Papiere bei sich, keinen Abschiedsbrief, kein Handy. Nichts.«

Ein seltsamer Umstand.

Jemand, der sich entschieden hatte, sein Leben an einem öffentlichen Ort und auf eine so dramatische Weise zu beenden, wäre höchstwahrscheinlich auch daran interessiert, dass die Leute erfuhren, wer hier gestorben war.

»Sowie sie ihn herunterhaben, schicken wir ihn in die Gerichtsmedizin nach Uddevalla«, sagte Ray-Ray. »Die sollen uns dann sagen, was die konkrete Todesursache ist. Ich hab ja das Gefühl, hier stimmt irgendwas nicht.«

Maria schauderte es, obwohl sie eigentlich nicht fror.

Eigentlich musste an dem Tod des Mannes nichts seltsam sein. Es war nicht einmal verdächtig, dass er sich entschieden hatte zu sterben, ohne seine Identität preiszugeben. Vielleicht war er überzeugt davon gewesen, dass man ihn erkennen würde. Schwer deprimierte Menschen agierten nicht immer rational. Es musste auch nicht seltsam sein, dass er diesen Ort ausgewählt hatte. Vielleicht hatte er eine Verbindung zu Hovenäset, von der sie und Ray-Ray nichts wussten.

Noch hatten sie ja nicht alle ihre internen Ressourcen ausgeschöpft. Vielleicht war der Mann vermisst gemeldet. Oder er war eine kriminelle Person, die lange unter dem Radar der Gesellschaft gelebt hatte. Allerdings waren das wirklich nicht die Vibes, die Maria empfing, wenn sie seine helle Hose, die Lederjacke und die gut geschnittene Frisur sah.

»Denkst du an was Bestimmtes?«, fragte sie Ray-Ray. »Ich meine, wenn du sagst, dass was nicht stimmt?«

»Guck dir die Jacke an. Siehst du die dunklen Stellen im Leder? Die ist auf den Schultern, am Kragen und zum Teil an den Armen nass. Der Hemdkragen darunter ist auch feucht. Aber heute Abend hat es nicht geregnet.«

Maria legt den Kopf schief und wurde nachdenklich. Sie sah, was Ray-Ray meinte.

»Vielleicht war ihm was ins Wasser gefallen, was er aufheben wollte«, schlug sie vor.

»Und dazu hat er seinen halben Oberkörper ins Wasser getaucht?«

Maria schüttelte den Kopf. Nein, das passte natürlich nicht.

»Und dann ist da noch eine Sache«, sagte Ray-Ray. »Am Hals hat er zwar Wunden vom Stahlseil, aber er hat fast nicht geblutet. Die Gerichtsmedizin muss noch ihren Teil dazu sagen, aber ich kriege das hier verdammt noch mal nicht zusammen.«

Das ging Maria ebenso.

Wunden, die nicht bluteten, wiesen darauf hin, dass das Herz nicht mehr geschlagen hatte, als sie dem Körper zugefügt wurden. Wenn das Erhängen dazu geführt hatte, dass ihm unmittelbar das Genick gebrochen worden war und er auf diese Weise zu Tode kam, könnte das eine Erklärung sein, allerdings eine sehr schwache. Wenn der Tod so plötzlich gekommen war, dann müssten die Wunden gleichzeitig entstanden sein, als das Seil zusammengezogen wurde. Es würde sehr interessant sein zu hören, was die Gerichtsmedizin dazu sagte.

»Wer hat ihn gefunden?«, fragte sie.

»Magnus und Lovisa Engh heißen die beiden. Dann kam noch ein junges Mädchen namens Iben Syrén dazu. Lovisa ist auf dem Steg offenbar in sie reingerannt und hat es geschafft, sie schnell rumzudrehen, damit sie das hier nicht sehen musste.«

Maria sah auf und schaute die bei der Absperrung Versammelten an. Der Nebel ließ ihr Gesichtsfeld verschwimmen, und sie konnte nicht erkennen, wer da stand.

»Iben mietet gerade das Eishaus«, sagte sie zu Ray-Ray. »August und ich haben sie heute aus Kungshamn mitgenommen.«

»Im Ernst? Ich wollte sie grade vernehmen, sie wartet hinten am Dampfschiffanleger.«

Eine Kollegin kam zu ihnen.

»Wir haben etwas gefunden«, sagte sie und hielt eine Beweistüte hoch. »Einen Autoschlüssel.«

Der Schlüssel war der eines älteren Modells, und es stand nur ein einziges Wort darauf: Volvo.

»Wo habt ihr den denn gefunden?«, fragte Ray-Ray.

»In seiner Hosentasche.«

»Dann müssen wir jetzt nur noch einen herrenlosen Volvo finden«, sagte Ray-Ray.

Die Kollegin strahlte.

»Schon passiert«, sagte sie. »Als die erste Streife herkam, stand auf dem Parkplatz ein einziges Auto, und das ist ein roter Volvo. Ich bin schnell hingelaufen und habe versucht, ob der Schlüssel passt, und das tut er.«

Maria wandte den Blick zu dem Toten.

Wenn es ein Auto gab, waren die Chancen gut, dass sie ihn identifizieren konnten.

Wehmut überkam sie, als sie den leblosen Körper ansah. Ihr Blick wanderte zu den dunklen, feuchten Flecken, die auf der Jacke prangten. Wie waren die da hingekommen?

Der Steg begann sanft unter ihren Füßen zu schwanken. Zuerst kaum merklich, doch dann wurde ein richtiges Kreiseln daraus. Die Welt drehte sich, und Maria wäre fast in die Hocke gegangen, um sie anzuhalten.

Sie holte tief Luft und zählte still vor sich hin.

Es geht vorbei, dachte sie. Ganz ruhig, du weißt, dass es vorbeigeht.

Ray-Ray boxte sie sanft in die Seite.

»Bist du okay?«, fragte er.

Sie nickte.

Die Welt drehte sich nicht mehr, und sie stand wieder fest.

Der Schwindel war etwas, das seit Pauls Tod immer wieder kam und ging. Ein deutliches Zeichen für inneren Stress, aber nichts, was davon besser wurde, dass sie zu Hause auf und ab ging und über alles grübelte, was geschehen war.

»Was für ein beschissener Urlaubsabschluss«, meinte Ray-Ray.

»Alles gut«, sagte Maria und meinte es wirklich.

Sie war mehr als bereit, wieder zur Arbeit zu gehen.

Heute Abend würde sie sich noch ausruhen, aber morgen begann die Jagd nach der Wahrheit.

Wie immer die auch aussah.

Mein erstes Jahr mit dir

Gestern hattest du Geburtstag. Das bedeutet, dass heute 366 Tage vergangen sind, seit ich dich im Krankenhaus in Uddevalla geboren habe. Wir haben im Garten gefeiert, aber du wolltest weder Torte essen noch Saft trinken.

Dein Großvater machte Witze und sagte, du würdest ja im Unterhalt günstig kommen. Er hat einen so ungeheuer dämlichen Humor, aber er ist gut darin, Geschenke zu kaufen. Gestern hat er mir dieses Tagebuch mitgebracht. Die Idee ist, dass ich bei jedem deiner Geburtstage einen kurzen Text an dich hineinschreibe und dir das Buch dann gebe, wenn du selbst dein erstes Kind bekommst.

Wenn du denn Kinder haben willst.

Das entscheidest du und niemand sonst.

Du bist in einer stürmischen Nacht geboren, in der es überhaupt nicht aufhören wollte zu regnen. Dein Vater hat sich vor lauter Nervosität auf dem Weg ins Krankenhaus zweimal verfahren. Natürlich hat er das aufs Unwetter geschoben, aber ich wusste wohl, was der eigentliche Grund war, und wenn ich nicht so entsetzliche Schmerzen gehabt hätte, dann hätte ich das wahrscheinlich süß gefunden.

Nun gut, hier soll es aber nicht um deinen Papa gehen, sondern um dich.

Ein ganzes Jahr lang bin ich jetzt schon deine Mutter.

Es war ein fantastisches Jahr.

Und, verzeih mir meine Aufrichtigkeit, es war auch ein brutales Jahr.

Weil du niemals wirklich zufrieden bist. Du schreist so viel, dass ich mich nicht traue, die Fenster offen zu halten. Was, wenn die Nachbarn denken, ich würde dir wehtun? Das würde ich natürlich niemals tun, aber es hat Tage und Momente gegeben, in denen ich geweint und zu einem Gott, von dem ich nicht wusste, dass ich an ihn glaube, gebetet habe, dass er dich zum Schweigen bringen möge.

Andere Mütter laufen mit ihren Babys in schicken Kinderwagen die Straße auf und ab, aber für mich gibt es das nicht. Im Wagen mochtest du erst fahren, als du sitzen und dich umsehen konntest.

Du schläfst nicht im Wagen.

Du schläfst auch sonst nirgends.

Jedenfalls nicht länger als kurze Stunden am Stück, und wahrscheinlich bin ich deswegen so erschöpft. Du lächelst auch nicht sonderlich oft, und ich habe dich nur ein paar wenige Male so herrlich lachen hören, wie Babys es können.

Dein Papa fand, wir sollten mit dir zum Arzt gehen, und das haben wir auch mehrmals getan. Im Krankenhaus fanden sie auch, dass du ungewöhnlich viel schreist, aber sie haben nichts gefunden, sondern gesagt, wir sollten nach Hause fahren und »geduldig sein«.

Ja, das ist wahr.

Das haben sie gesagt.

Und vielleicht findest du, dass ich zu viel verlange.

Vielleicht wirst du an dem Tag, an dem du das hier liest, denken, dass ich doch eine so junge Mutter war und gut etwas mehr hätte leisten und es besser machen können.

Alle Kinder schreien, wirst du vielleicht denken, warum solltest du das nicht tun dürfen?

Glaub mir.

Das darfst du.

So viel du willst.

Aber ich halte es dann in deiner Nähe nicht immer aus.

Inzwischen erkenne ich tatsächlich die Andeutung einer Veränderung. Du bist nicht mehr so furchtbar untröstlich. Das freut uns beide, aber vor allem deinen Papa. Andere Väter scheinen problemlos schlafen zu können, wenn ihre Kinder schreien, doch deiner nicht.

Tag und Nacht wacht er über dich. Ich weiß nicht, was er tun würde, wenn dir etwas zustoßen würde. Das ist ein so furchtbarer Gedanke, dass keiner von uns ihn zu denken wagt. Denn wir lieben dich von ganzem Herzen.

Mein ganz eigenes Kind.

Wie wir dich ersehnt haben, als du kamst! Ich wusste schon immer, dass ich Mutter sein wollte, aber dein Papa brauchte etwas länger, um sich zu entscheiden. Und jetzt, da du hier bist, kann er gar nicht genug von dir bekommen. Ich glaube, das liegt daran, dass ihr beiden euch so ähnlich seid.

Du hast seine Haarfarbe, sein Lächeln und seine Energie geerbt.

Aber von wem du deine Launen haben könntest und was das für die Zukunft bedeutet, daran wollen wir beide gar nicht denken.

Ich hoffe, dass es sich auswächst.

Ich hoffe, dass ich dich bald einmal fröhlich sehen werde.

21. Juli

»Eine unangenehme Nachricht«

»Du machst Witze.«

Henriks Stimme im Telefon klang zögerlich.

»Leider nicht«, sagte August.

Henrik schwieg einen Moment. Wahrscheinlich musste er erst mal verarbeiten, was er da gerade gehört hatte. Dass ein junger Mann sich auf Hovenäset aufgehängt hatte. Oder dass es zumindest so aussah, als hätte er sich aufgehängt. Aber August hatte an Marias ernster Miene abgelesen, dass der Mann möglicherweise einem Verbrechen zum Opfer gefallen war.

»Wir müssen die Sache überprüfen, ehe wir einen solchen Verdacht aussprechen«, hatte sie gesagt.

Sicherheit und Geborgenheit auf Hovenäset würden in ihren Grundfesten erschüttert werden, wenn so etwas bekannt wurde. Allein die Tatsache, dass niemand zu wissen schien, wer der Mann war, wurde schon als erschreckend angesehen.

Ein Fremder war an einem der kleinsten Orte der Welt gestorben.

Und niemand wusste, was ihn auf die Halbinsel gebracht hatte.

August streckte sich. Er saß in seinem Laden in Kungshamn, und der Nebel draußen vor den Schaufenstern war jetzt dünner als am Tag zuvor. Laut Wettervorhersage sollte er bis zum Abend verschwinden, und dann würde die Sonne zurückkehren.

Er freute sich, wieder im Laden zu sein, und konnte sich nicht erinnern, es jemals so genossen zu haben, nach dem Urlaub zur Arbeit zurückzukehren. Während seiner Jahre in der Finanzbranche hatte ihm jedes Mal vor der Rückkehr ins Büro gegraut, und kaum war er angekommen, hatte die Arbeit ihn bereits wieder aufgefressen.

Ein junges Mädchen huschte in den Laden. Normalerweise

hatte er nur nachmittags geöffnet und verwendete die Vormittage darauf, Kunden zu besuchen, aber im Sommer waren viel mehr Kunden unterwegs, und um das auszunutzen, öffnete er zurzeit immer, wenn er vor Ort war. Außerdem konnte neuerdings ja sein Mitarbeiter Viggo einspringen, wenn er wegmusste.

Viggo war für August ein echter Glücksgriff, und er vertraute ihm zu hundert Prozent. Während Augusts Urlaub hatte er sich allein um den Laden gekümmert und kannte ihren Kundenkreis sehr gut.

»Leider habe ich schlechte Nachrichten«, sagte Henrik am Telefon. »Deshalb hab ich angerufen.«

August erstarrte.

Henrik gehörte normalerweise nicht zu den Leuten, die von »schlechten Nachrichten« sprachen. Im Gegenteil. In seiner Welt existierten die einfach nicht, alles hatte das Potenzial, in irgendetwas Positives verwandelt zu werden.

»Ich habe nichts unversucht gelassen, aber es wird einfach nichts«, erklärte Henrik. »ABBA weigert sich, beim Tortenfestival auf der Marina aufzutreten.«

August hätte fast den Hörer fallen lassen.

»Wie bitte?«, fragte er.

»Ja, ich verstehe, dass du enttäuscht bist, das geht mir genauso. Und ich hab schon auch das Gefühl gehabt, dass sie Nein sagen könnten, hatte aber doch gehofft. Es hätte wirklich einen großen Unterschied gemacht, was die mediale Aufmerksamkeit für das Festival angeht.«

August holte tief Luft.

»Henrik«, sagte er bedächtig. »Hast du ABBA gefragt, ob sie nach Hovenäset kommen und im Zusammenhang mit dem Backwettbewerb spielen wollen?«

»Ja klar, und jetzt hör doch auf, es Backwettbewerb zu nennen. Tortenfestival klingt viel besser.«

Es wurde wieder still im Telefon.

»Im Ernst?«, fragte August schließlich. »Und das mit ABBA ist kein Witz?«

Seine Kundin hörte, was er sagte, und lachte.

August lächelte ihr etwas angespannt zu.

»Verdammt noch mal, natürlich ist das kein Witz«, beteuerte Henrik. »Ich habe doch gesagt, dass ich versuchen werde, einen richtig dicken Fisch beizubringen.«

August wusste nicht, ob er lachen oder hyperventilieren sollte.

Die Kundin verabschiedete sich winkend und ging wieder.

Mein Gott, ABBA!

Henrik hatte doch nicht alle Tassen im Schrank.

Das ist meine Schuld, dachte August, ich habe ihn schließlich in diese Sache reingezogen.

Bisher hatte er keinen Grund gesehen, diese Entscheidung zu bereuen. Als Henrik endlich aufgehört hatte, mit irgendwelchen Einwänden zu kommen, und vor allen Dingen aufgehört hatte, darüber zu lachen, war er zu einer Naturgewalt in Sachen Wettbewerbsvorbereitung geworden. Während August die Hafenbäckerei überreden konnte, für eine begrenzte Zeit die drei erstplatzierten Backwerke herzustellen und zu verkaufen, hatte Henrik sowohl die Lokalzeitung *Bohusläningen* als auch die *Göteborgs-Posten* dazu gebracht, sich in der Sache zu engagieren. Der Wettbewerb hatte einen eigenen Hashtag in den sozialen Medien bekommen, und jetzt verging kein Tag, an dem nicht irgendein Backwerk auf Instagram oder Facebook gepostet wurde.

Ganz zu schweigen von den vielen Leuten, die sich direkt bei August meldeten. Sein Handy brummte unaufhörlich von Nachrichten mit Fragen über die Wettbewerbsregeln und dergleichen. August wiederholte immer dasselbe: Alle waren eingeladen, mitzumachen, aber unter der Bedingung, dass sie sich am Wettbewerbstag nach Hovenäset begaben und ihr Backwerk auf dem langen Tisch präsentierten, der auf dem Hovenäsvägen aufgestellt werden würde.

August und Henrik waren schon immer sehr unterschiedlich gewesen.

Henrik wollte immer mehr haben – mehr Erfolg, mehr Geld, eine größere Anerkennung für das, was er geworden war und zustande gebracht hatte. Die Zielstrebigkeit und der Hunger schienen ihm angeboren zu sein. Und die allermeisten seiner Wünsche und Ziele richteten sich danach, was andere attraktiv fanden.

August war in der Hinsicht der totale Gegensatz von seinem Freund.

Der ganze Umzug an die Westküste war von dem Wunsch getrieben gewesen, endlich nach der Maßgabe, was nur für ihn und nicht für andere richtig war, glücklich und harmonisch zu leben.

»Gib zu, dass du es auch stark gefunden hättest, wenn ABBA gekommen wäre«, sagte Henrik.

August musste grinsen.

ABBA auf der Marina von Hovenäset.

Stärker als das ging gar nicht.

»Du hast wie immer recht«, gab August zu. »ABBA wäre ein richtig dicker Fisch gewesen. Aber du hast ja trotzdem so viel erreicht. Allein schon die Namen, die du in die Jury gelockt hast, das ist doch unglaublich.«

August hatte seinen Augen nicht getraut, als er Henriks Vorschläge für die Jurymitglieder gesehen hatte.

Zwei Eigenschaften zeichneten sie aus: Sie waren sämtlich im ganzen Land bekannt, und keiner von ihnen hatte etwas mit Backen oder Kuchen zu tun.

Eine war Influencerin, die Make-up bewarb, eine andere Sängerin, der dritte Schauspieler und der vierte Moderator.

Außerdem hatte Henrik Sponsoren gefunden, die den Besuch der Jurymitglieder an der Westküste bezahlten. Und zum Abschluss des Backwettbewerbs sollte es ein großes Fest auf der Marina geben.

Eine neue Kundin kam in den Laden. Sie zögerte, als sie sah, dass August telefonierte.

»Ich muss mal Schluss machen«, sagte er zu Henrik.

»Aber wir haben noch nicht besprochen, wer denn dann auf der Abschlussparty spielen soll, wenn ABBA nicht kommt«, sagte Henrik.

»Darüber reden wir nächstes Mal«, sagte August. »Tschüss!«

»Ruf mich an!«, sagte Henrik. »Ich habe noch was zu erzählen. Etwas Wichtiges.«

»Wichtiger als dass ABBA nicht kommt?«

Henrik lachte leise.

»Kommt drauf an, wie man es betrachtet«, sagte er.

August legte mit dem Gefühl auf, dass Henriks Neuigkeiten nicht gut sein würden.

Die Rückkehr zur Arbeit hätte nicht brutaler aussehen können. Rein mental war der Urlaub in exakt dem Moment vorbei gewesen, als Maria sich entschied, Ray-Ray zum Badesteg zu begleiten. Praktisch war er an diesem Morgen zu Ende gewesen, als die Ermittlung um den Mann, der auf Hovenäset gefunden worden war, und seinen Tod eröffnet wurde.

Maria hatte dasselbe Gefühl wie Ray-Ray.

Irgendetwas mit dem Tod des Mannes stimmte nicht.

Das behagte ihr nicht, und es machte sie traurig. In der Nacht war sie von Albträumen über das, was sie am Badeplatz gesehen hatte, mehrmals aufgewacht. Das war ungewöhnlich, denn in Marias Laufbahn bei der Polizei hatte sie schon oft genug mit tragischen Todesfällen zu tun gehabt. Aber in diesem Fall ging ihr die Ermittlung unter die Haut. Der Mann, der am Sprungturm gehangen hatte, erzählte eine Geschichte, und über die wollte Maria alles wissen.

Wir werden herausfinden, was dir zugestoßen ist, dachte sie. Aber es wird vielleicht ein wenig dauern.

Mit ihrem Engagement war sie nicht allein.

Roland hatte zu einer Besprechung in den Wohnwagen gerufen. Ein Gewaltverbrechen konnte nicht ausgeschlossen werden, und bis das Gegenteil bewiesen war, würde der Fall als möglicher Mord behandelt werden.

»Dann legen wir mal los«, sagte Roland.

Das Gemurmel im Wohnwagen verstummte.

Maria und Ray-Ray saßen nebeneinander auf einer der harten Bänke. Das Oberlicht im Wohnwagen stand offen, genauso die Fenster. Draußen war es immer noch neblig, aber nicht mehr so suppig wie am Tag zuvor, und vor allem war es wärmer und damit unmöglich, im Wohnwagen zu sitzen, ohne alle Lüftungsklappen zu öffnen.

Maria zählte im Stillen zusammen, wie viele sie waren.

Acht Personen waren vor Ort, und es würden noch mehr werden, wenn die Ermittlung sich ausdehnte. Einige waren auch digital aus Strömstad und Uddevalla zugeschaltet.

»Wir sind also hier, weil gestern Abend auf Hovenäset ein Mann tot aufgefunden wurde, der vom Sprungturm des Badeplatzes hing«, begann Roland. »Ray-Ray und Maria – willkommen übrigens zurück aus dem Urlaub! –, könnt ihr mal zusammenfassen, was wir bisher von dem Fall wissen?«

Maria nickte.

Sie und Ray-Ray hatten die ersten Arbeitsstunden des Morgens darauf verwendet, durchzugehen, was ihre Kollegen im Laufe der Nacht zusammengetragen hatten. Die waren unter anderem auf Hovenäset von Tür zu Tür gegangen, und das hatten sie auch am Morgen noch weitergeführt. Noch waren alle Berichte vorläufig, aber das wussten die im Wohnwagen Versammelten natürlich.

Maria begann damit, dass sie immer noch nicht wussten, wer der Tote war, sie aber ein Auto gefunden hatten, zu dem der Mann einen Schlüssel bei sich trug. Sie erklärte auch, was sowohl bei ihr als auch bei Ray-Ray das Misstrauen geweckt hatte:

Die feuchten Flecken auf der Jacke.

Die Wunde am Hals, die kaum geblutet hatte.

Alle hörten ernst zu. Um sie herum saßen Kollegen mit zum Teil viel Berufserfahrung, und sie alle hatten dasselbe Gefühl, nämlich dass mit diesem Todesfall irgendetwas nicht stimmte.

»Bei dem Auto handelt es sich um einen roten Volvo V 40«, erklärte Maria, »und der gehört einem Mann namens Hampus Bengtsson. Wir haben ein Foto von ihm aus dem Passregister geholt und konnten sofort ausschließen, dass er der Mann ist, den wir am Badeplatz gefunden haben. Bengtsson ist in Borås gemeldet, wir haben ihn aber noch nicht erreicht. Unsere Kollegen in Borås waren bei ihm vor Ort und haben geklingelt, doch er scheint nicht zu Hause zu sein. Auch über die einzige Telefonnummer, die auf ihn registriert ist, kann man ihn nicht erreichen. Hampus Bengtsson ist nicht vorbestraft, und das Auto ist auch nicht als gestohlen gemeldet. Doch wir werden ihn hoffentlich sprechen können und erfahren, wer der Tote am Badeplatz ist und warum er den Autoschlüssel von Bengtsson in der Tasche hatte.«

Während sie sprach, blätterte Maria in ihren Papieren.

Ray-Ray zeigte das Passbild von Hampus Bengtsson auf seinem Computer. Die Kollegen beugten sich vor, um ordentlich sehen zu können, und Maria unterdrückte mal wieder einen frustrierten Seufzer. Ein Wohnwagen, in dem es unmöglich war, auf einem Großbildschirm oder einer Leinwand Dokumente zu zeigen, war kein geeigneter Raum für eine gute Ermittlungsarbeit. Wann würde Roland das endlich kapieren?

Sie fuhr fort.

»Der Verstorbene hatte keine Papiere bei sich. Er ist ungefähr um die dreißig, und seine Fingerabdrücke sind bei der Polizei nicht registriert. Die Gerichtsmedizin wird später einen vollständigen Bericht schicken, konnte aber schon mal feststellen, dass es keine offensichtlichen Verletzungen gibt, die erklären könnten, warum oder wie er gestorben ist.«

»Das Stahlseil, an dem er hing«, sagte Roland, »was wissen wir darüber?«

Ray-Ray richtete sich auf.

»Das ist natürlich interessant«, sagte er. »Im Moment arbeiten wir daran, festzustellen, wie alt es ist und wo es gekauft sein könnte. Es hatte Rostflecken und sah ziemlich mitgenommen aus, deshalb wird es wahrscheinlich schwer sein, herauszufinden, wo es herkommt.«

»Okay«, sagte Roland. »Auf jeden Fall können wir schon mal feststellen, dass dieses Stahlseil die Umstände erschwert hat. Es hat lange gedauert, ehe man die Leiche abnehmen konnte.«

»Ist es denn so einfach, aus einem Stahldraht eine Schlinge zu drehen?«, fragte einer der Kollegen.

»Der Draht war nicht so dick, dass er steif wäre«, erklärte Ray-Ray. »Die Schlinge ist mit einem ganz einfachen Knoten gemacht worden, der sich dann durch das Körpergewicht des Mannes zugezogen hat.«

»Was ist denn bei der Befragung der Nachbarschaft rausgekommen?«, erkundigte sich Roland.

»Es gibt keine Zeugen, die etwas gesehen oder gehört hätten, was auf einen Tumult oder Gewalt im Zusammenhang mit dem Tod des Mannes hindeuten würde«, sagte Maria. »Andererseits liegt der Badeplatz auch abgeschieden, und gestern Abend waren nur wenige Menschen draußen unterwegs. Wir haben auch noch niemanden gefunden, der gesehen hätte, wie das Auto auf dem Parkplatz abgestellt wurde, und das bedeutet leider, dass wir nicht wissen, wie lange es dort stand.«

»In direkter Nähe zum Badeplatz gibt es keine Häuser, aber mehrere Bootsanlegestellen, und in einigen der Boote wohnen Leute«, sagte Ray-Ray. »Doch auch da konnte sich niemand erinnern, gestern seltsame oder ungewöhnliche Geräusche vom Badeplatz gehört zu haben. Die meisten Bootseigentümer waren auf irgendwelchen Ausflügen, aber zwei von ihnen waren am Abend wieder zurück. Der Nebel hat sie auf Hovenäset festgehalten.«

»Es ist doch interessant, dass niemand einen Streit oder etwas Ähnliches gehört hat«, schob Maria ein. »Möglicherweise hat der Mann keinen gewaltsamen Widerstand geleistet, aber das kann man natürlich nicht sicher sagen.«

»Wer hat ihn denn gefunden und den Notruf abgesetzt?«, fragte Roland.

»Ein Paar, das ein Sommerhaus auf Hovenäset besitzt. Magnus und Lovisa Engh«, erklärte Maria. »Und dann hat sich noch ein neunzehnjähriges Mädchen, Iben Syrén, den beiden angeschlossen. Sie wohnt zurzeit im Eishaus auf Hovenäset.«

Jemand gab einen Pfiff von sich.

Alle Polizisten im Wohnwagen wussten, wo das Eishaus stand. Alle wussten, was dort geschehen war.

»Eine Neunzehnjährige, die allein im Eishaus wohnt?«, fragte ein Kollege. »Warum denn ausgerechnet da? Haben wir etwas über sie?«

»Nein«, sagte Ray-Ray. »Ich habe sie gestern verhört, und da hat sie erklärt, sie wäre hier, um sich nach einem anstrengenden letzten Schuljahr zu erholen. Sie ist der Polizei völlig unbekannt, kommt in keinem einzigen Register vor. Den Namen Eishaus kannte sie nicht. Sie stammt aus Trollhättan, hat vor ein paar Wochen Abitur gemacht und möchte gern Polizistin werden«, fügte er mit einem Grinsen hinzu, woraufhin sich im Wohnwagen Heiterkeit verbreitete.

»Kannte sie den Mann?«, fragte Roland.

»Nein«, sagte Ray-Ray. »Ich habe ihr ein Foto gezeigt, aber sie wusste nicht, wer das sein könnte.«

»Könnten sie oder dieses Paar rein theoretisch den Mann ermordet haben?«

»Iben kann ihn unmöglich ermordet haben. Sie ist knapp eins sechzig groß und wiegt höchstens fünfzig Kilo. Der Tote wog über achtzig Kilo und war eins fünfundachtzig. Das Paar könnte ihn rein theoretisch getötet haben, aber auch sie sind nicht vorbestraft, und im Hinblick darauf, wie unglaublich schockiert sie waren, sehe ich eigentlich nicht, dass sie damit etwas zu tun haben könnten. Außerdem wären sie dann ja wohl kaum am Tatort geblieben.«

Roland wandte sich an Maria.

»Du siehst nachdenklich aus«, sagte er.

Maria war unentschlossen. Ihr Rücken schmerzte, wie so oft, wenn sie unbequem saß. Das rührte von einer Verletzung her, die Paul ihr zugefügt hatte und die sie nun ihr Leben lang mit sich herumschleppen musste. Als ob er geahnt hätte, dass er lange vor ihr sterben würde, und sich versichern wollte, dass sie ihn auch nie vergaß.

Was sollte sie Roland antworten? Dass Iben bei ihr ein seltsames Gefühl verursachte? Dass sie seit ihrem allerersten Zusammentreffen den Eindruck hatte, dass sie ein Mädchen mit Geheimnissen war? Dass sie ihr die Story, sie wäre auf Hovenäset, um sich zu erholen, überhaupt nicht abkaufte? Darüber hatte sie noch nicht einmal mit Ray-Ray gesprochen.

»Ach, nichts«, sagte sie. »August und ich haben Iben gestern in Kungshamn vom Bus abgeholt. August kennt ja schließlich die Janssons, die das Eishaus besitzen, und die haben ihn gebeten …«

Im Wohnwagen kam Gelächter auf.

»Ein Beweis dafür, dass es nicht allen, die mal im Eishaus gewohnt haben, schlecht ergeht«, warf Roland ein. »Ich meine, August hat es offensichtlich sehr gut getroffen.«

Er sagte das mit einem Augenzwinkern, und Maria kommentierte es nicht. Inzwischen wussten alle, dass sie und August ein Paar waren, und es war schön, kein Geheimnis mehr daraus machen zu müssen.

»Das ist ja nun wirklich mal doppeltes Pech«, bemerkte Kriminaltechnikerin Vendela, die bisher schweigend über ihren Computer gebeugt gesessen hatte. »Ich meine, für diese Iben. Erst mietet sie zufällig das gruseligste Haus in der ganzen Gegend, und dann findet sie auch noch einen Toten.«

»Ich habe ihr psychologische Betreuung angeboten«, sagte Ray-Ray. »Aber sie schien in Ordnung zu sein und hat es abgelehnt. Eigentlich hat ja nicht sie den Mann gefunden, sondern das Paar.«

Maria dachte an Vendelas Worte, dass Iben Pech hatte, ausgerechnet das Eishaus zu mieten. Aber was, wenn es gar kein Pech war?, dachte Maria. Und spielte das für diesen Fall überhaupt eine Rolle?

»Wie sieht es denn auf der technischen Seite aus?«, erkundigte sich Roland und sah Vendela an. »Kannst du noch etwas hinzufügen?«

Sie schüttelte den Kopf.

»Dazu ist es viel zu früh«, sagte sie. »Wir stellen das Auto gerade auf den Kopf, um so viel wie möglich darüber rauszukriegen, was der Wagen und sein Fahrer erlebt haben könnten, doch das zieht sich hin. Es wäre viel leichter, wenn wir Papiere von dem Typen hätten oder zumindest eine Telefonnummer, bei der wir anfangen könnten.«

»Wir haben Taucher vor Ort, die den Meeresboden nach Sachen absuchen, die möglicherweise dem Toten gehört haben könnten«, sagte Maria. »Gestern war viel Strömung, deswegen kann sich das alles weiterbewegt haben.«

Roland nickte, um zu zeigen, dass er zugehört hatte.

Zu Beginn einer Ermittlung war er immer frustriert. Er hasste es, wenn sie herumirrten und zwischen verschiedenen Spuren hin und her sprangen. Zumindest behauptete er das, doch Maria hatte oft das Gefühl, dass er durchaus Energie daraus zog, verschiedene neue Informationsfetzen einzufangen. Außerdem war er gut in dem, was er machte, und zwar richtig gut.

Roland legte seine Hände auf den Tisch.

»Dann fasse ich mal zusammen, was wir bisher gehört haben«, sagte er. »Wir wissen nicht, wer der Mann ist. Wir wissen, wem das Auto gehört, aber nicht, wo der Besitzer sich befindet, und deshalb auch nicht, ob er von dem, was auf Hovenäset passiert ist, wusste. Und wenn man von diesem Autobesitzer, den wir nicht erwischen, absieht, haben wir exakt null Zeugeninformationen, mit denen wir weiterarbeiten könnten. Ist das so richtig?«

Maria nickte.

»Ja«, sagte sie. »Aber ich möchte noch hinzufügen, dass die Kollegen auf Hovenäset nach wie vor von Haus zu Haus gehen. Es könnte durchaus sein, dass …«

Das Klingeln ihres Handys unterbrach sie.

»Entschuldigung«, sagte sie und holte schnell das Telefon heraus, um es zum Schweigen zu bringen. Doch dann sah sie, dass es einer der Kollegen vom Streifendienst in Hovenäset war, der sich meldete.

»Jetzt im Moment rufen sie an«, sagte sie und ging ran.
»Kannst du reden?«, fragte der Kollege am Telefon.
»Nur zu!«, erwiderte Maria.
»Wir haben eine Zeugin.«
Maria richtete sich schnell auf.
»Eine Zeugin?«, wiederholte sie, woraufhin es im Wohnwagen mucksmäuschenstill wurde.
»Ja, eine Frau auf dem Klevekilsvägen hat am Nachmittag ein rotes Auto, das sie nicht kannte, an ihrem Haus vorbeifahren sehen. Sie ist ziemlich sicher, dass es sich um einen Volvo handelte.«
Maria spürte, wie ihr Puls stieg.
Es gab jede Menge gute Gründe, über die soziale Kontrolle an einem kleinen Ort wie Hovenäset zu verzweifeln, doch hatte die auch klare Vorteile. Zum Beispiel waren die Leute gut darin, Ungewöhnliches zu bemerken. Jede Kleinigkeit, die vom Gewohnten abwich, fiel auf. Das war erschreckend und gleichzeitig schuf es Sicherheit.
»Wie verlässlich ist die Zeugin?«, fragte sie.
»Sie ist 52 Jahre alt und wirkte nicht im Geringsten verwirrt oder so. Ich betrachte sie als glaubwürdig.«
Maria dankte für die Information und legte auf.
Eine Zeugin.
Ein Zeitpunkt.
Ein Anfang.

Der Tod war im Keller des Eishauses gewesen, doch dort durfte Iben nicht hinein. Sie versuchte es trotzdem. Einmal, zweimal, dreimal – die Tür weigerte sich aufzugehen, und vielleicht war es auch besser so. Denn der Tod war Iben ja stattdessen am Badeplatz begegnet.

Sollte sie das, was am Abend zuvor geschehen war, als ein Omen betrachten? Vielleicht war es ja eine Warnung des Schicksals (oder des Todes).

Pack deine Sachen und hau ab. Du hast hier nichts verloren.

Tatsächlich hätte es noch viel schlimmer kommen können. Wenn Iben diejenige gewesen wäre, die den Toten im Sprungturm gefunden hätte. Aber es war trotzdem ein chaotischer Start für ihre Reise. Und mitten in allem rief auch noch andauernd ihre Mutter an.

Dauert nicht mehr lange, dann schmeiße ich das Telefon weg, dachte sie.

Sie war froh, dass sie den Toten nicht ansehen musste. Die Frau, mit der sie auf dem Steg zusammengestoßen war, hatte überhaupt nicht wieder aufhören können zu reden, dass sie um Hilfe rufen müssten und dass Iben auf keinen Fall zum Sprungturm gehen und helfen dürfte.

»Verstehst du nicht?«, hatte die Frau geschrien. »Es ist zu spät! Und das ist so schrecklich!«

»Zu spät« und »schrecklich« waren natürlich Worte, die Angst machten, aber Iben schämte sich trotzdem ein wenig, dass sie einfach getan hatte, was die Frau und später auch deren Mann gesagt hatten. Dass sie nicht versucht hatte, dem Mann am Badeplatz zu helfen. Wie sollte sie denn Polizistin werden, wenn sie so feige war?

Iben saß in der Küche des Eishauses und frühstückte.

Das zumindest hatte sie sich getraut: in Hovenäsets ureigenem Geisterhaus zu schlafen.

Sie stocherte mit dem Löffel im Joghurt herum. Das Frühstück hatte sie sich auf dem Johannesvik-Campingplatz gekauft, der auf der anderen Seite der Hovenäset-Brücke lag. Brot, ein bisschen Käse, Joghurt. Das war zwar teurer, als im Supermarkt einzukaufen, doch heute war sie einfach zu faul, um die drei Kilometer bis Kungshamn zu radeln und in einem richtigen Laden einzukaufen.

Iben versuchte, die Ereignisse des letzten Abends zu verdrängen, doch das war nicht leicht.

Sie hatte vorgehabt, auf Hovenäset nicht aufzufallen, und dann passierte ausgerechnet so etwas. So verdammt ... unnötig.

Dann war sie auch noch von der Polizei verhört worden. Ein Typ mit wilder Frisur war zu ihr gekommen und hatte behauptet, er sei Polizist. Geglaubt hatte sie ihm das erst, als er seine Polizeimarke gezeigt hatte.

Er hieß Ray-Ray.

Iben fand ja, dass er aussah wie ein Gangster, aber das sagte sie nicht laut, denn sie vermutete, dass er das als Kompliment auffassen würde.

Iben hatte so direkt wie möglich auf alle Fragen des Polizisten geantwortet. Auf alle, außer einer. Als er wissen wollte, was sie auf Hovenäset machte, hatte sie behauptet, sie wäre da, um sich nach dem Abitur auszuruhen, denn sie hätte da so viel gelernt, dass sie fast ausgebrannt wäre.

Und weil sie nichts von ihrem eigentlichen Anliegen erzählt hatte, konnte sie auch nichts von Gunnar Wides Website und dem Treffen, von dem sie im Chat gehört hatte, verraten. Außerdem gab es da ja auch gar nicht viel zu erzählen. Die Website stand nicht mehr im Netz, und Gunnar und der Mann hatten offensichtlich über Telefon kommuniziert. Es war leicht möglich, dass die beiden ihr Treffen verschoben hatten, ohne dass Iben je erfahren würde, wann sie sich stattdessen treffen wollten.

Das klang alles sehr logisch, aber etwas beunruhigte sie doch.

Ein Mann war tot aufgefunden worden, und das ursprünglich vereinbarte Treffen mit Mister Private Detective hatte nicht stattgefunden. Iben hatte null Ahnung, wer Mister Private Detective in Wirklichkeit war, aber allein die Tatsache, dass diese beiden Ereignisse zusammenfielen, machte ihr Angst. Was den Mann am Badeplatz betraf, so schien er sich das Leben genommen zu haben, aber bei so was konnte man nie sicher sein. Und wenn es kein Selbstmord war …

Nein, diesen Gedanken wollte Iben lieber nicht zu Ende denken.

Nicht, ehe sie etwas mehr erfahren hatte.

Aber was war denn mit Gunnar Wide und seiner Website?

Vielleicht sollte sie ihn einfach aufsuchen und fragen, was er über den Stückelmord wusste. Ursprünglich hatte sie das nicht vorgehabt, nicht zuletzt, weil die Website wirklich alles andere als beeindruckend gewesen war. Doch jetzt gefiel ihr der Gedanke. Schließlich wohnte Gunnar ganz in der Nähe.

Während des Gesprächs mit dem Polizisten am Abend zuvor hatte sie auch Maria Martinsson gesehen. Iben musste daran denken, was ihr Großvater immer gesagt hatte: Als Polizist hatte man niemals frei. Seinetwegen war sie auf die Idee gekommen, vielleicht Polizistin zu werden, und er hatte sich sehr gefreut, als Iben zum ersten Mal etwas über ihre Zukunftspläne verraten hatte. Die Oma und ihre Mutter hatten weniger begeistert ausgesehen.

Sie würde so gern ihren Opa anrufen und ihm von allem erzählen, was hier passiert war. Aber dann hätte sie verraten müssen, wo sie sich befand, und das wollte sie nicht.

Noch nicht.

Könnte sie vielleicht so tun, als wäre die Leiche auf Gotland gefunden worden, wo die anderen glaubten, dass sie sei? Nein, dann würde ihr Großvater doch gleich rumtelefonieren und alles Mögliche checken, denn es fiel ihm sehr schwer, sich nicht überall einzumischen. Und so würde Ibens Lüge schnell auffliegen, und damit konnte sie gerade nicht umgehen, dazu hatte sie sich viel zu viel angestrengt.

Sie sah auf die Zeitung, die neben ihrem Frühstücksteller lag. Die hatte am Morgen im Briefkasten des Eishauses gesteckt, und sie hatte sie schnell mit reingenommen. Bestimmt hatte sich der Zeitungsbote vertan, denn ihr gehörte die Zeitung nicht. Zuerst war ihr das wie ein Glücksfall vorgekommen, aber jetzt bereute sie schon, das Blatt an sich genommen zu haben.

Die Schlagzeilen waren riesig und schwarz und standen allen Vorhaben von Iben im Weg.

Da stand, dass die Polizei nicht ausschloss, dass der Mann durch ein Verbrechen zu Tode gekommen war, weshalb eine Mordermittlung eingeleitet worden war.

»Wir wissen immer noch nicht, wer er ist«, sagte der Polizist Ray-Ray in dem Artikel dazu.

Noch hatte die Polizei keine Fotos von dem Mann rausgegeben, aber man würde eine Reihe von Spuren verfolgen, um seine Identität herauszubekommen.

Iben schluckte.

Die ganze Nacht schon hatte sie einen Kloß im Hals gehabt und nur mit Unterbrechungen schlafen können.

In ihrem Kopf kreisten die Gedanken, und das war nicht gut. Sie musste jetzt endlich mit ihrer Arbeit und dem Projekt loslegen.

Sie holte ihren Computer heraus. Als sie ihn aus dem Rucksack zog und auf den Tisch stellte, kam er ihr leicht vor. Sie hatte den Laptop zum Abitur geschenkt bekommen – er war ihr einziger Wunsch gewesen. Den leichtesten Laptop, den es auf dem Markt gab.

Ihre Mutter hatte so froh ausgesehen, als Iben mit dem Geschenk zufrieden war, und irgendwie machte das Iben traurig. Es kam selten vor, dass ihre Mutter froh aussah, meist wirkte sie ernst und nachdenklich. Und besorgt. Iben kannte niemanden, der so viel grübelte wie ihre Mutter. Vor allem, wenn es um Iben ging.

Der Ventilator im Computer surrte leise, als sie ihn aufklappte. Sie klickte auf eine der Dateien, die sie für ihr Projekt angelegt hatte, die mit *SM* bezeichnet war, eine einfache Abkürzung für »Stückelmord«.

Iben hatte eine Menge Zeit auf die Reise nach Bohuslän verwandt, um sie so zu organisieren, dass niemand erfuhr, wo sie sich befand und was sie da wollte. Außerdem hatte sie alles über den berüchtigten Mord gelesen, was sie in die Finger bekommen konnte.

Sämtliche Dokumente befanden sich im Computer. Artikel und Screenshots von verschiedenen Websites, dazu Kopien aus Büchern, die sie in der Bibliothek geliehen hatte.

Bei der Lektüre war sie auf einen Journalisten namens Birger Andersson gestoßen. Er hatte beim *Bohusläningen* gearbeitet und mehr Artikel über den Stückelmord geschrieben als jeder andere.

Iben wählte seine Telefonnummer. Die war einfach zu finden gewesen. Jetzt blieb nur, zu sehen, ob er sich vorstellen konnte, mit ihr zu sprechen.

Während es klingelte, scrollte sie durch die Artikel im Computer. Birger Andersson hatte auch nach Beendigung des Gerichtsverfahrens weiter über den Fall geschrieben. Lydia Bromans eigener Ehemann war für den Mord verurteilt worden, und Andersson hatte mehrfach das Wort Justizmord verwendet.

Justizmord.

Das Wort kannte Iben vorher nicht, doch inzwischen wusste sie genau, was das bedeutete.

Sie presste das Handy ans Ohr. Jetzt begann ihre Ermittlung. Jetzt war sie eine richtige Polizistin, wenn auch eine sehr einsame.

»Hallo?«

Die Stimme im Telefon gehörte einer Frau.

Verdammter Mist.

Iben war davon ausgegangen, dass Andersson selbst rangehen würde. Sie richtete sich auf und suchte nach Worten.

»Hallo«, erwiderte sie. »Ich hätte gern Birger Andersson gesprochen.«

»Worum geht es?«

Die Frau schien älter zu sein, sie klang abweisend, doch ihre Stimme war brüchig.

»Es geht um einen alten Gerichtsfall, über den er geschrieben hat«, antwortete Iben. »Ist er denn zu Hause?«

Die Frau schnaubte.

»Es geht um den Stückelmord, nicht wahr?«

Als Iben nicht antwortete, begann sie zu schimpfen:

»Ihr seid doch alle gleich. Ihr glaubt, ihr könnt Birger wieder in diesen entsetzlichen Zirkus hereinzerren. Vergiss es. Vergiss es einfach! Wenn ihr den sogenannten wirklichen Mörder finden wollt, dann müsst ihr das selbst tun.«

Dann legte sie auf.

Iben schaute resigniert auf das Telefon.

Amateurin, dachte sie. Ich bin eine fucking hobbylose Amateurin.

Die Tränen schossen ihr in die Augen.

Hier lief einfach nichts so, wie sie gedacht hatte.

All ihre Energie und ihr ganzes Geld hatte sie darauf verwendet, ohne ihre Mutter im Schlepptau nach Hovenäset zu kommen. Wenn sie es einfach nur dahin schaffte, so hatte sie gedacht, wenn sie alle Spuren hinter sich verwischte und eine Weile vor Ort sein konnte, dann würde sich der Rest schon von selbst regeln.

Und jetzt, da sie dort war, wurde ihr klar, dass der ganze praktische Kram nur ein sehr kleiner Teil der eigentlichen Arbeit war. Vor ihrer Abreise hatte sie kein einziges Treffen vereinbart, mit keinem Menschen gesprochen.

Alles, was sie besaß, war eine Liste mit drei Punkten. Die Liste hieß »To do«, und der erste und wichtigste Punkt war gewesen, mit Birger Andersson zu sprechen.

Wie sollte sie nun weitermachen?

Eine sehr wichtige Sache hatte die Frau allerdings falsch verstanden: Iben war überhaupt nicht daran interessiert, einen anderen Mörder als den Mann von Lydia Broman zu finden.

Im Gegenteil.

Sie hatte keinen größeren Wunsch, als dass Mats Broman derjenige sein möge, der Lydia ermordet hatte.

Was könnte Henrik auf dem Herzen haben? Über diese Frage dachte August ein paar Momente nach, nachdem sie aufgelegt hatten, doch dann entschied er, die Sache loszulassen, bis der Freund sich wieder meldete.

»Entschuldigung«, sagte er zu der Kundin, die zögernd in der Tür stand. »Kommen Sie rein!«

»Danke«, erwiderte die Frau.

August konnte sich nicht erinnern, ihr schon einmal begegnet zu sein. Die Frau war um die siebzig und trug eine beigefarbene Bluse und schwarze Hosen. Die Haare erinnerten ein wenig an die von Königin Silvia: dick und dunkel, zu einer schulterlangen Frisur geschnitten. Aber ansonsten sah sie höchst alltäglich aus. Sie war ungeschminkt und der Blick matt, ihr Nacken ein wenig gebeugt, was sie schüchtern und verlegen wirken ließ.

»Wie schön Sie es hier haben«, sagte die Frau.

August bedankte sich.

Er freute sich immer, wenn Besucher seinen Laden lobten. Es hatte einige Zeit gedauert, herauszufinden, wie er ihn einrichten wollte, doch inzwischen war er richtig zufrieden.

August stand auf, und die Frau kam zu ihm, drehte aber dabei erst mal eine Runde durch den Laden. Der Holzfußboden knarrte unter ihren Füßen. Sie ließ den Blick über die Abteilung herrenloser Bücher wandern, die anfänglich nur eine Ecke ausgemacht hatte, jetzt aber eine ganze Wand einnahm, und dann weiter zur Abteilung Kleider, wo es Teile gab, die man sowohl leihen als auch kaufen konnte. Die Bücherregale hatte ein Tischler aus Hunnebostrand maßgefertigt, und die Kleiderständer aus Messing hatte er einem Theater in Göteborg abgekauft. Die Wände waren mit einer diskreten, aber in warmen Tönen gehaltenen gestreiften

Tapete bedeckt. Der Blick der Kundin wanderte weiter zu den Mengen von Glas und Porzellan, die sich auf Ausstellungstischen drängten, und landete dann bei einer Sammlung von kleineren Möbeln wie Stühlen und Beistelltischen. Von der Decke hingen fast fünfzig Lampen, nur wenige von ihnen waren eingeschaltet, aber alle funktionierten. Doch die schienen die Kundin weniger zu interessieren.

Schließlich blieb sie beim Aktionstisch stehen, den August anlässlich des Backwettbewerbs aufgestellt hatte. Hier gab es alles von kuriosen Kuchenformen bis zu alten Haushaltshelfern und elektrischen Rührgeräten. Der Tisch mit Backsachen erfreute sich großer Beliebtheit, vor allem seitdem noch Backbücher und Rezeptsammlungen dazugekommen waren.

»Wissen Sie«, begann die Frau, »so oft schon habe ich mir vorgenommen, hierherzukommen, doch es ist nie was daraus geworden.«

»So ist es manchmal«, erwiderte August. »Umso schöner, dass Sie jetzt den Weg hierher gefunden haben.«

Seine Kundin sah ihn ernst an.

»Ja, also, ich frage mich … gibt es eigentlich Sachen, für die Sie sich nicht interessieren?«

Das war die schwierigste Frage von allen.

»Schwer zu sagen, bevor ich gesehen habe, was Sie gerne loswerden wollen«, erwiderte er.

Die Frau nickte rasch.

»Ich verstehe«, sagte sie. »Ich verstehe. Aber ich dachte … Messer. Ich habe ein Messerset, das ziemlich alt ist. Ich habe es von meiner Mutter bekommen, und ja … Ich will es einfach nicht mehr haben. Wir brauchen es nie.«

August wurde nachdenklich. Irgendetwas machte die Frau nervös. Warum machte sie so eine große Sache aus ein paar Messern?

Er zuckte mit den Schultern.

»Messer klingt absolut nach etwas, was ich verkaufen könnte«, sagte er.

Seine Kundin sah erleichtert aus. »Dann komme ich bald noch einmal vorbei«, sagte sie. »Ich werde mich melden.«

»Sie sind herzlich willkommen«, erwiderte August und gab ihr seine Karte.

In dem Moment klingelte sein Handy.

Gunnar Wide.

Natürlich.

Sicherlich rief er wegen des Toten auf Hovenäset an. Außerdem hatte August ihn nach seinem letzten Kontaktversuch nicht zurückgerufen.

Sein Blick wanderte vom Telefon zu der Frau, die gerade im Begriff war zu gehen.

»Gehen Sie ruhig ran«, sagte sie. »Ich komme wieder.«

August warf ihr einen dankbaren Blick zu.

Sie erhob die Hand zu einem raschen Gruß und verschwand.

August ging ans Telefon.

Am anderen Ende war eine heisere Stimme zu hören.

»August, ich bin es. Gunnar.«

»Ich hab's gesehen.«

»Was?«

»Nichts. Womit kann ich dir helfen?«

August war selbst erstaunt, wie leicht ihm diese Frage fiel. Gerade so, als wäre es eine gute Idee, sich ausgerechnet Gunnar zur Verfügung zu stellen.

»Weißt du, wer der Mann ist, der da gestern gestorben ist?«, fragte der Alte.

August setzte sich gemächlich hin.

»Nein«, antwortete er. »Keine Ahnung.«

Gunnar schwieg einen Moment. Dann sagte er:

»Ich glaube, dass ich es vielleicht weiß. Aber ich möchte gerne erst mit dir darüber reden, ehe ich Kontakt zur Polizei aufnehme. Ich habe keine Lust, schon wieder zu hören, dass ich alt bin und ein Idiot, einfach nur, weil die so verdammt lahm sind.«

Gunnar keuchte ein wenig, und August machte sich Sorgen. Noch bis vor wenigen Monaten war Gunnar der selbstverständliche Anführer von Hovenäset gewesen, souverän und mit aufrechter Haltung, erfahren und stark wie ein Bulle. Und dann hatte sein Körper ihn auf eine so miese Weise im Stich gelassen, dass er sich nicht dagegen wehren konnte.

Ein schwerer Schlaganfall.

Gunnar würde nie mehr laufen und nie wieder ohne fremde Hilfe zurechtkommen. Eine Hand und ein Arm funktionierten noch relativ gut, doch auf der anderen Seite sah es viel schlechter aus. In seinem Haus konnte er nur noch wohnen, weil er immer noch klar in der Birne und unverändert aufmüpfig war. Seine Ehefrau, die seit vielen Jahren an den Rollstuhl gefesselt und außerdem sehr verwirrt und völlig unfähig war, sich selbst zu versorgen, hatte in ein Pflegeheim ziehen müssen. Dort hatte sie ein Doppelzimmer bezogen – eine rein administrative Vorsorgemaßnahme, bis Gunnar das Handtuch werfen und seiner Frau folgen würde.

All das schoss August durch den Kopf, ehe er antwortete.

»Niemand sagt, dass du ein alter Idiot bist«, entgegnete er. »Wenn du etwas über den Mann weißt, der gestern tot aufgefunden worden ist, dann musst du es sagen. Aber nicht mir, sondern der Polizei.«

»Kommt nicht infrage«, erwiderte Gunnar. »Komm her, dann sage ich dir, was ich weiß. Ich bin gerade mit meinem Physiotraining in Väjern fertig und habe keine Lust, mit dem Fahrdienst nach Hause zu fahren. Du kannst mich mit dem Boot holen, dann werde ich alles erklären.«

»Nein, das geht doch nicht«, sagte August. »Wie soll ich dich und den Rollstuhl in ein Boot kriegen, Gunnar? Sorry, ehrlich, aber ich …«

»August.«

»Ja?«

»Komm sofort.«

»Aber ich kann doch nicht. Der Laden ist noch offen, und …«

»Strindberg, ruf die Aushilfe an und komm her. Immerhin habe ich dir mal das Leben gerettet.«

»Ich weiß«, sagte August, »und dafür bin ich dir ewig dankbar. Aber …«

»War verdammt kalt im Wasser damals. Ich hätte an einer Lungenentzündung verrecken können.«

»Ich weiß. Und wie gesagt, ich werde niemals vergessen, was du für mich getan hast. Aber …«

»Du warst schwer, August. Ich hab noch mehrere Wochen danach Schmerzen in den Schultern und Armen gehabt.«

August musste unwillkürlich grinsen. Er hatte tatsächlich einen Kunden in Väjern, den er mal besuchen musste. Und Viggo war ja erreichbar.

»Okay«, sagte er schließlich. »Ich komme.«

Stunde um Stunde hatten sie darauf verwendet, herauszufinden, wer der Mann war, der am Sprungturm gehangen hatte. Jetzt saßen Maria und Ray-Ray in der Küche von Paula Tedin. Die hatte einen roten Volvo vorbeifahren sehen, und wenn es nun wirklich derselbe rote Volvo war, der später beim Badeplatz geparkt stand, dann war sie ihre einzige Zeugin.

»Ich fasse noch einmal zusammen«, sagte Maria. »Haben Sie das Kennzeichen oder einen Teil davon gesehen?«

»Nein, leider nicht.«

Und dann:

»Aber ich erinnere mich, dass der Jeep, der dahinter kam, ziemlich dreckig aussah. Aber das ist vielleicht auch keine große Hilfe, oder? Autos kann man ja schließlich waschen.«

Maria zog eine Augenbraue hoch.

»Welcher Jeep?«, fragte sie.

»Der fuhr so dicht hinter dem Volvo, dass ich annahm, die beiden würden zusammengehören.«

Und das erwähnst du erst jetzt, dachte Maria.

Es lohnte sich einfach immer, dieselbe Frage mehrmals zu stellen, gerne auf unterschiedliche Art.

»Okay«, sagte Ray-Ray. »Wie gut, dass Sie das erwähnen. Was können Sie denn noch über den Jeep sagen? Haben Sie den Fahrer gesehen?«

»Nein, ich habe keinen der beiden Fahrer gesehen. Aber ich glaube, dass jeder allein in seinem Auto gesessen hat. Jedenfalls habe ich keine Mitfahrer gesehen. Und der Jeep war schwarz, viel mehr als das weiß ich nicht.«

Paula wirkte aufgeweckt auf Maria. Das war immer ein willkommenes Gefühl, wenn man es mit einer Zeugin zu tun hatte. Paula war ihr noch nie begegnet, denn sie gehörte nicht zu den Dauerbewohnern von Hovenäset, sondern besuchte die Halbinsel nur im Sommer. Das Haus gehörte nicht ihr, sondern ihrem Großvater, doch der war offensichtlich seit Jahren nicht mehr hier gewesen.

»Sind Sie sicher, dass es sich um einen Jeep und einen Volvo handelte?«, fragte Maria. »Ich meine, nicht jeder ist ausreichend an Autos interessiert, um unterschiedliche Marken identifizieren zu können, wenn die draußen auf der Straße vorbeifahren.«

Paula zuckte mit den Schultern.

»Ich bin von Menschen umgeben, die Autos lieben«, sagte sie. »Sowohl meine Freundin als auch mein Vater und mein Bruder sind besessen von allem, was auf vier Rädern rollt. Da schnappt man schon das ein oder andere auf.«

»Können Sie sagen, exakt welches Modell der jeweiligen Marke es war?«, fragte Ray-Ray.

»Nein«, sagte Paula. »So viel weiß ich nun auch wieder nicht. Aber ich würde definitiv das Auto, das zuerst fuhr, einen Volvo nennen, und das, was danach kam, einen Jeep. Was den Jeep angeht, denke ich, dass er vielleicht ein älteres Modell war. Er erinnerte mich an einen Jeep, mit dem meine Schwester in den Achtzigerjahren rumgebraust ist. Aber der war blau«, beeilte sie sich hinzuzufügen.

»Ist Ihnen noch etwas anderes aufgefallen?«, fragte Maria.

»Man konnte wirklich nicht viel sehen«, erklärte Paula und schob den schräg geschnittenen Pony hoch, der über ihrem Auge hing. »Gestern war es ja verdammt neblig. Aber ich weiß, dass ich noch dachte, der Jeep sieht aber dreckig aus. Und der Volvo hatte einen Sprung über dem rechten vorderen Scheinwerfer.«

Maria richtete sich auf.

Auch bei dem Volvo, der auf dem Parkplatz gestanden hatte, war der rechte Scheinwerfer gesprungen. Die Wahrscheinlichkeit, dass auf Hovenäset noch mehr rote Volvos mit einem solchen Schaden herumfuhren, war sehr gering.

Wenn wir mal endlich den Besitzer des Autos finden würden, dachte Maria.

Den Mann, der Hampus Bengtsson hieß und sich nicht meldete, wenn die Polizei ihn zu erreichen versuchte.

»Um welche Zeit haben Sie die Autos gesehen?«, fragte Ray-Ray.

»Genau weiß ich es nicht, aber so irgendwann zwischen drei und halb vier.«

Maria und Ray-Ray wechselten einen Blick.

»Gut«, sagte Ray-Ray und stand auf. »Das war wohl alles für diesmal. Vielen Dank für den Kaffee.«

Auch Maria kam auf die Füße.

Paula brachte sie zur Tür.

»Wir melden uns, wenn wir noch mehr Fragen haben«, sagte Maria.

»Okay«, erwiderte Paula.

Die beiden hörten, wie sie die Eingangstür hinter ihnen abschloss.

Ray-Ray fuhr sich nachdenklich durchs Haar, als sie gingen.

Der Nebel hatte sich ein wenig gelichtet, es war aber immer noch kühl.

Maria fröstelte.

Der Sommer musste auf der Stelle zurückkommen, denn dieses Wetter konnte sie nicht ausstehen.

Da klingelte ihr Handy.

Sie blieb an ihrem Fahrrad stehen, während Ray-Ray das Auto aufschloss und sich hinters Steuer setzte. Sie würden sich niemals darüber einigen, welches Fahrzeug das richtige war, das musste man einfach akzeptieren.

Ray-Ray ließ die Tür offen, als sie ranging, und beobachtete sie schweigend.

Maria hörte eine ihr unbekannte Männerstimme.

»Maria Martinsson?«

»Am Apparat. Wer ruft an?«

»Ich heiße Hampus Bengtsson und bin über die Polizeizentrale mit Ihnen verbunden worden. Meine Mutter hat mir erzählt, dass Sie nach mir suchen.«

Die Stimme klang souverän, aber abwartend.

Endlich!

»Wie schön, dass Sie sich melden«, sagte Maria und bedeutete Ray-Ray, mit wem sie sprach. »Aber noch besser wäre es, wenn wir uns treffen könnten. Wo sind Sie gerade?«

Hampus lachte.

»Ich bin in Ushuaia.«

»Wie bitte?«

Er wurde ernst.

»Ich bin in Ushuaia. Auf der südlichen Landzunge von Argentinien. Und morgen werde ich ein Kreuzfahrtschiff in die Antarktis besteigen und zwei Wochen lang weg sein. Wenn Sie jetzt sagen, dass ich nach Hause kommen muss, dann machen Sie mich unglücklich, denn ich habe über zehn Jahre lang auf diese Reise gespart.«

Maria presste das Telefon ans Ohr und überlegte, was sie sagen sollte.

Die Antarktis war verdammt weit weg.

Hampus verstand ihr Schweigen falsch und begann erneut zu sprechen: »Aber das hängt natürlich davon ab, was passiert ist. Es … es macht mich ganz nervös, wenn Sie jetzt nicht sagen, warum Sie mich sprechen wollen.«

Maria wählte ihre Worte überlegt.

Vor sich sah sie das junge Gesicht des toten Mannes.

Schließlich sagte sie:

»Hampus, ich erzähle Ihnen gleich, was passiert ist. Aber erst möchte ich Ihnen eine Frage stellen: Was für ein Auto besitzen Sie? Und wo befindet sich der Wagen?«

Wie viel würde er nicht für ein kaltes Bier geben? Hundert Kronen?

Tausend?

Oskar wusste es nicht. Ohne jede Vorwarnung war er einer Sucht in die Klauen geraten, die er seit Monaten nicht verspürt hatte. Die Sehnsucht nach einem Rausch, wie ihn nur Alkohol geben konnte, weg von der Wirklichkeit.

Ein Filter, dachte Oskar. Ich will einen Filter.

Es war dieses ganze Gerede auf der Arbeit, das ihn aufwühlte.

Durch den rätselhaften Todesfall auf Hovenäset schienen bei den meisten alle Sicherungen durchzuknallen, und ebenso bei Oskar. Niemand wusste etwas über den Mann, der da tot aufgefunden worden war, und niemand war da gewesen, als es passierte, doch das hielt die Leute nicht davon ab, wie verrückt zu tratschen. Einige schienen überzeugt, dass der Mann Selbstmord begangen hatte, während andere ebenso überzeugt waren, dass er ermordet worden war. Es machte die Sache nicht besser, dass die Polizei erklärte, man habe eine Ermittlung eingeleitet und mögliche Zeugen sollten sich schnell melden.

»Jetzt geht es wieder los«, hatte einer von Oskars Kollegen gesagt. »Es ist doch, als ob irgendjemand entschieden hätte, dass Hovenäset mit ewigem Unglück bestraft werden soll, bis mal der Stückelmord aufgeklärt ist. Ich meine, es ist uns doch allen klar, dass der richtige Mörder davongekommen ist. Und wer weiß, wie viele er noch ermordet hat? Möglicherweise ist er so ein Serienmörder.«

Wer weiß, wie viele er noch ermordet hat?

Bei dieser rhetorischen Frage war Oskar fast in Ohnmacht gefallen.

Er war ungeheuer erleichtert, als er endlich Feierabend hatte. Normalerweise mochte er seinen Job im Supermarkt auf Smögen sehr, doch an diesem Tag hatte es sich einfach nur anstrengend angefühlt. Warum konnten die Leute die Vergangenheit nicht ruhen lassen?

Als er nach Hause kam, schloss sich Oskar über eine Stunde im Schlafzimmer ein. Der Laptop auf seinen Knien lief heiß, als er versuchte, noch mehr Artikel im Internet über die Jungen zu finden, die wegen Mordes angeklagt und dann freigesprochen worden waren.

Das Handy drückte in seiner Tasche.

Er musste jetzt entscheiden, wie er auf Espens Nachricht reagieren sollte.

So schnell wie möglich.

Oskar ging los, um Matilda abzuholen. In dieser Woche waren nur sie und drei andere Kinder in der ganzen Kita. Der Rest hatte Sommerferien. Er hoffte, dass sie nicht mehr von dem neuen Mädchen auf Hovenäset sprechen würde. Dorthin durfte Matilda erst fahren, wenn sie alleine den Bus nehmen konnte.

Hinten im Auto bewegte sich Tony unruhig.

Oskar beobachtete den Hund im Rückspiegel und lächelte.

Tony träumte oft im Schlaf, deshalb war es nicht einfach, neben ihm zur Ruhe zu kommen.

»Vielleicht hätte ich dich bitten sollen, dass du dich tagsüber um Matilda kümmerst«, sagte Oskar. »Das wäre doch was.«

Der Hund erwachte und starrte ihn an.

Da hat er ganz recht.

Oskar musste sich immer wieder klarmachen, dass alle Verantwortung ganz allein bei ihm lag, es gab niemanden, dem er etwas davon abgeben konnte. Seine Eltern konnten ihm nicht mehr helfen, sie waren vor sieben Jahren bei einem Autounfall ums Leben gekommen, von dem Oskar immer noch dachte, dass er eigentlich für ihn bestimmt gewesen war. Es gab einfach keinen logischen Grund dafür, dass das Schicksal etwas so Schreckliches jemand anderem als ihm zufügte.

Was hätten sie wohl von ihm als Vater gehalten? Hätten sie Matilda und ihn besuchen wollen?

Oder hätte sein Vater alles ruiniert wie schon früher einmal?

Jetzt nicht daran denken.

Lieber rief er sich ins Gedächtnis, wie glücklich er war, sowohl Matilda als auch die Betreuerin Ellen in seinem Leben zu haben. Was wäre er ohne diese beiden Menschen?

Das war eine neue Art Frage für jemanden, der sein ganzes Leben lang exakt gewusst hatte, was er war:

Oskar war Finsternis. Ein wandernder Mangel an Impulskontrolle. Schlummernder Zorn, drohende Gewalt.

Aber dann kam dieser Zweifel.

Warum erinnere ich mich nicht an meine schreckliche Tat?, dachte er. Warum erinnere ich mich nur an das Blut?

Als Kind und später als aufmüpfiger Teenager hatte er diese Frage seinen Eltern gestellt, doch die hatten nur mit Schweigen und finsteren Blicken geantwortet. Sie dachten, er würde lügen, wo er doch so unzuverlässig war.

Niemand hatte jemals mit ihm über die Details sprechen wollen, und die einzige Zeugin dessen, was passiert war, war so krank, dass sie nicht darüber reden konnte, was sie erlebt hatte.

»Wir haben dich damals gerettet«, hatten seine Mutter und sein Vater sicher hundertmal gesagt. »Wir haben niemandem erzählt, was du getan hast. Das ist der einzige Grund dafür, dass du immer noch zu Hause wohnen darfst und nicht eingesperrt bist, so wie dein Großvater in seinen letzten Lebensjahren. Also hör auf zu quengeln und alles infrage zu stellen.«

Großvater.

Die Blutschande und die Erbsünde. Zwei Dinge, die man ebenso unmöglich loswerden konnte wie die Schuld, die zu fühlen und zu tragen man von ihm erwartete. Oskars Vater und sein Onkel Espen hatten sie abschütteln können, aber Oskar nicht. Er hatte das Böse in die Familie zurückgeholt.

»Versprich mir, dass du niemals Kinder bekommst«, hatte sein Vater in einem ihrer vielen zerstörerischen Streitgespräche gesagt. »Zum Teufel, versprich mir das.«

»Niemals im Leben werde ich etwas so verdammt Dummes versprechen«, hatte Oskar geantwortet. Das war einer der wenigen Momente in seiner Jugend, auf die er stolz war.

Gleichzeitig weckte die Erinnerung einen tiefen Schmerz, denn sein Vater hatte wirklich gemeint, was er sagte. Er wollte, dass Oskar um jeden Preis vermeiden sollte, Vater zu werden. So wütend hatte er geklungen, fast hasserfüllt. Die Fäuste waren geballt gewesen, und obwohl er damals schon erwachsen war, hatte Oskar vor dem Zorn seines Vaters Angst gehabt. Der Vater streckte in seiner Gegenwart niemals die Waffen. Er war ständig bereit, anzugreifen, immer bereit, das Handeln und die Lebensentscheidungen seines Sohnes kritisch zu sehen.

»Jetzt mal mit der Ruhe, Christer«, pflegte sein Onkel Espen zu sagen. »Ganz ruhig.«

Das half manchmal, aber nicht sehr oft.

»Er ist mein Junge«, antwortete sein Vater dann. »Ich muss der Vater sein, den er braucht.«

Ein Auto hupte, und Oskar schreckte auf. Sofort riss er sich zusammen. Er war ein alleinstehender Vater auf dem Weg zur Kindertagesstätte, um seine Tochter abzuholen. Da musste man sich konzentrieren.

Er sollte endlich seine Zweifel abschütteln, sie in die Schamecke seines Daseins verschieben. Wie alle Menschen hatte auch Oskar eine Vergangenheit. Dass seine blutiger war als die der meisten, war etwas, was er akzeptieren musste. Jetzt hatte er ein richtiges Leben, einen Alltag, der ihn glücklich machte. Und er hatte ein Kind. Wenn er Matilda verlieren würde, wäre alles vorbei.

In wenigen Minuten war er bei der Kita, und da musste er gefasst wirken. Er wollte niemals einen unzuverlässigen Eindruck machen, niemals das Gefühl vermitteln, als würde er das Geschenk, Matilda in seinem Leben zu haben, nicht verdienen.

Als er kurz darauf vor der Kindertagesstätte parkte, holte er dreimal tief Luft, dann stieg er aus.

Sein Handy vibrierte in der Tasche, als er gerade den Vorplatz betrat.

Oskar hielt inne.

Eine weitere SMS von Espen.

Sei so gut und lass von dir hören, Oskar. Wir haben mehrere Gründe, uns zu treffen, das ist dir sicher klar. Geh bloß nicht ran, wenn irgendwelche Journalisten anrufen. Und melde dich, sobald du kannst. Das hier kann richtig übel werden.

Der Boden unter Oskars Füßen begann zu wanken.

Er verstand alles und gleichzeitig gar nichts von dieser Nachricht.

Das hier kann richtig übel werden.

Er spürte den Druck auf der Brust wachsen.

Was, Espen?, fragte er sich. Was kann so übel werden?

Warum war er nur mit dem Boot zu Gunnar gefahren? Er hätte ihn in das Auto vom Fahrdienst setzen sollen, und den Kunden, den er besuchen wollte, erreichte er sowieso leichter mit dem Auto oder dem Fahrrad. Sonderlich schnell ging es hier auch nicht voran. Das war alles nur, weil Gunnar am Telefon so stur gewesen war und August sich hatte überreden lassen.

Verdammter Mist, dachte er, als er mit fünf Knoten unter der Smögen-Brücke durchtuckerte.

Wenn ein Boot kam, das schneller fuhr als seines, hätte er keine Chance.

Der Radarbildschirm auf dem Steuerstand blinkte.

Eine Warnung.

August sah angestrengt übers Wasser. Ein Stück weiter vorn ahnte er einen Schatten, der sich langsam durch den Nebel bewegte.

Kurz darauf glitt ein großes Segelboot an ihm vorbei.

Natürlich besaß August einen Motorbootschein, doch diese Tour hätte er lieber sein lassen. Er hatte nicht genug Fahrstunden, um sich in den Nebel zu wagen. Vielleicht spielte die Übung hier auch keine Rolle – bei solchem Wetter sollte man einfach nicht draußen unterwegs sein.

Wie auch immer. August zuckelte langsam die Küste hinauf. Er schielte auf die digitale Seekarte. Zum Glück war es nicht weit. Gunnar hatte noch zwei weitere Male angerufen und strenge Befehle erteilt, wo sie sich treffen wollten.

»Ich warte auf dem Steg unterhalb des Rehazentrums«, hatte er gesagt. »Da liegt ein hässliches gelbes Boot.«

August hatte das Gefühl, auf dem richtigen Kurs zu sein.

Und sehr richtig: Schon bald ahnte er einen Steg und ein Boot, das durchaus gelb sein konnte.

Als er ganz dicht am Steg war, knallte er brutal den Rückwärtsgang rein. So bremste man Boote, hatte er gelernt.

Jetzt war er so nah am Steg, dass er sich ranziehen konnte. Und da entdeckte er Gunnar. Der saß in seinem Rollstuhl ein Stück weit entfernt.

»Hallöchen!«, rief August.

»Na, das hat ja ganz schön gedauert«, erwiderte Gunnar. »Ich war schon drauf und dran, den Seenotrettungsdienst zu rufen.«

August schaltete den Motor aus und zog den Zündschlüssel ab. Dann holte er eine Leine raus und legte das Boot an einen Poller. Als er auch die Fender an ihren Platz gehängt hatte, zog er seinen Rucksack auf und kletterte über eine Leiter, die am Steg angebracht war, hinauf.

»Warum machst du denn all den Kram?«, fragte Gunnar. »Wir fahren doch gleich wieder los.«

August schaute von Gunnar zum Boot.

Dann ging er zu dem Alten und rollte ihn näher an die Stegkante.

»Wie hast du dir vorgestellt, mein Lieber, dass ich dich ins Boot runterkriegen soll? Du hast ja wohl gesehen, dass ich die Leiter gebraucht habe, um raufzukommen.«

Gunnar schaute schweigend aufs Boot hinunter.

»Kipp mich rüber«, sagte er.

»Im Leben nicht, verdammt noch mal!«, entgegnete August, der nur fluchte, wenn es nötig war, und das war jetzt der Fall.

»Das war ein Witz«, sagte Gunnar. »Wo sind denn diese demütigenden Fahrstühle, wenn man sie mal braucht?«

August rollte Gunnar von der Kante weg und setzte sich auf eine Bank neben ihm.

»Jetzt erzähl mir mal, was du auf dem Herzen hast«, begann er. »Danach helfe ich dir, den Fahrdienst zu rufen.«

Gunnar war nicht so gut darin, die Regie abzugeben. Er wollte in seinem eigenen Tempo erzählen. Und jetzt, da er endlich jemanden gefunden hatte, der ihm zuhörte, schien er die Gelegenheit nutzen zu wollen, richtig viel zu reden. Also sprach er buchstäblich über alles: darüber, was er von der bevorstehenden Renovierung der Smögen-Brücke hielt, von den neuen Häusern, die draußen auf Kleven gebaut wurden, und über seine Prostata, die vergrößert war, aber es war kein Krebs (und das fand er ziemlich gut, denn Krebs war doch wohl eine Erfahrung, die er jetzt nicht auch noch machen musste).

Als er sich in den mehr privaten Ausführungen erging, hatte August das Gefühl, Gunnar sollte nun mal zur Sache kommen.

»Ich finde es toll, dass du alles, was hier in der Umgebung passiert, so nahtlos verfolgst«, sagte August. »Und ich bin natürlich froh, dass du, also ja, gesund und munter bist, aber …«

»Gesund und munter ist ja wohl etwas übertrieben, oder?«

»Ja«, gab August zu. »Da hast du recht. Aber Gunnar, es wäre super, wenn du mir jetzt sagen würdest, warum du mich treffen wolltest.«

Gunnar schwieg einen Moment.

»Ich hätte gestern Besuch bekommen sollen«, sagte er dann. »Von einem jungen Mann, der mich interviewen wollte. Aber er ist nicht erschienen.«

Es wurde wieder still.

»Und jetzt glaubst du, dass er es ist, der sich im Sprungturm aufgehängt hat?«, fragte August skeptisch.

»Das weiß ich nicht. Und du weißt ja auch nicht, ob der Mann sich erhängt hat oder ob er erhängt wurde.«

»Hast du ein Foto von dem Mann, auf den du gewartet hast?«, erkundigte sich August. »Das könnte ich dann doch Maria geben.«

Das sagte er hauptsächlich, um nett zu sein. Schließlich konnte es tausend Gründe geben, warum das Treffen von Gunnar ausgefallen war.

»Ich habe kein Foto«, sagte Gunnar. »Und ich weiß auch nicht, wie er aussah. Wir haben uns noch nie zuvor gesehen. Er … er hat mich wegen einer Sache angesprochen, über die ich ziemlich gut Bescheid weiß.«

Diese diffuse Art, sich auszudrücken, setzte Gunnar aus einem einzigen Grund ein, und zwar, damit August fragen würde, worum es sich denn handelte.

In die Falle gehe ich nicht, dachte August, denn dann wird dieses Gespräch hier nie ein Ende finden.

»Gunnar, hör mir zu. Wenn du glaubst, dass du etwas weißt, dann musst du die Polizei anrufen. Du musst …«

»Ich muss überhaupt nichts. Warum sollte ich die Polizei anrufen? Die machen ja doch nichts. Und jetzt komm mir nicht und sag, ich würde mich täuschen, denn du weißt ganz genau, dass es nicht so ist. Wenn die Polizei ihren Job gemacht hätte, dann hätte ich ja wohl nicht ins Meer tauchen und dich rausfischen müssen. Stimmt's?«

Seine Dauertrumpfkarte in fast allen Diskussionen.

Eine Möwe landete ein Stück von ihnen entfernt und beäugte sie ruhig.

Gunnar nestelte ein Taschentuch aus der Brusttasche und schnäuzte sich.

»Du kannst doch wenigstens mal überlegen, sie anzurufen«, sagte August und stand auf.

Das hier würde ein kurzes Treffen werden, und dann würde er weiter zu seinem Kunden entschwinden.

»Jetzt werde ich auf jeden Fall mal den Fahrdienst für dich bestellen«, sagte er entschlossen.

»Nein«, entgegnete Gunnar.

»Aber bitte, jetzt sieh es doch ein. Ich …«

»Sag Maria, sie soll mich anrufen«, verlangte Gunnar. »Und nicht umgekehrt.«

»Wie bitte?«

»Ich will ihr von dem Jungen erzählen, der nicht aufgetaucht ist. Sag Maria einen schönen Gruß, dass ich glaube, dass ich was

Wichtiges über den Typen, der aufgehängt am Badeplatz gefunden wurde, zu sagen habe.«

Und dann, als August nicht so dramatisch reagierte, wie Gunnar es wahrscheinlich gehofft hatte, fügte er noch hinzu:

»Er wollte mehr über den Stückelmord wissen. Deshalb sollten wir uns treffen. Sag Maria das.«

»Wie bitte?«

Hampus klang misstrauisch, und Maria konnte durchaus verstehen, dass er dieses Gespräch mit der Polizei seltsam fand.

»Ich habe gefragt, was für ein Auto Sie besitzen.«

»Rufen Sie mich auf der anderen Erdhalbkugel an, um ...«, begann Hampus, antwortete dann aber doch auf ihre Frage. »Ich besitze einen roten Volvo, den ich jetzt seit bald sieben Jahren fahre.«

»Ausgezeichnet. Und wo befindet sich dieses Auto im Moment?«

»Das weiß ich tatsächlich nicht. Ich habe es einem Kumpel geliehen. Er darf es während der Zeit, in der ich verreist bin, benutzen.«

Zwei Fußgänger näherten sich auf dem Bürgersteig. Sie erblickten Maria und begannen sofort, etwas schneller zu gehen. Offensichtlich waren sie neugierig, wie es um die Ermittlung stand.

Ray-Ray suchte ihren Blick, und mit einem Mal war sie froh, dass sie das Auto dabeihatten und sie nicht länger auf dem Marktplatz von Hovenäset herumstehen und reden musste.

Sie nickte den beiden Bewohnern der Halbinsel kurz zu und setzte sich dann rasch ins Auto und schloss die Tür.

»Wann haben Sie zuletzt von Ihrem Freund gehört?«, fragte sie.

»Lassen Sie mich überlegen ... Ich bin jetzt seit sechs Tagen weg. Kurz nachdem ich hier angekommen bin, hat er mir eine Mail geschickt. Und da ging es tatsächlich um das Auto.«

»War etwas kaputt?«

»Nein, oder doch. Offensichtlich funktionierte die Heizung nicht richtig, und es wurde im Auto wahnsinnig warm. Aber warum rufen Sie wegen meines Autos an?«

Maria ignorierte seine Frage.

»Wie heißt Ihr Freund, der das Auto ausgeliehen hat?«, fragte sie.

»Vilhelm Eliasson. Ist was passiert?«

»Könnten Sie uns ein Bild von ihm schicken?«

Sie hörte, wie Hampus schneller in den Hörer atmete.

»Na klar«, sagte er. »Aber er ist auch auf Facebook, wenn Sie ihn sofort finden wollen.«

Maria stellte das Telefon auf Lautsprecher und suchte die Facebookseite von Vilhelm Eliasson.

Kein Zweifel – das war der Mann, den sie am Badeplatz gefunden hatten.

Ohne etwas zu sagen, zeigte sie Ray-Ray das Telefon, der sofort sein eigenes herausholte, um dieselbe Seite aufzurufen. Auf dem Bild schaute Vilhelm Eliasson direkt in die Kamera. Er sah freundlich aus. Und entspannt. Dies war kein Foto, das ein Kumpel mal schnell mit dem Handy geknipst hatte, sondern es musste in einem eher professionellen Zusammenhang gemacht worden sein. Zum Beispiel für die Website eines Arbeitgebers.

So war es wohl auch, das konnte sie auf Facebook lesen. Da hatte Vilhelm angegeben, dass er Journalist bei der *Borås Tidning* war.

Maria schaute erstaunt auf das Telefon.

Eben noch hatten sie nicht einmal seinen Namen gekannt. Und jetzt wussten sie, wie er hieß und welchen Beruf er hatte.

»Shit, ich hab nur eine Menge schlechte Fotos«, sagte Hampus. »Warten Sie mal kurz, ich suche noch mal. Oder … Sagen Sie … Verdammt, können Sie nicht sagen, warum Sie mich anrufen?«

Maria hob den Blick von der Facebookseite.

»Hampus, ich habe leider schlechte Nachrichten«, sagte sie und machte eine Pause, ehe sie fortfuhr. »Ihr Auto ist gestern am Badeplatz von Hovenäset gefunden worden. Verlassen.«

»Was sagen Sie da? Was heißt denn verlassen? Und wo ist Vilhelm, er ist doch okay, oder?«

Maria nahm Anlauf.

»Nein«, sagte sie. »Vilhelm ist tot aufgefunden worden.«

Hampus schwieg lange.

»Nein, nein, nein, verdammt, was sagen Sie da?«, flüsterte er.

»Reisen Sie allein, oder haben Sie jemanden bei sich?«, fragte Maria.

»Wir sind … zu dritt«, sagte Hampus mit rauer Stimme. »Aber … ich … Vielleicht sollte ich nach Hause fahren. Verdammt, Antarktis mitten im Sommer. Keine Ahnung, was wir uns dabei gedacht haben.«

Maria beeilte sich zu beteuern, dass er wegen der Polizei nicht nach Hause fahren musste, dass es aber wichtig sei, ihn während der ganzen Reise erreichen zu können.

Da brach Hampus zusammen.

Er weinte und schluchzte.

Sie wartete, bis er sich beruhigt hatte.

»Wissen Sie, was Vilhelm mit Ihrem Auto vorhatte?«, fragte sie.

»Also, er hatte Urlaub und hat davon geredet, ein bisschen herumzufahren und Leute zu besuchen und so. Aber …«

Er verstummte.

»Aber?«, hakte Maria nach.

»Also, ich weiß irgendwie nicht, was ich erzählen soll.«

»Alles«, sagte Maria bestimmt.

»Er war da an einer Sache dran.«

»Einer Sache?«

In ihrem Kopf scannte Maria denkbare »Sachen« durch. Drogen, Menschenhandel, häusliche Gewalt.

»Eine Story. Er war Journalist.«

Maria wurde aufmerksam.

»Und die Story war für seine Zeitung bestimmt?«

»Nein, das hatte nichts mit seinem Job zu tun. Er sagte, er würde ein Buch schreiben, wollte nichts darüber erzählen. Hat die ganze Zeit gesagt, dass es besser wäre, wenn ich nichts wüsste.«

Ein Buch, dachte Maria, dann musste das ja eine recht umfangreiche Geschichte sein, an der Vilhelm gearbeitet hatte.

»Sind Sie auch Journalist?«

»Nicht mehr. Ich habe gewechselt und bin jetzt im Marketing bei einem Technikunternehmen.«

»Ging es da um ein Fachbuch oder schrieb er einen Roman?«

»Es war eine wahre Geschichte«, sagte Hampus. »Er meinte, das Buch würde alles verändern.«

Dann begann er wieder zu weinen.

Marias Herz schlug jetzt schneller.

Eine wahre Geschichte, die alles verändern würde.

Da waren Menschen schon aus geringeren Anlässen gestorben.

»Hampus, wie ging es Vilhelm?«, erkundigte sie sich.

»Was heißt, wie ging es ihm?«

»Ich meine psychisch«, erklärte Maria. »War er niedergeschlagen oder froh, deprimiert oder entspannt?«

»Als das mit dem Mädchen zu Ende ging, da war er ziemlich niedergeschlagen … Aber das ist ja nichts Krankes.«

Woher willst du das wissen?, dachte Maria. Und wir bei der Polizei wissen es auch nicht.

Dann dachte sie an die feuchte Jacke von Vilhelm. Sie mussten eine Erklärung für diese Flecken finden.

»Warum ist es denn mit seiner Freundin zu Ende gegangen?«, fragte Maria. »Und wie heißt sie?«

»Sie heißt Tina Sundberg. Sie haben sich über irgendetwas gestritten, ich glaube, es könnte mit seinem geheimen Projekt zu tun haben, weiß es aber nicht genau. Jedenfalls war sie diejenige, die Schluss gemacht hat. Sie war supersauer, ich hatte fast den Eindruck, als hätte Vilhelm Angst vor ihr.«

Vilhelm war also sitzen gelassen worden und deswegen mies drauf. Und dann hatte er eine »supersaure« Exfreundin im Nacken, vor der er sich möglicherweise fürchtete.

Maria wollte noch etwas wissen.

»Kennen Sie jemanden, der einen schwarzen Jeep besitzt?«, fragte sie.

»Nein, wirklich nicht«, antwortete Hampus. »Aber … ich muss es einfach fragen, wie ist Vilhelm denn gestorben?«

Maria dachte nach. Dann sagte sie:

»Wissen Sie was, darüber sprechen wir nächstes Mal, ich rufe Sie bald wieder an. Sollen wir so verbleiben?«

Widerwillig ging Hampus auf ihren Vorschlag ein.

Dann beendeten sie das Gespräch.

Ray-Ray strich sich übers Kinn.

»Es gibt also die Möglichkeit, dass er deprimiert war«, sagte er.

»Vilhelm«, erwiderte Maria.

»Wie bitte?«

»Du hast ›er‹ gesagt«, erklärte Maria. »Aber jetzt wissen wir doch, dass er Vilhelm heißt.«

Ray-Ray nickte bedächtig.

»Was im Grunde nichts daran ändert, was ich eben gesagt habe. Vilhelm könnte deprimiert gewesen sein.«

»Das ist möglich«, sagte Maria.

Da meldete sich August mit einer Nachricht:

Gunnar glaubt, er hätte etwas Wichtiges über den Mann zu berichten, der am Badeplatz gestorben ist. Ruf ihn an, wenn du Zeit hast. Kuss!

Ray-Ray stöhnte leise, als Maria ihm die Nachricht vorlas.

»Oh nein, nicht schon wieder dieser Gunnar«, sagte er.

»Ich rufe ihn an«, erwiderte sie.

Doch Gunnar ging nicht an sein Handy, und sie landete direkt auf der Mailbox.

»Ich probiere es später noch mal bei ihm«, sagte Maria. »Trotz allem können wir uns nicht leisten, einen möglichen Zeugen zu verlieren.«

»Das ist wahr«, stimmte Ray-Ray zu.

»Und Vilhelm war also Journalist und hatte irgendein heißes Ding am Laufen, das ›alles verändern‹ würde. Wie das denn?«

Maria nickte.

»Genau«, sagte sie. »Und für *wen* würde es denn alles verändern? Für Vilhelm selbst oder jemand anderen?«

Das Eishaus sah verlassen aus, als August vorbeiging. Der Tag war viel zu schnell vergangen, und er war schon wieder zu Hause. Er ging gemächlicher als sonst, denn der erste Arbeitstag nach dem Urlaub beschäftigte ihn noch, aber auch die Gedanken, die das Gespräch mit Gunnar geweckt hatte.

Er verfluchte seine Naivität, die ihn dazu verleitet hatte, hinzufahren und dem Alten zuzuhören, aber er war doch zufrieden damit, Maria gemeldet zu haben, dass Gunnar Kontakt zu ihr wollte.

Schon vor seinem Schlaganfall hatte Gunnar in einer Art paralleler Wirklichkeit gelebt. Er hatte kein Vertrauen, weder zu anderen Menschen noch zur Ordnungsmacht, und vermutete überall Verschwörungen, wo andere gar nichts sahen.

Und jetzt hatte er wieder angefangen, von dem Stückelmord zu reden, weil er von einem Mann kontaktiert worden war, der sich für eben diesen Fall interessierte, und von dem Gunnar jetzt behauptete, dass er verschwunden sei. Doch August vermutete, dass Gunnar vor allem deshalb über den Mord zu reden angefangen hatte, weil er sich langweilte.

Allerdings war Gunnar mit seiner Faszination für den Mord an Lydia Broman kaum allein. Aber er hatte sich noch etwas mehr angestrengt als alle anderen, um Klarheit in das zu bringen, was er als ein Unrecht empfand. Im Grunde war Gunnar jahrelang von dem Stückelmord wie besessen gewesen und hatte von der blutigen Geschichte überhaupt nicht genug kriegen können.

August sah verstohlen zum Eishaus.

Ihm fiel auf, dass er noch nie jemandem auf Hovenäset begegnet war, der persönlich von dem Mord betroffen zu sein schien. Außer Lydias Vater Jochen Berg, doch der wohnte ja nicht auf Hovenäset, sondern in Kungshamn. Kein Einziger der Bewohner der Halbinsel, die August kannte, hatte sich je als befreundet mit der ermordeten Lydia vorgestellt, kein Einziger hatte seine persönliche Trauer über das Geschehene ausgedrückt. Natürlich war es über dreißig Jahre her, seit Lydia gestorben war, doch wenn man das relativ hohe Durchschnittsalter auf Hovenäset bedachte, dann müsste doch zumindest irgendeiner von all denen, die da wohnten, sie gekannt haben und vielleicht sogar mit ihr und ihrem Mann befreundet gewesen sein.

Von hinten näherten sich langsame Schritte, die irgendwie metallisch klangen. Ein Keuchen war zu hören.

Ein Hund?, dachte August und drehte sich um.

»Eskil, jetzt mal langsam!«

Die Stimme kannte August.

Sie gehörte Linnea, einer Frau, die auf Hovenäset wohnte und die er durch seinen Literaturkreis Die Leseratten kennengelernt hatte. Sie kam langsam auf Krücken die Straße herunter, ein Knie war bandagiert.

Der Hund Eskil zerrte an der Leine, um schneller zu August zu kommen.

Der ging in die Hocke und begrüßte das Tier.

»Wie fühlt es sich denn an, so populär zu sein wie du?«, fragte Linnea lachend.

»Was ist mit deinem Bein passiert?«, gab August zurück.

»Ich bin mit dem Fahrrad gestürzt und hab mir das Knie verletzt. Aber nichts gebrochen. Und in ein paar Tagen werde ich auch wieder normal laufen können.«

Eskil drückte sich an August und beschnüffelte ihn eingehend.

»Wie alt ist er denn jetzt?«, fragte August.

»Heute exakt vier Monate, wir werden also jetzt nach Hause gehen und mit einem extra guten Knochen feiern.«

Linneas Blick wanderte vom Hund und August zum Eishaus.

»Wie ich gehört habe, ist eine neue Mieterin in das Schreckenskabinett eingezogen«, sagte sie.

August nickte.

»Sie ist sehr jung«, sagte er. »Ich schlage also vor, dass wir ein bisschen nett zu ihr sind.«

Linnea nickte.

»Natürlich sind wir das«, beteuerte sie. »Aber man fragt sich doch, was sich jemand dabei denkt, dieses Haus zu mieten.«

August wand sich. Er erinnerte sich nur zu gut daran, wie die Leute ihn geradezu mit Entsetzen angeschaut hatten, wenn er damals, als er neu auf der Halbinsel war, erzählt hatte, wo er wohnte.

In dem Haus, wo eine ermordete Frau gefunden worden war.

Linneas Blick flackerte. Ihr schien gerade klar geworden zu sein, dass sie sich da ein wenig ungeschickt ausgedrückt hatte, aber sie konnte sich trotzdem nicht von August losreißen.

»Ja«, sagte sie. »Und nun der … Ich meine, was da am Badeplatz passiert ist. Was für eine unangenehme Sache.«

August nickte.

»Eine schreckliche Geschichte«, stimmte er zu.

Er wollte überhaupt nicht an den Mann in der Schlinge denken. Es machte ihm Angst, dass Menschen seelisch so krank werden konnten, dass sie nicht mehr leben wollten. Zumal die Statistik zeigte, dass so etwas wirklich jeden heimsuchen konnte. Doch noch mehr erschreckte ihn, dass die Polizei einen möglichen Mord nicht ausschließen wollte.

Linnea schluckte.

»Und ich dachte, Hovenäset würde endlich mal zur Ruhe kommen«, sagte sie. »Wir haben doch schon genug schlimme Ereignisse erlebt.«

Dieses Gefühl teilte sie mit vielen, die meinten, Hovenäset sei mit einem Fluch behaftet oder von einem schlimmen Mörder verfolgt, den die Polizei damals hatte laufen lassen. Doch August glaubte nicht daran, und das war in dem kleinen Ort auch bekannt. Als er nicht antwortete, fuhr Linnea fort:

»Wir anderen, die wir schon länger hier wohnen, haben diese

Sorgen schon seit Jahren. Was, wenn der Mörder wieder zuschlägt? Oder es bereits getan hat? Es gibt ja einige Todesfälle hier, die fragwürdig sind.«

August versuchte, schnell etwas möglichst Kluges zu antworten, um Linneas dunklen Gedanken über einen Serienmörder Einhalt zu gebieten, doch sie kam ihm zuvor.

»Lass uns lieber über etwas Fröhliches reden«, sagte sie und strahlte plötzlich übers ganze Gesicht. »Deinen Backwettbewerb! Meine Schwester und ich werden mit dabei sein.«

August lächelte dankbar darüber, nicht weiter übers Eishaus reden zu müssen.

»Wie schön!«, sagte er.

»Es gibt doch keine Regeln dafür, was für eine Sorte Backwerk man mitbringen darf, oder?«, fragte Linnea.

Jetzt sah sie ihn wieder etwas nervös an. Linnea war August gegenüber gelinde gesagt schon immer sehr freundlich eingestellt gewesen – doch das hier war etwas anderes. Keine Scheu, keine Verliebtheit, sondern etwas anderes. Amüsiert beobachtete August sie.

»Stimmt genau«, antwortete er. »Allein die Fantasie setzt hier die Grenzen.«

Linneas Hund zerrte an der Leine, und sie brachte widerwillig Füße und Krücken in Gang.

»Wir werden gewinnen«, sagte sie, »dass du es nur weißt.«

August lachte.

»Schön, dass du dich nicht scheust, deinen eigenen Beitrag schon mal zu loben«, sagte er. »Ich hoffe mal, die Jury wird auf deiner Seite sein, bei denen kann man nämlich mit Flirten nicht so viel ausrichten.«

Linnea zuckte nur mit den Schultern.

»Ich weiß«, sagte sie. »Doch frisch gewagt ist viel gewonnen.«

Da näherte sich jemand auf einem Fahrrad. Ein Schatten löste sich aus dem Nebel, und eine Person mit roten Haaren wurde sichtbar.

Linneas Hund knurrte Iben an, als sie vorbeifuhr.

Linnea bat schnell um Entschuldigung, verstummte aber, als sie Iben zum Eishaus einbiegen sah. Das Fahrrad quietschte, als sie den Ständer herunterklappte. Iben nahm eine Tasche vom Gepäckträger, die zu Boden fiel.

»Oje, hoffentlich nichts kaputt«, sagte August.

»Alles gut«, sagte Iben.

Sie nickte ihm zu, ohne jedoch näher zu kommen, und wandte sich dann an Linnea.

»Sie müssen sich für Ihren Hund nicht entschuldigen«, sagte sie. »Ich habe selbst Welpen gehabt, ich weiß, wie die sind.«

Dann warf sie die Tasche über die Schulter, schloss die Eingangstür auf und verschwand im Eishaus.

Linnea sah ihr nach.

»Die schien ja nicht gerade Lust zu haben, hier zu stehen und zu plaudern«, sagte sie.

August sah sie an.

»Das liegt wahrscheinlich daran, dass nicht alle so gesprächig sind«, sagte er und schaffte es gerade noch, die Worte »wie du« herunterzuschlucken.

Linnea warf den Kopf in den Nacken.

»Jetzt gehe ich mal nach Hause und backe«, verkündete sie. »Wir sehen uns übermorgen, oder vielleicht auch schon vorher.«

August war verwirrt.

»Übermorgen …?«

»Ist da nicht das Treffen der Leseratten?«

»Sorry«, sagte er und nickte. »Du hast recht. Ich bin einfach noch auf Urlaub geschaltet.«

Es war diskutiert worden, ob die Leseratten ihre Treffen auch während des Sommers fortsetzen sollten, und sie waren zu dem Schluss gekommen, dass es doch blöd wäre, sich nicht zu treffen, wenn die meisten endlich mal Zeit zum Lesen hatten.

»Komm, Eskil«, sagte Linnea und zog an der Leine. »Jetzt sag mal deinem Kumpel tschüss.«

»Viel Glück mit dem Knie«, sagte August, »und melde dich, wenn du irgendwie Hilfe brauchst.«

»Vielen Dank, das kriege ich schon hin«, sagte Linnea. »Verglichen mit dem, was am Badeplatz passiert ist, fühlt sich mein Knie nicht wie eine ernste Sache an. Bis später!«

Der Hund sah August traurig nach, als sie weggingen. Früher einmal hatte August auch überlegt, sich einen Hund anzuschaffen, doch das war lange her. Inzwischen gingen seine Träume in eine ganz andere Richtung – er wollte Vater werden.

»Verdammt, jetzt mach dir und Maria doch keinen Stress, wo eure Beziehung so neu ist«, hatte Henrik gesagt.

Ungewöhnlich kluge Worte für jemanden wie ihn. Nur schade, dass es August bei dem Thema an der Geduld mangelte, die man zum Warten brauchte.

Er ließ den Blick einen Moment auf Linneas Rücken ruhen, bis der Nebel sie verschluckte. Irgendetwas hatte sie gesagt, was ihm seltsam vorgekommen war, doch sein Gedächtnis war ein Sieb, er konnte sich nicht mehr entsinnen.

Langsam ging er zu seinem Haus. Sie waren mitten im Gespräch unterbrochen worden, als Iben mit ihrem Fahrrad auftauchte. Doch kurz davor …

In seinem Augenwinkel blitzte etwas. Auf der Auffahrt zum Eishaus, direkt neben Ibens Fahrrad, lag etwas, was wie eine kleine Tüte aussah.

August ging hin, um es genauer zu betrachten. Möglicherweise war es aus Ibens Tasche gefallen, als diese vom Gepäckträger gepurzelt war.

Er beugte sich vor.

Es war eine kleine Plastiktasche mit einem Foto darin.

Er nahm die Tasche auf.

Auf dem Foto war ein Mann um die dreißig zu sehen. Nach Frisur und Kleidung schloss August, dass es irgendwann in den Achtzigerjahren gemacht worden war.

Er klopfte an Ibens Tür.

Irgendetwas an dem Mann kam ihm bekannt vor. Wo habe ich den denn schon mal gesehen?, dachte August.

Er horchte auf Geräusche im Haus, es war aber nichts zu hören. Zögernd klopfte er noch einmal. Iben war doch gerade erst reingegangen.

Er stand noch ein Weilchen auf der Treppe, dann klopfte er ein letztes Mal. Iben wollte ihn immer noch nicht reinlassen. Vielleicht stand sie unter der Dusche oder sie war nicht in der Stimmung. Wie auch immer, August hatte nicht die Zeit, hier weiter vor ihrer Tür herumzustehen. Er würde einfach an einem anderen Tag wiederkommen.

Da er nicht gesehen hatte, wie das Foto aus ihrer Tasche fiel, wollte er es nicht einfach in den Briefkasten werfen. Rein theoretisch könnte es ja auch vom Wind in die Auffahrt geblasen worden sein. Es musste nicht unbedingt ihr gehören.

August nahm die Plastiktasche in die Hand und ging nach Hause. Er wollte noch vor dem Abendessen eine Zitronentorte backen, um zu probieren, ob er sich vielleicht die Arbeit mit den Walderdbeeren sparen konnte. Während er ging, schaute er mehrere Male auf das Foto, das er gefunden hatte, und versuchte sich zu erinnern, warum ihm dieser Mann bekannt vorkam.

Und da fiel ihm etwas völlig anderes ein, nämlich, was Linnea gesagt hatte: Als sie über den Backwettbewerb sprachen und Linnea verkündete, sie und ihre Schwester hätten vor, ihn zu gewinnen, da hatte August sie gewarnt, dass man mit der Jury nicht flirten könnte. Sie hatte geantwortet: »Ich weiß.«

Ich weiß.

Woher denn?, dachte August.

Sie hatten doch noch gar nicht bekannt gegeben, wer zur Jury gehörte.

Die Spaghetti schwammen im Ketchup auf dem Teller herum, und die Fleischbällchen waren kalt. Iben aß trotzdem. Sie hatte selten Hunger, doch merkte sie, wenn ihr die Energie entschwand, und das war im Laufe des Nachmittags extrem der Fall gewesen.

So heftig, dass sie, kurz nachdem sie nach Hause gekommen war, nicht mal die Tür öffnen konnte. Durch das Dielenfenster hatte sie noch Augusts Kopf vorbeihuschen sehen. Was wollte dieser Mensch? Sie waren sich doch eben erst begegnet.

Der Tag war überhaupt nicht so verlaufen, wie sie sich vorgestellt hatte. Sie hatte viel zu viel an den Mann gedacht, der im Nebel gestorben war, und viel zu wenig an den eigentlichen Grund, warum sie überhaupt nach Hovenäset gekommen war.

Zweimal hatte sie einen Versuch unternommen, die Kellertür aufzukriegen, doch dafür war sie eine viel zu schlechte Einbrecherin. Außerdem war einmal ein Nachbar auf der Straße vorbeigegangen und hatte gefragt, was sie denn da machte, und das war Iben so wahnsinnig peinlich gewesen, dass sie entschieden hatte, den Keller bleiben zu lassen. Mal ehrlich, was sollte sie dort schon finden, was niemand anders vor ihr gefunden hatte?

Gunnars Website war immer noch vom Netz. Daraufhin hatte sie beschlossen, Kontakt mit ihm aufzunehmen, doch er war nicht zu Hause gewesen, als sie bei ihm klopfte. Auch unter der Nummer, die sie im Chat gesehen hatte, war er nicht zu erreichen, und eine Nummer von Mister Private Detective besaß sie nicht. Ihre Chancen, den zu sprechen, waren also gleich null.

Und so richtig null würden sie sein, wenn er derjenige war, den man tot am Badeplatz gefunden hatte.

Die Angst packte sie.

Was würde es für Iben bedeuten, wenn der Mann vom Sprungturm Mister Private Detective war, der so viel über den Stückelmord herausfinden wollte?

Jetzt mach aber mal einen Punkt!, schalt sie sich. Nichts wurde besser davon, wenn sie sich irgendwelche absurden Schrecklichkeiten ausdachte.

Vor ihr lag die handgeschriebene Liste, auf der stand, was sie erledigen wollte, wenn sie erst mal auf Hovenäset war. Es handelte sich ja nur um drei magere Punkte, der oberste war bereits ausgestrichen:

»Mit Birger Andersson sprechen.«

Noch so etwas, was supergut gelaufen war.

Sie wusste ungefähr, wo er wohnte, und deshalb hatte sie ihn diesmal nicht angerufen, sondern probiert, ihn zu Hause aufzusuchen. Doch da war nur eine unfreundliche Frau, die sie angeschnauzt hatte, sie solle nicht bei Leuten klopfen, die sie nicht kennen würde.

Iben zitterten die Beine von der Fahrradtour, und sie sagte, es tue ihr schrecklich leid, ohne doch richtig zu wissen, wofür sie um Entschuldigung bat.

»Ich würde gern Birger Andersson sprechen. Könnten Sie ihm bitte ausrichten, dass ich hier war?«

»Hier gibt es niemanden mit diesem Namen!«, hatte die Frau nur gefaucht. »Verschwinden Sie.«

Dann, kurz bevor sie die Tür zuknallte, sagte sie:

»Moment mal, haben Sie nicht schon mal angerufen? Leute wie Sie sollten Birger in Ruhe lassen. Er braucht jetzt seine Ruhe.«

Der Gedanke an die Begegnung mit der Frau verursachte Iben immer noch Unbehagen. Wenn sie das nächste Mal zu jemandem nach Hause ging, den sie nicht kannte, würde sie versuchen, anders aufzutreten.

Sie schaute wieder auf ihre Liste. Nur noch zwei Punkte übrig. Der zweite war »das Eishaus untersuchen«, den konnte sie auch streichen. Das Haus war durchsucht, und Iben hatte nichts gefunden, was die Polizei übersehen hätte.

Sie schämte sich ganz schrecklich.

Warum war ihr nicht klar geworden, wie armselig diese Liste war?

Wie hatte sie die nur mit Stolz anschauen können?

Sie stocherte mit der Gabel in den Nudeln herum.

Noch nie in ihrem ganzen Leben hatte sie sich so allein gefühlt.

Wenn sie nur einen einzigen Freund hätte, mit dem sie sprechen könnte, einen einzigen Menschen, dem sie sich anvertrauen könnte. Schließlich dachte sogar Ronja, sie wäre auf Gotland beim Fotokurs.

Ein kleiner Schluchzer entrang sich ihr.

Alles war scheiße.

Aber auch alles.

Der Kurs auf Gotland würde am nächsten Tag beginnen. Iben hatte heute sogar dort angerufen und gefragt, ob es zu spät sei oder ob sie vielleicht doch noch kommen konnte, obwohl sie abgesagt hatte.

Das konnte sie nicht.

Ich muss nach Hause fahren, dachte sie, denn wenn ich noch länger hierbleibe, werde ich völlig bekloppt.

Auf dem Tisch vibrierte das Telefon.

Ihre Mutter.

Schon wieder.

Iben las die Nachricht und ließ die Gabel fallen, als hätte sie sich verbrannt.

Ich habe den ganzen Tag an dich gedacht. Es fühlt sich so seltsam an, dass ich dich nicht auf Gotland besuchen soll. Deshalb werde ich mich morgen ins Auto setzen und nach Visby fahren. Du musst dir gar keine Umstände machen, wenn ich dort bin. Es genügt mir schon, wenn wir uns kurz treffen und uns umarmen können. Dann beschäftige ich mich ganz allein, Gotland ist ja

sehr schön. Ich will einfach nur sehen, wie es dir geht und dass du es gut hast.
Ich hab dich lieb,
Mama
P.S: Opa findet auch, dass das eine gute Idee ist, und er wird gern mitfahren.

»Verdammt«, flüsterte Iben, und ihr wurde klar, dass sie auf keinen Fall nach Hause fahren wollte.

Sie begann, eine Antwort zu schreiben, verlor aber den Faden und musste wieder von vorn anfangen.

Was sollte sie darauf denn antworten? Ihre Mutter wusste doch bereits, dass sie keinen Besuch haben wollte, und trotzdem wollte sie unbedingt auftauchen.

Iben schluckte und las die Nachricht ihrer Mutter noch einmal.

Um zu erreichen, dass ihre Mutter und der Opa zu Hause blieben, war eine Lüge von ganz neuer Größenordnung nötig.

»Deine Mutter macht sich Sorgen um dich, das musst du verstehen«, pflegte Ibens Großmutter immer zu sagen. »Sie hat es nicht leicht gehabt, und sie war sehr jung, als sie dich bekam.«

Trotzdem sah Iben nicht ein, warum die Probleme und Sorgen ihrer Mutter über Iben bestimmen mussten. Das war doch unfair.

Die Worte ihrer Großmutter klangen in ihren Gedanken nach.

Sie hat es nicht leicht gehabt.

Das war doch lächerlich. Als ob ihre Mutter im Krieg aufgewachsen wäre oder irgendeine andere schreckliche Katastrophe erlebt hätte.

Iben stützte den Kopf in die Hände und dachte darüber nach, was sie schreiben sollte, damit ihre Mutter zu Hause blieb.

Schließlich fiel ihr eine gute Antwort ein:

Mama,
ich werde so sehr enttäuscht sein, wenn ihr nach Got-

land kommt. Ich möchte das hier gerne alleine schaffen. Ich werde dir nicht verzeihen, wenn du alles verdirbst und hierherkommst. Liebe Grüße

Iben wurde rot, als sie das schrieb.

Das hier war jetzt wirklich mies, aber was sollte sie denn tun?

Im Grunde war sie doch ihrer Mutter wegen nach Hovenäset gereist.

Ihre Hand zitterte ein wenig, als sie das Telefon weglegte.

Tut mir leid, Mama.

Sie stand vom Stuhl auf, leerte die Essensreste in den Müllbeutel und stellte den Teller in die Spülmaschine.

Vor dem Küchenfenster war es immer noch neblig und kalt.

Scheißwetter.

Da klingelte ihr Telefon.

Iben schrak zusammen, versuchte dann aber, über ihre Reaktion zu lachen.

»Jetzt lass mal locker, verdammt noch mal«, ermahnte sie sich selbst.

Bestimmt war das ihre Mutter.

Jetzt würden sie streiten, und Iben müsste noch mehr lügen, als sie es schon getan hatte.

Doch es war überhaupt nicht ihre Mutter, die anrief, sondern eine Nummer, die sie nicht kannte.

»Hallo?«, fragte sie, als sie ranging.

»Hallo«, antwortete eine raue Stimme. »Birger Andersson mein Name. Ich habe gehört, dass Sie nach mir suchen. Es tut mir leid, dass es so schwierig war. Was kann ich für Sie tun?«

Iben umklammerte das Handy noch fester.

Yes.

Nun würde sich vielleicht alles wenden.

Mit heiserer Stimme antwortete sie: »Ich möchte wissen, wer Ihrer Meinung nach Lydia Broman ermordet hat.«

Es war Marias Idee gewesen, dass sie den ersten Arbeitstag nach dem Urlaub mit einem Abendessen in der Bootshütte abrunden sollten. Die neue Hütte war schnell zu einem geliebten Rückzugsort für sie beide geworden. Tatsächlich sah sie genauso aus wie vor dem Brand: rot gestrichene Planken und ausreichend hoch, dass auch ein Schlafboden noch Platz fand. Nun war es zwar nicht erlaubt, in einer Bootshütte zu wohnen, doch es war durchaus schon vorgekommen, dass dort Gäste übernachtet hatten.

»Herrliche Soße«, sagte Maria und überlegte, ob es wohl unzivilisiert wirken würde, wenn sie die einfach löffelte.

August hatte die Soße und einen Salat gemacht, während sie das Lachsfilet grillte.

»Mamas Rezept«, erklärte August.

Es war sehr traurig, dass Augusts Eltern tot waren, dachte Maria. Die Familie war doch ein wichtiger Teil, wenn man jemand Neues kennenlernte, und August hatte weder Mutter noch Vater oder Geschwister.

Aber er hat mich, dachte sie. Und er sieht glücklich aus.

»Das hier war einfach lächerlich gut«, sagte August.

»Ja«, stimmte Maria zu. »Und was für ein Glück, dass Ray-Ray diesmal nicht wieder vorbeigekommen ist und die Hälfte von allem Essen verschlungen hat.«

August lachte laut.

»Man muss den Mann einfach mögen.«

Sie lächelte und nahm einen weiteren Bissen. Nach der Arbeit hatte sie eine Joggingrunde gedreht und war jetzt hungrig wie ein Wolf. Außerdem war sie frustriert. Der junge Vilhelm, der am Badeplatz gestorben war, wollte einfach nicht aus ihren Gedanken verschwinden. Er hatte einen viel zu frühen und wahrscheinlich schrecklichen Tod erlitten, und das nur wenige hundert Meter von Marias Wohnung entfernt.

Sie und ihre Kollegen hatten effektiv daran gearbeitet, allen Informationen nachzugehen, die sie bekommen hatten. Eine weitere Runde von Haus zu Haus war unternommen worden, um zu sehen, ob noch anderen Bewohnern von Hovenäset der schwarze Jeep aufgefallen war, und Maria und Ray-Ray war es gelungen, Vilhelms Exfreundin ausfindig zu machen. Sie wohnte in Borås, und sie hatten ihre dortigen Kollegen gebeten, sie aufzusuchen und spätestens am nächsten Tag zum Verhör zu bestellen. Wahrscheinlich würden Maria und Ray-Ray sich dafür nach Borås begeben, denn das war ein Verhör, bei dem sie beide dabei sein wollten.

Maria schielte aufs Handy, das auf dem Esstisch lag.

Bestimmt würden die sich bald melden.

»Ihr habt gerade ziemlich viel zu tun, oder?«, fragte August, der ihren Blick wahrnahm.

»Tut mir leid«, sagte Maria. »Aber ja, es geht grad ziemlich rund.«

»Kein Problem«, erwiderte August. »Das verstehe ich.«

Maria legte demonstrativ eine Serviette über das Handy und zwinkerte August zu.

»So«, sagte sie. »Jetzt ist es weg.«

Der Polizeiberuf hatte die Tendenz, einem nach Hause zu folgen, es war schwer, etwas dagegen zu tun. Man konnte nicht die Tage damit verbringen, Gewaltverbrechen aufzuklären und dann nach Feierabend sämtliche Gedanken abschalten. Vor allen Dingen nicht, wenn man keine Pause einlegen konnte.

Bisher war die Ermittlung aber noch nicht in dieser Weise eskaliert, sagte sich Maria. Noch gab es keine konkreten Beweise zu Vilhelms Tod. Und Zeit, Atem zu holen und zu leben und einfach nur zu sein.

Hier in der Bootshütte fiel es ihr leichter, ein bisschen runterzufahren. Die Hütte roch feucht und nach Teer. Wenn sie sich bewegten, knarrte der Fußboden, und darunter plätscherte das Wasser. Die Fußbodenplanken saßen nicht ganz dicht, und man konnte das Meer noch durch die Ritzen erkennen.

Langsam sanken ihre Schultern herab.

Das Essen, das Meer und die Gesellschaft waren eine wunderbare Zerstreuung.

»Ich habe einen Nachtisch gemacht«, sagte August.

»Bist du schon in den Erdbeerhain eingebrochen und hast einen Pie gebacken?«

»Nein, damit warte ich noch. Heute habe ich eine Zitronentorte mit Daim-Splittern gemacht.«

Maria versank tiefer im Stuhl.

»Und du glaubst, dass wir das noch schaffen?«

»Wenigstens ein kleines Stück. Den Rest können wir aufheben.«

Seine Kreativität erstaunte Maria immer wieder. Backen und Secondhandsachen, Ideen zu Einrichtung ebenso wie zu Reisen und Tagesausflügen. Mit August war sie zu einer Touristin in dem Teil Schwedens geworden, in dem sie ihr ganzes Leben schon gelebt hatte. Das war witzig, und es war neu.

»Mal was ganz anderes«, sagte August plötzlich. »Hast du Gunnar erreicht?«

»Nein, ohne Erfolg. Ich versuch es gleich noch einmal.«

»Wir sollten ihn mal einladen«, meinte August. »Er ist so wahnsinnig einsam.«

Maria nickte.

»Was hat er denn zu erzählen?«, fragte sie.

August leerte seinen Teller und schob ihn von sich.

»Er sagt, dass er gestern auf Besuch gewartet hat«, erklärte er. »Von einem Mann, der dann nicht gekommen ist.«

»Okay?«

»Er behauptet, der Mann habe ihn interviewen wollen. Und wie gesagt, dann ist er nicht gekommen. Jetzt denkt Gunnar natürlich, dass er das sei, der sich am Badeplatz aufgehängt hat.«

August lachte leise und schien darauf zu warten, dass sie einstimmte. Doch das tat sie nicht. Schweigend verarbeitete sie, was sie gerade gehört hatte.

Sie wussten immer noch nicht, warum Vilhelm nach Hovenäset gekommen war und an welcher Geschichte er gerade gearbeitet hatte.

Wenn es nur nicht der Stückelmord ist.

»Hat er gesagt, wie der Mann heißt?«, fragte sie.

»Nein«, antwortete August. »Aber frag ihn doch. Dann fühlt er sich wichtig und gesehen.«

»Das werde ich tun«, sagte Maria. »Ich will nur das Essen noch ein wenig verdauen.«

August beugte sich über den Tisch.

»Wir könnten schwimmen gehen«, schlug er vor.

»Ein bisschen kalt, oder?«, entgegnete Maria.

Die Türen der Hütte standen weit offen, auf den Steg und das Meer hinaus. Der Nebel hatte sich noch weiter gehoben, und jetzt jagten dünne Schleier über die Wasseroberfläche. Die Luft war zwischen siebzehn und achtzehn Grad warm, und sowohl Maria als auch August hatten langärmelige Pullover an, um nicht zu frieren.

August ging zum Badesteg und zog das Thermometer aus dem Wasser.

»Sechzehn Grad«, erklärte er. »Ist doch perfekt.«

Maria lachte leise.

»Du Verrückter.«

August sah sie frech an.

»Was ist denn dein Gegenvorschlag?«, fragte er.

In der Bootshütte wurde es still.

Das Wasser gluckerte leise unter dem Fußboden, als Maria aufstand und zu August trat.

Sie schlang ihre Arme um seinen Hals und küsste ihn.

Er antwortete, indem er sie an sich zog, die Hände unter ihren Pullover schob und ihren Rücken streichelte.

In Maria blubberte die Lust hoch.

»Wollen wir es wagen?«, flüsterte sie. »Hier?«

»Ich wage es, wenn du es wagst.«

Das war etwas, was sie noch nicht ausprobiert hatten.

Bootshüttensex.

Wahnsinnig romantisch, aber in der Praxis eigentlich völlig unmöglich. Es saß im Grunde immer jemand in den Bootshütten direkt neben ihnen, und das schloss jede Form intimer Aktivität aus. Doch an eben diesem Abend war es sowohl links wie rechts mucksmäuschenstill, und das änderte die Voraussetzungen natürlich radikal.

Maria handelte schnell.

An der Wand der Bootshütte lehnten zwei Liegestuhlauflagen, die fast so lang wie gewöhnliche Matratzen waren. Schnell zog sie eine davon zu sich, sodass sie auf dem Fußboden lag. Umständlich und kichernd zogen sie ihre Kleider aus. Ein Windstoß vom Meer erinnerte sie daran, dass die Türen zum Steg immer noch offen standen.

»Wir machen sie zu«, flüsterte Maria.

»Ach, man sieht doch nichts bei dem Nebel«, sagte August.

Aber dann dachte er doch, dass das mit den geschlossenen Türen eine gute Idee war, und stand auf, um sie zuzuziehen.

Maria zog jetzt noch eifriger Pullover und Rock aus.

Da klingelte ihr Handy.

»Willst du rangehen?«

Sie schüttelte den Kopf und zog August sein Hemd aus. Dann drückte sie sich an ihn, wollte seinen warmen, starken Körper dicht an ihrem eigenen spüren.

Das Telefon verstummte.

Und begann dann wieder zu klingeln.

Maria stöhnte leise.

Ruf jemand anders an.

Ich bin beschäftigt.

»Warte kurz, ich schalte nur auf lautlos.«

August lächelte schief. Der Schein der Kerze warf dunkle Schatten in sein Gesicht und ließ ihn härter aussehen als sonst.

Als sie gerade nach dem Handy griff, klingelte es ein drittes Mal, hörte aber schnell wieder auf. Es war Ray-Ray, der mehrmals angerufen hatte. Ein Anruf allerdings war von Roland gewesen.

»Tut mir leid, ich muss kurz Ray-Ray anrufen«, sagte Maria und setzte sich auf.

August beobachtete sie, während sie das Telefon ans Ohr drückte. In seinen Augen spielte das Licht.

Er wartet auf mich, dachte Maria. Ohne wütend zu sein oder beleidigt.

Sie strich ihm über die Wange, richtete sich aber wieder auf, als Ray-Ray ranging.

»Tut mir leid, dass ich dich jage«, sagte er.

»Kein Problem«, erwiderte Maria. »Gibt es was Besonderes?«

Das war eine idiotische Frage. Ray-Ray würde sie nicht mehrmals hintereinander am Abend anrufen, wenn er nicht etwas Wichtiges zu berichten hätte.

»Wir haben gerade eine unangenehme Nachricht von der Gerichtsmedizin bekommen«, sagte er, »über unseren Freund Vilhelm, der auf Hovenäset gestorben ist.«

Marias Herz schlug schneller.

Eine unangenehme Nachricht.

»Okay, ich höre.«

August schien die Veränderung bei ihr zu bemerken, und er legte ihr eine Hand auf das nackte Knie. Maria streckte sich nach ihrem Pullover, plötzlich wurde ihr bewusst, wie kühl es in der Bootshütte war.

Ray-Ray schwieg, es klang, als würde er etwas auf dem Computer schreiben. Dann sagte er:

»Der Bericht ist erst vorläufig, aber Vilhelm hatte die Lungen voller Wasser. Salzwasser, und das war auch auf der Jacke. Der Gerichtsmediziner sagt, dass er Wasser eingeatmet haben muss.

Er ist ertrunken, Maria. Er war schon tot, als er in die Schlinge gehängt wurde.«

Sie holte tief Luft.

Alle hatten sie geahnt, dass mit Vilhelms Tod irgendetwas nicht stimmte, aber doch nicht etwas so Brutales wie das hier erwartet.

Die Fragen drängten sich in ihrem Kopf. Wie war es dem Mörder gelungen, eine schwere Leiche unter das Sprungbrett zu hängen? Hatte er Hilfe gehabt?

Da vibrierte das Handy wieder.

Während sie mit Ray-Ray sprach, hatte sie eine Nachricht bekommen.

Schnell nahm sie das Telefon vom Ohr, um zu sehen, wer ihr schrieb. Es war Gunnar, der eine SMS geschickt hatte.

Du bist ja wirklich nicht leicht zu erreichen. Ruf mich an, wenn du Zeit hast. Der Mann, den ich treffen sollte, heißt Vilhelm und ist Journalist. Er ist sehr an dem Stückelmord interessiert. Wie heißt denn der, den ihr da aufgehängt gefunden habt?

Der angekündigte Besucher von Gunnar war also wirklich dieselbe Person, die tot aufgefunden worden war.

»Teufel auch«, murmelte sie.

»Was hast du gesagt?«, fragte Ray-Ray.

Maria umklammerte das Handy fest, als sie antwortete.

»Ich weiß, warum Vilhelm nach Hovenäset gekommen ist«, sagte sie. »Ich weiß, was für eine Story das war, an der er in seiner Freizeit gearbeitet hat.«

»Nämlich?«

Ray-Ray klang jetzt ungeduldig.

»Der Stückelmord«, sagte Maria. »Er schrieb an einem Buch über den Stückelmord. Das habe ich eben von Gunnar Wide bestätigt bekommen.«

Ray-Ray fluchte am Telefon, aber August zog die Augenbrauen hoch, als er hörte, wie sie Gunnar erwähnte und dass der die Ermittler offenbar mit wichtigen Fakten hatte versorgen können.

»Nicht schon wieder dieser verdammte Stückelmord-Zirkus«, stöhnte Ray-Ray.

»Leider scheint es so zu sein«, sagte Maria und dachte sofort an die Zeugenaussage des Freundes Hampus.

Vilhelm sei dabei, ein Buch zu schreiben, das »alles verändern« würde.

»Ich weiß ja nicht, wie du das siehst«, erwiderte Ray-Ray. »Aber ich finde, jetzt wo wir wissen, dass er ermordet worden ist und ein Buch über den Stückelmord geschrieben hat, wird seine Exfreundin noch interessanter. Hampus hat ja schließlich gesagt, dass ihre Beziehung möglicherweise wegen seiner Story zu Ende gegangen ist.«

Maria spürte die Jagdlust erwachen.

»Ich denke genauso wie du«, sagte sie und achtete darauf, nicht zu viel zu sagen, solange August neben ihr saß.

»Wir müssen sie verhören. So schnell wie möglich.«

Ein weiterer Abend, ein neuer Spaziergang mit Matilda und Tony. Matilda plapperte wie gewöhnlich über alles, was im Laufe des Tages in der Kita passiert war. Sie erwähnte auch ihre neue Freundin auf Hovenäset, doch dann widmete sie den Rest ihrer Erzählung ihrer Assistentin. Jetzt im Sommer hatte sie eine neue, und Matilda liebte sie.

Oskar hörte mit halbem Ohr zu.

Die Sorge, die im Laufe des Tages zugenommen hatte, wurde immer größer. Sein Bedürfnis, rauszugehen, war inzwischen schon dringender als das des Hundes, er schämte sich dafür.

Espens SMS hatte den Stress quälend eskalieren lassen. Dieses Schreckliche, wovon Espen geschrieben hatte. Und dass er nicht ans Telefon gehen sollte, falls Journalisten anriefen.

Ich will nichts wissen. Überhaupt nichts.

Bier, dachte Oskar.

Ich will ein Bier. Oder einen Whisky.

Einen. Nur einen.

Aber würde er sich dann beherrschen können?

Keine Chance.

Ein Rückfall.

Das musste kein Weltuntergang sein, es geschah immer wieder, dass seine Schicksalsbrüder oder -schwestern auf die schiefe Bahn gerieten und ein Glas Wein, ein Bier oder einen Grog tranken. Verdammt hart, aber etwas, das viele am Ende akzeptieren und womit sie umgehen konnten und auf diese Weise einen neuen Weg zur Nüchternheit fanden.

Oskar schauderte es.

Hör auf. Du kriegst jetzt keinen Rückfall.

An dem Ort im Leben, an dem er sich momentan befand, gab es

so viel Gutes. Es wäre idiotisch, dieses ganze Dasein aufs Spiel zu setzen. Mit der Nüchternheit war auch seine Fähigkeit, seine Gedanken zu ordnen, gestärkt worden. Es war, als wäre der Alkohol ein lautes Rauschen gewesen, das alles Denken gestört hatte, und jetzt, da es weg war, war es so still, so unglaublich still.

Das war schön, doch auch herausfordernd. Denn in die Stille der Nüchternheit passte so vieles andere hinein, was neu für ihn war. Zum Beispiel seine Zweifel.

Wenn er nur klare Erinnerungen an den verfluchten Tag hätte, der alles verändert hatte. Wenn da nur jemand gewesen wäre, um mit ihm zu sprechen.

»Ich muss der Sache auf den Grund gehen.«

Erst als er seine eigene Stimme hörte, merkte er, dass er das laut ausgesprochen hatte, und er bekam es so mit der Angst zu tun, dass er stolperte.

»Was hast du gesagt?«, fragte Matilda. »Papa, bist du hingefallen?«

Sie klang ängstlich.

»Nein, gar nicht, ich bin nur zufällig gegen einen Stein getreten.«

»Einen Stein?«

»Einen kleinen Stein.«

»Ach so.«

Er wurde rot.

Notlügen hatten noch nie zu seinen Stärken gehört.

Oskar zitterte.

Bis vor drei Tagen noch hatte Hochsommerhitze geherrscht, und dann hatte sich alles verändert. Für Oskar war das eine unglückliche Wendung. Das Wetter leistete so viel für die Energie, dieser Nebel musste so schnell wie möglich verschwinden.

Bald war es Zeit, schlafen zu gehen, und dann kam die Nacht. Vielleicht war es leichter als gedacht, zur Ruhe zu kommen.

Vielleicht konnte er dieses Jucken, zu dem sich der Durst entwickelt hatte, abschütteln.

Das glaubst du doch wohl selbst nicht, dachte er. Natürlich wirst du die ganze verdammte Nacht wachliegen.

Oskar holte tief Luft und erinnerte sich daran, was Ellen immer sagte. Dass er eins nach dem andern machen musste, dass er sich nicht dazu zwingen sollte, zu viele Bälle gleichzeitig in der Luft zu haben.

Das wiederum setzte voraus, dass er seine Prioritäten im Blick hatte.

Die Familie kam zuerst.

Und mit Familie meinte er Matilda.

Das fröhliche Nachrichtensignal des Handys riss ihn aus seinen Gedanken, und auch Matilda und Tony schreckten zusammen.

»Von wem ist die Nachricht?«, fragte Matilda. »Ist sie von Ellen?«

Oskar musste lächeln. Es gefiel ihm, dass Matilda wusste, wer Ellen war und sie einander mochten.

Doch dann sah er, wer ihm geschrieben hatte, und da erlosch seine Fröhlichkeit.

Die Nachricht kam von seinem Onkel.

Oskar. Jetzt ist es eilig. Melde dich. Es geht um Hovenäset.

Es geht um Hovenäset.

Genauso gut hätte Espen eine Handgranate auf ihn schleudern können.

Hovenäset.

Wo gerade jemand tot aufgefunden worden war.

Der schlimmste aller Orte, für ewig ein Platz, den Oskar meiden wollte.

Mit zitternder Hand schob Oskar das Handy wieder in die Tasche.

Matilda zupfte ihn am Arm.

»Sag schon«, drängelte sie. »Ist sie von Ellen?«

»Hm«, brummte Oskar mit zusammengekniffenen Lippen.

Er fixierte seinen Blick auf das dunkle Fell des Hundes.

Sein Herz stampfte, als wolle es versuchen, aus seinem Brustkorb zu fliehen.

Er wünschte so sehr, dass es eine Nachricht von Ellen wäre und nicht von Espen. Und er fragte sich, was Ellen wohl sagen würde, wenn sie erfuhr, dass er einst einen anderen Menschen ermordet hatte.

Mein drittes Jahr mit dir

Ein weiterer Geburtstag. Dein dritter. Ich glaube, dass du Saft und Geburtstagstorte wirklich nicht ausstehen kannst. Jetzt haben wir es drei Jahre hintereinander (mit verschiedenen Torten) versucht, aber du wirst einfach nur wütend, wenn du sie siehst. Dieses Jahr hast du eine von den Kerzen rausgerissen und sie auf den Teppich geworfen, sodass es anfing zu brennen.

Chaos und Rauch und dann die lauten Schreie deiner Großmutter. Zum Glück sind alle ohne Verletzungen davongekommen, aber der Teppich ist nicht mehr schön, das muss ich sagen. Dein tatkräftiger Onkel hat das Feuer gelöscht.

Zum Glück haben wir ihn.

Und zum Glück hast du zumindest das Essen, was ich gekocht habe, gemocht. Alle sagen, dass du ja so gut isst, und das ist doch fein, denn wenn man bedenkt, wie viel du jeden Tag rennst, brauchst du doch viel Nahrung im Leib.

Mein kleines, zorniges Herz.

Wenn ich dich Runde um Runde durchs Haus rasen sehe, dann frage ich mich, was dich jagt. Wenn du jeden Morgen mit von Zorn finsterem Blick aufwachst, dann frage ich mich, warum ausgerechnet du so wütend sein musst.

Und dann denke ich daran, was dein Großvater und dessen Vater aus ihrem Leben gemacht haben, an all das Schlimme, was sie verbrochen haben, und dann fürchte ich manchmal, dass du vielleicht auch ein kleines bisschen von dem Gefährlichen in dir trägst. Das macht mir solche Angst, dass ich verzweifelt nach anderen Erklärungen suche.

Bin ich vielleicht eine schlechte Mutter?

Glaube mir, ich versuche so gut wie möglich zu sein.

Und dein Papa tut das auch.

Er macht sich Sorgen um dich und mich. Er sagt, ich würde so müde aussehen, und das stimmt natürlich. Du hast noch immer keine einzige

Nacht durchgeschlafen, aber zum Glück schreist du wenigstens nicht mehr so hysterisch.

Papa und dein Onkel sagen, wir sollen uns auf all das Positive konzentrieren, was passiert, und das ist natürlich eine gute Idee. Doch um ehrlich zu sein, ist das für sie viel leichter als für mich. Papa ist ja fast nie zu Hause, und dein Onkel besucht uns nur selten, und (ich wage kaum, das zu schreiben) ich kann nicht anders, als sie um ihre Freiheit ein wenig zu beneiden.

Die Last wäre leichter, wenn ich wenigstens eine Stunde am Tag von zu Hause wegkommen könnte. Alle sagen, dass es mit der Zeit besser werden wird. Um uns herum sprechen immer mehr von einem weiteren Kind, und einige haben auch bereits ein zweites, aber weder Papa noch ich sagen einen Ton dazu.

Wir haben mit dir alle Hände voll zu tun, und so muss es auch sein, bis sich alles stabil anfühlt. Du sprichst immer noch nicht. Andere Dreijährige sagen ganze Sätze, aber du nicht. Du sagst »Mama« und »Papa« und »Hallo« und »Ich will nicht«. Wir warten und warten, dass etwas mehr kommt. Hoffentlich ändert sich das bald!

Ich liebe dich.

Mehr als alles auf der Welt.

Das macht meine Sorge kaum kleiner, denn ich sehe ja, wie frustriert du bist.

Als die sogenannte Offene Tagesstätte in Kungshamn neu war, bin ich mit dir dorthin gegangen, aber es wird wohl noch eine Weile dauern, ehe wir noch einmal hingehen.

Du hast einem kleinen Mädchen direkt aufs Auge gehauen, weil sie dir nicht ihren Teddy geben wollte, und dann hast du wie am Spieß geschrien, als ich dich aus dem Zimmer getragen habe.

Wie ich mich geschämt habe!

Vor allem, weil ich so sehr das Gefühl habe, gescheitert zu sein.

Ich habe immer gedacht, es gäbe nichts Schöneres, als Mutter zu sein. Und jetzt, da ich es bin, fühlt es sich an, als würde mein ganzes Leben zerbrechen.

So hatte ich mir das nicht vorgestellt.

Überhaupt nicht.

Aber es gibt auch lichte Momente.

Ein Kinderarzt hat gesagt, dafür dass du so klein bist, könntest du sehr gut malen. Das macht mir Freude. Vielleicht hast du eine künstlerische Ader. Oder eine musikalische. Sobald wir Musik spielen, hältst du inne, und dann fängst du an zu tanzen. Das ist so herrlich zu sehen!

Ich wünsche mir nichts mehr, als dass du glücklich bist.

Warum fühlt es sich nur so an, als würde dir immer alles gegen den Strich gehen?

22. Juli

»Hast du sie ermordet?«

Der Nebel war verflogen. Genauso prompt verschwunden, wie er sich zuvor um Hovenäset und Kungshamn geschlossen hatte. Als der Morgen kam, war der Himmel klar, und die Sonne brannte.

Maria fuhr gegen halb sieben mit dem Fahrrad zur Arbeit. Ray-Ray hatte eine Nachricht geschickt, dass er nicht vor acht Uhr da sein würde, weil er mit einem seiner Kinder zum Zahnarzt musste. Maria vermutete mal, dass dieser Zahnarztbesuch nicht sonderlich lange dauern würde. Die Ermittlung drängte sie beide, und das führte gerne dazu, dass man in anderen Zusammenhängen besonders effektiv war.

Der Mann, der erhängt aufgefunden worden war, hatte einen Namen bekommen. Er hieß Vilhelm, und er war ermordet worden. Im Alter von nur 27 Jahren war er an einem Ort ums Leben gekommen, an den ihn seine Besessenheit hinsichtlich eines anderen Mordes geführt hatte.

Wir müssen mehr erfahren, dachte Maria. Und es muss schnell gehen.

Die SMS von Gunnar hatte die Situation radikal verändert. Maria hatte Gunnar noch am Abend angerufen und ein längeres Gespräch mit ihm geführt. Er war mehr als zufrieden mit der Aufmerksamkeit, die seine Informationen hervorgerufen hatten. Für die Polizei war die Neuigkeit, dass Vilhelm sich vorgenommen hatte, den Stückelmord zu untersuchen, eine ebenso unerwartete wie unwillkommene Nachricht.

Die Luft war noch nicht sonderlich warm, aber es war auch kein Wind zu spüren. Maria genoss es, die wenigen, aber steil bergauf führenden Kilometer zum Wohnwagen zu fahren. Es war ein perfekter Tag zum Baden, doch sie würde frühestens am Abend kurz untertauchen können. Vielleicht kann ich August überreden, mit zur Bootshütte zu gehen, wenn ich nach Hause komme, dachte sie.

Sie rollte auf den Parkplatz, wo der Wohnwagen aufgestellt war. Aus der Entfernung sah er ziemlich gemütlich aus, doch erforderte es weder eine lebhafte Fantasie noch große Campingerfahrung, um sich ausrechnen zu können, wie heiß es da drinnen in wenigen Stunden sein würde. Maria parkte ihr Fahrrad und schloss es ab, dann ging sie um den Wohnwagen herum.

Und da entdeckte sie, dass auf der kleinen Treppe vor der Tür eine Frau saß.

Als Maria näher kam, schaute sie auf, erhob sich aber nicht. Sie schien um die sechzig zu sein, und ihre ganze Erscheinung wirkte erschöpft. Die Augen waren rot gerändert, und das Angesicht leer und doch voller Trauer. Wo die Frau saß, war Schatten, und deshalb sah sie blass aus, obwohl sie offensichtlich sonnengebräunt war.

»Kann ich Ihnen helfen?«, fragte Maria.

»Ich will mich nicht aufdrängen«, antwortete ihre Besucherin.

Sie hatte eine angenehme Stimme, ungewöhnlich dunkel für eine Frau.

»Sagen Sie mir, wen Sie sprechen wollen, dann sage ich Ihnen, ob Sie sich aufdrängen«, erwiderte Maria und versuchte ein Lächeln.

Doch die Frau erwiderte es nicht.

Stattdessen tastete sie nach ihrer Handtasche, die sie neben die Treppe gelegt hatte. Als sie sich aufrichtete, wirkte sie unsicher auf den Beinen.

»Ich habe schon angenommen, dass Sie nicht wissen würden, wer ich bin«, sagte sie. »Und genau deshalb hatte ich das Gefühl, dass wir uns kennenlernen müssten. Denn sonst fürchte ich, dass Sie nicht gründlich genug nach Vilhelms Mörder suchen werden.«

Langsam ging Maria auf, wen sie hier vor sich hatte.

»Sie sind die Mutter von Vilhelm«, sagte sie und suchte fieberhaft in ihrem Gedächtnis nach dem Namen, den sie sicher am Tag zuvor gehört hatte, als sie Vilhelms Identität feststellten.

Die Frau nickte.

»Gudrun, nicht wahr?«, sagte Maria.

Sie trat näher und streckte ihre Hand aus.

»Ich heiße Maria«, sagte sie. »Mein herzliches Beileid.«

Eigentlich verabscheute sie diese Phrase. *Mein herzliches Beileid.* Das klang, als hätte es sich ein Angestellter vom Finanzamt ausgedacht. So kühl und bürokratisch und gleichzeitig der einzige Satz, der alles ausdrückte, was sie sagen wollte.

»Danke«, erwiderte Gudrun.

Maria schloss die Tür zum Wohnwagen auf.

»Kommen Sie herein«, sagte sie. »Möchten Sie eine Tasse Kaffee?«

»Nein, danke, ich will nicht lange bleiben.«

Gudrun sah sich erschrocken um, als der Wohnwagen unter ihrem gemeinsamen Gewicht ein wenig schaukelte.

»Sie können sich dort auf die Bank setzen«, sagte Maria. »Und machen Sie sich keine Sorgen, wenn der Boden ein wenig schwankt, dieser Wohnwagen fällt nicht so schnell um.«

Gudrun ließ sich auf den angewiesenen Platz sinken, und das dunkelblaue Sitzpolster gab ein pustendes Geräusch von sich.

Maria setzte sich gegenüber hin.

»Ich nehme an, Sie haben gestern meine Kollegen aus Borås getroffen«, sagte sie.

»Ja«, antwortete Gudrun kaum hörbar. »Sie kamen spät am Nachmittag. Zwei Polizisten und ein Pfarrer. Wie im Film. Ich hatte gar nicht gedacht, dass Sie das in Wirklichkeit auch so machen.«

Darauf wusste Maria keine rechte Antwort. Sie wollte lieber nicht erzählen, dass nicht immer ein Pfarrer zur Verfügung stand und dass auch nicht immer die am besten geeigneten Polizisten erschienen, um zu erzählen, was geschehen war.

»Das hängt ein wenig von der Situation ab«, sagte sie.

Gudrun umklammerte fest ihre Handtasche auf dem Schoß.

»Die Polizisten gestern«, fuhr sie fort, »die haben gesagt, sie würden nicht an der Ermittlung mitarbeiten, die würde bei Ihnen liegen. Und dann haben wir über meinen guten Jungen geredet, und ich habe alles erzählt, was ich wusste, und fand, dass Sie das auch wissen sollten. Meine Tochter Millie ist auch vorbeigekommen und hat von ihrem großen Bruder erzählt.«

Maria war erleichtert, als Gudrun die Tochter erwähnte.

»Aber ich hatte nicht das Gefühl, dass es genügt. Ich will, dass Sie, die hier vor Ort arbeiten, wissen, wer Vilhelm war. Damit Sie Ihr Allerbestes tun, um den zu finden, der das hier … getan hat.«

Maria legte ihre Hand auf die von Gudrun und sah ihr in die Augen.

»Ich kann Ihnen versprechen, dass wir alles tun, um diesen Fall zu lösen«, sagte sie. »Aber erzählen Sie mir gern von Ihrem Sohn. Ich will alles hören.«

Und Gudrun erzählte. Von einem Jungen, der begabt war, aber nicht still sitzen konnte. Von einer Schullaufbahn, die völlig problemlos war, und von den guten Noten, mit denen er die Journalistenschule abgeschlossen hatte. Davon, wie er so viel in seiner Karriere wollte und die Arbeit bei der *Borås Tidning* ihm nicht genügt hatte. Sie erzählte von Freundinnen, die gekommen und gegangen waren, und wie traurig sie gewesen war, als mit der letzten Schluss war, weil ihr diese Beziehung ernsthafter vorgekommen war als die anderen zuvor.

Als die Rede auf die Exfreundin kam, horchte Maria auf. Die Polizei von Borås schien nicht herauskriegen zu können, wo sie sich im Moment befand, und sie hatten viel zu wenig in der Hand, um nach ihr fahnden zu können.

»Wissen Sie, warum die beiden Schluss gemacht haben?«, fragte Maria.

Gudrun schüttelte den Kopf. Jetzt weinte sie leise.

»Nein«, sagte sie. »Vilhelm hat nur gesagt, dass sie sich gestritten hätten. Ich konnte sehen, dass es ihm nicht gut ging damit, aber er wollte nicht über ihren Konflikt sprechen. Er hat einfach weiter geschwiegen. Oder er hat unser Gespräch abgebrochen und was im Stil von ›jetzt muss ich zurück in die Höhle‹ gesagt, und dann ist er verschwunden.«

Maria lächelte.

»War Vilhelm etwas jungenhaft?«, fragte sie. »Ich meine, weil er gesagt hat, er wolle zurück in die Höhle?«

»Nein, das war er nicht. Aber die Höhle war wohl wichtig für ihn.«

Maria legte den Kopf schief.

»Hatte Vilhelm irgendwelche Feinde?«, fragte sie.

»Nein, nicht soweit ich weiß. Und deshalb fühlt es sich wohl so unbegreiflich an, dass er nicht mehr hier ist. Ich verstehe überhaupt nicht, wer ihm Böses wollen könnte.«

Sie schluchzte und holte ein Paket Papiertaschentücher aus der Handtasche.

Maria sah zur geschlossenen Tür des Wohnwagens hin. Bald würden ihre Kollegen da sein. Natürlich war es in Ordnung, wenn Gudrun sie auch traf, doch gleichzeitig war es wichtig, dass sie mit ihrer Arbeit in Gang kamen.

»Gibt es noch mehr, was Sie mir sagen wollen?«, fragte sie sanft.

Zu ihrem Erstaunen sah Gudrun peinlich berührt aus.

»Ja, vielleicht«, sagte sie. »Ich habe nämlich etwas Dummes getan.«

Maria wartete ab.

»Ich dachte … Also, Sie haben doch mit Vilhelms Freund Hampus in Argentinien gesprochen, oder?«, sagte Gudrun.

»Ja«, erwiderte Maria.

»Ich glaube, für die Jungen war das einfach zu viel. Einer von ihnen hat mit einem Journalistenfreund bei einer der Abendzeitungen gesprochen, und plötzlich tauchte ein Journalist zu Hause bei uns auf. Ganz spät gestern Abend. Und meine Tochter und ich, wir wussten nicht, was wir tun sollten. Aber ich hatte das Gefühl, dass doch jemand irgendetwas Gutes über meinen Vilhelm sagen müsste, damit er nicht einfach nur der Typ wird, der ermordet wurde. Und da hatten wir das ja auch gerade erst erfahren. Dass jemand ihm das angetan hatte.«

Ihre Stimme brach.

»Sie haben sich interviewen lassen?«, fragte Maria.

Gudrun nickte, und Maria spürte, wie sie wütend wurde. Was für ein unfassbares Arschloch von Journalist war das, der zu einer Frau nach Hause fuhr, die eben erst erfahren hatte, dass ihr Sohn ermordet worden war?

Was solche Veröffentlichungen anging, war der Fall kompliziert.

Schon als Vilhelm am Sprungturm hängend gefunden worden war, hatten die Massenmedien ein großes Interesse gezeigt, doch nun, da die Polizei erfahren hatte, dass es sich um Mord und nicht um Selbstmord handelte, stieg das Engagement brutal an.

»Das tut mir so leid für Sie«, sagte Maria zu Gudrun. »So etwas dürfte eigentlich nicht passieren.«

»Aber es ist passiert. Und der Artikel soll jetzt am Morgen erscheinen. Habe ich jetzt alles für Sie ruiniert?«

Maria schüttelte den Kopf.

»Das sind wir gewohnt«, erwiderte sie kurz.

Gudrun schnäuzte sich ins Taschentuch, und da klingelte ihr Handy.

»Das ist meine Tochter«, erklärte sie und drückte das Gespräch weg. »Ich habe das Haus verlassen, ohne sie zu wecken. Ich hatte Angst, dass sie nicht versteht, warum ich so dringend hierherkommen und jemanden von Ihnen treffen wollte.«

Inzwischen war die Wärme langsam in den Wohnwagen eingedrungen. Draußen war der Himmel blau und schön, doch hier drinnen gab es nichts als Trauer und Schmerz.

»Es war sehr nett, dass Sie gekommen sind«, beteuerte Maria. »Ich finde, Sie sollten Ihre Tochter sofort anrufen, denn bestimmt ist sie sehr beunruhigt. Und ich verspreche Ihnen, mich sooft ich kann bei Ihnen zu melden, um zu berichten, wie es mit der Ermittlung vorwärtsgeht. Oder sagen wir ganz konkret: Ich melde mich jeden Tag bei Ihnen, bis wir Vilhelms Mörder gefunden haben. Wir werden nicht aufgeben, ehe wir wissen, wer ihm das hier angetan hat.«

»Danke«, sagte Gudrun. »Herzlichen Dank.«

Und mit diesen Worten verließ sie den Wohnwagen.

Maria wartete, bis sie die Tür hinter sich zugemacht hatte, dann zog sie ihren Computer heran, um die letzten Ereignisse im Logbuch durchzugehen. Bald würde eine neue Besprechung mit allen stattfinden, und sie wollte so gut wie möglich vorbereitet sein.

Als sie gerade ein Auto vor dem Wohnwagen parken hörte, klingelte ihr Telefon. Sie sah aus dem Fenster, da war Ray-Ray, der offensichtlich vom Zahnarzt zurück war.

Als sie ans Handy ging, hörte sie eine Männerstimme am anderen Ende. Einer der Kollegen aus Borås.

»Wir wissen, wo sich die Ex von Vilhelm Eliasson aufhält«, sagte er.

»Yes!«, rief Maria. »Wo ist sie?«

»Sie ist bei ihrer Großmutter«, sagte er und machte eine Kunstpause. »Auf Hovenäset.«

Der Sommer war zurück. Als August kurz nach acht Uhr aufwachte, war es, als hätte es den Nebel nie gegeben. Er konnte es sich leisten, später aufzustehen und auf dem Balkon zu frühstücken. Als er noch in Stockholm wohnte, waren seine Arbeitswochen nicht selten siebzig oder achtzig Stunden lang gewesen, und er hatte das ganz normal gefunden.

Aber jetzt war alles anders.

Nun saß er da mit Blick auf die Bootshütten und das Meer. Die Sonne glitzerte auf der Wasseroberfläche, die von einer leichten Brise gekräuselt wurde. Heute würde es Badewetter geben.

»Ich werde mit dem Boot zur Arbeit fahren«, dachte sich August und nahm noch einen Bissen vom Käsebrot. »Dann kann ich auf dem Hinweg und auf dem Rückweg vom Boot aus baden.«

Doch ansonsten dachte er an diesem Morgen weniger an das Boot oder das Wetter, sondern vor allem daran, was am Tag zuvor geschehen war. Man wusste jetzt, dass der Tote vom Badeplatz ermordet worden war und wahrscheinlich einen großen Teil seiner Freizeit dem berüchtigten Stückelmord gewidmet hatte. Das hatte jedenfalls Gunnar gesagt, und durch Maria hatte August mitbekommen, dass es die Wahrheit war – die aber nicht weitergetragen werden durfte.

Es war spürbar, welch große Unruhe der Mord an dem jungen Mann auf Hovenäset erzeugt hatte. Unten auf der Straße gingen zwei von Augusts Nachbarn vorbei, und er hörte sie mit gedämpften Stimmen sprechen.

»Warum werden wir nicht informiert? Das ist doch total wahnsinnig, hier ist jemand umgebracht worden, und keiner sagt uns etwas.«

August horchte, ohne sich zu erkennen zu geben.

Er fand das alles auch sehr unangenehm und verständlich, dass es den anderen genauso ging. Die Polizei schwieg sich über die

Details aus, hatte nun aber offiziell bestätigt, dass Vilhelm ermordet worden war.

Ermordet.

Auf Hovenäset.

Das war eine Neuigkeit, die in allen Medien dominierte. Die Mutter des Mannes hatte nämlich einer der Zeitungen ein Interview gegeben. Auf dem Bild sah sie völlig fertig aus, als hätten sich Schock und Trauer in jede Zelle ihres Körpers eingeschlichen und alles für immer verändert. Mit einer gerahmten Fotografie ihres Sohnes auf dem Schoß saß sie zur Kamera gewandt.

»Er hat davon geträumt, eines Tages mal den großen Coup zu landen«, hatte sie gesagt, »und nun hat er es nicht geschafft.«

Wahrscheinlich hatten alle im Ort denselben Artikel gesehen. Gunnar aber hatte sich ihm bestimmt ganz besonders gründlich gewidmet. Ihm garantierte ein solches Ereignis, dass er interessant und weniger einsam sein würde – eine bedauerliche Logik, doch leider die Wahrheit. Und wenn August sich nicht sehr täuschte, war es nur eine Frage der Zeit, wann Gunnar sich melden würde, weil er Detektiv spielen wollte. Immerhin hatte er ja zur Ermittlung beigetragen.

Bald darauf verließ August das Haus und lenkte seine Schritte Richtung Bootshütte und Steg. Der Spaziergang zum Resovägen, wo die Bootshütten standen, dauerte ungefähr fünf Minuten (sechs, wenn er langsam ging und gleichzeitig telefonierte), und als er am Eishaus vorbeikam, nutzte er die Gelegenheit, kurz anzuklopfen, um das Foto zurückzugeben, das er auf der Auffahrt gefunden hatte. Doch Iben war nicht zu Hause oder wollte nicht öffnen, und so musste er ein weiteres Mal mit dem Bild in der Hosentasche unverrichteter Dinge wieder gehen.

Das Foto wollte ihm nicht aus dem Sinn.

Wer war der Mann, der da so breit in die Kamera grinste?

August war immer noch nicht eingefallen, woher er ihn kannte.

Er ging mit langen Schritten Richtung Bootshütte. Die Sommertage auf Hovenäset waren anders, als er gedacht hatte. Obwohl jetzt in jedem Haus Menschen wohnten, waren sie doch eigentlich nicht sichtbar. Wenn es regnete, hielten sich alle im Haus auf, und bei schönem Wetter waren alle unterwegs und badeten oder machten Ausflüge und waren erst wieder zu sehen, wenn der Abend kam. Auf diese Weise herrschte während der heißesten Stunden des Tages eine seltsame Stille.

Alle waren da.

Und alle waren weg.

Zufrieden lächelnd schloss August die Bootshütte auf und trat auf den Steg hinaus.

»Hallöchen!«, war von schräg hinter ihm zu hören.

August drehte sich um. Er hatte den Nachbarn in der Hütte nebenan gar nicht bemerkt.

»Hallo!«, grüßte August zurück.

Der Mann hieß Örjan und betrachtete August jetzt durch eine dunkle Sonnenbrille. Er trug nur eine Badehose, und seine Haut war leicht gerötet. Soweit August wusste, war Örjan auf dem Papier gerade 55 Jahre alt, doch sah er gute zehn Jahre älter aus.

Der Mann kratzte sich zerstreut die Brust, als hätte er zu lange in der Sonne gesessen, um noch irgendein vernünftiges Wort herauszubringen.

Das konnte August verstehen, denn laut Wetter-App in seinem Handy sollte es im Laufe des Tages stolze 27 Grad geben. Das war ein dramatischer Unterschied zu den Tagen zuvor.

»Ich habe von dem Mann am Badeplatz gelesen«, begann Örjan. »Er scheint … Ja, offenbar ist er ermordet worden.«

August nickte, um zu zeigen, dass er zuhörte, beugte sich aber gleichzeitig herab, um das Boot loszumachen. Er hatte keine Lust, über das neuerliche Verbrechen, das Hovenäset erschütterte, zu sprechen, sondern wollte möglichst schnell zum ersten Kundenbesuch des Vormittags kommen. Die Frau, die gefragt hatte, ob er an dem Messerset interessiert wäre, hatte sich per SMS gemeldet. Sie hatte sich jetzt entschieden und wollte, dass August sich die Messer ansah, die sie von ihrer Mutter bekommen hatte. Und August war interessiert.

Er blinzelte ins Licht und suchte in der Brusttasche nach der Sonnenbrille.

Heute würde er keine Probleme mit schlechter Sicht haben.

Das Boot schaukelte, als er einstieg und die Kuchenbude loszuknöpfen begann.

»Das ist wirklich ungeschickt, dass es Gunnar so schlecht geht«, sagte Örjan. »Jetzt fehlt er uns.«

August klappte die Kuchenbude nach hinten und steckte den Zündschlüssel ein.

»Hmm«, brummte er.

Der Motor startete mit einem lauten Tuckern, das sich bald wieder beruhigte.

Mit dem Boot war es Liebe auf den ersten Blick gewesen. Es war ein altes Holzboot der Marke Solö, das er gekauft und dann hatte überarbeiten lassen. Ein ausgezeichnetes Modell, um darin rumzufahren, und schön sah es auch aus. Henrik war ja der Meinung gewesen, er sollte ein schnelleres und schickeres und vor allem ein moderneres Boot kaufen, doch August fand das unpassend. Er wusste schließlich fast nichts über Boote und hatte auch keine Erfahrung im Fahren damit.

Örjan räusperte sich.

»Wir haben diese Woche mal ein bisschen zusammengesessen«, sagte er. »Ich denke, wir sollten zu Gunnar gehen und ihn fragen, ob er irgendwelche Ideen hat, was wir jetzt tun sollen.«

August sah auf.

»Was wir tun sollen?«, fragte er.

»Ja, ich meine, Gunnar fehlt uns einfach. Er ist so plötzlich aus der Interessenvereinigung verschwunden. Das ist wirklich schlimm. Denn auch wenn Gunnar natürlich so seine Seiten hatte, war er doch sehr tatkräftig. Und jetzt ist es, als würde alles stillstehen. Obwohl wir hier auf der Halbinsel einen Mörder rumlaufen haben.«

Nun klang Örjan, als wäre Gunnar tot und nicht krank, und das störte August. Außerdem war er grundsätzlich anderer Meinung. Gunnars Tatkraft konnte nämlich vernichtende Konsequenzen haben. August erinnerte sich nur allzu gut daran, wie es ausgegangen war, als Gunnar fand, Hovenäset wäre sicherer, wenn alle Bewohner abwechselnd Nachtpatrouille spielen würden.

»Wir wissen immer noch nicht, was eigentlich passiert ist«, erwiderte August mit angespannter Stimme. »Ich denke, wir sollten erst mal nicht mit wilden Spekulationen kommen.«

Er machte die Leinen los, stellte sich ans Ruder und warf den Rückwärtsgang ein. Dann schlug er ein und glitt sanft vom Steg.

»Ziemlich viele finden, dass du die Interessenvereinigung von Hovenäset übernehmen solltest«, sagte Örjan.

August konnte ein Lachen nicht unterdrücken.

»Nein, nein«, sagte er. »Aber nett, dass du fragst.«

Örjan lachte nicht, sondern beobachtete ihn nur schweigend, während das Boot sich immer weiter vom Steg entfernte.

»Denk wenigstens mal darüber nach!«, rief er ihm hinterher.

August antwortete mit einem Winken.

Die Sonne kitzelte ihn im Nacken, als er das Boot aus dem Hafen steuerte.

Trotz des idyllischen Anblicks war Örjans Sorge doch auf ihn übergesprungen.

Hovenäset hatte zweihundert Dauerbewohner, und im Sommer noch ein paar hundert dazu. Sollte einer von denen ein Mörder sein?

Unmöglich, dachte August. Doch dann erinnerte er sich, dass es durchaus schon mal so gewesen war. Doch da hatte es sich mehr um ein emotional gesteuertes Unglück gehandelt.

Jemanden am Sprungturm in eine Schlinge zu hängen, war etwas anderes.

Das war sehr viel dunkler und bösartiger.

Die Sonne schien kräftig und warm.

Oskar drehte das Gesicht in das helle Licht und hielt für einen Moment inne. Er stand auf der Treppe zu dem weißen Holzhaus seines Onkels und wartete darauf, dass jemand aufmachte.

Ich werde nicht lange bleiben, dachte er.

Espen hatte ihn am Morgen angerufen und vorgeschlagen, dass sie sich schon am selben Tag kurz treffen sollten. Oskar war darauf eingegangen und bereute es jetzt schon.

Er wollte gar nicht an Espens Nachrichten denken.

Dass er geschrieben hatte, etwas könnte schlimm werden.

Dass Oskar nicht mit irgendwelchen Journalisten reden solle.

Und dass es um Hovenäset ginge.

Oskars Vater und Espen waren Brüder und beste Freunde gewesen, doch das Band zwischen ihnen hatte sich nicht vererbt. Espen und Oskar standen sich nicht sonderlich nahe, und auch wenn jeder dem anderen respektvoll begegnete, funktionierte die Chemie zwischen ihnen doch nicht. Es gab keinen Groll, aber auch nichts, worauf man weiter aufbauen könnte.

Entschlossene Schritte näherten sich auf der anderen Seite der Tür.

Automatisch richtete Oskar sich auf.

Er hatte in der Nacht nicht gut geschlafen. Der Schlafmangel schwächte ihn, und das war nicht gut. Überhaupt nicht gut. Nicht, wenn man bedachte, welches Bedürfnis ihn am Tag zuvor überfallen hatte.

Die Sehnsucht nach einem Bier. Oder einem Glas Whisky.

Nur ein einziges Glas.

Die Sehnsucht machte ihm Angst. Alkoholismus war ein Monster, das man ebenso wenig loswerden konnte wie seinen eigenen Schatten.

Es ging einfach nicht.

Aber man konnte seine Orte im Leben wählen, sodass der Schatten nicht so lang wurde. Die Frage war, ob Espens Zuhause zu diesen Orten zählte.

Der Schlüssel wurde herumgedreht, und die Tür öffnete sich.

Espen begrüßte ihn mit demselben warmherzigen Blick und der geraden Haltung wie immer.

»Wie schön, dass du es möglich machen konntest. Komm herein.«

Als er ins Haus kam, schlug Oskar Essensgeruch entgegen.

Wahrscheinlich stand Espens Frau Olga in der Küche und bereitete ein Mittagessen, ein Abendessen oder beides zu. Es schien keine Rolle zu spielen, um welche Uhrzeit man auftauchte – Olga stand immer in der Küche. Doch diesmal war sie nicht zu sehen, und nur der Essensgeruch verriet, dass sie eben noch da gewesen war.

»Ich dachte, wir könnten uns doch raussetzen«, sagte Espen und zeigte, als bräuchte Oskar einen Wegweiser, aufs Wohnzimmer, wo die Terrassentür angelehnt war.

Oskar trat auf die Terrasse raus.

Espen war wahrscheinlich der Einzige in ganz Kungshamn, der, obwohl er die Möglichkeit hatte, eine Veranda mit Blick aufs Meer zu haben, sie stattdessen auf der Rückseite des Hauses angelegt hatte, wo den ganzen Tag Schatten war.

Espen setzte sich auf einen der sesselartigen Plastikstühle und bedeutete Oskar, es ihm nachzutun. Mitten auf dem Tisch standen ein Krug mit einem hellgelben Getränk und zwei Gläser.

»Möchtest du ein Glas Limonade?«, fragte Espen.

»Ja, danke.«

Sein Onkel schenkte zwei Gläser ein und schob das eine Oskar hin.

»Du siehst aus, als ginge es dir gut«, sagte er.

»Das meiste läuft gut«, erwiderte Oskar und probierte die Limonade. Sie schmeckte wie in Kindertagen.

»Wie geht es Matilda?«

»Gut.«

Oskar stellte das Glas auf den Tisch.

»Du hast gesagt, es wäre wichtig, dass wir uns sehen«, sagte er.

Die Ungewissheit verunsicherte ihn. Er wollte wissen, was sich hier zusammenbraute.

Espen nippte an seiner Limonade.

»Zuerst habe ich ja wegen Olgas Geburtstag geschrieben und weil wir uns so lange nicht gesehen haben«, begann er. »Aber dann passierte das andere, und das schien wirklich akut zu werden. Haben die Journalisten dich angerufen?«

Oskar starrte ihn an.

»Ich weiß nicht, von welchen Journalisten du sprichst.«

»Mein Gott«, sagte sein Onkel und sah plötzlich bestürzt aus. »Du musst doch von dem Mann gehört haben, der auf Hovenäset gefunden worden ist, oder? Am Badeplatz?«

Oskar spürte, wie sein Mund ganz trocken wurde.

»Doch«, antwortete er mit brüchiger Stimme. »Natürlich habe ich davon gehört. Aber warum sollte jemand deswegen bei mir anrufen?«

Sein Onkel schaute sich um, ehe er antwortete.

Es ist niemand hier, dachte Oskar. Warum macht er das?

»Der Typ, der gestorben ist, war Journalist«, sagte Espen leise. »Und er hat in dem Mordfall von Lydia herumgeschnüffelt. Es besteht immer die Gefahr, dass jemand zu nahe kommt, Oskar. Immer.«

Oskar merkte, wie der Boden unter ihm zu schwanken begann.

Lydia war ein Name, den er nicht hören wollte. Er wollte ihn nicht ins Gesicht geschleudert bekommen, und das aus demselben Grund, warum er Hovenäset vermied.

»Woher weißt du, dass er sich dafür interessiert hat?«, fragte er. »Das hat nirgends gestanden.«

»Kontakte.«

Espen sah seltsam aus, als er dieses Wort aussprach – fast, als würde er etwas Wichtiges über sich selbst preisgeben.

Eine Weile saß der Onkel schweigend da, dann sagte er:

»Nun verstehst du sicher, warum ich so beunruhigt bin. Als dein Vater starb, habe ich ihm versprochen, mich um dich zu kümmern, und dieses Versprechen werde ich auch halten. Nicht, weil du das nicht alleine könntest, sondern weil wir nur wenige sind, die wissen, was du durchgemacht hast. Wir müssen einander helfen, die Hyänen auf Abstand zu halten.«

Er schielte zu Oskar hin, der mit einem Mal merkte, wie ihm übel wurde.

Verdammt noch mal.

Und das gerade jetzt, wo sich das Leben so stark und sonnig anfühlte.

Oskars Stimme war nur noch ein Flüstern, als er schließlich den Mund öffnete und die Worte sagte, die einfach herauskommen mussten:

»Ich war es nicht, Espen. Ich war es nicht.«

Die Sonne brannte aufs Dach des Wohnwagens und verwandelte ihn in einen Backofen.

»Ich weiß, dass ihr so schnell wie möglich loslegen wollt«, sagte Roland, »aber im Hinblick darauf, was wir gestern erfahren haben, wollte ich euch dennoch für einen schnellen Durchgang versammeln.«

Die Stille im Wohnwagen wirkte bedrückend.

Tags zuvor hatten sie sich getroffen, um über einen Todesfall zu sprechen, und heute steckten sie mitten in einer Mordermittlung. Außerdem hatte Maria der Mutter des Mordopfers versprochen, ihr vom Verlauf dieser Ermittlung zu berichten.

Sie hatte, ehe die anderen Kolleginnen und Kollegen auftauchten, sowohl mit Ray-Ray als auch mit Roland über ihr Treffen mit Vilhelms Mutter Gudrun sprechen können. Beide hatten laut über die Dreistigkeit der Journalisten geflucht, waren aber nicht weiter erstaunt darüber gewesen. Das waren sie allerdings, als sie erfuhren, wo sich Vilhelms Exfreundin befand. Am selben Ort, an dem Vilhelm tot aufgefunden worden war.

Man schickte sofort eine Polizeistreife zum Haus der Großmutter nach Hovenäset, um die Exfreundin zu einem Verhör nach Uddevalla zu bringen. Roland wollte aber gern, dass Maria und Ray-Ray noch an der Besprechung teilnahmen, ehe sie dorthin fuhren.

»Dann legen wir mal los«, sagte er und sah dann zwei Kollegen an, die weiter hinten im Wohnwagen standen. »Wir haben Verstärkung aus Göteborg bekommen. Deshalb möchte ich, dass wir das Letzte noch einmal zusammenfassen, damit alle dieselben Informationen haben. Maria, könntest du anfangen?«

Sie nickte kurz und klappte ihren Computer auf. Im Augenwinkel bemerkte sie, wie die Kollegen aus Göteborg sich ansahen. Die fragten sich wahrscheinlich, auf welchem Stern sie gelandet waren, wo man wichtige Besprechungen in einem Wohnwagen abhielt.

Maria berichtete, was im Laufe des letzten Tages bekannt geworden war.

Der Tote hieß Vilhelm Eliasson.

Eine Zeugin hatte zwischen drei und halb vier Uhr einen roten Volvo und einen schwarzen Jeep an ihrem Haus vorbeifahren sehen.

Der Gerichtsmediziner hatte festgestellt, dass Vilhelm ertränkt worden und bereits tot war, als er aufgehängt wurde.

Und durch Vilhelms Freund wie auch durch Gunnar Wide hatten sie erfahren, dass Vilhelm heimlich an einem Buch über den Stückelmord an Lydia Broman geschrieben hatte.

Sie beendete ihre Ausführungen mit dem Hinweis, dass sich die Exfreundin zurzeit auf Hovenäset befand.

»Sie ist nicht vorbestraft«, sagte Maria. »Wir wissen nicht, warum sie und Vilhelm Schluss gemacht haben, und es scheint mir besonders dringlich, in der Sache jetzt Klarheit zu bekommen.«

Ray-Ray lehnte sich vor und stützte die Ellenbogen auf den Tisch.

Seine Hände waren gefaltet und die Finger eng verflochten.

»Die Leute draußen werden sich wie verrückt aufführen, wenn herauskommt, dass Vilhelm sich für den Stückelmord interessiert hat«, sagte er.

»Genau deshalb werden wir versuchen, diese Sache für uns zu behalten«, sagte Roland. »Aber womöglich wird die Tatsache, dass diese ganze Geschichte schon die Presse erreicht hat, uns neue Einsichten bescheren. Vilhelm muss eine Reihe Interviews mit verschiedenen Menschen über den Stückelmord geführt haben. Es würde mich nicht wundern, wenn diese Personen sich bei der Polizei melden. Wer weiß, vielleicht kommt dabei auch etwas raus, was unsere Ermittlung befördert.«

Das hatte Maria auch schon gedacht.

»Der guten Ordnung halber möchte ich aber betonen, dass ich

natürlich Gunnar gebeten habe, niemandem zu erzählen, dass er Kontakt mit Vilhelm in Sachen Stückelmord hatte«, erklärte sie.

Am Abend zuvor hatte Gunnar ihr erzählt, dass er mit Vilhelm über eine Internetseite, die er eine kurze Zeit lang unterhalten hatte, in Kontakt gekommen war. Die beiden Männer hatten ein paarmal miteinander telefoniert, und Gunnar hatte sich darauf gefreut, Vilhelm zu treffen. Doch dann war er nicht aufgetaucht.

»Hoffen wir mal, dass er den Ernst der Situation begreift«, sagte Roland trocken. »Der gute Gunnar scheint ansonsten ja gerne zu machen, was er will.«

Ein paar der Ermittler lachten auf. Gunnar Wide war in Polizeikreisen ebenso bekannt wie gefürchtet, nachdem es ihm Anfang des Jahres auch schon gelungen war, sich in eine Mordermittlung einzumischen. Doch nachdem er August das Leben gerettet hatte, war man ihm nicht länger böse.

»Könnte nicht dieser Gunnar der Mörder sein?«, fragte einer der Ermittler aus Strömstad lachend.

»Nein, denn er hatte im Frühjahr einen Schlaganfall und sitzt jetzt im Rollstuhl«, erklärte Maria.

Das Lachen verstummte.

»Ist bei Vilhelm zu Hause schon eine Hausdurchsuchung gemacht worden?«, fragte Vendela.

»Die Kollegen in Borås sind eben damit fertig geworden«, erklärte Roland. »Sie haben neben anderen Dingen einen Arbeitscomputer beschlagnahmt, den er von der Zeitung bekommen hat, haben aber keinen privaten Computer und auch kein zusätzliches Handy gefunden. Wir werden die beschlagnahmten Sachen später kriegen, aber ich kann schon jetzt sagen, dass es eher armselige Funde sind. Wir hatten gehofft, dass sie im Computer oder auf Papier Vilhelms Buchmanuskript finden würden, doch leider ist weder das eine noch das andere aufgetaucht, was wirklich bedauerlich ist. Wir wüssten sehr gerne, wie seine Ermittlung aussah und was er herausgefunden hat.«

Ray-Ray sah frustriert aus.

»Ich habe lange und viel über den Stückelmord nachgedacht«, sagte er. »In den letzten zwölf Monaten ist der Fall in nicht weniger als zwei Mordermittlungen aufgetaucht. Und jetzt schon wieder. Das verspricht nichts Gutes, finde ich.«

»Der Meinung bin ich auch«, sagte Roland. »So geht es wohl uns allen.«

Maria erwiderte nichts.

Ray-Ray und sie hatten im Frühjahr mit Roland über den Stückelmord gesprochen und gesagt, dass sich jemand noch mal die alte Ermittlung näher ansehen sollte. Doch wie immer hatte es an Ressourcen gemangelt, und deswegen war nichts daraus geworden.

Und hier saßen sie wieder.

Mit einer weiteren Ermittlung, die sich in den Niederungen des Stückelmords bewegte.

»Erinnert ihr euch, als wir im Mordfall Axel Ehnbom ermittelt haben?«, fragte Ray-Ray. »Da haben wir einen Super-8-Film gefunden, der Lydia Broman als Fünfzehnjährige in einem Konfirmationsumhang zeigte.«

Die meisten der Versammelten nickten. Axel Ehnbom, ein älterer Mann, der auf Hovenäset wohnte, war ermordet und zudem noch erpresst worden, weil er für die Zeit des Stückelmords ein falsches Alibi abgegeben hatte.

»Er hat behauptet, er sei bei der Nachbarsfrau gewesen, als Lydia verschwand, doch da war er nicht«, sagte Ray-Ray. »Wir haben nicht herausfinden können, ob er irgendetwas mit dem Mord zu tun hatte. Wäre es jetzt vielleicht an der Zeit, diese Ermittlung noch mal anzuschauen?«

»Nein«, erwiderte Roland. »Das glaube ich nicht. Es sei denn, Axel Ehnbom würde in Vilhelms Recherche auftauchen. Jetzt müsst ihr euch konzentrieren und nicht verzetteln. Axel ist tot und sein Mörder auch. In der Sache herrscht null Zweifel. Und dieser Super-8-Film ist fünfzehn Jahre, bevor Lydia ermordet wurde, gemacht worden, er kann also auch völlig unbedeutend sein. Vilhelms Tod hingegen ist immer noch ein Rätsel, und zwar ein sehr frisches. Weder Axel noch sein Mörder können Vilhelm ermordet haben. Wenn also Vilhelms Tod mit dem Stückelmord zusammenhängt, dann müssen wir hier nach anderen Tätern suchen.«

Roland holte Luft und fuhr fort:

»Aber natürlich finde auch ich, dass es verdammt interessant wäre, den Hintergrund für Axels Interesse an Lydia zu erfahren und warum er über sein Alibi gelogen hat. Aber lasst uns erst den Mord an Vilhelm aufklären, und dann sehen wir ja, welche anderen Rätsel wir sozusagen nebenbei noch lösen können.«

»Okay«, antwortete Ray-Ray und sah etwas verbissen, aber doch zufrieden aus.

Eine der Ermittlerinnen aus Göteborg war bei der Diskussion über den Mord an Lydia Broman nicht mehr mitgekommen.

»Entschuldigt eine verwirrte Frage«, sagte sie, »aber dieser Stückelmord, von dem alle hier zu wissen scheinen … Ich habe keine Ahnung davon.«

Wie sich herausstellte, gab es noch weitere zwei Personen in der Gruppe, denen es genauso ging.

»Es geschah 1989«, begann Roland. »Lydia Broman, wohnhaft auf Hovenäset, wurde von ihrem Mann vermisst gemeldet. Sie war zu einer Joggingrunde gestartet und ist angeblich nicht wieder nach Hause gekommen. Fast jeder im Ort hat bei der Suche geholfen, und am Ende wurde sie gefunden. Ermordet und zerstückelt. Versteckt in der Kühltruhe in ihrem eigenen Keller. Ihr Mann Mats wurde für das Verbrechen zu lebenslänglicher Haft verurteilt und nahm sich im Gefängnis das Leben.«

Die Kollegen, die noch nicht von Lydia Bromans tragischem Schicksal gehört hatten, murmelten leise, als sie Rolands Geschichte hörten. Doch er war noch nicht fertig.

»Die Sache ist die, dass es vor Ort immer Zweifel gegeben hat«, sagte er und verzog das Gesicht. »In Hovenäset machte sich ziemlich schnell die Überzeugung breit, dass Mats unschuldig sein musste und sich der richtige Mörder immer noch auf freiem Fuß befand. Obwohl der Mann in zwei Instanzen für schuldig befunden wurde, redeten die Leute weiterhin davon, dass er unschuldig sein müsse. Der Mord an Lydia Broman wurde auf Hovenäset zu einer Wunde, die nie richtig heilte. Es herrscht immer noch die Angst unter der örtlichen Bevölkerung, dass der richtige Mörder davongekommen ist und dass er oder sie vielleicht wieder zuschlagen wird. Und jetzt war dieser Journalist Vilhelm Eliasson offenbar auch der Ansicht, sich in diesem Fall engagieren zu müssen.«

Roland räusperte sich.

»Ich muss hinzufügen, dass wir tatsächlich nicht wissen, ob Vilhelms Tod mit dem Stückelmord zu tun hat«, erklärte er. »Aber selbstverständlich sollte diese Spur auch verfolgt werden.«

Die Kollegin aus Göteborg meldete sich noch einmal.

»Ich habe da eine Frage«, sagte sie. »Hat man denn bei der Polizei jemals an dem Urteil gezweifelt?«

Roland sah die im Wohnwagen Versammelten an.

»Nicht, dass ich wüsste«, sagt er. »Es kann natürlich einzelne Personen gegeben haben, die anderer Ansicht waren, aber ich kenne keinen. Das Ganze ist ja vor ziemlich langer Zeit geschehen. Ich war damals gerade an der Polizeihochschule angenommen worden und noch grün hinter den Ohren.«

Allen Anwesenden im Wohnwagen ging es genauso wie Roland. Niemand war in Polizeikreisen jemandem begegnet, der etwas anderes geglaubt hatte, als dass Mats Broman der Täter war.

Maria verspürte eine vage Nervosität.

Aber wenn es trotzdem falsch war?, dachte sie. Was machen wir dann? Sie selbst war Kind gewesen und gerade in die Schule gekommen, als Lydia starb. Sie hatte keinerlei professionelle Verbindung zu dem Mord und hatte auch nie den Ehrgeiz, diese alte Ermittlung betreffend, verspürt.

Doch im letzten Jahr hatte sie mehrmals den Gedanken gehabt, dass Mats Broman vielleicht unschuldig gewesen sein könnte, und gespürt, dass die Situation unhaltbar war. Menschen waren im Kielwasser der Stückelmord-Ermittlung gestorben. Nicht nur einer, sondern mehrere. Das konnte so nicht weitergehen.

»Ich verstehe überhaupt nicht, warum die Leiche in einem Sprungturm hängend platziert worden ist«, sagte Ray-Ray. »Warum zum Teufel sollte man so etwas Dummes tun?«

»Vielleicht, um es wie Selbstmord aussehen zu lassen?«, warf einer der Kollegen aus Göteborg ein.

»Ja, natürlich«, erwiderte Ray-Ray. »Aber man muss jetzt wirklich kein Superprofi in Sachen Verbrechen sein, um zu begreifen, dass die Polizei ganz leicht herausfinden kann, wie ein Mensch gestorben ist.«

Maria schüttelte den Kopf.

»Du vergisst, wie wenig die Leute über solche Details wissen«, sagte sie. »Außerdem setzt du voraus, dass die Person, die Vilhelm erhängt hat, rational handelte. Aber darüber wissen wir gar nichts.«

Mehrere stimmten ein, und Ray-Ray ruderte zurück.

»Okay, du hast recht«, sagte er. »Aber noch einmal: warum Vilhelm auf diese Weise aufhängen?«

»Ich habe fast den Eindruck, als wollte der Mörder eine Botschaft schicken«, sagte Maria. »Frag mich nicht, an wen, aber hinter der Aktion steckt doch eine große physische Anstrengung. Die muss doch irgendeinem Zweck gedient haben, denke ich.«

»Den Eindruck habe ich auch«, sagte Roland. »Außerdem frage ich mich, wie das Ganze vonstattengegangen ist. Es ist schwer, eine Leiche auf diese Weise aufzuhängen. Müssten da nicht eigentlich mehrere Leute beteiligt gewesen sein?«

Wieder war zustimmendes Gemurmel zu hören.

»Sie könnten mit einem Boot gekommen sein«, schlug jemand vor.

»Stimmt«, sagte Roland.

Ray-Ray stöhnte.

»Die Techniker und die Gerichtsmedizin kriegen vielleicht noch raus, wie das rein praktisch vor sich gegangen sein muss«, sagte er. »Aber das hilft uns nicht bei der Beantwortung der Frage, wer hinter der ganzen Sache steckt und warum es passiert ist.«

»Auch das stimmt«, sagte Roland. »Wie sollen wir also weitermachen?«

Ein Handy klingelte und lenkte sie alle ab.

»Wie bereits erwähnt, wissen wir jetzt, dass sich Vilhelms Ex auf Hovenäset befindet«, sagte Ray-Ray und blitzte den Kollegen mit dem Handy böse an. »Wir werden sie verhören, sowie wir hier fertig sind. Und dann werden wir ein weiteres Verhör mit Gunnar führen. Wer weiß, welche Details seit gestern in seinem Kopf aufgetaucht sind.«

»Wissen wir, wie lange die Ex sich schon auf Hovenäset befunden hat?«, fragte Roland.

»Nein«, antwortete Maria.

»Irgendwelche anderen Zeugen, die einen schwarzen Jeep gesehen haben?«

»Nein.«

Roland wandte sich an die Technikerin Vendela.

»Wir haben ja von dem Freund eine Telefonnummer von Vilhelm bekommen«, sagte er. »Haben wir da schon mehr herausgefunden?«

Vendela antwortete, ohne den Blick von ihrem Bildschirm zu wenden.

»Ja und nein«, sagte sie. »Die Einzelverbindungsnachweise sind beim Anbieter bestellt, aber ich habe sie noch nicht bekommen. Und wir wissen im Moment auch nicht, ob er mehr als ein Telefon hatte.«

Maria glaubte das eher nicht. Gunnar hatte ihr die Nummer genannt, die er von Vilhelm bekommen hatte, und das war dieselbe wie die, welche Hampus ihnen geschickt hatte.

Roland kniff kurz den Mund zusammen, dann fuhr er fort:

»Jetzt suchen wir mal alles zusammen, damit wir diese Besprechung hier abschließen können. Kümmert euch darum, warum zwischen Vilhelm und dem Mädchen Schluss war. Und versucht rauszukriegen, was Vilhelm überhaupt auf Hovenäset suchte und wen er außer Gunnar Wide noch dort treffen wollte. Findet Personen, die mehr über Vilhelm wissen. Setzt seine Ex unter Druck und versucht, alles aus ihr herauszukriegen, was für uns von Wert sein kann. Und findet sein verschwundenes Buchmanuskript.«

Espen hatte jede Silbe verstanden, obwohl Oskar so leise gesprochen hatte.

Ich war es nicht.

Der Onkel reagierte bestürzt. »Bist du verrückt?«, sagte er. »Das stimmt nicht, Oskar. Ich weiß das. Und ich will dich einfach nur vorwarnen, was womöglich auf dich zukommt.«

Espen legte eine Hand auf Oskars Arm.

»Ich freue mich so für dich«, sagte er. »Ich bin so froh, dass es dir gelungen ist, dem Alkohol so lange zu entsagen. Aber es soll dir weiterhin gut gehen, und deswegen dürfen wir uns nicht zu sicher fühlen, sonst werden wir entdeckt. Wir müssen auf Habachtstellung sein, denn möglicherweise melden sich diese verdammten Journalisten. Und da ist es dann sehr wichtig, dass du schweigst, Oskar. Du darfst dich niemals dazu verleiten lassen, ein einziges Wort darüber zu sagen, was damals passiert ist. Begreifst du das?«

Oskar nickte, doch in ihm mahlten die Gedanken weiter.

Sein ganzes Leben war eine einzige Strecke von »sag nichts« und »wenn alle schweigen, dann erfährt es niemand« und »begreifst du das?« gewesen.

Natürlich begriff er, wie wichtig es war, zu schweigen.

Aber würde ein Zusammentreffen mit einem Journalisten wirklich das Schlimmste sein, was ihm passieren konnte? Journalisten waren doch gut darin, alte Wahrheiten auszugraben und Lügen zu entlarven, so wie sie es bei den beiden Jungen getan hatten, die beschuldigt worden waren, ihren Freund umgebracht zu haben.

Doch Oskar schob seine Zweifel beiseite.

»Natürlich werde ich stillhalten«, sagte er. »Aber warum glaubst du überhaupt, dass die mich aufsuchen würden? Ich bin doch bisher gut klargekommen. Und schließlich weiß bisher doch niemand, was eigentlich mit diesem Mann passiert ist, der da aufgehängt gefunden wurde.«

»Ja, genau«, erwiderte Espen. »Bisher bist du gut klargekommen. Aber wie gesagt – manchmal hören die Leute das Gras wachsen. Da heißt es, einen kühlen Kopf zu bewahren. Außerdem darfst du nicht vergessen, dass es einige wenige Menschen gibt, die deinen Hintergrund kennen. Dein Vater konnte ja nicht den Mund halten, damals als du auf dem Gymnasium warst. Wenn ich mich recht entsinne, dann hatte das ziemlich dramatische Folgen.«

Oskar starrte zu Boden.

Damals als du auf dem Gymnasium warst.

Musste Espen wirklich das Drama erwähnen, was sich damals abgespielt hatte?

»Ich glaube, sie haben stillgehalten«, sagt er leise. »Diejenigen, die es erfahren haben. Ich glaube nicht, dass sie etwas zu jemand anders gesagt haben.«

»Aber wir wissen es nicht«, entgegnete Espen. »Und deshalb müssen wir vorbereitet sein. Auf alles.«

Oskar antwortete nicht.

In diesem Moment fühlte es sich schön an, Espen »wir« und nicht »du« sagen zu hören. Als wäre Oskar mit all dem Dunklen nicht allein.

Espen bewegte sich, und die Stuhlbeine quietschten unter ihm.

»Du sollst wissen, dass ich niemals erwogen habe, dich im Stich zu lassen«, sagte er. »Olga auch nicht. Wir haben niemals in Betracht gezogen, Kungshamn zu verlassen. Denn diese Sache ist etwas, was man in der Familie hält, kein Außenstehender soll anmarschiert kommen und sich da einmischen. Vielleicht glaubst du, ich sei nur deinem Vater zuliebe hiergeblieben, aber das stimmt nicht. Du bist mir auch sehr wichtig, so war es schon immer. Und deine Großmutter. Sie hätte die Wahrheit nie verkraftet. Niemals, nicht nach alldem, was dein Großvater ihr angetan hat.«

Ein paar Hummeln summten sehr laut.

Oskar suchte nach etwas, woran er den Blick festhalten konnte, doch die Hummeln waren nicht zu sehen. Sie machten nur Geräusche. Seine Großmutter war vor langer Zeit gestorben, und sie hatte nie etwas erfahren. Die arme, arme Großmutter, die sich mit einem so schrecklichen Mann verheiratet hatte und dann einen Enkel bekam, der ebenso schlimm war.

Die Hummeln brummten immer lauter.

Zeigt euch doch, dachte Oskar. Nicht so feige, zeigt euch.

Aber die Hummeln versteckten sich weiter.

»Für mich war es vielleicht nicht das Beste, hierzubleiben, denke ich. Nur, weil du gerade sagst, warum du Kungshamn nicht verlassen hast«, sagte Oskar. »Ich verstehe nicht, warum Mama und Papa nicht die Gelegenheit ergriffen haben, woanders neu anzufangen.«

»Was hätte denn das für einen Unterschied gemacht?«, fragte Espen. »Du wärest doch nicht weniger schwierig gewesen, wenn sie diesen Ort verlassen hätten, der beiden so unendlich viel bedeutete.«

Darauf konnte Oskar nichts antworten, und so schwieg er.

Espen stellte das Limonadenglas ab und beugte sich näher zu ihm. Sein Atem roch sauer.

»Ich will nur dein Bestes, Oskar«, sagte er. »Und im Unterschied zu vielen anderen habe ich immer gewusst, dass du dich hocharbeiten und einen Platz im Leben finden könntest. Trotz all der Prügeleien in der Schule, auch wenn du die anderen Kinder zu Tode erschreckt hast und auf keine Geburtstagsfeste eingeladen wurdest und keine Freunde hattest.«

Espen schüttelte den Kopf.

»Ich fand, sie sollten doch alle zur Hölle fahren. Du warst doch ein Kind, niemand konnte dich für all das Verrückte, was du dir ausgedacht hast, verantwortlich machen.«

Oskar blinzelte.

Atmete ein und wieder aus.

Vor seinem Inneren sah er Matilda. Sie, die nicht einmal Licht von Dunkelheit unterscheiden konnte und nur auf ihn allein bauen konnte. In ihr war nicht das kleinste Körnchen Schwarz.

Und sie kannte den Teil von Oskar nicht, der so schwierig sein konnte. In der Oberstufe hatte er sich gewandelt. Als bei allen anderen die Hormone explodierten, die plötzlich im Körper unterwegs waren, wurde Oskar ruhig. Ruhig und ständig zugedröhnt von allem, was er in die Finger kriegen konnte. Als er das erste Mal betrunken war und merkte, wie jeder Ansatz von Gewalttätigkeit einfach von ihm abprallte, hatte er wirklich gemeint, etwas besonders Tolles entdeckt zu haben.

Mithilfe des Alkohols konnte er die Welt auf Abstand halten.

Und er hatte sich eingebildet, das wäre erstrebenswert.

Oskar sah seinen Onkel an.

»Wie geht es Malin?«

Espen fuhr zusammen, als er den Namen hörte. Dann trank er den Rest der Limonade aus. Die Hand zitterte ein wenig, als er das Glas wieder abstellte.

»Mit Malin ist alles wie immer«, erwiderte er kurz angebunden.

»Okay«, sagte Oskar.

Er wusste nicht, was er sagen sollte. Es war kein neues Phänomen, dass man über Malin nicht sprechen konnten. Ihr Name durfte nur so selten wie möglich erwähnt werden. Er bereute, überhaupt gefragt zu haben. Malin war seine einzige Cousine, und sie hatte mehr als die Hälfte ihres Lebens in verschiedenen Heimen und betreuten Wohngruppen verbracht.

Auch das war Oskars Schuld.

Espen wand sich auf dem Stuhl.

»Ja, dann weißt du jetzt, was ich wollte«, sagte er. »Ich nehme mal an, dass du wieder zur Arbeit gehen musst, tja also, wenn du selbst nicht noch was auf dem Herzen hast, dann …«

Er sah Oskar bedeutsam an und war dabei, aufzustehen.

Und da kamen sie wieder. Die Zweifel. Die schrecklichen verdammten Zweifel.

Oskar schluckte mehrmals.

»Doch«, sagte er heiser. »Da ist noch etwas.«

Espen hielt inne, und Oskar wusste, warum. Normalerweise hatte er niemals Fragen, hatte nie Gedanken oder Überlegungen mit ihm geteilt. Aber jetzt konnte er es nicht länger zurückhalten.

»Was gab es denn damals für Beweise?«, flüsterte er.

Espen starrte ihn an.

»Wovon redest du?«, fragte er.

»Was gab es für Beweise?«, fragte Oskar noch einmal und musste sich anstrengen, um überhaupt weiterzureden. »Weil ich mich an so wenig erinnere. Müsste ich mich nicht daran erinnern, wenn ich einen anderen Menschen getötet habe?«

»Jetzt warte aber mal«, sagte Espen und hielt beide Hände hoch.

»Ich habe bereits gewartet«, entgegnete Oskar. »Jahrzehntelang. Und in der letzten Zeit fühlt sich alles so ... Verdammt, ich kann es nicht erklären, Espen. Ich erinnere mich nicht daran, das ... getan zu haben. Ich ...«

Espen unterbrach ihn grob.

»Aber es ist doch wohl klar, dass du dich an nichts erinnerst«, sagte er, und jetzt hatte er rosafarbene Flecken auf den Wangen.

Das kannte Oskar. So sah es aus, wenn Espen wütend war. Wie große Rosen.

»Niemand wird sich an etwas so Wahnsinniges erinnern«, sagte er. »Niemand. Aber glaub mir, Oskar, es gibt keinen Zweifel.«

Oskar beeilte sich zu nicken. Er wollte die Situation beruhigen und Dankbarkeit zeigen.

»Ich weiß«, sagte er, konnte aber nicht aufhören weiterzureden. »Ihr sagt, dass man so was vergessen kann, das weiß ich. Aber ich habe gelesen. Bücher und so was. Habe Filme gesehen. Dokumentationen. Sieben Jahre war ich damals alt, und da stimmt irgendwas nicht. Solche Sachen vergisst man nicht. Jedenfalls sagen eine Menge Profis ...«

»Was für Profis, Oskar?« Espen klang erschöpft. »Was für Profis?

Bitte sag mir jetzt nicht, dass ihr bei den Anonymen Alkoholikern gesessen und über diese Sache diskutiert habt, denn dann weiß ich nicht, was ich tue.«

»Nein, nein«, sagte Oskar. »Niemals. Aber ich habe viel an diese Jungen denken müssen, die beschuldigt wurden, als sie klein waren, ihren Freund ermordet zu haben. Aber jetzt ... Ja, jetzt wissen wir, dass sie unschuldig waren. Sie haben nichts Böses getan. Und ich ...«

Espen erhob sich.

»Also wirklich, jetzt redest du Blödsinn. Ich kann verstehen, dass die Wahrheit wehtut, denn sie hat uns alle verletzt. Aber hör mir mal gut zu, Oskar: Das hier kannst du niemand anderem in die Schuhe schieben. Jetzt nicht und niemals. Du warst schuld, und niemand sonst. Und dann haben wir Erwachsenen zusammengestanden und dir eine Chance gegeben. Wir wollten nicht, dass du so jung vom Rechtssystem verschlungen werden würdest. Wir dachten, das würdest du nicht überleben, also haben wir dich gerettet. Verstehst du?«

Oskar senkte den Kopf.

Er verstand.

»Tut mir leid«, sagte er. »Ich musste einfach mal sagen, worüber ich so nachgedacht habe.«

Die Rosen auf Espens Wangen verschwanden.

»Du musst dich nicht entschuldigen«, sagte er. »Vielleicht war ich in all den Jahren nicht deutlich genug, aber ich glaube, wie gesagt, dass du da einen Fehler gemacht hast, als du ... als du sie getötet hast. Das habe ich immer gedacht, dass du das einfach schrecklich falsch eingeschätzt hast. Du mochtest Malin ja so sehr. Du musst gedacht haben, dass sie in Gefahr wäre, dass du etwas Gutes tun würdest, wenn du gewalttätig wirst. Es macht mir wirklich zu schaffen, dass ich deine Eltern nie dazu bringen konnte, das genauso zu sehen. Sie haben dich unnötig hart bestraft.«

Oskar wusste nicht, was er antworten sollte.

All das hier hatte er schon einmal gehört. Dass er aus Versehen jemanden getötet haben sollte. Dass er es getan hätte, um Malin zu schützen. Doch selbst wenn das die Geschichte weniger schrecklich machte, so veränderte es doch nicht das Grundsätzliche darin: dass es Oskar gewesen war, der ein Leben ausgelöscht hatte.

»Danke für die Limonade«, sagte er leise. »Ich muss jetzt gehen.«

»Komm bald mal wieder«, sagte Espen. »Es wäre schön, auch Matilda mal wieder zu sehen. Es ist viel zu lange her, dass wir hier gesessen und zusammen gegessen haben.«

Oskar lächelte vorsichtig.

»Ein Familienessen, ja, das klingt nach einem Plan«, sagte er. »Bis bald.«

Dann ging er zu seinem Auto.

Die Gedanken kreisten schneller und schneller.

Espen konnte über Oskars Gedächtnis glauben, was er wollte.

Das Einzige, woran ich mich erinnere, ist das Entsetzen und das Blut, dachte er. Aber ich habe keine Ahnung, warum da so viel Blut war.

Oskar hielt das Steuer beim Fahren fest umklammert.

Was in aller Welt sollte er nur tun, wenn ein Journalist, der den Mord vom Badeplatz auf Hovenäset untersuchte, sich bei ihm meldete?

Das Meer schäumte, als der Kiel des Bootes die Wasseroberfläche teilte. Zu Anfang war August ein vorsichtiger Fahrer gewesen. Er hatte tatsächlich geglaubt, sein Boot könnte Schaden nehmen, wenn die Wellen an den Rumpf schlugen.

Das war ein Irrtum, so viel wusste er inzwischen. Er fuhr ebenso gern Auto wie Boot, und die Reise von Hovenäset nach Kungshamn könnte für ihn gerne auch länger dauern.

Als er gerade im Hafen festmachte, rief Henrik an.

»Du wolltest mich gestern anrufen«, sagte er vorwurfsvoll, sowie sie sich begrüßt hatten.

»Tut mir leid«, sagte August, »aber ich habe es nicht geschafft.«

»Nicht so schlimm«, erwiderte Henrik. »Aber ich habe nachgedacht.«

Seine Stimme klang betont feierlich, was August misstrauisch machte.

»Ach ja?«, sagte er.

»Ich denke, ich werde in ein paar Tagen zu dir runterkommen«, erwiderte Henrik. »Um den Wettbewerb und das alles vorzubereiten.«

August rückte sein Headset zurecht, dann vertäute er das Boot.

»Das ist natürlich supernett von dir, dass du vor dem Wettbewerb hierherkommen und helfen willst«, sagte er zu Henrik. »Aber ich glaube, es ist nicht nötig. Ich meine, es sind ja noch zwölf Tage, bis die Sache vom Stapel geht. Da reicht es, wenn du ein paar Tage vorher kommst.«

Henrik verstummte.

»Ich meine, du musst gar nicht so viel Verantwortung übernehmen«, sagte August mit sanfterer Stimme. »Du brauchst doch auch ein paar freie Tage im Sommer, oder? Bleib zu Hause, und lass es ruhig angehen.«

Henrik stöhnte.

»Das habe ich doch schon gemacht! Mein Gott, ich war zehn Tage lang zu Hause, und – tada! – jetzt bin ich einfach wieder in Arbeitsstimmung.«

August warf sich den Rucksack über die Schulter, stieg auf den Steg und ging Richtung Laden.

Bald würde die Frau mit dem Messerset kommen.

»Was meinst du?«, fragte Henrik. »Wäre es nicht nett, wenn ich dich wieder besuchen würde? Du musst dir keine Sorgen machen, ich werde natürlich nicht bei dir und Maria wohnen.«

August blinzelte in die Sonne.

Die Möwen sausten kreischend hin und her übers Wasser, und am Hafen lag das Zita-Boot, eine kleine Fähre, die zwischen Smögen und Kungshamn pendelte und nun darauf wartete, wieder ablegen zu können. Im Sommer fuhr das Schiff jede halbe Stunde, und jetzt, zehn Minuten vor Abfahrt, war es bereits voll besetzt.

»Aha«, sagte er ins Telefon. »Wo wolltest du denn wohnen?«

»Hotel Smögens Havsbad.«

»Ist das nicht ein wenig einsam?«

»Okay. Ich werde nicht dort wohnen. Ich habe mich auf Hovenäset eingemietet.«

August blieb stehen.

»Du hast was?«

»Verdammt, an dem Ort passiert so viel Mist. Es muss doch irgendjemand aufpassen, dass mit dir nicht alles den Bach runtergeht.«

August wusste nicht, ob er lachen oder weinen sollte.

Auf dem Weg zum Laden schaute er rüber zur Hafenbäckerei. Da saßen bereits ziemlich viele Leute. Man trank seinen Vormittagskaffee und aß Eis, und alles war so idyllisch, dass ihm ganz warm ums Herz wurde, wenn er nur zusah.

Als er gerade schon den Blick abwenden wollte, entdeckte er Iben. Sie kam aus der Hafenbäckerei, und ihr roter Zopf glänzte in der Sonne. Verstohlen wischte sie sich den Mund ab und ging zu einem Fahrrad, das am Zaun vor der Bäckerei lehnte. August musste an das Foto denken, das er auf ihrer Auffahrt gefunden hatte und immer noch in der Hosentasche trug. Wenn er sich beeilte, würde er es vielleicht zu ihr schaffen und könnte das Bild zurückgeben, aber das kam ihm doch etwas übertrieben vor.

Er war immer noch nicht darauf gekommen, wer der Mann auf dem Foto sein könnte. Und noch weniger verstand er, warum ihn das so beschäftigte.

Ich weiß, dass ich ihn in irgendeinem anderen Zusammenhang gesehen habe.

Henrik atmete schwer ins Telefon. Er schien in Bewegung zu sein.

»Henrik, was ist hier eigentlich Sache?«, fragte August. »Ich habe natürlich nichts dagegen, dass du dich auf Hovenäset eingemietet hast, im Gegenteil, aber es gefällt mir nicht, dass du so tust, als ginge es dabei um meine Sicherheit. Das ist Quatsch, und das weißt du.«

Henrik räusperte sich ausführlich.

»Nun, also, eh …«

August konnte bereits seinen Secondhandladen sehen. Vor der Ladentür stand eine Frau, den Rücken zur Straße gewandt, und sah ins Schaufenster. Das konnte die mit den Messern sein. August ging schneller.

Henrik räusperte sich immer noch.

»Ich werde bei Linnea wohnen«, erklärte er.

Ein Auto hupte August an, der fast, ohne sich umzusehen, geradewegs über die Straße marschiert wäre.

»Was?«, erwiderte er dämlich.

»Ich werde bei Linnea wohnen«, wiederholte Henrik.

»Welche Linnea?«

»Linnea mit dem Hund und den hübschen Wangenknochen. Die mal hinter dir her war. *Remember*?«

August versuchte zu verstehen, was er da gerade hörte.

»Linnea von den Leseratten?«, fragte er.

»Genau die.«

Es hätte August nicht mehr überraschen können, wenn Henrik gesagt hätte, dass er bei Iben im Eishaus wohnen würde. Tatsächlich wäre das noch weniger erstaunlich gewesen.

Er dachte daran, wie seltsam sich Linnea am Tag zuvor verhalten hatte. Wie sie mit flackerndem Blick auf ihren Krücken gehangen und zwischen Gekicher und Ernsthaftigkeit hin- und hergeschwankt war.

»Aber … wie … ihr kennt euch doch gar nicht«, sagte er.

»Doch. Wir haben uns nämlich ganz kurz kennengelernt, als wir Anfang des Sommers unten waren und euch besucht haben, Maria und dich. Mehr oder weniger jedenfalls, und an diesem Samstag, als ein paar von uns nach Smögen zum Mittagessen gefahren sind, wo du nicht mitkommen konntest, da haben wir ein bisschen geflirtet. Dann habe ich vorgeschlagen, dass sie doch mal nach Stockholm kommen und mich besuchen soll, und da hatten wir es ziemlich nett. Jetzt werden wir uns also wiedersehen. Ich wollte dir das gestern schon erzählen, aber du hattest ja keine Zeit.«

August war jetzt fast am Laden angekommen.

In seinem Kopf stand alles still.

Als wir Anfang des Sommers unten waren und euch besucht haben.

Mit »wir« meinte er wahrscheinlich die Stockholm-Gang, die während der Ferien zu Besuch gewesen war.

Jetzt wurde August zumindest klar, woher Linnea von der Jury im Backwettbewerb wusste.

»Du hast Linnea nach Stockholm eingeladen, nachdem ihr einmal zusammen mittaggegessen habt?«, fragte er zögernd.

»Ja. An einen Feigling erinnert sich keiner.«

»Ich ruf dich später an«, sagte August.

»Bist du sauer?«, fragte Henrik.

»Nein, nein. Aber hier wartet eine Kundin, ich muss Schluss machen.«

August legte auf.

Nein, er war nicht sauer, wirklich nicht, nur ein bisschen beunruhigt. In all den Jahren, die er Henrik jetzt schon kannte – und das waren ziemlich viele –, hatte sein Freund eine lange Reihe von Frauen gedated oder Beziehungen gehabt. Und unzählige Male war das in einer totalen Katastrophe geendet. Nicht unbedingt für Henrik, aber für die Frau, die dann verlassen wurde.

»Man muss auch wagen, sich hinzugeben«, pflegte Henrik zu sagen.

Das Problem war nur, dass er, wenn er das tat, der jeweiligen Frau das Signal sendete, dass er sich für sie interessierte und sein Engagement ernst gemeint war. Und das war niemals der Fall.

August hatte gelinde gesagt wenig Lust, eine solche Situation auf Hovenäset erleben zu müssen. Noch dazu mit Linnea, die ihn anfangs recht offensiv angebaggert hatte, ehe sie begriff, dass er in einer Beziehung war.

Die Frau, die am Schaufenster wartete, drehte sich um. Tatsächlich war es dieselbe, die ihn schon am Tag zuvor besucht hatte.

August winkte ihr zu und rannte die letzten Meter.

Er hatte eine Arbeit zu erledigen, ein Leben zu leben und sollte keine Zeit damit verschwenden, darüber nachzudenken, was Henrik sich vornahm.

»Entschuldigen Sie, dass Sie warten mussten«, sagte er zu der Frau. »Ich musste noch schnell ein Telefongespräch führen, aber jetzt bin ich hier.«

Die Aussicht von der 35 Meter hohen Smögen-Brücke war betörend schön. So hätte sich zumindest Ibens Mutter ausgedrückt, wenn sie jetzt dabei gewesen wäre.

Ein andermal, dachte Iben. Ein andermal werden wir hier zusammen hinfahren, Mama.

Sie stützte die Arme auf das Brückengeländer und schaute über all das, was sich ihr darbot: das Meer, Kungshamn und Smögen. Und ganz weit dahinten lag die kleine Inseln Hållö.

Iben stand auf der Brücke und wartete auf Birger Andersson, den Journalisten, der über den Stückelmord geschrieben hatte.

Endlich schien mal die Sonne. Der Nebel hatte sie schon fast wahnsinnig gemacht. So dick und so zu viel.

Sie hatte den Tag mit einem Frühstück in der Hafenbäckerei begonnen. Eigentlich war das zu teuer für sie, und deswegen hatte sie sich mit einer Zimtschnecke begnügt, die war aber so gut gewesen, wie sie in ihrem ganzen Leben noch keine gegessen hatte. Vielleicht wurde dieser Tag trotz allem besser als der gestrige. Schlimmer ging fast nicht mehr.

Wie die Zeitungen berichteten, hatte die Polizei nun bestätigt, dass der Mann am Badeplatz ermordet worden war. Das machte Iben dann doch Angst. Der Stückelmord wurde in den Artikeln zwar erwähnt, allerdings nur, weil die Journalisten über andere schreckliche Sachen schreiben wollten, die schon auf Hovenäset passiert waren. Niemand behauptete, dass dieser Vilhelm, den man tot aufgefunden hatte, mit dem Stückelmord etwas zu tun hätte, und doch fürchtete Iben, dass es so sein könnte.

Was, wenn Vilhelm Mister Private Detective war?

Und was, wenn es so wäre und er ermordet worden war, weil er über den Stückelmord geschrieben hatte?

Würde das bedeuten, dass auch Iben in Gefahr war?

Was wäre wenn, was wäre wenn.

Die Sonne brannte auf ihren Schultern.

Sie zwang sich, die Angst beiseitezuschieben. Dieses ständige »was wäre wenn« war eigentlich mehr ein Ding ihrer Mutter. Natürlich würde ihr hier nichts passieren. Sie hatte ja mit kaum jemandem über den Stückelmord gesprochen. Zumindest noch nicht.

Iben sah sich um.

Die Brücke war sowohl von Autos als auch Fahrrädern stark befahren, und viele Fußgänger waren auch da. Ununterbrochen kamen Menschen auf dem Weg in die eine oder andere Richtung an ihr vorbei.

Es war Birgers Idee gewesen, dass sie sich mitten auf der Smögen-Brücke treffen sollten.

Warum, wusste sie nicht, aber das war nicht so wichtig.

»Iben Syrén?«

Die Stimme ließ sie zusammenschrecken.

Sie hatte gar nicht gemerkt, dass einer von den vielen Menschen, die vorbeigegangen waren, vor ihr stehen geblieben war. Ein Mann, ungefähr im Alter ihres Großvaters, musterte sie von oben bis unten. Sie erkannte ihn sofort von den Zeitungsbildern: der kahle Kopf, die runden Augen, die spitze Nase. Vor ihr stand Birger Andersson.

Sie nickte rasch als Antwort auf seine Frage, und sie schüttelten sich die Hände.

Noch einmal betrachtete Birger sie eingehend.

»Haben Sie nicht gesagt, Sie würden einen Aufsatz für die Polizeihochschule schreiben? Dafür scheinen Sie mir aber ein wenig zu jung, oder täusche ich mich?«

Iben wurde rot. Wenn sie mit ihren Ermittlungen weiterkommen wollte, dann würde sie lernen müssen, besser zu lügen.

»Ich habe im Frühjahr Abitur gemacht«, erklärte sie, »und jetzt möchte ich einen Aufsatz über den Stückelmord schreiben. Ich will nämlich im Herbst Kriminologie studieren, und wenn man so jung ist wie ich, muss man da einen solchen Text als Referenz mitschicken. Ich bin also noch nicht angenommen.«

Sie unterbrach ihren Redeschwall. Das waren so viele Worte, die Lügen bauten, und alle wollten sie gleichzeitig raus. Es gab keinen Aufsatz, man brauchte keine Referenzen, und sie hatte auch nicht vor, Kriminologie zu studieren, aber irgendetwas musste sie doch sagen.

»Ich möchte unbedingt einen Aufsatz über ein Verbrechen schreiben«, sagte sie, und jetzt klang ihre Stimme schon fester. »Meine Familie ist nämlich von etwas betroffen, über das zu sprechen uns sehr schwerfällt, und darüber möchte ich schreiben. Wie ein Verbrechen die Opfer beeinträchtigt und wie Menschen Ruhe finden können.«

Birger stand eine Weile schweigend da.

»Ruhe«, sagte er dann. »Das ist ja wohl, was wir alle gern hätten. Und doch ist es so verdammt schwer.«

Er setzte eine Kappe auf, sodass seine Augen im Schatten lagen, stellte sich neben sie und schaute übers Wasser.

Iben drehte sich auch um.

»Es gibt einen bestimmten Grund, warum ich wollte, dass wir uns hier treffen«, sagte Birger. Er kniff die Augen zu und schaute wieder übers Meer Richtung Kungshamn. »Sie müssen wissen, hier bin ich Mats Broman zum ersten Mal begegnet.«

Ibens Herz machte einen Satz.

»Er wollte springen«, sagte Birger. »Ein paar Stunden zuvor war Lydia tot aufgefunden worden, und er wollte nicht mehr leben.«

Iben lehnte sich an das Brückengeländer.

»Erzählen Sie«, bat sie.

»Es ging so schnell«, sagte Birger. »Es war spät am Abend, aber im Sommer, deshalb war es noch nicht ganz dunkel. Ich habe ihn festgehalten, habe versucht, ihn runterzukriegen. Aber er war stark. So wahnsinnig stark. Und vor Verzweiflung völlig außer sich. Er schlug wie ein Tier um sich, um loszukommen.«

Mit einem Mal wurde Iben bewusst, wie grandios hoch die Smögen-Brücke war.

Sie spähte übers Geländer. Bis hinunter zur dunkelblauen harten Wasseroberfläche war es unfassbar weit.

»Ich werde nie vergessen, wie er schrie«, sagte Birger und atmete schwer. »Er weinte wie ein Kind. Es tat mir in der Seele weh, ihn anzuhören.«

Iben versuchte, sich das Drama vorzustellen. Sie hatte nur wenige Fotos von Mats gesehen, erinnerte sich aber deutlich an die dunkle, eckige Brille und die dicken Haare. Seine Frisur hatte ulkig ausgesehen, die Haare irgendwie zu lang, aber offensichtlich trug man das in den Achtzigerjahren so. Auch die Kleidung war total abgefahren. Auf einem der Fotos hatte er so fette Schulterpolster im Jackett, dass Iben hatte kichern müssen.

Doch jetzt versuchte sie, den Achtzigerjahre-Look von Mats zu vergessen. Hätte er wirklich so traurig und verzweifelt sein können, wenn er der Mörder von Lydia war?

Sie wusste nicht, was sie glauben sollte.

»Was ist dann passiert?«, fragte sie.

Birger schaute wieder übers Meer.

»Ich habe ihn nach Hause gefahren. Er war völlig am Boden zerstört. Und ich selbst war auch schockiert, denn ich hatte schließlich eben einen Mann vor dem Tod gerettet, der nun in meinem Auto saß und weinte. Seit dem Verschwinden von Lydia hatte er nicht mehr als ein paar Stunden geschlafen, erzählte er, und nun hatte das Drama ein so schreckliches Ende genommen. Nur zwei Tage später wurde er von der Polizei festgenommen.«

Zwei Kinder fuhren auf Fahrrädern an ihnen vorbei. Sie unterhielten sich laut und schnell auf Deutsch miteinander.

Iben bemühte sich, nicht zu eifrig zu klingen, als sie ihre wichtigste Frage stellte:

»Glauben Sie, dass Mats Lydia ermordet hat?«

Birger richtete sich auf.

»Nein«, sagte er. »Und das wissen Sie auch. Ich habe das nie geglaubt.«

Iben wusste das tatsächlich, war aber trotzdem enttäuscht. Birger war schon vor einer Weile in Rente gegangen, und irgendwie hatte sie gehofft, dass er die Beweise nachträglich anders beurteilen würde. Doch offenbar hielt er Mats immer noch nicht für den Täter.

»Warum halten Sie ihn für unschuldig?«, fragte Iben. »Weil er hier auf der Brücke so verzweifelt war? Das beweist ja eigentlich nichts.«

Birger sah sie eindringlich an, und sie kämpfte, um nicht nachzugeben.

»Selbstverständlich gründe ich meine Ansicht nicht auf rein emotionale Argumente. Glauben Sie mir, wir sind viele, die sich mit diesem Fall beschäftigt haben und anderer Ansicht sind als die Polizei.«

»Aber wie ist denn das möglich?«, fragte Iben. »Ich meine, die Polizei scheint sich ihrer Sache ja auch relativ sicher zu sein.«

»Weil sie nicht das ganze Bild kennt«, entgegnete Birger.

»Und Sie kennen das?«

Jetzt schlug Ibens Herz so fest, dass sie fürchtete, man würde es von außen sehen.

Birger schwieg ein paar ewig lange Sekunden.

»Mats hatte ein Alibi«, erklärte er, »was später nicht gehalten hat. Als Lydia verschwand, hat er gearbeitet, und als er nach Hause kam, vermisste er sie. Die Polizei fand, das genüge nicht, denn er sei nicht die ganze Zeit an seinem Arbeitsplatz gewesen. Aber … Ich weiß, dass Mats auch noch ein anderes Alibi hatte.«

Iben atmete schneller.

Das hier lief überhaupt nicht so, wie sie gedacht hatte.

»Und wie sah das aus?«, hakte sie nach.

»Hier auf der Brücke hat Mats mir erzählt, dass er vor seiner Rückkehr nach Hause noch etwas anderes getan hat. Und ich weiß nicht, was mit dieser Geschichte passiert ist, denn als das Gerichtsverfahren anfing, war davon keine Rede mehr.«

In Ibens Kopf kreisten die Gedanken.

»Dann hat er wahrscheinlich gelogen, oder?«, meinte sie.

Birger schüttelte entschieden den Kopf.

»Vergessen Sie es«, sagte er. »Als ich ihm hier begegnete, war Mats ein Wrack, der hätte nicht mal lügen können, wenn er es gewollt hätte.«

»Warum hat er dann der Polizei nicht dasselbe erzählt wie Ihnen?«

»Wissen Sie, diese Frage hat mich dreißig Jahre lang verfolgt«, sagte Birger mit rauer Stimme. »Warum hat er nicht dafür gesorgt, dass er freigesprochen wurde?«

»In Ihren Zeitungsartikeln haben Sie aber nicht von dem zweiten Alibi geschrieben«, sagte Iben. »Nicht einmal nach seinem Tod.«

»Ich habe versprochen, das niemals zu tun«, erwiderte Birger. »Und so musste ich andere Blickwinkel finden, um über seine Unschuld zu schreiben. Und das war schwer, ich habe unzählige Stunden darauf verwandt, es anders zu beweisen. Doch es funktionierte nicht.«

Er sah auf die Uhr.

»Ich muss jetzt gehen«, sagte er. »Diese Geschichte … Eine ganze Weile habe ich ihr all meine Zeit geschenkt. Das war während einer Phase in meinem Leben, als meine Familie mich besonders brauchte, doch ich habe es nicht bemerkt. Meine Exfrau, die Sie angerufen und auch besucht haben, hat mir immer noch nicht verziehen. Ich habe für Mats getan, was ich konnte, doch es genügte nicht.«

Er sah traurig aus.

Iben machte einen Schritt in Birgers Richtung.

»Erzählen Sie mir von dem Alibi«, sagte sie.

Birger schüttelte den Kopf.

»Er hat mir sein Vertrauen geschenkt«, erwiderte er. »Das Einzige, was ich sagen kann, ist, dass er an dem Nachmittag nicht allein war. Er hat eine Person getroffen. Jemanden, zu dem er in einer sehr komplizierten Beziehung stand.«

»Vielleicht gibt es diesen Jemand gar nicht. Vielleicht hat Mats gelogen.«

»Es gibt sie«, sagte Birger entschieden. »Ein unschuldiger Mann ist ihretwegen ins Gefängnis gekommen und gestorben.«

»Ihretwegen …? Waren sie zusammen, oder was?«

»Sorry, jetzt sage ich nichts mehr. Sie können mitnehmen, dass es jemanden gab, der das Alibi von Mats hätte bestätigen können.«

Birger schwieg erneut eine lange Zeit, dann sagte er:

»Suchen Sie irgendeinen alten Ermittler bei der Polizei, der damals dabei war. Der soll Ihnen dann erklären, warum sie so felsenfest davon überzeugt waren, dass Mats der Schuldige sei, denn ich begreife es nicht. Sagen Sie, dass Sie mit mir gesprochen und von einem weiteren Alibi gehört haben. Vielleicht bringen Sie dann jemanden zum Reden.«

Iben war mutlos.

Wie sollte es ihr gelingen, ein dreißig Jahre altes Alibi, das nicht einmal Mats selbst hatte bestätigen können, aufzuspüren?

»Auf Hovenäset gibt es einen Mann namens Gunnar Wide«, sagte sie, »der scheint ganz schön viel über den Stückelmord zu wissen, kennen Sie ihn?«

Birger lachte.

»Den kennt doch jeder«, sagte er. »Ich habe ihn damals auch mal interviewt, glaube ich. Der redet viel, wenn der Tag lang ist, würde ich sagen.«

Iben senkte den Kopf.

»Das heißt, ich soll lieber nicht mit ihm reden?«

»Reden können Sie doch. Aber bringen Sie viel Zeit mit, denn er hat die Tendenz, langatmig zu sein. Und außerdem ist er entsetzlich neugierig.«

Iben schluckte.

Entsetzlich neugierig.

Das würde sie sich merken.

Sie sah Birger an.

Was er sagte, reichte nicht, und trotzdem wollte er den Rest nicht erzählen. Warum sollte Mats denn nicht gesagt haben, dass er an dem Tag, als Lydia verschwand, eine bestimmte Person – eine Frau – getroffen hatte?

»Ist es sicher, dass Sie zu dem Alibi nicht mehr sagen können?«, fragte sie.

Es war scheußlich, so zu betteln, aber sie konnte einfach nicht anders.

»Ganz sicher«, entgegnete Birger. »Zumindest im Moment.«

Iben sah auf.

Zumindest im Moment.

Aber später vielleicht?

Birger rückte die Kappe zurecht und drehte sich um.

»Jetzt muss ich gehen«, sagte er. »Tun Sie, was ich gesagt habe. Sprechen Sie mit jemandem von den älteren Ermittlern. Fangen Sie da an, dann schauen wir mal, was Sie rauskriegen. Viel Glück mit Ihrer Arbeit, Iben.«

Im Laden war es heiß, als August die Tür öffnete und eintrat. Seine Kundin kam nach ihm und fächelte sich mit der Hand Luft ins Gesicht.

»Es ist wirklich wunderbar, wenn die Sonne scheint«, sagte sie. »Aber ich gehöre nicht zu denen, die die Hitze so mögen.«

August lächelte.

»Dann müssen Sie sich im Schatten halten«, sagte er.

Die Frau erwiderte vorsichtig sein Lächeln.

»Mein Mann nennt mich eine Drinnenkatze«, sagte sie, »einfach nur, weil ich gerne im Haus bin.«

Das erklärt, warum sie so blass ist, dachte August.

»Ich habe das Messerset mitgebracht«, erklärte sie.

August nickte und bat sie, zum Schreibtisch zu kommen.

Die Frau nahm den Rucksack ab, und eine Welle von altem Essensgeruch kam über den Tisch.

»Ich habe es vor ein paar Monaten bekommen«, sagte sie, während sie den Beutel öffnete.

Was für ein Glück sie doch hatte, ihre Eltern so viele Jahre noch gehabt zu haben, dachte August unwillkürlich. Die Frau musste 25 Jahre älter sein als er selbst und hatte doch offensichtlich erst vor Kurzem ihre Mutter verloren.

Ein seltsamer Neid überkam ihn. Er selbst war jetzt seit über einem Jahr elternlos. Rein rational hatte er gewusst, dass seine Eltern wohl vor ihm sterben würden, doch als es dann passierte, und außerdem noch sehr plötzlich und unerwartet, war sein Erstaunen grenzenlos gewesen.

Es hatte so schrecklich wehgetan, die Eltern zu verlieren.

Und es war entsetzlich gewesen, festzustellen, wie sehr er sie vermisste.

»Mein herzliches Beileid«, sagte er, »das habe ich letztes Mal zu sagen versäumt. Aber ich weiß, wie sich das anfühlt.«

Die Frau sah ihn erstaunt an.

Dann konzentrierte sie sich wieder auf den Rucksack.

»Danke«, sagte sie.

Es klapperte, als sie ein schweres Bündel aus blauem Stoff herausholte, das mit einem Band umwickelt war. Sie legte es auf den Tisch, löste das Band und wickelte den Stoff so auf, dass die Messer sichtbar wurden. Sie waren alle unterschiedlich groß, und zwei von ihnen erinnerten mehr an kleine Schwerter denn an gewöhnliche Messer.

»Die hat mein Vater vor mindestens sechzig Jahren erstanden. Er war Seemann, und meine Mutter behauptete, er habe die Messer in Japan gefunden. In Osaka, sagte Mama immer, ich weiß ja nicht, wie wichtig dieses Detail sein könnte. Und ich weiß auch tatsächlich nicht, ob diese Messer wirklich in einer normalen Küche verwendet werden sollten. Mama behauptete, es seien Küchenmesser, aber ich bin da nicht so sicher. Einige von ihnen sind ja gigantisch groß.«

August nahm eines der Messer hoch und untersuchte es näher.

Das Set bestand aus sechs Messern. Irgendwann waren sie bestimmt sehr scharf gewesen, und wahrscheinlich waren sie es immer noch, obwohl man erkennen konnte, dass sie nicht gut gepflegt worden waren. Der Schaft von mehreren hatte Flecken, und zwei von ihnen hatten kleine Macken in der Klinge.

August trat einen Schritt zurück. Er wusste nicht genug, um sagen zu können, wozu diese Messer möglicherweise benutzt worden waren, doch glaubte er auch nicht, dass es sich um Küchenmesser handelte.

»Was meinen Sie?«, fragte seine Kundin. »Könnte das etwas für Sie sein?«

August sah sie an.

»Ich will ganz ehrlich sein«, sagte er. »Ich glaube, dass Sie richtig viel Geld dafür bekommen könnten, doch in dem Fall müssten

Sie sich an ein Auktionshaus wenden. Sehen Sie sich doch hier im Laden um – das hier ist kein Antikhandel, sondern ein Secondhandladen. Ich habe nur selten Kunden hier, die nach antiken japanischen Messern suchen. Wenn ich sie verkaufen soll, dann muss ich sie irgendwo schätzen lassen.«

Im Laden wurde es still, während die Frau überdachte, was er gesagt hatte.

»Wissen Sie was«, sagte sie dann, »ich schätze Ihre Aufrichtigkeit wirklich sehr. Das bedeutet, dass auch ich ehrlich sein kann: Ich weiß überhaupt nichts über diese Messer oder was sie kosten sollten. Aber ich weiß, dass ich kein Interesse habe, mich in die Sache zu vertiefen. Wenn es für Sie in Ordnung ist, dann würde ich die Messer gerne hierlassen. Vielleicht können Sie herausfinden, was sie wert sind, und dann gebe ich Ihnen eine gewisse Zeit, sie zu verkaufen. Und wenn Ihnen das nicht gelingt, dann nehme ich die Messer zurück und verkaufe sie auf einer Auktion oder irgendwo anders. Klingt das nach einer guten Idee? Ich gebe Ihnen drei Monate, einen Käufer zu finden.«

Das hier war ganz Augusts Ding. Ein Rätsel und eine Herausforderung zugleich.

»So machen wir das«, sagte er entschlossen.

Sie gaben sich die Hand.

Dann fiel ihm ein, dass er noch etwas fragen musste, ehe die Frau ging.

»Eine Kleinigkeit noch«, sagte er. »Eine etwas peinliche, aber notwendige Frage. Wenn ich Sie richtig verstehe, dann handelt es sich bei den Messern um ein Erbstück. Ich müsste sicher wissen, dass die Messer auch wirklich Ihnen gehören und nicht einem anderen Erben.«

Seine Kundin nickte.

»Ich finde es gut, dass Sie darauf achten«, sagte sie. »Die Messer gehören mir. Meine Mutter lebte allein, und ich habe keine Geschwister.«

»Danke«, sagte August. »Dann weiß ich das.«

Sie machte den Rucksack wieder zu und nahm ihn auf den Rücken. Dann machte sie Anstalten zu gehen.

»Warten Sie!«, rief August. »Eine Sache noch.«

Die Frau sah ihn an. Ihre Augen waren grün, und irgendwo in ihrem Blick brannte eine Sorge, die August leidtat.

»Ja?«

»Ihren Namen«, sagte August. »Ich weiß immer noch nicht, wie Sie heißen.«

Vielleicht war es reine Einbildung, aber er hatte das Gefühl, als würde sie mit der Antwort zögern.

»Olga«, sagte sie leise. »Ich heiße Olga Samuelsson.«

Mit dem Verhör in Uddevalla wurde es für Maria und Ray-Ray nichts. Wie sich herausstellte, hatte die Ex von Vilhelm, Tina Sundberg, eine kranke Großmutter, die allein lebte, und deshalb hatte Tina gefragt, ob sie das Verhör auch im Haus auf Hovenäset führen könnten. Das musste Roland entscheiden, und er genehmigte es unter zwei Bedingungen: Tina musste bei ihrer Großmutter bleiben, bis das Verhör vorbei war, und die Streife, die gekommen war, um sie abzuholen, musste vor Ort bleiben und auf Maria und Ray-Ray warten.

Maria fand Rolands Großzügigkeit etwas grenzwertig. Angemessen wäre doch gewesen, Tina mit nach Uddevalla zu nehmen, aber gleichzeitig verstand sie natürlich auch die Problematik mit der kranken Großmutter. Zurzeit waren sie noch weit entfernt davon, Tina festnehmen zu wollen, aber wenn sie mehr Informationen bekamen, die in ihre Richtung wiesen, dann würde die Großmutter alleine klarkommen müssen.

Den größten Teil des Wegs nach Hovenäset rollte das Fahrrad von selbst. Von dem hohen Hügel, auf dem der Wohnwagen der Polizei geparkt war, ging es in einer langen Abfahrt hinunter zur Halbinsel. Dann folgte ein kleinerer Anstieg, ehe es wieder bergab ging. Als Maria am Friedhof von Hovenäset vorbeisauste, konnte sie schon die kleine Gemeinde auf der anderen Seite der Bucht erkennen.

So idyllisch, so nett.

Und jetzt ein weiteres Mal von Tod und Finsternis heimgesucht.

Maria wurde die Fahrradstrecke zwischen Kungshamn und Hovenäset nie leid. Sie fuhr überhaupt gerne Fahrrad. Das war eine wunderbare Art, sowohl Energie zu verbrennen als auch zu erzeugen, und es hatte schon unzählige Male ihren Verstand gerettet.

Vor allem während der Jahre mit Paul war das Fahrrad ein wichtiges Ventil gewesen.

Es graute ihr, wenn sie an all die Male dachte, bei denen sie Angst davor gehabt hatte, von der Arbeit nach Hause zu fahren, und an all die Male, bei denen sie ebenso gestresst das Haus mit schmerzenden Verletzungen am Leib verlassen musste.

Dass sie so viele Jahre auf diese Weise gelebt hatte.

Ray-Ray riss sie aus ihren Gedanken, indem er sie anhupte, als er mit dem Auto vorbeifuhr. Maria bog auf den Hovenäsvägen ein und radelte zu dem Haus, in dem Tinas Großmutter wohnte. Ray-Ray hatte in der Auffahrt neben dem Haus geparkt. Die Kollegen vom Streifendienst befanden sich im Haus, den Wagen hatten sie auf die Auffahrt eines anderen Grundstücks gestellt.

Ray-Ray lachte, als Maria den Helm absetzte.

»Ich liebe deine Helmfrisur«, sagte er.

»Ich auch«, erwiderte Maria und band sich einen Pferdeschwanz.

Sie wandte den Blick zum Haus.

Die Kenntnisse der Polizei über Tina Sundberg konnte man im Wesentlichen auf zwei einfache Punkte reduzieren:

Sie wussten, dass sie und Vilhelm ein Paar gewesen waren und dass sie sich dann getrennt hatten.

Und sie wussten, dass Tina eine Verbindung zu diesem Ort hatte, an dem Vilhelm ermordet aufgefunden worden war.

Eine Steintreppe führte zur Eingangstür hinauf.

Maria klopfte.

Die Tür ging auf, und eine Kollegin in Uniform, die Sally hieß, öffnete ihnen.

»Tina wartet in der Küche«, sagte sie. »Ihre Großmutter schläft.«

»Und ihr Großvater?«, fragte Ray-Ray.

»Mit guten Freunden auf Golftour in Spanien, aber offensichtlich versucht er jetzt, nach Hause zu kommen.«

Von außen erinnerte das Haus an das von Maria und August, doch drinnen wurde offensichtlich, dass hier ältere Menschen wohnten. Das Muster der Tapeten war unmodern, und eine offene Tür zur Toilette ließ erahnen, dass es ziemlich viele Jahrzehnte her sein musste, seit sie renoviert worden war.

Tina saß am Küchentisch.

Maria und Ray-Ray begrüßten sie und setzten sich gegenüber.

Maria beobachtete Tina.

Sie war groß, hielt sich aufrecht und hatte ungewöhnlich breite Schultern, wie eine Wettkampfschwimmerin. Ihr schmales Gesicht zeigte Trauer und Verdruss, aber gleichzeitig wirkte sie abwartend. Trotz ihrer gefassten Haltung schien sie unsicher und ein wenig ängstlich zu sein.

»Wie lange sind Sie jetzt schon hier auf Hovenäset?«, erkundigte sich Maria.

»Ich bin gestern Abend spät gekommen.«

Das war, nachdem Vilhelm ermordet worden war.

»Wir haben erfahren, dass Sie Vilhelm Eliasson kennen. Ist das korrekt?«

Jetzt glomm kurz die Trauer in Tinas Blick auf, verschwand aber sofort wieder und wurde durch etwas ganz anderes ersetzt.

Zorn, dachte Maria. Sie ist wütend.

»Wir waren zusammen«, sagte Tina. »Aber das wissen Sie wahrscheinlich schon.«

»Wie lange waren Sie ein Paar?«, fragte Ray-Ray.

»Wir sind vor zwei Jahren an Walpurgis zusammengekommen, und dieses Jahr im April haben wir Schluss gemacht.«

»Wie haben Sie sich kennengelernt?«, hakte Maria nach.

»Auf einem Fest, durch gemeinsame Freunde. Ich bin auch Journalistin, und Borås ist klein.«

»Haben Sie bei derselben Zeitung gearbeitet?«

»Nein, ich habe keine feste Anstellung gefunden, also arbeite ich freiberuflich.«

»Wussten Sie, dass Vilhelm hierher nach Hovenäset fahren würde?«

»Nein, davon hatte ich keine Ahnung.«

Von draußen hörten sie den Fußboden knarren, als Sally und der andere Kollege gingen. Vor dem Fenster sangen ein paar Vögel in einem Rosenbusch.

In der Küche roch es leicht nach Müll, und auf der Spüle lag eine braune Banane, die einen Schwarm Fruchtfliegen angezogen hatte.

»Was haben Sie vorgestern Abend gemacht?«, fragte Maria.

Tinas Schultern sanken herab, und sie schien förmlich in sich zusammenzufallen.

Als sie wieder aufsah, glänzten ihre Augen von zurückgehaltenen Tränen.

»Ich war zu Hause bei einer Freundin in Borås. Sie hatte Geburtstag, deshalb war ich da zum Abendessen eingeladen.«

»Wir werden die Kontaktinformationen der Leute benötigen, mit denen Sie zusammen waren«, sagte Maria.

Tina nickte.

Jetzt war sie kleinlaut, das konnte man deutlich sehen. Maria hatte diese Veränderung schon so oft beobachtet, wenn den Menschen, mit denen sie sprachen, aufging, dass etwas Schreckliches geschehen war, dass es ernst war und deswegen auch für sie selbst zum Problem werden konnte. So wie jetzt auch.

»Warum haben Sie Schluss gemacht?«, fragte Ray-Ray.

Tina ging und holte ein Glas Wasser. Sie trank das ganze Glas aus und goss sich noch einmal nach. Dann ließ sie sich wieder auf ihrem Platz nieder.

Maria dachte an die Begegnung, die sie am Morgen mit Vilhelms Mutter Gudrun gehabt hatte. Die schien wirklich zu bedauern, dass der Sohn und Tina sich getrennt hatten.

»Vilhelm hat eine Story gestohlen, von der ich ihm erzählt hatte.«

»Gestohlen?«

»Er wusste, dass ich schon mehrere Jahre vorgehabt hatte, darüber zu schreiben. Ich habe vorgeschlagen, dass wir das doch zusammen machen und das Buch zu einem gemeinsamen Projekt machen könnten. Und er sagte ja, zögerte aber erst. Er wollte noch mal über die Sache nachdenken, denn er glaubte nicht so sehr an die Sprengkraft der Story wie ich. Dann aber beschloss er mitzumachen.«

»Wann war das?«, fragte Maria.

»Im vorigen Sommer. Wir waren beide unsere Jobs leid. Man verbringt so verdammt viele Stunden damit, es passiert aber fast nie was. Also haben wir angefangen, an der Story zu arbeiten, und wollten sehen, ob sie genug Stoff für ein Buch oder einen Podcast oder vielleicht beides bieten würde.«

Ihre Stimme klang angespannt und zitterte.

Als sie das Glas zum Mund führte, nutzte Ray-Ray die Gelegenheit zu fragen:

»Was für eine Story war das, an der Sie gearbeitet haben?«

Tina stellte das Glas ab.

»Der Stückelmord«, sagte sie. »Seit ich ein kleines Kind war, habe ich davon gehört. Meine Großeltern besitzen das Sommerhaus hier schon viele Jahrzehnte, und ich bin jedes Jahr mindestens eine Woche lang hier.«

»War Vilhelm auch zusammen mit Ihnen hier, als Sie noch ein Paar waren?«, fragte Maria.

»Nein, wir haben es nie geschafft, unseren Urlaub zu koordinieren, und ich wollte auch lieber mit meinen Großeltern allein sein.«

»Okay, erzählen Sie uns von Ihrem Interesse an dem Stückelmord.«

»Ich weiß eigentlich auch nicht, warum ich ausgerechnet mit diesem Fall arbeiten wollte. Ich meine, ich bin ja keine Kriminalreporterin und Vilhelm ist … war das auch nicht. Aber es gab so einen kindischen Kitzel, dass vielleicht was dran sein könnte an dem, was die Leute hier auf der Halbinsel immer redeten. Dass die Polizei den falschen Typen festgenommen hätte und alles ein Justizirrtum wäre.«

»Der feuchte Traum eines jeden Journalisten«, sagte Ray-Ray. »Jemandem Gerechtigkeit widerfahren zu lassen, der unschuldig verurteilt wurde.«

»So ungefähr«, bestätigte Tina. »Jedenfalls haben wir sofort losgelegt. Wir hatten nicht so viel Zeit wie gedacht, und wir arbeiteten auch nicht sonderlich gut zusammen. Dann haben wir uns eine Kopie der Voruntersuchungsberichte zukommen lassen, aber so was hatte noch keiner von uns beiden je gelesen. Wir investierten ein paar lange Abende und Wochenenden darauf, uns durch das ganze Material zu arbeiten, doch dann kamen wir überein, die Sache zu lassen.«

»Weil Sie nicht mehr Zeit hatten oder weil Sie nichts Ungewöhnliches an der Ermittlung gefunden haben, dem nachzugehen sich lohnen würde?«, erkundigte sich Maria.

»Sowohl als auch«, sagte Tina. »Zumindest dachte ich, dass es so sei. Dass wir uns einig sind und dieselbe Einschätzung hatten. Erst viel später hab ich kapiert, dass Vilhelm mich angelogen hatte.«

Sie verstummte.

Jetzt sah sie nicht mehr wütend aus, sondern nur noch traurig.

»Was meinen Sie damit, dass er Sie angelogen hat?«, fragte Ray-Ray.

»Er war gar nicht der Meinung, dass die Story sich nicht lohnen würde. Ich hatte ihm davon erzählt, und ich hatte zuerst die Idee gehabt, ein Buch darüber zu schreiben. Und dann hat er so getan, als fände er, das alles würde für ein Buch nicht reichen und als wolle er nicht weitermachen. Dabei wollte er die ganze Sache einfach nur alleine durchziehen, und das konnte ich ihm nicht verzeihen.«

»Wie haben Sie denn erfahren, dass er weiter an der Sache gearbeitet hat?«, fragte Maria.

»Er war die ganze Zeit so beschäftigt, dass ich echt gedacht habe, er hätte eine Neue kennengelernt. Ich habe ihn zur Rede gestellt, und da hat er mir erzählt, was er in all den Stunden, wenn er allein sein wollte, wirklich machte. Ich war so wahnsinnig enttäuscht.«

Tinas Stimme brach.

Ray-Ray sah ungeduldig aus. Er hatte das Gefühl, nicht die Zeit zu haben, hier zu sitzen und zu warten, bis Tina alles ausgespuckt hatte. Aber Maria bedeutete ihm, still zu warten. Sie hatte das Gefühl, dass es sich lohnte, Tina alles in ihrem eigenen Tempo erzählen zu lassen. Und sie war immer mehr davon überzeugt, dass Tina mit Vilhelms Tod nichts zu tun hatte.

»Wann haben Sie zuletzt von ihm gehört?«, fragte Ray-Ray.

Da begann Tina zu schluchzen.

Von einer Sekunde auf die nächste war sie nicht mehr gefasst, sondern nur noch verzweifelt.

»Er hat angerufen und eine Nachricht auf meiner Mobilbox hinterlassen. Am Tag, bevor er tot aufgefunden wurde«, sagte sie weinend. »Er hat gesagt, dass er mich liebt und mich vermisst.«

Maria suchte ein Päckchen Taschentücher aus der Handtasche und reichte es Tina.

»Wir hätten gern eine Kopie von Vilhelms Buchmanuskript«, sagte sie. »Wissen Sie, wo das sein könnte?«

»Nein, er hat mich den Text nie lesen lassen.«

»Hat er Ihnen denn jemals erzählt, wie weit er mit seinen Nachforschungen gekommen ist?«, fragte Maria.

Tina schnäuzte sich.

»Kaum«, sagte sie. »Im April, als wir Schluss gemacht haben, da sagte er, sein Gefühl wäre, dass die Wahrheit doch viel komplizierter sei, als die Leute begreifen würden. Dann haben wir noch einmal vor ein paar Wochen gesprochen, hauptsächlich, weil er wollte, dass wir uns versöhnen, aber ohne dass er mich in das Projekt reinlassen wollte. Mich hat das sehr verletzt, und es hat mich auch gestört, dass er immer noch so verschwiegen war, während er doch gleichzeitig sehr aufgeregt wirkte. Er meinte wirklich, auf etwas Großes und Wichtiges gestoßen zu sein.«

Groß und wichtig klang vielversprechend, dachte Maria.

Jetzt beugte Ray-Ray sich vor.

»Hat er noch mehr gesagt?«, fragte er. »Denken Sie ganz genau nach. Hier kann alles von Bedeutung sein.«

Tina überlegte einen Moment.

»Er wollte keinen Namen und keine Orte preisgeben«, sagte sie. »Aber er meinte, er hätte eine Lücke in der Ermittlung entdeckt.«

»Eine Lücke?«, fragte Maria.

»Er sagte, es gäbe einen Zeugen«, flüsterte Tina. »Einen Zeugen, den die Polizei völlig ignoriert hätte.«

Der Arbeitstag nahm zeitig ein Ende. Um vier Uhr wurde August von Viggo abgelöst und machte sich nach Hause auf. Die Sonne stand immer noch hoch am Himmel, und die Luft war angenehm warm, als er das Boot aus dem Hafen von Kungshamn lenkte.

Auf dem Meer war man wie in einer anderen Welt. Einmal begegnete ihm ein offenes Motorboot, in dem ein Mann und zwei kleine Kinder saßen. Die Kinder winkten allen zu, an denen sie vorbeifuhren, auch August. Der winkte fröhlich zurück und versuchte, sich selbst in dem Mann zu erkennen, der das Boot lenkte.

Mit zwei kleinen Kindern, die entdecken durften, was das Leben zu bieten hatte.

Für die er Verantwortung übernehmen und die er auf die Zukunft vorbereiten würde.

Hoffentlich dauert es nicht mehr so lange, dachte August. Denn ich bin so was von bereit.

Seine Sehnsucht nach Kindern war nicht weniger intensiv geworden, seit Maria bei ihm eingezogen war, doch jetzt stresste es ihn nicht mehr so.

Eines Tages würde es Kinder geben. Da war er ganz sicher.

Seine Gedanken wanderten von seinem eigenen Liebesleben zu dem von Henrik.

Henrik und Linnea.

Je mehr August über die Sache nachdachte, desto skeptischer wurde er gegenüber der Neuigkeit, die ihm sein Freund aufgetischt hatte. Es war ja nicht so, als würde er Henrik oder auch Linnea das Abenteuer nicht gönnen, aber er war sich nicht sicher, ob es ausgerechnet an einem so winzigen Ort wie Hovenäset stattfinden musste. Nur zu gut konnte er sich vorstellen, wie auf den Treffen der Leseratten getratscht werden würde, wenn Linnea irgendwann mit gebrochenem Herzen dort auftauchte.

Allen würde sie leidtun.

Und alle würden sich mit ihren Fragen an August wenden.

Er hatte Maria eine kurze SMS über die Neuigkeit geschickt, und sie hatte mit einer langen Reihe lachender Emojis geantwortet. Dann hatte sie geschrieben:

Zum Glück sind sie erwachsen und wissen, was sie tun.

August sah ein, dass man wohl so denken musste. Wenn Linnea nicht selbst begriff, dass Henrik eine denkbar schlechte Wahl als Liebhaber war, dann konnte es nicht Augusts Verantwortung sein, ihr das zu erklären. Außerdem konnten sich Menschen ja auch verändern. Nur weil es Henrik im Laufe seiner bald 46 Jahre niemals gelungen war, länger als ein Jahr mit ein- und derselben Frau zusammen zu sein (und er sich noch nicht einmal während dieser kurzen Zeit enthalten konnte, diejenige, mit der er eine Beziehung hatte, zu betrügen), bedeutete das doch nicht, dass es mit Linnea nicht funktionieren sollte.

Obwohl, nein. Das konnte gar nicht gehen.

August schüttelte den Kopf, als er an den Steg bei der Bootshütte glitt.

Eins war zumindest klar.

Er hatte keinen besseren Freund als Henrik.

Niemand kannte ihn so gut, niemand wusste mehr über sein Leben.

Ganz gleich, wie das mit Linnea ausgehen würde.

Zwischen August und Henrik gab es ein Band, das keine Frau – und übrigens auch kein Mann – zerreißen konnte.

Vermisst du mich wirklich so sehr, dass du unbedingt eine Freundin hier finden musstest?, dachte August.

Mit geübten Bewegungen vertäute er das Boot und ging in die Hütte und auf der anderen Seite hinaus.

»Ich warte schon ewig!«

August fuhr zusammen. Gunnar betrachtete ihn schelmisch und gleichzeitig misstrauisch. Schelmisch, weil er immer noch Leute überraschen konnte, obwohl er im Rollstuhl saß, und misstrauisch, weil er wahrscheinlich nicht erwartet hatte, dass man sich in Augusts Alter so leicht erschrecken lassen würde.

»Ich wusste gar nicht, dass wir verabredet sind«, sagte August und hoffte, dass er nichts verdrängt oder vergessen hatte.

Gunnar lächelte.

»Das sind wir auch nicht«, sagte er. »Aber ich habe dir eine SMS aufs Handy geschickt und geschrieben, dass wir uns mal sehen müssen. Da du nicht geantwortet hast, habe ich im Laden angerufen und dort erfahren, dass du nach Hause gefahren bist. Und ja, da konnte ich ja genauso gut ein bisschen Zeit sparen, indem ich hier auf dich warte.«

August musste lachen.

Ein bisschen Zeit sparen.

Er nahm die Sonnenbrille ab und schob sie in die Brusttasche seines Hemds. Der guten Ordnung halber holte er sein Handy raus und sah, dass er tatsächlich eine ungelesene SMS von Gunnar hatte. Daran war nur der Backwettbewerb schuld. Die Anzahl von SMS mit Fragen oder Fotos von verschiedenen Backwerken war völlig aus dem Ruder gelaufen.

Nun konnte man gut darüber nachdenken, wie viel Zeit Gunnar eigentlich »gespart« hatte, indem er hierhergerollt war und August aufgelauert hatte. Denn obwohl er eine Rampe vors Haus bekommen hatte, konnte er sich nämlich nicht ohne Hilfe aus dem Haus bewegen. Seine gesunde Hand war zu schwach, um gegenzuhalten, wenn der Rollstuhl nach unten wollte, deshalb war aufwärtszufahren völlig undenkbar. Er hatte auch nicht genug Kraft, um den ganzen Weg von seinem Zuhause bis zur Bootshütte von August zu fahren.

»Wer hat dir denn hierhergeholfen?«, fragte August und packte die Griffe des Rollstuhls. »Und vor allem: Wohin gehen wir?«

»Die Pflegekraft hat mir auf die Straße rausgeholfen«, erklärte Gunnar. »Dann ist ein frisches junges Mädchen vorbeispaziert, und das habe ich gebeten, mich hierherzurollen. Und das hat sie getan.«

»Ein frisches junges Mädchen?«, fragte August. »Ein Kind?«

»Nein, älter«, sagte Gunnar ungeduldig. »Bestimmt schon Teenager. Und rote Haare hatte sie auch.«

Iben, dachte August.

»Hat sie gesagt, wo sie wohnt?«, fragte er wie leichthin.

»Wer?«, fragte Gunnar. »Die Rothaarige? Nein, die war nur zufällig hier. Es klang, als würde sie jemanden besuchen. Sie heißt Iben Syrén, und sie war wirklich nicht sonderlich gesprächig. Ich musste ihr den Namen quasi aus der Nase ziehen, und als ich sagte, dass mir ihr Nachname irgendwie bekannt vorkäme, hatte sie es plötzlich sehr eilig.«

August sah Gunnar an.

»Woher kennst du ihren Namen?«, fragte er.

»Das hab ich mich auch gefragt«, erwiderte Gunnar. »Gib mir ein bisschen Zeit, dann komme ich schon drauf.«

August war nicht sicher, ob er erzählen sollte, dass Iben das Eishaus mietete. Nicht, wenn sie selbst nichts darüber gesagt hatte.

»Jetzt sag mir mal, wohin wir gehen sollen?«, sagte August.

»Zu dir nach Hause«, sagte Gunnar.

»Warum denn?«, fragte August abwartend.

Er hatte keine Lust, den Rest des Nachmittags mit Gunnar zu verbringen. Das war schließlich nicht der Grund, warum er früher Schluss gemacht hatte.

»Weil wir über all das Schreckliche reden müssen, was hier auf der Halbinsel passiert«, sagte Gunnar entschieden. »Von Örjan habe ich gehört, dass du den Vorsitz der Interessenvereinigung übernehmen willst. Das erfreut das Herz eines alten Mannes.«

August protestierte lautstark.

»Ich habe überhaupt nicht versprochen, Vorsitzender zu werden«, sagte er.

»Jaja, nie darf man sich mal freuen«, seufzte Gunnar. »Aber trotzdem müssen wir sprechen. Die Polizei hat mich ja mit Redeverbot belegt. Ich darf nicht erzählen, was ich über den Mord an dem Jungen beim Badeplatz weiß. Aber mit dir habe ich ja noch geredet, bevor die Polizei ankam, deswegen denke ich, das könnte ich einfach weitermachen.«

Widerwillig schob August den Rollstuhl in Richtung Kärleksvägen.

»Es tut mir wirklich leid«, sagte er, »aber ich kann jetzt nicht lange mit dir reden. Ich muss zu Hause tausend Sachen machen.«

»Kein Problem«, sagte Gunnar. »Ich hab auch noch etwas zu erledigen. Die Polizei will mich verhören. Offensichtlich hat das Telefongespräch gestern nicht ausgereicht. Maria und dieser Hai-Hai kommen später noch bei mir vorbei.«

»Er heißt Ray-Ray«, sagte August.

»Und was habe ich gesagt?«

»Hai-Hai.«

Gunnar zuckte mit den Schultern.

»Klingt doch fast genauso«, sagte er. »Die sollen sich jedenfalls mal nach meinem Zeitplan richten. Nachher muss ich nämlich noch Lisa besuchen.«

Lisa war Gunnars Frau. Eine Frau, die ihn nicht mehr erkannte und nicht wusste, wie sie hieß.

»Hast du gar keinen Kontakt mehr zu Emmy?«, fragte August nachdenklich.

»Nein, danke, ich hab genug Sorgen«, sagte Gunnar und verzog den Mund.

Emmy war eine Frau auf Hovenäset, mit der Gunnar eine Beziehung gehabt hatte. Doch im vorigen Winter, als es auf Hovenäset mehrmals brannte und Gunnar verdächtigt wurde, sich in eine Mordermittlung eingemischt zu haben, ging die Sache zu Ende. Bestimmt würde es Gunnar guttun, die Beziehung wieder aufzunehmen, meinte August, doch das war offensichtlich ein heikles Thema.

August wandte den Blick zur Sonne, und die Salzspritzer, die er auf dem Boot abgekriegt hatte, spannten auf der Haut.

Sie gingen am Eishaus vorbei.

Iben war nicht zu sehen, aber ihr Fahrrad stand da.

Wieder musste August an das kleine Foto denken, das er immer noch mit sich herumtrug.

Er hielt den Rollstuhl an.

»Du, Gunnar«, sagte er, »ich muss dir was zeigen.«

Er zog das Foto raus und reichte es dem alten Mann.

»Ich habe einen Aussetzer«, erklärte August. »Bitte hilf mir. Wer ist dieser Mann?«

Gunnar schaute misstrauisch vom Foto zu August und dann wieder zurück.

»Machst du Witze mit mir?«, fragte er.

»Nein«, sagte August, denn das tat er nicht. »Kennst du ihn?«

Gunnar nickte und schnaubte.

»Das kann man jetzt wirklich einen Aussetzer nennen«, sagte er. »Ja, ich kenne ihn. Und die meisten von uns hier tun das. Woher hast du das Foto?«

August überlegte, was er antworten sollte.

»Ich habe es gefunden«, sagte er schließlich. »Aber jetzt sag doch. Wer ist das?«

Gunnar starrte ihn an.

»Das ist Mats Broman«, sagte er. »Der Ehemann von Lydia Broman, der dafür verurteilt wurde, sie ermordet zu haben.«

Als das Telefon klingelte, stand Oskar am Herd und briet Fisch. Weißes Dorschfilet, das er im Fischladen der Gebrüder Samuelsson gekauft hatte und jetzt in Butter sautierte.

Matilda saß draußen auf der Terrasse mit einem Puzzle, und Tony lag zu ihren Füßen und passte auf. Das Puzzle hatte Matilda von ihrer Assistentin zum Geburtstag bekommen, und das war ein richtiger Glücksgriff.

Durch die offene Terrassentür konnte Oskar das Kind von der Küche aus gut beobachten. Er sah ihren konzentrierten Blick, als sie darum kämpfte, die Puzzleteile richtig zu legen, und vor Stolz sprang ihm die Brust.

Ansonsten fand er nicht, dass es so viel gab, worauf er stolz sein könnte. Die Begegnung mit Espen belastete ihn. Chaos und Unruhe – das fühlte Oskar, seit er das Haus seines Onkels verlassen hatte. Und Angst. Dazu noch ein schlechtes Gewissen, weil Espen so offensichtlich nur sein Bestes wollte. Das war ein vernichtender Cocktail an Gefühlen. Gestern ging es mir noch gut, dachte Oskar, und heute fühlt es sich an, als würde alles einstürzen. Einfach nur, weil ich das alte Elend nicht in Ruhe lassen kann.

Als er gerade den Fisch in der Pfanne wendete, klingelte gellend das Telefon.

Wenn das jetzt nur kein Journalist war, der ihn sprechen wollte.

Sein Puls raste.

Lieber Gott, lass es irgendjemand sein, nur kein Journalist.

Doch es war kein Journalist, sondern Ellen.

Erleichtert ging Oskar ran.

»Störe ich?«, fragte Ellen.

»Nein, nein«, versicherte Oskar. »Ich bin nur gerade ein bisschen am Kochen.«

Ellen schwieg.

Oskar war unsicher, was jetzt von ihm erwartet wurde.

»Hallo?«, fragte er schließlich.

»Hallo«, erwiderte Ellen.

Ihre Stimme klang fröhlich, sie lachte gern. Nicht auf so eine nervöse Weise, sondern als ob sie wirklich fand, dass es viel gäbe, worüber man sich freuen könnte. Das gehörte zu den Eigenschaften, die Oskar besonders an ihr mochte, dass sie meist guter Laune war, aber ohne deshalb oberflächlich zu wirken.

»Ich wollte eigentlich nur mal checken, wie's dir geht«, erklärte Ellen. »Und dann wollten Sonia und ich fragen, ob ihr zwei vielleicht morgen zu uns zum Abendessen kommen möchtet.«

Oskar schaltete die Kochplatte aus und zog die Pfanne beiseite. Seine Mutter hatte immer gesagt, es sei eine Todsünde, ausgerechnet die Zubereitung von Fisch auf diese Weise zu unterbrechen, doch Not kannte kein Gesetz. Er konnte nicht reden und gleichzeitig was braten.

Was hatte sie gesagt?

Abendessen. Genau. Abendessen. Bei ihr und Sonia.

Unmöglich.

Nicht jetzt.

»Wir haben ein paar andere Pläne für morgen gemacht«, erwiderte Oskar und hörte selbst, wie angespannt er klang.

»Ich verstehe«, sagte Ellen ruhig.

Oskar sah zu Matilda und hoffte, dass sie nichts mitbekam.

Verdammt, war er schlecht im Lügen.

Wir haben ein paar andere Sachen für morgen geplant.

Was sollte das schon sein? Matilda und er unternahmen ja niemals etwas. Keine Abendessen bei Freunden, fast nie Besuch. Manchmal ging Matilda nach der Kita zu einer Freundin, aber das war auch schon alles. Niemand durfte zu nahe kommen.

Nach dem Besuch bei Espen galt diese Regel noch mehr denn je und nun zum ersten Mal auch für Ellen.

Espens Worte hatten sich in ihm festgebissen:

So etwas hält man in der Familie.

Das war ein Gesetz, und es bestand schon so lange, dass Oskar sich nicht erinnern konnte, sich seiner Vergangenheit gegenüber jemals anders verhalten zu haben. Denn was konnte er schon erzählen, solange er ganz allein damit war?

Seinen ersten richtigen Freund hatte er erst mit dreizehn gehabt, und schon da wusste er, dass er niemals ein Wort darüber verlieren durfte, was er angeblich getan hatte. Und was er angeblich war.

Ein Mörder, dachte Oskar. Sie sagen, ich hätte einen anderen Menschen getötet.

Espens Gerede, dass er die Situation als bedrohlich aufgefasst hätte, bevor er es tat, und dass es das gewesen sei, was ihn, den kleinen Jungen, über die Grenze gehen und ein Leben auslöschen ließ, galt für ihn nicht. Wie viele Kinder hatten denn so etwas getan?

Verdammt wenige.

Der Zweifel, den er noch vor wenigen Stunden so stark empfunden hatte, war in diesem Moment weg. In seinem Körper pochten nur Schuld und Angst. Schuld wegen dem, was er getan hatte, und Angst davor, was seine jahrzehntealten Sünden ihn kosten könnten.

Matilda.

Oskar räusperte sich.

»Du, hör mal«, sagte er zu Ellen. »Ich muss jetzt weiterkochen, ich brate Fisch. Und … ja, der wird nicht gut, wenn ich ihn jetzt nicht fertig braten kann.«

Keine Chance, dass Ellen nicht bemerken würde, wie er sich wand und verdrehte.

Und nach einem kurzen Schweigen bekam er auch die Quittung dafür.

»Ich höre, dass es dir nicht gut geht, Oskar. Aber … du bist derjenige, der bestimmt. So war es immer zwischen uns, und so wird es auch weiter bleiben. Du erzählst nur, was du erzählen möchtest, und du tust es, wenn du willst. Alles, was ich tun kann, ist zu wiederholen, was ich schon unzählige Male gesagt habe: Ich bin immer hier, wenn du mich brauchst.«

Oskar atmete schwer und spürte, wie Unruhe und Stress in seiner Brust rumorten.

»Ich weiß«, flüsterte er. »Du bist so wunderbar, Ellen. Ich bin so wahnsinnig froh, dass ich dich habe.«

Als er es laut sagte, klang das viel zu mager, viel zu klischeehaft, doch ihm fiel nichts anderes ein. Nur wenige Menschen in Oskars Leben hatten ihm so viel bedeutet. Das war etwas, was sie erfahren sollte.

»Ruf mich an, wenn du mich brauchst«, sagte Ellen. »Ich lasse das Telefon heute Nacht an.«

Oskar nickte stumm.

Er wusste schon, dass er nicht anrufen würde.

»Einen schönen Abend«, brachte er noch heraus. »Und grüß Sonia.«

»Danke, gleichfalls«, sagte Ellen. »Das werde ich tun. Drück Matilda von mir.«

Dann legte sie auf.

Im selben Moment rief Matilda von der Terrasse her.

»Papa, wann essen wir?«

Oskar richtete sich auf und legte das Handy weg.

»Gleich!«, sagte er. »Hast du Hunger?«

»Hmm.«

Er richtete seine Aufmerksamkeit wieder auf den Fisch und die Mahlzeit, die vorzubereiten er im Begriff gewesen war. Er war nicht allein, und er würde es auch niemals sein, solange er seine Tochter bei sich hatte.

Es muss gut werden, dachte er. Ohne Matilda schaffe ich es nicht.

Mechanisch begann er, Geschirr auf ein Tablett zu stellen. Sie wollten auf der Terrasse essen, und er würde sein Wasser trinken und sich weiterhin dafür entscheiden, Alkohol und vertrauliche Gespräche wegzulassen.

Als er das Tablett hochhob, wanderte sein Blick vom Handy zum Computer. Da waren all die Artikel gespeichert, die er über die beiden Jungen gelesen hatte, die angeblich Mörder sein sollten, aber nun Gerechtigkeit erfahren hatten.

Oskar wusste nicht mehr, was er noch denken oder glauben sollte.

Aber er wusste mit Sicherheit, dass es ihm immer schwererfiel, seine Situation zu akzeptieren.

So konnte es nicht weitergehen.

Das Tablett zitterte in seinen Händen.

Es muss einen anderen Weg geben, dachte er. Wenn ich nicht mit Espen oder Ellen reden kann, dann muss ich eine andere Lösung finden.

Der Gedanke tastete sich weiter vor und rührte an den Namen einer Person, der er sich bis dahin nicht zu nähern gewagt hatte.

Kann ich das tun?, fragte er sich. Darf ich das?

Auf beide Fragen hätte Espen definitiv mit Nein geantwortet, doch nun war es nicht er, der bestimmen durfte, was Oskar sich vornahm. Außerdem musste er ja gar nichts davon erfahren.

Wieder sah Oskar zu Matilda hinüber. Das Puzzle war fast fertig gelegt, und dann würde sie nach ihm rufen, damit er kam und erzählte, wie schön es war.

Er musste es wagen, er musste wagen, sich aus dieser festgefahrenen Situation zu befreien. Für sich selbst, aber auch für Matilda.

Damit war die Entscheidung getroffen.

Er würde die Person besuchen, mit der er noch nie darüber geredet hatte. Die damals gesehen hatte, was er tat.

Die einzige Zeugin von Oskars Verbrechen.

Seine Cousine Malin.

Es war kurz nach sechs Uhr am Abend, als Maria und Ray-Ray zu Gunnar Wides Bootshütte auf Hovenäset spazierten. Der Tag war lang gewesen und immer noch nicht zu Ende. Zum Teil lag das auch an Gunnar. Sie hätten ihn gern schon vor mehreren Stunden getroffen, doch da war er bei seiner Frau Lisa gewesen und sollte erst später wiederkommen.

Und jetzt befand er sich in seiner Bootshütte.

Maria und Ray-Ray hatten schon besprochen, was sie von Vilhelms Exfreundin Tina Sundberg erfahren hatten. Die Kollegen in Borås würden ihr Alibi nun überprüfen. Die Staatsanwältin war der Ansicht, dass sie nicht genug in der Hand hatten, um sie bis dahin in Untersuchungshaft zu nehmen.

Maria beunruhigte, was Tina über Vilhelms Recherchen zum Stückelmord gesagt hatte.

Angeblich hatte er eine Lücke in der Ermittlung entdeckt.

Einen Zeugen, der nicht korrekt befragt worden war.

Aber das war ja lediglich die Version von Vilhelm, oder besser gesagt: von Tina. Für Maria und Ray-Ray klang es nach einer zweifelhaften Geschichte. In der Regel war nämlich ein Zeuge, der nicht vor Gericht gehört worden war, ein sehr schlechter Zeuge. Niemals würden Staatsanwaltschaft oder Verteidigung es unterlassen, jemanden aufzurufen, der entscheidende Informationen besaß.

Maria schielte auf die Uhr. Wahrscheinlich würde sie es bis sieben Uhr nach Hause schaffen, doch sicher war das nicht.

»Dass dieser Mann uns immer nach seiner Pfeife tanzen lässt«, sagte Ray-Ray angespannt, als sie sich Gunnars Bootshütte näherten.

Maria hatte ihr Fahrrad zu Hause abgestellt, und Ray-Rays Wagen parkte oben beim Hostel. Unten auf dem Marktplatz war alles voll besetzt, und es wurde immer schwerer, einen Parkplatz zu finden – auch das ein Anzeichen dafür, dass der Sommer da war.

Maria stellte fest, dass auf Hovenäset massenhaft Menschen unterwegs waren. Alle kehrten von den Aktivitäten des Tages zurück, und da das Wetter schön war, saßen fast alle draußen. Der Grill musste angeworfen und das Abendessen arrangiert werden. In einer knappen Stunde würde im Österparken ein Singalong stattfinden. Maria und August hatten schon erwogen hinzugehen, sich aber noch nicht entschieden.

Die Tür zu Gunnars Bootshütte stand offen, als sie kamen.

Maria klopfte an den Türrahmen.

»Hallo?«, rief sie und steckte den Kopf hinein.

Die Hütte war leer, doch die Türen zum Meer standen offen.

»Kommt rein!«, erhielt sie zur Antwort.

Maria und Ray-Ray gingen durch die Hütte und hinaus auf den Steg. Da saß Gunnar und betrachtete sein Boot.

Die Bootshütte links schien leer zu sein, doch rechts nebenan waren die Stimmen von jungen Menschen und das Klingen von Gläsern zu hören. Herrliche Geräusche für Maria – wahrscheinlich hatten sich die Jugendlichen zu einer frühen Party oder einem Abendessen da drin versammelt.

Schon sausten Bilder aus ihrer eigenen Teenagerzeit vorüber. Sie hatte selbst zu den Glücklichen gehört, deren Familie eine Bootshütte besaß. Wie viele Partys hatte sie da doch gefeiert! Wie viele verrückte Abende, in denen sie unter sternklarem Himmel wieder und wieder vom Steg ins Wasser gesprungen war.

Das müssen August und ich machen, wenn wir heiraten, dachte Maria. Die Gäste dazu zwingen, am Ende der Party vom Steg ins Wasser zu springen.

Der Gedanke kam aus dem Nichts, und als er mal gedacht war, stolperte sie fast über die Schwelle von Gunnars Bootshütte.

Ray-Ray lachte, als sie ihm fast in den Rücken fiel.

»Alles in Ordnung?«, fragte er.

»Ausgezeichnet«, erwiderte Maria.

»Was macht ihr denn da?«, fragte Gunnar und drehte sich im Rollstuhl um.

»Das ist nur Maria, die findet, deine Schwelle ist zu hoch«, erklärte Ray-Ray grinsend.

»Das finde ich überhaupt nicht«, erwiderte Maria und merkte, wie sie rot wurde.

Bisher hatte sie noch nicht mal im Entferntesten daran gedacht, dass sie wieder heiraten könnte. Bis heute.

Als August und sie vor einigen Wochen den Internetanbieter gewechselt hatten, wurde ihr die Kopie einer Schufa-Auskunft zugeschickt. Da standen auch die Angaben über ihre Person: ihr Jahreseinkommen und ihre Kreditwürdigkeit. Auch ihr Zivilstand war dort angegeben.

Witwe.

Einfach nur weil die Scheidung nicht durchgegangen war, ehe Paul starb.

Maria war damals so schockiert darüber gewesen, dieses kurze Wort zu lesen, dass sie sich plötzlich übergeben musste.

Aber inzwischen dachte sie offenbar anders.

Ich will wieder heiraten, dachte sie. Ich will!

Ray-Ray ging auf den Steg hinaus und begrüßte Gunnar.

»Wie wäre es, wenn wir drinnen in der Hütte miteinander reden«, schlug er vor. »Dann können wir die Türen schließen und haben es ruhiger.«

»Das klingt zu warm, finde ich«, erwiderte Gunnar und rümpfte die Nase.

Da kamen drei Jugendliche nebenan auf den Steg gepoltert.

»Wir werden nicht lange bleiben«, sagte Ray-Ray mit einem Blick auf die jungen Leute.

Widerwillig rollte Gunnar in die Bootshütte hinein.

Ray-Ray schloss die Türen zum Steg und Maria die zur Straße. Hartnäckige Sonnenstrahlen fanden ihren Weg durch das einzige

Fenster und die Spalten zwischen Türen und Wänden der Hütte, und das reichte schon aus, um sich ansehen zu können.

»Aha«, sagte Gunnar. »Jetzt wird es ja richtig gemütlich.«

Maria und Ray-Ray setzten sich jeder an ein Ende des kleinen Holztisches, Gunnar stand mit seinem Rollstuhl an der Längsseite.

»Erzähl mal, wie du in Kontakt mit Vilhelm Eliasson gekommen bist«, sagte Maria.

»Das habe ich bereits getan«, erwiderte Gunnar.

»Das wissen wir«, gab Maria zurück. »Aber manchmal ist es gut, die Dinge noch einmal zu wiederholen.«

Gunnar hustete diskret in die Armbeuge.

»Alles fing vor ein paar Wochen an. Vilhelm hatte meine Website im Internet gesehen und wollte über den Stückelmord und Mats Broman reden.«

»Und die Internetseite ist aber jetzt vom Netz genommen, oder?«, sagte Ray-Ray.

»Ja. Die war irgendwie nicht richtig fertig, und dann wurde das so schwierig mit dem Chat. Wie auch immer. Mein Enkel Gulliver hat mir mit der Website geholfen. Da wollte ich alle meine Gedanken über den Stückelmord zusammenfassen, aber das wurde so ein Durcheinander. Die Sache mit dem Chat war Gullivers Idee. Er fand, dass auf diese Weise mehr Leser angelockt werden. Aber es war gar nicht so, wie ich es mir gedacht hatte, und vor allem habe ich es nicht geschafft, alles mit nur einer Hand zu schreiben, was geschrieben werden musste. Deshalb habe ich sie jetzt vom Netz genommen.«

»Erzähl mal von dem Chat«, bat Maria. »Haben da viele geschrieben?«

»Nein, wir waren nur so eine Handvoll Interessenten. Aber Mister Private Detective und Klein Mü waren die Einzigen, die nicht auf Hovenäset wohnen.«

»Mister Private Detective und Klein Mü?«, fragte Ray-Ray und lachte laut.

»Verdammt, Sie sind ja vielleicht unprofessionell«, erwiderte Gunnar beleidigt. »Es ist nämlich wichtig, dass man im Internet nicht der ganzen Welt unter die Nase reibt, wer man ist. Außerdem wurde Vilhelm jetzt ja tatsächlich ermordet, und er war Mister Private Detective.«

Ray-Ray wurde ernst.

»Ich verstehe«, sagte Maria. »Und wer war Klein Mü?«

»Das weiß ich nicht. Sie war nicht sonderlich aktiv.«

Maria dachte nach. Irgendetwas passte nicht an Gunnars Geschichte über die Website und den Chat.

»Erzähl noch mal, warum du die Website vom Netz genommen hast«, bat sie.

Gunnar wand sich.

»Weil sie nicht fertig war. Aber vor allem, weil ich aus Versehen ganz öffentlich im Chat an Vilhelm geschrieben habe, dass ich seine Telefonnummer verloren hätte, und ihm doch bestätigen wollte, dass wir uns am Zwanzigsten um acht Uhr abends treffen würden. Ich hatte seine Nummer nicht in meinen Kontakten gespeichert, und gar nicht daran gedacht, dass ich sie ja noch in der Anrufliste hatte. Das hat mir Gulliver hinterher erklärt, aber egal, Vilhelm hat sich gemeldet und auch gesagt, der Chat wäre nicht so ein gutes Forum, um darüber zu reden, dass wir uns treffen, denn der war ja für alle offen.«

»Klein Mü kann also gesehen haben, dass Vilhelm am Zwanzigsten nach Hovenäset kommen wollte?«, fragte Ray-Ray und klang jetzt sehr viel ernster als zuvor.

»Ja«, sagte Gunnar. »Aber sie wusste ja nicht, dass Vilhelm Mister Private Detective war.«

Sofern sie sich nicht schon kannten, dachte Maria, und meinte damit Vilhelms Exfreundin Tina, deren Alibi immer noch nicht bestätigt war.

Maria notierte sich, Vendela zu bitten, einmal genauer die abgeschaltete Website anzusehen. Mit etwas Glück würde man vielleicht den Chat noch lesen und vielleicht auch diejenigen, die drin vorkamen, identifizieren können.

»Wer hat denn vorgeschlagen, sich zu treffen?«, fragte Ray-Ray.

»Das waren wir beide«, sagte Gunnar. »Im Unterschied zu euch fand er nämlich, dass ich wirklich was Interessantes über den Stückelmord zu berichten hätte.«

Immer diese Sticheleien.

Maria erwiderte nichts und machte sich Notizen.

Aus der Nachbarhütte und vom Steg dort waren laute Rufe und dann ein Platschen zu hören.

»Habt ihr vor eurem Treffen noch irgendwelche Informationen ausgetauscht?«, fragte Maria. »Hatte Vilhelm auch eine Website, die du gesehen hast?«

Gunnar schüttelte den Kopf.

»Er hat sich nicht in die Karten schauen lassen«, erklärte er und ruckelte sich im Rollstuhl zurecht. »Ich bin in Vorleistung gegangen und habe von ihm so gut wie nichts bekommen, aber das fühlte sich okay an. Ich sollte ja mehr erfahren, wenn wir uns dann sahen. Der Junge war schlau und nicht im Geringsten arrogant. Kein Detail war ihm zu mickrig. Diese Art Nerd gefällt mir.«

Am Tisch wurde es still.

Inzwischen war es durchaus warm in der Hütte, und Maria suchte nach den richtigen Worten für das, was sie wissen und fragen wollte. Gunnar wurde in keiner Weise verdächtigt. Ebenso wie Iben und die beiden, die Vilhelm gefunden hatten, war er zu schwach, um Vilhelm getötet und ihn dann in den Sprungturm gehängt haben zu können. Aber Gunnar war ein Zeuge, und Maria wollte so viel wie möglich darüber erfahren, was er dachte und wusste.

»Was hat denn Vilhelm über den Mord an Lydia gedacht?«, erkundigte sich Ray-Ray.

»Dasselbe wie die meisten von uns anderen«, erwiderte Gunnar streng. »Dass es natürlich überhaupt nicht Mats Broman war, der sie ermordet hat. Ich kannte Mats. Er war einfach nicht der Typ, der einem Menschen, den er so sehr liebte, so etwas Scheußliches antun würde.«

»Vor Gericht hatte das Alibi von Mats keinen Bestand«, entgegnete Ray-Ray.

»Als ob das was aussagen würde«, erwiderte Gunnar und schnaubte.

Maria und Ray-Ray wechselten einen raschen Blick.

»Dann haben wir es für heute«, sagte Maria. »Ruf uns gerne an, wenn dir noch etwas einfällt.«

Sie legte Gunnar eine Hand auf die Schulter, als sie aufstanden.

»Sollen wir dir nach Hause helfen?«, fragte sie.

»Nein, danke, ich komm schon klar«, sagte Gunnar.

Doch er bewegte sich nicht, sondern ließ Marias Hand weiter auf seiner Schulter liegen.

Als sie gerade gehen wollten, sagte Gunnar:

»Eins noch. Nur weil ich manchmal technisch nicht so begabt bin.«

Maria hielt inne.

»Was meinst du?«, fragte sie.

»Die Telefonnummer«, begann Gunnar, »von der Vilhelm angerufen hat. Ich glaube, ich habe euch gestern die falsche gegeben. Ihr habt die Nummer gekriegt, die ich auf der Website der Zeitung gefunden habe, als ich seine Nummer verloren hatte. Aber er hatte noch eine besondere Nummer, die er nur für diese Geschichte benutzte. Aber das wisst ihr ja vielleicht, oder?«

Für einen Moment stand die Zeit still.

Ein weiteres Telefon. Eine weitere Nummer, die sie überprüfen konnten.

»Sicherheitshalber würden wir gerne die andere Nummer, die du hast, auch aufnehmen«, sagte Maria, möglichst ohne zu zeigen, dass dies hier eine Neuigkeit für sie war. »Dann können wir sicher sein, dass wir die richtige Nummer haben.«

In ihr blubberte das Adrenalin hoch.

Öffnete sich da ein Weg in Vilhelms so sorgfältig verriegeltes Reich?

»Danke«, sagte Ray-Ray, dessen Augen jetzt auch leuchteten. »Außerdem ist es wichtig, dass Sie auch weiterhin für sich behalten, dass Vilhelm über den Stückelmord recherchiert hat.«

»Damit es der Polizei nicht peinlich ist?«, fragte Gunnar böse.

»Damit wir denjenigen finden können, der ihn ermordet hat«, entgegnete Ray-Ray. »Wissen Sie, ob Vilhelm während seines Besuchs auf Hovenäset noch mehr Leute treffen oder interviewen wollte?«

»Ja«, sagte Gunnar. »Ehe er zu mir nach Hause kommen wollte, hatte er noch zwei Verabredungen. Ich weiß aber nicht, mit wem.«

Zwei weitere Verabredungen.

Und eine davon hatte ihn wahrscheinlich das Leben gekostet.

Mit wem hast du dich getroffen, Vilhelm?

Sie mussten wirklich so schnell wie möglich das Buchmanuskript von Vilhelm in die Hände bekommen.

Maria zögerte, hatte aber das Gefühl, fragen zu müssen:

»Du hast gesagt, dass Vilhelm sich für alles im Hinblick auf den Stückelmord interessierte. Gab es irgendein besonderes Detail, von dem du den Eindruck hattest, dass er sich darauf fixierte?«

Gunnar dachte nach, ehe er antwortete.

»Eigentlich nicht. Aber ich weiß noch, wie ich mich gefreut habe, dass er sich sogar für den schwarzen Jeep interessierte.«

Maria und Ray-Ray starrten ihn an.

»Den schwarzen Jeep?«, fragte Maria bedächtig.

Gunnar nickte.

»Vor dreißig Jahren, am selben Abend, als Lydia verschwand, fuhr ein schwarzer Jeep durch Hovenäset. Aber die Polizei hat sich nicht um die Zeugin gekümmert, die ihn gesehen hatte. Offensichtlich meinten sie, es gebe keinen Grund, jemanden verdächtig zu finden, der in einem ungewöhnlichen Auto herumfuhr.«

Maria hoffte, dass man ihr nicht anmerkte, wie aufgeregt sie war.

Ein schwarzer Jeep.

Vor dreißig Jahren, als Lydia ermordet wurde.

Und dann musste sie daran denken, was Vilhelms Exfreundin gesagt hatte:

Vilhelm hatte einen Zeugen gefunden, der in der Ermittlung nicht beachtet worden war.

»Wer hat denn den schwarzen Jeep gesehen?«, fragte Maria.

Gunnar sah grimmig drein.

»Emmy«, sagte er leise. »Meine Emmy hat ihn gesehen.«

Der Abend wurde zur Nacht. Iben saß bei geöffnetem Fenster oben im Arbeitszimmer des Eishauses. Natürlich hatte niemand gesagt, dass dies ein Arbeitszimmer war, doch Iben nutzte es dafür. Dort stand ein schmales und unbequemes Bett, aber eben auch ein großer Schreibtisch aus Kiefernholz und ein uralter Bürostuhl.

Auf dem saß Iben jetzt, den aufgeklappten Laptop vor sich.

Die Luft, die vom Fenster hereinwehte, war lau, und manchmal waren draußen Stimmen von den Menschen zu hören, die spazieren gingen oder ihre Hunde ausführten.

Das Handy blinkte.

Ihre beste Freundin Ronja fragte, wie es ihr auf Gotland gehe.

Iben schaute aus dem Fenster und ließ den Blick auf dem Meer und den Granitfelsen ruhen, die von der Nacht in dunkle Schatten getaucht waren.

Nicht Gotland. Nur Bohuslän.

Sie antwortete:

Auf G-land immer noch alles super.

Ronja schickte ein Smiley als Antwort und schrieb dann:

Hab gestern deine Mutter im Laden getroffen. Krass angespannt. Scheint zu glauben, dass du in Visby Drogen nimmst oder so was.

Das versetzte Iben einen harten Stoß in den Magen.

Arme, arme Mama.

Sie konnte einfach nicht aufhören, sich Sorgen zu machen.

Iben schluckte und antwortete Ronja:

Nehme keine Drogen. Mama bildet sich nur alles Mögliche ein.

Ronjas Antwort kam postwendend:

Ich weiß. Sie hat mir nur leidgetan. Sie will dich ja so gerne besuchen.

Dann, noch ehe Iben antworten konnte, schrieb Ronja weiter:

Ich könnte mit ihr fahren. Will auch mal Gotland sehen. Hier zu Hause ist es krass langweilig.

»Vergiss es«, murmelte Iben und antwortete:

Keine gute Idee. Will mich auf den Kurs konzentrieren. Aber Gotland gerne einen anderen Sommer!!!!

Iben legte das Handy weg.

Mit einem Mal fühlte sich alles genauso anstrengend an wie vor dem Treffen mit Birger.

Laut Birger hatte Mats Broman ein Alibi für den Mordzeitpunkt, das dann aber verloren gegangen war. Eine Frau, die nicht für ihn in den Zeugenstand gerufen wurde. Aber kam so was wirklich vor? Das klang doch seltsam.

Sie öffnete die Datei zum Stückelmord auf dem Computer und versuchte, den Tag zusammenzufassen.

Das Treffen mit Birger Andersson war okay gewesen, hatte ihr aber nicht gebracht, was sie erhofft hatte. Und dann war sie völlig ungeplant auf Gunnar Wide gestoßen. Sie wusste nicht, dass er im Rollstuhl saß, und war nichts Böses ahnend darauf eingegangen, ihn zu einer Bootshütte zu schieben.

Kein gutes Zusammentreffen.

Gunnar kam nämlich ihr Nachname irgendwie bekannt vor, und daraufhin war sie völlig in Panik geraten.

Wie hatte sie nur so blöd sein können, nicht nur ihren Vornamen zu sagen, sondern auch noch den Nachnamen? Diesen Fehler durfte sie nicht noch einmal machen. Und sie durfte absolut nicht mehr als notwendig mit Gunnar reden. Er war doppelt so neugierig, wie Birger schon angedeutet hatte, und das konnte sie sich nicht leisten. An seine Website wagte sie gar nicht mehr zu denken.

Mit geübten Fingern scrollte sie durch die verschiedenen Artikel, die sie gespeichert hatte. Während damals das Gerichtsverfahren lief, war sehr viel geschrieben worden. Alle Artikel handelten von dem, was während der Verhandlung zur Sprache kam, und von allen Details, die bekannt waren. Die meisten davon verursachten Iben Übelkeit, sie brachte es nicht über sich zu lesen, wie der Mörder mit Lydias Leiche umgegangen war.

Natürlich hatte Mats Broman gesagt, dass er unschuldig sei. Am selben Nachmittag, als Lydia zum Joggen ging, war Mats bei einem Kunden gewesen. Er arbeitete als Elektriker und hatte sich den ganzen Nachmittag über in einem Haus in Kungshamn aufgehalten, wohin er gerufen worden war, nachdem der Strom im Haus ausgefallen war.

Das Problem war nur, dass die Familie, während er dort arbeitete, nicht zu Hause gewesen war. Der Vater hatte ihn reingelassen und war dann gegangen. Laut Mats hatte es drei Stunden gedauert, die Sache zu reparieren. Doch die Staatsanwaltschaft hatte einen anderen Elektriker als Gutachter einberufen, und der meinte, dass man keinesfalls drei Stunden brauchen würde, um einen Fehler der Sorte, wie er da vorgelegen hatte, zu beheben. Auf die Frage, wie lange es denn dauern würde, hatte der Gutachter geantwortet: maximal eine Stunde.

Somit hatte Mats für zwei Stunden kein Alibi, wenngleich er natürlich das ganze Gerichtsverfahren über die Einschätzung des Gutachters bestritt.

In einem der Artikel, den Iben jetzt zum sicherlich hundertsten Mal las, wurde Mats vor Gericht zitiert:

> *»Ich weiß ja wohl selbst am besten, wie lange ich da gewesen bin. Es spielt keine Rolle, dass dieser Idiot behauptet, es hätte nur eine Stunde dauern dürfen. Es hat drei gedauert.«*

Offensichtlich durfte man niemanden vor Gericht einen Idioten nennen, denn Mats war vom Richter verwarnt worden, dass er sich zusammenreißen solle.

Iben beugte sich zum Computer und schaute gründlich das Bild von Mats Broman an.

Sie vermisste ein Foto, das sie aus einer Zeitung ausgeschnitten und in eine Plastikhülle gelegt hatte. Es war nirgends zu finden, obwohl sie überall gesucht hatte. Auf das Bild von Mats kam es ihr nicht so an, aber in der Plastikhülle hatte noch ein anderes Foto gelegen, und das war ihr sehr wichtig.

Sie dachte an das, was Birger Andersson ihr geraten hatte. Dass sie einen der alten Ermittler aufsuchen sollte, die damals dabei gewesen waren, und ihn fragen sollte, warum man Mats für schuldig gehalten hatte. Doch er selbst wollte nicht erzählen, was er über das angebliche Alibi von Mats Broman wusste.

Wenn ich ihn nur dazu bringen könnte, zu reden.

Sie holte ihre To-do-Liste heraus.

Jetzt, da sie zwei von drei Punkten abgehakt hatte, sah die noch trauriger aus, wenn das überhaupt möglich war. Iben schluckte, als sie die Liste durchging.

Sie hatte das Eishaus untersucht.

Sie hatte mit Birger Andersson gesprochen.

Blieb noch der letzte Punkt. Doch dafür war sie noch längst nicht bereit. Sie brauchte mehr Zeit, musste besser vorbereitet sein, sodass sie nicht wiedererkannt wurde und ihr nichts passierte.

Ein weiteres Mal schaute Iben sich das Bild von Mats Broman auf dem Computer an.

Was war passiert, als Lydia starb?, fragte sie sich. Hast du sie ermordet? Oder hat das mein Vater getan?

Mein fünftes Jahr mit dir

Und da war es wieder so weit. Gestern hattest du wildes, zorniges Persönchen Geburtstag. Diesmal habe ich dir eine Biskuitrolle gebacken, und das war ein großer Erfolg. Du hast drei große Stücke gegessen, sonst aber nichts. Diesmal hatten wir auch keine Kerzen angezündet (die Flecken auf dem Teppich sind eine stetige Erinnerung daran, warum das keine gute Idee wäre), aber es war trotzdem alles schön.

Ich glaube, du hast dich gefreut, als wir für dich gesungen haben.

Da hast du tatsächlich gelächelt, und ich war so erleichtert, dass ich in Tränen ausbrach.

Du lächelst so selten.

Und du lachst nie.

Und du sprichst nur halb so viel wie andere Kinder. Es ist nicht so, dass du das nicht könntest, du willst einfach nicht.

Dein Vater fragt sich, ob man deinen ganzen Ernst nicht mal durchbrechen kann, und ich muss gestehen, dass ich mich dasselbe frage.

Ich werde einfach nicht schlau daraus, was dir gefallen könnte. Du akzeptierst fast nichts.

Ich habe alles ausprobiert.

Lego, Puppen, Autos.

Sowie du ein neues Spielzeug bekommst, schleuderst du es gegen die Wand.

Das Einzige, was du scheinbar gern tust, ist zeichnen und tanzen. Beides machst du am liebsten allein.

Du bist nicht gern mit anderen Kindern zusammen.

Es tut weh, das so feststellen zu müssen, doch leider ist es die Wahrheit.

Manchmal nehme ich dich mit raus zum Spielplatz, wo es einen großen Sandkasten gibt. Wenn andere Kinder sich nähern, dann nimmst du den Spaten und wirfst Sand auf sie. Oder du wirfst mit einem Eimer nach ihnen. Oder du stößt sie um, wenn sie es überhaupt bis zum Sandkasten schaffen.

Ich habe dir schon mehrmals sehr streng gesagt, dass du das nicht darfst, aber du hörst nicht zu.

Die anderen Kinder tun das.

Sie sehen, dass ich schimpfe und du dich nicht darum scherst.

Also hast du in der letzten Zeit alles gekriegt, was du willst.

Wenn wir zum Spielplatz gehen, hast du den Sandkasten für dich allein. Die anderen Kinder halten sich fern.

Deshalb habe ich jetzt beschlossen, dass wir nur auf den Spielplatz gehen, wenn es regnet. Ich schäme mich für meine Schwächen als Mutter, aber alles ist entspannter, wenn nur du und ich da sind. Und sobald es regnet, ist das der Fall.

Ich halte es nicht aus zu sehen, wie die anderen Kinder mitten im Laufen innehalten, wenn sie dich sehen.

Und mir wird eiskalt, wenn ich sehe, wie du die anderen Kinder anschaust, während du den Spaten in den Sand schiebst und vor dich hin summst.

Als wäre dir völlig egal, wie andere auf deine Gesellschaft reagieren.

Papa sagt, wir müssen es positiv betrachten, dass du dich nicht darum scherst, was andere denken und finden, aber ich glaube, er sollte einfach ein paarmal mit zum Spielplatz kommen, dann würde er schon verstehen, wovon ich spreche.

Wenn er dich einmal da im Sandkasten sehen würde, dann würde er vielleicht genauso denken wie ich.

Obwohl ihm das Herz vor Liebe zu dir wehtut, würde er vielleicht auch sehen, was man da erkennen kann.

Dass die anderen Kinder Angst vor dir haben.

23. Juli

»Die Zeugin«

Die Sommerhitze hielt sich, und jetzt schienen die Temperaturen wieder zu steigen. August fühlte sich träge und langsam. Nicht einmal die Bootsfahrt nach Kungshamn mit einem spontanen Bad unterwegs hatte ihn erfrischt.

Erst legte er am falschen Platz an, und als es ihm gelungen war, das Boot an den richtigen Platz zu manövrieren, und er auf den Steg steigen wollte, ließ er gleich mal seinen Rucksack ins Wasser fallen.

Kopfschüttelnd zog er ihn wieder heraus.

Das hier war offenbar nicht sein Tag, und das fühlte sich ungünstig an, als er sah, wer vor dem Laden stand und auf ihn wartete.

Linnea.

Sie hatte eine Tüte in der einen Hand und winkte so heftig, als wäre sie in Seenot. Und sie grinste so breit und glücklich, dass August sofort wachsam wurde. War Henrik bereits in Hovenäset angekommen?

»Hallo, hallo!«, rief sie.

»Hallo, hallo«, erwiderte August.

Linnea stand dicht hinter seinem Rücken, während er die Tür aufschloss und den Alarm ausschaltete. Sie hatte nur noch eine Krücke dabei.

»Du bist echt so mutig, dass du nach dieser schrecklichen Entführungsgeschichte immer noch hierherkommst«, sagte sie.

August warf ihr einen raschen Blick zu.

Diese schreckliche Entführungsgeschichte.

»Geht es deinem Knie besser?«, fragte er, um das Gespräch von dem Mordanschlag auf ihn abzulenken.

»Ja, viel besser.«

Sie folgte ihm in den Laden.

»Da hast du aber eine große Tüte mitgebracht«, sagte er.

»Ich habe so unglaublich viele Sachen, die einfach nur rumliegen und Platz wegnehmen. Die nutzen dir doch viel mehr als mir.«

Jetzt war er sicher, dass Henrik nicht auf Hovenäset war. In dem Fall hätten er und Linnea sich definitiv mit anderen Sachen beschäftigt.

Sie stellte die Tüte auf Augusts Schreibtisch. Der Inhalt klirrte bedenklich, als wäre alles aus Glas.

»Vorsicht!«, rief August reflexhaft.

Linnea kicherte.

»Jetzt klingst du wie Henrik«, sagte sie. »Der findet auch, ich wäre grobmotorisch.«

»Sieh da«, sagte August und merkte, wie er rot wurde, als die Sprache auf Henrik kam.

Er vermied es, Linnea anzusehen, und guckte stattdessen in die Tüte. Da drin waren zwei große Teigschüsseln aus Glas und fünf Keramikdosen in unterschiedlichen Größen. Er holte eine davon heraus, sehr hübsch, weißgrundig und von Hand mit königsblauen Blumen bemalt. »Backpulver«, stand in schnörkeligen Buchstaben darauf. Die anderen Dosen gehörten zur selben Serie und waren mit »Mehl«, »Zucker« und »Salz« beschriftet.

»Die sind unglaublich schön«, sagte August und lächelte Linnea an. »Warum willst du sie nicht behalten?«

Linnea verzog das Gesicht und zuckte mit den Schultern.

»Wie gesagt, ich habe einfach zu viel Kram. Bei mir zu Hause sieht es aus, als würde eine Hundertjährige da wohnen. Ich habe seit fünfzehn Jahren nicht renoviert, alles ist alt und kunterbunt, und die Möbel passen nicht richtig zusammen. Ich möchte eine Veränderung.«

August war einige wenige Male bei Linnea gewesen und hatte eine ganz andere Meinung von ihrem Haus. Er fand es ganz im Gegenteil schön eingerichtet und gemütlich und überhaupt nicht altmodisch.

»Weißt du was«, sagte er. »Ich finde, du hast ein sehr persönliches Zuhause. Du hast eine Einrichtung, die einen neugierig darauf macht, wer da wohl wohnt. Ich nehme diese Sachen hier gern, aber denk ruhig noch mal darüber nach, was du aufheben möchtest und was du wirklich loswerden willst.«

Linnea schwieg einen Moment, und August bereute schon, dass er überhaupt etwas gesagt hatte.

»Es ist dein Zuhause«, sagte er. »Am wichtigsten ist, dass du dich da wohlfühlst. Kümmere dich nicht um das, was ich gerade gesagt habe, man soll nicht auf Menschen hören, die sich in das Leben anderer einmischen.«

Linnea lächelte vorsichtig.

»Ach was«, sagte sie. »Du meinst es doch gut. Ich grübele einfach nur darüber, was Henrik von meinem Haus halten wird, wenn es so aussieht.«

August wurde wieder wachsam.

Henrik war also immer noch nicht bei Linnea zu Hause gewesen. Sie hatten sich einmal in einem Restaurant auf Smögen getroffen und dann in Stockholm. Das war alles.

»Er hat doch gesagt, dass er herkommt, oder?«, fragte sie und strahlte schon ein wenig.

»Aber ja«, erwiderte August. »Das hat er.«

Er verriet nicht, dass er Henrik gesagt hatte, er könne doch zu Hause bleiben.

»Wie schön«, sagte sie, und jetzt sprudelten die Worte heraus. »Er … er hat gesagt, dass er heute oder morgen Bescheid sagen würde, wann genau er kommt. Und ich glaube, er wird ziemlich lange bleiben, oder zumindest bis zum Wettbewerb. Er kann ja im Homeoffice arbeiten. Und wenn er frei hat, können wir etwas Lustiges unternehmen. Außerdem wird er mir hoffentlich ein paar Einrichtungstipps geben, denn ich habe von so was keine Ahnung. Zumindest nicht so viel wie Henrik.«

August musste tief Luft holen.

»Ich finde, du solltest dein Zuhause so einrichten, wie es dir gefällt, und dich nach niemand anderem richten. Klar, Henrik ist gut im Einrichten, aber das ist auch schließlich keine Wissenschaft, sondern hat viel mit Gefallen und Geschmack zu tun.«

Er wusste ehrlich gesagt nicht, was Linnea zu Hause bei Henrik gesehen haben könnte, das sie so fantastisch fand. Henriks Einrichtung war kühl, beinahe unpersönlich. Wenn August sein Haus neu einrichten wollte, dann wäre Henrik so ziemlich der Letzte, den er um Rat bitten würde.

Linnea seufzte.

»Ich will einfach, dass das hier gut wird«, sagte sie. »Richtig gut. Weil ich so ein starkes Gefühl habe, dass … ja, dass Henrik der Richtige für mich sein könnte.«

August vermochte sein Erstaunen nicht zu verbergen, doch Linnea schien es nicht zu bemerken, denn sie fuhr fort:

»Ich hasse es, alleine leben zu müssen. Ich weiß, alle glauben, ich wäre froh und glücklich und ich würde keinen anderen brauchen, aber das stimmt nicht. Ich habe niemanden außer Eskil, und der ist ein Hund. Außerdem habe ich es immer mit derselben Sorte Männer versucht, nämlich solche, die so sind wie ich selbst und auch von hier kommen. Und weil er und ich so wunderbar zusammen funktionieren, muss ich mir doch überlegen, ob ich mich da all die Jahre getäuscht habe. Also, nicht darüber, auf welche Sorte Männer ich mich konzentrieren sollte, sondern wer ich selbst bin. Verstehst du, was ich meine?«

August starrte Linnea ungefähr so an, wie andere Leute auf Verkehrsunfälle starren. Er war fassungslos über das, was ihm jetzt schmerzhaft klar vor Augen stand: Linnea war rettungslos in Henrik verknallt, genau wie massenhaft Frauen vor ihr. Ihm fehlten die Worte, um die Situation zu retten.

»Autsch«, sagte Linnea, »ich rede immer zu viel.«

August schüttelte den Kopf.

»Nein, überhaupt nicht«, sagte er. »Aber wenn sich das mit Henrik so richtig anfühlt, dann könntest du es doch etwas … äh, langsamer angehen lassen? Ich meine, ihr habt euch ja noch nicht so oft getroffen, oder?«

»Du meinst, ich soll ihn nicht ersticken?«, fragte Linnea. »Das hat meine Mutter immer zu mir gesagt. Ich würde zu hohe Anforderungen an die Männer stellen, und ich wäre immer zu schnell. Und ich glaube, dass ...«

»Nein.«

Nun klang Augusts Stimme so streng, dass sie verstummte.

»Nein«, sagte er noch einmal und bemühte sich, etwas milder zu klingen. »Ich habe keine Angst, dass du Henrik ersticken könntest. Ich fürchte, dass du dich vielleicht selbst erstickst.«

Man merkte, wie diese Worte Linnea rührten und ihr Trost schenkten.

Und gerade als August im Begriff war, etwas noch Besseres für sie zu formulieren, wechselte sie plötzlich das Thema:

»Ist Olga Samuelsson hier gewesen?«

Sie zeigte mit der Krücke auf Augusts Schreibtisch und den Karton, der mit Olgas Namen bezeichnet war.

Sofort schämte er sich, den Karton nicht weggestellt zu haben, in den er tags zuvor Olgas Messer gelegt hatte, doch selbst eine ordnungsliebende Person wie August machte mal Fehler.

»Oh«, sagte er. »Der sollte natürlich nicht hier vorne stehen.«

»Aber war sie hier?«, fragte Linnea. »Die unsichtbare Olga war hier?«

August lachte. Linnea sah ungefähr so erstaunt aus, als hätte auf dem Karton Elvis Presley gestanden.

»Die unsichtbare Olga?«, hakte er nach. »Warum sollte die so genannt werden?«

»Weil sie eines Tages völlig ohne Vorwarnung ihren Job gekündigt und ihren wenigen Freunden den Rücken gekehrt hat.«

August runzelte die Stirn.

»Kennst du sie?«, fragte er.

Linnea nickte.

»Meine Oma und Olga waren vor hundert Jahren befreundet. Meine Tante ging in dieselbe Klasse wie Olgas Tochter Malin.«

Linnea zupfte an der Nagelhaut ihres Fingers. Es war offenkundig, dass sie noch mehr über Olga Samuelsson zu berichten hatte.

August war unsicher, wie viel er hören wollte und musste. Er sah Olga vor sich. Blass und mitgenommen, mit gebeugtem Nacken, aber nicht redescheu. Er verabscheute Tratsch in allen seinen Formen, und eigentlich wollte er nicht anbeißen.

Doch irgendetwas an Olga faszinierte ihn.

Das Messerset, das sie dabeigehabt hatte, war ungewöhnlich, um nicht zu sagen sehr ungewöhnlich. Und sicherlich wertvoll. August hatte eines der Messer sowie Fotos von allen anderen an einen Gutachter in Göteborg geschickt und hoffte auf eine baldige Antwort.

»Aber wenn Olga so abrupt aufgehört hat zu arbeiten, dann muss doch etwas passiert sein«, sagte August.

»Natürlich. Malin ist krank geworden. Und ich glaube, sie ist nie wieder gesund geworden.«

»Wie furchtbar«, sagte August. »Ein Kind zu verlieren.«

»Aber Malin ist nicht gestorben«, beeilte sich Linnea zu sagen.

»Ich dachte, du hättest gemeint …«

»Ich habe gesagt, dass sie nie wieder gesund geworden ist. Damit meinte ich mental. Malin lebt, aber inzwischen wohnt sie, glaube ich, in einer betreuten Wohnung oder einem Heim. Ich weiß nicht genau, was passiert ist, sondern nur, dass sie sehr krank wurde.«

In Augusts Tasche vibrierte diskret sein Handy, und er holte es heraus.

Es war eine Nachricht von Esmeralda Jansson, die jetzt von ihrer Reise zurückgekehrt war und ihm mitteilte, dass sie zum nächsten Treffen der Leseratten einen Bananenkuchen mitbringen würde.

August antwortete mit Daumen hoch. Zum ersten Mal seit Ewigkeiten hatte er das Buch, über das sie an dem Abend sprechen würden, nicht ausgelesen. Das würde aber niemanden stören, denn bei den Lesekreistreffen ging es mehr darum, sich zu sehen und Spaß zu haben, und weniger um tiefschürfende Diskussionen über literarische Werke.

Linnea suchte in ihrer Handtasche nach etwas. Die Bewegung lenkte August vom Lesekreis ab.

»Das klingt ja so, als wäre Olgas Tochter von einer schrecklichen Krankheit heimgesucht worden«, sagte August.

»Wahrscheinlich war es so«, erwiderte Linnea. »Sonst wäre sie ja wohl nicht so einfach verschwunden.«

»Verschwunden?«, fragte August.

»Das hat jedenfalls meine Tante gesagt. Eines Tages wäre Malin weg gewesen und ihre Wohnung leer. Ihre Eltern sagten, sie sei krank geworden und bräuchte Pflege, aber die Leute außerhalb der Familie hatten ganz den Eindruck, als sei Malin verschwunden. Und dann ist Olga nicht mehr aus dem Haus gegangen. Vielleicht war sie traurig, aber vielleicht ist sie ja auch krank geworden. Sie war hier und gleichzeitig nicht. Olga war unsichtbar geworden.«

Bevor Maria selbst Polizistin geworden war, hatte sie gedacht, die Polizei würde aus einer Ansammlung von Helden bestehen. Keine Herausforderung war zu groß, kein Verbrechen zu kompliziert, als dass es nicht aufgeklärt werden konnte. Inzwischen konnte sie eiskalt feststellen, dass ihr Kinder-Ich erschrocken gewesen wäre, wenn es gewusst hätte, wie viel Zweifel eine Polizistin manchmal hegt.

Maria und Ray-Ray saßen zusammen mit Roland im Wohnwagen auf der u-förmigen Bank. Roland in der Mitte vor dem hinteren Fenster des Wohnwagens, und Maria und Ray-Ray einander gegenüber an den Längsseiten des Tisches.

Maria hatte ihren Arbeitstag mit einem Anruf bei Vilhelms Mutter Gudrun begonnen. Nicht, weil sie etwas Entscheidendes erzählen konnte, sondern schlicht, weil sie versprochen hatte, sich zu melden.

Gudrun hatte matt geklungen, als sie anrief, und beim Auflegen dann noch erschöpfter.

»Es heißt, man könne solche Verluste überleben«, hatte sie zu Maria gesagt. »Aber ich weiß ehrlich gesagt nicht, wie das gehen soll.«

Das wusste Maria auch nicht, aber sie versprach dennoch, am nächsten Tag wieder anzurufen.

Ich werde jeden Tag anrufen – bis wir den Mörder deines Sohnes gefunden haben.

Und jetzt war es Zeit für die Besprechung im Wohnwagen.

Es war Ray-Rays Idee gewesen, Roland um ein Treffen nur zu dritt zu bitten. Sie waren beide über das Gespräch mit Gunnar Wide erschüttert. Eine weitere Person hatte einen schwarzen Jeep gesehen – doch diesmal zu der Zeit, als Lydia Broman ermordet worden war.

Sie hatten Emmy Mellgren – die Gunnar »meine Emmy« nannte, obwohl er nichts mehr mit ihr zu tun haben wollte – besucht und verhört.

Sie war natürlich erstaunt gewesen und wollte wissen, warum die Polizei sie zu etwas befragte, was vor über dreißig Jahren passiert war. Maria und Ray-Ray hatten ausweichend auf ihre Fragen geantwortet und sie schließlich zum Reden gebracht. Nach weniger als zehn Minuten war das Verhör beendet, und es bestätigte, was Gunnar bereits gesagt hatte. Am selben Tag, als Lydia starb, hatte Emmy einen schwarzen Jeep an ihrem Haus vorbeifahren sehen.

»Niemand hier auf der Halbinsel hatte so ein Auto«, sagte sie. »Deshalb ist es mir aufgefallen.«

Dann hatte sie gefragt, warum das Auto so wichtig war.

Das wüsste ich auch gern, hatte Maria gedacht.

Ein schwarzer Jeep.

Das war ein zu auffälliges Fahrzeug, als dass man es in diesem Zusammenhang ignorieren konnte.

»Was habt ihr herausgefunden?«, fragte Roland.

Er sah angespannt aus.

Maria und Ray-Ray wechselten einen Blick. Sie hatten sich vor dem Treffen besprochen, aber der Anfang war immer schwer.

»Vilhelm Eliasson«, antwortete Maria schließlich. »Gestern haben wir zwei wichtige Dinge erfahren. Das Erste weißt du ja schon, nämlich dass Vilhelm noch ein Handy hatte, das er ausschließlich im Zusammenhang mit seinem Buchprojekt verwendete.«

Roland nickte.

Maria hatte am Abend zuvor schon gebeten, die Einzelverbindungsnachweise dieses Handys bestellen zu dürfen. Roland hatte rasch reagiert und den Staatsanwalt auf seiner Seite gehabt.

»Wisst ihr schon was über die Nummer?«, fragte er jetzt.

»Wir haben Vendela gebeten, sich darum zu kümmern, aber die Nummer ist bei uns noch nirgends vorgekommen«, sagte Maria.

»Der Einzelverbindungsnachweis ist heute Morgen früh vom Mobilfunkanbieter gekommen und wird im Moment bearbeitet.«

»Aber von dem Telefon haben wir wahrscheinlich keine Spur, oder?«, fragte Roland.

»Nein«, erwiderte Maria, »die Taucher suchen weiter.«

Sie rechnete auch an diesem Tag nicht damit, dass sie etwas finden würden, doch die Hartnäckigkeit der Kollegen beeindruckte sie.

»Und der andere?«, fragte Roland. »Ihr habt gestern zwei kleinere Durchbrüche geschafft, und die Telefonnummer ist der eine. Wie sieht der andere aus?«

Ray-Ray holte tief Luft, dann antwortete er.

»Wir haben ja Tina, die Exfreundin von Vilhelm, verhört. Sie sagte, Vilhelm sei über seine eigenen Recherchen sehr aufgeregt gewesen, denn er hätte eine Zeugin gefunden, von der er meinte, sie würde die Voraussetzungen der Ermittlung im Stückelmord verändern.«

»Eine Zeugin?«, echote Roland ungläubig.

Ray-Ray nickte und berichtete, was sie erfahren hatten.

»Doch damit nicht genug«, fügte er hinzu. »Selbst Gunnar hat erzählt, er wisse von einer Zeugin, die seiner Meinung nach damals von der Polizei übersehen worden sei. Eine Zeugin, die einen schwarzen Jeep gesehen hat.«

Roland hörte konzentriert zu.

»Deshalb wollten wir uns treffen und nichts am Telefon erzählen«, sagte Maria. »Ein schwarzer Jeep, Roland. Sowohl 1989, als Lydia ermordet wurde, als auch jetzt, nachdem Vilhelm ermordet worden ist. Das kann kein Zufall sein.«

Rolands Miene verhärtete sich.

»Das glaube ich auch nicht«, sagte er.

»Ich behaupte nicht, dass es erklärt, warum Vilhelm gestorben ist«, fügte Maria hinzu. »Aber wir denken, dass es sich hier um eine Spur handelt, die ernst genommen und verfolgt werden sollte. Wir haben Vendela schon gebeten, nach Jeepbesitzern zu suchen, die ihr Auto seit 1989 oder früher haben.«

»Gut«, sagte Roland. »Findet das verdammte Auto. Und noch lieber: den, der es gefahren hat. Sowohl damals wie heute, wenn wir nun der Ansicht sind, dass es sich so zugetragen hat.«

»Wir wissen nicht, was sich zugetragen hat«, gab Ray-Ray zu bedenken. »Aber … vielleicht müssen wir für die Möglichkeit offen sein, dass doch irgendetwas an dem Gerücht dran ist, das sich so hartnäckig hält und nach dem es überhaupt nicht Mats Broman gewesen sein soll, der Lydia ermordet hat.«

»Er könnte ja auch einen Helfer gehabt haben«, sagte Maria.

»Oder alles war ein Unglück«, meinte Ray-Ray. »Also nicht, dass er sie zerstückelt hat, aber der Todesfall an sich. Es gibt da irgendeinen Mist, dem wir auf den Grund gehen müssen.«

Wieder nickte Roland.

Ihr Chef war knappe fünfzig. Normalerweise verhielt er sich rational und stabil, klar, aber niemals unempathisch. Er wog genau ab, auf welche Kämpfe er sich einließ. Während der Zeit, in der Maria unter Roland gearbeitet hatte, waren nie die nötigen Ressourcen für eine gründliche Revision des Stückelmords vorhanden gewesen. Und es war auch keine Arbeitsaufgabe, die irgendeine Priorität gehabt hätte.

Nun konnten sie nicht länger warten.

Ganz offenkundig zog der Stückelmord nach wie vor immer weitere neugierige Menschen an und schuf Probleme. Und es kam sogar vor, dass Menschen starben.

»Ich sehe hier zwei Möglichkeiten, mit der Situation umzugehen«, sagte Roland. »Entweder machen wir die Ermittlung zum Stückelmord noch einmal neu auf und hoffen, auf diese Weise auch den Mord an Vilhelm aufklären zu können. Oder wir machen es andersherum.«

Er lehnte sich zurück und faltete die Hände hinter dem Nacken.

Unter seinen Armen waren dunkle Schweißflecken zu erkennen.

»Andersherum?«, fragte Ray-Ray.

»Wir machen es so, wie ich gestern beschrieben habe. Wir ermitteln in dem Mord an Vilhelm so wie bei jedem Mord. Wir folgen seinen Spuren, und dann lassen wir diese Ermittlung zeigen, ob mit der Stückelmord-Ermittlung irgendwas nicht gestimmt hat, worauf man noch mal das Augenmerk lenken sollte. Löst den Mordfall Vilhelm Eliasson, dann werdet ihr auch erfahren, ob für den Mord an Lydia der falsche Mann verurteilt worden ist.«

Maria und Ray-Ray sahen sich an und nickten.

Diesen Vorschlag konnte sie beide annehmen.

»Wie sieht es eigentlich mit dem Alibi von Tina aus?«, erkundigte sich Roland.

»Dazu habe ich eben gerade eine Mail bekommen«, sagte Ray-Ray. »Die Kollegen in Borås sagen, es sei verlässlich.«

»Sieh an«, meinte Maria. »Das ist doch gut, dass wir Tina von der Verdächtigenliste streichen können.«

Ihr Handy klingelte.

Es war die Technikerin Vendela.

»Wir gehen grade die Einzelverbindungsnachweise von Vilhelms Handy durch, und ich habe versucht rauszufinden, mit wem er an dem Tag, als er starb, Kontakt hatte«, sagte sie. »Ich bin jetzt auf dem Weg nach Kungshamn. Wir müssen reden.«

Maria hörte aufmerksam zu.

»Was hast du gefunden?«, fragte sie.

»Lass uns darüber reden, wenn ich da bin. Es sieht nicht gut aus.«

Ihr Gehirn funktionierte offensichtlich nicht zuverlässig. Iben hatte die Milch vergessen und war deshalb ein weiteres Mal auf dem Weg zum Johannesvik-Campingplatz, um einzukaufen.

Rund um den Campingplatz erhoben sich hohe Felsklippen. Eine karge und schöne Landschaft. Sie kam am Badeplatz des Campingplatzes vorbei. Massenhaft Kinder drängten sich auf einer gelben Wasserrutsche am Steg, und am Strand saßen oder standen Eltern, die versuchten, ihre Kinder im Blick zu behalten.

Genau so hatten auch die Sommer in Ibens Kindheit ausgesehen.

Die Erinnerung erfüllte sie mit Wehmut.

Früher einmal hatte Iben es geliebt, wenn sie und ihre Mutter mit dem Wohnmobil unterwegs waren. Da war ihre Mutter immer gut gelaunt gewesen. Vielleicht, weil sich auf einem Campingplatz alles so leicht anfühlte. Wohin sie auch fuhren, fand Iben neue Freunde und verbrachte die Tage auf einem Spielplatz, an einem Strand oder im Wohnwagen von jemand anderem. Erst jetzt, da sie älter war, verstand sie, warum ihre Mutter das Wohnwagenleben so fantastisch fand – da hatte sie schließlich von morgens bis abends Babysitter gehabt.

Sie musste lächeln, als sie an die ewig langen Sommerwochen der Kindheit dachte. Da war es ihnen gut gegangen. Sie waren glücklich gewesen.

Nur Mama und Iben und kein Papa.

Ibens Lächeln erlosch.

Der Grund für ihre Reise nach Hovenäset.

Nach all den Jahren hatte sie nämlich erfahren, warum ihre Mutter nie darüber sprechen wollte, wer Ibens Vater war und warum das Ganze ein Geheimnis bleiben musste.

Es gab nämlich Menschen, die behaupteten, Ibens Papa wäre der Mörder von Lydia Broman. Und nun wollte Iben erfahren, ob das stimmte.

Bestimmt spürte ihre Mutter, dass an der Reise nach Gotland irgendwas faul war. Sie hatte sich schon mehrere Male gemeldet, und Iben hatte sowohl lang als auch kurz geantwortet, doch als ihre Mutter wieder schrieb und fragte, ob sie nicht ein paar Fotos schicken könnte, hatte sie überhaupt nicht geantwortet.

Fotos.

Wie hatte sie so etwas Grundlegendes vergessen können?

Natürlich wollte ihre Mutter Bilder von Gotland sehen. Iben war die Hobbyfotografin der Familie, und schließlich wollte sie auch deswegen nach Visby fahren: um einen Fotokurs zu besuchen und das zu vertiefen, was der Kursleiter ihren »eigenen, einzigartigen Ausdruck« nannte.

Sie holte das Handy raus und scrollte durch Instagram und Facebook, während sie den kurzen, aber steilen Hügel zum Campingladen hochstieg. Mit etwas Glück war jemand, den sie kannte, gerade auf Gotland. Der könnte dann ein paar Bilder von Visby machen und ihr schicken. Denn Screenshots von Touristenfotos im Netz würden nicht funktionieren, das würde ihre Mutter sofort durchschauen.

Die Bilder ihrer Freundinnen huschten über das Display.

Die meisten schienen zu arbeiten, nur ein paar waren im Urlaub. Zwei hatten eine Last-Minute-Reise nach Kreta gefunden und waren dahin abgehauen.

Iben musste feststellen, dass sie dermaßen mit ihren eigenen Plänen beschäftigt gewesen war, dass sie sich nicht gemerkt hatte, was die anderen alle vorhatten.

Die ersten Sommerferien nach dem Abi.

Die ersten Wochen in Freiheit.

Iben hatte zu denen gehört, die sich danach sehnten. Nicht so sehr, weil sie die Schule leid war, sondern weil sie sich bereit für etwas Neues fühlte. Es klang so spießig, das zu formulieren, aber genau so fühlte sie sich. Als wollte sie einfach etwas Neues anfangen. Und sehr gern woanders als in Trollhättan.

Well, dachte Iben und hob für einen Moment den Blick vom Display des Handys. Hovenäset ist schließlich was anderes als Trollhättan.

Sie steckte das Handy weg. Niemand befand sich gerade auf Gotland. Verdammter Mist.

Ihr musste irgendwas einfallen, wie sie ihre Mutter fernhalten konnte, und zwar schnell. Der schwante nämlich bereits was, das konnte Iben an ihren Nachrichten erkennen. Wenn sie sich Sorgen machte, dann wurden diese kurz und ungeduldig. Und nach der letzten SMS zu schließen, war sie ziemlich aufgeregt.

Iben spürte das Handy geradezu in der Tasche brennen, als sie daran dachte, was ihre Mutter geschrieben hatte:

Iben, ich verstehe nicht, warum du so viel Theater machst. Es kann doch nicht so schwer sein, ein paar Fotos zu schicken?

Sie würde nicht aufgeben, bevor sie einen Beweis dafür bekam, dass Iben da war, wo sie zu sein behauptete. Andernfalls würde sie nach ihr suchen lassen.

Das Lebensmittelgeschäft auf dem Campingplatz war so ziemlich das kleinste, in dem Iben je gewesen war.

Ein Mädchen in ihrem eigenen Alter stand an der Kasse.

Iben ging zur Kühltheke und nahm sich eine Tüte Milch. Auf dem Weg zur Kasse fiel ihr Blick auf den Zeitungsständer an der Wand. Auf dem Aushänger des *Bohusläningen* ging es um nichts anderes als den Mord auf Hovenäset. Das war natürlich kein Wunder, doch eine der Headlines weckte Ibens Interesse:

»Ich habe nie daran gezweifelt, dass die richtige Person für den Mord verurteilt worden ist.«

Auf der Vorderseite gab es nur ein paar wenige Textzeilen unter der Schlagzeile, doch was da stand, genügte schon, dass Iben sich eine Zeitung griff.

Viele glauben, dass der wirkliche Mörder bei dem Stückelmord auf Hovenäset davongekommen ist, und jetzt wird unter der Lokalbevölkerung die Furcht verbreitet, dass derselbe Täter wieder zugeschlagen haben könnte. Doch bei der Polizei denkt man anders. Der Bohusläningen hat mit einer Ermittlerin von damals gesprochen, die bis heute überzeugt ist, dass 1989 kein Fehler gemacht wurde.

Das Mädchen an der Kasse räusperte sich.

»Wir hätten gern, dass man die Zeitung erst kauft, bevor man sie liest«, sagte sie.

Iben wurde rot.

»Natürlich«, sagte sie. »Ich habe nur einen Artikel auf der Vorderseite gelesen, aber ich möchte gerne auch den Rest lesen.«

Sie bezahlte für die Milch und die Zeitung und ging sofort aus dem Laden. Dann stellte sie sich auf die Schattenseite des Gebäudes und schlug die Zeitung auf. Das Milchpaket hatte sie unter dem Arm fest an den Körper gedrückt. Das Hemd klebte ihr vor Schweiß auf dem Rücken, und ihre Hände waren feucht, als sie umblätterte.

Der Artikel, den sie suchte, stand in der Mitte der Zeitung.

Die Autorin hatte eine andere Perspektive eingenommen als alle sonst, die über den Mord am Badeplatz geschrieben hatten. Sie wollte erzählen, was viele Bewohner von Hovenäset beunruhigte, nämlich dass möglicherweise seit vielen Jahren ein Serienmörder sein Unwesen auf der Halbinsel trieb. In dem Fall könnte Vilhelm Eliasson das jüngste Opfer gewesen sein. Um verschiedene Perspektiven beleuchten zu können, hatte die Journalistin eine pensionierte Polizeiinspektorin namens Selma Valtersson getroffen. Die war von Tag eins in die Ermittlung des Stückelmords eingebunden gewesen und hatte kein Verständnis für die Sorge der Bewohner von Hovenäset. Laut Selma Valtersson war Mats Broman schon sehr früh ins Blickfeld der Ermittler geraten, und ihnen war aufgefallen, dass er sich verdächtig verhielt.

Neben dem Artikel war ein großes Foto von der pensionierten Polizistin. Sie hatte dickes graues Haar, das aus dem Gesicht gekämmt und im Nacken zu einem Knoten gedreht war. Ihre Brille hatte breite Bügel, und außerdem trug sie eine pastellgrüne Bluse. Iben fand, sie sah mehr nach Künstlerin aus als wie eine alte Polizistin.

Sie las den Artikel noch einmal.

Der Eifer ließ das Blut in ihr pulsieren.

Birger Andersson hatte ihr geraten, Kontakt zu einem der Ermittler aufzunehmen, die bei der Arbeit an dem Fall dabei gewesen waren, und Selma Valtersson war eine solche Ermittlerin.

Ibens Blick fiel auf den Bildtext unter dem Foto.

Selma Valtersson, fotografiert zu Hause in Bohus-Malmön.

Sie schluckte.

Das war ganz in der Nähe.

Ich werde sie anrufen, nahm Iben sich vor. Und hoffentlich will sie sich mit mir treffen.

Es wurde ja gern behauptet, dass sich gewisse Entscheidungen von selbst ergaben. Und sicherlich war das eine Wahrheit, in der andere sich wiederfinden konnten, doch nicht so Oskar. In seinem Leben waren nämlich alle großen Beschlüsse von anderen getroffen worden und vielleicht nicht einmal zu seinem Besten.

Inzwischen dachte er so – allem guten Willen seitens der Familie zum Trotz war vieles falsch gelaufen.

Oskar konnte sich nicht erinnern, je bei einer Entscheidung dabei gewesen oder um seine Meinung gefragt worden zu sein.

Als Kind nicht und auch nicht als Erwachsener.

Mit einer einzigen Ausnahme: Die Entscheidung, nüchtern zu werden, war seine ganz eigene gewesen. Eine große und wichtige Entscheidung, von der er im Moment nicht wusste, ob er es schaffen würde, daran festzuhalten.

Oskar stand unter der Dusche.

Er hatte sich krankgemeldet und das Haus nur verlassen, um Matilda in die Tagesstätte zu bringen. Zu seinem Unbehagen stürzte sich, sowie sie über die Schwelle kamen, das neue Mädchen aus Hovenäset auf Matilda. Hoffentlich wurde das nicht die neue beste Freundin seiner Tochter. Heute wollten sie einen Ausflug machen, und Matildas Lieblingserzieherin lobte Oskar, weil er einen so ordentlichen Picknickrucksack für sie gepackt hatte.

»Was für einen tüchtigen Papa du hast, Matilda«, hatte sie gesagt.

Was sie zu den Müttern sagte, die mit garantiert ebenso gut gefüllten Proviantrucksäcken für ihre Kinder kamen, wusste er nicht. Sicherlich nannte sie die nicht tüchtig.

Aber darüber konnte sich Oskar heute keinen Kopf machen.

Die Nacht war ebenso lang wie furchtbar gewesen. Wenn er nur an all die ewig langen Stunden dachte, die vergangen waren, brach ihm schon der kalte Schweiß aus. Jede einzelne hatte er damit verbracht, seinen eigenen Plan infrage zu stellen. Doch es gab keine andere Möglichkeit: Er würde bei seiner Entscheidung bleiben, die einzige Person aufzusuchen, die ihm erzählen konnte, was er eigentlich getan hatte.

Die Zeugin.

Seine Cousine Malin.

Espens und Olgas Tochter.

Der Plan machte ihm Angst und die Sehnsucht nach Alkohol noch stärker. Und das machte ihm nur noch mehr Angst, denn er würde nicht mehr lange dagegenhalten können. Noch eine weitere Nacht wie diese, und er war verloren. Dann würde er einen Rückfall erleiden.

Der Stress kribbelte ihn im ganzen Leib. Er musste jetzt etwas tun, das konnte nicht länger warten.

Genau so fühlte es sich an.

Er musste die Dinge selbst in die Hand nehmen.

Jetzt also würde es geschehen.

Auch wenn er sich fürchtete.

Denn er würde niemals glücklich werden, wenn er jetzt nichts gegen diese Bedrohung tat, die seit Jahrzehnten über ihm hing.

Espen wird wahnsinnig wütend werden.

Für einen Moment überkam ihn wieder die Panik.

Ich muss es wagen, dachte er. Lieber Gott, gib mir die Kraft, dieses eine Mal etwas zu wagen, obwohl Espen wütend werden wird.

Er ertrug es einfach nicht länger, unentwegt in demselben seelischen Katastrophengebiet herumzumarschieren. Es musste doch einen Weg raus geben.

Einen Weg raus.

Als er kurz darauf die Tür hinter sich zuschlug, zögerte er überhaupt nicht mehr. Nicht nur Matilda würde heute einen Ausflug machen. Wenn alles wie geplant lief, würde er in ein paar Stunden zurück sein.

Als er losfuhr, mahlten die Worte, die er von den Anonymen Alkoholikern mitgenommen hatte, in ihm. Der Gelassenheitsspruch, der besser als alle anderen Texte, die er im Laufe der Jahre gelernt hatte, seine größte Herausforderung im Leben einfing:

Gott gebe mir die Gelassenheit, Dinge anzunehmen, die ich nicht ändern kann, den Mut, Dinge zu ändern, die ich ändern kann, und die Weisheit, das eine vom anderen zu unterscheiden.

Jetzt habe ich den Mut, dachte Oskar. Jetzt werde ich frei sein.

Gestützt von dieser Überzeugung fuhr er den ganzen Weg nach Strömstad, wo seine Cousine wohnte, und nicht ein einziges Mal überkam ihn der Drang, umzukehren. Als er angekommen war, stieg der Stress wieder an. Das Haus zu finden war nicht so leicht. Oskar war noch niemals dort gewesen, und an den meisten Häusern waren die Nummern von lauter Büschen verdeckt. Als er schließlich das gesuchte Gebäude fand, parkte er am Straßenrand.

Ungläubig betrachtete er das Haus, das mitten in einem Viertel mit scheinbar wohlhabenden Leuten stand.

Hier gibt es Geld, dachte Oskar. Und Psychofälle.

Ein weiteres Mal überprüfte er die Adresse.

Doch, hier musste sie sein. In einer sogenannten betreuten Wohngemeinschaft.

Oskar stieg aus dem Auto und schlug die Tür hinter sich zu.

Aus mehreren der Gärten waren fröhliche Rufe und Geräusche zu hören. Nebenan rannten Kinder immer wieder durch die Fontäne eines Rasensprengers. Sie quietschten vor Vergnügen, als die kalten Wasserstrahlen sie jagten.

Oskar schluckte.

Früher einmal war er auch Kind gewesen und hatte es geliebt, durch den Wassersprenger zu rennen. Aber hatte er jemals so froh ausgesehen?

Ich nicht, dachte Oskar. Ich war sogar wütend, wenn ich etwas machte, das mir Spaß machte.

Eine Erinnerung kam in ihm hoch.

Seine Mutter weinte in der Küche, und sein Vater tröstete sie. Es war mitten in der Nacht, sie mussten gedacht haben, dass er schlief. Er erinnerte sich noch, wie erschrocken er gewesen war, als er die beiden entdeckte. Die sahen ja aus, als wäre jemand gestorben.

Vor allem sein Vater.

Er weinte nicht, und er schrie nicht.

Er stand nur schweigend und verschlossen da und hielt Oskars Mutter fest im Arm.

Oskar sah sich selbst, wie er an jenem Abend ausgesehen haben musste. Wie er so nah an der Küchentür stand, dass seine Zehen die Schwelle berührten, während er gleichzeitig darauf achtete, nicht zu ihnen hineinzugehen.

Er war nicht länger ein Teil dieser Familie.

So hatte es sich angefühlt.

Als ob Oskar danach von allem und allen ferngehalten werden sollte.

»Mein Gott, was haben wir nur falsch gemacht?«, hatte seine Mutter in der Küche geflüstert.

Oskar erinnerte sich, wie der Vater sie ganz fest gehalten hatte.

»Ich weiß es wirklich nicht«, hatte er geantwortet. »Ich weiß nicht einmal, ob wir wagen können, ihn hier bei uns zu Hause zu behalten. Wer weiß, was nächstes Mal passiert, wenn er sich in die Enge getrieben fühlt?«

Daraufhin hatte seine Mutter nur noch lauter geweint, und Oskar musste sich auf die Unterlippe beißen, um nicht zu schreien.

Schickt mich nicht weg!, wollte er brüllen. Bitte, bitte, ich mache alles, was ihr wollt!

Dieser stille Schrei hallte immer noch in ihm wider.

Bitte, bitte, ich mache alles, was ihr wollt!

Sie hatten ihn nicht weggeschickt. Das brachten sie wohl nicht über sich. Aber sie hatten ihm auch nicht vertraut. Nie wieder. Und mit jedem Jahr, das verging, wurde das gegenseitige Misstrauen immer stärker. Ein Wutausbruch war auf den nächsten gefolgt, harte Worte knallten zwischen den vier Wänden des Hauses wie Schüsse hin und her. Am schlimmsten war der Zorn seines Vaters, der mit jedem Jahr größer wurde. Er brüllte so laut, dass Oskar fürchtete, taub zu werden, und packte ihn viel zu fest am Arm und schüttelte ihn wie eine Lumpenpuppe.

Oskar hatte zurückgeschrien. Keiner von beiden gab nach, bis Oskar anfing zu trinken. Da waren Zorn und Wut nicht mehr nötig. Da brauchte er nur noch das Gift.

Wieder und wieder hatte er erlebt, wie er als Mann und als Mensch abgelehnt wurde. Nicht selten waren es seine eigenen Eltern, die ihm Steine in den Weg legten, denn sie hatten Angst um das Familiengeheimnis.

Oskar dachte daran, was Espen gesagt hatte.

Über damals, als Oskar auf dem Gymnasium war und sein Vater auf übergriffige Weise dafür gesorgt hatte, dass Oskars Leben eine andere Wendung nahm als die von ihm selbst gewünschte.

Ob sein Vater jemals begriffen hatte, wie sehr er ihm damit wehgetan hatte? Außerdem war er ein großes Risiko eingegangen, denn laut Espen hatte Oskars Vater damals zum ersten und einzigen Mal durchblicken lassen, was Oskar getan hatte.

Wenn es nun wirklich zum ersten und einzigen Mal gewesen war.

So etwas konnte man nie wissen.

Ich will Gewissheit, dachte Oskar. Vollkommene Gewissheit. Und wenn ich kein Mörder bin, dann will ich in meiner Familie Gerechtigkeit bekommen.

Oskar näherte sich dem Haus, in dem sich die betreute Wohngemeinschaft befand. In der Hand hielt er einen in labbriges Plastik eingewickelten Blumenstrauß, der seine Hände schweißnass werden ließ. Es gefiel ihm nicht, Espen zu hintergehen, aber er hatte keine andere Wahl.

Reiß dich zusammen, dachte er. Jetzt oder nie.

Jetzt oder nie.

Gegen ein Uhr ging August in die Hafenbäckerei, um etwas zu Mittag zu essen. Draußen war fast alles besetzt, deshalb setzte er sich, nachdem er seine Bestellung aufgegeben hatte, an den erstbesten freien Tisch.

Er hatte sich gerade eben niedergelassen, als Henrik ihn anrief.

Erst erwog er, nicht ranzugehen.

Seit Linnea kurz zuvor bei ihm im Laden gewesen war, machte er sich Sorgen wegen der Anzeichen, die er bei ihr erkannt hatte:

Verliebtheit. Erwartungen. Hoffnungen.

Nichts davon gehörte zu Henriks Kernkompetenzen, wenn es Frauen betraf.

Am Ende ging August aber doch ran. Weil Henrik sein allerbester Freund war und er sich ein Leben ohne ihn nicht vorstellen konnte.

»Hallöchen.«

»Was machst du?«, fragte Henrik.

»Mittagessen.«

»Auf Smögen?«

»Äußerst selten. Ziehe Kungshamn vor.«

Henrik lachte. »Du bist wie dieser Ameisenbär bei Bamse, der so eine Essens- und Schlafuhr hat.«

»Skalman?«

»Genau.«

»Das ist kein Ameisenbär, sondern eine Schildkröte.«

»Scheißegal. Du, ich hab da ein Problem.«

Eine Bedienung kam aus der Bäckerei und stellte ein Tablett mit dem Salat des Tages und ein paar Scheiben Brot vor August hin. Meeresfrüchtesalat mit selbst gemachter Chili- und Zitronenvinaigrette.

»Danke«, sagte August.

»Mit wem redest du jetzt denn? Hast du gehört, was ich gesagt habe?«

Henrik tönte wie ein Kind am Telefon.

»Ja doch, ich habe gehört«, erwiderte August. »Du hast ein Problem. Ganz was Neues.«

Das war nichts, was ihn augenblicklich nervös machte. Als Henrik das letzte Mal anrief, um zu sagen, dass er ein Problem hatte, ging es schließlich darum, dass ABBA zu einem Konzert auf Hovenäset Nein gesagt hatte. In Augusts Welt waren solche Ereignisse weit entfernt von einem echten Scheitern, und zwar aus dem einfachen Grund, dass der ursprüngliche Plan schon alles andere als realistisch gewesen war.

»Erinnerst du dich an diesen Kunden mit dem witzigen amerikanischen Namen, mit dem du vorigen Sommer gearbeitet hast?«

Da hätte Henrik genauso gut etwas über die Sommerferien zwischen der ersten und der zweiten Klasse fragen können, so weit lag der vorige Sommer für August entfernt.

Er hatte nur diffuse Erinnerungen an die Monate vor seinem Umzug an die Westküste. Alles war chaotisch gewesen, und gleichzeitig hatte die Zeit stillgestanden.

So etwas wollte er nie wieder erleben.

»Habe ich vorigen Sommer wirklich gearbeitet?«, gab August zurück. »Soweit ich mich erinnere, hatte ich da frei.«

»Hattest du auch«, erklärte Henrik. »Aber nicht die ganze Zeit. Anfang Juni und dann Ende Juli, direkt bevor du umgezogen bist, warst du ein paar Wochen im Büro.«

August suchte in seiner Erinnerung danach, mit welchem Kunden er da wohl gearbeitet haben könnte, doch Henrik kam ihm zuvor.

»Bob Anderson«, sagte er und sprach beide Namen englisch aus. »Erinnerst du dich? Wir haben über seinen Namen gelacht und fanden, dass es doch nur lächerlich war, dass er so verdammt breites Amerikanisch sprach, obwohl er seit fast zwanzig Jahren in Schweden lebte.«

August grinste.

Es war so herrlich, die Zeit als Finanzmann hinter sich gelassen zu haben.

»Ich erinnere mich«, sagte er. »Ich habe diesen Typen noch reicher gemacht, als er schon war.«

»Und dafür ist er natürlich dankbar«, ergänzte Henrik. »Aber du musst wissen, du bist nicht der Einzige, der Menschen reich machen kann. Das kann ich auch, manchmal sogar ein bisschen besser als du. Zumindest seit du aufgehört hast, jetzt habe nämlich ich das Konto von Bob Anderson übernommen. Und die Schwierigkeit ist nun, dass er gerne möchte, dass ich ihn in Frankfurt besuche.«

»In Frankfurt?«

»Dahin ist er mit seiner neuen Frau gezogen. Eigentlich war wohl der Plan, nach London zu gehen, doch nachdem die Clowns da für den Brexit gestimmt haben, ist ihre Hauptstadt nicht länger so heiß wie früher. Wie auch immer ...«

»Wie schön, dass du das Gefühl hast, mich über die Auswirkungen des Brexits auf die Finanzwelt aufklären zu müssen.«

»Wie schön, dass du mich mitten im Satz unterbrichst. Jetzt lass mich mal zur Sache kommen. Ich muss vor dem Backfestival nach Frankfurt, und natürlich hoffe ich, dass ich es zum Wettkampftag nach Hovenäset schaffe, aber ich möchte jetzt schon mal signalisieren, dass es eng werden könnte.«

Eine Familie mit Kindern lärmte am Nebentisch, was bei einem älteren Paar zwei Tische entfernt Unmut aufkommen ließ. Sogleich entspann sich eine hitzige Diskussion zwischen dem Vater der Kinder und der Frau des älteren Paares, doch August verstand kaum ein Wort von dem, was da geredet wurde.

»Was bedeutet das im Klartext, Henrik?«, fragte er.

»Im Klartext bedeutet es, dass ich für den Fall, wenn ich nicht dabei sein kann, einen anderen Projektleiter schicke. Im Moment ist er hier im Büro Praktikant, aber gib ihm ein paar Jahre, dann wird er ganz groß rauskommen.«

»Und warum sollte ein Praktikant mit Interesse für die Finanzwelt nach Hovenäset fahren wollen, um einen Backwettbewerb zu organisieren?«

»Weil ich ihm gesagt habe, dass mich das sehr glücklich machen würde, und da er im Moment keine wichtigere Aufgabe im Leben hat, als mich zufriedenzustellen, ist er äußerst bereit zur Zusammenarbeit. Aber wie gesagt, es muss ja nicht so kommen, dass ich das Festival verpasse. Ich möchte dich eigentlich nur darüber informieren, dass die Gefahr besteht.«

August nahm etwas vom Salat und überdachte, was er eben erfahren hatte.

»Als wir gestern telefoniert haben, du und ich, da haben wir über ein paar andere Dinge gesprochen«, sagte er nach einer Weile des Schweigens. »Du hast erwähnt, dass du eine ganze Woche vorher nach Hovenäset kommen und bei Linnea wohnen wolltest. Weiß sie denn auch, dass du vielleicht nicht kommst?«

Zu spät erkannte er, dass er so laut gesprochen hatte, dass die Menschen an den Tischen um ihn herum ihn ansahen. Schnell versicherte er sich, dass er niemanden, der da saß, kannte, und das beruhigte ihn ein wenig. Es wäre doch ungünstig, wenn Linnea erfahren würde, dass August in einem Straßencafé saß und über sie redete.

»Well«, sagte Henrik. »Du weißt ja, wie es in unserer Branche ist. Die Dinge verändern sich verdammt schnell.«

In *deiner* Branche, dachte August. Nicht in unserer.

»Pass auf sie auf«, sagte er mit gedämpfter Stimme. »Versprich mir, dass du das hier anständig machst.«

Henriks Antwort klang verärgert.

»Wovon redest du? Linnea? Wir sind ja wohl erwachsene Menschen. Wenn ich nicht in der Woche vor dem Backfestival nach Hovenäset komme, dann kann ich sie ja wohl stattdessen wann anders treffen.«

August nahm wieder vom Salat, doch plötzlich fiel es ihm schwer zu schlucken.

»Sie ist nicht so wie du«, sagte er leise. »Okay? Sie ist eine von denen, die fühlen. Und zwar ernsthaft.«

Henrik antwortete nicht.

August wusste, dies war ein Zeichen dafür, dass ihn störte, was er da zu hören bekam.

»Ich werde mich zusammenreißen«, sagte Henrik. »Vielleicht ist es auch gut, das Ganze abzuschütteln, bevor es zu klebrig wird.«

»Meinetwegen nicht«, beeilte sich August zu sagen. »Wenn du sie weiter treffen willst, dann kannst du das selbstverständlich tun. Ich meine nur, dass es doch sehr gut wäre, wenn du eine offene und direkte Kommunikation mit ihr pflegen würdest.«

»Aha«, sagte Henrik. »Das werde ich mir mal überlegen. Bis später.«

Und dann legte er auf.

August verspeiste schnell den Rest des Salats. Ein kleiner Schwarm Vögel landete auf dem Nebentisch und begann, die Essensreste von einigen stehen gebliebenen Tellern zu picken. Jemand verscheuchte sie, doch ein paar Sekunden später waren sie wieder zurück.

August strich sich den Schweiß aus der Stirn, brachte sein Tablett weg und machte sich bereit, ins Büro zurückzugehen. Und als er gerade das Café verlassen wollte, entdeckte er sie.

Olga Samuelsson.

Die man die Unsichtbare nannte. Sie ging mit einem Mann an ihrer Seite den Bürgersteig entlang. Das Alter des Mannes war schwer zu schätzen, doch sah er aus, als wäre er über siebzig. Seine Miene wirkte feindselig, und die Haut war so braun gebrannt, dass sie fast wie Leder aussah. Der Kontrast zu Olgas blasser Erscheinung war geradezu brutal.

August blieb stehen.

Olga und der Mann bogen zu dem Teil der Bäckerei ab, der das

Gelbe Haus genannt wurde, und da bekam er plötzlich Blickkontakt mit ihr.

August hob die Hand zu einem Gruß und ging zu ihr.

»Hallo, hallo«, sagte er.

Olga grüßte kaum hörbar und machte keine Anstalten, auch stehen zu bleiben.

Der Mann starrte August mit scharfem Blick an und folgte ihr.

»Woher kennst du ihn?«, hörte er den Mann sagen.

Olga schaute ängstlich in Augusts Richtung und antwortete dem Mann gerade so laut, dass auch August es hören konnte:

»Ich kenne ihn gar nicht.«

August sah ihnen erstaunt nach.

Er kam sich blöd vor, war aber auch ein wenig besorgt, denn Olga hatte ängstlich ausgesehen. Als hätte August etwas schrecklich Dummes getan, als er sie grüßte.

Wie kam sie wohl darauf?

Vielleicht war es so, dass der Mann, den sie bei sich hatte, ihr Ehemann und sehr eifersüchtig war.

Oder es durfte nicht bekannt werden, dass sie in Augusts Laden gewesen war.

Was davon stimmte, konnte er nicht sagen, und es beunruhigte ihn überdies, dass er einen anderen Menschen nervös machen konnte, indem er grüßte.

Der schwarze Jeep. Mit dem hatten sie angefangen.

»Wir nehmen das mal als Warm-up«, verkündete Vendela.

Sie hatte auch einen Platz auf der Bank im Wohnwagen bekommen. Die Sonnenbrille saß wie ein Diadem auf ihrer Stirn, und die langen Haarsträhnen hingen lose über die Schulter.

Vendela besaß eine stille Energie, die nur selten ansteckend war, aber immer herausfordernd. Maria konnte sich nicht entsinnen, jemals erlebt zu haben, dass sie etwas aus dem Blick verloren hätte. Ihre ganze Person strahlte Stabilität aus.

»Da wollen wir mal schauen.«

Vendela lächelte, sodass alle Zähne zu sehen waren. Sie war wirklich begeistert von ihrem Beruf, und damit war sie nicht allein. Roland hatte eigentlich vorgehabt, nach Uddevalla zurückzufahren, war aber geblieben, nachdem Vendela sich gemeldet hatte.

»Ich habe den Jeep-Bericht in dem Moment bekommen, als ich mich ins Auto setzte«, erklärte sie.

»Den Jeep-Bericht?«, fragte Ray-Ray. »Spannender Name für einen Bericht.«

»Hast du einen besseren Vorschlag?«, fragte Vendela. »Es ist ein Bericht, und er handelt von einem Jeep.«

»Klingt logisch«, mischte sich Roland ein. »Mach weiter, Vendela.«

Sie nickte und richtete den Blick auf den Bildschirm.

Maria mochte dieses kleinere Format einer Arbeitsgruppe. Jeder kam zu Wort, und als zusätzlichen Bonus gab es noch mehr Sauerstoff für alle Anwesenden.

»Es ist nicht einfach gewesen, nach einem schwarzen Jeep zu suchen«, begann Vendela. »Wir haben hier eine Zeugin, die den Jeep im Zusammenhang mit Vilhelms Tod auf Hovenäset gesehen hat, doch sie kann nicht sagen, um welches Modell es sich handelte, und kaum verwunderlich ist, dass auch Emmy Mellgren das nicht konnte, die immerhin dreißig Jahre zuvor einen schwarzen Jeep gesehen hat. Außerdem wussten wir nicht, in welcher Gegend wir suchen müssen, haben aber mal entschieden, dass wir uns in einem maximal zwei Fahrtstunden von Hovenäset entfernten Radius bewegen wollen. Wie sich herausstellte, gab es in diesem Gebiet relativ viele schwarze Jeeps, doch keiner der Besitzer hat ein und denselben Wagen über eine Zeit von dreißig Jahren gefahren. Deshalb haben wir eine Auswahl aus Jeeps getroffen, die von der Größe her der Beschreibung unserer Zeuginnen nahekommen, und so die Liste auf zwölf Stück reduzieren können.«

Sie zeigte ihnen eine Liste auf dem Computer.

»Habt ihr die Besitzer schon ermitteln können?«, fragte Maria.

»Ja. Keiner von ihnen kommt in irgendeinem unserer Register vor, und sie haben auch nicht auf irgendeine andere Weise den Weg in die laufende Ermittlung gefunden. Einer der Jeeps ist inzwischen sogar abgemeldet und gehört einer Frau, die über hundert Jahre alt ist. Auf der anderen Seite muss es ja nicht der Besitzer selbst gewesen sein, der den Wagen zu den jeweiligen Gelegenheiten gefahren hat, sondern er kann ihn auch ausgeliehen haben.«

»Im Grunde weniger wahrscheinlich, wenn wir mal annehmen, dass es dasselbe Auto ist, das sowohl 1989 als auch jetzt gesehen wurde«, gab Maria zu bedenken.

»Das ist wahr«, stimmte Vendela zu. »Aber wenn das Auto 1989 verliehen wurde, dann hat der Fahrer es vielleicht gekauft und besitzt es nun. Alles in allem heißt das, es ist unglaublich schwer, dieses Auto zu finden.«

»Wir müssen aber doch diese zwölf Jeepbesitzer ausfindig machen und verhören«, sagte Roland. »Ich werde Johanna darauf ansetzen.«

Johanna war eine jüngere Kollegin, die neuerdings zur Ermittlergruppe gehörte. Maria hatte nur einige wenige Male mit ihr gesprochen, aber einen guten Eindruck von ihr.

»Was für ein Cliffhanger«, sagte Ray-Ray und zwinkerte Vendela zu. »Fortsetzung folgt.«

»Nicht wahr?«, entgegnete Vendela. »Und jetzt wird es noch heißer, denn jetzt gehen wir zur Telefonanalyse über. Und da habe ich ein paar interessante Dinge entdeckt.«

Maria beugte sich über den Tisch. Sie brauchten jetzt einen Durchbruch. Die Kollegen in Borås hatten weiterhin mit aller Macht nach Vilhelms Buchmanuskript gesucht, es aber nicht gefunden. Solange sie Vilhelms Material nicht in Händen hatten, mussten sie versuchen zu rekonstruieren, was er herausgefunden haben könnte.

»Erzähl«, bat sie.

Vendela tippte auf dem Computer und wandte sich dann den anderen zu.

»Aus den Einzelverbindungsnachweisen geht hervor, dass Vilhelm dieses Handy erst ab dem 12. September vorigen Jahres benutzt hat. Anfänglich hatte er nur ganz wenige Kontakte, doch wie ihr seht, sind es Monat für Monat mehr geworden. Wir haben bisher noch keine weitergehende Analyse dieser Liste vornehmen können, aber insgesamt scheint er fast ausschließlich Kontakt zu älteren Menschen gehabt zu haben. Was logisch ist, da der Stückelmord ja durchaus ein paar Jahre auf dem Buckel hat, doch ist es uns besonders aufgefallen.«

»Gibt es eine Systematik bei den Kontakten?«, erkundigte sich Ray-Ray. »Und hat nur er angerufen, oder ist er auch angerufen worden?«

»In den allermeisten Fällen ist es so, dass er den ersten Anruf getätigt hat«, erklärte Vendela, »und erst danach ist er selbst angerufen worden. Diese Nummern und Namen sagen mir nicht so viel, aber ich war auch noch ein Kind, als Lydia Broman ermordet wurde, ich weiß rein gar nichts von dieser Ermittlung. Jemand, der dabei war, könnte vielleicht etwas ganz anderes erkennen. Deshalb habe ich Kontakt zu zwei Kollegen von damals aufgenommen und sie gebeten, uns bei unserer Arbeit zu unterstützen.«

»Das klingt schlau«, sagte Roland.

»Vilhelms Name und Foto sind schließlich in der Presse verbreitet worden«, sagte Maria. »Was hat denn das im Zusammenhang mit den Personen, die wir bei den Einzelverbindungsnachweisen identifizieren konnten, gebracht? Wie viele von denen haben sich gemeldet?«

»Mehrere«, sagte Vendela. »Aber in der Sache sind wir noch ein bisschen hinterher, da müsst ihr mir also auch etwas mehr Zeit geben.«

Roland wirkte engagiert.

»Ich glaube, es kann sehr interessant sein, das zu verfolgen«, sagte er.

Das fand Maria auch. Vilhelms Mutter hatte ja bereut, mit der Presse gesprochen zu haben, was Maria wirklich verstehen konnte, doch für die Ermittlung hatte sich das eher als Vorteil erwiesen.

Eine Fliege kam durchs offene Fenster gebrummt. Ray-Ray versuchte, sie rauszuscheuchen, doch das gelang ihm nicht so schnell.

»Scheißfliege, raus mit dir«, sagte er.

Maria lachte laut, weil er jetzt mit dem Fenster kämpfte, um es weiter öffnen zu können.

Dann wurde sie wieder ernst.

Nichts von dem, was Vendela bisher gesagt hatte, konnte die Ursache für die Begeisterung sein, die sie dazu gebracht hatte, sich ins Auto zu werfen und nach Kungshamn zu fahren.

»Was hat dich denn an den Listen so fasziniert?«, fragte Maria.

Vendelas Miene hellte sich auf. Ihre Augen blitzten im Jagdfieber.

»Wie gesagt, habe ich mal näher auf den Tag geschaut, an dem Vilhelm ermordet wurde. Da hatte er Kontakte zu drei verschiedenen Telefonnummern.«

Maria erinnerte sich, dass Gunnar gesagt hatte, Vilhelm habe noch zwei weitere Treffen geplant, ehe er am Abend zu Gunnar kommen wollte. Drei Telefonnummern zu drei Personen, die Vilhelm treffen wollte?

»Eine der Nummern gehört Gunnar Wide, und eine von ihnen gehört zu einer nicht registrierten Telefonkarte«, sagte Vendela. »Die dritte gehört zu einer Frau namens Selma Valtersson. Sagt euch der Name etwas?«

Maria, Ray-Ray und Roland schauten sich an.

»Ich weiß, dass ich den schon mal gehört habe, aber ich kann mich ums Verrecken nicht erinnern, wo«, sagte Ray-Ray.

Aber Maria wusste es.

»Letzten Winter hatten wir Kontakt zu ihr, als wir das Alibi von Axel Ehnbom zur Zeit des Stückelmords kontrollieren wollten«, sagte sie. »Sie war eine der Ermittlerinnen, die damals bei dem Fall dabei waren.«

»Natürlich, verdammt noch mal«, sagte Ray-Ray.

»Kein Wunder, dass Vilhelm ausgerechnet ihren Namen aufgespürt hat«, sagte Roland.

»Selbstverständlich«, sagte Vendela. »Aber das ist überhaupt nicht seltsam. Die Frage ist nur, wer hier wen gefunden hat. Wie gesagt, war es fast in sämtlichen Fällen so, dass Vilhelm den ersten Telefonkontakt aufgenommen hat. Es gibt nur zwei Ausnahmen, und eine davon ist eben jene Selma Valtersson. Das erste Mal, als sie miteinander sprachen, war sie die Anruferin. Das schließt nun nicht aus, dass Vilhelm ursprünglich derjenige war, der den Kontakt hergestellt hat, er kann ja zum Beispiel eine Mail geschickt haben. Aber wenn wir unseren Einzelverbindungsnachweis anschauen, dann war es Selma Valtersson, die Vilhelm angerufen hat, und nicht umgekehrt.«

»Er muss eine ganze Menge alten Staub aufgewirbelt haben, wenn er mit so vielen unterschiedlichen Menschen gesprochen hat«, sagte Ray-Ray und schaute auf die Computerlisten. »Irgendjemand kann ihm doch angeboten haben, den Kontakt zu Selma herzustellen, und dann hat sie ihn einfach angerufen.«

»Absolut«, sagte Vendela. »So kann es gewesen sein. Aber lass uns noch mal auf das allerletzte Gespräch auf der Liste schauen. Es dauerte zwei Minuten und wurde von Vilhelm um 15:03 Uhr an dem Tag, an dem er starb, entgegengenommen. Also quasi kurz bevor die Zeugin auf Hovenäset einen roten Volvo und einen schwarzen Jeep vor dem Küchenfenster hat vorbeifahren sehen. Und jetzt ratet mal, wer ihn da angerufen hat?«

»Selma Valtersson«, sagte Roland.

»Yes.«

»Aber sie besitzt wahrscheinlich keinen schwarzen Jeep, oder?«

»Nein. Und sie hatte auch nie einen.«

Maria lehnte sich auf der Bank zurück. Ihr Gehirn arbeitete jetzt auf Hochtouren. Der letzte Mensch, der sich bei Vilhelm Eliasson gemeldet hatte, war eine pensionierte Polizistin mit umfangreichem Wissen über die Stückelmord-Ermittlung. Seit dieses Gespräch stattgefunden hatte, waren unzählige Zeitungsartikel über den Mord auf Hovenäset erschienen, und Vilhelms Name und sein Foto waren sowohl in der Presse als auch in den sozialen Medien verbreitet worden.

Eine Frage brannte ihr unter den Nägeln.

Selma musste mitbekommen haben, dass Vilhelm tot aufgefunden worden war.

Warum hatte sie sich nicht gemeldet?

Rückblickend gesehen war es unverständlich, dass er so lange damit gezögert hatte, eine Aushilfskraft einzustellen. Es erleichterte das Leben ungemein, Viggo als Vertretung zu haben. Jetzt nämlich konnte August zu jedem beliebigen Zeitpunkt einen Kundenbesuch unternehmen. Oder einfach nach Hause fahren, wenn ihm danach war.

Es war kurz nach drei, als er sich bereit machte, den Laden zu verlassen.

»Gosh, du hast ja krass viele Backsachen reingekriegt«, sagte Viggo und schaute mit fast ehrfürchtiger Miene auf den Tisch, wo all die Dinge ausgestellt lagen.

Das hellblonde Haar stand ihm wie üblich in allen Richtungen vom Kopf ab, und seine große Brille war über die Nase gerutscht. Viggo schob sie mit dem Zeigefinger wieder hoch.

»Das sieht doch schön aus, oder?«, erwiderte August, der mehr als zufrieden damit war, dass die Sammlung an Backutensilien auf dem Tisch so gewachsen war.

»Ja, sehr. Aber ich habe überlegt, ob das alles nicht einen größeren Tisch gebrauchen könnte. Zum Beispiel den für die Spielsachen, der ja nie so richtig eingeschlagen hat.«

August schaute hin und her.

»Du meinst, man sollte einfach Platz und Thema der Tische austauschen? Keine schlechte Idee.«

Viggo sah zufrieden aus. Es war nicht das erste Mal, dass er mit einem guten Vorschlag kam.

August bedankte sich und verließ den Laden für den Tag. Er würde mit dem Boot nach Hässelösund fahren, um dort einen Kunden zu besuchen. Dann würde er nach Hause zurückkehren, um seinen Walderdbeeren-Pie vor dem Wettkampf einmal zur Probe zu backen. Er meinte, ein Rezept gefunden zu haben, das auch die zurückhaltendsten Personen zum Schmelzen bringen würde. Aber so was war schwer zu erkennen, ehe man es mal ausprobiert hatte. Andererseits konnte er auch nicht so oft üben, wie er wollte, denn er musste mit den Walderdbeeren haushalten.

Die Sonne brannte, als August zum Hafen ging. Es würde einen heißen Nachmittag und Abend geben, und sicher war die Beteiligung am Treffen der Leseratten sehr gut.

Verstohlen sah er zur Krabbenbude neben dem kleinen Büro der Fährgesellschaft.

Von frischen Krabben konnte er nicht genug bekommen, es gab einfach keine Grenze, wie oft man die essen konnte. In einer Suppe oder im Eintopf oder einem Nudelgericht oder …

In seinem Innern hörte er Marias mahnende Stimme:

»Diese Krabben da sind überhaupt nicht frisch. Die sind auf dem Kutter nicht gekocht, sondern gleich tiefgefroren worden.«

Nicht gekocht, sondern gleich tiefgefroren.

Ehe er an die Westküste gezogen war, hatte August von solchen Unterschieden gar nichts gewusst.

Also kein Stopp an der Krabbenbude.

Das Gespräch mit Henrik und das Zusammentreffen mit Olga vor der Bäckerei hingen ihm noch nach. Es war ihm unangenehm, Olga offenbar Unbehagen bereitet zu haben, ohne zu wissen, wodurch. Was Henrik betraf, hoffte er einfach, dass sein Freund sich nicht allzu stoffelig verhalten würde, wenn es darum ging, Verantwortung für sein Verhalten gegenüber Linnea zu übernehmen.

Kaum hatte August den Gedanken fertig gedacht und war auf den Steg gestiegen, wo sein Boot lag, war eine bekannte Stimme zu hören:

»Hallöchen!«

Gunnar.

Zunächst begriff er gar nicht, woher die Stimme kam, sondern sah sich nur verwirrt um.

»Ich bin hier! Im Boot!«

August trat ein paar Schritte näher und schaute in sein Boot hinunter.

Und tatsächlich.

Da saß Gunnar fröhlich grinsend in seinem Rollstuhl.

»Aber …«

»Ich habe im Laden angerufen und wollte dich sprechen, und da hat deine Aushilfe gesagt, du wärest für heute schon gegangen. Also habe ich mir gedacht, dass du bestimmt direkt hierherkommst.«

August ging in die Hocke und sah mit zusammengekniffenen Augen auf Gunnar herunter.

»Wie in aller Welt hast du es geschafft, in den paar Minuten, die ich gebraucht habe, um vom Laden hierher zu gehen, runter ins Boot zu kommen?«

»Ich saß schon auf dem Steg, als ich angerufen habe. Der Fahrdienst hat mich gebracht. Und dann haben die Jungs da hinten mir geholfen, den Rollstuhl ins Boot zu kriegen.«

Fröhlich winkte er zwei jüngeren Männern zu, die ein paar Liegeplätze entfernt in einem Boot saßen. Sie winkten zurück. Gunnar strahlte.

»Vielen Dank noch mal!«, rief er.

»Keine Ursache«, sagte einer der beiden. »Ist doch schön, mal helfen zu können.«

August seufzte und schüttelte den Kopf.

»Also, Gunnar …«

»Darf ich mitfahren?«

»Aber wie willst du denn aus dem Boot wieder rauskommen?«

»Das regelt sich schon irgendwie.«

»Nein, das tut es nicht. Es dauert und ist schwer, und außerdem werde ich nicht direkt nach Hause fahren, sondern vorher noch in Hasselösund einen Kunden besuchen.«

»Ich kann im Boot warten«, beharrte Gunnar. »Aufpassen und so.«

August vermochte sich kaum eine Einsamkeit vorzustellen, die so groß war, dass sie jemanden wie Gunnar dazu brachte, sich ohne vorher zu fragen in ein fremdes Boot hieven zu lassen. Und er konnte sich auch nichts Mieseres vorstellen, als hier Nein zu sagen.

»Ich gebe auf«, sagte er. »Na klar kannst du mitkommen.«

Es musste einfach gehen, und irgendwie würde er Gunnar schon aus dem Boot kriegen, wenn sie in Hovenäset ankamen.

»Das hier ist ein sehr schönes Boot«, sagte der alte Mann, während August alles startklar machte.

»Danke«, erwiderte August. »Ich liebe es selbst sehr.«

»Sie«, korrigierte Gunnar, »bei Booten sagt man nicht ›es‹, man sagt ›sie‹.«

August lächelte.

Er warf den Motor an und holte die Fender rein.

»Soll ich was helfen?«, fragte Gunnar.

»Nein, kein Problem«, erwiderte August.

Dann versicherte er sich, dass die Bremsen des Rollstuhls ordentlich festgezogen waren, damit der während der Fahrt nicht herumrollen konnte.

Gunnar kicherte begeistert, als August eine Kappe aufsetzte, den Rückwärtsgang einlegte und vom Liegeplatz fuhr.

»Das hier habe ich einfach gebraucht«, sagte Gunnar und drehte sich zu August um. »Danke.«

August hob die Kappe kurz an.

»Das Vergnügen ist ganz meinerseits.«

Und es fühlte sich nicht mal so an, als würde er lügen.

Richtung Hasselösund hatten sie Rückenwind, und das Boot rollte perlend und plätschernd über die flachen Wellen. August mochte die leisen Fahrten lieber, vor allen Dingen, wenn er Gesellschaft hatte und erwartet wurde, dass er sich unterhielt. Es war doch schade, wenn man schweigend dasitzen musste, nur weil der Motor so laut war. August sah Gunnar an. Normalerweise konnte der nicht lange still sein.

Und so war es auch diesmal. Sie waren kaum aus dem Hafen, als Gunnar sich wieder zu ihm umdrehte.

»Ich habe an den Vilhelm gedacht, der ermordet worden ist«, sagte er. »Ich hoffe mal, dass die Polizei diesmal sorgfältiger vorgeht. Nichts darf unter den Tisch fallen, so wie das 1989 passiert ist. Da hat die Polizei ja sogar mit dem schwarzen Jeep geschlampt.«

August entschied sich, Gunnars Sorgen nicht noch weiter zu befeuern, und fragte deshalb nicht, von welchem schwarzen Jeep er wohl redete. Sein Schweigen ließ Gunnar das Thema wechseln.

»Du, dieses Mädchen, das mir neulich geholfen hat«, begann er, »die mit dem Zopf. Die heißt scheinbar Iben.«

»Ja?«

»Warum hast du nicht gesagt, dass sie im Eishaus wohnt?«

August versuchte, der Frage mit einem Schulterzucken die Dramatik zu nehmen.

»Wahrscheinlich habe ich gedacht, dass du das schon weißt«, bemerkte er.

»Aha, das hast du also gedacht? Obwohl ich sie offensichtlich nicht kannte? Da musst du schon was Besseres bieten, Strindberg. Aber egal. Ich bin heute in sie reingelaufen. Oder nicht richtig gelaufen, du weißt schon.«

Gunnar tätschelte die Armstütze des Rollstuhls, und August nickte.

Er wusste.

Aber er war nicht scharf darauf, mit Gunnar über Iben zu diskutieren, und stellte vorsichtshalber mal keine Folgefragen. Das brauchte er auch nicht, denn Gunnar redete trotzdem weiter:

»Ich glaube, sie hat irgendwas Komisches vor«, sagte er. »Schon dass sie in diesem Haus wohnt, da stimmt doch irgendwas nicht. So jung und so … seltsam. Ich meine, die ist doch nicht wegen eines Sommerjobs hier, und sie scheint auch niemanden in der Nähe zu kennen.«

Gunnar verstummte und drehte das Gesicht zur Sonne.

Einige Momente später sah er wieder in Augusts Richtung.

»Ich denke, wir sollten sie mal überprüfen«, sagte er.

August runzelte die Stirn.

»Wie meinst du das?«, fragte er.

»Genau wie ich es sage. Ich will das Mädel überprüfen. Denn du musst wissen, ich kenne diesen Namen. Syrén. Der ist doch relativ ungewöhnlich, solche Namen merkt man sich.«

Gunnar unterbrach sich und hustete ein paarmal.

Vor ihnen tauchte wie ein großes Stahlmonster die Smögen-Brücke auf. Gleich würden sie darunter hindurchfahren.

»Dieser Name«, sagte Gunnar. »Syrén. Ich meine, mich zu erinnern, dass es vor ein paar Jahren in Kungshamn eine Familie gegeben hat, die so hieß.«

»Okay«, meinte August abwartend.

»Wie auch immer«, sagte Gunnar. »Ich werde der Sache mal auf den Grund gehen. Vielleicht schon gleich, wenn wir in Hasselösund ankommen.«

»Da werden wir aber nicht lange bleiben«, beeilte sich August zu sagen.

Gunnar wandte den Blick nach vorn.

»Das regelt sich schon«, sagte er. »Alles regelt sich.«

Bei der Polizei gab es nichts Heikleres, als Kollegen eines Verbrechens zu verdächtigen. Doch in dem Fall mit Selma Valtersson lag ja noch kein konkreter Verdacht vor, und außerdem war sie keine Polizistin mehr.

»Vielleicht ist sie dement geworden und hat sich deswegen nicht bei uns gemeldet und gesagt, dass sie Vilhelm Eliasson kannte«, sagte Ray-Ray, als sie sich in das Auto setzten und Richtung Bohus-Malmön fuhren.

»Du meinst, sie sei in den letzten paar Tagen plötzlich dement geworden, oder was?«, fragte Maria.

Ausnahmsweise war sie diejenige, die am Steuer saß. Sie fuhr nur ungern mit dem Fahrrad, wenn es keinen Radweg gab, und das war auf der Strecke zwischen Kungshamn und Bohus-Malmön der Fall.

»Ich meine überhaupt nichts«, gab Ray-Ray zurück. »Ich versuche nur zu verstehen, warum sie das gemacht hat.«

Ray-Ray zuckte nervös auf dem Sitz, er war es nicht gewohnt, Beifahrer zu sein. »Es wäre doch einfach nur zu schön, wenn wir einen Kalender von Vilhelm finden würden«, sagte er. »Der kann doch nicht seine ganzen Pläne im Kopf gehabt haben.«

Vilhelms privates Handy war ein iPhone, und an sein Abonnement war eine Cloud gekoppelt. Der Staatsanwalt hatte bereits darum gebeten, alle Informationen aus der Cloud zu bekommen, und mit etwas Glück gab es da eine Kopie zum Beispiel des Kalenders und vielleicht noch von ein paar Notizen.

Sie näherten sich dem Fähranleger.

Die Reise hinüber zur Insel erfolgte auf einem gelben Linienschiff, das einmal in der halben Stunde ging. Während des Sommers lebte die Insel auf, mit Restaurants und Geschäften, doch im

Winter blieb das meiste geschlossen. Als Maria jünger war, hatte sie die Wintermonate mit ihrer Dunkelheit und der Stille nachgerade als seelentötend empfunden, doch im Laufe der Zeit hatte sie gelernt, den Wechsel der Jahreszeiten nicht nur zu schätzen, sondern regelrecht zu lieben.

Als sie auf die Fähre fuhren, dachte sie an das letzte Mal, als sie auf Bohus-Malmön gewesen waren. Das war erst zwei Wochen her, und sie und August waren mit ihrem eigenen Boot dorthin gefahren. Jetzt mit dem Auto zu kommen, besaß definitiv nicht denselben Zauber.

Während der kurzen Reise über den Sund, der die Insel vom Festland trennte, glitzerte die Sonne auf dem Meer. Maria und Ray-Ray blieben bei geöffneten Fenstern im Auto sitzen.

Ray-Ray bekam eine SMS und kontrollierte sofort sein Handy.

»Ist das die Frau, die neulich das Date abgesagt hat?«, fragte Maria.

»Eher nicht«, erwiderte Ray-Ray und schob das Telefon wieder in die Tasche. »Das war Roland, der kontrollieren wollte, ob wir nun angekündigt haben, dass wir kommen. Ich habe Nein gesagt.«

Sie hatten hin und her diskutiert, ob sie Selma anrufen und sich ankündigen oder sie ganz einfach bitten sollten, sich in der Polizeizentrale in Uddevalla einzufinden, hatten dann aber entschieden, dass die besten Voraussetzungen, im Verhör etwas Wesentliches herauszufinden, dann bestanden, wenn Selma nicht vorgewarnt wurde. Jetzt konnte es höchstens passieren, dass sie nicht zu Hause war.

Die Fähre legte an, die Passagiere strömten zurück in ihre Autos, und sowie der Schlagbaum hochging, fuhren sie los. Eine schmale Straße schlängelte sich über die Insel und brachte sie ins Hafengebiet, das das Zentrum der Insel ausmachte.

»Nach dem Coop rechts«, sagte Ray-Ray.

Der Ort Bohus-Malmön hatte nicht mehr als ein paar hundert Häuser, und knapp 250 Personen waren dort gemeldet. Selma Valtersson war eine von ihnen. Sie war die Mutter eines erwachsenen Sohnes, der in Mariestad gemeldet war, und ihr Mann war vor ein paar Jahren gestorben. Laut Einwohnermeldeamt wohnte sie jetzt schon seit über zehn Jahren auf der Insel und lebte allein.

»Ich glaube, hier ist es«, sagte Maria.

Sie hielt an und parkte vor einem weißen Holzhaus, das zum Teil hinter einem prächtigen Obstbaum und wilden Beerenbüschen versteckt war.

»Niedlich«, sagte Ray-Ray, und Maria fand das auch.

Sie gingen zur Eingangstür und klopften.

Kurz darauf waren auf der anderen Seite Schritte zu hören.

Maria hörte, wie nicht weniger als zwei Schlösser aufgeschlossen wurden. Hier wohnte offensichtlich jemand, der um seine Sicherheit besorgt war.

Werde ich auch so sein, wenn ich mal alt bin?, fragte sich Maria. Werde ich auch so oft die dunklen Seiten des Lebens gesehen haben, dass ich es nicht wage, tagsüber, wenn ich zu Hause bin, die Tür unverschlossen zu lassen?

Doch im Grunde war sie schon so weit.

August und sie mochten es beide nicht, wenn die Tür nicht abgeschlossen war, auch wenn sie zu Hause waren. Und ihren Nachbarn ging es ganz genauso. Die Zeiten hatten sich geändert seit Marias Kindheit, als kein Mensch hinter sich abschloss. Als sie einzog, hatte Maria zudem August gebeten, einen kleinen Spion in der Tür zu installieren. Man konnte bei ihrem Beruf nicht davon ausgehen, dass Leute, die klingelten, den Bewohnern des Hauses wohlgesonnen waren.

Die Tür ging auf, und Selma Valtersson erschien. Sie war kleiner, als Maria gedacht hatte, doch ansonsten sah sie aus wie auf den Fotos, die sie herausgesucht hatte. Ihr graues Haar stand in sanftem Kontrast zu ihrer braun gebrannten Haut, und sie trug ein lose sitzendes Leinenkleid, um das Maria sie in diesem Moment beneidete. Selbst hatte sie ein kurzärmeliges Hemd und helle Jeans an, und auch wenn sich das nach korrekter Kleidung anfühlte, war es für einen Tag wie diesen doch viel zu warm.

»Ich nehme mal an, ihr kommt von der Polizei«, sagte Selma.

Maria und Ray-Ray nickten, stellten sich vor und holten ihre Ausweise heraus. Selma nahm sie entgegen.

»Ich erinnere mich an eure Namen«, sagte sie. »Wir haben Anfang des Jahres schon einmal miteinander gesprochen, wegen der Stückelmord-Ermittlung, nicht wahr?«

»Ja, das stimmt«, sagte Maria. »Und heute sind wir wegen einer anderen Mordermittlung hier. Wir müssen mit dir sprechen, dürfen wir reinkommen?«

Selma wurde ernst.

»Selbstverständlich«, sagte sie. »Wir können uns auf der Rückseite des Hauses in den Schatten setzen.«

Sie ging vor ihnen durchs Haus und durch eine Verandatür hinaus. In ihrem Zuhause herrschte pedantische Ordnung, und jeder Raum, den Maria sah, ließ vermuten, dass alle Möbel und Dinge nach gründlicher Überlegung platziert worden waren.

Auf der Rückseite des Hauses gab es ein großes Sonnendeck, das in diesem Moment ungefähr zur Hälfte im Schatten lag. Dort standen ein Tisch und vier Stühle aus Rattan. Die Aussicht über das Meer war weitläufig und zauberhaft.

Sie setzten sich, und Maria und Ray-Ray sagten Ja zu einem Glas Eiswasser.

»Ihr habt gesagt, ihr seid wegen einer Mordermittlung hier«, sagte Selma, als sie mit zwei Gläsern aus der Küche zurückkam. »Ich glaube, ich weiß schon, worum es geht, aber erzählt mir gerne mehr von eurem Anliegen.«

»Vilhelm Eliasson«, sagte Ray-Ray. »Kennst du den Namen?«

Selma sah traurig aus.

»Natürlich«, sagte sie.

»Wann habt ihr zuletzt miteinander gesprochen?«

»Vor vier Tagen. Da war er auf dem Weg hierher, und wir haben ungefähr zwei Stunden vor unserem Treffen miteinander geredet, doch dann ist er nicht gekommen.«

»Was wolltest du, als du ihn das letzte Mal angerufen hast?«

»Ihn warnen, dass es an der Fähre lange Schlangen gab.«

»Um welche Uhrzeit wart ihr verabredet?«

»Siebzehn Uhr.«

»Und du fandest es nicht seltsam, dass er sich nicht gemeldet hat, als er seine Pläne geändert hat?«, fragte Maria. »Da ihr doch erst kurz vorher miteinander gesprochen hattet?«

»Natürlich fand ich das seltsam«, sagte Selma. »Aber wir hatten uns vorher schon mal getroffen, und auch da hat er unser Treffen zweimal verschoben, ehe es dann schließlich dazu kam. Ich nahm einfach an, dass er es auch diesmal nicht schafft. Ich konnte mir nicht vorstellen, dass …«

Sie verstummte und wandte den Blick ab. Dann griff sie nach ihrem Wasserglas, und Maria sah, dass ihre Hand zitterte.

»Ich schäme mich«, sagte sie leise.

Ray-Ray trank von seinem Wasser.

»Warum?«, fragte er.

»Weil ich mich nicht bei euch gemeldet habe. Mir hätte klar sein müssen, dass ich das hätte tun sollen.«

Maria dachte an die Analyse der Einzelverbindungsnachweise. Nach der Zeit, zu der das Treffen angeblich vereinbart gewesen war, hatte Selma nicht ein einziges Mal bei Vilhelm angerufen.

»Hast du Vilhelm angerufen, als er nicht wie geplant gekommen ist?«, fragte sie.

Selma schüttelte den Kopf.

»Nein«, sagte sie. »Wie gesagt, er hat auch früher schon ein Durcheinander angestellt. Um ehrlich zu sein, war ich eher verärgert. Er war schließlich derjenige, der den Kontakt aufgenommen hatte, nicht ich. Und dann kam er nicht, obwohl ich ihn hier nach Hause eingeladen hatte.«

Maria sah sie an.

Er war schließlich derjenige, der den Kontakt aufgenommen hatte, nicht ich.

Das stimmte nicht. Zumindest nicht nach dem, was sie in dem Einzelverbindungsnachweis gesehen hatten.

»Erzähl doch mal«, sagte sie gespannt. »Erzähl, wie ihr, du und Vilhelm, miteinander ins Gespräch gekommen seid.«

Eingesperrt. Eingesperrt, seit er auch ihr Leben ruiniert hatte. Das war Oskars Vorstellung von Malins Dasein gewesen. Doch jetzt wurde ihm klar, dass er ein sehr altmodisches Bild von der Einrichtung gehabt hatte, die das Zuhause seiner Cousine geworden war.

Langsam ging er zur Eingangstür.

An der Tür war kein Schild, das ihm erklärt hätte, wo er gelandet war. Dennoch glaubte er, am richtigen Ort zu sein. Es gab kleine, aber doch erkennbare Auffälligkeiten, die diesen Garten von den anderen in der Straße unterschieden.

Zum Beispiel der hohe Zaun, der so aussah, als würde er um das ganze Grundstück herumgehen. Sicherlich nicht, um jemanden gegen seinen Willen hierzubehalten, sondern um zu gewährleisten, dass die Schützlinge versammelt waren, und um neugierige Blicke von Besuchern und Zuschauern abzuhalten.

Und dann die ungewöhnlich breite Auffahrt, auf der ein Auto und ein Minibus standen. Keine Fahrräder, keine vergessenen Skateboards. Und auf dem Grundstück war auch kein Trampolin wie in so vielen der anderen Gärten.

Oskar holte tief Luft.

Was für eine beschissene Idee.

Wie hatte er sich das eigentlich gedacht? Und was sollte hier schon passieren? Malin und er hatten sich seit dreißig Jahren nicht gesehen. Bei ihrer letzten Begegnung war er sieben und sie zwanzig Jahre alt gewesen. Das war eine sehr lange Zeit, um jetzt unangemeldet hier aufzutauchen.

Er hatte keine Ahnung, in welchem Zustand sie sich befand und was sie verkraften konnte.

Sicher wusste er nur, warum er sich nicht früher bei ihr gemeldet hatte: Espen und Olga hätten es nicht zugelassen.

Und jetzt kam er also, ohne vorher angerufen zu haben.

Aber wenn ich mich gemeldet hätte, dachte Oskar, dann hätte sie mich nicht empfangen wollen.

Davon war er ganz fest überzeugt.

Und das trieb ihn dann auch voran.

Es spielte keine Rolle, dass Malin krank war und dass sie ihn vielleicht nicht treffen wollte. Denn sie war die einzige Zeugin, die Einzige, die gesehen hatte, was er getan hatte, und logischerweise deshalb diejenige, die ihm am ehesten erklären konnte, was damals eigentlich passiert war.

Entschlossen drückte Oskar auf die Klingel. Erst einmal und dann noch einmal.

Niemand öffnete.

Kein Geräusch von Schritten auf der anderen Seite der Tür.

Arbeitet hier denn niemand?

Oskar merkte, wie seine Hände schweißnass wurden, und er fuhr sich mit den Handflächen über die Jeans.

Er war ja wohl nicht den ganzen Weg von Kungshamn hierhergefahren, um dann unverrichteter Dinge wieder zurückzukehren.

»Sie sind hinten«, sagte eine Stimme in seinem Rücken.

Oskar fuhr herum. Auf der anderen Seite der Hecke stand ein Mann mit weißer Golfkappe, neben sich eine Golftasche voller Schläger. Offensichtlich hatte er vor, trotz der Hitze zu spielen.

»Okay, danke«, sagte Oskar.

Der Nachbar nickte.

»Gehen Sie durch die Tür da, dann kommen Sie rein«, erklärte er und zeigte auf eine Tür im Holzzaun neben dem Haus.

Oskar ging hin und drückte die Klinke herunter. Die Tür glitt mit einem leichten Quietschen auf.

Der Mann hatte recht. Hinter der Tür gab es einen Garten mit mehreren großen Obstbäumen, in deren kühlem Schatten drei Frauen saßen. Zwei lasen Zeitungen, und eine hatte eine Katze auf dem Schoß.

Ein junger Mann, der die Blumen in den Beeten wässerte, entdeckte Oskar und legte den Wasserschlauch weg.

»Kann ich helfen?«

Ja, danke, ich hätte gern mein Leben zurück. Ist das machbar?

Oskar räusperte sich.

»Ich suche Malin Samuelsson«, sagte er. »Ist sie beschäftigt?«

Es fiel ihm schwer, die richtigen Worte zu wählen, und etwas Besseres fiel ihm nicht ein.

Oskar schluckte und wartete, dass der junge Mann antworten würde. Er war davon ausgegangen, dass er hier arbeitete, aber vielleicht täuschte er sich ja. Oskar wusste nichts über die Einrichtung, in die er gekommen war, und auch nichts über die Menschen, die dort wohnten.

»Erwartet sie Sie?«, fragte der Mann.

Der arbeitete also definitiv hier.

»Ja«, sagte Oskar leichthin. »Ihre Eltern, Espen und Olga, wollten anrufen und mitteilen, dass ich auf dem Weg bin.«

Die Tatsache, dass Oskar die Namen von Malins Eltern kannte, ließ den Typen sich entspannen, aber Oskars Puls raste immer noch. Wenn der junge Mann den Eindruck bekam, Espen und Olga zur Kontrolle anrufen zu müssen, dann würde das Abenteuer ein rasches Ende finden.

»Kommen Sie herein«, sagte der Mann. »Ich muss mich hier ein bisschen um die Blumen kümmern.«

»Danke«, erwiderte Oskar.

Der junge Mann nahm wieder den Wasserschlauch und ließ einen sanften Strahl auf einen Rosenbusch regnen.

»Heute ist es wirklich heiß«, sagte er.

»Ja, das ist es wirklich«, bestätigte Oskar.

Er ließ den Blick über den Garten wandern. Die drei Frauen waren ungefähr gleichen Alters, und abgesehen von ihnen sah er noch einen älteren Mann mit großem Sonnenhut.

Keine der Frauen sah aus wie Malin.

Der junge Mann ließ den Wasserschlauch sinken.

»Gibt es irgendein Problem?«, fragte er.

Jetzt sah er aus, als wäre er wieder misstrauisch.

»Nein, nein«, beteuerte Oskar. »Alles gut.«

Er machte ein paar Schritte auf den Rasen hinaus und ließ den Blick von einem Gesicht zum anderen wandern.

Dreißig Jahre waren vergangen.

Seither hatte er kein einziges Foto von seiner Cousine gesehen und sie nicht ein einziges Mal getroffen.

Langsam stieg Panik in ihm auf. Der junge Mann mit dem Wasserschlauch merkte offensichtlich, dass irgendetwas nicht stimmte. Jeder Idiot konnte erkennen, dass Oskar keine Ahnung davon hatte, wie die Person, die er suchte, aussah.

Mit zögernden Schritten ging er auf die Frauen unter dem Baum zu. Eine von ihnen war lang und eine dick. Die Lange hatte kurze Haare, während die von den beiden anderen lang waren. Eine der Frauen trug ein dünnes Kleid, eine andere Baumwollrock und Bluse, die dritte lange Hosen und ein Hemd.

Doch keine von ihnen sah aus wie Malin.

In Oskars Kopf pochte es.

Hör auf, schrie eine Stimme in seinem Innern. Hör auf!

Doch Oskar stand wie festgenagelt auf dem Rasen.

»Entschuldigen Sie, wie ist noch Ihr Name?«

Der Mann, der die Blumen gewässert hatte, warf den Schlauch jetzt weg und kam zu ihm.

»Ich habe keine Ahnung, warum Sie hier sind«, sagte er. »Doch jetzt denke ich, Sie sollten gehen.«

Da erwachte die Frau mit der Katze im Schoß zum Leben.

Sie war die kleinste der drei, und ihre Haare waren dunkelgrau.

Als sie die Augenbrauen hochzog, erkannte er sie.

Der Schock ließ ihn verstummen.

Malin.

Nach all den Jahren.

Eine erwachsene Frau mit einem Blick, der ebenso ängstlich war wie der eines erschrockenen Kindes. Sie blinzelte ein paarmal und schaute von Oskar zu dem Pfleger.

»Wie geht es dir, Malin?«, fragte der Pfleger. »Kennst du diesen Mann?«

Malin blinzelte und sah Oskar an. Ihr Mund war ein schmaler Strich.

Sie ist ja nicht bei sich, dachte Oskar. Mein Gott, sie ist nicht bei sich.

Er verfluchte seine Naivität.

Wie hatte er nur so dumm sein können, zu glauben, dass er hier irgendeine Antwort bekommen würde? Bei einem Menschen, der mehrere Jahrzehnte lang in unterschiedlichen Heimen gelebt hatte.

Doch jetzt konnte er nicht einfach zurück.

»Malin, ich bin es«, sagte er. »Oskar.«

Ein paar Augenblicke vergingen.

Langsam verschwand alle Farbe aus Malins Gesicht. Dann begann sie zu zittern.

Der Pfleger trat schnell zu ihr und legte eine Hand auf ihren Arm.

»Malin?«

Da öffnete sie den Mund zu einem lautlosen Schrei – anders war es nicht zu beschreiben. Man sah, dass sie schrie, doch es war nur ein dumpfer, stummer Laut, wie er ihn noch nie gehört hatte. Es war, als würde ein dreißig Jahre währendes Einatmen endlich zu Ende gehen. Ihr schrecklicher Schrei versetzte die anderen Bewohner, die jetzt begriffen, dass etwas nicht stimmte, in Panik.

Auch Oskar war außer sich.

»Entschuldigung!«, schrie er. »Es tut mir leid!«

Dann ließ er die Blumen fallen, machte auf dem Absatz kehrt und rannte zum Auto.

Ein einziger Gedanke jagte ihn:

Was habe ich getan? Was zum Teufel habe ich nur getan?

Aus dem Kundenbesuch wurde nichts. Als August gerade im Gästehafen von Hasselösund angelegt hatte, meldete sich seine Kundin. Er hörte sich geduldig eine lange Ausführung über ein gebrochenes Rohr unter der Küchenspüle und einen Klempner, der nicht kommen konnte, und einen Ehemann, der zu Hause niemals etwas Vernünftiges auf die Reihe kriegte, an, und als die Frau am Ende mal kurz innehielt, um Luft zu holen, nutzte August die Gelegenheit zu fragen:

»Das hier klingt wirklich alles sehr anstrengend, kann ich Ihnen irgendwie helfen?«

Die Antwort kam schnell:

»Vielen Dank für das Angebot, aber ich glaube, ich habe die Situation unter Kontrolle.«

Das war natürlich willkommen, auch wenn es sich blöd anfühlte, dass der Besuch so kurzfristig abgesagt wurde.

»Nun denn«, meinte August und sah Gunnar an. »Dann können wir wieder nach Hause fahren.«

Gunnar schüttelte den Kopf.

Er hielt das Handy in der Hand und schaute konzentriert darauf.

»Ich habe hier einen Bekannten«, erklärte er, »den rufe ich jetzt an. Ich glaube, der könnte uns was über die Familie von Iben Syrén sagen. Er hat als Schadensregulierer bei einem Versicherungsunternehmen gearbeitet und kennt alle und jeden. Und wenn ich mich recht entsinne, dann hat er in irgendeinem Zusammenhang einmal den Namen Syrén erwähnt.«

August wollte protestieren, fügte sich aber. Gunnar musste schließlich auch mal Freunde und Bekannte treffen können, und dann war das hier eine gute Gelegenheit.

»Okay«, sagte er.

Er saß Gunnar achtern gegenüber.

Um sie herum bewegten sich Menschen in ihren Booten und auf den Stegen. Sonne und Hitze dämpften alle Aktivitäten und mahnten zur Ruhe.

August mochte die Stille des Sommers. Und jetzt im Moment war ihm wirklich heiß. Auf dem Weg nach Hause würde er vom Boot aus baden können, doch im Moment begnügte er sich damit, die Hemdsärmel noch ein Stückchen höher aufzukrempeln.

Gunnar schien die Hitze nichts auszumachen. Er hatte die Ärmel immer noch lang und zugeknöpft. Nun saß er mit dem Handy in seiner gesunden Hand da und versuchte, etwas zu schreiben. Die andere Hand lag schlapp auf der Armlehne.

»Brauchst du Hilfe?«, fragte August. »Es ist doch schwer, das Handy mit derselben Hand zu halten, mit der man schreibt.«

»Ich bin das alles so leid«, murmelte Gunnar. »Normalerweise lege ich das Handy ab, wenn ich was darauf schreiben will, aber hier gibt es ja keinen Tisch. Und Sten, also mein Bekannter, müsste sich eigentlich melden, sowie er …«

In dem Moment klingelte das Handy.

Gunnar fuhr zusammen und ließ es fallen.

August hob es schnell auf und drückte auf das grüne Symbol. Dann reichte er es Gunnar, der es sofort ans Ohr hielt.

»Sten?«, fragte er, lachte über etwas, was August nicht verstehen konnte, und erläuterte sein Anliegen.

»Das ist doch schön«, sagte er, nachdem er eine Weile geredet hatte. »Dann sehen wir uns im Gästehafen.«

Lächelnd legte er auf.

»Sten ist ganz in der Nähe«, sagte er. »Er kommt, so schnell er kann.«

Und das tat er wirklich.

Weniger als eine Minute später stand ein großer Kerl in Gunnars Alter auf dem Steg. Er trug Shorts, T-Shirt und Sandalen und schaute mit ernster Miene ins Boot hinunter.

»Dann nehme ich mal an, dass es keine gute Idee ist, euch auf eine Tasse Kaffee nach Hause einzuladen, oder?«, sagte er.

August erhob sich und schüttelte die Hand des Mannes. Der Handschlag war warm und kräftig.

»Wir sitzen sehr gut hier«, erwiderte August schnell, ehe Gunnar auf die Idee kommen konnte, eine Kaffeeeinladung mit allem, was das bedeuten würde, anzunehmen.

Sten stieg ein und setzte sich auf Augusts Platz.

»Sie sind also der berühmte Stockholmer«, sagte er. »August Strindberg, das ist ja wohl ein Name, den Sie sich selbst ausgedacht haben, was?«

Er redete im breitesten Bohuslän-Dialekt, den August je gehört hatte, und lachte schallend über seinen eigenen Witz.

August erinnerte sich, was Henrik nach seinem ersten Besuch auf Hovenäset gesagt hatte.

»Das ist hier ja schon alles sehr charmant, aber der Dialekt!«

Da hatte August laut lachen müssen.

»Und was würdest du sagen, wie dein eigener Dialekt klingt?«

»Nett.«

»Natürlich! Du klingst genauso arrogant, wie das ganze Land die Stockholmer findet.«

Da war Henrik anderer Meinung gewesen, und das war auch nicht erstaunlich.

August setzte sich auf den Platz schräg hinter Gunnar. Nun sah er den Alten im Profil, und das musste reichen.

»Nein«, sagte er lächelnd als Antwort auf die Frage nach seinem Namen, »ich habe mir den Namen nicht selbst ausgedacht, das haben meine Eltern für mich erledigt. Und ja, es ist durchaus möglich, August Strindberg zu heißen.«

»Meine Frau war schon mal in Ihrem Laden«, sagte Sten. »Sie war total begeistert.«

Die Augen von Sten waren im Alter zu einem Hellgrau verblasst, und das ließ ihn unaufmerksam wirken, doch der Rest seiner

Erscheinung vermittelte das ganze Gegenteil. Er nahm in höchstem Maße Anteil an dem, was um ihn herum geschah, und war ein scharfer Beobachter.

Nun wandte er seine Aufmerksamkeit Gunnar zu.

»Wie geht es dir?«, fragte er.

Gunnar antwortete, ohne zu zögern:

»Es geht mir gut.«

»Stimmt das?«

»Nein«, erwiderte Gunnar. »Aber das ist die Antwort, die du kriegst. Es bringt mir überhaupt nichts, darüber zu jammern, wie es um mich steht. Es ist, wie es ist.«

Sten streckte sich.

»Und ihr habt eine Frage zu Familie Syrén?«, fragte er.

Wir haben keine Fragen, dachte August. Der Einzige, der sich irgendwas fragt, ist Gunnar.

»Genau«, erwiderte Gunnar eifrig.

»Wie ich schon am Telefon gesagt habe, hat sich ein Mädel namens Iben Syrén im Eishaus eingemietet, und wir fragen uns, was sie da eigentlich macht. Und dann bist du mir eingefallen. Ich erinnere mich nicht mehr richtig an die Geschichte mit der Familie Syrén und wie das war, als die hier gewohnt haben.«

»Das würde dir schon wieder einfallen, wenn du dich ein bisschen anstrengst«, entgegnete Sten. »Rocky hat in Kungshamn gewohnt. Er war, oder ist vielleicht noch, Polizist, und ihr beiden habt euch wegen …«

»Der war das!«, unterbrach Gunnar ihn. »Der hat sich geweigert, diesen ganzen Mopedgangstern, die in den Neunzigerjahren nachts kreuz und quer über die Halbinsel gebrettert sind, das Handwerk zu legen. Ja, meine Güte, jetzt erinnere ich mich. Was war ich wütend!«

Gunnar und Sten redeten weiter über die Unzulänglichkeiten der Polizei, und während der Zeit verlor August sich in Gedanken über den Walderdbeeren-Pie, den er backen würde, wenn er nach

Hause kam. Vielleicht sollte er noch vorher beim Alkoholgeschäft vorbei und eine Flasche Dessertwein kaufen, um das Probeessen mit den Leseratten ein bisschen lustiger zu gestalten.

Eine neue Lachsalve der beiden alten Herren riss ihn aus den Gedanken. Er konnte nicht länger hier herumsitzen und nachdenken, nun musste er die Sache ein wenig in Fahrt bringen. Abgesehen davon, dass er backen wollte, musste er noch zu Iben gehen und das Foto abgeben, das er schon viel zu lange mit sich herumtrug. Das Foto von Mats Broman.

August beugte sich vor.

»Rocky Syrén«, sagte er ungläubig. »Hieß der wirklich Rocky?«

»Du heißt ja auch August Strindberg«, gab Gunnar zurück.

»Das stimmt«, erwiderte August. »Aber Rocky?«

»Soweit ich weiß, hieß er Richard«, erklärte Sten. »Aber niemand hat ihn je anders genannt als Rocky. Er wollte das so.«

»Okay«, meinte August. »Und Rocky Syrén, der Polizist war, ist mit Iben verwandt?«

»Das würde ich mal annehmen, denn der Nachname ist doch ungewöhnlich«, sagte Sten. »Die Frage ist nur, wie. Rocky war mit einer Frau verheiratet, die Lena hieß, und sie hatten eine Tochter namens Anna. Es war eine junge Familie. Rocky und Lena waren knapp zwanzig, als sie Anna bekamen, und die Tochter folgte in der Hinsicht den Fußspuren ihrer Eltern. Wenn ich mich recht entsinne, war sie beim Gymnasiumsabschluss hochschwanger.«

August hörte fasziniert zu. Welch ein Detailreichtum, doch nichts von Iben. »Woher kannten Sie denn diese Familie?«, fragte er Sten.

»Ich habe bei einer Versicherungsagentur in Strömstad gearbeitet«, erklärte der. »Rocky hatte mal einen schweren Dienstunfall, und so kreuzten sich unsere Wege. Einige Zeit später bin ich ihm zufällig begegnet, als ich auf Besuch in Gravarne war. Und da erzählte er ganz aufgeregt, dass sie den Ort verlassen und sich stattdessen in Trollhättan niederlassen würden.«

»Wenn du Gravarne sagst, kapiert August nicht, dass wir von Kungshamn reden«, sagte Gunnar.

»Natürlich kapiere ich das«, entgegnete August. Schon in seiner ersten Woche auf Hovenäset hat er lernen müssen, dass Kungshamn von vielen Ortsansässigen Gravarne genannt wurde.

»Erzähl doch mal von Rockys Umzug«, forderte Gunnar den Freund auf. »Gab es bei der Polizei in Trollhättan eine bessere Stelle für ihn?«

»Das hab ich auch erst gedacht«, erwiderte Sten, »aber dann hat er mir erklärt, sie würden wegen der Tochter umziehen. Die hatte wohl Probleme mit ihrem Freund, die offensichtlich so ernst waren, dass die ganze Familie den Ort verließ, obwohl sowohl Rocky als auch Lena hier geboren waren. Ihn konnten sie ja nicht wegkriegen. Nicht akzeptabel, aber so ist es nun mal für viele. Wenn eine Frau Probleme mit ihrem Typ kriegt, dann ist es leichter, sie woanders hinzubringen.«

August drehte seine Kappe in den Händen.

Es war durchaus erfrischend, einen Mann in Stens Alter zu treffen, der auf so glasklare Weise das Problem erkannte, mit dem Frauen, die sich vor ihren Männern fürchteten, umgehen mussten. Doch August verstand immer noch nicht, was diese Geschichte mit Iben zu tun hatte und auf welche Weise sie überhaupt relevant war.

»Wann ist das denn alles passiert?«, fragte er.

»Vor neunzehn Jahren«, antwortete Sten, ohne nachzudenken. »Rocky war der letzte große Fall, mit dem ich zu tun hatte, ehe ich in Rente ging.«

»Und dieser Typ, mit dem die Tochter zusammen war?«, fragte Gunnar. »Was stimmte denn mit dem nicht?«

»Das habe ich nicht richtig rausgekriegt«, sagte Sten. »Denn Rocky meinte, es ginge nicht um irgendetwas, was der Junge ihrer Tochter angetan hätte, sondern einem anderen Mädchen. Ich weiß nicht, was da passiert war, aber der Mann war ganz klar gefährlich, und die Familie wollte zu ihm auf Distanz gehen.«

Gunnar sah mit zusammengekniffenen Augen in die Sonne.

»Wie hieß der Junge?«, fragte er.

»Das weiß ich nicht.«

»Haben Sie von der Familie noch mal gehört, seit sie umgezogen sind?«, erkundigte sich August.

»In den ersten Jahren haben sie immer noch eine Weihnachtskarte geschickt, aber damit ist jetzt schon eine ganze Weile Schluss.«

Sten lächelte.

»Diese Karten haben mir immer sehr gefallen«, erklärte er. »Das war so eine feine, kleine Familie, und sie hatten immer ein Bild von sich selbst auf den Weihnachtskarten. Rocky, Lena, die Tochter Anna und das kleine Enkelkind.«

August war jetzt widerwillig neugierig und beugte sich vor.

»Wissen Sie, wie das Enkelkind hieß?«, fragte er.

»Leider nein«, sagte Sten. »Aber ich erinnere mich, wie sie auf den Bildern aussah: große grüne Augen und feuerrotes Haar.«

Gunnar sah August zufrieden an.

Seine ganze Person strahlte »Hab ich es nicht gesagt?« aus.

August vermied, ihn anzusehen.

»Das rothaarige Mädchen hat also niemals in Kungshamn gewohnt?«, fragte er Sten.

»Nein.«

»Aber jetzt ist sie auf Hovenäset«, sagte Gunnar. »Warum wohl?«

Das fragte sich August auch. Warum war sie zurückgekommen? Und warum ausgerechnet ins Eishaus?

Schweigen hatte sich über Selma Valterssons Terrasse gelegt. Es war, als müsste sie darüber nachdenken, wie sie Marias Frage danach, wie sie und Vilhelm sich kennengelernt hätten, beantworten sollte. Schließlich sagte sie:

»Ein früherer Kollege, der auch bei der Ermittlung zum Stückelmord dabei gewesen war, hat uns zusammengeführt. Mein Kollege fragte, ob er meine Nummer rausgeben dürfe, aber das wollte ich nicht, also habe ich Vilhelm angerufen.«

Aha, dachte Maria. Eine Erklärung für das, was zunächst wie eine Lüge ausgesehen hatte.

Wenn sie auch einer Überprüfung standhielt.

Maria notierte den Namen des Kollegen. Diese Spur wollte sie doppelt kontrolliert wissen.

Auf dem Grundstück nebenan war ein Nachbar unterwegs, der den Rasenmäher anwarf. Das Gute daran war, dass er jetzt sicher nicht hörte, worüber in Selmas Garten gesprochen wurde, aber sie selbst verstanden auch fast nichts mehr.

»Worüber wolltet ihr denn miteinander sprechen?«, fragte Maria.

»Vilhelm schrieb an einem Buch über den Stückelmord«, erzählte Selma. »Wie viele andere dachte er auch, dass hier ein richtig fetter Hund begraben läge. Doch es war und ist meine feste Überzeugung, dass Mats Broman schuldig war. Es gibt da keinen großen Fehler der Polizei zu enthüllen und keinen gruseligen Mörder, der davongekommen ist. Es gibt nur eine zutiefst tragische und furchtbare Geschichte über einen Mann, der seine Frau getötet hat. Das habe ich erst vor ein paar Tagen auch im *Bohusläningen* gesagt.«

Ja, danke, das haben wir gesehen, dachte Maria, die kurz bevor sie und Ray-Ray nach Bohus-Malmön losgefahren waren, noch einen Blick auf den Artikel werfen konnte.

»Warum wollte Vilhelm denn mit dir reden, wenn du doch nicht der Meinung warst, dass es sich um eine Konspiration handelte?«, fragte Ray-Ray.

»Eben, weil wir unterschiedlicher Ansicht waren«, sagte Selma. »Ich fand, es ehrte ihn, dass er auch mich treffen wollte, die das Ganze in einem anderen Licht sieht, was natürlich weniger aufregend ist.«

»Ihr hattet euch also bereits einmal gesehen«, stellte Ray-Ray fest. »Wann war das?«

»Ich glaube im Mai«, sagte Selma. »Doch, das war im Mai.«

Sie rief ihren Kalender im Handy auf und sah nach.

»Wir haben uns am 15. Mai gesehen«, bestätigte sie.

»Wo habt ihr euch da getroffen?«, fragte Maria.

»Hier. Zu Hause bei mir.«

»Und war es ein gutes Gespräch?«, erkundigte sich Ray-Ray.

»Durchaus.«

»Weißt du, ob er noch andere Leute treffen wollte, als er damals nach Bohuslän kam?«

»Ja, doch darüber haben wir nicht geredet. Er war schließlich Journalist und musste den Leuten Quellenschutz gewähren.«

»Verstehe«, sagte Ray-Ray.

Maria trank ein paar Schlucke Wasser und beobachtete Selma dabei. Ihre Erzählung wirkte etwas vage. Sie hatte sich mit einem Mann verabredet, der ein Buch über die Stückelmord-Ermittlung schrieb, und der dann nicht auftauchte. Er hatte nicht einmal eine Textnachricht geschickt. Und da rief Selma, eine pensionierte Polizistin, ihn nicht an, um zu checken, wo er blieb.

Das kaufe ich ihr nicht ab, dachte Maria.

»Warum wollte Vilhelm sich denn noch einmal mit dir treffen?«, fragte sie.

Zum ersten Mal wirkte Selma unsicher, was sie antworten sollte.

Die Wahrheit, dachte Maria. Erspare uns unnötige Arbeit, und sag, wie es ist.

»Genau das hat mich auch ein wenig erstaunt«, sagte Selma schließlich. »Er wollte nicht verraten, weshalb er kommen würde. Und ich bin ja einfach hier. Besuch ist also willkommen.«

Selma lachte.

Es war kein trauriges Lachen, sondern mehr feststellend.

Die Einsamkeit hatte viele Gesichter, das durfte man nicht vergessen. Aber es änderte nichts daran, dass irgendetwas an Selmas Zeugenaussage nicht stimmte.

»Und du hast nicht überlegt, ihn anzurufen und zu checken, wo er geblieben ist?«, fragte Ray-Ray noch einmal.

»Nein, tatsächlich nicht. Ich hatte ja nichts zu fragen.«

Ich hatte ja nichts zu fragen.

Im Ernst?, dachte Maria.

»Eine Sache noch«, sagte Ray-Ray. »Was hast du am Nachmittag und am Abend des Tages, an dem Vilhelm ermordet wurde, getan?«

»Ich war hier zu Hause«, sagte Selma.

»Allein?«

»Ja, ich dachte schließlich, ich würde Besuch von Vilhelm bekommen.«

Maria und Ray-Ray wechselten einen Blick.

Hier würden sie diesmal nicht weiterkommen, und es war an der Zeit, das Gespräch zu beenden. Maria rechnete damit, dass sie Selma noch einmal verhören würden, aber bis dahin mussten sie weitere Informationen sammeln.

Laut Gunnar hatte Vilhelm an jenem Tag drei Verabredungen gehabt: Um fünf Uhr sollte er bei Selma sein, und um acht Uhr wollte er Gunnar treffen. Aber wer war die dritte Person?

Sie gingen wieder durch das Haus zurück. An der Wand neben der Eingangstür hingen drei gerahmte Fotos, die Maria zuvor nicht aufgefallen waren. Auf zwei von ihnen war eine deutlich jüngere Version von Selma mit einem lachenden Mann neben sich zu sehen. Selma selbst sah nicht wirklich froh aus. Doch auf dem dritten Bild war es anders. Da saß sie zusammen mit vier anderen Personen – drei Männern und einer Frau – auf einer Bank. Maria erkannte sowohl einen der Männer wie auch den Ort, an dem das Bild gemacht worden war. Der Mann war Axel Ehnbom, der Anfang des Jahres ermordet worden war, und der Ort war der Dampfschiffanleger auf Hovenäset.

»Du kanntest Axel?«, fragte Maria.

Selma nickte und sah für einen Moment unangenehm berührt aus.

»Ja«, sagte sie. »Mein Mann und ich haben eine Zeit lang auf Hovenäset gewohnt, und da habe ich Axel kennengelernt.«

Maria fiel auf, dass sie »ich« und nicht »wir« sagte. Nicht sie und ihr Mann hatten Axel kennengelernt, sondern nur Selma.

»Das sieht ja nach einer netten Truppe aus«, bemerkte Ray-Ray.

Über Selmas Miene zog ein Anflug von Trauer.

»Ja«, sagte sie. »Das da waren amerikanische Freunde von Axel. Sie waren sehr beeindruckt davon, eine schwedische Polizistin kennenzulernen. Wir hatten unglaublich viel Spaß miteinander. Aber dann nahm das Leben eine andere Wendung.«

Sie senkte den Blick. Maria wartete, doch Selma schien nichts mehr sagen zu wollen.

Maria musste daran denken, wie Ray-Ray schon früh in der Ermittlung daran erinnert hatte, dass es noch Fragen gab, auf die sie niemals eine Antwort bekommen hatten, nämlich zum Beispiel Axel Ehnboms mögliche Verwicklung in den Stückelmord.

Hier nun tauchte Axels Name wieder auf, und das zu Hause bei einer Frau, die es unterlassen hatte, sich bei der Polizei zu melden, obwohl sie Vilhelm kannte, und der außerdem ein Alibi für den Mordzeitpunkt fehlte. Und als wäre das nicht genug, war sie die Polizistin, die Anfang des Jahres zu Maria und Ray-Ray gesagt hatte, dass sie nicht weiter in Axels Alibi für den Stückelmord herumwühlen müssten. Mit keinem Wort hatte sie damals angedeutet, dass sie Axel gekannt hatte. Das ließ ihre Glaubwürdigkeit sehr fragwürdig erscheinen.

»Vielen Dank fürs Erste«, sagte Ray-Ray. »Wir melden uns sicher noch einmal bei dir.«

Selma sah ihm in die Augen.

»Ihr seid herzlich willkommen«, sagte sie.

Maria und Ray-Ray gingen zum Auto. Das hatte sich in der Sonne ordentlich aufgeheizt, und die Wärme schlug ihnen entgegen, als sie die Türen öffneten.

»Sie lügt«, sagte Ray-Ray.

»Ja«, stimmte Maria zu. »Aber in welchem Punkt?«

Die Stunden waren unendlich langsam vergangen, und jetzt war es Spätnachmittag. Iben hatte eine halbe Ewigkeit damit verbracht, Selma Valterssons Telefonnummer oder ihre Mailadresse zu finden, doch sie hatte aufgeben müssen. Selma war nicht auf den üblichen Adressseiten im Netz, und als Iben die Zeitung anrief und versuchte, auf diese Weise an ihre Adresse zu kommen, bekam sie eine Standpauke von einem Journalisten, der fand, dass sie das Privatleben der Menschen nicht respektieren würde.

»Warum sollte ich Selmas Telefonnummer an eine Fremde herausgeben?«, fragte er. »So funktioniert das nicht, das muss Ihnen doch wohl klar sein.«

Und natürlich war es das.

Doch es wäre solch eine Erleichterung gewesen, wenn ihr endlich mal etwas entgegenkommen würde, denn bisher war sie nur mit Widerständen konfrontiert. Schließlich hatte sie Selma Valtersson auf Facebook gefunden und ihr auf diesem Weg eine Nachricht geschickt. Doch da sie und Selma nicht auf Facebook befreundet waren, würde die Nachricht in den sogenannten Anfragen landen. Und wer wusste schon, ob Selma dort überhaupt, und wenn ja, wann, hineinschaute.

Zum sicherlich fünfzigsten Mal kontrollierte Iben ihr Handy.

Immer noch keine Antwort, obwohl schon zwei Stunden vergangen waren, seit sie die kurzen Zeilen an Selma geschickt hatte.

Zum Warten hatte sie sich auf die Badefelsen hinter dem Campingplatz gesetzt. Ansonsten vermied sie Hovenäset, so gut es ging, wenn sie nicht gerade im Haus war. Sie wollte nicht riskieren, dass jemand sie in ein Gespräch verwickelte. Schon genug, dass Gunnar Wide sie interessant fand. Nicht weniger als dreimal hatte sie ihn am Eishaus vorbeirollen sehen, jedes Mal mit anderen Menschen hinter dem Gefährt. Seine Website war immer noch vom Netz, und je neugieriger er sich verhielt, desto weniger Lust hatte Iben, ihn aufzusuchen.

Ich will doch nur wissen, ob mein Papa ein Mörder ist, dachte sie.

Iben schaute über die Bucht. Ein Stück entfernt war der Badeplatz vom Campingplatz. Laute Kinderschreie, mit der Begeisterung, die nur Sonne und Meer hervorrufen können, vermischten sich mit der Stimme einer erwachsenen Person. Iben mochte die Hintergrundgeräusche.

Das grelle Klingeln des Handys schnitt durch die friedliche Stimmung.

Sie stürzte sich aufs Telefon.

Bestimmt hatte Selma Valtersson jetzt ihre Nachricht gelesen und sich entschieden, anzurufen!

Doch enttäuscht musste sie feststellen, dass nicht Selma anrief, sondern ihre Mutter.

Iben starrte aufs Telefon und ließ es klingeln, bis ihre Mutter aufgab. Sie konnte jetzt nicht rangehen, sie konnte nicht mehr lügen. Nicht, dass es nicht noch mehr Personen in der Familie gäbe, die logen, aber es fühlte sich alles so belastend an.

Sie hatte sogar schon überlegt, ob sie nach Hause fahren sollte.

Ihre Nachforschungen bewegten sich keinen Millimeter in die richtige Richtung.

Ich sollte mich einfach schämen, dass ich nicht besser geplant habe, dachte Iben.

Da klingelte das Handy wieder.

Ihr Herz machte einen Purzelbaum, doch wieder war es ihre Mutter.

»Kapier doch!«, zischte sie und schaute wütend auf das Telefon.

Das Gespräch ging auf die Mailbox, doch bald klingelte das Handy ein drittes Mal. Und jetzt erschien auch eine SMS auf dem Display.

Ich rufe an, bist du rangehst, Iben.

Iben las die minimalistische Nachricht zweimal.

Hatte ihre Mutter den Verstand verloren?

Dann kriegte sie es mit der Angst.

Es könnte ja etwas passiert sein. Was Schlimmes.

Mit ihrer Mutter oder mit den Großeltern.

Aber würde sie dann wirklich so wütend schreiben?

Ich rufe an, bist du rangehst, Iben.

Das klang wie eine Drohung.

Iben schaltete das Telefon auf lautlos, doch es blinkte immer weiter und weiter.

Sie wurde zornig.

Als sie dann schließlich ranging, war sie richtig sauer und ihre Stimme nur ein Zischen.

»Was zum Teufel machst du?«

Sie hörte, wie ihre Mutter ins Telefon atmete. Es rauschte, als wäre sie draußen unterwegs.

»Eins ist ja wohl klar, du fluchst nicht mit mir«, sagte sie mit einer Stimme, die rasend vor Wut klang. »Was machst du selbst denn?«

Iben richtete sich auf.

Der Badeplatz war plötzlich viel zu heiß und die Sonne zu stark.

»Ich habe jetzt Kurs, du kannst doch nicht einfach anrufen und …«

Im Hintergrund johlte jemand und warf sich von den Klippen ins Meer. Ein Mädchen applaudierte wild und sprang dann hinterher.

»Das klingt aber gar nicht so, als wärest du im Unterricht«, sagte ihre Mutter.

Ihre Stimme klang kalt und wütend, und jetzt pumpte Ibens Herz noch heftiger.

»Wir haben Pause«, sagte sie mit schwacher Stimme.

Sie war es so unendlich leid, dass die ganze Zeit alles schiefging und das Leben so anstrengend war.

»Von wegen Pause, du mich auch, verdammt noch mal!«, schimpfte ihre Mutter.

»Wir wollten doch nicht fluchen«, flüsterte Iben.

»Du wirst mir hier nicht vorschreiben, was ich tun darf und was nicht«, sagte ihre Mutter. »Iben, ich weiß, dass du den Kurs abgesagt hast. *Ich weiß das.* Wo also bist du? Was machst du?«

Die Stimme ihrer Mutter klang jetzt nicht mehr so wütend, sondern etwas gedämpfter und am Ende einfach nur traurig.

»Iben?«

Das Handy fühlte sich heiß in der Hand an, und jetzt musste Iben schwer atmen.

»Du kannst doch nicht einfach auf diese Weise abhauen«, flehte ihre Mutter. »Verstehst du denn nicht, dass ich mir Sorgen mache?«

Aber du machst dir doch immer Sorgen, dachte Iben.

»Wir teilen doch fast alles«, fuhr ihre Mutter fort. »So ist es doch, nicht wahr, Iben?«

Nur fast.

Ihr Blick war verschwommen.

Sie würde die schlechteste Polizistin im ganzen Land werden.

Niemand würde sie einstellen. Keine Chance.

Nicht einmal, wenn sie zwei Wochen untertauchen wollte, konnte sie die Spuren hinter sich verwischen.

Vierzehn Tage.

Mehr hatte sie nicht verlangt.

Sie hatte gedacht, das würde reichen.

»Ich kann nicht sagen, wo ich bin«, sagte Iben.

In ihr flackerte die Flamme, die sie in Gang gehalten hatte. Noch brannte das Feuer, noch hatte sie Energie. Nicht viel, vielleicht nicht einmal genug, aber doch so viel, dass sie noch ein bisschen weitermachen konnte. Sowie ihre Mutter erfahren würde, wo sie sich befand, wäre das Spiel aus.

Ihre Mutter schluchzte ins Telefon.

»Iben, du musst mir sagen, was du tust. Ich kriege unglaubliche Angst, wenn du so was machst.«

Iben schüttelte frenetisch den Kopf, sodass die anderen um sie herum neugierig in ihre Richtung starrten.

»Nein«, sagte sie heiser. »Ich muss gar nichts.«

Sie war jetzt erwachsen.

Mündig.

Frei.

Bereit zu tun, was sie wollte. Und das hier war, was sie wollte.

Ihre Mutter schnäuzte sich.

»Iben, ich werde dich vermisst melden.«

»Als ob.«

»Ich mache keine Witze.«

Iben holte tief Luft und schaute über das Meer, wo alle anderen so mit den hellen Seiten des Lebens beschäftigt zu sein schienen.

»Ich auch nicht«, erwiderte sie dann. »Ich komme nach Hause, wenn ich fertig bin.«

Dann legte sie auf und schob das Telefon beiseite.

Sie öffnete ihre Badetasche und suchte die kleine Plastikfolie mit dem Bild, die verschwunden gewesen war. Offenbar hatte August Strindberg das Foto gefunden, und jetzt hatte er es, kurz bevor sie das Haus verließ, zurückgebracht. Er hatte ihr eine SMS geschickt und gefragt, wann es passen würde, und da hatte Iben ihn gebeten, das Foto in den Briefkasten zu werfen.

Es stresste sie, dass August das Bild so lange gehabt hatte. Womöglich hatte er auch das andere Foto in der Folie entdeckt, über das sie am allerwenigsten ausgefragt werden wollte.

Mit steifen Fingern zog sie das kleine Bild heraus, das hinter dem Foto von Mats Broman steckte. Darauf war ein Mann zu sehen, den Iben nie wirklich kennengelernt hatte. Er war jung und schaute schüchtern in die Kamera.

Sie fand, dass er freundlich aussah.

Warmherzig.

Und kein bisschen wie ein verrückter Mörder.

Iben strich mit dem Finger über das Bild und probierte den Namen, bei dem sie ihn noch nie genannt hatte.

»Papa«, flüsterte sie.

Die Stuhlbeine knirschten auf dem geschotterten Vorplatz der Kapelle. Die Sonne war hinter den hohen Klippen beim Campingplatz versunken und leuchtete jetzt noch gelblich über die Teilnehmer des Treffens der Leseratten. Weil der Abend so lau war, hatten sie sich draußen versammelt. August saß mit einer Wurst in der einen Hand und einem kalten Bier in der anderen da.

Als er neu auf Hovenäset war, trafen sich die Leseratten immer in einem Pub in Kungshamn, doch seit August die Treffen anberaumte, versammelten sie sich stattdessen in der Kapelle. Er war mehr als zufrieden mit dieser Veränderung, und den anderen ging es genauso. Von der Sonnenseite der Kapelle aus konnte man über die ganze Halbinsel sehen. Karge Felsen lagen zwischen Ansammlungen kleiner Häuser und hinten dann das Meer und der offene Horizont.

Eine Aussicht, an der man sich nicht sattsehen konnte.

August befühlte das Buch, das auf seinem Schoß lag.

Love Live von Ray Kluun. Die Geschichte von einem Mann in Amsterdam, der seine Frau notorisch betrügt, obwohl bei ihr gerade ein weit fortgeschrittener Brustkrebs diagnostiziert worden ist.

Das war kein Buch, nach dem August sonst gegriffen hätte, außerdem hatte er bisher nicht geschafft, es zu lesen, doch nachdem er die anderen im Lesekreis darüber hatte diskutieren hören, würde er es doch tun. Offensichtlich handelte es sich um eine Geschichte, die beim Lesen eine ungeheure Trauer erzeugte, und es waren ihm tränenreiche Abende versprochen worden. August gehörte nicht zu denen, die großartig weinten, wenn sie Bücher lasen oder Filme sahen, aber vielleicht würde gerade diese Liebesgeschichte ihm ja die Beine wegziehen.

»Wollte Maria heute Abend nicht auch kommen?«, fragte Esmeralda Jansson und versetzte ihm in just dem Moment, als er gerade die Wurst in den Mund schob, einen Stoß mit dem Ellenbogen.

Sie hatten genug über das Buch gesprochen und waren zum eigentlichen Anlass ihrer Treffen übergegangen, nämlich zusammenzusitzen und heiße Würstchen zu essen.

August kaute und schluckte.

»Sie wollte kommen, wenn sie es schafft«, sagte er

»Nun, das hat sie offensichtlich nicht«, bemerkte Esmeralda. »Wie schade, denn so hat sie deinen sehr guten Pie verpasst.«

August schaute zu der fast leeren Form, die neben der Platte stand, auf die Esmeralda ihren Bananenkuchen gelegt hatte. Der Pie war nicht so geworden, wie er sich erhofft hatte – auf keinen Fall würde das sein Beitrag zum Backwettbewerb werden.

August sah zu Linnea hinüber, die ihm gegenübersaß und eine nicht angebissene Wurst in der Hand hielt. Ihr Hund Eskil war auch dabei und lauerte sehnsüchtig. Linnea sah zu Boden.

»Ist was passiert?«, flüsterte Esmeralda.

»Das weiß ich nicht«, antwortete August.

Er verfluchte Henriks stoffelige Art Menschen gegenüber, die ihm Gutes wollten und seine Aufmerksamkeit und Liebe suchten.

Linnea stand auf und warf die Wurst in die Mülltüte.

August erwog, zu ihr zu gehen, doch eine der anderen Teilnehmerinnen des Lesekreises, eine Freundin von Linnea, kam ihm zuvor. Sehr gut. August wollte sich so weit wie möglich von diesem ganzen Chaos fernhalten.

»Verdammt noch mal!«

Das Gemurmel verstummte, nachdem Esmeralda versehentlich Bier auf ihre Shorts verschüttet hatte. Während sie sich mit ein paar Servietten trocken wischte, ergriff eine Frau, die im Schatten saß, das Wort.

»Ich muss das einfach mal fragen. Was denkt denn ihr über die Sache am Badeplatz? Ich möchte da wirklich nicht mehr hingehen.«

Mehrere andere stimmten zu. Die Polizei hatte die Absperrungen am Sprungturm weggenommen, doch machten die Leute immer noch einen Bogen um den Platz.

»Mein Freund hat den gesehen, der … der da hing«, sagte eine andere Frau. »Seither schläft er unglaublich schlecht.«

Die übrigen Teilnehmerinnen des Lesekreises fuhren entsetzt zurück. Keine wollte mehr zum Badeplatz gehen, und es bedauerte auch keine, den ermordeten Vilhelm nicht gesehen zu haben.

Dann wurde es still.

»Man fragt sich ja auch, was der Junge hier wollte«, sagte die Frau im Schatten schließlich.

»Und ob der Mörder hier auf Hovenäset wohnt«, schob Esmeralda ein, die in sicherer Entfernung in Kungshamn lebte.

Linnea setzte sich wieder auf ihren Platz und sah Esmeralda scharf an.

»Warum habt ihr dieses Haus nur gekauft, du und Sven?«, fragte sie. »Das hätte dem Erdboden gleichgemacht werden sollen, damit wir anderen unsere Ruhe haben.«

»Entschuldige, aber da kommst du jetzt wohl von der falschen Seite her«, sagte Esmeralda verärgert. »Es kann ja wohl kaum meine und Svens Schuld sein, dass ihr hier auf der Halbinsel einen Mörder rumlaufen habt. Außerdem hat dieser Mord jetzt mit dem Eishaus überhaupt nichts zu tun.«

Und schon war der beste Streit im Gange.

August lehnte sich zurück und dachte an die Bootsfahrt, die er zusammen mit Gunnar nach Hasselösund unternommen hatte, und an die Geschichte, die ihnen da erzählt worden war.

Vor knapp zwanzig Jahren hatte eine Familie Kungshamn verlassen, nachdem bekannt geworden war, dass der Freund der Tochter gefährlich sei. August dachte an die Weihnachtskarten, von denen Sten erzählt hatte. An das Mädchen mit feuerrotem Haar. Er war ganz sicher, dass dies die Familie von Iben war, aber warum sollte die Geschichte von Familie Syrén interessant sein?

Vielleicht war sie das überhaupt nicht.

Das musste Maria entscheiden. Sowie sie nach Hause kam, würde er ihr erzählen, was er den Tag über erlebt hatte. So funktionierte das zwischen ihnen: Er berichtete ihr alles, was er aufschnappte und was ihrer Ermittlung möglicherweise dienlich sein könnte. Und sie erzählte im Gegenzug keine Silbe mehr, als die Schweigepflicht zuließ.

August nahm noch einen Schluck von dem kalten Bier.

Sein Handy vibrierte in der Tasche, und er holte es raus.

Eine SMS von der Firma, der er den Auftrag gegeben hatte, Olga Samuelssons Messer zu begutachten.

Die Nachricht war kurz:

Melden Sie sich bitte so schnell wie möglich bei uns. Und achten Sie darauf, die Messer so sicher wie möglich zu verwahren.

Noch vor weniger als einem Jahr hatte der Lesekreis zu einem der wenigen Orte gehört, an denen Maria sich sicher fühlte. Zu Hause war sie das nie gewesen, und auch wenn sie viel arbeitete, so gab es doch eine Grenze, wie lange sie wegbleiben konnte. Jetzt lag das alles hinter ihr. Sie machte, wozu sie Lust hatte, und sie ging hin, wohin sie wollte. Das war ein Gefühl, an das sie sich erst gewöhnen musste – es war, als würde sie die ganze Zeit unterschwellig damit rechnen, dass ihr diese Sicherheit wieder geraubt werden könnte.

An diesem Abend aber wollte sie am liebsten draußen sein und joggen und nicht über Bücher reden. Als sie loslief, war die Luft immer noch warm, und die Sonne brannte tief am Himmel. Sie schwitzte so heftig, dass sie kaum etwas sah, und der Puls dröhnte in den Ohren.

»Ihr müsst den finden, der meinen Sohn getötet hat«, hatte Vilhelms Mutter gesagt, als sie sich das letzte Mal gesprochen hatten.

»Sie können sich auf uns verlassen, Gudrun«, hatte Maria geantwortet. »Wir werden den Schuldigen finden.«

Das war ein gefährliches Versprechen. Niemand wusste im Vorhinein, wie eine Ermittlung ausgehen würde oder wie lange es dauern würde, sich ein vollständiges Bild davon zu machen, was passiert war.

Als Maria eine knappe Stunde später nach Hause kam, stand August in der Küche und buk. Seine Stirn war in tiefe Falten gelegt, während er in einem großen Kochbuch blätterte. Es war kurz nach acht, und er konnte gerade erst von den Leseratten zurückgekommen sein. Die trafen sich in der Regel um sechs Uhr, und zumeist mindestens für zwei Stunden.

Er strahlte, als er Maria erblickte, und gab ihr einen raschen Kuss.

»Der Walderdbeeren-Pie ist nicht so großartig geworden, wie ich gehofft hatte«, gestand er. »Jetzt probiere ich stattdessen einen Schokoladenkuchen mit Karamellsoße.«

So ein Verrückter, dachte Maria und ging zum Badezimmer, um eine Dusche zu nehmen. Wer kam denn aus dem Lesekreis zurück und stellte sich dann sofort hin und buk einen Kuchen?

Es dauerte nicht lange, da erfüllte der warme Duft von Schokolade, Blaubeeren und geschmolzenem Zucker das Haus. Als Maria aus dem Badezimmer kam, war der Kuchen im Ofen, und auf dem Herd köchelte eine Karamellsoße. Sie wärmte sich übrig gebliebenes Essen auf und wartete ansonsten ungeduldig darauf, dass der Kuchen fertig wurde.

»Komm, wir setzen uns auf die Veranda und probieren!«, sagte sie, als August endlich die Kuchenform aus dem Ofen hob.

Vorsichtig schob August den dunklen, hohen Kuchen auf eine Platte.

»Erst muss ich Limettensahne schlagen. Außerdem müssen wir über eine Sache reden, und ich glaube, es ist am besten, wenn wir das im Haus tun, wo uns niemand hören kann.«

Maria setzte sich an den Küchentisch.

»Ich habe etwas wirklich Kurioses erfahren«, sagte August. »Man hat mir im Laden ein Messerset angeboten. Die Messer sind richtig alt und gut erhalten, die Kundin meinte, sie könnten vor mindestens fünfzig Jahren in Japan gekauft worden sein. Ich habe eines davon zusammen mit Fotos von den anderen an eine Firma in Göteborg zum Schätzen geschickt, und heute Abend haben die sich bei mir gemeldet. Der Kollege sagte, wenn diese Messer an ein gutes Auktionshaus gegeben würden und die Chance hätten, an den richtigen Käufer zu geraten, dann würden sie für mindestens zweihunderttausend über den Tisch gehen.«

Maria war erstaunt.

»Und was wirst du jetzt tun?«, fragte sie.

»Ich habe der Kundin mitgeteilt, dass sie morgen ihre Messer zurückbekommt«, sagte August. »Sie muss sie über Bukowskis oder ein anderes seriöses Auktionshaus verkaufen. Ich werde hier in meinem Laden niemals den richtigen Käufer dafür finden.«

Er machte eine Kunstpause und rührte in der Karamellsoße.

»Dann war da noch etwas«, sagte er. »Ich habe die Kundin heute in der Hafenbäckerei gesehen. Ich glaube, dass sie mit ihrem Mann da war, aber als ich sie gegrüßt habe, hat sie so getan, als würde sie mich nicht kennen.«

»Ehrlich?«, fragte Maria. »Wie heißt sie denn?«

»Olga Samuelsson.«

Der Namen sagte Maria nichts, und so startete August das Rührgerät und arbeitete konzentriert weiter.

»So«, sagte er nach einer Weile. »Jetzt können wir den Kuchen probieren.«

Maria applaudierte.

»Dann gehen wir jetzt raus auf die Terrasse«, sagte sie.

»Was müssen wir noch mitnehmen?«

»Den paradiesischen Duft«, sagte August mit dramatischer, verstellter Stimme.

Maria kicherte, und August deckte ein Tablett. Wie so viele andere Gegenstände in seinem Zuhause hatte auch dies eine Geschichte. Mit großem Engagement begann er, von einer Geschäftsreise nach Vietnam zu erzählen, die er unternommen hatte. Anfänglich war die Reise total langweilig gewesen, aber dann hatte er einen großen Markt entdeckt, und da fing es plötzlich an, Spaß zu machen. Er hatte ein Tablett und ein paar Kaffeetassen mit nach Hause gebracht.

Maria beobachtete ihn, während er sprach. August gehörte nicht zu den Männern, die man bildschön genannt hätte, doch er war ohne Zweifel der attraktivste, dem sie je begegnet war. Es war diese Kombination aus einem starken Selbstwertgefühl zusammen mit einer ordentlichen Dosis Demut, die ihn so anziehend machte. Das und die Tatsache, dass auch ihm das Leben schon übel mitgespielt hatte. Er nahm nichts für selbstverständlich, und das mochte Maria.

Sie saßen einander am Terrassentisch gegenüber.

August sah sie mit großer Konzentration an, während sie den Kuchen probierte. Tausend verschiedene Geschmacksrichtungen explodierten geradezu in ihrem Mund. Alles vom Besten in einem einzigen Biss: das Süße, das Weiche, das Salzige, das Säuerliche und vor allem die Schokolade, die immer noch warm war und göttlich schmeckte.

»Fünf Sterne!«, rief Maria.

»Wahnsinnig gut!«

August sah zufrieden aus und probierte selbst.

»Kann man essen«, sagte er.

Dann beugte er sich über den Tisch.

»Und ich habe heute noch etwas erfahren«, sagte er mit gesenkter Stimme. »Über Iben.«

Und dann erzählte er ihr, wie Gunnar einfach sein Boot geentert und August einem Mann vorgestellt hatte, der Sten hieß.

Zu Anfang war Maria amüsiert, hörte dann aber immer aufmerksamer zu.

Vielleicht hatte Iben erst jetzt von ihrer seltsamen Familiengeschichte erfahren und sich entschieden, der Sache nachzugehen. Dann wieder war es auch seltsam, dass sie ausgerechnet das Eishaus gewählt hatte, und auch noch zur selben Zeit, als Vilhelm Eliasson ermordet worden war. Und dass August ein Foto gefunden hatte, auf dem Mats Broman zu sehen war, und das offenbar Iben gehörte.

An dieser Geschichte war irgendetwas, dem nachzugehen sich lohnte, doch Maria konnte nicht klar sehen, was.

»Sie könnte natürlich allgemein an dem Stückelmord interessiert sein«, sagte August. »Oder sie ist durch Zufall im Eishaus gelandet. Aber …«

»Aber das glaube ich ebenso wenig wie du«, unterbrach ihn Maria. »Sie ist neunzehn Jahre alt, August. Dieses Haus bedeutet ihr etwas. Sonst wäre sie nicht dort.«

All diese losen Fäden frustrierten Maria. Der Besuch bei Selma

Valtersson hatte im Grunde auch keine Klarheit gebracht, außer dass Selmas Geschichte zweifellos unwahrscheinlich wirkte, aber das reichte ja wohl kaum.

Warum hatte sie Vilhelm kein einziges Mal angerufen und gefragt, wo er blieb, nachdem er nicht zu ihrem Treffen erschienen war? Und wie gehörte da rein, dass sie Axel Ehnbom gekannt hatte?

Maria ließ den Löffel noch einmal in den Kuchen sinken.

Könnte Vilhelms drittes geplantes Treffen eines mit Iben gewesen sein?

Genüsslich ließ sie ein weiteres Stück vom Kuchen auf der Zunge zergehen. Eigentlich sollten sie noch eine abendliche Runde schwimmen gehen und in der Bootshütte Sex haben oder was auch immer, um alle Gedanken an die Arbeit vor Beginn der Nacht gründlich zu vertreiben. Sonst könnte sie nicht schlafen, und das durfte nicht passieren.

Doch August hatte offensichtlich noch mehr auf dem Herzen, denn nach einer Weile des Schweigens sagte er:

»Gunnar hat einen schwarzen Jeep erwähnt. Ist das etwas, wonach man Ausschau halten sollte?«

Maria unterdrückte einen Seufzer.

Gunnar war doch eine richtige Tratschtüte. Obwohl sie ihn ausdrücklich gebeten hatten, nicht weiterzutragen, wofür sich die Polizei interessiert hatte.

»Nein«, erwiderte sie. »Du musst nach keinem schwarzen Jeep Ausschau halten. Aber … gerade dieses Detail ist wichtig für die Ermittlung, deswegen wäre es super, wenn du mit niemandem darüber sprechen würdest.«

»Natürlich nicht«, sagte August.

Da klingelte Marias Handy.

Eine unbekannte Nummer.

»Ich gehe kurz rein«, sagte sie und nahm das Handy mit ins Haus.

Als sie in der Küche stand, ging sie ran.

Es war ein Mann namens Erik Larsson, er leitete den Taucheinsatz vor dem Badeplatz von Hovenäset.

»Kannst du reden?«, fragte er.

»Ja, klar«, erwiderte Maria.

Sie war immer im Dienst, immer bereit. Selbst wenn sie auf der Terrasse saß und traumhaften Kuchen aß.

Die Stimme des Tauchers klang angespannt.

»Wir haben etwas gefunden«, sagte er.

Maria griff nach einem Glas Wasser.

»Erzähl«, sagte sie.

»Eine Plastiktüte, die mit einem Stein drin auf dem Meeresgrund versenkt worden ist. Die lag ein gutes Stück draußen und kann nicht von selbst dorthin getrieben sein, dazu ist der Stein zu schwer. Es muss sie also jemand von einem Boot aus versenkt haben.«

»Und was war in der Tüte? Denn du rufst sicher nicht an, um mir zu erzählen, dass ihr eine Plastiktüte mit einem Stein drin gefunden habt.«

»Korrekt. In der Plastiktüte lagen eine weitere Plastiktüte und darin zwei Handys sowie eine Brieftasche mit Vilhelms Führerschein und zwei Schlüsselbunde.«

Maria schnappte nach Luft.

»Funktionieren die Telefone?«, fragte sie.

»Leider nein. Aber die Schlüsselbunde können vielleicht interessant sein. Das eine sieht aus wie eine gewöhnliche Ansammlung von Schlüsseln, für ein Sicherheitsschloss, einen Briefkasten und ein Vorhängeschloss. Wir werden sie mit Express nach Borås schicken, um zu prüfen, ob die Schlüssel zu Vilhelms Wohnungstür passen. Aber dann ist da noch der andere Schlüsselbund.«

Maria hörte gespannt zu.

»Okay«, sagte sie. »Was ist damit?«

»An dem Schlüsselring hängen zwei kleinere Schlüssel und ein grünes Schild, auf dem das Wort ›Höhle‹ steht.«

Maria merkte erst jetzt, dass sie ihre Hand zur Faust geballt hatte, während sie zuhörte. Höhle. Vilhelms Mutter hatte von einer Höhle gesprochen und erzählt, dass Vilhelm immer gescherzt und gesagt hatte: »Jetzt muss ich zurück in die Höhle.« Maria hatte angenommen, dass er damit sein Arbeitszimmer meinte, und vielleicht war das auch so, aber möglicherweise war ihr eine andere Bedeutung entgangen.

»Er hat einen Lagerraum oder ein Arbeitszimmer gemietet«, meinte sie. »Und das hat er Höhle genannt.«

Mit einem Mal wurde die Jagd auf Vilhelms Buchmanuskript ganz heiß.

»Das vermute ich auch«, sagte Erik. »Jetzt müssen wir nur noch herausfinden, wo das ist.«

Morgen, dachte Maria mit pochendem Herzen. Morgen werden wir deinen geheimen Ort finden, Vilhelm. Und hoffentlich auch dein Buchmanuskript.

Mein siebtes Jahr mit dir

Hipp, hipp, hurra! Gestern bist du sechs Jahre alt geworden. Wir haben mit Würstchen, Brötchen und Himbeerbonbons gefeiert. Du liebst Süßigkeiten, und gestern wolltest du eben ausschließlich Himbeerbonbons essen. Das hast du sehr deutlich gemacht. Diese deutliche Art ist zu einem Markenzeichen von dir geworden. Es kommt nur sehr selten vor, dass ich nicht weiß, was du willst.

Und so geht es nicht nur mir.

Sondern allen in deiner Umgebung.

Ich bin so froh, dass ich im letzten Jahr gearbeitet habe. Für mich war es nie das Richtige, nur mit dir zu Hause zu sein. Nichts ist so geworden, wie ich es mir vorgestellt hatte. Jetzt, da wir zwei nicht mehr ununterbrochen zusammen sind, funktionieren wir auch als Familie besser. Sogar dein Vater sieht das so.

Du bist immer noch ein ernstes Kind.

Und ein zorniges.

»Ausagierend«, nennt das Personal in deiner Kindertagesstätte das. In einem Jahr wirst du in die Schule kommen, und ich glaube, dass die in der Tagesstätte sich schon darauf freuen, dich loszuwerden.

Verzeih mir, aber ich kann sie wirklich verstehen. Du gehst wie ein Tornado zwischen die anderen Kinder. Erst hat es eine Ewigkeit gedauert, ehe du gesprochen hast, und jetzt, da du es endlich tust, benutzt du deine Stimme oft, um zu allem Nein zu sagen oder um anderen Menschen Gemeinheiten an den Kopf zu werfen.

Eine Angst hat mich beschlichen. Ich mache mir Sorgen, dass du einsam werden könntest. Soweit ich weiß, hast du keine Freunde. Das darf doch nicht so bleiben. Ich sage oft, dass du gerne jemanden zum Spielen mit nach Hause bringen kannst, doch es passiert nie.

Erst ein einziges Mal war ein anderes Kind hier. Ein kleiner Junge, der zur gleichen Gruppe in der Kita gehörte wie du.

Weniger als fünf Minuten habe ich euch allein gelassen, aber das genügte dir schon, um ihm wehzutun. Als ich in dein Zimmer kam, weinte er furchtbar. Du warst wütend geworden, weil er mit deinem Brio-Zug direkt auf dem Boden gefahren ist und nicht auf den Gleisen, und da hast du ihm die harte Holzlok auf den Kopf geschlagen. Ich musste ganz schnell seine Mutter anrufen und dann versuchen zu erklären, warum ihr Sohn mitten auf der Stirn eine große rote Beule hatte.

Er war nicht wieder hier und auch kein anderes Kind aus der Kita.

Aber auch ich bin einsam.

Einige unserer Freunde und Bekannten haben angefangen, uns aus dem Weg zu gehen. Erst habe ich gedacht, ich würde mir das einbilden, aber mit jeder neuen Jahreszeit wird deutlicher, dass wir als Familie aus gewissen Kreisen ausgeschlossen worden sind.

Sie sagen, dass du ständig streitest, dass du prügelst und anderen Angst machst.

Ich verteidige dich immer.

Immer.

So ist man nun mal als Eltern. Aber wenn die Nacht kommt, dann weine ich in mein Kissen. Weil ich erschöpft bin und mir Sorgen mache. Weder Papa noch ich wollen weitere Kinder, wir schaffen es nicht, wir wagen es nicht, aber natürlich stelle ich mir manchmal vor, dass eine Konkurrenz für dich vielleicht gut wäre. So wie die Situation derzeit ist, nimmst du all unsere Zeit, Kraft und Energie in Anspruch. Wir haben dem so wenig entgegenzusetzen, und ich glaube, dass daran die Liebe schuld ist.

Wir lieben dich einfach zu sehr, um klare Grenzen zu setzen.

Und wir können nicht all unsere Zeit darauf verwenden, mit dir zu streiten, das ist völlig ausgeschlossen.

Aber das hindert mich doch nicht daran, darüber nachzudenken, wie wir dich auf die richtige Bahn im Leben bekommen können.

Wie rüsten wir dich am besten dazu aus, ein vernünftiger Erwachsener zu werden?

Diese Frage hält mich nachts auch wach.

Denn ich will ja nur dein Bestes.

Doch es fällt mir immer schwerer zu leugnen, was so viele andere gesehen und auch schon gesagt haben: dass du nicht nett bist.

Es schneidet mir ins Herz, wenn ich sehe, wie deine Wangen vor Zorn rot anlaufen, ich sehe ja, dass es dir nicht gut geht. Glaube mir, ich habe versucht, Hilfe zu finden, doch niemand hört auf mich. Im Gegenteil. Ich weiß nicht, wie oft ich schon als hysterische Mutter abserviert worden bin. Und das tut schrecklich weh. Papa sagt, das Gesundheitssystem würde uns im Stich lassen und demütigen, und ich kann ihm da nur zustimmen. Wir sind so erbärmlich einsam in dieser ganzen Tragik. Es heißt: unsere Familie gegen den Rest der Welt.

Gleichzeitig wächst in mir eine neue Angst.

Es gibt nämlich eine Sache, die ich noch keinem einzigen Menschen zu sagen gewagt habe, es muss ein Geheimnis bleiben.

Und zwar geht es darum, warum ich anfangen wollte zu arbeiten, warum ich von dir wegkommen wollte.

Ich fürchte mich vor dir, mein Kind. Ich habe Angst, dass du dir selbst oder uns anderen etwas antun könntest.

24. Juli

»Ein ängstlicher Mörder«

Um kurz nach vier Uhr am Morgen gab Oskar auf. Er hatte gar nicht erwartet, dass er schlafen könnte, und sich nicht einmal dem Bett genähert. Stattdessen war er auf dem Sofa im Wohnzimmer sitzen geblieben.

Hatte Wache gehalten.

Die Dämonen hatten ihn mit einem Blitzangriff überfallen.

Das erfüllte ihn mit Entsetzen.

Dass er trotz aller Vorbereitungen, trotz aller Warnsignale das Gefühl hatte, in einen Hinterhalt geraten zu sein.

Sein Kopf fühlte sich an, als würde er explodieren, und die Angst breitete sich wie eine Schlingpflanze in seiner Brust aus.

Jedes Mal, wenn er die Augen schloss, hörte er Malins verzweifelten, gedämpften Schrei im Kopf widerhallen.

Dann sah er sich selbst wegrennen.

Fliehen, so schnell es ging.

Ehe jemand ihn aufhalten könnte, ehe dieser Typ mit dem Gartenschlauch anfing, Fragen zu stellen.

Oskar hatte einen wesentlichen Teil seines Lebens darauf verwandt, die Erinnerungen an das Verbrechen der Kindheit wegzuschieben. Das war, kurz gesagt, richtig schiefgegangen. Erst als er Kontakt zu den Anonymen Alkoholikern aufnahm und als er Matilda bekam, für die er kämpfen musste, kehrte Ruhe ein.

Wenn die Tochter nicht gewesen wäre, dann hätte er es nicht geschafft.

Waren seine Kräfte nun am Ende?

Nach dem Besuch bei Malin fühlte er sich völlig leer.

Ich bin zu weit gegangen, dachte Oskar. Und jetzt weiß ich nicht, wie ich wieder zurück soll.

Das Leben, das er kannte, war weg. Es war immer zerbrechlich gewesen, es hatte sich niemals ganz stabil angefühlt, und jetzt war es vorüber.

Denn irgendwas musste er ja getan haben, wenn Malin auf diese Weise reagierte.

Vielleicht war es so, wie man ihm immer gesagt hatte:

Dass er so unzuverlässig sei wie Feuer.

Ein Gedanke, der so schmerzte.

Ein Seufzer entrang sich ihm.

Wahrscheinlich sollte er tun, was Espen gesagt hatte: ein wenig Dankbarkeit zeigen. Und zwar nicht wenig, sondern viel.

Die Worte des Onkels klangen Oskar im Kopf.

Und dann haben wir Erwachsenen zusammengestanden und dir eine Chance gegeben.

Und weiter:

Wir wollten nicht, dass du so jung vom Rechtssystem verschlungen werden würdest. Wir dachten, das würdest du nicht überleben, also haben wir dich gerettet.

Da klang auch ein Vorwurf mit. *Wir dachten, das würdest du nicht überleben, also haben wir dich gerettet.* Und dann war er noch so verdammt undankbar, dass er sich aufmachte, alles zu ruinieren, nur weil er über das reden wollte, was passiert war. Dabei erinnerte er sich doch an gar nichts!

Wie hatte er überhaupt auf die Idee kommen können, unschuldig zu sein?

Er erinnerte sich an nichts, was dafür sprach. Im Gegenteil, mit Ausnahme kurzer Bruchstücke war dieser Tag wie weggefegt aus seinem Gedächtnis.

Ich bin so verdammt dämlich, dachte Oskar. Wie konnte ich nur glauben, diese Erinnerungslücke mit etwas füllen zu können, was nicht böse wäre.

Er zitterte vor Angst.

Angst vor dem, was er nun verstanden zu haben glaubte, vor dem, was passieren würde, aber hauptsächlich vor sich selbst.

Die Hand griff nach dem Telefon. Ein roter Punkt in der einen Ecke des Displays informierte ihn darüber, dass der Akku geladen werden musste.

So viel müssen.

So viel zu schaffen.

Ich kann nicht mehr, dachte Oskar. Jetzt nicht. Und später auch nicht.

Und bei dem Gedanken, in dem Moment, erlaubte er sich, aufzugeben.

Achthundertfünf Tage. So lange war er nüchtern gewesen, aber jetzt würde es vorbei sein. Er konnte nicht mehr weiter.

Oskar ging in die Küche und öffnete den Kühlschrank. Kein Bier, kein Schnaps, kein Wein. Er knallte die Kühlschranktür zu und öffnete einen Küchenschrank nach dem anderen. Jeder war voll mit Zeug – Porzellan, Töpfe, Lebensmittel, Haushaltsgeräte –, doch nirgends gab es auch nur einen Zentiliter Alkohol.

Oskar fluchte leise.

Es war keine Überraschung, dass er nichts zu trinken fand, denn seit er nüchtern war, hatte er keinen Alkohol mehr im Haus gehabt. Wie lange ihm das vorkam, und gleichzeitig fühlte es sich ganz neu an.

Tony kam angetrottet.

Natürlich spürte der Hund, dass etwas anders war und nicht so, wie es sein sollte. Er jaulte leise und strich an Oskars Bein entlang.

»Bist du auch wach?«, flüsterte Oskar.

Er streichelte dem Tier gedankenverloren über den Rücken, doch die Bewegung schenkte keinen Trost oder Ruhe. Der Hund jaulte weiter.

Oskar wurde unvermittelt ärgerlich. Er brauchte jetzt seine Ruhe, in ein paar Stunden würde ein neuer Tag beginnen, und da musste er wieder stark sein.

So stark, dass er es schaffen würde, Matilda zur Kita zu bringen und vielleicht zur Arbeit zu gehen.

Allein der Gedanke an Matilda und ihre Tagesstätte ließ den Kopf schmerzen.

Wie hatte er nur annehmen können, dass jemand wie er für ein Kind sorgen könnte? Zudem noch ein Kind mit sehr besonderen Bedürfnissen?

Du wunderbare Matilda, wie bist du nur bei einem Unglück wie mir gelandet?

Jemand sollte das Jugendamt anrufen und augenblicklich dafür sorgen, dass sie in eine Pflegefamilie kam.

Oskar presste die Fäuste an den Kopf.

Das hatte er mehrere Jahre nicht tun müssen, denn da drin war es ja still gewesen. Aber jetzt rumorte sein ganzer Leib voller Chaos. Es brannte von Kopf bis Fuß in einer unvergleichlichen Qual.

Tony wich vor ihm zurück und legte sich auf den Boden. Er beobachtete seinen Herrn mit großen Augen, als wollte er bestätigt bekommen, dass alles in Ordnung war. Oskar rang sich ein Lächeln ab, doch wahrscheinlich sah es mehr wie eine Grimasse aus, und der Hund reagierte sofort, indem er noch weiter zurückrückte. Dieser Hund, der normalerweise achtzig Kilo Zuneigung bot, hatte sich in achtzig Kilo Angst verwandelt.

Oskar musste sich zusammenkrümmen, als ihn schmerzende Erinnerungen überspülten. Wie Menschen immer vor ihm zurückgewichen waren.

Manche von ihnen waren um ihr Leben gerannt, so schnell weg, dass er gar nicht reagieren konnte.

Er schluchzte.

Es ging doch mit dem Teufel zu, dass er alle dunklen Gedanken auf einmal denken musste.

Er schwankte und schob die Hand in die Hosentasche, um das Handy rauszuziehen. Da war jetzt noch weniger Akku drauf als vorher. Was hatte er denn mit dem Ladegerät gemacht? Oskar sah sich mit verlorenem Blick um, als würde das Haus nicht ihm gehören, sondern jemand anderem. Vielleicht lag das Ladegerät im Schlafzimmer, da war es doch sonst immer. Wahrscheinlich hatte er es mitgenommen, als er nach Strömstad gefahren war. Ganz bestimmt, aber warum konnte er sich nicht erinnern, es aus dem Auto mitgebracht zu haben?

Dass auch immer alles so furchtbar anstrengend sein musste.

Oskar stolperte zum Wasserhahn in der Küche und trank direkt aus dem Hahn. Das Wasser spritzte auf sein Hemd, und als der feuchte Stoff seine Haut berührte, fuhr er zusammen und stieß dabei ein Glas um, das auf der Spüle stand. Es fiel auf den Boden und zersplitterte in tausend Stücke.

»Verdammt, auch das noch!«, stöhnte Oskar.

Der Hund kam schnell in die Küche gelaufen, doch Oskar zog ihn weg.

»Pass auf, da kannst du dir wehtun.«

Doch Tony begriff das offensichtlich nicht. Er wollte noch einmal zu dem Glas, und Oskar bekam schon bei dem Gedanken Panik, was passieren würde, wenn er einen Splitter in die Pfote bekam oder – noch schlimmer – von dem Glas fraß. Aber so was machten Hunde wahrscheinlich nicht, oder? Er wusste es nicht, die fraßen so viele seltsame Dinge, womöglich würde das Tier aus reiner Neugier versehentlich mal auf Glas beißen.

»Papa?«

Matildas Stimme ließ ihn innehalten und sich konzentrieren.

»Papa?«

Jetzt klang die Stimme nah.

Sie musste von dem Lärm in der Küche aufgewacht sein und ihr Schlafzimmer verlassen haben. Hatte er sie nicht rufen hören? Es sah ihr gar nicht ähnlich, mitten in der Nacht aufzustehen.

Darüber konnte er nicht länger nachdenken.

»Ich habe versehentlich ein Glas zerbrochen, bleib also stehen, wo du bist. Ich will nicht, dass du dich schneidest.«

Matilda stand ganz still auf der Schwelle zur Küche. Sanftes frühes Morgenlicht drang durchs Küchenfenster hinein und glitzerte auf ihrem Haar.

»Müssen wir jetzt aufstehen?«, fragte sie verschlafen.

Oskar zog den Hund am Halsband und führte ihn entschieden aus der Küche.

»Nein«, sagte er. »Es ist mitten in der Nacht.«

Matilda spürte Tonys Nähe und streckte sich nach ihm aus.

Oskar legte ihr eine Hand auf den Rücken.

»Geh ruhig wieder schlafen«, sagte er. »Und nimm Tony gerne mit. Ich muss erst alles Glas zusammenfegen, dann lege ich mich auch wieder hin.«

Matilda zuckelte mit dem Hund los. Sie strich mit der Hand die Wand entlang, um sich zu orientieren.

Oskar holte das Handy raus. Das Ladegerät mochte sein, wo es wollte, für eine SMS würde der Akku schon noch reichen.

Das Display leuchtete ihm matt entgegen.

Oskar schluckte, während er schrieb. Hoffentlich bekam er Hilfe. Oder wenigstens eine Antwort. Nur heute Nacht, danach würde er sich wieder zusammenreißen.

Doch seine Finger verkrampften sich mitten im Schreiben und verweigerten die Zusammenarbeit.

Oskar versucht es erneut, doch es ging nicht besser.

Kalter Schweiß brach ihm aus.

Ein Bier. Ein verdammtes Bier, hatte er das nach all der Schinderei nicht verdient?

Er starrte aufs Handy, auf sein halb fertiges Flehen um den Nebel des Alkohols. Eine Nachricht, die er an einen Kontakt schicken wollte, mit dem er seit mehreren Jahren nicht gesprochen hatte. Der ihm sicher tausendmal geholfen hatte, wenn das *Systembolaget* geschlossen war oder das Geld alle. Dessen Rolle ausgespielt war, seit er nicht mehr trank.

Jetzt schreib doch, dachte er. Schick eine Nachricht, dann kriegst du was zu trinken und schaffst es, die Küche aufzuräumen.

Der Zeigefinger zitterte, als er ihn hob, um neu anzusetzen.
Schreib, dachte er. Schreib, dann bekommst du Frieden!
Dann tat er es.
Schrieb, damit er Frieden bekam.

»Hallo, warte auf mich!«

Die Stimme, die von hinten rief, war August natürlich bekannt.

Wieder einmal Gunnar.

Immer dieser Gunnar.

August versuchte, streng auszusehen, als er sich umdrehte. Dieses Mal würde er nicht in die Falle gehen und Gunnar auf eine Bootsreise oder einen Spaziergang oder etwas anderes Spannendes mitnehmen, um dann am Ende eine Menge Zeit verschwendet zu haben.

Gunnar winkte fröhlich. Hinter dem Rollstuhl war ein junger Mann zu sehen, wahrscheinlich jemand vom Pflegedienst, der mit entschlossenen Schritten in Augusts Richtung schob.

»Hallo, hallo«, sagte August.

»Hallo«, antwortete Gunnar und drehte sich dann nach dem jungen Mann um, der den Rollstuhl gefahren hatte. »Danke für die Hilfe, wir sehen uns dann in ein paar Stunden.«

Der junge Mann nickte und ließ den Rollstuhl los.

»Halt!«, rief August mit dumpfer Stimme. »Gunnar, ich kann jetzt nicht lange reden.«

Der junge Mann vom Pflegedienst blieb stehen.

»Das macht nichts, wir können uns im Boot unterhalten«, erklärte Gunnar.

Die Sonne schien, und der Wind war frisch – man konnte das nicht rundheraus als gutes Wetter bezeichnen, aber August hatte dennoch entschieden, mit dem Boot nach Kungshamn zu fahren. Und das war Gunnar natürlich auch klar.

»Es geht leider nicht«, entgegnete August. »Ich ...«

»Oh«, sagte Gunnar, »wie dumm von mir.«

Wieder drehte er sich nach dem jungen Mann um, der ihn hierhergeschoben hatte.

»Junge, hör mal«, rief Gunnar. »Du musst August helfen, mich runter ins Boot zu kriegen.«

August wusste nicht, ob er lachen oder weinen sollte. Es war halb zehn, und er musste zu Olga Samuelsson fahren, um über das Messerset zu reden. Etwas später am Tag hatte er noch zwei weitere Kundenbesuche eingeplant. Alles war bereits organisiert, und Viggo hatte schon am Abend vorher zugesagt, im Laden die Stellung zu halten, während August weg war. Und zu Olga wollte August unter keinen Umständen Gunnar mitnehmen, vor allen Dingen nicht, nachdem sie sich vor der Bäckerei so seltsam verhalten hatte.

»Heute passt es einfach nicht«, sagte August. »Es tut mir leid.«

Gunnars Lächeln erlosch.

»Aber wir müssen doch über das reden, was wir gestern gemacht haben«, sagte er vage in dem Versuch, dem Mann vom Pflegedienst nichts von seinen Privatdetektiv-Projekten zu verraten. Wenn sie alleine gewesen wären, dann hätte er sicherlich geradeheraus gesagt, was er meinte: das Gespräch mit Sten in Hasselösund über die Familie Syrén.

August schluckte.

Seine Ex, Helena, hatte oft gesagt, er sei zu nett.

»Du musst lernen, Nein zu sagen«, hatte sie gesagt.

»Vielleicht kannst du mir das ja beibringen«, hatte August geantwortet. »Du sagst ja zu exakt allem, was ich vorschlage, Nein.«

Gunnar kratzte mit seinem gesunden Fuß über die Stütze des Rollstuhls.

Offensichtlich war er so enttäuscht, dass er es nicht mal schaffte, es zu verbergen.

»Es tut mir wirklich leid, dass ich keine Zeit habe«, sagte August. »Aber ich muss jetzt eine Kundin besuchen, und da geht es nicht, dass du mitkommst.«

»Strindberg?« Jetzt klang Gunnars Stimme dünn.

»Ja?«

»Ich bin so verdammt einsam.«

So verdammt einsam.

Und so sehr unternehmungslustig.

August bekam einen dicken Kloß im Hals.

Sein Handy klingelte.

Er zog das Telefon heraus und stellte fest, dass es Viggo war. Er entschuldigte sich und ging ran.

»Tut mir leid, dass ich so spät anrufe«, sagte Viggo.

»Kein Problem«, erwiderte August.

»Spät« war es kaum, eher früh. Doch dann sprach Viggo weiter, und da verstand er.

»Meine Mutter ist krank geworden und muss nach Lysekil gebracht werden. Papa kommt nicht von der Arbeit weg, meine Schwester ist verreist und ich …«

Mehr brauchte August nicht zu hören. Vor allem sah er seine engagierte Aushilfe, die so wichtig für ihn geworden war, und nun ausnahmsweise mal keine Zeit hatte.

»Fahr!«, sagte August. »Ich komme schon klar.«

»Sicher? Ich verspreche, dass ich so schnell, wie ich kann, wiederkomme. Ich müsste dich eigentlich am Nachmittag ablösen können.«

August schielte zu Gunnar. Die eine Hand war völlig unbrauchbar, aber die andere war gesund. Und im Kopf war alles in Ordnung.

Eine Notlösung nahm Form an.

»Kein Problem«, sagte August. »Man lässt seine Mama nicht im Stich, wenn sie krank ist.«

Und seine alten Nachbarn auch nicht, dachte er und schob das Telefon wieder in die Tasche.

»Nun, Gunnar«, verkündete er. »Vielleicht passt es doch gut, wenn du mit nach Kungshamn fährst. Aber dann müsstest du mir bei einer Sache helfen.«

Gunnar strahlte.

»Ja?«

»Ist es okay, wenn du auf den Laden aufpasst, während ich bei einem Kunden bin?«

Gunnar klappte der Unterkiefer herunter.

»Bist du verrückt?«, fragte er. »Ich bin über achtzig Jahre alt.«

»Das weiß ich«, sagte August. »Fährst du mit, oder willst du zu Hause bleiben? Ich muss jetzt los.«

Gunnar legte sein breitestes Grinsen auf.

»Ich fahre mit!«, rief er und winkte, um dem jungen Mann vom Pflegedienst, der noch etwas ratlos herumstand, Dampf zu machen.

»Komm schon«, sagt er. »Worauf wartest du noch?«

August zögerte, denn er erinnerte sich nur allzu gut, wie schwierig es am Tag zuvor gewesen war, Gunnar aus dem Boot wieder rauszubekommen.

»Vielleicht sollten wir doch das Auto nehmen«, sagte er. »Das ist für uns beide am einfachsten.«

Der Mann vom Pflegedienst war derselben Ansicht.

»Was, wenn wir Sie versehentlich ins Meer kippen, während wir den Rollstuhl runterheben«, sagte er zu Gunnar. »Dann kriegen wir Sie womöglich gar nicht wieder hoch.«

Gunnar senkte den Blick.

»Eines Tages werde ich sterben«, sagte er leise. »Aber an allen anderen Tagen will ich leben.«

August erstarrte mitten in einer Bewegung und merkte, wie sein Blick verschwommen wurde. Wusste Gunnar, dass P.O. Enquist das gesagt hatte?

Wir werden alle eines Tages sterben, aber an allen anderen Tagen werden wir leben.

Das war das Lieblingszitat seiner Mutter gewesen, und sie war besser als viele andere darin gewesen, das Beste aus ihren Tagen zu machen.

August ging zu Gunnars Rollstuhl und legte einen Arm um die Schultern des Alten.

»Du bist ganz schön klug, du«, sagte er.

Gunnar sah zufrieden aus.

Es spielte keine Rolle, ob er wusste, wer so etwas Schönes über Leben und Tod gesagt hatte. Wichtig war, dass er sein Dasein mit viel Leben erfüllte, solange er noch dazu imstande war.

August wandte sich an den jungen Mann vom Pflegedienst und sagte:

»Ich habe es mir anders überlegt. Wir nehmen das Boot, und wir fahren sofort los. Der Laden wartet auf uns.«

»Ob du es glaubst oder nicht, aber du bist die erste Frau, die ich mit hierhernehme.«

Ray-Ray warf Maria einen herausfordernden Blick zu, und sie musste lachen. Es war seine Idee gewesen, dass sie sich an diesem Morgen nicht im Wohnwagen treffen sollten, sondern stattdessen in seinem Bootshaus.

Bis zu dem Moment hatte Maria noch nicht gewusst, dass es das überhaupt gab.

Es lag auf der nördlichen Seite von Fisketången, in einer stillen Ecke, an der sie in der kurzen Zeit, als sie nach der Trennung von Paul in einer Wohnung dort wohnte, ein paarmal vorbeispaziert war.

»Wie lange hast du das denn schon?«, fragte sie.

»Fünf Jahre. Ich habe es bekommen, als mein Großvater starb.«

In all den Jahren, die Maria schon mit Ray-Ray zusammenarbeitete, war sie nur einige wenige Male bei ihm zu Hause gewesen und niemals weiter als bis in die Diele gekommen. Ray-Ray war nicht der Typ, der Freunde zum Abendessen nach Hause einlud. Sie war nur da gewesen, um etwas abzuholen oder zu bringen, und ein einziges Mal, weil Ray-Rays Auto in der Werkstatt war.

Aber jetzt hat er tatsächlich entschieden, sie einen Schritt näher in sein Leben zu lassen. Plötzlich gab es eine Bootshütte, über die er bisher kein Sterbenswörtchen verloren hatte, und dorthin hatte er sie eingeladen.

»Das ist überhaupt nicht möglich, dass ich die erste Frau bin, die diesen wunderbaren Ort besuchen darf«, sagte sie.

»Doch, so ist es«, erwiderte Ray-Ray. »Also, natürlich war ich mit den Kindern schon hier. Und mit meiner Mutter. Aber mit niemand sonst.«

Maria fühlte sich unwillkürlich geehrt. Doch sie wollte dringend weiter an der Mordermittlung arbeiten. Dass sie am Tag zuvor die Handys und die Schlüssel gefunden hatten, die noch dazu mit dem Wort »Höhle« bezeichnet waren, hatte die ganze Gruppe elektrisiert.

Vilhelms Familie hatte nicht gewusst, wo sein geheimer Ort sein könnte, und jetzt im Moment forschten die Kollegen von Maria und Ray-Ray wie verrückt nach einem Raum oder einem Lager, das Vilhelm »Höhle« genannt haben könnte. Die Suche konzentrierte sich auf die Umgebung von Borås, wo Vilhelm sowohl gearbeitet als auch gewohnt hatte, und wenn sie nicht spätestens am nächsten Tag etwas fanden, dann würden sie sich an die Presse wenden müssen, um denjenigen ausfindig zu machen, der Vilhelm einen Raum vermietet hatte. Maria wartete ungeduldig darauf, dass sich die Kollegen aus Borås meldeten.

Sie mussten den Raum einfach so schnell wie möglich finden. Und damit hoffentlich auch das Buchmanuskript.

Sie schaute sich im Bootshaus um. Vielleicht war das hier Ray-Rays Höhle. Die Hütte war ebenso gemütlich wie durchdacht eingerichtet. Holztisch und Stühle vermittelten einen rustikalen Eindruck, und nirgends waren solche Dinge zu sehen, wie andere sie in ihren Bootshäusern hatten – keine Hummerreusen, keine Fischernetze und keine zusammengeklappten Sonnenstühle. Das Einzige, was an Bootsleben erinnerte, waren Schwimmwesten für Kinder, die an der einen Wand hingen. Seltene Spuren von Ray-Rays fünf Kindern, von denen Maria ansonsten hauptsächlich hörte, wenn sie etwas ausgefressen hatten oder krank waren und Ray-Ray deshalb nicht arbeiten konnte.

Die Möblierung des Bootshauses erstaunte sie ein wenig. Abgesehen von dem Tisch und den Stühlen stand in einer Ecke ein Bett, und an den Wänden hingen schöne Holzschränke. Dazu ein Bücherregal, zur Hälfte mit Büchern gefüllt.

Maria nahm auf, was sie sah, und stellte fest, dass sie ihren Kollegen nicht sonderlich gut kannte.

»Du hast es sehr schön hier«, bemerkte sie.

Ray-Ray sah wie ein Schuljunge aus, als er mit gesenktem Kopf für das Kompliment dankte.

»Wie ich sehe, hast du hier eine Menge Bücher. Liest du?«

Ray-Ray begann laut zu lachen.

»Jetzt hör aber mal auf«, sagte er. »Die Bücher haben meiner Großmutter gehört, und weder mein Großvater noch ich mochten sie wegwerfen. Das ging irgendwie nicht, sie waren zu wichtig für sie. Ich habe schon überlegt, sie Strindberg zu geben, damit er sie in seinem Laden anbieten kann, aber bisher widerstrebt mir das noch. Sollen wir jetzt arbeiten oder wollen wir weiter über Einrichtung sprechen?«

Widerwillig wandte Maria den Blick von den Büchern und richtete ihn stattdessen auf den Computer. Sie hatten die Türen zum Meer offen gelassen, und frische Luft wehte in die Hütte.

»Bisher sind wir in der Ermittlung auf zwei Personen gestoßen, die auffallen«, begann sie. »Zum einen Vilhelms nicht sonderlich sympathische Exfreundin Tina, und dann Selma Valtersson. Tina hat ein Alibi, Selma hingegen nicht. Bis heute wissen wir nicht, ob Selma einen Grund haben könnte, Vilhelm zum Schweigen zu bringen, aber wir wissen, dass sie sich nicht von sich aus bei uns gemeldet hat, obwohl sie selbst früher als Polizistin gearbeitet hat.«

»Und außerdem kannte sie Axel Ehnbom«, sagte Ray-Ray. »Aber ob das in dem Zusammenhang eine Rolle spielt, wissen wir auch nicht.«

Er sah verärgert aus, als er Axels Namen erwähnte.

»Ich habe nicht übel Lust, sie mal ordentlich in die Zange zu nehmen«, sagte er. »Womöglich ist das, was passiert ist, für sie aus Gründen problematisch, die überhaupt nichts mit dem Mord an Vilhelm zu tun haben, aber ich würde es gerne genau wissen.«

»Deshalb müssen wir endlich herausfinden, wen Vilhelm Eliasson vor seinem Tod noch getroffen hat, oder mit wem er Kontakt hatte, und aus welchem Grund«, sagte Maria. »Keine der Spuren, die wir bisher verfolgt haben, hat uns weitergebracht. Vendela wollte sich heute melden, wenn sie mit der Analyse der Einzelverbindungsnachweise fertig ist. Ich hoffe, es ist ihr gelungen, herauszukriegen, wer zu der dritten Nummer gehört, mit der Vilhelm am Tag des Mordes Kontakt hatte. Wir müssen erfahren, mit wem er außer Gunnar und Selma noch verabredet war.«

Gemeinsam lasen sie die neu zu den Ermittlungsunterlagen hinzugefügten Informationen durch, doch keines der Dokumente kam von Vendela.

»Ich rufe sie eben an«, erklärte Maria.

Sie hatten Glück. Vendela ging sofort ran, und Maria stellte das Telefon auf Lautsprecher.

»Wie läuft's?«, fragte sie.

»Gut«, erwiderte Vendela. »Ich mache gerade eine Liste mit allen Personen, die wir über die Einzelverbindungsnachweise identifiziert haben, und vergleiche sie mit den Namen derer, die sich bei der Polizei gemeldet haben, seit Vilhelms Name in der Presse genannt wurde. So können wir sehen, ob jemand sich wegduckt und schweigt.«

»Ausgezeichnet«, sagte Maria und streckte sich. »Wie läuft es mit Vilhelms Cloud?«

»Zu der haben wir noch keinen Zugang bekommen. Wir brauchen ein bisschen Geduld.«

Es war ein komplizierter Prozess, Zugriff auf die Mails oder die Cloud von jemandem zu bekommen, und Maria war nicht gut darin, herumzusitzen und zu warten.

»Okay, danke«, sagte sie. »Hast du herausfinden können, wer die Nummer benutzt hast, die zu der Paycard gehörte?«

»Nein, noch nicht. Aber ich habe tatsächlich was anderes entdeckt, ein richtiges Sahnestückchen.«

Maria ahnte ein Lächeln in Vendelas Stimme.

Ein richtiges Sahnestückchen.

»Heiß ersehnt«, sagte Ray-Ray. »Erzähl mehr davon.«

»Ich hatte Kontakt mit Gunnar Wides Enkel Gulliver und habe so mal mitbekommen, was auf Gunnars Website passiert ist und was nicht. Wie ihr wisst, ist die ja inzwischen vom Netz genommen, aber Gulliver kennt seinen launischen Großvater und weiß, dass der sie jederzeit wieder neu wird schalten wollen. Deshalb hat er die Website zwar deaktiviert, aber allen Inhalt behalten.«

»Allen?«, fragte Ray-Ray. »Auch den Chat?«

»Ja.«

Maria und Ray-Ray machten einen High Five und lachten dann laut los.

»Meine Kinder würden sich in Grund und Boden schämen, wenn sie uns jetzt sehen würden«, sagte Ray-Ray.

»Was ist los bei euch?«, fragte Vendela.

»Wir machen uns lächerlich«, erklärte Maria. »Also alles wie immer. Aber erzähl vom Chat! Hast du die Teilnehmer identifizieren können?«

»Ja, und alle außer zweien sind Bewohner von Hovenäset, genau wie Gunnar gesagt hat. Ich nehme an, Roland wird die alle befragen wollen.«

Davon ging Maria auch aus.

»Die beiden, die aus der Reihe fallen, sind Klein Mü und Mister Private Detective. Letzterer ist, wie ihr bereits wisst, Vilhelm Eliasson, doch hinter der Kleinen Mü verbirgt sich eine Überraschung.«

»Wer denn?«, fragte Ray-Ray scharf.

»Iben Syrén«, antwortete Vendela.

Die fröhliche Stimmung verflog, und Maria und Ray-Ray wurden ernst.

Wieder Iben.

Was war mit der eigentlich los?

Maria sah das Mädchen mit ihrem roten Zopf und den schmalen Schultern vor sich und dachte an das, was August über ihre Familie erfahren hatte. Aber wieso war es eigentlich passiert, dass sie und August Iben in Kungshamn abgeholt hatten? Weil sie kurzfristig mitgeteilt hatte, dass sie zwei Tage früher kommen würde.

Warum hast du deine Ankunft vorgezogen, Iben?

»Iben kann also Gunnars Nachricht an Vilhelm im Chat gesehen haben, wo drinstand, dass sie sich am Zwanzigsten treffen wollten«, sagte Ray-Ray gedehnt.

»Ja.«

»Als ich sie am Badeplatz verhört habe, behauptete sie, Vilhelm nicht zu kennen.«

»Womöglich stimmt das«, gab Maria zu bedenken. »Sie muss ja nicht gewusst haben, wer Mister Private Detective war.«

»Stimmt«, gab Ray-Ray widerwillig zu. »Aber wir müssen trotzdem feststellen, dass wir Iben nicht loswerden.«

»Nein«, sagte Maria. »Anscheinend nicht.«

Sie erzählte ihren Kollegen von Ibens verfrühter Ankunft auf Hovenäset, und sie waren sich einig, dass es mehr als Zufall sein musste, dass Iben ausgerechnet am selben Tag auftauchte, an dem Vilhelm tot aufgefunden wurde. Aber dann wurde ihnen auch klar, dass Iben Vilhelm nicht ermordet und ihn in den Sprungturm gehängt haben konnte.

Zumindest nicht allein.

»Kämpf du mal weiter mit den Einzelverbindungsnachweisen«, sagte Maria. »Vielleicht findest du da ja auch Iben. Sie könnte ja die dritte Person gewesen sein, die Vilhelm treffen wollte.«

»Okay«, sagte Vendela.

Maria schaute durch die offene Tür der Bootshütte und erinnerte sich an den dicken Nebel, der an dem Abend, als Iben nach Kungshamn kam, über Meer und Land gelegen hatte. Sie war überzeugt davon, dass sie irgendeine Art geheimes Projekt betrieb, genauso wie Vilhelm. Das musste nicht dieselbe Bedeutung oder dasselbe Ziel haben, doch gab es sicher einen Grund, dass Iben ausgerechnet das Eishaus gemietet hatte.

»Vendela«, sagte Ray-Ray. »Wenn du sowieso alle Personen in

der Liste noch mal überprüfst, dann sieh doch nach, ob einer von denen zufällig einen schwarzen Jeep besitzt.«

»Bin schon dabei«, sagte Vendela. »Sonst noch was?«

»Nein, fürs Erste nicht, danke«, sagte Maria.

»Gut, dann schicke ich die neuen Informationen, damit ihr sie zur Verfügung habt.«

»Tausend Dank«, sagte Ray-Ray.

Maria begegnete seinem Blick, als er das Gespräch beendete.

»Und was machen wir jetzt?«, fragte er.

»Wir warten und schauen nach, ob Iben auch Kontakt zu Vilhelm gehabt hat«, sagte Maria. »Und falls ja, holen wir sie uns.«

Da rief Vendela noch einmal an.

»Hört mal«, sagte sie. »Hier ist grade ein Kollege vorbeigekommen. Er hat etwas Auffälliges bei den Einzelverbindungsnachweisen entdeckt.«

Maria hielt die Luft an.

»Was denn?«, fragte Ray-Ray.

»Vilhelm hat wiederholte Male bei einer Einrichtung für betreutes Wohnen in Strömstad angerufen.«

Maria schaute enttäuscht auf das Handy.

»Aha«, sagte sie.

»Hat er da eine bestimmte Person angerufen?«, fragte Ray-Ray.

»Vielleicht, aber es war nur die Einwahl und keine Einzelperson«, erklärte Vendela.

Nachdem sie das Gespräch beendet hatten, saßen Maria und Ray-Ray eine Zeit lang schweigend da.

»Eine Einrichtung für betreutes Wohnen in Strömstad fühlt sich jetzt nicht gerade übermäßig priorisiert an«, meinte Ray-Ray.

Doch in Marias Kopf sausten die Gedanken wie Sternschnuppen herum.

»Woher wissen wir das?«, fragte sie. »Ich finde nicht, dass wir Iben zu einem so frühen Zeitpunkt verhören sollten. Und was wir mit Selma machen, darüber müssen wir noch gründlich nachdenken. Welche andere Spur sollen wir also jetzt noch verfolgen, wenn nicht die nach Strömstad?«

Ray-Rays Miene verhärtete sich. Er war ebenso süchtig nach der Jagd wie sie, nach dem Adrenalin, das einen Durchbruch mit sich brachte.

»Dein Vorschlag ist also, dass wir dorthin fahren?«, fragte er.

Maria nickte.

Vor sich sah sie Vilhelms trauriges, leeres Gesicht. Sie musste auch wieder einmal seine Mutter anrufen.

Dann wanderten ihre Gedanken zu Lydia Broman, die eines so gewaltsamen Todes gestorben war und deren Mörder vielleicht niemals bestraft worden war.

Sie waren es beiden schuldig, hinter jedem Ball herzurennen, jede Spur zu verfolgen. Und die jüngste Spur würde sie nun nach Strömstad führen.

Das Haus war weiß und lag an einer Straße in Kungshamn, in der August noch nicht gewesen war. Es war doch schön, dass er nach bald einem Jahr als Ladenbesitzer immer noch Orte entdeckte, die er nicht kannte. Offenbar war doch kein Teil der Welt so klein, dass man ihn zu hundert Prozent kennenlernen konnte.

August parkte das Fahrrad in der Auffahrt. Er hatte es im Boot mitgenommen, um die Kundenbesuche des Tages möglichst schnell erledigen zu können. Schließlich war nicht sicher, wie Gunnar allein im Laden klarkommen würde, und er wollte so rasch wie möglich zurück sein, falls der Alte Hilfe brauchte.

»Du kannst ganz beruhigt sein«, hatte Gunnar gesagt, als August ging. »Ich werde mich um den Laden kümmern, als wäre es mein eigener.«

»Genau das hatte ich befürchtet«, erwiderte August.

Daraufhin hatte Gunnar belustigt und ein wenig verärgert aufgelacht, und so war die Stimmung gewesen, als August den Laden verließ. Im Laufe der Fahrradtour hatte er sich eingeredet, dass schon alles gut gehen würde, denn schließlich gab es eine natürliche Grenze dafür, wie viel Durcheinander Gunnar in der kurzen Zeit, in der August weg war, anstellen konnte.

Es fühlte sich unbehaglich an, nach Hause zu Olga zu kommen, nachdem sie ihn vor der Hafenbäckerei ignoriert hatte. August rückte die Tasche zurecht, die er sich über die Schulter geworfen hatte und in der sich das Messerset befand. Vielleicht würde sich jetzt, wenn sie sich trafen, ja alles erklären.

Ehe er klingelte, fuhr er sich mit einer Hand durchs Haar. Maria beharrte darauf, dass er einen Fahrradhelm tragen musste, und das war natürlich klug, doch an heißen Tagen wie diesen unangenehm.

Als er auf den kleinen messingfarbenen Knopf drückte, erwies sich das Klingeln mehr als ein leises Flüstern. Dennoch dauerte es nur wenige Augenblicke, ehe er auf der anderen Seite der Tür Schritte hörte.

Olga lächelte ihn vorsichtig an, als sie öffnete.

»Kommen Sie rein«, sagte sie. »Haben Sie schon lange gewartet? Die Klingel ist so furchtbar leise.«

»Überhaupt nicht«, sagte August. »Ich bin gerade erst gekommen.«

Er ging hinein. Im Haus roch es nach Essen, und Olga trug eine mintgrüne Schürze, von der August ziemlich sicher war, dass seine Großmutter eine ebensolche gehabt hatte.

Sie kämpfte mit dem Knoten auf dem Rücken, um sich von dem Stück zu befreien.

»Ich bin so neugierig, wie es gelaufen ist«, sagte sie. »Kommen Sie, wir gehen auf die Terrasse hinaus und reden dort.«

Sie ging vor ihm durch das Haus und hinaus auf einen großen Außenplatz, der im Schatten lag. August konnte sein Erstaunen kaum verbergen. Wer legte denn eine Terrasse auf der Schattenseite des Grundstücks an und entschied sich damit gegen den Meerblick?

»Bitte sehr«, sagte Olga und bedeutete August, sich in einen der Sessel zu setzen.

Das Hemd klebte ihm am Rücken, als er sich niederließ. Die Hitze war heute anders, eher drückender, nicht frisch.

In den Rabatten wucherten schöne Hortensien, und auf dem Rasen standen zwei Obstbäume. Es war ein schöner und zudem alter Garten. Man konnte erkennen, dass die Bäume schon einige Zeit dastanden, und für das Haus galt dasselbe.

»Heute ist es wirklich heiß«, sagte Olga. »Mein Mann ist draußen und kümmert sich um unser Segelboot, falls Sie sich fragen, wo er sein könnte.«

Das tat August überhaupt nicht, antwortete aber etwas in der Art, dass es auf dem Meer ja immer kühler sei.

»War das Ihr Mann neulich?«, fragte er. »Als wir uns bei der Bäckerei gesehen haben?«

Olga erstarrte.

»Es tut mir leid, dass wir uns da so flüchtig begegnet sind. Wir waren unterwegs, um Brot zu kaufen, und hatten es sehr eilig.«

Ein unbehagliches Schweigen entstand. Es war ja wohl kaum Eile gewesen, was Olga dazu gebracht hatte, August zu ignorieren.

»Keine Ursache«, sagte er dann. »Entschuldigen Sie bitte, wenn ich aufdringlich war.«

»Überhaupt nicht«, erwiderte Olga und lächelte blass. »Jetzt erzählen Sie mal, was Sie über die Messer herausgefunden haben.«

Er legte das Stoffbündel mit den Messern auf den Tisch. Olga war schon eine seltsame Kundin. Mehrmals hatte sie betont, dass sie neugierig darauf war, was er über die Messer herausfinden würde, doch jetzt wirkte sie geradezu reserviert und distanziert.

»Ich habe sie schätzen lassen«, erklärte er, »und ich werde sie leider nicht für Sie verkaufen können. Die Messer sind nämlich viel zu teuer für meinen üblichen Kundenkreis.«

Olga sah ihn unverwandt an.

»Was sind sie denn wert?«

»Ungefähr zweihunderttausend.«

Olga sah entsetzt aus.

»Zweihunderttausend«, flüsterte sie.

»Ja«, erwiderte August und schob das Stoffbündel mit den Messern sanft in ihre Richtung, während er hinzufügte: »Eines der Messer fehlt. Es ist immer noch bei der Firma, die es geschätzt hat, wird aber bald per Bote gebracht werden.«

Olga öffnete das Bündel und starrte auf die Messer. Ihr bleiches Gesicht glänzte vor Nervosität, und das war nicht die Reaktion, die August erwartet hatte.

»Sie haben das größte aus dem Set weggeschickt«, bemerkte sie.

August nickte.

»Ja. Ich musste eines aussuchen, und das schien am passendsten.«

»Ich verstehe«, sagte Olga. »Das Problem ist nur, dass ich keine Ahnung von der Welt der Auktionen habe, es wäre also am besten, die Messer trotzdem über Ihren Laden zu verkaufen.«

August schüttelte erstaunt den Kopf.

»Ich habe meinen Secondhandladen jetzt bald ein Jahr«, sagte er, »und ich habe noch nie etwas so Teures wie Ihre Messer verkauft.«

Olgas Schultern sanken herab.

Für einen Moment fürchtete August, sie würde anfangen zu weinen, doch dann riss sie sich zusammen.

Was ist hier eigentlich das Problem?, fragte er sich. Begreift sie nicht, dass dies im Grunde eine positive Nachricht ist?

Olga saß mit hängendem Kopf da und sah unendlich erschöpft aus.

»Ich wollte sie einfach nur loswerden«, sagte sie.

»Ich kann Ihnen eine Mail mit Adressen verschiedener Auktionshäuser schicken«, versprach August. »Das ist wirklich nicht schwierig.«

Er klappte seine Tasche zu. Jetzt sollte er wirklich zurück zum Laden fahren und herausfinden, wie es Gunnar ergangen war.

»Ich bin natürlich dankbar für Ihre Mühe«, sagte Olga.

»Es gehört zu meiner Arbeit, so gründlich, wie ich kann, auf die Fragen meiner Kunden zu antworten«, sagte er. »Aber jetzt muss ich zurück in den Laden.«

Sie erhoben sich.

Olga nahm das Bündel mit den Messern und ging ins Haus. Sie hielt es steif vor sich hin, als würde sie versuchen, einen Abstand zwischen dem Messerset und sich selbst zu wahren. August fand ihre Reaktion seltsam. Ihm fiel ein, was Linnea erzählt hatte, als sie Olgas Namen in seinem Laden gesehen hatte.

Die unsichtbare Olga.

Die aus allen sozialen Zusammenhängen verschwunden war und kaum mehr das Haus verließ, nachdem ihre Tochter krank geworden war und den Ort verlassen hatte.

Olga ging in die Küche und legte die Messer auf den Tisch. August blieb auf der Schwelle stehen. Wenn er sich nicht täuschte, standen da auf dem Herd mindestens drei große Töpfe, jeder mit irgendeinem Essen oder Soße darin.

»Ich melde mich mit den Adressen von ein paar Auktionshäusern, die Ihnen helfen können, die Messer zu verkaufen«, versprach er. »Und dann werde ich Ihnen das letzte Messer vorbeibringen, sowie ich es von der Firma aus Göteborg zurückbekommen habe.«

»Das ist nett von Ihnen. Und danke, dass Sie gekommen sind.«

Im selben Moment öffnete sich die Eingangstür.

Aus Olgas Gesicht wich alle Farbe, als derselbe Mann, mit dem August sie vor der Hafenbäckerei gesehen hatte, in der Tür erschien.

August beeilte sich, ihn zu begrüßen.

»Hallo, mein Name ist August Strindberg. Ich war gerade im Begriff zu gehen.«

»Espen«, erwiderte der Mann.

Er sah August schweigend nach, als dieser das Haus verließ.

Warum war Olga so erschrocken über die Rückkehr ihres Mannes? Offensichtlich war ihr Plan gewesen, dass sie einander nicht begegnen sollten.

Wenn er sie nur nicht schlägt.

Er hörte, wie der Schlüssel im Schloss herumgedreht wurde, sobald sich die Tür hinter ihm geschlossen hatte. August ging zu seinem Fahrrad. Gunnar hatte sich bisher nicht gemeldet, und das war eher ein Grund zur Sorge als erleichternd.

Da stellte er fest, dass er drinnen in Olgas Diele seinen Fahrradhelm vergessen hatte.

Mit einem Seufzer ließ er das Fahrrad stehen und klingelte noch einmal an der Tür. Jetzt würde er zumindest sehen können, ob mit Olga alles in Ordnung war.

Doch niemand öffnete.

Die Türklingel schien jetzt noch leiser zu sein.

August versuchte es mit Klopfen.

Noch immer kam niemand, um ihn einzulassen.

So ein Mist, dachte er.

Er rief Olga an, um sie zu bitten, ihm aufzumachen, doch sie ging nicht ans Telefon. August starrte auf sein Handy, und die Nervosität machte ihn unentschlossen. Aus dem Haus waren keine Stimmen oder andere Laute zu hören, doch das musste kaum heißen, dass alles in Ordnung war.

Sie hatten sich doch erst vor weniger als einer Minute getrennt.

Wohin waren Olga und ihr Mann verschwunden?

Das Küchenfenster ging auf die Straße hinaus, doch soweit August erkennen konnte, war Olga nicht dort. Vielleicht auf der Rückseite des Hauses im Garten?

Mit raschen Schritten ging er ums Haus.

Auf der Terrasse war niemand, doch die Tür stand immer noch offen.

August ging hin und wollte sich eben hineinlehnen und Olga rufen, als er eine dunkle Stimme hörte:

»Hast du völlig den Verstand verloren?«

Die Stimme gehörte dem Mann namens Espen, und sie war nicht laut, aber er betonte jedes Wort in dem kurzen Satz mit Gewicht und Schärfe.

Hast. Du. Völlig. Den. Verstand. Verloren.

August erstarrte mitten in der Bewegung.

Es klang, als sei die Stimme ein Stück entfernt und gleichzeitig in Bewegung, denn der da sprach, kam näher. Und da hörte er Schritte. Jemand stieg eine Treppe hinauf. Vielleicht auch mehrere. Es waren zu viele Schritte, um nur zu einer Person zu gehören. Espen redete wieder.

»Doch wohl nicht alle? Du hast doch wohl nicht alle Messer mitgenommen, Olga?«

Olga antwortete:

»Ich will, dass es ein Ende hat.«

Ihre Stimme zitterte, doch war nicht zu hören, ob vor Angst oder vor Zorn.

»Hörst du, Espen, ich will diese ganze Geschichte loswerden.«

Augusts Herz schlug schneller.

Instinktiv wusste er, dass er nicht weiter lauschen durfte, aber er schaffte es auch nicht, von der Tür wegzugehen.

»Ich höre es, Olga. Und ich verstehe nicht, was du dir denkst. Glaubst du, die Einzige zu sein, die dieses verdammte Theater leid ist? Die Einzige, die alles betrauert, was wir verloren haben? Es ist so abgrundtief egoistisch von dir, so zu denken. Und noch dazu ausgerechnet *jetzt*.«

»Ich weiß, du leidest auch«, sagte Olga. »Ich weiß, dass du auch erschöpft bist. Deswegen verstehe ich nicht, warum du dich so aufregst. Alles, was ich will, ist doch nur, die Dinger …«

Espen unterbrach sie harsch, und jetzt brüllte er.

»Frau, was denkst du dir bloß? Die Messer in diesem Secondhandladen abgeben? Kapierst du nicht, was für ein Risiko du damit eingehst? Und noch einmal: ausgerechnet *jetzt*? Aber das ist eigentlich nicht, was mich am meisten schockiert. Was ich wirklich wissen will, ist, warum du sie alle diese Jahre behalten hast!«

August wusste nicht, wohin.

Weg, er musste weg.

Und trotzdem blieb er stehen.

Olga schluchzte.

»Ich konnte sie nicht wegwerfen. Ich habe an den Jungen gedacht. An seine Zukunft und seine Sicherheit.«

»An den *Jungen*?«

Mit einem Mal klang Espen matt.

»Ich kann einfach nicht mehr«, sagte Olga. »Und warum bist du denn so böse? Wir haben die Messer doch wieder zurückbekommen.«

Nun weinte sie wieder.

»Und du hast sie alle zurückbekommen, Olga?«

Sie schluchzte zweimal.

»Ja«, sagte sie. »Alle.«

August fand unerträglich, was er da hörte. Sie hatte ja gar nicht alle Messer zurückbekommen.

Espens Stimme wurde sanfter.

»Verdammt, Olga, wir sind beide müde. Aber wir wissen, warum wir das hier tun. Wir wissen, warum wir weitermachen müssen. Außerdem habe ich gerade noch etwas anderes erfahren, worum wir uns kümmern müssen. Etwas viel Schlimmeres.«

Olgas Schluchzen klang jetzt gedämpfter.

Vielleicht hatte Espen sie in den Arm genommen, oder sie hatte sich ein Taschentuch geholt.

»Was ist denn passiert?«, fragte sie.

Der Mann schwieg erst, und als er dann antwortete, war seine Stimme finster vor Zorn:

»Das Schlimmste. Malin hat Besuch bekommen. Von Oskar.«

Im Haus wurde es völlig still.

August zog sich schnell von der Tür zurück.

Mit heftig klopfendem Herzen eilte er wieder auf die Vorderseite des Hauses. Dann setzte er sich aufs Fahrrad und fuhr schnell weg. Den Helm musste er später holen.

Was hatte er da eben eigentlich gehört?

Und was hatte es mit dem Messerset auf sich?

Die Nachricht war früh am Morgen geschickt worden. Iben hatte sie mehrere Male gelesen und las sie jetzt noch einmal:

Hallo, ich habe bereits alles gesagt, was ich über den schrecklichen Mord an Lydia Broman sagen kann. Der richtige Mann ist verurteilt worden. Es gibt keinen anderen Täter. Ich verstehe, wenn Sie etwas Spannenderes erwartet haben, und doch müssen Sie sich in dem Fall an jemand anders wenden. Von mir erhalten Sie keine andere Information.
Mit freundlichen Grüßen
Selma Valtersson

Iben saß auf der Treppe zum Eishaus.

Da war es schattig, und das war bei der schrecklichen Hitze unbedingt notwendig.

Sie starrte auf das Handy. Sie hatte absolut nichts »Spannenderes« erwartet als das, was Selma Valtersson schrieb. Im Gegenteil. Niemand wäre glücklicher als Iben, wenn Selma recht hätte und ein für alle Mal klar wäre, dass Mats Broman wirklich seine Frau ermordet hatte.

Iben seufzte.

Schon immer war sie neugierig darauf gewesen, wer ihr Vater war. Doch jedes Mal, wenn die Frage auftauchte, war ihre Mutter ausgewichen.

Es gäbe keinen Vater, es gäbe keinen Mann, den man nennen könnte. Manchmal sagte die Mutter, sie wüsste es nicht genau, manchmal, dass sie wirklich nicht über die Sache reden wolle, weil sie »die ganze Geschichte hinter sich gelassen« habe.

Jetzt im Nachhinein konnte Iben erkennen, was ihre Mutter dazu getrieben hatte, die Wahrheit so in sich einzuschließen. Sie hatte erfahren, dass der Mann, der Ibens Vater war, ein Mörder sein sollte.

Ein Mann, der getötet hatte.

Der niemals verurteilt worden war.

Sie schielte auf ihr Telefon. Sie konnte es nicht länger laut gestellt haben, denn ihre Mutter rief alle Viertelstunde an. War es so schwer zu verstehen, dass sie ihre Ruhe haben wollte? Es war ja wohl kaum Ibens Schuld, dass es so gekommen war.

Die Steintreppe kratzte unter ihren Oberschenkeln.

Obwohl sie ihre allerkürzesten Shorts anhatte, war ihr heiß.

Sie rieb über die Kante einer Treppenstufe.

Die Treppe war sicherlich ebenso alt wie das Haus. Es hatte sie also auch schon gegeben, als Lydia da wohnte. Lydia, die den schlimmsten Tod der Welt erleiden musste.

Es tut mir so leid für dich, dachte Iben.

Diesen Gedanken hatte sie mindestens schon hundertmal gedacht. Lydia tat ihr leid, denn es war, als würde sie nie in Ruhe gelassen. Die Leute hörten niemals auf, davon zu reden, wie sie gestorben war und wer sie wohl ermordet hatte.

Getötet und zerstückelt.

Das war so grässlich, dass man es kaum glauben konnte.

Doch Iben ging es eigentlich nur um eine einzige Sache: dass der Mörder nicht ihr Vater war.

Das allein war der Grund für ihren Besuch in Bohuslän.

Ihr Magen verkrampfte sich vor Nervosität und Schmerz. Sie hatte nicht richtig gegessen und nicht richtig geschlafen. Wenn die Sache hier funktionieren sollte, dann musste sie sich zusammenreißen.

Ihre Mutter war wütend und traurig, und sogar ihr Großvater wirkte besorgt.

Iben konnte verstehen, warum.

Sie hatte ihnen direkt ins Gesicht gelogen, und das noch nicht mal besonders raffiniert, wie ihr jetzt klar wurde. Aber es war notwendig gewesen. Alle hätten versucht, sie aufzuhalten, wenn sie von ihren Plänen erzählt hätte, und höchstwahrscheinlich wäre es ihnen auch gelungen. Iben konnte ziemlich vieles gut, aber streiten, das beherrschte sie nicht.

»Du musst mal aufhören, solche Angst vor Konflikten zu haben«, hatte ihr Klassenlehrer ein paar Wochen vor dem Abitur zu ihr gesagt.

Damit hatte er recht.

Aber manche Konflikte waren schwerer anzugehen als andere. Und das ging ihr nicht allein so.

Langsam erhob sie sich von der Treppe.

Selma Valtersson wollte also auch nicht mit ihr sprechen. Das war sehr schade, denn jetzt gingen ihr sowohl die Namen als auch die Ideen aus. Nicht, dass sie überhaupt viele Ideen gehabt hätte, aber jetzt waren es quasi null. Eine einzige Sache stand noch auf ihrer Liste, und die war immer noch undenkbar.

Ratlos sah Iben sich um.

Sie hatte keine Ahnung, was ihr nächster Schritt werden sollte.

Bisher war es ihr nur gelungen, sich in Trauer und Verwirrung zu versetzen.

Beweise, dachte sie.

Eine richtige Polizistin will immer Beweise haben.

Sie las noch einmal die Nachricht von Selma Valtersson. Die schien völlig sicher, dass Mats Broman schuldig war. Aber wie war es dann mit Birger Anderssons Geschichte von einem weiteren Alibi? Birger hatte sich geweigert, mehr davon zu erzählen, aber zumindest war er sicher, dass Mats unschuldig war.

Und wenn Mats unschuldig war, dann musste ja jemand anders schuldig sein.

Das hier geht so nicht, dachte Iben.

Ihre Hände waren schweißnass, als sie aufstand und ruhelos ins Haus zurückging.

Sie musste weiterkämpfen.

Sie musste Selma und Birger dazu bringen, alles zu erzählen, was sie wussten.

Die mussten ihre Wahrheiten jetzt mal ausspucken.

Und Iben wusste genau, mit wem sie anfangen würde.

Die Einrichtung mit dem betreuten Wohnen lag in einem zentralen Viertel aus Einfamilienhäusern in Strömstad. Maria und Ray-Ray parkten auf der Auffahrt und stiegen aus. Sie hatten angerufen und ihren Besuch angekündigt, aber nicht verraten, worum es ging.

Maria ließ den Blick über die umliegenden Einfamilienhäuser mit ihren prächtigen Gärten wandern. Das hier war ein Ort, der Seelenruhe ausstrahlte, und keiner, zu dem man ging, um über eine Mordermittlung zu sprechen.

Sie schob ihre Sonnenbrille auf den Kopf. Es konnte durchaus auch falsche Spuren in den Einzelverbindungsnachweisen von Vilhelms Handy geben, doch um herauszufinden, ob diese dazugehörte, waren sie hier.

»Sollen wir klingeln oder ums Haus gehen?«, fragte sie. »Es klingt, als würde im Garten Musik gespielt.«

»Der, mit dem ich telefoniert habe, meinte, wir sollten klingeln«, sagte Ray-Ray. »Im Garten findet offenbar ein Geburtstagsfest für einen der Bewohner statt.«

Im nächsten Moment ging die Eingangstür auf, und ein Mann mit rasiertem Kopf und großer Brille lehnte sich durch den Türspalt.

Maria merkte, wie der Boden unter ihren Füßen zu schwanken begann.

Ihr wurde schwindelig.

Hör auf, dachte sie. Hör einfach auf.

»Polizei?«, sagte der Mann, und die Betonung des Wortes machte klar, dass es sich um eine Frage handelte.

»Ja«, antwortete Ray-Ray, holte seinen Ausweis heraus und begrüßte den Mann.

Maria zögerte. Sie spürte Ray-Rays Blick auf sich, während sie nach dem Ausweis suchte, und schloss die Augen in der Hoffnung, dass die Welt aufhören würde, sich im Kreis zu drehen.

»Maria?«

Sie schlug die Augen wieder auf.

»Alles gut«, sagte sie. »Blutzucker im Keller.«

Es war erkennbar, dass Ray-Ray etwas anderes dachte.

Diese Ermittlung macht sie fertig. Sie hat einen Schwächeanfall.

Maria strengte sich an, um den Schwindel in den Griff zu bekommen.

Verdammt, ich habe doch keinen Schwächeanfall.

Der Mann unterbrach ihren stillen Meinungsaustausch und stellte sich als Finn Nielsen vor. Er war einer der Pfleger im Haus.

»Im Haus ist es ziemlich heiß, aber es wäre trotzdem gut, wenn wir uns in die Küche setzen könnten«, schlug Finn vor. »Im Garten ist heute ein ziemliches Halligalli.«

Er ging vor ihnen her in die Küche. Da standen Stapel ungespülter Teller und Gläser in der Spüle, und auf dem Fußboden lagen diverse Plastik- und Papierverpackungen.

»Entschuldigen Sie die Unordnung«, sagte Finn. »Das sind die Reste vom Fest.«

»Das haben wir uns schon gedacht«, sagte Maria und lächelte ihn an, damit er sich entspannte.

Das funktionierte nur bedingt.

Offensichtlich war ihm ihr Besuch unangenehm. Aber so reagierten die meisten, wenn sie Besuch von der Polizei bekamen.

Die Küchenstühle schabten über den Parkettfußboden, als sie sich setzten. »Können Sie nicht mal sagen, warum Sie hier sind?«, sagte Finn. »Seit Ihrem Anruf bin ich schon ganz nervös. Ist etwas passiert? Ist jemand verletzt, oder …«

Er verstummte und verschluckte den Rest des Satzes.

Ray-Ray hob die Hände in einer beruhigenden Geste.

»Wir sind hier, weil wir in einem Mordfall ermitteln«, sagte er. »Wir haben Anlass zu der Annahme, dass das Mordopfer jemanden kannte, der hier wohnt oder arbeitet. Das bedeutet nicht, dass wir automatisch die Person, die Kontakt mit dem Toten gehabt hat, verdächtigen, aber wir wüssten gern, wie dieser Kontakt aussah.«

Maria holte einen Notizblock heraus.

Ray-Ray lachte gerne über ihre analoge Methode, Gespräche zu dokumentieren, doch Maria hatte schon mehrmals bemerkt, wie Menschen, die sie im Dienst traf, sich zu entspannen schienen, wenn sie den Notizblock sahen. Vielleicht passte das besser zu ihrem Bild der alten, ehrbaren Detektivarbeit – sie wusste es nicht.

Wie auch immer trat der gewünschte Effekt auch diesmal ein.

Als Finn Ray-Ray die Worte »Mordfall« und »Mordopfer« sagen hörte, war er kreideweiß im Gesicht geworden, doch als Maria die Tasche öffnete und ihren Notizblock rausholte, sah er schon entspannter aus.

»Eins nach dem anderen«, sagte sie. »Kennen Sie jemanden namens Vilhelm Eliasson?«

Finns Stirn legte sich in tiefe Falten.

Dann schüttelte er nachdenklich den Kopf.

»Nein, das glaube ich nicht. Oder warten Sie, hieß nicht der so, der auf Hovenäset ermordet worden ist? Am Badeplatz?«

»Stimmt«, sagte Maria. »Wir haben Informationen, dass er mehrmals hier angerufen hat. Wie sieht denn die Routine aus, wenn Sie ein Gespräch entgegennehmen? Kann jeder ans Telefon gehen, oder was für ein System gibt es?«

Finn bekam wieder ein wenig Gesichtsfarbe. Das hier war etwas, worüber er Bescheid wusste, und das verlieh ihm Sicherheit.

»Alle Gespräche gehen auf ein Handy, dass immer einer von uns, die wir hier arbeiten, dabeihat«, erklärte er. »Wir wechseln uns ab. Die meisten Bewohner haben eigene Telefone, und ihre Angehörigen rufen sie oft direkt an, außer wenn sie mit jemandem vom Personal sprechen wollen.«

»Wie viele Leute arbeiten hier?«, fragte Ray-Ray. »Und wer wohnt denn hier? Oder besser gesagt: *Warum* wohnt jemand hier?«

»Im Personal sind wir tagsüber zweieinhalb und in der Nacht anderthalb. Wir haben zwölf Bewohner hier mit verschiedenen Graden der Behinderung. Alle sind erwachsen, und die meisten von denen, die hier wohnen, kommen relativ gut alleine klar, brauchen aber trotzdem Unterstützung, um den Alltag zu bewältigen. Dabei geht es um alles von Essenkochen über die regelmäßige Einnahme von Medikamenten bis hin zum Schlafengehen am Abend. Unser jüngster Bewohner ist einunddreißig, und die Älteste ist gerade sechzig geworden. Die feiert heute ihre Geburtstagsparty.«

Zum ersten Mal, seit sie gekommen waren, lächelte Finn.

»Ich verstehe«, sagte Maria.

»Warum sollte der Mann denn hier angerufen haben?«, fragte Finn.

»Das ist genau das, was wir nicht wissen«, sagte Ray-Ray. »Aber er war investigativer Journalist, und er könnte wegen einer Story angerufen haben, an der er arbeitete.«

Jetzt veränderte sich Finns Gesichtsausdruck erneut.

Er sah wütend und in die Enge gedrängt aus.

»Dann weiß ich Bescheid«, sagte er. »Solche Leute sind immer mal wieder hinter uns her, und ich kann ohne Zögern oder Zurückhaltung sagen, dass sie gar keinen Anlass dazu haben. Überhaupt nicht.«

»Einen Moment«, sagte Maria. »Sie glauben …«

»Ich glaube überhaupt nichts, ich *weiß*. Wir verwalten uns besser als viele andere, es gibt überhaupt keinen Grund, eine Menge Zeit und Energie darauf zu verschwenden, hier nach Unregelmäßigkeiten zu suchen. Es ist so verdammt elend, ständig mit diesem dummen Gerede zu tun zu haben.«

Maria hielt eine Hand hoch, um ihn zu bremsen.

»Stopp«, sagte sie. »Jetzt wollen wir erst mal herausfinden, ob jemand von Ihnen mit Vilhelm gesprochen hat.«

Sie holte eine Kopie der Einzelverbindungsnachweise heraus, auf der die Anrufe beim betreuten Wohnen markiert waren.

»Vilhelm Eliasson hat mehrere Male hier angerufen«, erklärte sie. »Unter anderem am 20. Mai um 15:33 Uhr. Da hat er vier Minuten lang mit jemandem gesprochen. Könnten Sie vielleicht rauskriegen, wer zu dem Zeitpunkt gearbeitet hat?«

Finn nickte.

»Natürlich«, sagte er. »Warten Sie kurz, ich hole den Computer.«

Maria und Ray-Ray sahen zu, wie er aus der Küche marschierte.

»Zumindest ist er dienstbeflissen«, murmelte Ray-Ray.

Maria schaute auf die Überreste vom Fest, die sich auf der Spüle türmten und am Boden herumlagen. Offensichtlich störte das Finns Ordnungssinn. Sie selbst fand eher die Hitze anstrengend und öffnete eines der Fenster. Die Küche ging auf die kurze Seite des Hauses hinaus, doch der Lärm vom 60. Geburtstag war dennoch zu hören. Es klang, als wäre man jetzt zu gemeinsamen Liedern übergegangen. Jemand spielte Ziehharmonika, und der Rest sang.

Finn kam mit einem Laptop unterm Arm zurück.

Er schaute zu dem geöffneten Fenster und setzte sich.

»Ich brauchte ein bisschen frische Luft«, sagte Maria.

»Na klar«, erwiderte Finn, »solange uns der Lärm von draußen nicht stört.«

»Kein Problem«, sagte Ray-Ray.

Finn rückte seine Brille zurecht und starrte auf den Bildschirm.

»Jetzt wollen wir mal sehen«, sagte er.

Und schon sah er wieder gestresst aus. Er las konzentriert, was auf dem Bildschirm stand, und als er den Blick hob, wirkte er peinlich berührt.

»Am 20. Mai waren nur Eva-Maria und ich hier. Wir haben eine Art Logbuch, wo wir eintragen, wer an welchem Tag und zu welcher Zeit im Dienst war und ob während der Schicht irgendetwas Besonderes passiert ist. Und gerade im Mai sind wir von einem Team einer der Investigativ-Programme im Fernsehen geradezu gejagt worden. Die hatten einen Tipp bekommen, wir würden das Haus angeblich schlecht führen und es ginge den Bewohnern schlecht, doch alles endete damit, dass sie ihr Projekt aufgegeben und um Entschuldigung gebeten haben. In dem Zusammenhang riefen in jener Woche mehrere Journalisten an und tatsächlich auch einer, der Vilhelm Eliasson hieß.«

Maria beugte sich über den Tisch.

»Wer von Ihnen hat mit ihm gesprochen?«, fragte sie.

»Das war ich«, gestand Finn. »Entschuldigen Sie, ich habe nicht darauf reagiert, als ich seinen Namen in der Zeitung sah. Wie gesagt, es haben in dem Zusammenhang mehrere Journalisten angerufen. Aber jetzt, wenn ich ins Logbuch schaue, erinnere ich mich an das Gespräch. Denn Vilhelm Eliasson gehörte nicht zu diesem Fernsehsender, sondern rief aus einem völlig anderen Grund an. Er wollte Kontakt zu einer unserer Bewohnerinnen. Er war sogar einmal hier und hat gefragt, ob er reinkommen und mit Malin sprechen dürfe. Und das durfte er natürlich nicht.«

Draußen vorm Fenster verstummte der Gesang und ging in Applaus über. Jemand brachte ein dreifaches Hoch auf das Geburtstagskind aus, und dann riefen alle ihr Hurra.

»Malin?«, fragte Ray-Ray.

»Malin Samuelsson«, sagte Finn. »Die wollte er sprechen.«

Maria notierte.

Ein weiterer Name, den sie nicht kannten.

»Hat er gesagt, was er wollte?«, fragte Maria.

»Nein, nur, dass es wichtig sei. Aber ich habe gesagt, das würde nichts ändern und ich könnte nicht einmal sagen, ob jemand mit diesem Namen bei uns wohnen würde.«

»Gut«, sagte Maria. »Das war sehr stark von Ihnen, in einer so bedrängten Situation das Richtige zu tun.«

Finn sah geschmeichelt aus und baute neues Selbstvertrauen auf. So etwas war wichtig, um ihn dazu zu bringen, alles zu geben, damit die Polizei sämtliche Informationen bekam, die sie brauchte. Kein Detail durfte als zu klein, kein Informationsfetzen uninteressant erscheinen. Das zu beurteilen, musste Sache der Polizei bleiben.

»Was haben Sie gedacht, als er ausgerechnet nach Malin fragte?«, erkundigte sich Ray-Ray.

Finn schluckte.

Dann stand er auf und schloss das Fenster und die Küchentür.

»Malin hat die seltsamste Geschichte von allen, die hier wohnen«, sagte er und setzte sich. »Und außerdem …«

Er verstummte.

Ray-Ray sah ihn erwartungsvoll an.

»Okay«, sagte er und lachte. »Wie seltsam wird die Geschichte schon sein? Können wir sie sprechen?«

Finn sah ihm direkt in die Augen.

»Sehr seltsam«, erwiderte er. »Und Sie können sie gerne treffen, aber ich weiß nicht, was Ihnen das bringen würde. Malin hätte niemals mit Vilhelm Eliasson reden können, selbst wenn sie es gewollt hätte, und dasselbe gilt auch für Sie.«

Ray-Ray wurde ernst.

»Und das ist, weil?«, fragte er.

Finns Miene verdunkelte sich.

»Weil ihr einmal die Kehle durchgeschnitten worden ist«, erklärte er.

Ein weiterer vorgeblicher Krankentag. Und ein weiterer Tag mit Lob von der Tagesstätte. Matilda hatte Erdbeeren mit zur Märchenstunde bringen wollen, und Oskar, der zu müde war, um nachzudenken, war auf der Fahrt in die Kita beim Coop vorbeigefahren und hatte eine Schale gekauft.

»Oh!«, hatte eine der Erzieherinnen ausgerufen, als Matilda die Erdbeeren vorzeigte. »Was hast du denn heute für einen Schatz dabei!«

Matilda hatte gelächelt und dann an ihrem Schatz geschnüffelt und gesagt, sie würde Erdbeeren lieben, und da hatte die Erzieherin etwas in der Art von »Ja natürlich, wer tut das nicht?« gesagt und Oskar zugezwinkert, als wollte sie sagen »gut gemacht!« Und da hatte sich alles so furchtbar angefühlt, dass er nur schnell aus der Kita rausgelaufen und weggefahren war.

Jetzt saß er zusammen mit Tony auf dem Steg, der die Strandpromenade von Kungshamn genannt wurde. Oskar hatte sich in den Schatten unter der Smögen-Brücke gesetzt, direkt an den Brückenpfeiler, und wartete auf Ellen.

Er wusste kaum, wie es dazu gekommen war, alles war so schnell gegangen, doch als er den Entschluss einmal gefasst hatte, beeilte er sich, ihn in die Tat umzusetzen, ehe er es sich anders überlegen konnte.

Der Entschluss war gewesen: sich nicht zurückzuziehen, sondern stattdessen Hilfe zu suchen.

Genau wie er das all die anderen Male in den letzten Jahren schon getan hatte, wenn das Leben schwierig geworden war.

Aber diesmal war es anders gewesen. Noch nie, seit er nüchtern geworden war, war die Sucht nach dem Rausch des Alkohols so rasend groß gewesen. Noch nie. Daraus hatte Oskar den Schluss gezogen, dass es für ihn nur zwei Möglichkeiten gab: Entweder kehrte er in die zerstörerische, kalte Umklammerung der Flasche zurück, oder er löste die Probleme, die ihn ursprünglich zum Alkohol getrieben hatten.

Ruhelos sah er auf die Uhr.

Ellen würde in exakt drei Minuten da sein.

Er kannte niemanden, der so pünktlich war wie sie. Und das machte sie vorhersehbar, was wiederum Oskar ein Gefühl von Sicherheit schenkte. So war es auch diesmal.

Drei Minuten.

Es gab also noch Zeit, es sich anders zu überlegen.

Er konnte das Treffen immer noch absagen.

Fliehen.

So wie er es sonst immer getan hatte.

Ganze drei Jahrzehnte, jedes davon lang wie eine Ewigkeit.

Auf gar keinen Fall.

Fest umklammerte Oskar den Rand der Bank mit seinen Fingern. Diesmal würde es nicht wie all die anderen Male werden, als er versucht hatte, sich seinem Trauma und seiner Schuld zu nähern. Seinem Verbrechen. Diesmal würde er bleiben.

Da klingelte sein Telefon.

Ihm blieb fast das Herz stehen, als er sah, dass es Espen war, der ihn anrief.

Sofort musste er wieder an den missglückten Besuch bei Malin denken.

»Teufel auch«, flüsterte er.

Schnell drückte er das Gespräch weg. Espen rief wieder an. Und wieder. Oskar stellte auf lautlos und legte das Telefon weg.

Jetzt nicht nachgeben.

Er schaute über die Bucht. Die Sonne stand hoch am Himmel, und das Wasser im Schatten unter der Smögen-Brücke war dunkelblau. Er wagte nicht, den Kopf zu wenden und nach links zu schauen, er wollte nicht Ellen über den Steg kommen sehen.

Verdammt, dann werde ich es vielleicht doch noch bereuen und um mein Leben rennen.

Ein Segelboot glitt vorbei. Dann zwei Motorboote. Als Oskar Kind war, hatten seine Eltern auch ein Segelboot besessen. Wenn sie damit unterwegs waren, musste er bei seinen Großeltern bleiben.

»Die Mama braucht ein bisschen Ruhe und Erholung«, hatte seine Großmutter stets als Antwort auf die unausgesprochene Frage, warum er nicht mitkommen durfte, gesagt.

Schon in frühester Jugend hatte er begriffen, wie wichtig die Wochen auf dem Meer für seine Eltern waren. Da gab es keinen Oskar mit all seinem Zorn und seinen dunklen Seiten. Da gab es all die Probleme nicht, die er verursachte, und auch nicht die wenigen und üblen Freunde, die er in der Oberstufe aus der Schule mit nach Hause brachte.

Auf dem Meer herrschte auch keine Angst.

Die Angst davor, was aus Oskar noch werden könnte, und vor dem, was er offensichtlich in sich trug.

»Hallo, mein Lieber.«

Oskar sah auf.

Er hatte sie nicht kommen hören, aber jetzt stand sie da.

Ellen stellte zwei Plastiktüten hin und nahm die Sonnenbrille ab.

»Sollen wir hier sitzen?«, fragte sie. »Im Schatten?«

»Gerne«, erwiderte Oskar.

Seine Stimme rasselte, als er sprach, als hätte er sie seit Ewigkeiten nicht benutzt.

Ellen setzte sich neben ihn. Tony wollte sie sofort begrüßen und suchte ihre Aufmerksamkeit auf die einfachste Weise, die man sich denken konnte, indem er ihren Schritt beschnüffelte.

»Aus!«, sagte Oskar und zog ihn fest an der Leine.

Tony kapitulierte und legte sich ihnen zu Füßen. Ellen streichelte ihn lachend. Ihre langen Klavierfinger fuhren durch den dicken Pelz des Hundes und ließen ihn sich entspannen.

»Es ist eben nicht so leicht, sozial zu sein«, sagte sie.

»Sozial?«, fragte Oskar. »Er ist pervers.«

»Oder einfach Hund.«

Sie richtete sich auf und wandte sich an Oskar.

»Ich habe mich so gefreut, dass du dich gemeldet hast«, sagte sie. »Ich habe an dich gedacht.«

Sie legte eine Hand auf seinen nackten Unterarm, und er spürte die Wärme von ihrer Handfläche durch seinen Körper strömen.

»Oskar, was ist denn los? Du zitterst ja.«

Ellens Stimme klang besorgt, aber sie ließ die Hand liegen.

Nicht mehr lange, dachte Oskar. Bald wird sie sich zurückziehen.

Er hatte selbst gar nicht gemerkt, dass er zitterte, aber es stimmte.

Er lehnte sich auf der Bank zurück und versuchte, ruhig zu atmen, während er nach den Worten suchte, die am besten beschrieben, was in seinem Körper brannte.

»Ist etwas passiert?«

Einatmen, ausatmen.

Einatmen, ausatmen.

»Oskar, jetzt mache ich mir wirklich Sorgen. Antworte mir.«

Eine Familie mit Kindern, die vorbeikam, sah zu ihnen hin.

Wenn er sich nicht zusammenreißen konnte, mussten sie woanders hingehen.

»Ich … ich habe ein Geheimnis.«

Das war nicht exakt, was er eigentlich hatte sagen wollen, aber es war der einzige Satz, den er rausbrachte.

Ellen suchte seinen Blick.

»Das haben wir alle«, sagte sie. »Alle haben Geheimnisse.«

Oskar wand sich.

»Schon, aber meines ist größer als das von anderen. *Sehr viel* größer.«

Jetzt hatte er das Gefühl, auf der richtigen Spur zu sein. Sie musste schließlich irgendeine Vorwarnung bekommen, eine Chance, sich rauszuziehen.

»Meines ist es auch«, antwortete Ellen leise. »Noch einmal: Die meisten von uns verbergen etwas, Oskar. Das ist nichts Besonderes.«

Sie saßen eine Weile schweigend da.

»Erzähl«, sagte Oskar schließlich. »Erzähl mir von deinem beschämendsten, schrecklichsten Geheimnis. Dann verrate ich dir meines.«

Ellen schaute übers Wasser.

Offensichtlich bin ich nicht der Einzige, der nicht alles herausbringt, was gesagt werden muss, dachte Oskar.

Dann fiel ihm ein, dass ja er es gewesen war und nicht Ellen, der um dieses Treffen gebeten hatte. Nicht Ellen hatte das Bedürfnis gehabt, irgendwelche Geheimnisse zu verbreiten, sondern Oskar.

»Ich bin einmal betrunken Auto gefahren«, sagte Ellen. »Nur ein einziges Mal, aber ich hatte meinen Neffen auf dem Rücksitz. Ich habe einen Tag auf ihn aufgepasst, als mein Bruder und meine Schwägerin auf der Beerdigung ihres Vaters waren. Mein Bruder hatte nicht erkannt, wie abhängig ich war und dass ich mich im freien Fall befand. Es ist nichts passiert, niemand ist zu Schaden gekommen. Aber als ich wieder nach Hause kam, war ich außer mir vor Angst. Die Scham war grenzenlos, ich habe mich noch nie so mies gefühlt.«

Ellen verstummte.

Sie hatte ein Hemd an und Shorts, an deren Rand, wo der Stoff aufgegangen war, sie jetzt zupfte.

»Jetzt du«, sagte sie.

Oskar merkte, wie ihm der Mut sank.

Verdammter Mist.

Warum hatte er sie nur gebeten, von ihrem schlimmsten Geheimnis zu erzählen?

Verglichen mit dem, was er zu gestehen hatte, war das ja rein gar nichts.

»Mein Geheimnis ist etwas größer«, sagte er.

»Das halte ich aus«, erwiderte Ellen. »Bring it on.«

Sie zwinkerte ihm zu und lächelte.

Oskar holte tief Luft. Ein paar Teenagermädchen gingen an ihnen vorbei, und er hielt den Atem an, bis sie außer Hörweite waren. Dann atmete er aus und sagte:

»Ich bin als Kind beschuldigt worden, eine Frau ermordet zu haben.«

Ellens Lächeln erlosch.

Siehst du. Mein Geheimnis ist größer als deins.

»Was sagst du da?«

Er wiederholte ein weiteres Mal:

»Es wird behauptet, ich hätte im Alter von sieben Jahren eine Frau ermordet.«

Ellen schüttelte den Kopf.

»Wer hat denn etwas so Krankes behauptet?«

Oskar holte noch einmal tief Luft.

»Meine Eltern«, sagte er. »Und mein Onkel und meine Tante.«

Zwei Möwen jagten einander und peilten den Steg an. Sie landeten, und plötzlich war es, als hätten sie ihr ganzes Adrenalin verbraucht, und sie spazierten ruhig und zivilisiert auf den Holzplanken umher.

Ellen schluckte.

»Du hast gesagt, es würde behauptet, du hättest jemanden ermordet«, sagte sie. »Was meinst du damit?«

»Dass es vielleicht die Wahrheit ist.«

Jetzt war seine Stimme heiser.

»Aber du weißt es nicht sicher?«

»Ich erinnere mich an gar nichts«, flüsterte er. »An überhaupt nichts.«

»Und trotzdem sagen deine eigenen Eltern, du hättest jemanden ermordet? Das klingt doch total bescheuert. Ist dir das nicht klar? Und um es noch mal ganz deutlich zu sagen: Das, was hier bescheuert klingt, ist, dass jemand sich so etwas ausdenkt. Denn es ist natürlich nie passiert. Warum solltest du im Alter von sieben Jahren eine Frau ermordet haben? Wie soll das vor sich gegangen sein, und wer war sie? War das eine Freundin der Familie, oder …«

Die Möwen standen mucksmäuschenstill da, als Oskar Ellen unterbrach.

»Ich weiß nicht, ob sie eine Freundin der Familie war, aber ich weiß, wie sie heißt. Lydia Broman.«

Für einen Moment stand die Zeit still.

Ellen wurde kreidebleich.

»Verstehst du jetzt?«, flüsterte Oskar. »Meine Familie behauptet, ich hätte Lydia Broman ermordet.«

Das Dressing des Salats glänzte in der Sonne. August und Gunnar saßen auf einer Bank vorm Secondhandladen und aßen zu Mittag. August hatte gesagt, sie könnten eine Stunde Mittagspause machen und in der Hafenbäckerei essen, doch Gunnar hatte das abgelehnt. Seiner Ansicht nach war es schlechter Stil, den Laden mitten am Tag zuzumachen (»Was, wenn der beste Kunde deines Lebens in dem Moment kommt! Den willst du doch nicht verpassen!«), und August vermochte dem nichts mehr entgegenzusetzen.

So saßen sie nun jeder mit seinem Salat und betrachteten die Leute.

»Das ist wirklich ein verdammt schwieriger Salat hier«, sagte Gunnar verärgert und ließ ein Stück Gurke auf den Boden fallen. Er hatte die Salatschüssel auf dem Schoß, weil er die Gabel in die gesunde Hand nehmen musste und die kranke zu schwach war, um festzuhalten. Das machte den Abstand zwischen Schüssel und Mund sehr groß, doch er klagte nicht – außer über den Salat selbst. Insgesamt schien ihn die Reise zum Laden mit neuem Leben erfüllt zu haben. Außerdem war er keineswegs ein schlechter Verkäufer. Als August von dem Treffen mit Olga zurückkam, war Gunnar gerade dabei, einem älteren Paar die teuerste Lampe des Ladens zu verkaufen.

»Da sieht man mal wieder«, hatte die Frau gesagt, als sie für die Lampe bezahlten, »was für einen Unterschied es doch macht, wenn man von tüchtigen Menschen wie Ihnen etwas kaufen kann.«

August hatte etwas gestresst darüber nachgedacht, inwieweit Gunnar wohl als tüchtig betrachtet werden konnte, was Secondhandsachen anging, doch je mehr die Stunden vergingen und er sah, wie Gunnar mit anderen Kunden interagierte, begriff er, was die Frau gemeint hatte.

Gunnar war nämlich wirklich *tüchtig*.

Und das Beste von allem: Wenn ihm eine Frage gestellt wurde, die er nicht beantworten konnte, dann sagte er nicht einfach irgendetwas.

Das hatte August nicht erwartet. Im Gegenteil. Während der Zeit, in der er Gunnar nun kannte, hatte der Alte keine einzige Gelegenheit ausgelassen, sich zu allem zu äußern, von Brandsicherheit bis hin zu rein bautechnischen Dingen. Doch im Laden verhielt er sich plötzlich ganz anders.

»Ich habe nachgedacht«, sagte Gunnar und ließ die Gabel in den Salat fallen. Offensichtlich war er fertig mit dem Essen.

»Worüber?«, fragte August.

Er hatte versucht, Gunnar passend zur Mittagszeit nach Hause zu fahren, doch der Alte hatte sich geweigert. Und so hatte er bleiben dürfen. Immerhin hatte er dem Laden doch eine neue und unterhaltsame Note gegeben.

»Ich habe über das Eishaus nachgedacht und dieses Mädchen Iben«, sagte Gunnar. »Über ihre Familie und das Gespräch, was wir neulich mit Sten geführt haben.«

Gestern, dachte August. Wir haben Sten gestern getroffen.

August hatte vor allem über seinen Besuch bei Olga nachgedacht und über das, was er dort gehört hatte.

Dieses Messerset ließ ihm keine Ruhe.

Irgendetwas stimmte mit der Geschichte der Messer nicht, er übersah da etwas. Warum hatte Olga ihren Mann angelogen, dass sie sämtliche Messer zurückbekommen hätte, wo doch tatsächlich eines fehlte? Seltsam war auch, was der Mann über eine Malin und einen Oskar gesagt hatte – Namen, die August nichts sagten, aber vielleicht für jemand anders wichtig waren.

»Ja«, sagte Gunnar. »Ich habe überlegt, ob wir Ibens Familie anrufen sollten.«

»Warum das denn?«, fragte August erstaunt.

»Ich glaube, die wissen nicht, dass sie hier ist.«

»Aber sie ist doch erwachsen. Sie hat das Recht, hinzufahren, wohin sie will.«

»Wir könnten ja so tun, als wüssten wir nicht, dass sie erwachsen ist«, meinte Gunnar. »Sie ist so klein und dünn, wenn ich es nicht besser wüsste, dann hätte ich gedacht, sie wäre vierzehn.«

August schüttelte den Kopf.

Sie saßen direkt in der Sonne, und das war bei der Hitze natürlich nicht so günstig. Es war schwer, klar zu denken, wenn alles, was man sich wünschte, ein Bad im Meer war.

»So was macht man nicht«, sagte er. »Das gibt nur eine Menge Probleme. Was soll denn die arme Iben dann denken? Es ruiniert die Beziehung zu den Nachbarn, wenn man ständig den Privatdetektiv spielt.«

Gunnar schnaubte.

»Das sagst du nur, weil du aus Stockholm kommst«, entgegnete er. »Da ist alles so hart und kalt, und keiner schert sich um seine Mitmenschen.«

August musste laut lachen.

»So siehst du das also?«, fragte er. »Als ob du Ibens Familie anrufen wolltest, weil du dich um deine Mitmenschen scherst.«

»Doch, so ungefähr«, beharrte Gunnar und setzte seine Sonnenbrille auf.

Die landete schief auf dem Gesicht und ließ ihn lächerlich aussehen. August streckte eine Hand aus und rückte sie zurecht.

»Lass mal deine ritterlichen Anstrengungen für Iben sein«, schlug er vor. »Sich um jemanden zu kümmern, ist nicht dasselbe wie herumzuschnüffeln.«

Gunnar sah ihn streng an.

»Muss ich dich daran erinnern, dass kürzlich auf Hovenäset ein Mord begangen wurde?«, fragte er.

August wurde ernst.

»Nein«, sagte er. »Das musst du nicht. Es ist mir ebenso schmerzhaft bewusst wie dir.«

Gunnar fuhr sich durch die Haare.

»Irgendwie habe ich das Gefühl, da helfen zu müssen«, sagte er. »Schließlich war ich das, den der Junge besuchen wollte.«

August stellte seinen Salat weg.

»So darfst du nicht denken«, sagte er.

»Er wirkte so ehrgeizig«, sagte Gunnar und sah traurig aus. »Wollte einfach alles wissen. Lange her, seit sich jemand so dafür interessiert hat, was ich zu sagen habe. Aber dann ist er nicht gekommen, und jetzt darf ich mit niemand anderem über sein Interesse am Stückelmord sprechen als mit dir. Das fühlt sich sehr seltsam an. Die Leute sind es doch gewohnt, dass ich viel rede. Nachher glauben sie noch, ich wäre krank.«

August erwog zu sagen, dass Gunnar streng genommen auch nicht mit August über Vilhelm und den Stückelmord sprechen durfte, aber das ließ er dann doch sein.

»Ich denke, du redest auch so genug«, sagte er stattdessen.

Da klingelte Gunnars Handy.

Eifrig wie ein Kind holte er es sofort hervor.

»Da wollen wir doch mal sehen, wer das ist«, sagte er.

August fiel auf, dass Gunnar oft auf Anrufe so reagierte.

Da wollen wir doch mal sehen, wer das ist.

Als wäre es ein großes Ereignis, wenn endlich mal ein anderer Mensch ihn anrief.

Gunnar schaute auf das Telefon in seiner Hand. Es klingelte wieder und wieder.

»Willst du nicht rangehen?«

»Nein.«

August sah vom Handy zu Gunnar.

»Aber …«

»Ich will nicht mit ihr reden.«

Da war August klar, wer hier anrief. Emmy Mellgren.

»Natürlich willst du mit Emmy reden«, sagte August. »Jetzt geh schon ran.«

Das Handy verstummte.

»Sie ruft wieder an, dabei sollte ihr doch wohl klar sein, dass das keinen Sinn hat«, erwiderte Gunnar und verzog den Mund.

August überlegte, was er sagen sollte. Gunnar war alt und einsam – ebenso wie Emmy. Das war auch der Grund gewesen, warum sie überhaupt zusammengekommen waren, um den Alltag weniger einsam gestalten zu können.

Ein schwaches »Pling« war vom Handy zu vernehmen.

»Jetzt hat sie stattdessen eine Nachricht geschickt«, sagte August.

»Nein, das ist nur das Handy, was mir sagt, dass ich eine neue Sprachnachricht bekommen habe«, erklärte Gunnar. »Aber ich habe nicht vor, die abzuhören. Zu Anfang habe ich das noch gemacht, aber sie sagt doch nur immer dasselbe. Dass es ihr leidtut und sie es bereut.«

»Aber ehrlich, sag mal …«

»Sie hat mich betrogen«, sagte er mit heiserer Stimme. »Mehr als irgendjemand anders.«

Gunnars Miene war verhärtet von Zorn, aber August meinte auch, etwas wie Trauer darin zu sehen.

Er nahm seine Salatschüssel.

»Ist es das wirklich wert?«, sagte er leise. »Ist dein Stolz es wert, all die Zeit ohne Gesellschaft zu verbringen?«

Gunnar hustete und wandte den Blick ab, ohne zu antworten.

August hatte eine Idee.

»Wir können die Nachricht gemeinsam abhören«, schlug er vor. »Dann hören wir, was Emmy sagt, und wenn es uns zu dumm vorkommt, dann schalten wir aus.«

Er sah Gunnar hoffnungsvoll an, der als Antwort nur seine Sonnenbrille abnahm und ihn voller Verachtung betrachtete.

»Glaubst du, ich bin sieben Jahre alt, oder was?«, fragte er.

Kommt vor, dachte August.

»Ich meine bloß, manchmal, wenn man so empört ist, dann …«

»Ich bin nicht empört!«

Gunnars Stimme schlug ins Falsett um, und August musste lächeln.

»Okay.«

Der Alte seufzte laut.

»Ich gebe auf. Wir hören die Nachricht ab.«

August fuhr sofort von der Bank hoch, und im nächsten Moment saßen sie im Laden am Schreibtisch, das Handy zwischen sich.

»Nun gut«, sagte Gunnar und tippte auf das Display des Telefons. »Da wollen wir doch mal sehen, was für uninteressanten Kram sie zu sagen hat.«

Eine kratzige Stimme tönte durch den Laden:

»Willkommen auf Ihrer Mailbox. Sie haben vierundzwanzig neue Nachrichten.«

»Vierundzwanzig!«, rief August.

»Ich hab doch gesagt, sie ruft zu oft an.«

»Aber du hörst ja keine einzige ab …«

»Natürlich habe ich das! Aber es wurden einfach zu viele, und da habe ich aufgehört. Psst! Jetzt kommt die erste.«

Sprachlos hörte August eine Botschaft nach der anderen von Emmy ab. Ihre kurzen Grüße zu hören, war, als würde man einer Chronik des Lebens auf Hovenäset lauschen. Die erste Nachricht war zwei Monate alt, und mit jedem Anruf klang Emmy ein wenig mehr resigniert.

»Lieber Gunnar, du willst also auch heute nicht mit mir sprechen. Und dabei habe ich doch aus keinem anderen Grund angerufen, als dir noch einmal zu erklären, wie traurig ich bin, dass alles so schiefgelaufen ist, und dass ich dich vermisse. Heute Nachmittag wird an der Kapelle Boule gespielt, und ich hoffe wirklich, dass du kommen wirst.«

Piiieeep.

Als sie zu Nachricht Nummer vierzehn kamen, hatte August schon eine reelle Frustration aufbauen können.

Was war bloß mit diesem Gunnar los? Hatte er nicht Verstand genug, einzusehen, dass das hier viel zu schön war, um es wegzuwerfen?

Er wollte seinem Freund gerade eine Standpauke halten, als plötzlich eine ganz andere Stimme auf der Mailbox zu hören war.

»Hallo, hier ist Majlis von der Gesundheitszentrale. Wir müssen den Termin für Ihre Blutabnahme leider verschieben, bitte rufen Sie mich doch an, sowie Sie das hier hören.«

Piiieeep.

Gunnar sah erstaunt auf das Telefon.

»Oh«, sagte er.

»Ja, mindestens«, ergänzte August. »Dieser Anruf kam vor zwei Wochen. Ist dir nicht klar, was du alles anrichtest, wenn du deine Mailbox nicht abhörst?«

Sie hörten vier weitere Mitteilungen von Emmy an, und dann war wieder eine neue Stimme auf dem Band. Diesmal rief ein junger Mann an. Als er sprach, hörte man im Hintergrund ein Rauschen.

»Hallo Gunnar, ich bin es, Vilhelm Eliasson. Ich brauche Ihre Hilfe in einer Sache.«

»Offenbar ist es vor dreißig Jahren passiert«, sagte Finn. »Sie können bestimmt Kopien von den Unterlagen hier bekommen, aber ich nehme mal an, dass Sie rein medizinisch viel bessere Informationen bekommen, wenn Sie sich an die Krankenhäuser wenden, in denen Malin behandelt worden ist.«

Weder Maria noch Ray-Ray erwiderten etwas. Es war alles andere als selbstverständlich, dass sie Zugang zu Malins Krankenakten bekommen würden. Deshalb ließen sie Finn frei weiterreden.

»Malin war die Erste, die in diese Wohngemeinschaft eingezogen ist«, sagte er. »Vorher hat sie in Lysekil in einer anderen Art von Einrichtung gewohnt, aber die Eltern haben beschlossen, sie hierher wechseln zu lassen.«

»Leben die Eltern noch?«, fragte Maria.

»Ja, durchaus«, erklärte Finn. »Sie kommen einmal die Woche zu Besuch. Sie haben keine weiteren Kinder außer Malin.«

Obwohl das Fenster geschlossen war, drang aus dem Garten ein rhythmisches Trommeln zu ihnen hinauf. Finn stöhnte leise.

»Immer dasselbe«, sagte er. »Das Geburtstagskind hat einen großen Bruder, der Schlagzeuger in einer alten Tanzcombo ist. Er beharrt immer darauf, irgendwas Lautes zu spielen, wenn er hier ist.«

Er strich zerstreut mit der Hand über den Küchentisch.

»Sie wollten von Malins Verletzungen sprechen«, ermunterte Maria ihn.

»Im Alter von zwanzig Jahren hatte sie ein … Erlebnis«, begann Finn. »So drücken ihre Eltern es aus – sie hatte ein Erlebnis. Aber das war es nicht. Sie hat versucht, sich das Leben zu nehmen, und zwar auf eine grauenhafte Weise. Ich … Wie gesagt, ich habe keine Einsicht in ihre Krankenakte, aber ich kenne ihre ärztlichen Kontakte und war bei einzelnen Arztbesuchen auch dabei. Denn

Malin kann ja nicht sprechen, und ihr Gehirn ist sehr geschädigt. Die Ärzte haben berichtet, dass sie sich, was kognitive und motorische Fähigkeiten angeht, auf dem Niveau eines kleinen Kindes befindet. Sie kann weder lesen noch schreiben, aber sie hört, was wir sagen, und sie erkennt Menschen wieder, die sie zuvor schon einmal gesehen hat. Zum Beispiel gestern, als sie Besuch bekam.«

Maria sah auf.

»Gestern?«, fragte sie.

Finn nickte.

»Erst dachte ich, Sie wären deshalb hier«, sagte er. »Dass Malins Eltern Sie angerufen hätten oder Sie auf einem anderen Weg erfahren hätten, was geschehen ist. Aber dann haben Sie stattdessen von dem Journalisten gesprochen, und da geriet die Sache mit dem anderen Mann, der hergekommen ist, in den Hintergrund.«

In der Küche war es drückend heiß, und Maria spürte, wie ihr Deodorant allmählich den Dienst einstellte.

Finn hatte ihnen nichts zu trinken angeboten, aber Maria hatte eine Wasserflasche in der Tasche, aus der sie jetzt trank, während Ray-Ray fragte:

»Wie hieß der Mann, der hier war, und was wollte er?«

Finn wand sich.

Ihm war jetzt auch heiß, der Schweiß glänzte auf der Stirn.

»Ich glaube, er hat gesagt, er würde Oskar heißen«, sagte er. »Er hat nicht erzählt, woher er Malin kannte, und hat auch nicht vorher angerufen und seinen Besuch angekündigt. Plötzlich stand er einfach mit einem Blumenstrauß in der Hand im Garten. Ich war zu der Zeit gerade allein, denn meine Kollegin war mit zwei Bewohnern einkaufen gegangen. Es fühlte sich wirklich nicht gut an, wie er einfach so aus dem Nichts auftauchte.«

»Das verstehe ich«, erwiderte Maria. »Und er war noch nie zuvor hier gewesen?«

»Nicht, dass ich wüsste«, antwortete Finn. »Ich habe hinterher mit meiner Kollegin darüber gesprochen, und sie konnte sich auch nicht daran erinnern, dass Malin schon einmal Besuch von jemandem namens Oskar gehabt hätte. Tatsächlich sind die Eltern die Einzigen, die kommen. Jedenfalls reagierte Malin auf sehr unangenehme Weise, als sie diesen Oskar erblickte. Sie … sie hat geschrien, aber das hörte man nicht, es war nur ein gurgelnder, dumpfer Laut. Aber ihr Mund war weit offen und die Augen aufgerissen, und … Ja, man kann es kaum beschreiben. Es war einfach … schrecklich.«

Finn sah zu Boden. Die Erinnerung ließ ihn schaudern.

»Und was haben Sie gemacht?«, fragte Ray-Ray ruhig.

»Wahrscheinlich habe ich alles falsch gemacht«, sagte Finn. »Ich war, wie gesagt, mit den Bewohnern allein, und Malins Angst breitete sich wie ein Lauffeuer unter den anderen aus. Ich konnte sie nicht allein lassen und einfach hinter dem Mann herlaufen. Also hörte ich bloß den Motor aufheulen, als er wegfuhr.«

Maria nahm die Zeugenaussage Stück für Stück auf.

Offenbar hatte Malin den Mann, der dort gewesen war, wiedererkannt, doch würde sie niemals erzählen können, warum er ihr Angst gemacht hatte.

Das war ein so schrecklicher Gedanke, dass sich ihr die Nackenhaare sträubten.

»Haben Sie eine Anzeige bei der Polizei aufgegeben?«, fragte sie.

»Nein«, sagte Finn. »Ich meine, er ist ja nur hierhergekommen und hat Hallo gesagt. Und das ist zunächst ja mal nicht verboten. Außerdem habe ich Malins Eltern angerufen, und auch die wollen keine Anzeige erstatten. Sie nahmen an, bei dem Mann würde es sich vielleicht um einen alten Schulkameraden handeln oder so. Aber sie konnten sich auch nicht erinnern, dass er sie vorher angerufen hätte, obwohl er behauptet hat, er hätte das getan.«

Ray-Ray schnaubte.

»Ein alter Schulkamerad?«, fragte er. »Und das soll dann eine normale Reaktion gewesen sein, wenn man so jemanden sieht?«

»Ich weiß es nicht«, erwiderte Finn defensiv. »Das haben Malins

Eltern gesagt. Ich finde auch, das klingt komisch, aber ich wollte mich da nicht weiter einmischen.«

»Natürlich«, sagte Maria, auch wenn sie überhaupt nicht verstehen konnte, was die Eltern sich dabei gedacht haben könnten, wenn sie den Vorfall nicht anzeigen wollten. Eins war jedenfalls klar: Ray-Ray und sie würden diese Eltern bald mal besuchen.

Aber erst wollte sie noch mehr über Malins Selbstmordversuch wissen.

»Sie haben erwähnt, dass Malin versucht hat, sich das Leben zu nehmen«, sagte sie. »Haben Sie eine Ahnung, warum?«

»Nein«, erwiderte Finn.

»Aber Sie wissen, wie sie es getan hat?«, hakte Ray-Ray nach.

Finn senkte den Blick, als wäre die Wahrheit zu schrecklich, um sie Auge in Auge zu verkünden.

»So, wie ich es verstanden habe, hat sie versucht, sich die Kehle durchzuschneiden, es aber nicht geschafft.«

Maria und Ray-Ray sahen einander an und dann zu Finn.

»Das klingt nach einer sehr ungewöhnlichen Methode, sich das Leben zu nehmen«, sagte Ray-Ray.

»Aber das ist das, was gesagt wurde«, erklärte Finn. »So haben wir es hier im betreuten Wohnen gehört. Dass Malin sich die Kehle durchgeschnitten und dabei ihre Stimmbänder verletzt hat. Und dann wurde es nicht wieder gut. Der Blutverlust hat die Schädigungen im Gehirn verursacht, und die Stimmbänder sind nie wieder zusammengewachsen.«

Maria begriff nicht, wie ein Mensch eine solche Verletzung überleben konnte, vermied es aber, die rein medizinischen Teile von Finns Zeugenaussage zu kommentieren.

»Es gibt doch solche Stimmventile«, sagte Ray-Ray. »So kleine Maschinen, die man an den Hals hält, und dann spricht man da durch.«

»Ich weiß«, sagte Finn. »Aber die funktionieren nicht bei Malin. Da kann ich Ihnen nicht helfen.«

Maria und Ray-Ray stellten noch ein paar Kontrollfragen und erkundigten sich auch nach dem Namen von Malins Eltern.

Olga und Espen Samuelsson.

Maria hatte von einem der Namen schon in einem ganz anderen Zusammenhang gehört. Hatte August nicht von einer Kundin namens Olga Samuelsson gesprochen, die ein paar Messer verkaufen wollte? Sie würde versuchen, sich das zu merken, und ihn darauf anzusprechen.

Sie dankten Finn für die Informationen und gingen zur Tür.

»Rufen Sie uns an, wenn Ihnen noch etwas einfällt«, bat Ray-Ray und reichte ihm seine Karte. »Jedes noch so kleine Detail kann von Interesse sein.«

Finn nahm die Karte mit gerader Haltung entgegen.

»Selbstverständlich werde ich mich sofort melden«, versicherte er, und Maria glaubte ihm.

Als sie eben die Hand auf die Türklinke legte, fiel ihr noch etwas ein:

»Ach ja, Sie haben doch gesagt, der Mann, der hier war, hätte einen Blumenstrauß dabeigehabt. Haben Sie den weggeworfen, oder hat er ihn wieder mitgenommen?«

Finn sah sie an.

»Er hat ihn auf den Rasen fallen lassen, und ich habe ihn tatsächlich aufgehoben«, sagte er. »Die Blumen waren so schön, und es wäre doch dumm gewesen, sie einfach wegzuwerfen. Sie stehen in einer Vase im Fernsehzimmer, denn da hält sich Malin niemals auf.«

Maria ließ die Türklinke los und bat, die Blumen sehen zu können.

Finn zeigte dienstbeflissen, wo sie standen.

Genau wie sie gehofft hatte, war die Plastikfolie noch dran.

»Wir würden die Blumen gern mitnehmen«, sagte Maria.

Ray-Ray holte Plastikhandschuhe und Beweisträger heraus und steckte den tropfenden Strauß in die Tüte.

Woran konnte man sich vor seinem siebten Lebensjahr eigentlich erinnern? An sehr viel. Vor allem konnte man sich an Geschichten erinnern, die man erzählt bekommen hatte. Doch bisher hatte niemand Oskar erzählt, wie es vor sich gegangen war, als er Lydia Broman tötete.

Niemand.

Er hatte nur eine einzige Sache gehört, nämlich dass es geschehen war.

Dass er eines Tages nicht nur der widerborstigste Junge in der Klasse gewesen war, sondern auch noch ein Mörder.

»Ich weiß wirklich nicht, was ich dazu sagen soll«, meinte Ellen. »Das hier ist das Bekloppteste, was ich je in meinem Leben gehört habe, und ich sage dir, ich habe schon viele gestörte Geschichten gehört.«

Oskar lächelte bleich.

Er war froh, dass Ellen immer noch bei ihm saß und nicht um ihr Leben gelaufen war.

Ich habe es getan, dachte Oskar. Ich habe mein finsterstes Geheimnis offenbart, und sie ist nicht abgehauen.

»Was hattest du nur für Eltern? Ich begreife es nicht«, sagte Ellen. »Wie konnten die glauben, dass du ein Mörder bist? Haben sie denn mit eigenen Augen gesehen, was da passiert ist?«

Oskar konnte verstehen, dass sie das fragte. Für einen Außenstehenden musste einem das Verhalten seiner Eltern vollkommen unbegreiflich erscheinen, aber Oskar wusste es besser.

»Nein, sie haben nichts gesehen«, sagte er. »Aber es ist immer von einem Fluch in unserer Familie gesprochen worden. Es hieß, ich hätte dieselbe gewalttätige Veranlagung gehabt, wie Männer in früheren Generationen unserer Verwandtschaft. Und das wäre etwas, was einfach vorhersehbar gewesen wäre. Ich war ja mein ganzes Leben lang wild und ungestüm gewesen. Lydias Tod bestätigte nur, was meine Eltern schon seit meiner Geburt befürchtet hatten.«

»Und was hatten sie befürchtet?«, fragte Ellen.

»Dass ich gefährlich wäre«, sagte Oskar leise.

Ellen starrte ihn an und schüttelte dann den Kopf.

»Ein Fluch?«, fragte sie. »Das ist ja wirklich superrational. Du sagst, dass du dich an nichts erinnerst. Erklär mir, was du damit meinst. Erinnerst du dich an nichts aus dem ganzen Sommer, als das passierte, oder ist nur der besondere Tag weg?«

»Ich erinnere mich sehr viel deutlicher an Teile der Sommerferien als an den einen Tag«, erklärte Oskar. »Ich weiß zum Beispiel, dass meine Cousine Malin in dem Sommer mehrere Wochen lang auf mich aufgepasst hat, vielleicht weil die Kinderbetreuung geschlossen war. Malin war eine lustige Babysitterin. Und sehr faul. Sie hat mich mit einer Schale Popcorn auf dem Sofa vorm Fernseher geparkt und derweil mit ihren Freundinnen telefoniert. Manchmal sind wir auch schwimmen gegangen, aber sie fand das Wasser immer zu kalt.«

»Ist das eine Erinnerung, die du hast, oder hat dir das jemand erzählt?«, fragte Ellen.

»Ich glaube, das sind echte Erinnerungen. Es war ja niemand anders dabei. Und wir haben nach dem Tag, als der Mord geschehen ist, nicht viel mit Malin oder über sie geredet. Wahrscheinlich war es nicht so wichtig, darüber zu reden, dass Malin ein unzuverlässiger Babysitter war, wenn doch etwas viel Schlimmeres passiert war. Und dann wurde sie auch schnell sehr krank.«

Oskar setzte sich anders hin.

Darüber hatte er niemals gesprochen.

Mit niemandem.

Und jetzt mussten alle Worte, die sich in den vielen Jahren des Schweigens in seinem Kopf angesammelt hatten, heraus. Das war nicht leicht.

Er schlug die Beine übereinander. Die harten Planken der Holzbank kratzten am Rücken. Der Schmerz lenkte ihn ab, und das war wohltuend. Vor allem jetzt, da Malins Name aufgetaucht war. Es gab schließlich niemanden, der einen höheren Preis für das gezahlt hatte, was Oskar getan hatte.

»Ich erinnere mich, wo Malin gewohnt hat«, sagte er. »Sie hatte eine kleine Wohnung in Kungshamn, in der ich gern war.«

»Warum?«

Ellen sah ihn ernst an. Sie trug heute zwei verschiedene Ohrringe. Im einen Ohr hing ein großer Goldring und im anderen ein Anhänger in Form einer rosafarbenen Blume.

»Bei Malin war alles leichter. Sie hat nicht mit mir geschimpft, und ich bin irgendwie runtergekommen. Das hätte ich damals natürlich nicht so ausgedrückt, aber heute weiß ich, dass es so war.«

»Sie hat nicht mit dir geschimpft? Wieso sagst du das?«

Oskar verzog das Gesicht.

»Als Kind war ich verdammt anstrengend. Ungestüm und schwierig. Habe geschlagen und geschrien. Ich hatte schon im Kindergarten einen eigenen Betreuer. Die Erzieherinnen sind mit mir nicht klargekommen.«

Ellen verdrehte die Augen.

»Entschuldige mal, aber was waren denn das für beschissene Pädagogen? Wer kommt denn mit einem anstrengenden Kind nicht klar? Es ist deren Job, eine solche Situation in den Griff zu kriegen.«

»Es war nicht *eine* Situation, sondern massenhaft. Jeden Tag. Die anderen Kinder ... Denen habe ich Angst gemacht. Ich wurde nicht zu ihren Geburtstagen eingeladen. Ich war niemals bei irgendjemandem willkommen. Und niemand ist zum Spielen mit zu mir gekommen. Bevor ich dreizehn war, hatte ich keine richtigen Freunde. Das waren schreckliche lange Jahre der Einsamkeit.«

Als er das sagte, brach ihm die Stimme.

Ellen legte eine Hand auf seine Schulter und ließ sie da liegen.

Die Berührung machte ihn noch verletzlicher. Er musste sich anstrengen, sich nicht zu entziehen.

Dann wieder fühlte sich Ellens Hand auf seiner Schulter anders an als die Berührung auf seinem Arm.

Es gab ein Vorher und ein Nachher.

Und sie würden dieses Gespräch niemals ungeschehen machen können.

»Erzähl mir mehr von den Tagen bei Malin«, bat Ellen.

»An viel erinnere ich mich nicht«, meinte Oskar. »Da ist mehr noch so ein Gefühl übrig. Dass es da fast immer schön war.«

Eine Erinnerung tauchte auf. Ein Tag, der nicht so gut gewesen war wie die anderen.

»In dem Sommer ist tatsächlich noch was anderes passiert«, sagte er. »Ich erinnere mich, wie Malin mich plötzlich aus dem Sofa gerissen und ins Schlafzimmer gezerrt hat, wo sie dann die Tür zugemacht und abgeschlossen hat. Erst habe ich gedacht, sie würde Spaß machen. Manchmal hat sie mich gebeten, ins Schlafzimmer zu gehen, wenn irgendein Typ zu Besuch kam, aber das war hauptsächlich, weil sie im Wohnzimmer in Ruhe knutschen wollten. Das weiß ich, weil ich manchmal rausgeschlichen bin und sie heimlich beobachtet habe. Und da war dann ja die Tür offenbar nicht abgeschlossen gewesen.«

Ellen sah ihn aufmerksam an. Ihr konzentriertes Schweigen ermunterte Oskar, und er erzählte weiter:

»Ich erinnere mich, sehr, sehr lange in ihrem Schlafzimmer eingesperrt gewesen zu sein. Wie lange, weiß ich nicht, aber ich weiß noch, dass ich ganz schlimm aufs Klo musste und an die Tür geschlagen habe, um rausgelassen zu werden. Und ich habe das Fenster aufgemacht und nachgeschaut, ob ich runterspringen könnte, aber das ging nicht, weil Malin im dritten Stock gewohnt hat. Für jemanden, der so klein war wie ich, war das grauenhaft hoch.«

Oskar schloss die Augen und legte den Kopf in den Nacken. Er suchte in seinem Gedächtnis.

»Ich habe Malin schreien hören«, sagte er. »Sie hat mit jemandem gestritten. Und die andere Person war böse auf sie.«

»Ein Mann oder eine Frau?«

»Ein Mann. Und dann …«

Er öffnete die Augen und schüttelte den Kopf.

»Dann ist irgendwie alles chaotisch geworden. Die Tür zum Schlafzimmer flog auf, und ich war so wahnsinnig zornig. So zornig, dass mir ganz weiß vor Augen war, weil ich … weil ich mich eingepinkelt hatte. Meine Shorts waren kalt und feucht, aber ich hatte sie nicht ausgezogen, weil ich nicht nackt rumlaufen wollte. Nicht, wenn Malin Besuch hatte.«

»Hattest du keine Angst?«, fragte Ellen. »Ich meine, du warst nur ein Kind, und irgendein Idiot hatte dich gerade im Schlafzimmer eingeschlossen, sodass du nicht auf die Toilette gehen konntest, und gleichzeitig haben in einem anderen Teil der Wohnung Erwachsene gestritten.«

Oskar schüttelte bedächtig den Kopf.

»An Angst kann ich mich nicht erinnern«, sagte er. »Da nicht. Aber ich weiß noch, dass Malin traurig war und gesagt hat, dass ich nicht erzählen dürfte, was passiert war. Und das war ja einfach, denn ich hatte null Lust, zu Hause zu erzählen, dass ich mich eingepisst hatte.«

Er holte heiser Luft.

In seinem Körper tobten jetzt die gegensätzlichsten Gefühle. Einerseits große Erleichterung, endlich über diese wie versteinerte Zeit aus seinem Leben sprechen zu können, aber auch Frustration darüber, dass er sich nicht an alles erinnern konnte. Die Details waren zu vage, die Zeitlinie zu verschwommen. Er wünschte, er hätte etwas zu trinken mitgenommen, selbst im Schatten war es heiß, und das wurde auch nicht besser davon, dass nahezu alle, die an ihnen vorbeikamen, entweder ein Eis oder eine Wasserflasche in der Hand hatten.

Trotzdem wagte er nicht, vorzuschlagen, woanders hinzugehen. Er fürchtete, dann die Kraft und das Selbstvertrauen zu verlieren.

Ich habe noch mehr zu erzählen.

»Was ist denn dann passiert?«, fragte Ellen. »Wolltest du dann noch weiter bei Malin sein, nachdem sie dich im Schlafzimmer eingeschlossen hatte?«

»Irgendwie hatte ich keine andere Wahl. Ich konnte niemandem erzählen, was passiert war, und allein zu Hause bleiben konnte ich auch nicht. Aber nach dem Tag war alles anders. Und dann verging nur noch kurze Zeit, ehe … ehe Lydia starb.«

Oskar machte eine Pause, um Luft zu holen.

Ellen neben ihm bewegte sich. Tony hechelte leise auf dem Steg.

»Erzähl«, sagte Ellen. »Erzähl, woran du dich von dem Tag, als Lydia ermordet wurde, erinnerst.«

Oskar sah weg.

Jetzt waren sie zum Dunkelsten, zum Schwersten gekommen.

Ich muss auch das wagen, dachte er. Ich muss über das Schlimmste reden können.

Er schloss die Augen, um sich auf die Erinnerung zu konzentrieren.

Was war eigentlich an dem Tag passiert, als sein Leben zerstört wurde?

Ein Anruf aus dem Reich der Toten. Und zu allem Überfluss ausgerechnet auf der Mobilbox von Gunnar. Das war einfach zu viel für sie beide. Ein rascher Blick in sein Gesicht bestätigte August, dass Gunnar ergriffen war. Er war ganz bleich und ernst geworden.

Angespannt hörten sie Vilhelms Nachricht an, die vier Tage vor seinem Tod aufgesprochen worden war.

»Wir werden uns ja am Zwanzigsten sehen, und ich möchte bestätigen, dass ich um acht Uhr am Abend bei Ihnen auftauchen werde. Eine Sache noch, darüber können Sie vielleicht nachdenken, bis wir uns sehen. Kennen Sie eine Frau namens Malin Samuelsson? Sie ist ungefähr in den Fünfzigern und in Kungshamn geboren. Anyway, ich freue mich auf unser Treffen morgen!«

Piiieeep.

Malin Samuelsson.

August kannte niemanden, der so hieß, meinte aber den Namen dennoch schon mal gehört zu haben.

Olga und ihr Mann hatten über eine Malin gesprochen, und Olga hieß Samuelsson mit Nachnamen.

Da fiel ihm ein, dass auch Linnea eine Malin erwähnt hatte, als sie bei ihm im Laden gewesen war. Olga hatte eine Tochter, die Malin hieß und die krank war.

Sie hörten weiter die Mobilbox ab.

Emmy hatte noch weitere Nachrichten hinterlassen. Sie vermisste Gunnar. Sie dachte an ihn. Ihr Leben war langweiliger, wenn er nicht an ihrer Seite war.

»Dabei war ich doch nie an ihrer Seite«, knurrte Gunnar. »Es war mehr eine Affäre.«

»Ich weiß, dass ihr beide verheiratet wart oder seid«, sagte August vorsichtig. »Aber deine Frau ist doch nicht gesund. Sie erkennt dich jetzt schon mehrere Jahre nicht mehr. Ich finde, da sind die Regeln anders.«

Gunnar sah nicht sonderlich überzeugt aus, aber andererseits war er auch niemand, der sich viel schämte.

»Gib Emmy eine Chance«, sagte August. »Um deiner selbst willen.«

»Sie hat der Polizei gegenüber angedeutet, dass ich ein Mörder wäre«, sagte Gunnar. »Wie könnte ich so was verzeihen?«

»Entschuldige, aber das hat Emmy überhaupt nicht der Polizei gesagt«, korrigierte August. »Sie hat gesagt, dass du für die Zeit, in der Axel ermordet wurde, kein Alibi hattest, und das stimmte ja auch.«

Noch ehe Gunnar antworten konnte, war wieder Vilhelms Stimme aus dem Handy zu hören.

»Hallo Gunnar, ich bin es noch mal. Wir werden uns ja morgen sehen, und ich weiß nicht, ob Sie Ihre Mobilbox abhören, aber ich habe noch zwei Namen, von denen ich gern hätte, dass Sie mal darüber nachdenken, bis wir uns treffen. Olga und Espen Samuelsson aus Kungshamn. Kennen Sie die beiden? Freue mich auf unser Treffen!«

Im Laden wurde es still.

Augusts Puls pochte heftig.

Jetzt herrschte kein Zweifel mehr, von welcher Malin in Vilhelms erster Frage die Rede war.

Gunnar drückte noch einmal auf Pause bei der Mobilbox.

»Olga Samuelsson«, sagte er leise.

»Kennst du den Namen?«, fragte August, ohne selbst zu verraten, was er wusste.

Gunnar nickte.

»Die unsichtbare Olga«, sagte er. »Doch, die kenne ich. Sie hat vor vielen Jahren auf dem alten Postamt in Kungshamn gearbeitet. Schnell und tüchtig, aber da hat sie ganz plötzlich aufgehört. Und ich glaube, da hat sie ihren Namen abbekommen.«

August verriet nicht, dass er zu wissen glaubte, warum Olga so abrupt aufgehört hatte zu arbeiten. Stattdessen sagte er:

»Sie ist vor ein paar Tagen im Laden vorbeigekommen. Sie hatte ein Erbstück von ihrer Mutter dabei, das sie zeigen und schätzen lassen wollte.«

Gunnar schüttelte den Kopf.

»Ein Erbstück?«, fragte er. »Das musst du falsch verstanden haben. Olgas Mutter ist nicht tot. Sie ist zwar über hundert Jahre alt und schwer dement, wohnt aber im selben Heim wie meine Frau.«

Dann brachte er August zum Schweigen und drückte erneut auf das Handy.

August saß still da, während die übrigen Mitteilungen von Emmy abgespielt wurden. Er hörte zu, registrierte aber nichts von dem, was er hörte.

Alle seine Gedanken kreisten um Olga Samuelsson.

Sie war in Augusts Laden aufgetaucht, mit Messern, von denen sie behauptet hatte, sie habe sie von ihrer Mutter geerbt, obwohl die noch lebte. Oder hatte August sie falsch verstanden? Vielleicht hatte nur er gedacht, die Messer wären ein Erbstück.

Aber warum hatte sie ihn dann nicht korrigiert, als er gefragt hatte, ob sie die einzige Erbin sei?

»Bist du okay?«

Ellens Stimme erreichte ihn von so weit her, als käme sie aus einer anderen Galaxie. Er hatte gar nicht gemerkt, dass er schweigend dagesessen hatte. Oskar öffnete die Augen und wartete darauf, dass das Rauschen, das wie kochende Lava in seinem Körper aufstieg, sich beruhigen würde. Eigentlich müsste er sie fragen, ob sie okay war, und nicht umgekehrt.

»Oskar, sollen wir unterbrechen und woanders hingehen?«

Seine Antwort kam schnell und instinktiv.

»Nein«, sagte er. »Ich will erzählen.«

»Okay, aber ich bin wahnsinnig durstig. Können wir uns was zu trinken kaufen? Ich glaube, wir müssen beide unsere Flüssigkeitsspeicher auffüllen.«

Oskar nickte, und sie gingen zu Feldt und kauften sich jeder eine Flasche Mineralwasser. Das war ein Lokal, in dem Oskar irgendwann mal abends zum Essen hingehen würde. Vielleicht könnte er mit Matilda und Tony da essen. Und vielleicht würden ja Ellen und ihre Frau auch mitkommen.

Wenn sie mich jemals wiedersehen will, dachte Oskar. Wenn sie versteht, dass ich immer noch dieselbe Person bin, die sie einmal kennengelernt hat.

»Komm«, sagte Ellen. »Wir setzen uns oben auf die Klippen.«

Sie war an der steilen Holztreppe stehen geblieben, die vom Steg bis oben auf die Felsen und die Brückenpfeiler der Smögen-Brücke auf der Seite von Kungshamn führte.

»Schaffen wir das?«, fragte Oskar.

»Das wird sich gelohnt haben, wenn wir erst mal oben sind«, versicherte Ellen. Doch dann fiel ihr Blick auf Tony. Der würde eine so lange Treppe nicht schaffen.

»Wir begnügen uns mit zwei Etagen«, meinte Ellen. »Da ist ein Picknickplatz, wo wir uns setzen können.«

Das würde eine mehr als ausreichende Konditionsübung sein, stellte Oskar fest. Und schon bald saßen sie da an einem Holztisch mit Wind in den Haaren und noch besserer Aussicht übers Meer.

»Jetzt will ich deine Geschichte hören«, sagte Ellen.

Oskar trank gierig aus der Wasserflasche, die er dann wieder zuschraubte. Es würde keine lange Erzählstunde werden, das wusste er schon.

»Ich weiß, dass ich an dem Tag so wie immer nach Hause zu Malin gekommen bin«, sagte er. »Und dann ist alles leer, ich erinnere mich an nichts mehr. Sondern erst …«

Er verstummte.

»Sondern erst was?«, fragte Ellen.

Er sah auf all das Schöne, was er vor sich hatte. Das Meer und Smögen, die Schiffe und die Vögel.

»Sondern erst wieder, als ich im Blut ausrutschte«, flüsterte er kaum hörbar. »Das ist eine sehr starke Erinnerung, die ich habe. Dass in Malins Küche verdammt viel Blut auf dem Fußboden ist, und ich rutsche darin aus und schlage mit dem Kopf an das eine Bein des Küchentisches. Und … es sind noch mehrere andere da. Mein Onkel Espen. Und seine Frau Olga, glaube ich. Und sie schreien mich an. ›Was hast du getan?‹ Und dann haben sie es Mama und Papa erzählt, und … danach war nur noch Chaos.«

Oskar schlug die Hände auf die Ohren und presste hart gegen seinen Kopf.

Neben ihm wurde Ellen bleich.

»Was meinten sie denn?«, fragte sie.

Er ließ die Hände sinken.

»Dass ich … dass ich es war, der etwas getan hatte. Dass all das Blut meine Schuld war. Aber ich habe nicht verstanden, wo das herkam. Denn plötzlich war ich einfach da. Oder irgendwie musste ich in die Küche gekommen sein, das ist mir natürlich klar. Aber was vorher passiert ist, weiß ich nicht. Kein Funken Erinnerung. Nur das Blut und die Schreie. Von Espen und Olga, aber vor allem von Malin. Sie hat wie wahnsinnig geschrien.«

Er schluchzte, überwältigt von Trauer und Resignation.

Was hatte er denn geglaubt, wozu diese Übung nutzen würde? Dass er sich auf wundersame Weise an eine Menge neuer entscheidender Umstände erinnern würde, die alles veränderten?

»Hast du ... hast du Lydia gesehen?«

»Nicht, soweit ich mich erinnere.«

Ellen schüttelte bedächtig den Kopf.

»Ich kriege das nicht zusammen«, sagte sie. »Ich habe so unendlich viele Fragen. Kannte deine Cousine denn Lydia Broman?«

»Keine Ahnung.«

»War sie dabei, wenn Malin auf dich aufgepasst hat?«

»Nicht, soweit ich weiß.«

»Aber ... hast du denn nicht mit deinen Verwandten darüber geredet, was passiert ist? Ich meine, jetzt, als Erwachsener?«

Er schüttelte den Kopf.

»Nein. Sie wollten nicht«, sagte er. »Und das liegt wahrscheinlich zu großen Teilen an dem, was hinterher mit Malin passiert ist. Sie wurde sehr, sehr krank davon, gesehen zu haben, was ich getan habe. Viel kränker als ich. So krank, dass sie ein paar Monate später versucht hat, sich umzubringen, und das ist ihr zwar nicht gelungen, aber sie hat so schwere Schäden zurückbehalten, dass sie nicht mehr alleine leben kann. Heute ist sie über fünfzig Jahre alt und lebt in einer Einrichtung mit betreutem Wohnen. Bis gestern hatte ich keine Ahnung, wie schlimm geschädigt sie ist. Es war entsetzlich, sie zu sehen.«

Die Erinnerung daran, wie Malin reagiert hatte, als sie ihn erblickte, ließ sein Herz rasen. Sie war ja außer sich vor Angst gewesen von seinem Besuch.

Warum in aller Welt sollte sie so reagieren, wenn er unschuldig wäre wie ein kleines Lamm?

»Ich glaube das trotzdem nicht«, sagte Ellen. »Dieses Gequatsche von Erbsünde in eurer Familie – sorry! Das ist doch reiner Scheiß. Oder was denkst du darüber?«

Diesen Teil der Geschichte hatte Oskar noch nie infrage gestellt.

Bis jetzt.

Er sah Matilda vor sich. Matilda, die sechs Jahre alt war und die ganze Zeit redete oder sang oder beides. Matilda, die fast immer fröhlich war, die Witze machte und hüpfte und es liebte, mit ihrem Hund rauszugehen.

Würde er jemandem Glauben schenken, der sie eine Mörderin nannte?

Nie im Leben.

Völlig ausgeschlossen.

Und doch hatten seine Eltern mit ihm genau das getan.

Weil er so wild war, so anstrengend und so voller Lust, sich zu schlagen. Weil er die Gewalttätigkeit im Blut hatte.

Wie war diese nachtschwarze Vorstellung zu seinem Leben geworden?

Ellen fuhr fort:

»Jetzt denk mal nach, mein Lieber. Wir wissen ja, was mit Lydia Broman geschehen ist. Hättest du, Oskar Samuelsson, im Alter von sieben Jahren einen anderen Menschen zerstückeln können? Und dann die Leiche nach Hovenäset bringen und in das Haus des Ehepaars Broman legen? Begreifst du nicht, dass dies eine total verdammte Unmöglichkeit ist?«

Er gab ein Stöhnen von sich und wandte den Kopf ab.

»Natürlich begreife ich das!«

Ellen fuhr zusammen, als er einen lauten Schrei des Protestes von sich gab. Ihre Reaktion ließ ihn rasch sein Temperament wieder dämpfen.

»Natürlich begreife ich das«, sagte er noch einmal. »Glaub mir, über eben dieses Detail habe ich auch schon gegrübelt. Und ich habe tatsächlich Fragen gestellt, doch das ist schon lange her. Alle waren dann immer so wahnsinnig empört. Meine Eltern und mein Onkel und meine Tante.«

»Empört?«, fragte Ellen. »Entschuldige mal, aber jetzt bin ich auch empört. Was ist das denn für ein Quatsch? Wenn sie dich für schuldig halten, dann müssen sie auf Fragen antworten. Warum haben sie nicht die Polizei gerufen? Wenn du einen anderen Menschen ermordet hättest, dann hättest du Pflege und psychologische Betreuung und … Hilfe gebraucht. Warum haben sie dir das verweigert?«

Jedes Wort davon konnte Oskar unterschreiben. Und doch verspürte er das irrationale Bedürfnis, seine Familie in Schutz zu nehmen.

»Sie sagen im Grunde, sie hätten mir geholfen«, sagte er leise. »Sie sagen, ich wäre sonst aus der Gesellschaft ausgestoßen worden und fürs Leben gezeichnet, weil ich eine Frau ermordet hätte.«

»Und was haben sie stattdessen getan?«, fragte Ellen.

Oskar schluckte.

Sein Hals war staubtrocken und die Flasche fast leer.

»Sie sagen, sie hätten alle Spuren beseitigt.«

Ellen starrte ihn an.

»Verstehst du, was das bedeutet, Oskar?«, fragte sie. »Wenn du Lydia Broman getötet hast, dann war es deine eigene Familie, die ihre Leiche zerstückelt hat und dann einen unschuldigen Mann wegen Mordes verurteilen ließ.«

Das verstand er durchaus.

Doch die Konturen des Dramas waren immer so verschwommen für ihn gewesen, als könnte sie nur jemand anders entwirren. Doch das würde nicht geschehen, das wurde ihm jetzt klar. Das Familiengeheimnis hatte dreißig Jahre lang ruhen dürfen, und wenn niemand dem Wahnsinn Einhalt gebot, dann würde das Drama weitergehen.

»Ich will, dass wir dieser Sache auf den Grund gehen«, sagte Ellen. »Ein für alle Mal. Warum sollte dein Onkel sich darauf einlassen, Lydias Leiche um deinetwillen zu zerstückeln?«

»Ich glaube, da ging es um Loyalität gegenüber meinem Vater«, sagte Oskar. »Die waren die allerbesten Freunde, mein Vater war sehr eng mit seinem Bruder verbunden. Sie unternahmen alles gemeinsam. Alles. Und keiner von ihnen ist so kriminell oder gefährlich geworden, wie ihr Vater und ihr Großvater es gewesen waren. Dass sie beide dem Fluch widerstanden haben, machte das Band zwischen ihnen so stark. Zumindest war es so, bis ich alles zerstört hab. Mein Vater veränderte sich brutal durch das, was ich getan hatte. Er wurde von einem netten Papa, der mich in Schutz nahm, zu einem, der mich die ganze Zeit anbrüllte.«

Ellen schüttelte traurig den Kopf.

»Das ist wirklich total gestört, dass du für alles Verantwortung übernehmen musstest«, sagte sie. »Wir müssen zu deinem Onkel gehen, Oskar. Wir müssen ihn zur Rede stellen – ganz gleich, wie unangenehm sich das auch anfühlen mag. Du hast bereits so viel verloren. Eine ganze Kindheit!«

Oskar sah Ellen schweigend an. Sie hatte keine Ahnung, wie groß sein Verlust war. Das wussten nur einige wenige Menschen.

»Wir?«, fragte er schließlich.

Sie nickte.

»Wir«, erwiderte sie. »Du und ich, Oskar. Wir werden mit deinem Onkel sprechen.«

Und dann, als er gerade einen Seufzer der Erleichterung tun wollte, sagte sie leichthin:

»Nur, dass ich dich nicht falsch verstehe – du erinnerst dich wirklich an nichts von dem Tag, an dem du angeblich Lydia Broman ermordet hast?«

Oskar sah übers Meer und spürte, wie der Wind fester an seinem Haar zerrte.

»Oskar? Bist du sicher, dass du dich an nichts erinnerst?«

Ellens Stimme klang rauer.

»Ich weiß nicht«, flüsterte er. »Ich bin mir über gar nichts mehr sicher.«

Der Arbeitstag wurde mit einem abendlichen Treffen im Wohnwagen abgeschlossen. So lautete der Wunsch von Roland, und Maria und Ray-Ray stimmten ihm zu, dass es nötig war.

Damit man es in dem stickigen Wohnwagen besser aushielt, hatte Roland eine portable Klimaanlage aus Uddevalla mitgebracht. Die sollte eigentlich »in einer Ecke stehen und sanft brummen«, doch ganz so war es nicht. Sie war ungefähr doppelt so laut wie erwartet und ließ den Boden des Wohnwagens vibrieren wie auf einer Finnlandfähre. Und eine Ecke gab es auch gar nicht, sondern das Ding stand mitten im Raum.

»Egal«, sagte Roland entschieden. »Anders geht es nicht, sonst werden wir hier bei lebendigem Leib gegrillt.«

In dem Punkt konnte man ihm kaum widersprechen.

Also durfte die Maschine da stehen, und die Ermittlergruppe versammelte sich darum, als wäre sie ein Lagerfeuer.

»Maria und Ray-Ray«, sagte Roland, sowie alle zur Ruhe gekommen waren, »berichtet von eurem Ausflug nach Strömstad heute.«

Maria erzählte von dem Besuch in der Wohneinrichtung und was sie dort über Malin Samuelsson und Vilhelms Interesse an ihr erfahren hatten.

Allgemeines Murmeln erhob sich, als sie erzählten, dass Malin nicht mehr reden konnte und dies eine direkte Folge ihres Selbstmordversuchs war.

Roland verschränkte die Arme.

»Habt ihr denn rausgekriegt, warum Vilhelm so interessiert an Malin war?«, fragte er.

»Nein«, antwortete Maria. »Aber wie es scheint, war er auch an ihren Eltern Olga und Espen Samuelsson interessiert. Jedenfalls hat er aktiv Informationen über die Familie Samuelsson gesucht. Das weiß ich von August.«

Dann berichtete sie, was August ihr noch alles erzählt hatte, als sie ihn vor der Besprechung angerufen hatte, um zu sagen, dass sie später nach Hause kommen würde. Er hatte mit Gunnar Wide zusammen dessen Mobilbox abgehört, und außerdem kannte August Olga Samuelsson, weil sie schon bei ihm im Laden gewesen war.

»Ein Messerset?«, fragte Roland mit gerunzelter Stirn. »Okay, was wissen wir darüber? Passt das in die Ermittlung?«

Maria schüttelte den Kopf.

»Im Moment überhaupt nicht. Alles, was wir derzeit wissen, ist, dass Olga versucht hat, das Messerset loszuwerden, und August dann zufällig gehört hat, wie sie diese Sache mit ihrem Ehemann diskutiert hat. Aber er hat noch etwas gehört. Olgas Mann war empört darüber, dass dieser Oskar Malin besucht hat. Er hat sogar gesagt, das sei das Schlimmste, was passieren könnte. Sehr interessant, wenn man bedenkt, dass sie, als das Personal der Einrichtung ihnen von dem Besuch erzählt hat, überhaupt nicht besorgt reagierten.«

Wieder wurde im Wohnwagen gemurmelt.

Maria gefiel es nicht, dass August hier in die Ermittlung hineingezogen wurde. Er hatte da nichts zu suchen.

Roland richtete sich auf.

»Wir machen eine Aktennotiz zu dem, was du gesagt hast«, meinte er. »Und der guten Ordnung halber will ich, dass jemand, der August nicht privat kennt, ihn als Zeugen vernimmt. Hingegen möchte ich nicht, dass wir Malins Eltern vernehmen, bevor wir eine Ahnung haben, warum Vilhelm sich für ihre Geschichte interessiert hat.«

Maria nickte.

Ray-Ray wandte sich an Vendela.

»Haben wir auf den Blumen, die wir aus Strömstad mitgebracht haben, irgendwelche Fingerabdrücke?«, fragte er. »Jetzt sind wir aus zwei Richtungen auf den Namen Oskar aufmerksam geworden, da wäre es einfach großartig, wenn wir ihn identifizieren könnten.«

»Ich habe der Frage höchste Priorität eingeräumt und hoffe, spätestens morgen mit einer Antwort zu kommen«, antwortete Vendela.

Maria kam sich wie ein Kind vor, als Vendela das sagte. »Morgen« fühlte sich viel zu weit entfernt an.

Es ist eilig, dachte sie, ohne erklären zu können, warum sich das so anfühlte. Wir können jetzt nicht mehr auf der Stelle treten.

»Wie können wir denn noch weitermachen?«, fragte Roland. »Haben wir schon Vilhelms geheime Höhle gefunden?«

»Nein«, sagte Ray-Ray. »Aber die Kollegen in Borås haben ein paar Hinweise bekommen, denen sie jetzt nachgehen werden, und womöglich haben wir da bald einen Erfolg.«

Alle nährten sie die Hoffnung, in der »Höhle« Vilhelms Buchmanuskript zu entdecken und spätestens dort endlich einen roten Faden zu finden.

Maria und Ray-Ray wechselten einen Blick.

»Aber wir könnten über Gunnar Wides Website zum Stückelmord sprechen«, sagte Maria, »denn da haben wir heute auch einen Durchbruch gehabt.«

»Gut«, sagte Roland.

Maria wandte sich an Vendela, die allen berichtete, was sie bisher herausgefunden hatten.

Dass Iben Syrén sich hinter einem der beiden Alias in Gunnars Chat verbarg.

»Soweit wir es sehen können, scheinen Iben und Vilhelm keinen direkten Kontakt gehabt oder ihre jeweiligen Beiträge kommentiert zu haben«, sagte Vendela.

»Aber das bedeutet doch, dass außer Gunnar und Selma Valtersson auch Iben Syrén wusste, dass Vilhelm nach Hovenäset kommen würde«, sagte Roland.

»So ist es.«

»Könnte Iben die dritte Person sein, die Vilhelm treffen wollte?«

»Möglich«, erwiderte Maria, die sich das ja auch schon gefragt hatte. »Aber soweit wir sehen konnten, haben sie und Vilhelm nicht miteinander telefoniert.«

Von der Abholaktion in Kungshamn hatte Maria die Telefonnummer von Iben und daraufhin die Einzelverbindungsliste von Vilhelm kontrolliert. Doch Ibens Nummer kam da nicht vor.

»Haben wir denn Iben mit der Familie Samuelsson in Verbindung bringen können, von der wir vorhin gesprochen haben?«, fragte Roland.

Maria schüttelte den Kopf.

»Ich habe sie in unserem Netz gesucht«, sagte Vendela. »Iben ist in Trollhättan geboren, aber ihre Mutter ist in Kungshamn aufgewachsen. Sie ist einen Monat vor Ibens Geburt nach Trollhättan gezogen, da war sie neunzehn Jahre alt. Ein ungewöhnliches Detail in diesem Zusammenhang ist, dass Iben keinen Vater hat. Und zwar nicht, dass er tot wäre, sondern im Melderegister steht ›Vater unbekannt‹.«

Maria erinnerte sich an das, was August und Gunnar über Ibens Familie erfahren hatten. Dass Ibens Mutter Kungshamn verlassen hatte, weil sie angeblich etwas Erschreckendes über ihren damaligen Freund erfahren hatte, von dem Maria annahm, dass es sich dabei um Ibens Vater handelte.

Als sie den anderen davon berichtete, schnalzte Roland mit der Zunge.

»Es ist doch krass, was Gunnar Wide alles hinkriegt«, sagte er trocken. »Ich dachte, er hätte als Hovenäsets Häuptling abgedankt.«

»Mal im Ernst«, sagte Ray-Ray, »wir müssen herausfinden, welche Rolle Iben möglicherweise spielt. Sollen wir sie als verdächtig betrachten, oder ist sie schlicht eine Person, die Schutz benötigt? Ich meine, wenn auch sie sich für den Stückelmord interessiert hat.«

»Das eine muss das andere nicht ausschließen«, meinte Roland. »Sie kann verdächtig sein, aber auch Schutz benötigen. Wie auch immer, wir müssen Klarheit darüber bekommen.«

Maria stimmte zu. Iben entglitt ihnen, aber sie wusste nicht, warum.

»Ich denke immer mehr, dass es Vilhelm tatsächlich gelungen sein könnte, etwas über den Stückelmord herauszufinden, das weder er noch irgendjemand anders jemals entdecken sollte«, sagte Roland. »Deshalb müssen wir an allen Fäden ziehen, die wir jetzt vor uns haben, auch wenn ich zugeben muss, dass sich das etwas armselig anfühlt. Wir müssen erfahren, warum Vilhelm ausgerechnet die Familie Samuelsson in den Fokus genommen hat, und ich will wissen, was diese Iben Syrén treibt. Wir müssen wagen, an irgendeinem Ende anzufangen, also holt mal Iben zum Verhör.«

Maria nickte und machte sich Notizen.

Sie hatte den analogen Notizblock aus der Tasche geholt, aber Ray-Ray neben ihr schrieb direkt ins Handy.

»Und was machen wir mit Selma Valtersson?«, fragte er.

»Ich bin auch der Ansicht, dass ihre Geschichte Lücken aufweist«, meinte Roland. »Aber im Moment haben wir nichts in der Hand.«

Hier wurde er von einem festen Klopfen an der Wohnwagentür unterbrochen.

Ray-Ray, der am nächsten saß, öffnete.

Ihre Kollegin Johanna, die zuvor schon den Auftrag bekommen hatte, die Jeepbesitzer aufzusuchen, die Vendela ausfindig gemacht hatte, kletterte in den Wohnwagen.

»Entschuldigung, dass ich so spät komme«, sagte sie, »aber ich bin bei dem Kapitän der Fähre nach Bohus-Malmön hängen geblieben.«

Roland sah erstaunt aus.

»Was hast du da denn gemacht?«, fragte er.

»Ich habe mich mit einer Familie getroffen, denen einer der Jeeps gehört«, erklärte Johanna. »Die müssen wir nicht weiter verfolgen, das kann ich sagen. Aber der Kapitän der Fähre hatte interessante Informationen zu bieten.«

»Super, dass du die Gelegenheit genutzt hast«, sagte Roland. »Was hat er gesagt?«

Johanna machte keine Anstalten, sich hinzusetzen, sondern holte erst einmal Luft, ehe sie weitersprach.

»Er sagt, er habe Selma Valtersson am Nachmittag des Zwanzigsten zusammen mit einem jüngeren Mann auf der Fähre gesehen, also am selben Tag, an dem Vilhelm ermordet wurde. Sie sind zusammen in einem Auto – übrigens kein Jeep – auf die Fähre gefahren, und dann ist Selma um neun Uhr am Abend des Zwanzigsten allein auf die Insel zurückgekehrt. Der Kapitän war ganz sicher, dass es der Zwanzigste war, denn an dem Tag hatte seine Tochter Geburtstag.«

Maria wunderte sich.

Als sie Selma verhört hatten, da hatte sie gesagt, sie sei zu Hause gewesen und zudem den ganzen Nachmittag allein.

»Hast du dem Kapitän ein Foto von Vilhelm gezeigt?«, fragte Ray-Ray.

»Ja, und er war unsicher. Es könnte Vilhelm gewesen sein.«

»Hat er das so gesagt?«

»Ja.«

»Verdammt«, sagte Maria. »Hat er den Mann denn schon einmal mit Selma zusammen gesehen?«

»Nicht, soweit er sich erinnern konnte«, sagte Johanna. »Also habe ich gefragt, wie lange er schon auf der Fähre arbeitet, und da meinte er, zwei Jahre.«

Maria lehnte sich zurück.

Also hatte Selma Valtersson, die kein Alibi besaß und eine der Letzten war, die Vilhelm getroffen hatte, Maria und Ray-Ray im Verhör angelogen. Vielleicht hatte sie Vilhelm durchaus getroffen und war darüber hinaus noch mit ihm aufs Festland gefahren, wo er dann später tot aufgefunden worden war.

Roland sah die Versammelten an.

»Wir wissen, dass Vilhelm hier Gunnar, Selma und eine weitere

Person treffen wollte«, sagte er. »Vielleicht hatte er noch mehr Treffen vereinbart, aber das ist alles, was wir bisher wissen. Außerdem wissen wir, dass die Einzige, die wir einer Lüge überführen konnten, Selma ist. Ich möchte wissen, warum sie gelogen hat, und zwar so schnell wie möglich. Noch Fragen dazu?«

Alle schüttelten die Köpfe.

Wieder musste Maria daran denken, wie sie und Ray-Ray Anfang des Jahres wegen Axel Ehnboms Alibi für den Stückelmord Kontakt zu Selma aufgenommen hatten. Da hatte sie mit keiner Silbe erwähnt, dass sie und Axel gute Freunde gewesen waren.

Aber zu lügen war eine Sache, und zu morden eine ganz andere.

War Selma nur jemand, der es mit der Wahrheit nicht so genau nahm, oder war sie gefährlich?

Es war früher Abend und immer noch warm. Iben war auf dem Weg nach Bohus-Malmön und schon schweißgebadet, ehe sie überhaupt an Orrnäs vorbei war. Sie hatte den Tag damit verbracht, ihren impulsiven Beschluss noch einmal zu überdenken, doch je mehr Stunden vergingen, desto sicherer war sie. Das hier war das einzige Richtige.

Sie bereute, das Fahrrad genommen zu haben, anstatt zu checken, ob man nicht auch mit dem Bus dorthin fahren konnte. Die Straße war schmal und der Rand noch schmaler. Einen Fahrradweg gab es nicht, und alle Autos überholten sie mit siebzig Stundenkilometern.

Die Wetter-App in Ibens Handy warnte vor neuerlichem Nebel im Laufe des Abends und für den nächsten Tag, und ein bisschen begrüßte sie das auch. Nicht, weil feuchte Kälte ihr Lieblingswetter gewesen wäre, sondern weil sie einfach nicht denken konnte, wenn es zu heiß war.

Sie fuhr an einem Restaurant vorbei, das Zuhause bei Bengt hieß und gemütlich aussah. Wahrscheinlich genau das Lokal, das ihre Mutter schön finden würde.

Iben holte im Fahren ihr Handy raus. Ihr Großvater rief sie an.

Da hatte ihre Mutter ihn wohl angestiftet.

Als sie zum Fähranleger rollte, klingelte es wieder. Diesmal ihre Mutter.

Fuck.

Das Blut rauschte in ihren Ohren, und der Pullover klebte schweißnass an ihrem Rücken, als sie das Handy wieder in die Tasche schob.

Sie hasste es, so gejagt zu werden.

Und am Jagen hatte sie auch keinen Spaß.

Letzteres war eine neue Erkenntnis.

Vielleicht sollte ich überhaupt nicht zur Polizei gehen, dachte sie. Denn ich bin ja gar nicht so scharf darauf, Schurken zu jagen.

Diesen Ausdruck hatte sie von ihrem Großvater. »Schurken jagen«. Das machte man nun mal bei der Polizei, und es war die schönste Aufgabe, die man finden konnte, meinte er.

Wenige Minuten später legte die Fähre an. Erst fuhren alle Autos herunter, und dann durften Iben und die anderen an Bord. Sie landete mit ihrem Fahrrad ganz vorn und verspürte einen schwachen Fahrtwind in den Haaren, als die Fähre sie zur Insel brachte.

Auf der anderen Seite schob sie das Rad herunter und blieb dann stehen, um noch einmal die Adresse zu überprüfen, die sie gefunden hatte. Dann setzte sie sich aufs Rad und fuhr rasch die letzte Strecke.

Erst da holte die Nervosität sie ein.

Es bestand eine gewisse Gefahr, dass Selma Valtersson supersauer sein würde, wenn Iben auftauchte, und dass ihr der Besuch überhaupt nicht gefallen würde.

Sorry, dachte Iben, aber ich kann jetzt nicht länger warten.

Sie versuchte, sich zu sammeln. Nicht sentimental zu werden, nicht traurig.

Als sie an Selmas Haus ankam, schaltete sie das Telefon auf lautlos. Das Haus lag in einer ruhigen Gegend, direkt am Meer. Ein Stück weiter hörte man einen Motor im Leerlauf. Der Duft von frisch gemähtem Gras stach Iben in die Nase, als sie klingelte. Und bald waren auf der anderen Seite der Tür Schritte zu hören.

Iben wappnete sich.

Nach einer gefühlten Ewigkeit wurde ein Schlüssel im Schloss herumgedreht, und die Tür glitt auf.

Eine ältere Frau sah sie ernst an. Iben erkannte sie sofort aus der Zeitung.

»Ja?«

Iben klebte die Zunge am Gaumen.

»Entschuldigen Sie, dass ich einfach so auftauche«, sagte sie mit kaum hörbarer Stimme. »Aber ich habe sonst niemand, an den ich mich wenden könnte.«

Selma schob sich die Brille auf die Stirn.

»Worum geht es?«, fragte sie.

Iben schluckte ein paarmal.

»Ich habe Ihnen die Nachricht auf Facebook geschrieben. Über den Stückelmord. Und Sie haben geantwortet. Aber … das genügt mir nicht. Ich muss sicher wissen, dass es so ist, wie Sie sagen.«

Selma schüttelte den Kopf. Jetzt sah sie verärgert aus.

»Was müssen Sie wissen?«, schnauzte sie.

»Warum Sie so überzeugt davon sind, dass es Mats Broman war, der Lydia ermordet hat. Und ob Sie wirklich nie geglaubt haben, dass es jemand anders gewesen sein könnte. Ob Sie nie gezweifelt haben.«

Lange Zeit standen sie sich schweigend gegenüber und sahen einander an.

»Warum ist das so wichtig für Sie?«, fragte Selma schließlich.

Iben zögerte nicht lange. Jetzt musste sie etwas Heftiges und Schlagkräftiges sagen. Etwas, das hielt und keine Lüge war. Sie musste etwas sagen, das sich richtig anfühlte, aber dennoch nicht die ganze Wahrheit war.

»Das ist privat«, sagte sie. »Privat und sehr wichtig. Der Stückelmord hat so viel für mich zerstört. So viel.«

Selma sah sie mit einem unergründlichen Blick an, und deshalb sprach sie weiter.

»Ich habe gehört, Mats habe ein Alibi und dass es Beweise für seine Unschuld gäbe. Und ich habe den Rat erhalten, einen der Ermittler aufzusuchen, der damals dabei war. Aber außer Ihnen kenne ich keinen und weiß auch nicht, wie ich einen finden soll, denn ich habe so wenig Zeit. Es gibt niemanden, mit dem ich reden könnte, außer mit Ihnen.«

Wie sie es verabscheute, sich so zu entblößen und zu betteln.

Trotzdem tat sie es.

»Die Sache ist also privat für Sie?«, fragte Selma gedehnt.

Iben nickte.

»Und Sie glauben, Sie hätten einen Beweis dafür gefunden, dass jemand anders Lydia ermordet hat?«

»Ich weiß es nicht.«

Ibens Antwort war nur ein Flüstern.

Selma öffnete die Tür noch ein bisschen weiter. Sie sah verbissen aus.

»Ich glaube, es könnte gut sein, wenn wir mal miteinander reden«, erwiderte sie. »Kommen Sie rein.«

Und mit diesen Worten trat sie einen Schritt von der Tür zurück und ließ Iben eintreten.

Ein neuer Nebel zog herein, leise wie ein unseliger Geist kam er angeschlichen.

August fand, dass er und Maria sich mit einem guten Abendessen und einem anständigen Wein dazu etwas aufheitern sollten. Aber Maria musste natürlich arbeiten. Die Ermittlung befand sich in einer intensiven Phase, und sie und Ray-Ray würden noch etwa eine Stunde länger schuften müssen, ehe sie nach Hause kommen konnte.

»Dann bereite ich einfach schon den Grill vor, und wir essen später«, sagte August. »Das ist doch kein Problem. Bring Ray-Ray mit, dann kriegt er auch was in den Magen.«

»Ich liebe dich«, sagte Maria am Telefon.

Früher war es ihr schwergefallen, diese Worte herauszubringen, aber jetzt gab es keine Grenze mehr für die Zärtlichkeitsbekundungen.

Ich sollte ihr einen Heiratsantrag machen, dachte August. Ist doch egal, dass wir noch nicht so lange zusammen sind.

Aber Heirat war nicht das Wichtigste. Für August stand die Frage nach Kindern ganz obenan.

Ins Telefon sagte er:

»Ich dich auch.«

Dann legten sie auf.

Und in dem Moment hörte er hinter sich eine Holzbohle knarren.

Als wäre eben jemand darauf getreten.

Er fuhr herum, und da stand Linnea in der Tür zur Küche.

»Entschuldige!«, sagte sie und wurde rot. »Ich weiß gar nicht, was ich mir dabei gedacht habe. Ich wollte dich nicht erschrecken, aber die Tür stand offen, und da niemand mein Klopfen gehört hat, bin ich reingekommen.«

August lachte.

»Meine Güte, fast hätte ich einen Herzinfarkt gekriegt.«

»Entschuldigung.«

Linnea stützte sich auf ihre Krücke und sah aufrichtig verlegen aus.

Verlegen, aber auch müde und besorgt.

Diesen Ausdruck kannte August, und er machte ihm keine gute Laune.

Henrik, was zum Teufel hast du denn jetzt wieder angestellt?, dachte er.

Als hätte sie seine Frage gehört, antwortete Linnea:

»Er kommt nicht.«

Ihre Stimme klang ganz dünn, wie es oft geschah, wenn Erwartungen und Hoffnungen nicht erfüllt wurden.

»Irgendwas mit der Arbeit. Offenbar kommt er nicht los.«

August nickte langsam.

»Er hat auch zu mir schon so was am Telefon gesagt«, erklärte er. »Aber da war es noch nicht sicher.«

»Jetzt ist es so«, sagte Linnea und strich sich eine Haarsträhne aus dem Gesicht. »Anscheinend ist noch nicht mal sicher, ob er zum Backwettbewerb herkommen kann.«

Sie sah ihn hilfesuchend an. Wahrscheinlich war sie in der Hoffnung gekommen, zu hören, dass sie Henrik falsch verstanden hatte und er in Wahrheit doch kam. Als August nicht antwortete, senkte sie den Blick.

»Ich weiß, er hat viel zu tun«, sagte sie. »Ich meine, er hat schließlich einen wichtigen Job und so, aber ich hatte doch gehofft, dass er sich gern mit mir treffen würde.«

August unterdrückte einen Seufzer.

Das hier war ganz klar die weniger fantastische Seite von Henrik. Und es war auch nicht das erste Mal, dass August hinter ihm aufräumen musste. Die Reihe von Frauen, die sich an ihn gewandt hatten, um darüber zu reden, wie sie Henriks Verhalten interpretieren sollten, war lang. Warum wurde eigentlich immer interpretiert? Wie er was gemeint haben könnte, als er das oder dies sagte. Schon war es wieder so weit.

»Weißt du«, sagte er, »nun ist es ja nicht wirklich meine Aufgabe, zu erklären, was Henrik will und was nicht …«

»Das verstehe ich!«

»… aber ich glaube, es könnte ganz einfach so sein: Er will sich mit dir treffen. Aber nicht gerade jetzt. Was den Backwettbewerb angeht, hat er das mit einem Vertreter gut gelöst. Auch ich hätte am liebsten, dass er hierherkommt. Aber wenn sein Job ihn zwingt, nach Frankfurt zu reisen, dann muss das sein, fürchte ich.«

»Aber das ist es ja gerade«, entgegnete Linnea. »Ich könnte auch Urlaub nehmen, aber … das will er nicht. August, er will nicht, dass ich mit ihm nach Deutschland reise. Das hat er darauf geschoben, dass er ja sowieso die ganze Zeit arbeiten würde, aber das macht doch niemand. Ich habe gesagt, dass ich tagsüber gut alleine klarkomme, und dass es auch egal ist, wenn er abends lange arbeitet, aber das hat nichts geholfen.«

August machte eine ergebene Geste.

»Ich weiß nicht, was ich sagen soll, Linnea«, sagte er. »Ich habe gerade erst erfahren, dass ihr euch trefft, und es tut mir total leid, dass es so kompliziert ist.«

»Entschuldige, ich hätte dich da nicht reinziehen sollen. Es ist einfach nur alles so anstrengend. Mir ist schon klar, dass du nicht Henriks Anwalt sein kannst und so. Aber ich war einfach so enttäuscht, weil ich gehofft hatte … dass es wahr werden würde.«

Linnea strich sich über den Rock, um eine Falte zu glätten. Erst da bemerkte August, dass sie ja gar keine Bandage mehr ums Knie hatte, sondern nur noch ein großes Pflaster.

»Weißt du, ob er eine andere hat?«

Die Frage war nur geflüstert, denn die Stimme war von Sorge und Erniedrigung gepresst.

Doch noch ehe er antworten konnte, sagte sie:

»Entschuldige, ich weiß, dass ihr wirklich beste Freunde seid. Du musst nicht …«

Aber deshalb bist du doch hier, dachte August.

»Du musst nicht um Entschuldigung bitten«, sagte er. »Ich verstehe, wenn du gestresst bist. Soweit ich weiß, trifft sich Henrik mit keiner anderen, aber wenn das, was zwischen dir und Henrik ist, für dich eine richtige Beziehung bedeutet, also Zweisamkeit, dann wäre es wohl eine gute Idee, wenn du ihm das mal erzählst und hörst, ob er genauso denkt. Verstehst du, was ich meine?«

Linnea nickte.

»Ich muss jetzt los«, sagte sie. »Danke, dass du ein bisschen Zeit hattest.«

»Du bist immer willkommen«, sagte August.

Dann schaute er auf ihr verletztes Knie.

»Das scheint ja besser zu sein«, meinte er.

»Ja«, sagte sie. »Bald ist das Knie wieder so wie immer.«

»Du solltest dir mal einen Fahrradhelm zulegen«, sagte August, der Linnea schon oft ohne Helm hatte vorbeifahren sehen. »Nächstes Mal könnte es der Kopf sein und nicht das Bein, was du dir verletzt.«

»Das stimmt«, sagte Linnea. »Aber eigentlich bin ich ja nirgends mit dem Fahrrad reingefahren. Ich bin umgefallen, weil ein Auto mich viel zu schnell und zu nah überholt hat. Um Haaresbreite wäre ich überfahren worden, und ich war total verschreckt. Und sauer.«

»Da würde ich es aber auch mit der Angst bekommen, wenn mich jemand fast überfahren hätte«, sagte August. »Hast du Anzeige erstattet?«

»Das habe ich überlegt«, sagte Linnea. »Aber jetzt ist das ja schon ein paar Tage her, und das Knie ist fast wieder gut. Aber ich habe das Auto und die Nummer gesehen, ich hätte also genügend Munition, wenn ich zur Polizei gehe.«

»Im Ernst?«, fragte August. »Das war ja geistesgegenwärtig. Ich kann mir nicht mal mein eigenes Autokennzeichen merken. Dann solltest du aber auf jeden Fall Anzeige erstatten.«

Linnea streckte sich ein wenig.

»Ich weiß ja nicht, ob sich das lohnt, wenn die Polizei grade so viel anderes zu tun hat.«

»Man kann immer eine Anzeige einreichen«, erwiderte August entschlossen. »Sonst werden sie auf keinen Fall was unternehmen, um den Fahrer zu finden. Kanntest du das Auto?«

»Nein«, sagte Linnea. »Ich hab nur gesehen, dass es ein Jeep war.«

August erstarrte.

»Ein Jeep?«, fragte er gedehnt. »Welche Farbe?«

»Schwarz.«

»Jetzt sag noch mal, wann war das?«, fragte August.

»Am selben Abend, als der Mann tot am Badeplatz gefunden wurde. Ich war auf dem Weg zu einer Freundin in Tången.«

Es musste nicht unbedingt von Bedeutung sein, dass Linnea von einem schwarzen Jeep umgeworfen worden war, aber August war doch sicher, dass die Polizei das lieber selbst untersuchen würde – ohne Ideen und Einmischung von anderen.

»Versprich mir, dass du sofort zur Polizei gehst«, erwiderte August, der schon beschlossen hatte, Maria zu erzählen, was er hier gehört hatte.

»Versprochen. Sobald ich Zeit habe, geh ich hin. Und wenn Henrik anruft, dann kannst du ihm sagen, dass …«

Sie verstummte.

»Du musst ihm gar nichts sagen«, sagte sie dann. »Um die Sache kümmere ich mich selbst.«

Erst als Iben sich auf Selmas Veranda niederließ, wurde ihr klar, wie sehr sie damit gerechnet hatte, abgewiesen zu werden. Doch so war es nicht gekommen, und jetzt schäumte sie vor Eifer. Direkt vor ihnen reflektierte die vom Wind gekräuselte Meeresoberfläche die Sonnenstrahlen, und Boote aller Art glitten sachte vorüber. Die karge Landschaft und das dunkelblaue Meer waren eine starke Kombination an Schönheit, die Iben normalerweise unter allen Umständen hätte fotografieren wollen, doch jetzt war es ihr egal. Nicht einmal die immer dicker werdenden Wolken, die sich am Horizont versammelten, fielen ihr auf.

»Warum glauben Sie, dass Mats Broman unschuldig ist?«, fragte Selma mit ruhiger, aber dennoch scharfer Stimme.

Iben duckte sich unwillkürlich. Eigentlich sollte ja nicht Selma sie befragen, sondern umgekehrt.

»Na, da ist diese Sache, dass er angeblich ein Alibi haben soll«, antwortete sie.

Selma schüttelte den Kopf.

»Das stimmt nicht«, entgegnete sie. »Sie täuschen sich, und das Gericht, das ihn verurteilt hat, hatte recht. Mats Broman war schuldig.«

Iben schluckte.

»Erzählen Sie«, bat sie. »Erzählen Sie mir, was Sie da so sicher macht.«

»Ich habe damals als Ermittlerin gearbeitet und war von Anfang bis Ende an dem Fall dabei«, sagte Selma. »Als wir Lydia schließlich in der Kühltruhe gefunden hatten, konnten wir schnell entscheidende Umstände feststellen. Der Keller im Eishaus hat einen Steinfußboden. Wie so viele andere Häuser hier in der Gegend ist es direkt auf die Felsklippen gebaut. Auf dem Fußboden fanden sich zwar Blutspuren, aber nicht im Entferntesten so viel, wie man erwarten müsste, wenn sie dort ermordet und zerstückelt worden wäre. Lydia muss nämlich stark geblutet haben. Konkrete Todesursache war ein Stich mit einem großen Messer in die Brust. Außerdem hatte sie sogenannte Abwehrverletzungen. Wissen Sie, was das ist?«

»Ich glaube, ja«, sagte Iben. »Das sind doch Verletzungen, die entstehen, wenn man versucht, sich vor Schlägen zu schützen, zum Beispiel an den Armen und so, oder?«

»Exakt«, sagte Selma.

Iben genierte sich etwas, denn was Abwehrverletzungen waren, wusste sie nur, weil sie im Fernsehen so viele Krimis gesehen hatte. Wie war das wohl, als Polizistin zu arbeiten, wenn jemand ermordet worden war? All die Details, die man erkennen und in die Beurteilung einfließen lassen musste. Und all das Schreckliche, was man zu hören bekam.

»Wo ist Lydia denn gestorben?«, fragte sie. »Sie haben ja gesagt, dass es nicht dort im Keller war.«

»Wir haben nie herausgefunden, wo sie gestorben ist«, sagte Selma. »Aber wir wissen, dass Mats Broman früh am selben Abend, an dem Lydia verschwand, gesehen worden ist, wie er sein Boot geputzt hat, also ist eine Theorie, dass sie dort ermordet wurde. Dann haben wir sowohl eine blutverschmierte Persenning als auch eine Säge gefunden, und dann ging alles ganz schnell. Zu der Zeit wurden alle DNA-Analysen im Ausland gemacht, und unser Partnerlabor in Großbritannien konnte bestätigen, dass es sich bei dem Blut um das von Lydia handelte. Damit war die Sache sozusagen geklärt.«

Iben versuchte zu verstehen, wie die Ermittlung vor sich gegangen war.

»Also, zuerst ist Lydia verschwunden«, meinte sie. »Und dann haben alle angefangen, nach ihr zu suchen. Hat da denn niemand im Keller nachgesehen, ob sie dort war?«

»Doch«, erwiderte Selma, »natürlich haben wir da nachgesehen. Und Mats war dankbar und hilfsbereit, er stand unserer Arbeit nie im Wege. Aber wir haben nicht in die Kühltruhe geschaut. Lydia war losgegangen, um zu joggen, das haben zwei Nachbarn bezeugt, die sahen, wie sie das Haus verließ. Es war Spätnachmittag, und Mats war nicht zu Hause, sondern bei der Arbeit. Die beiden Nachbarn waren die Letzten, die mit ihr gesprochen hatten. Im Verhör dann sagte Mats, er habe es seltsam gefunden, dass sie nicht zu Hause war, als er von der Arbeit kam, doch habe es ein paar Stunden gedauert, ehe er angefangen hätte, sich Sorgen zu machen. In der Zeit hat er dann unter anderem sein Boot geputzt. Erst danach fing er an, Verwandte und Freunde auf der Suche nach ihr anzurufen.«

»Aber warum sollte Mats die Leiche von Lydia in seiner eigenen Tiefkühltruhe verwahren?«, fragte Iben. »Wäre das nicht total dumm?«

»Wir gingen davon aus, dass er sehr schnell handeln musste und nicht wusste, wohin mit ihr. Da war die Kühltruhe für den Anfang mal ein guter Ort. Er wird kaum vorgehabt haben, sie da in alle Ewigkeit drin zu lassen, aber ich glaube, dass es ihn auch sehr erstaunt hat, wie wenig er allein gelassen wurde, nachdem er erst mal die Polizei angerufen hatte. Im Grunde war immer jemand von uns oder einer von seinen Freunden bei ihm, und er hatte kaum Gelegenheit, Lydia woanders hinzubringen. Außerdem war Mats nicht sonderlich verschlagen, ich würde sogar sagen, er war ein ängstlicher Mörder.«

»Was für ein Motiv hatte er denn?«, erkundigte sich Iben, die jetzt wie gebannt zuhörte.

»Geld«, antwortete Selma schlicht. »Mats und Lydia hatten eine Lebensversicherung abgeschlossen, die jeweils den anderen begünstigte. Das ist im Grunde nichts Besonderes, viele Leute machen das, um Hauskredite oder dergleichen bedienen zu können, wenn der Partner stirbt. Wenn Lydia oder Mats starb, dann würde der Zurückbleibende von beiden eine halbe Million Kronen bekommen, und das war Geld, das Mats wirklich brauchte, denn seine Firma war drauf und dran, in Konkurs zu gehen.«

Es war Wind aufgekommen, und die Wolken bewegten sich schneller über den Himmel. Iben sah zum Meer und stellte fest, dass neuerlicher Nebel hereinzog. Das gefiel ihr gar nicht, denn die Fahrt mit dem Fahrrad auf der stark befahrenen Straße ohne Fahrradweg war bei schlechter Sicht ein Albtraum.

Verstohlen sah sie zu Selma. Sie musste sich beeilen, das Gespräch zu Ende zu bringen.

»Haben Sie wirklich niemals an der Schuld von Mats gezweifelt?«, fragte sie.

»Mache ich den Eindruck?«

Iben senkte den Blick und schüttelte den Kopf. Sie musste ihre Fragen genauer stellen, sonst würde sie nicht erfahren, was sie brauchte.

»Ich habe mit einem Mann namens Birger Andersson gesprochen«, sagte sie. »Er war derjenige, der meinte, Mats hätte ein Alibi für den Mord gehabt. Er behauptet, zu dem Zeitpunkt als Lydia ermordet wurde, wäre Mats bei einer anderen Frau gewesen.«

Selma verzog den Mund.

»Der alte Journalist«, sagte sie. »Das verwundert mich gar nicht, dass er so eine Sache zusammenfantasiert. Immerhin ist es sein Job, sich alles Mögliche auszudenken.«

Iben war da anderer Ansicht, was den Journalistenberuf anging, wagte aber nicht zu protestieren. Die Stille, die entstand, nutzte wieder Selma, um Fragen zu stellen.

»Warum ist es denn so wichtig für Sie, herauszufinden, ob Mats Broman unschuldig war?«, fragte sie. »Warum vertrauen Sie nicht der ehrlichen Polizeiarbeit?«

Weil jemand gesagt hat, dass mein Vater sie ermordet hat, dachte Iben. Und weil Hovenäset voller Leute ist, die finden, dass Mats hätte freigesprochen werden sollen.

»Ich habe doch schon gesagt, das ist privat«, erwiderte sie.

»Wie privat denn?«

»Das möchte ich nicht erzählen«, sagte Iben und sah zu Boden.

Sie musste das hier jetzt gewinnen, musste das Gespräch um jeden Preis von ihrer eigenen Person abbringen.

»Ich finde es einfach komisch, dass so viele glauben, Mats sei unschuldig gewesen«, sagte sie. »Gab es wirklich keinen anderen Verdächtigen?«

»Natürlich gab es noch andere, es war schließlich eine große Ermittlung«, erwiderte Selma, klang aber zögerlich, als wäre das etwas, worüber sie eigentlich nicht sprechen wollte. »Vor allem einen armen Mann gab es, von dem viele glaubten, er sei schuldig. Sogar Lydias eigener Vater Jochen, der inzwischen nicht mehr lebt, war dieser Überzeugung. Und das hatte böse Folgen.«

»Wie heißt der Mann?«, fragte Iben und hielt die Luft an, während sie auf die Antwort wartete.

»Das ist kein Geheimnis«, erklärte Selma. »Er hieß Verner Nilsson und war vor Mats mit Lydia zusammen gewesen. Wenn Sie sich mal ein paar Zeitungsartikel vom vorigen Herbst raussuchen, werden Sie mehr über ihn erfahren. Da ist nämlich seine Leiche im Bestattungsinstitut von Kungshamn gefunden worden. Dort hat Verner mehrere Jahrzehnte gelegen, und Jochen hatte ihn ermordet. Wenn ich richtig informiert bin, dann sind die aktuellen Ermittler bei der Polizei der Ansicht, dass Jochen einen schrecklichen Fehler begangen und einen vollkommen unschuldigen Mann ermordet hat.«

Iben schämte sich.

Wie hatte ihr das entgehen können?

Und dann: Erleichterung.

Dieser Mann war bewiesenermaßen tot. Und er war nicht Ibens Vater.

Sie versuchte, ihre Gedanken zu ordnen.

Vielleicht war Verner Nilsson doch der echte Mörder gewesen?

Die Polizei konnte ja durchaus im letzten Herbst auch einen Fehler begangen haben.

»Ich würde gern mehr über diesen Verner wissen«, sagte sie.

»Da gibt es nichts zu wissen«, erwiderte Selma entschieden.

»Wer bei der Polizei hat denn an dem Fall gearbeitet?«, fragte Iben.

Selma sah sie streng an, ohne zu antworten. Iben wurde klar, dass die Gastfreundschaft nun allmählich ein Ende nahm. Trotzdem musste sie einfach reden, konnte sich nicht beherrschen, obwohl der Nebel immer dichter wurde und das wirklich ein Grund war, aufzubrechen.

»Mit wem bei der Polizei müsste ich denn sprechen?«, versuchte sie es noch einmal. »Vielleicht jemand in Uddevalla?«

Selma schwieg lange, dann sagte sie:

»Ich glaube, so weit müssen Sie nicht gehen, um jemanden von der Polizei zu finden«, sagte sie. »Aber das müssen Sie allein hinkriegen. Jetzt muss ich Sie bitten, zu gehen. Ich muss hier zu Hause noch einiges erledigen und möchte allein sein.«

»Ich verstehe«, sagte Iben und stand eilig auf.

Sie würde sich nicht zufriedengeben, ehe sie noch mehr über das Alibi von Mats gehört hätte, aber von Selma würde sie keine weitere Information dazu bekommen.

Sie dankte für die Gastfreundschaft und machte sich bereit, Selmas Haus zu verlassen.

Als sie an der Eingangstür standen, legte Selma ihr plötzlich eine Hand auf die Schulter. Iben fühlte die Kälte durch ihren Pullover.

»Ich gebe Ihnen einen guten Rat«, sagte Selma gedehnt. »Verschwenden Sie nicht zu viel Zeit auf diese Geschichte. Sie ist aufgeklärt, es gibt nichts mehr herauszufinden oder zu verstehen. Und die Polizisten, die im Fall von Verner Nilssons Tod ermittelt haben, wussten nur sehr wenig über den Stückelmord. Okay?«

Iben griff linkisch nach der Türklinke.

»Okay«, sagte sie, obwohl sie sich nie im Leben aufhalten lassen würde, die Wahrheit über ihren Vater herauszufinden.

Selma sah aus, als wollte sie noch mehr sagen, schwieg dann aber. Die Tür ging auf, und Iben trat hinaus.

»Ich will nur Ihr Bestes«, sagte Selma.

Iben schluckte.

Irgendwas war komisch daran, wie Selma sie ansah.

Sie warnt mich, dachte Iben. Oder droht sie mir?

Oder war sie selbst schon ein bisschen komisch geworden, seit sie im Eishaus wohnte? Bestimmt wollte Selma wirklich nur ihr Bestes.

Selma schloss die Tür.

Iben lief schnell zu ihrem Fahrrad und holte dann ihr Handy heraus. Jetzt war Eile geboten, und zwar richtig. Denn ihre Mutter hatte eine Nachricht geschickt.

Mit hochroten Wangen und pochendem Herzen las Iben:

Iben, ich weiß, was du vorhast.
Opa hat zugegeben, dass er dir alles erzählt hat.
Wo auf Hovenäset wohnst du?
Opa und ich suchen nach dir.

Iben zitterten die Hände. Sie war einfach schon zu weit vorangekommen, um jetzt alles abzubrechen. Ihre Mutter und ihr Opa konnten suchen, so viel sie wollten. Vermutlich hatten sie jetzt auch noch Streit, wo Mama wusste, dass er geplaudert hatte, aber das war deren Problem.

Das war Iben egal.

Sie hatte vor, ihre Ermittlung durchzuführen, und jetzt kam der letzte Punkt auf ihrer kurzen Liste dran. Aber vorrangig war, einen Polizisten zu finden, der an der Ermittlung des Mordes an diesem Verner Nilsson beteiligt gewesen war. Iben googelte den Fall kurz auf ihrem Handy – und fand mehrere Artikel darüber.

Sie konnte den Blick nicht vom Handy wenden, denn mitten in einem der Texte tauchte ein bekannter Name auf, eine Ermittlerin, die sich gegenüber der Presse geäußert hatte.

Maria Martinsson.

Die hatte sie doch am ersten Tag abgeholt, die Polizistin, die mit August nur wenige Häuser vom Eishaus entfernt wohnte.

Morgen, dachte Iben, morgen gehe ich zu Maria.

Sie hoffte, dass Maria Zeit haben würde, mit ihr zu sprechen. Ein bisschen Zeit würde schon genügen.

Iben klappte den Fahrradständer hoch, als plötzlich die Tür zum Haus wieder aufging und Selma auf die Treppe trat.

In den umliegenden Gärten war es vollkommen still.

»Iben«, sagte Selma, »warten Sie doch bitte kurz, ehe Sie wegfahren.«

Iben sah sich um. Nirgends waren andere Menschen zu sehen.

Wohnte hier in dem Viertel denn sonst niemand?

Selma sah seltsam ruhig aus, als sie langsam die Treppe hinunter auf Iben zuging.

Es gestaltete sich nicht einfach, Vilhelm Eliassons Fährte zu verfolgen. Ständig eröffneten sich neue Richtungen in der Ermittlung, und die ganze Zeit hatten sie das unangenehme Gefühl, dass ihnen der Täter einen Schritt voraus war.

Dieser Tag nun hatte sie in eine Einrichtung für betreutes Wohnen in Strömstad geführt, und von dort aus weiter zu einer Familie namens Samuelsson, die ebenfalls in Kontakt mit Vilhelm gestanden hatte. Warum allerdings, das wussten sie noch nicht. Vilhelms Notizen und sein Buchmanuskript glänzten weiterhin durch Abwesenheit, und jetzt hatten Maria und Ray-Ray plötzlich mit einer neuen Spur alle Hände voll zu tun.

Sie befanden sich am Fähranleger Tullboden und warteten darauf, dass der Kapitän, der das Schiff rüber nach Bohus-Malmön fuhr, abgelöst werden würde. Solange saßen sie am Anleger im Auto und hatten diesmal nicht vor, an Bord zu gehen. Roland hatte sie gebeten, eine ergänzende Befragung mit dem Kapitän abzuhalten, nachdem bekannt geworden war, dass er am selben Tag, als Vilhelm starb, Selma Valtersson an Bord der Fähre gesehen hatte.

»Eigentlich müsste es doch eine Überwachungskamera auf der Fähre geben«, meinte Ray-Ray. »Wenn wir von dem bestimmten Tag Filme bekommen könnten, dann wüssten wir, wer Selma begleitet hat, und dann würden wir auch die exakten Zeiten kennen, wann sie die Insel verlassen und wieder betreten hat.«

»Gute Idee«, sagte Maria. »August lässt übrigens grüßen und meint, es wäre nett, wenn du auch heute Abend mit zum Essen in unser Bootshaus kommen würdest. Auch wenn wir später noch was arbeiten müssen, wäre es doch gut, wenn wir was in den Magen bekämen.«

Die Tore der Fähre öffneten sich, und die Autos begannen herunterzufahren.

Ray-Ray sah Maria erfreut an.

»Verdammt, das klingt gut«, sagte er. »Ich komme gern.«

»Ich hab ja noch nicht gesagt, was es zu essen geben wird«, meinte Maria.

»Alles, was dein Typ kocht, ist gut. Und ich bin krass hungrig.«

Damit war er nicht allein.

»Wie wäre es, wenn du irgendwann auch mal selbst kochen würdest?«, sagte Maria.

»Das mache ich doch«, sagte Ray-Ray. »Für meine Kinder.«

»Und vielleicht für deine Dates?«

»Nein, dann bilden die sich nur alles Mögliche ein. Aber apropos Dates: Kommt Henrik nicht bald? Der gibt doch immer die unfassbar spektakulären Datinggeschichten zum Besten.«

Maria lachte.

»Das ist wohl wahr«, erwiderte sie. »Tatsächlich datet er gerade eine Frau, und sowohl August als auch ich kennen sie.«

»Was? Wen den?«

Henrik und Ray-Ray hatten sich nur einige wenige Male getroffen, sich aber sofort gemocht. Im Grunde waren die beiden dieselbe Art Tier, nur in extrem unterschiedlicher Verpackung.

Maria erzählte rasch, was zwischen Henrik und Linnea los war. Als sie fertig war, stöhnte Ray-Ray.

»Der Mann ist wirklich ein verdammter Antiheld«, sagte er. »Krass ungeschickt.«

»Im Gegensatz zu dir, meinst du?«

»Yes.«

»Jetzt hör aber auf! Wie war das noch mit Carola in Lysekil?«

»Danke der Nachfrage, erst gestern hatte ich Sex mit ihr. Und Carola in Lysekil wohnt nun mal einfach in Lysekil. Weit genug weg von mir, weit genug weg von meinen Freunden und von meinen Kindern. Das sieht bei Henrik anders aus. Er hat seinen besten

Freund auf Hovenäset, da reißt man keine Frauen auf. Jedenfalls nicht, wenn man es nicht ernst meint.«

Maria fand es unterhaltsam, ausgerechnet Ray-Ray darüber dozieren zu hören, was seriöses Verhalten war und was nicht, musste aber widerwillig zugeben, dass er recht hatte.

»Was hat er sich nur dabei gedacht, Linnea nach Stockholm einzuladen?«, fragte Ray-Ray. »Die muss doch gedacht haben, dass er ihr einen Heiratsantrag machen will oder so was in der Art.«

Maria verdrehte die Augen.

»Meine Güte, du hast ja ein ziemlich trauriges Bild von Frauen, die einfach nur Sex wollen.«

Ray-Ray strahlte.

»Frauen, die Sex wollen«, sagte er. »Das klingt wie ein Buchtitel. Vielleicht wäre das was für euren Lesekreis.«

Maria lachte wieder.

Nun war die Fähre leer, und neue Autos fuhren hinauf. Ein Mann in marineblauem Pullover und mit Schiffermütze ging an Bord, und der Kapitän, den Maria und Ray-Ray treffen wollten, verließ das Schiff.

Die Schranke vor der Fähre ging herunter, und die Tore schlossen sich.

Maria und Ray-Ray stiegen aus dem Auto, der Kapitän kam zu ihnen auf den Parkplatz und stellte sich als Olle Persson vor.

»Wie ich Ihrer Kollegin schon berichtet habe, war Selma Valtersson am zwanzigsten Juli auf der Fähre, die kurz nach siebzehn Uhr Bohus-Malmön verlassen hat. Sie war in Begleitung eines jüngeren Mannes, und sie ist in ihrem Saab gefahren.«

Selma hatte gesagt, sie hätte Vilhelm um fünf Uhr nachmittags erwartet, dachte Maria. Sollte das heißen, dass er trotzdem zu Besuch gekommen war?

»Ich muss mal ganz neugierig fragen«, sagte Maria, »aber ist das üblich, dass Sie einzelne Reisende so gut kennen?«

»Diejenigen, die dauerhaft auf der Insel wohnen und täglich mit der Fähre fahren, die kenne ich natürlich«, sagte Olle. »Viele von ihnen bitten auch mal gerne um Dienste und halten so einen halb persönlichen Kontakt. Ich finde das nett und helfe ihnen, so gut ich kann.«

»Wie alt war der Mann in ihrer Begleitung?«, fragte Ray-Ray.

»Schwer zu sagen. Dreißig? Vierzig vielleicht? Oder auch jünger. Das kann ich wirklich nicht genau sagen.«

»Das verstehen wir«, sagte Maria. »Aber wir haben noch eine andere Frage: Gibt es an Bord eine Überwachungskamera?«

Wie sich herausstellte, gab es die, und der Kapitän würde dafür sorgen, dass sie am nächsten Tag die Filme bekämen.

»Ausgezeichnet«, sagte Ray-Ray. »Aber sagen Sie mal, dieser Mann, mit dem Selma kam, haben Sie zufällig gesehen, was für ein Auto der hatte?«

»Nein, leider nicht.«

»Und Sie haben an dem Tag auch sonst nichts Ungewöhnliches bemerkt?«

Olle stand einige Zeit schweigend da und dachte nach.

Hinter ihm legte die Fähre langsam ab.

»Nein«, sagte er dann, »ich glaube nicht. Mal abgesehen von einem falsch geparkten Auto hier auf dem Parkplatz.«

Er grinste sie an.

»Wie parkt man denn auf so einem Parkplatz falsch?«, fragte Maria und lächelte zurück.

»Man stellt sich so nahe an ein anderes Auto, dass man dessen Türen nicht mehr aufkriegt. Meine Frau hat mir das erzählt, ein Volvo hatte sich so dicht an ihren Wagen gestellt, dass sie ihm am liebsten die Tür direkt in die Seite geknallt hätte.«

»Welche Farbe hatte der Volvo?«, fragte Ray-Ray, und Maria merkte, wie er sich anstrengte, nicht zu interessiert zu wirken.

»Rot. Das hat meine Frau nur erwähnt, weil sie rote und gelbe Autos hasst.«

Marias Lächeln erstarb, und neben ihr richtete sich Ray-Ray noch ein Stück höher auf.

»Das hier ist wichtig«, erklärte Maria. »Wann hat Ihre Frau den roten Volvo gesehen?«

Olle wurde ernst.

»Ich denke, das wird so gegen halb sechs gewesen sein. Um eine komplizierte Geschichte kurz zu machen: Ich hatte an dem Morgen versehentlich ihr Handy mitgenommen, denn das war unter den Beifahrersitz gerutscht. Also ist sie am Nachmittag hierhergekommen, um es zu holen.«

»Hierher zur Fähre?«, fragte Ray-Ray.

»Hierher zum Parkplatz. Mein Auto steht da vorne, und der Volvo stand rechts daneben.«

Er zeigte zum Auto.

»Und Ihre Frau hat erst abends festgestellt, dass Sie das Handy dabeihatten?«, fragte Maria.

»Ich hatte erst ab zwei Uhr Schicht, und sie konnte erst ein paar Stunden später hierherkommen und es holen.«

»Stand der rote Volvo schon da, als Sie geparkt haben?«

»Nein, ich hätte mich nicht so dicht rangestellt.«

»Und stand er noch da, als Sie Ihre Schicht beendet hatten?«

»Nein, um zehn Uhr abends war er weg. Ich weiß nicht, wann er weggefahren ist.«

Ray-Ray notierte die Telefonnummer von Olles Frau, und kurz darauf beendeten sie die Befragung.

»Ein roter Volvo«, sagte Ray-Ray. »Und ein Mann, der Vilhelm gewesen sein könnte, und in Begleitung von Selma Valtersson. Das sind jetzt mal ein bisschen viele Zufälle.«

Maria nickte zustimmend. Eine kühle Brise ließ sie die Arme verschränken.

Neuer Nebel spielte auf der Wasseroberfläche.

Maria war so weit in Gedanken versunken, dass sie kaum reagierte, als ihr Handy klingelte.

Sie schaffte es gerade noch, ranzugehen, ehe das Gespräch auf der Mobilbox landete.

»Ich bin es«, sagte Roland.

Er klang aufgeregt, und es schien, als würde er eilig gehen, während er sprach.

»Ich habe gerade etwas Interessantes von Vendela erfahren«, sagte er. »Selma Valtersson besitzt zwei Autos, und eines davon ist ein schwarzer Land Rover. Könnte es sein, dass der Wagen, von dem die Zeugin auf Hovenäset gesagt hat, es sei ein Jeep gewesen, in Wirklichkeit ein Land Rover gewesen ist?«

Marias Herz schlug schneller.

Sie nahm das Telefon vom Ohr und stellte dieselbe Frage Ray-Ray.

»Möglich«, sagte der.

»Ich meine, sie hätte etwas in der Art gesagt von ›was den Jeep angeht, denke ich, dass er vielleicht ein älteres Modell war‹«, sagte Maria.

Sie nahm das Handy wieder ans Ohr und berichtete Roland, was sie von Olle gehört hatten.

»Okay, jetzt holen wir sie uns«, sagte Roland entschlossen. »Ich habe schon mit dem Staatsanwalt darüber gesprochen, dass wir, wenn noch mehr Umstände ans Tageslicht kommen, die gegen Selma sprechen, eingreifen müssen. Wir können nicht auf so viel Information sitzen, ohne zu handeln. Fahrt ihr mit der nächsten Fähre auf die Insel rüber und wartet auf Verstärkung. Ich schicke eine Streife, die sie dann nach Uddevalla bringen kann, und dann behalten wir sie da über Nacht.«

»Verstanden«, sagte Maria.

Ray-Ray, der das Gespräch mitverfolgt hatte, wandte jetzt den Blick zum Kapitän, der darauf wartete, dass die Fähre wiederkommen würde.

»Bevor wir irgendwas unternehmen, schlage ich doch vor, dass wir unseren neu gewonnenen Freund fragen, ob er Selma heute womöglich die Insel hat verlassen sehen.«

Gemeinsam gingen sie zu Olle und fragten.

Er antwortete ohne Zögern.

»Natürlich«, sagte er. »Sie hat die Insel mit der vorigen Fähre verlassen, eigentlich hätten Sie ihr fast begegnen müssen.«

Maria knirschte mit den Zähnen.

So knapp, so knapp.

»Ist sie zu Fuß gegangen, oder kam sie mit dem Auto?«, fragte Maria.

»Mit dem Auto«, antwortete Olle. »Ich musste sie bitten, weiter vor zu fahren, damit ihr niemand ins Fahrrad fuhr.«

»Ins Fahrrad?«, fragte Maria.

»Ja, sie hatte ein Fahrrad im Kofferraum, und das ragte ein gutes Stück raus, obwohl ihr Auto ja groß ist. Wahrscheinlich hatte sie es eilig gehabt und deswegen den Rücksitz nicht runtergeklappt.«

»War sie allein im Auto?«, fragte Ray-Ray.

»Nein, es war jemand bei ihr. Ich glaube, ein junges Mädchen saß auf dem Beifahrersitz, aber das war aus der Entfernung schwer zu erkennen. Keine von beiden hat das Auto während der Überfahrt verlassen.«

»Okay, danke«, sagte Ray-Ray.

Sie riefen wieder bei Roland an, dessen Antwort ein lautes und hässliches Fluchen darüber war, dass sie Selma so knapp verpasst hatten.

»Dann setze ich ein Auto von der Personenüberwachung an den Fähranleger, bis sie zurückkommt«, kündigte er an. »Und wenn sie im Laufe des Abends nicht auftaucht, dann müssen wir andere Maßnahmen ergreifen. Ich möchte sie jedenfalls nicht gerne anrufen – in dieser Situation ziehe ich die Überraschung vor.«

Maria legte auf.

Sie zog auch die Überraschung vor, wenn sie nicht diejenige war, der sie galt.

Der Kapitän hatte Selma zusammen mit einem jungen Mädchen gesehen.

Das konnte ja irgendjemand sein, und das war so erschreckend. Denn es gab schließlich ein junges Mädchen in der Ermittlung, das sich für den Stückelmord interessiert hatte.

Hast du hier im Auto gesessen, Iben?, dachte Maria, und ihr war klar, dass sie da schnell Gewissheit brauchten.

Da rief Roland wieder an.

»Ihr Lieben, das Blatt wendet sich, Teufel auch!«, sagte er. »Endlich haben wir die Informationen von Vilhelms Cloud bekommen. *Und*: Die Kollegen in Borås haben Vilhelms sogenannte Höhle gefunden. Eine kleine Dachkammer, die er von einer alten Dame in einem Mietshaus gemietet hat.«

Maria hätte fast vor Freude laut gebrüllt.

»Ist nicht wahr!«, rief sie. »Haben sie das Buch gefunden? In der Cloud oder in der Höhle?«

»Sie suchen«, versicherte Roland. »*Alle* suchen. Ich melde mich, sobald ich mehr weiß!«

Sie beendeten das Gespräch.

Die Höhle war entdeckt. Aber wo war Selma?

Außer dem Kratzen des Bestecks auf dem Porzellan waren während des Essens keine anderen Laute vernehmbar. August, Maria und Ray-Ray saßen bei geöffneten Türen in der Bootshütte. August hatte lauwarmen Kartoffelsalat und gegrillte Rippchen serviert.

Die Stille, die um den Tisch herrschte, war nicht unangenehm, fand August, aber sonderlich entspannt wirkte sie auch nicht.

Maria und Ray-Ray waren mit angespannten Mienen zum Abendessen aufgetaucht. August war klar, dass sie auf eine entscheidende Nachricht warteten, und um ihres Seelenfriedens willen hoffte er, dass die möglichst bald eintreffen möge.

Draußen auf dem Meer hatte der Nebel hart daran gearbeitet, jegliche Aussicht verschwinden zu lassen, und aus den Nachbarhütten war leises Plaudern zu hören. August musste daran denken, wie seine Mutter solche Abende nannte:

Ein friedlicher Abend.

Diese Bezeichnung mochte er sehr, und es bekümmerte ihn ein wenig, dass er ihm so lange nicht in den Sinn gekommen war.

Wie viele andere Erinnerungen aus der Zeit, als seine Eltern noch lebten, waren wohl schon verschwunden, ohne dass er es bemerkt oder sie vermisst hatte?

Ich muss besser darin werden, die Erinnerungen zu bewahren, dachte er.

»Das war wirklich gut, das hier«, sagte Ray-Ray. »Danke fürs Kochen.«

»Superlecker«, stimmte Maria zu. »Das ist dir wirklich göttlich gelungen.«

»Ich habe auch noch Nachtisch«, erklärte August. »Einen Schokoladenkuchen mit Pfirsichcreme.«

Sie schüttelte den Kopf.

»Wir werden, noch ehe der Backwettbewerb überhaupt stattgefunden hat, schon fett wie Mastschweine werden«, sagte sie und drückte ihm einen Kuss auf die Wange.

Ray-Ray wippte wie ein Teenager mit dem Stuhl.

»Okay, nun beginnt offensichtlich die große Knutschstunde. Dann gehe ich mal besser.«

August lachte.

»Dass du so peinlich berührt bist …«, sagte er.

Ray-Ray zuckte mit den Schultern.

»Ich bin nicht peinlich berührt«, entgegnete er, »aber ich weiß, wann ich nicht erwünscht bin.«

Maria verdrehte die Augen.

»Mein Guter, hier bist du doch immer willkommen«, sagte sie.

Ihre Nase hatte lauter Sommersprossen bekommen, und um die Augen waren kleine, feine Lachfältchen zu erkennen. Sie lächelte breit, aber doch ein wenig angestrengt.

»Wie läuft es bei euch?«, fragte August. »Ist eine Lösung des Mordfalles in Sicht?«

Maria und Ray-Ray wechselten einen Blick.

»Es bewegt sich«, sagte Ray-Ray. »Und das ziemlich schnell. Aber wir sind gerade ein bisschen in der Warteschleife, und damit können wir nicht gut umgehen.«

August lachte leise.

In der Bootshütte brummte eine Energie, die sich kaum allein mit dem guten Essen erklären ließ. Irgendetwas war verändert, und August konnte nur raten, was es war. Die Polizeiwelt von Maria war nicht die seine. Nur zu seltenen Gelegenheiten kam er zufällig in die Nähe ihrer laufenden Ermittlungen, und das war eigentlich immer unangenehm.

»Wenn ihr möchtet, kann ich Gunnar fragen, ob er euch helfen mag«, sagte er mit einem provozierenden Lächeln.

Maria lachte laut.

»Er ist kein ganz verkehrter Privatdetektiv, dieser Gunnar«, gab Ray-Ray zu bedenken.

»Nur schade, dass er jetzt schon den Job in deinem Laden angenommen hat«, erwiderte Maria und zwinkerte August zu. »Sonst hätte er ja bei uns anfangen können.«

Ray-Ray lehnte sich über den Tisch.

»Bitte, sag mir, dass das ein Witz ist. Du hast doch wohl nicht Gunnar angestellt, oder?«

»Natürlich nicht!«

Er erwähnte nicht, dass er einen entgangenen Anruf und eine Sprachnachricht von Viggo entdeckt hatte. Seiner Mutter ging es schlechter, und außerdem hatte Viggo zum Herbst einen Ausbildungsplatz in Göteborg bekommen. Er würde weniger Zeit für Augusts Laden haben. Viel weniger Zeit.

Ein Handy klingelte laut in der Hütte und ließ sie alle drei verstummen. Es war Ray-Rays Telefon.

»Das ist Roland«, sagte er und ging ran.

Maria und August beobachteten ihn, während er sprach. Es wurde ein kurzes Gespräch.

Maria nahm einen Schluck Wasser, nachdem er aufgelegt hatte, und sah Ray-Ray an.

»Er hat angerufen, um zu sagen, dass sie jetzt fertig sind«, sagte er und schaute Maria unverwandt an. »Sie haben Selma gefunden, und jetzt ist sie in Uddevalla.«

Maria sah gleichermaßen erleichtert wie besorgt aus.

»War sie allein?«

»Ja.«

»Kein Fahrrad?«

»Nein.«

»Und ihre Begleitung?«

»Allerhöchstwahrscheinlich okay. Wird jetzt gesucht.«

August sah von einem zum anderen. Er begriff überhaupt nichts von dem, was die beiden redeten.

»Alles unter Kontrolle?«, fragte er.
Maria nickte.
»Alles unter Kontrolle.«
Und dann fiel ihm ein, was er noch fragen wollte.
»Hat sich Linnea schon bei euch gemeldet?«
Maria schüttelte den Kopf.
»Nein«, sagte sie. »Weswegen?«
August konnte nicht anders, als sich über Linnea zu ärgern.
»Sie war vor ungefähr einer Stunde kurz hier«, sagte er und berichtete dann, wie Linnea zu ihrer Knieverletzung gekommen war.
Maria und Ray-Ray starrten ihn an.
»Bist du sicher, dass sie einen Jeep gesehen hat und nicht einen Land Rover?«, fragte Ray-Ray.
»Das kann ich nicht garantieren«, meinte August. »Da ist es besser, wenn ihr direkt mit Linnea sprecht. Aber ich weiß, dass sie das ganze Kennzeichen gesehen hat.«
Aus den Mienen der beiden begriff August, dass der Polizei immer noch wichtige Puzzleteile fehlten. Es war überhaupt nicht alles unter Kontrolle.
Ray-Ray erhob sich.
»Lass uns sofort zu Linnea fahren«, sagte er. »Das hier kann nicht warten.«

»Ein Kapitel noch, bitte, Papa, nur noch ein Kapitel!«

Matilda kroch im Bett näher an ihn heran und drückte seinen Arm.

Es war Schlafenszeit, und Oskar hatte soeben ein ganzes Kapitel aus *Harry Potter und der Stein der Weisen* vorgelesen.

»Ich lese morgen hier weiter«, versprach er. »Aber jetzt müssen wir aufhören, sonst schlafe ich mit dem Buch überm Gesicht ein.«

Matilda kicherte und gähnte.

Sie hatten einen schönen Abend gehabt, aber jetzt war Oskar völlig fertig. Wenn Matilda beim Vorlesen nicht regelmäßig vor Begeisterung gequiekt hätte, dann hätte er sich überhaupt nicht wachhalten können.

»Gute Nacht«, sagte er und küsste sie auf die Stirn.

»Gute Nacht. Darf Tony heute Nacht bei mir schlafen?«

Oskar sah den Hund an, der bei der Vorlesestunde dabei gewesen war und auf dem Fußboden ausgestreckt lag. Wenn er sich so ausbreitete, gab es fast kein freies Stück Fußboden mehr in dem kleinen Zimmer.

»Nee«, sagte Oskar. »Ich glaube, wir brauchen heute Nacht alle drei unseren Schlaf. Ich finde, wir lassen Tony lieber in seinem Korb draußen in der Diele schlafen.«

»Okay.«

Matildas Stimme klang schläfrig.

Oskar sammelte einen der Teddys ein, der immer auf dem Bett lag, jetzt aber auf dem Fußboden gelandet war.

»Hier«, sagte er und legte den Teddy auf Matildas Arm. »Du darfst heute Nacht Herrn Fransson im Arm haben.«

Matilda schlang die Arme um den Teddy und befühlte ihn. Sie kniff ihm ins Ohr und strich über Kopf und Kleidung.

Oskar sah ihre kleinen Hände und die kurzen Finger arbeiten. Das waren ihre Augen. Oskar sah, dass der Teddy einen roten Pullover und kurze blaue Cordhosen anhatte, aber Matilda nahm das Aussehen des Teddys ganz anders wahr.

»Das ist nicht Herr Fransson«, sagte sie. »Das ist doch Frau Larsson.«

»Oh, Entschuldigung«, sagte Oskar. »Jetzt hab ich die beiden verwechselt.«

Matilda legte den Kopf aufs Kissen und schloss die Augen. Oskar nahm Tony mit aus dem Zimmer und wollte eben die Tür hinter sich zumachen, als er sie sagen hörte:

»Wie schnell kann ich lesen lernen? In der Kita können das schon ganz viele.«

Das versetzte ihm einen Stich in die Brust.

»Du bist so unglaublich schlau«, sagte er, »bestimmt wirst du in ... ja, in superkurzer Zeit lesen lernen.«

Oskar fragte sich, ob alles anders wäre, wenn Matilda sehen könnte. Würde er die Zeit und die Geduld aufbringen können, ihr beizubringen, wie verschiedene Buchstaben aussahen und ausgesprochen wurden? War er so pädagogisch begabt?

Er wäre es gern, war sich aber nicht sicher.

Das Einzige, was er mit hundertprozentiger Sicherheit sagen konnte, war, dass er keine Ahnung hatte, wie Blinde lasen. Bei den Gesprächen mit dem Amt und der Schule über Matildas Einschulung hatte er erfahren, dass sie einen besonderen Unterricht im Lesen von Brailleschrift bekommen würde. Dann hatte er auch einmal eine solche Schrift gesehen, oder besser gefühlt, und hatte sich so unzureichend als Vater gefühlt wie nie zuvor.

»Bis morgen«, sagte er. »Schlaf gut!«

Matilda drehte sich um, und Oskar schloss die Tür.

Er konnte sich nicht entsinnen, wann er das letzte Mal so erschöpft gewesen war. Erschöpft, aber auch entspannt. Das war eine ungewöhnliche Kombination.

Dass er so lange damit gewartet hatte, sich Ellen anzuvertrauen.

Teufel, wie dumm von ihm.

Es war so typisch von ihm, Menschen, die ihm Gutes wollten, zu unterschätzen.

In seinem Kopf spulte er wieder und wieder das Gespräch mit Ellen ab.

Erst ihr Schweigen, als er erzählt hatte, wessen er beschuldigt wurde.

Dann ihre Bestürzung, als sie ihm aufgebracht beschrieb, was das in Fortsetzung bedeutete – dass nämlich seine eigene Familie Lydia zerstückelt und sie in der Kühltruhe versteckt haben musste –, und wie total unfassbar das war.

Vieles von dem, was sie gesagt hatte, war ihm natürlich auch schon durch den Kopf gegangen, aber er hatte die Informationen niemals wirklich infrage gestellt. Erst jetzt.

Selbstverständlich war es seltsam, um nicht zu sagen unbegreiflich, dass sein Onkel dabei geholfen hatte, ein Verbrechen zu verbergen, das sein Neffe begangen haben sollte. Besonders seltsam war das, wenn man bedachte, wie krank Malin davon geworden war, mitansehen zu müssen, was Oskar getan hatte. Warum jemandem helfen, der der eigenen Tochter so unendlich wehgetan hatte?

Wenn er nun überhaupt getan hatte, was behauptet wurde.

Bei dem Gedanken wurde ihm schwindelig, und er bekam weiche Knie.

Vielleicht bin ich unschuldig, dachte er und ließ sich das Wort auf der Zunge zergehen.

Unschuldig.

Ellen und er würden gemeinsam zu Espen und Olga gehen, und er mochte gar nicht daran denken, welche Reaktion das hervorrufen würde. Oskar konnte beim besten Willen nicht begreifen, warum sie behauptet haben sollten, dass er Lydia ermordet habe, wenn es doch nicht stimmte. Wahrscheinlich hatten sie einfach selbst geglaubt, was sie gesagt hatten.

Vielleicht dachte er zu viel nach.

Vielleicht war es am besten, wenn er einfach auf die kluge Ellen hörte.

Oskar putzte sich die Zähne und zog Jeans und Hemd aus.

Dann ging er in sein Schlafzimmer und legte sich ins Bett. Kurz darauf schlich Tony durch die Tür. Der Schwanz wedelte hin und her und schlug an die Tür, die leise zuglitt.

»Bitte«, sagte Oskar, »kannst du nicht ein braver Hund sein und dich in dein Körbchen legen?«

Eigentlich konnte Tonys Schlafplatz nicht Körbchen genannt werden, dazu war er viel zu riesig, aber wer wollte an einem Abend wie diesem noch kleinlich sein.

Tony sank neben Oskars Bett auf den Boden.

»Okay, du hast gewonnen«, sagte Oskar.

Solange der Hund auf dem Boden liegen blieb, war alles im grünen Bereich.

Oskar wandte den Blick zum Fenster.

Er war so erschöpft, dass er nicht einmal das Rollo runterziehen konnte.

Da draußen war die Welt wieder nebelweiß geworden, aber in Oskars und Matildas kleiner Hütte war es warm und schön.

Vielleicht habe ich Lydia nicht umgebracht, dachte Oskar. Vielleicht war es jemand anders.

Normalerweise hätte dieser Gedanke die Schuldgefühle in seinem Körper zum Kochen gebracht. Er war hart gedrillt worden, nicht infrage zu stellen, was ihm zur Last gelegt worden war, und stattdessen Dankbarkeit dafür zu zeigen, dass er frei und unbehelligt geblieben war. Aber diesmal fühlte sich alles ganz anders an.

Er wagte es, den Gedanken an die eigene Unschuld zuzulassen.

Er ließ sich hineinsinken.

Und schlief ein.

Und erwachte.

Sein Kopf war schwer, doch alle Sinne waren im Bruchteil einer Sekunde geschärft.

Tony stand an der Schlafzimmertür und bellte.

»Still!«, sagte Oskar.

Doch Tony hörte nicht auf, und irgendwie hatte Oskar es auch nicht anders erwartet. Tony war kein Hund, der einfach so bellte und Krach machte. Niemals.

Tony kratzte mit einer Tatze an der Tür.

Oskar stand auf.

Trotz des lauten Bellens hatte er auch noch ein anderes Geräusch gehört.

Eine Tür, die aufging und geschlossen wurde.

Die Eingangstür.

Matilda.

Oskar riss die Schlafzimmertür auf und stolperte fast über Tonys hohen Rücken, als er in die Diele hinauseilte.

Matildas Zimmer war nur ein paar Meter entfernt, und noch ehe er dort war, sah Oskar, dass die Tür sperrangelweit offen stand.

Ich habe die nicht offen gelassen.

Ich habe sie wie immer zugezogen.

»Verdammt.«

Oskar konnte nur noch flüstern, denn ihm ging die Luft aus.

»Matilda!«

Jetzt gehorchte die Stimme wieder, war aber unsicher.

Er ging in ihr Zimmer.

Das Bett war leer, und die Decke lag in einem Haufen auf dem Boden.

»Matilda?«

Er konnte sich nicht zurückhalten, sondern rief laut ihren Namen. Tony raste zur Eingangstür und bellte wie besessen.

Wohin war sie verschwunden?

War sie schlafgewandelt?

»Matilda?«

Er rief und fummelte gleichzeitig am Türschloss, doch das war völlig unnötig, denn die Tür war gar nicht abgeschlossen.

Sowie die Tür auf war, stürzte Tony aus dem Haus.

Blieb auf dem Bürgersteig stehen und bellte gellend in die dunstig weiße Nacht hinaus.

»Matilda!«, brüllte Oskar.

Er hatte nur Unterhosen an. Der Boden unter seinen Füßen war kalt und feucht.

Er machte kehrt und rannte ins Haus zurück.

Zog Hose, Pullover, Schuhe an. Nahm Hundeleine und Telefon mit und eilte wieder raus.

Ein Nachbar war von dem Tumult geweckt worden und machte seine Haustür auf.

»Was ist denn los? Bringen Sie den Hund zum Schweigen! Er weckt ja ganz Kungshamn!«

Oskar spürte die Panik in seiner Brust toben.

Wer scherte sich schon um Schlaf, wenn er in einem Albtraum aufwachte?

Tony jaulte unglücklich und schien nicht zu wissen, in welcher Richtung er nach seinem Liebling suchen sollte.

Matilda war weg.

Mein zwanzigstes Jahr mit dir

Noch ein Geburtstag. Du bist jetzt erwachsen, aber so fühlt es sich nicht an.

Ich hatte keine Lust zu feiern (gestern hattest du solch einen Ausbruch), aber dein Vater war stur. Wir müssen es schaffen, normal zu sein, hat er gesagt. Kannst du dir so einen Quatsch vorstellen?

Ich habe vergessen, was es heißt, normal zu sein.

Ich kann mich nicht mehr erinnern, was gewöhnliche Menschen mit ihrem Leben anfangen.

Wir werden niemals eingeladen, und wir laden selbst auch niemanden ein. Die Einzigen, mit denen wir zu tun haben, ist die Familie deines Onkels. Andere Menschen halten wir meist nicht aus.

Du bist von zu Hause weggezogen, besuchst uns aber manchmal.

Es vergehen ganze Wochen, ohne dass wir dich sehen, und ich kann nicht anders, als das schön zu finden. Vielleicht können wir von alldem, was verloren gegangen ist, etwas zurückerobern.

Gleichzeitig bleibt die Sorge, was du dir wohl in deinem neuen Zuhause ausdenken wirst.

Ich weiß, wozu du imstande bist, welche Gewalt du in dir trägst, wenn du wütend bist.

Du hast gesagt, du willst eine Festanstellung finden, und das ist natürlich gut, aber welcher Arbeitgeber wird denn wagen, dich einzustellen? Papa meint, ich würde das Problem übertreiben, niemand würde merken, wie wild du bist, bevor du bereits angestellt bist, und vielleicht, vielleicht könnte das ja ein Wendepunkt für dich sein. Womöglich ein richtiger Vollzeitjob, das wäre genau, was du brauchst, sodass du nicht wie jetzt immer nur stundenweise arbeitest.

Dein Onkel ist derselben Meinung.

Er meint, niemand würde daran sterben, sich selbst herauszufordern. Im Gegenteil, das würde den Charakter stärken.

Den Charakter stärken.

Mein Gott, was für ein Idiot.

Wir wollen mal sehen, was daraus wird.

Aus dem Job und aus dem Leben.

Aus allem zusammen.

Immerhin gibt es ein Licht im Dunkel.

Du bist verliebt.

In deinem Blick brennt eine Wärme, die ich noch nie zuvor gesehen habe. An manchen Tagen bist du sogar froh und lachst laut.

Liebe kann jeden verändern, und ich sehe, wie du immer ausgeglichener wirst. Noch weiß ich nicht, mit wem du dich triffst, hoffe aber, dass du es bald erzählen wirst.

Ich beobachte dich genau und tue mein Bestes, dass eure Liebe in Frieden wachsen und sein darf.

Ich wage nicht daran zu denken, was passiert, wenn du verlassen würdest.

25. Juli

»Das hier muss ich allein tun«

Als August aufwachte, lag der Nebel dick wie Zuckerwatte. Um halb neun frühstückte er auf seiner Punschveranda, und eine knappe Stunde später stand er in der Diele und zog sich die Schuhe an, um in den Laden zu gehen. Das Abendessen mit Maria und Ray-Ray am Abend zuvor hing ihm noch nach. Aus seiner Frage, ob Linnea sich wegen des Autokennzeichens vom Jeep gemeldet hatte, hatte sich eine lange Serie von Telefongesprächen entwickelt, in denen die beiden versucht hatten, sie zu erreichen. Aber ihr Handy war ausgeschaltet gewesen, und sie öffnete auch nicht, als man an ihre Tür klopfte.

August war schon ehrlich in Sorge, als sie endlich ihre Mutter erreichten, die ihnen berichtete, dass Linneas Hund Eskil plötzlich krank geworden war und sie sich deshalb in einer Tierklinik in Uddevalla aufhielt. Die Mutter meinte, Linnea befände sich vor Sorge um das geliebte Tier im Ausnahmezustand, und das würde wahrscheinlich erklären, warum sie das Handy nicht eingeschaltet hatte.

Und jetzt war wieder Morgen.

Falls die Polizei Linnea erreicht hatte, so hatte ihm doch niemand etwas davon erzählt.

Als er sich gerade herunterbeugte, um die Schuhe zuzuschnüren, klingelte sein Telefon.

»Wann fahren wir los?«

Gunnar begann augenblicklich zu reden, sowie er hörte, dass jemand ranging.

»Dir auch einen schönen guten Morgen«, erwiderte August. »Ich fahre in ein paar Minuten los, und heute dachte ich …«

»Ich will heute auch mitkommen. Das lief so gut gestern.«

Das überraschte August nicht, denn schließlich hatte Gunnar, als sie sich nach dem Arbeitstag getrennt hatten, »Bis morgen!« gerufen.

»Ja, es ist gut gelaufen«, stimmte August zu. »Aber heute habe ich keine Kundenbesuche geplant, und außerdem bin ich vollauf mit den Vorbereitungen des Backwettbewerbs beschäftigt.«

»Aber da brauchst du ja jede Menge Hilfe«, erwiderte Gunnar. »Beim Backen?«

»Mit dem Laden, während du backst.«

Am Tag zuvor hatte Gunnar müde ausgesehen, als sie nach Hovenäset zurückgekehrt waren, das verschwieg August lieber. Aber den Backwettbewerb vorzubereiten und sich gleichzeitig um den Laden zu kümmern, das war für ihn keine große Sache.

Der Alte schniefte am Telefon.

So klang er oft, auch wenn er nicht erkältet war.

»Heute sollten wir allerdings nicht das Boot nehmen«, meinte Gunnar. »Der Nebel ist viel zu dicht.«

August lächelte widerwillig.

»Nein«, sagte er, »heute nehmen wir nicht das Boot. Ich hatte vor, mit dem Auto zu fahren.«

Wahrscheinlich würde Gunnar nun darauf beharren, mitkommen zu dürfen, doch im Hörer war es ganz still.

»Hallo?«, fragte August. »Bist du noch da?«

»Ja, ich bin noch da.«

Wieder Stille.

August schüttelte den Kopf.

»Naja, also wenn ich jetzt näher darüber nachdenke, ist es vielleicht tatsächlich so, dass ich ein wenig Hilfe gebrauchen könnte«, sagte er. »Zum Beispiel ein paar Stunden am Nachmittag, würde dir das passen?«

»Ausgezeichnet«, erwiderte Gunnar mit jetzt schon fröhlicherer Stimme. »Wann soll ich kommen? Ich muss ja den Fahrdienst buchen.«

»Sagen wir mal … so gegen zwei?«

»Das klingt spät, finde ich. Wir sagen lieber eins.«

»Halb zwei«, verhandelte August.

»Eins«, beharrte Gunnar und legte auf.

August setzte seinen Rucksack auf und schob sich das Handy in die Hosentasche. Heute durfte das Boot ausruhen, und das Auto musste arbeiten.

Als er gerade das Haus verlassen wollte, ließ ihn ein Klopfen an der Tür innehalten.

Er schaute durch den Türspion und zu seinem Erstaunen erblickte er Iben.

Sie sah ernst aus und zupfte an den Ärmeln ihrer hellgelben Strickjacke.

»Entschuldigung, dass ich störe«, sagte sie, als August die Tür öffnete.

»Kein Problem«, erwiderte August. »Aber ich wollte gerade gehen. Womit kann ich Ihnen helfen?«

»Ist Maria zu Hause?«

August schüttelte den Kopf.

»Nein, sie ist bei der Arbeit«, antwortete er. »Kann ich was ausrichten?«

Iben trat auf der Stelle.

»Ich müsste sie was fragen«, erklärte sie. »Aber ich kann auch noch mal kommen.«

Aus irgendeinem Grund wollte August mehr über ihr Anliegen hören. Wenn sie Maria in ihrer Eigenschaft als Polizistin suchte, dann war es wichtig, dass sie alle Hilfe bekam, die sie benötigte.

»Wenn es etwas Dringendes ist, dann müssen Sie bei der Polizei anrufen und um Hilfe bitten«, sagte August.

Iben lächelte mit schmalen Lippen.

»Danke, das weiß ich.«

»Ich weiß, dass Sie das wissen«, erwiderte August. »Ich wollte damit sagen, dass Sie nicht bis abends warten müssen, wenn Sie Maria in einer dringenden Angelegenheit erreichen wollen.«

»So eilig ist es nicht«, sagte Iben. »Oder … Naja, je nachdem, wie man die Sache sieht.«

»Und Sie wollten Maria persönlich sprechen?«

»Ich glaube, ja. Oder … Ach egal. Es wird nur komplizierter, wenn ich es zu erklären versuche. Glauben Sie, man kann einfach zum Polizeirevier gehen und mit ihr reden?«

»Das glaube ich sicher. Aber Sie müssen wissen, die sitzen nicht in einem richtigen Polizeirevier, sondern in einem Wohnwagen, ganz oben auf dem Väggabacken beim Rettungsdienst. Wissen Sie, wo das ist?«

Iben nickte.

»Danke«, sagte sie.

Ein leises Motorengeräusch war durch den Nebel zu hören, und automatisch schauten sowohl Iben als auch August in die Richtung, aus der es kam.

Irgendwie kam es August bekannt vor.

Unter anderen Umständen hätte er sich bestimmt darüber amüsiert, dass er darauf reagierte, wie ein bestimmter Automotor im Verhältnis zu anderen klang, doch diesmal verging ihm das Lachen.

Ein weißes Auto kam durch den Nebel gekrochen, und nur weil es so dicht am Haus vorbeifuhr, konnte man es überhaupt erkennen.

Iben fuhr zusammen, als sie das Auto erblickte, und wich schnell einen Schritt zurück.

»Bis später«, sagte sie über die Schulter zu August, dann rannte sie los, schnell die Treppe hinunter und direkt in den Nebel hinein.

August blieb kopfschüttelnd in der Tür stehen und sah ihr nach.

Irgendetwas war seltsam mit Iben Syrén, das konnte man nicht anders sagen.

Er unternahm einen neuen Versuch, in den Laden zu kommen, doch da rief Olga Samuelsson an.

»Ja«, sagte sie mit heiserer Stimme, »dieses Messer, das Sie zum Schätzen geschickt haben, wissen Sie schon, wann Sie das zurückbekommen?«

August erstarrte.

Schon wieder diese Messer.

»Nein, leider nicht. Aber es wird wohl nicht mehr lange dauern. Möchten Sie, dass ich anrufe und mich erkundige?«

»Ja, gerne. Danke.«

Dann beendete Olga schnell das Gespräch.

August rief die Firma in Göteborg an und hinterließ eine Nachricht auf ihrem Anrufbeantworter. Hoffentlich würden sie sich bald melden, und dann würde er auch Olga Bescheid geben können, wie es um das vermisste Messer stand. Es schien wichtig für sie zu sein.

Doch um herauszufinden, was Iben Ruhe verschaffen könnte, war er offensichtlich nicht der Richtige.

Die Filme von der Überwachungskamera der Fähre würden wahrscheinlich im Laufe der nächsten Stunde kommen. Sie sollten per Boten an die Polizeizentrale in Uddevalla geschickt werden. Maria war sehr neugierig darauf, was sie zeigen würden. Die Gedanken an die Arbeit hatten sie die ganze Nacht lang verfolgt, und das war ungewöhnlich. Normalerweise konnte sie auch gut schlafen, wenn sie an richtig schweren Fällen arbeitete, doch offensichtlich war das diesmal nicht so. In einer Reihe aufeinanderfolgender Träume war sie vom betreuten Wohnen in Strömstad zum Fähranleger am Tullboden gekommen. Sie rannte und wurde gejagt. Am Ende hatte sie ihre Versuche, zu schlafen, aufgegeben und so lange wach gelegen, bis der Wecker geklingelt hatte.

»Kaffee?«, fragte Ray-Ray.

Dankbar nahm Maria eine Tasse entgegen. Sie saßen im Wohnwagen und versuchten, sich einen Überblick über die Ermittlung zu verschaffen, die jetzt schneller vorankam als zuvor. Sowie die Filme von der Überwachungskamera da waren, würden sie sich nach Uddevalla begeben, um Selma Valtersson zu befragen, die dort in Untersuchungshaft saß. Der Zugriff der Polizei war nach draußen zu den Zeitungen gedrungen, und die Presseabteilung wurde unentwegt angerufen.

Marias Priorität in diesem Zusammenhang war glasklar: Sie rief Vilhelms Mutter Gudrun an und erklärte ihr den Hintergrund für die Festnahme.

»Wir wissen nicht, ob wir den Täter gefunden haben«, hatte sie gesagt. »Aber wir wissen, dass die fragliche Person mehr Informationen hat, als sie uns bisher zu erzählen bereit war.«

Laut Roland war die Festnahme ruhig abgelaufen. Die Polizei hatte ganz nach Plan am Fähranleger auf Selma gewartet. In einem kurzen ersten Verhör hatte sie erzählt, dass sie von Bohus-Malmön aus rübergefahren sei, um eine Besucherin nach Hause zu fahren, die mit dem Fahrrad gekommen war, und auf Nachfrage auch gesagt, dass es sich bei der Besucherin um Iben Syrén gehandelt hatte.

Kollegen von Maria hatten sich dann sofort darum gekümmert, herauszufinden, ob Iben noch lebte, was der Fall war. Sie hatten einfach auf ihrem Handy angerufen und dann aufgelegt.

»Das gefällt mir nicht, wie Iben hier herumvagabundiert«, sagte Maria und trank von dem Kaffee. »Wenn wir davon ausgehen, dass Vilhelm gestorben ist, weil er in dem Mordfall herumspioniert hat, dann müssen wir annehmen, dass auch Iben in Gefahr ist.«

»Es fällt mir schwer, einzusehen, wie ein Teenager es genauso nah an die Wahrheit geschafft haben könnte wie ein etablierter Journalist«, entgegnete Ray-Ray.

»Aber wie nah muss sie denn kommen?«, fragte Maria zurück. »Wir wissen ja überhaupt nichts darüber, was Vilhelm entdeckt hat.«

»Wenn wir nur endlich sein verdammtes Buchmanuskript oder ein paar Arbeitsnotizen finden würden«, knurrte Ray-Ray.

»Das ist beides ganz bestimmt in der Höhle«, sagte Maria, der es genauso ging wie ihm. Die ganze Ermittlung war davon überschattet, dass sie überhaupt nicht wussten, was Vilhelm herausgefunden hatte. Aber jetzt war Vilhelms geheimer Arbeitsplatz bekannt, und es war nur eine Frage der Zeit, wann sie einen Durchbruch in der Sache mit dem Manuskript haben würden. Laut der Kollegen in Borås war die Höhle voller Papiere und Ordner und ganzer Kartons mit Material. Sie würden eine Weile brauchen, um das alles durchzugehen.

Ray-Rays Handy gab einen Laut von sich.

»Sieh mal da«, sagte er. »Jetzt haben wir auch endlich Kontakt zu der verschwundenen Linnea. Das Autokennzeichen ist an die Polizei weitergegeben worden.«

Maria zog es im Magen.

»Wem gehört der Jeep?«, fragte sie gespannt.

»Vendela arbeitet an einem Bericht und wird sich bald melden.«

»Ein Bericht? Da reichen doch wohl ein Name und eine Adresse.«

Ray-Ray zuckte mit den Schultern.

»So steht es hier«, sagte er. »Dass sie sich mit einem Bericht melden wird. Nehme mal an, dass sie etwas Wichtiges gefunden hat.«

»Vielleicht Selmas Land Rover«, meinte Maria.

»Oder es stellt sich heraus, dass unsere Freundin Iben einen schwarzen Jeep besitzt«, erwiderte Ray-Ray. »Verdammt, die ist doch schon so ein Mini-Gunnar, oder? Immer bereit, zu unpassenden Gelegenheiten aufzutauchen, immer dabei, wenn alles passiert, aber ohne eigentlich wirklich involviert zu sein.«

Maria brach in Lachen aus.

»Du bist wirklich schlimm«, sagte sie.

»Nicht wahr?«, sagte Ray-Ray und sah dabei beunruhigend zufrieden aus. »Was war das noch, was August über Iben Syréns Mutter gehört hatte? Als er und Gunnar zu diesem Mann in Hasselösund gefahren sind?«

Maria kramte in ihrer Erinnerung.

»Irgendetwas darüber, dass Ibens Mutter Kungshamn verlassen hat, nachdem sie erfahren hatte, dass ihr Freund, der auch der Vater des Kindes war, was sie erwartete, gefährlich sei.«

»Ich finde, wir sollten Iben jetzt auch mal zum Verhör holen«, sagte Ray-Ray. »Dann kriegen wir vielleicht ihre Version, warum sie Selma aufgesucht hat, oder erfahren, ob sie was über Vilhelm zu erzählen hat. Die könnten sich ja auch gesehen oder Kontakt gehabt haben, ohne dass man das auf Gunnars Chat erkennt.«

Maria nahm einen weiteren Schluck Kaffee.

»Klingt nach einem guten Plan«, sagte sie.

Ein Klopfen an der Wohnwagentür ließ sie beide verstummen. Es wirkte flüchtig, als ob derjenige, der auf der anderen Seite stand, noch nicht sicher war, ob er wirklich einfach so anklopfen wollte.

Maria schaltete den Computer aus und ging zur Tür. Durch den Türspion sah sie zu ihrem Erstaunen Iben, die draußen in wabernden Nebelschwaden stand. Sie öffnete die Tür.

»Darf ich reinkommen?«

Iben sah angespannt und mitgenommen aus.

»Selbstverständlich«, erwiderte Maria. »Kommen Sie rein.«

Manchmal war der Wohnwagen doch Gold wert.

Zum Beispiel wirkte er entspannend, was sehr gut war, wenn sie mit jüngeren Menschen wie Iben ins Gespräch kommen wollten.

»Ich weiß nicht, ob Sie mir helfen können«, sagte sie. »Aber ich hoffe es.«

Dann erblickte sie Ray-Ray und wich einen Schritt zurück.

»Oje«, sagte sie. »Ich wollte nicht mitten in eine Besprechung platzen.«

»Kein Problem«, sagte Ray-Ray. »Kommen Sie rein, und setzen Sie sich. Oder wollen Sie ungestört mit Maria sprechen?«

»Nein, das ist nicht nötig.«

»Na, dann herein«, sagte Maria. »Kaffee?«

»Nein, danke.«

Iben ließ sich auf der u-förmigen Bank nieder, Maria und Ray-Ray ihr gegenüber. Sie saß mit steifem Rücken zurückgelehnt, die Hände ruhten auf ihrem Schoß, während Maria und Ray-Ray die Ellenbogen auf den Tisch gestützt dasaßen. Maria hatte ihren Notizblock und einen Stift herausgeholt. Ihr Handy blinkte diskret. August wollte sie sprechen. Sie drückte das Gespräch weg.

»Jetzt müssen Sie mal erzählen, was denn passiert ist«, sagte Ray-Ray.

Iben schluckte.

»Eigentlich ist nichts passiert«, sagte sie leise. »Ich … ich komme aus einem anderen Grund.«

Maria legte den Kopf schief und lächelte.

»Erzählen Sie«, sagte sie.

»Ich schreibe einen Aufsatz«, sagte Iben mit dünner Stimme.

»Ich … ich möchte im Herbst an der Universität anfangen, Kriminologie zu studieren, und meine Noten sind nicht gut genug. Also muss ich noch zusätzliche Punkte sammeln. Und deshalb möchte ich einen Aufsatz über den Stückelmord auf Hovenäset schreiben.«

Sie log.

Vielleicht hatte sie vergessen, dass sie Ray-Ray schon gesagt hatte, dass sie Polizistin werden wollte und nicht Kriminologin. Offensichtlich trieb sie ein ernsthaftes Interesse für den Stückelmord an, doch die anderen Teile ihrer Erzählung, dass sie einen Aufsatz schreiben wollte, kaufte Maria ihr nicht ab. So funktionierte das nicht, wenn man an der Universität angenommen werden wollte, und auf der Polizeihochschule ebenso wenig. Vielleicht wusste Iben das nicht, aber Maria umso besser.

»Wie spannend«, sagte sie. »Ich meine, an der Universität zu studieren.«

»Hm«, brummte Iben und wurde rot. »Wenn ich reinkomme.«

Ray-Ray sah Iben an.

»Die Ermittlung zum Stückelmord ist abgeschlossen«, sagte er. »Ein Mann ist dafür verurteilt worden, und seither sind viele Jahre vergangen. Welche Perspektive soll Ihr Aufsatz denn einnehmen?«

Iben wand sich.

»Ich dachte, naja, dass ich darüber schreiben könnte, dass es immer noch so viele Leute gibt, die glauben, dass der falsche Mann verurteilt worden ist, und wie sie darauf kommen.«

»Klingt vielversprechend«, sagte Ray-Ray. »Was denken Sie denn selbst zur Schuldfrage?«

Wieder schluckte Iben.

»Eigentlich wollte ich nicht so sehr auf die Schuldfrage eingehen«, sagte sie. »Aber dann habe ich einen Tipp bekommen, dass es einen anderen, wahrscheinlicheren Täter gäbe. Und da habe ich mich gefragt … Ich dachte, Sie könnten mir vielleicht erzählen, was die Polizei von der Sache hält. Dass es einen anderen geben soll, der eher schuldig ist.«

Sie stand unter Druck, das war deutlich zu erkennen. Aus Unsicherheit unterbrach sie sich immer wieder selbst.

»Wen meinen Sie denn?«, fragte Ray-Ray.

Iben holte ihr Handy aus der Hosentasche.

»Er lebt nicht mehr. Er ist verschwunden und dann später ermordet aufgefunden worden. Verner Nilsson.«

Maria dachte nach.

Der Name war ihnen natürlich nicht unbekannt, aber die Frage war doch, warum Iben den so wichtig fand? Verner Nilsson war in der Ermittlung zum Verschwinden der Lehrerin Agnes Eriksson aufgetaucht und dort zu einer traurigen Randgeschichte geworden.

Sie sah Ray-Ray an und bemerkte, dass auch er nachdenklich geworden war.

»Ich sage dasselbe dazu, was wir bei der Polizei auch damals gesagt haben«, erklärte sie. »Wir glauben nicht, dass Verner Nilsson mit dem Mord an Lydia zu tun hatte. Er ist direkt nach Eröffnung der Ermittlung vernommen worden und hatte ein sehr solides Alibi. In der Frage gab es damals keine Unsicherheiten und die gibt es heute auch nicht.«

Iben legte das Handy auf den Tisch und schaute auf das Display, als hoffte sie, dort würde auftauchen, was sie als Nächstes sagen könnte.

»Aha«, meinte sie, wurde dann aber wieder still.

»Wir beide haben doch miteinander geredet, nachdem Vilhelm Eliasson am Badeplatz von Hovenäset aufgefunden worden ist«, sagte Ray-Ray. »Wie war das noch, kannten Sie einander?«

»Nein. Und das habe ich letztes Mal auch gesagt.«

»Und Sie haben niemals Kontakt zu ihm gehabt?«, fragte Maria.

Iben schüttelte den Kopf.

»Was wissen Sie über Gunnar Wide?«, fragte Ray-Ray.

»Das ist doch der im Rollstuhl, oder? Den kenne ich auch nicht. Aber ich weiß, dass er eine Website über den Stückelmord hatte. Und einen Chat.«

»Haben Sie dort mit jemandem gechattet?«, fragte Maria.

»Da gab es irgendwie nicht viele, mit denen man hätte chatten können«, sagte Iben leise. »Alle haben verschiedene Alias benutzt. Und die Website war ziemlich schlecht. Ich habe mich Klein Mü genannt.«

Maria beugte sich über den Tisch.

»Es ist so«, sagte sie sanft. »Wir sind Gunnars Chat durchgegangen, und da gibt es eine Person, die sich Mister Private Detective genannt hat. Wissen Sie, wer das ist?«

Iben wand sich.

»War das womöglich der, der ermordet worden ist?«, fragte sie.

Maria nickte kurz.

Aus Ibens Gesicht wich alle Farbe, und dann erzählte sie in einem einzigen Atemzug, warum sie früher als geplant nach Hovenäset gekommen war: weil sie an Gunnars und Vilhelms Treffen, von dem sie im Chat gelesen hatte, teilnehmen wollte. Aus Angst, abgewiesen zu werden, hatte sie nicht gewagt, sich selbst einzuladen.

Als sie alles erzählt hatte, sah sie völlig fertig aus.

Es war nicht schön, sie so in die Ecke gedrängt zu sehen.

Maria beschloss, stattdessen ein paar Namen auszuprobieren.

»Iben«, sagte sie. »Kennen Sie jemanden namens Espen oder Olga Samuelsson?«

Iben sah aufrichtig erstaunt aus.

»Nein«, sagte sie.

»Und auch Malin Samuelsson nicht?«

Iben schüttelte den Kopf, doch war deutlich erkennbar, dass etwas in ihr vorging. Ihre Gesichtsfarbe wechselte wieder von rot zu weiß.

»Sie denken an etwas«, sagte Maria.

»Nein, wirklich nicht.«

»Und Selma Valtersson?«, fragte Ray-Ray.

Iben erstarrte.

»Wir haben uns gestern getroffen. Wegen des Aufsatzes. Sie hat an der Ermittlung zum Stückelmord mitgearbeitet. Und sie war es auch, die Verner Nilsson erwähnt hat.«

»Wie sind Sie denn nach Bohus-Malmön gekommen?«, erkundigte sich Maria.

»Mit dem Fahrrad«, sagte Iben. »Aber sie hat mich nach Hause gefahren, weil die Sicht plötzlich so schlecht war. An der Straße da gibt es ja keine Fahrradwege.«

Dann stand sie eilig auf, als hätte sie plötzlich genug von der ganzen Situation.

»Ich muss jetzt gehen«, sagte sie. »Das darf ich doch, oder? Ich bin doch nicht wegen irgendeines Verbrechens verdächtig oder so?«

Maria zog eine Visitenkarte heraus und reichte sie Iben.

»Nein, das sind Sie nicht«, sagte sie. »Rufen Sie mich an, wenn Ihnen noch etwas einfällt, worüber Sie reden wollen. Jederzeit. Und Iben, passen Sie auf sich auf.«

»Danke.«

Iben holte ihren Geldbeutel heraus und schob die Karte sorgfältig hinein.

»Danke, dass Sie sich Zeit genommen haben«, sagte sie und verließ den Wohnwagen, ohne eine Antwort abzuwarten.

Maria sah ihr durchs Fenster nach, doch Ibens schmale Gestalt verschwand schnell im Nebel.

»Sie hat auf den Namen der Familie Samuelsson reagiert«, sagte Ray-Ray.

Maria nickte.

»Außerdem hat sie Angst«, sagte sie. »Das gefällt mir nicht.«

Da rief Roland wieder an.

»Sind die Überwachungsfilme von der Fähre gekommen?«, fragte Maria.

»Ja«, erwiderte Roland. »Und ich fürchte, wir haben ein Problem.«

Es war, als wäre aller Sauerstoff um ihn herum verschwunden. Oskars Lungen hatten sich in zwei Zementklumpen verwandelt. Sowie er versuchte, einzuatmen, verkrampfte sich die Brustmuskulatur.

Er saß auf dem Sofa und starrte stumm vor sich hin. Er wusste nicht, was er tun sollte, was richtig oder am wenigsten falsch war.

Jedes Mal, wenn das Telefon klingelte oder einen Laut von sich gab, fuhr er zusammen und hoffte, es wäre ein Lebenszeichen von Matilda oder eine Nachricht, wohin sie verschwunden war.

Und jedes Mal war er gleichermaßen enttäuscht. Es war nur Ellen, die sich meldete, und mit ihr wollte Oskar im Moment nicht sprechen.

Nur wenige Minuten nach Matildas Verschwinden war eine SMS gekommen – wahrscheinlich um ihn davon abzuhalten, die Polizei anzurufen.

Dein Besuch in Strömstad hat uns zutiefst verletzt.
Wie sollen wir dir noch vertrauen können, Oskar?
Denk mal darüber nach, so lange bleibt Matilda bei uns.

Danach wurde es still, als würden die kurzen Zeilen der Nachricht ausreichen, um ihn an der Kandare zu halten.

Espen und Olga hatten seine Tochter entführt.

Das war wie aus einem richtigen bösen Märchen. Espen, der Oskar immer in Schutz genommen und vergeblich versucht hatte, seine Eltern davon zu überzeugen, dass er mehr Vertrauen wert war, als ihm geschenkt wurde – ausgerechnet er hatte das Wichtigste in Oskars Leben mitgenommen. Das konnte man nicht verstehen. Er hatte sie Hunderte von Malen angerufen und war auch hingefahren. Niemand öffnete, als er an die Tür schlug, und niemand ging ans Telefon.

Wohin waren sie verschwunden? Oskar hatte keine Ahnung. Und jetzt saß er zu Hause und wartete auf weitere Instruktionen. Das war doch komisch. Da hatte er ein ganzes Leben voller Konflikte und Streit hinter sich, und dann verhielt er sich wie ein Feigling und Weichei, wenn es um seine eigene Tochter ging.

Hoffentlich wollten sie ihn nur erschrecken.

Und Teufel, war ihnen das gut gelungen.

Seine feine Matilda.

Die davon träumte, lesen zu lernen.

Die lernen wollte, allein mit Tony rauszugehen.

Die ihm die Kraft gegeben hatte, sich gegen den Alkohol zu entscheiden.

Verzeih mir, dachte Oskar. Verzeih mir, dass ich dich so schrecklich im Stich lasse.

Ein lautes Klopfen an seiner Tür ließ ihn den Kopf heben.

Matilda.

Tony bellte laut und gellend. Oskar brachte ihn brüsk zum Schweigen. Er konnte nicht denken, wenn Tony so furchtbar laut war.

Das Handy krampfhaft umklammernd, ging er zur Eingangstür.

Tony wuselte mit seinem riesigen Körper um seine Beine. Oskar packte ihn am Halsband, um ihm zu zeigen, dass jetzt nicht der richtige Moment war, sich wie ein Idiot zu benehmen.

Er atmete schneller, als er durchs Fenster neben der Tür spähte.

Obwohl ihm schon klar gewesen war, dass Matilda nicht einfach da draußen auf der Treppe stehen würde, sank ihm doch der Mut, als er Ellen erblickte. Außerdem schämte er sich und war traurig. Gerade erst hatte er ihr sein dunkelstes Geheimnis offenbart, und dann wurde er vom Schicksal dadurch bestraft, dass man ihm Matilda wegnahm.

Ellen klopfte erneut gegen die Tür. Sie hatte schon mehrmals angerufen und auch Nachrichten geschickt. Er hatte nicht geantwortet, weder auf das eine noch das andere. Und er hatte nicht vor, den Fehler noch einmal zu machen, sie in seine Sorgen hineinzuziehen.

»Oskar, mach auf! Ich weiß, dass du da bist!«

Er wagte es nicht.

»Es tut mir so leid, Ellen«, flüsterte er so leise, dass die Worte kaum zu vernehmen waren. »Aber ich kann dich nicht reinlassen.«

Natürlich hörte Ellen überhaupt nichts von dem, was er da wisperte, und schlug weiter gegen die Tür. Dann wurde es ganz still.

Oskar sank in der Diele auf den Boden.

Er war nicht müde, nicht hungrig, nicht durstig. Der Körper war total auf null gestellt, und alles, was er noch wünschte und begehrte, war, Matilda wieder nach Hause zu bekommen.

Es musste gehen.

Er konnte leicht versprechen, Malin niemals wieder aufzusuchen. Der Besuch in Strömstad war es ja gewesen, der alles ausgelöst hatte. Vielleicht musste er nicht einmal weiter in seiner eigenen Schuld an Lydia Bromans Tod suchen. Er hatte ja bereits über mehrere Jahrzehnte hinweg die Verantwortung für diesen Mord übernommen, er konnte einfach weitermachen und dasselbe Joch für den Rest seines Lebens tragen.

Die Schuld spielte keine Rolle, solange er der Einzige war, der davon wusste.

Er und Ellen.

Ich kann sagen, dass ich gelogen habe, dachte er. Oder dass ich nie wieder über meine Kindheit sprechen will.

Bei den Anonymen Alkoholikern war das Wort frei, und das wusste Ellen. Da erzählte man, was man erzählen wollte, und schwieg über das, was nicht in Worte gefasst werden konnte. Wenn sie das nicht respektierte, dann würde Oskar sich einen neuen Mentor suchen. Oder vielleicht die Anonymen Alkoholiker verlassen.

Aber dann werde ich die Sucht nach Alkohol nicht lange überleben.

Tony begann wieder zu bellen.

Laut und kraftvoll, mit seinem riesigen Kopf nur Zentimeter von der Eingangstür entfernt.

Von draußen war ein kratzendes Geräusch zu hören.

Etwas wurde ins Schloss gesteckt.

Was zum …

Oskar fuhr hoch. Tony warf sich gegen die Tür und bellte wie besessen.

Etwas wurde im Schloss herumgedreht.

Ein Schlüssel?

Oskar schaute aus dem Fenster.

Und da stand Ellen mit einem Schlüsselbund in der Hand.

Er hatte vergessen, dass sie einen Schlüssel zum Haus besaß. Es war ja nicht sein Haus und würde es auch nie werden. Ellen war nicht nur seine Mentorin und Freundin, sie war durch ihre Eltern auch seine Vermieterin. Und eine Vermieterin konnte sich jederzeit in das Haus begeben, das sie vermietete.

»Halt Tony fest!«, rief sie. »Ich komme jetzt rein.«

Er streckte seine Hand aus und packte erneut das Halsband des Hundes.

»Ruhig!«, sagte er. »Ruhig. Du kennst doch Ellen, Tony.«

Der Hund stampfte unruhig auf der Stelle und riss am Halsband. Oskar war immer wieder erstaunt, wie kraftvoll ein Hund mit einem so großen Körper ziehen konnte. Es war, als würde man versuchen, einen großen Drachen in Schach zu halten.

Die Tür ging zehn Zentimeter auf, und kühle Luft strich über seine nackten Arme.

»Oskar?«

Er wich ein paar Schritte zurück, kämpfte, um Tony mit sich zu bekommen, der in die andere Richtung strebte und ihren Besuch begrüßen wollte.

Oskar hockte sich hin. Dann war er stärker.

»Es ist jetzt nicht die richtige Gelegenheit, Ellen. Es tut mir so leid, aber du musst gehen.«

Seine Stimme brach, als er das sagte. Erst als er die Tränen auf den Wangen spürte, merkte er, dass er weinte.

»Bitte«, sagte er. »Mach, was ich sage. Komm an einem anderen Tag wieder.«

Die Zeit verging unendlich langsam, während er darauf wartete, dass sie antworten würde. Dann bewegte sich die Eingangstür wieder. Die Öffnung wurde größer.

»Tut mir leid«, sagte Ellen. »Aber das geht einfach nicht, jemanden im Stich zu lassen, der so klingt wie du jetzt gerade.«

Sie keuchte vor Schreck, als sie ihn sah.

Vielleicht hatte sie gedacht, dass er betrunken wäre. Vielleicht hatte sie gedacht, er würde sich schämen nach ihrem Treffen am Tag zuvor.

Alles Mögliche konnte sie gedacht haben.

Alles Mögliche, aber nicht das, was sie jetzt sah.

Dass er weinend auf dem Boden saß, die Hände krampfhaft um Tonys Halsband geschlossen.

Ellen eilte herein und knallte die Tür hinter sich zu.

Sie sank vor ihm auf die Knie und ließ sich von Tony laut und eifrig begrüßen. Der Schwanz wedelte aber nur schwach. Das Tier war ebenso gestresst von der Situation wie Oskar.

»Was ist denn passiert?«, flüsterte Ellen und strich Oskar über die Wange. »Erzähl mir, was passiert ist!«

Als er nicht sofort antwortete, begann sie zu raten.

»Hast du mit deinem Onkel gesprochen? Wir wollten das doch zusammen tun, Oskar. War er wütend? Falls ja, dann ist das kein Problem. Du musst keine Angst haben, er kann nicht …«

Da konnte Oskar nicht mehr.

Was wusste Ellen schon davon, was er zu fürchten hatte?

Was wusste sie schon, was er alles bereits verloren hatte?

Schluchzend antwortete Oskar ihr.

»Er ist heute Nacht hierhergekommen und hat Matilda geholt! Verstehst du, Ellen? Er hat Matilda mitgenommen. Nur weil ich Malin besucht habe …«

Er weinte, wie er es nicht getan hatte, seit er Kind gewesen war.

Ellen legte die Arme um seinen schluchzenden Leib.

Lange ließ sie ihn an ihrer Schulter weinen, und als sie ihn schließlich wieder von sich schob, war sie aschgrau im Gesicht.

»Wir müssen zur Polizei gehen«, sagte sie.

Er schüttelte den Kopf.

»Nie im Leben.«

»Wir *müssen*, Oskar.«

»Aber wir wissen doch nicht, was sie dann machen«, flüsterte er.

Erst als er diese Worte so aussprach, wurde ihm klar, was sie bedeuteten.

So viele Jahre waren vergangen, und er hatte nicht einmal daran gedacht, dass seine Verwandten mindestens genauso gefährlich waren wie er selbst. Der Mist war noch in ihnen allen drin.

Ellen legte ihre Hände um sein Gesicht.

»Genau deswegen«, sagte sie gepresst. »Genau deswegen müssen wir zur Polizei gehen.«

Er schüttelte den Kopf.

»Ich kann nicht«, flüsterte er. »Ich kann nicht. Ich will nicht auch noch Matilda verlieren.«

Ellen sah ihn erstaunt an.

»Auch noch?«, fragte sie. »Wie … wie meinst du das?«

Oskar atmete schwer.

Wie viele Geheimnisse konnte ein Mensch eigentlich haben?

Unendlich viele.

»Du hast gefragt, wer alles mein Geheimnis kennt«, sagte er. »Es gibt tatsächlich noch ein paar wenige außerhalb unserer Familie. Eine Frau und ihre Eltern. Denn einmal war ich kurz davor, Vater eines Kindes zu werden, eines anderen Kindes. Aber das durfte ich nicht.«

Es war nicht Vilhelm Eliasson, der zusammen mit Selma Valtersson auf den Filmen zu sehen war, sondern ein junger Mann, den niemand von den Polizisten in Uddevalla kannte, von dem Selma aber selbst sagte, es sei ihr einziger Sohn. Das hatte sie in einem Verhör erklärt, das ohne Mitwirkung von Maria und Ray-Ray stattgefunden hatte.

»Die Staatsanwaltschaft will, dass wir sie sofort auf freien Fuß setzen. Wir haben eine Erklärung dafür erhalten, warum sie nicht erzählt hat, dass sie an dem aktuellen Nachmittag mit ihrem Sohn zusammen war, und die nehme ich ihr ab. Der Grund, warum sie Vilhelm ein letztes Mal angerufen hat, war überhaupt nicht, um ihn vor langen Schlangen an der Fähre zu warnen, sondern weil sie ihr Treffen kurzfristig absagen musste. Der Sohn, der offensichtlich schwere psychische Probleme hat und außerdem drogenabhängig ist, war aus einer Anstalt abgehauen und bei seiner Mutter aufgetaucht. Sie wollte der Polizei nicht von seinen Problemen und der Behandlung erzählen, weil er, wenn bekannt wurde, dass er weggelaufen ist, seinen Platz im Heim möglicherweise verlieren konnte.«

»Aber die müssen doch gemerkt haben, dass er weg war, oder?«, fragte Maria.

»Schon, aber offensichtlich hatte sie im Heim gesagt, es sei zum Teil ihre Schuld gewesen, dass der Sohn weggelaufen ist – all das nur, damit er nicht rausgeworfen wird. Der Aufenthalt in dem Heim ist freiwillig, doch diejenigen, die da wohnen, müssen sich den internen Regeln unterwerfen. Wie auch immer, ich wollte nicht eure Zeit auf die Sache verschwenden, nachdem ich die Bilder von der Überwachungskamera gesehen habe. Ich habe jemanden darangesetzt, Selmas Informationen zu überprüfen, und so lange müssen wir uns anderen Spuren zuwenden. Wir haben den Kollegen gefunden, der die Verbindung zwischen ihr und Vilhelm hergestellt hat. In dem Fall gab es also auch keine Fragezeichen mehr. Wir können Selma streichen.«

Maria kämpfte, um mit Roland mitzuhalten. Sie und Ray-Ray waren noch ganz am Anfang des Prozesses, zu begreifen, dass Selma nicht länger als verdächtig betrachtet werden sollte, während Roland sich bereits auf der anderen Seite befand.

»Warte kurz«, sagte sie. »Was hat sie denn über Axel Ehnbom gesagt? Habt ihr ihn im Verhör genannt?«

»Ja, und er gehört nicht in diese Ermittlung. Selma war selbst der Ansicht, dass es dumm von ihr war, euch nicht zu sagen, dass sie und Axel Freunde waren, als das alles passierte. Zeitweilig sehr enge Freunde, kann ich hinzufügen. Offensichtlich hatten sie eine kurze Affäre, als Axel und seine Frau mal wieder eine schlechtere Phase durchlebten. Wie sich herausstellte, war es eigentlich überhaupt nicht Lydia, die er mit seiner Super-8-Kamera filmen wollte, sondern die neue Besitzerin des Hauses, in dem Lydia und eine Freundin über den Sommer ein Zimmer mieteten. Und diese Frau war Selma. Sie hat den Film gesehen und kann ihn erklären. Außerdem hat sie erzählt, dass Axel und sie ihre Romanze 1989 noch einmal ganz kurz aufgenommen hätten. Er war damals bei ihr, als Lydia ermordet wurde.«

»Okay«, sagte Maria ratlos. »Aber es war nicht Selma, die Axel das Alibi für die Mordzeit gegeben hat, sondern Axels andere oder ehemalige Liebhaberin Mary, oder?«

»Korrekt. Sonst was Neues von eurer Ermittlung in Kungshamn?«

»Iben war hier«, sagte Maria zögernd und berichtete, was passiert war.

»Das Mädchen hat zu viele Geheimnisse, als für sie selbst gut ist«, sagte Roland. »Ich begreife nicht, was sie da eigentlich antreibt.«

»Wir auch nicht«, sagte Maria. »Zum Beispiel hat sie reagiert, als ich die Familie Samuelsson erwähnt habe.«

»Aha«, sagte Roland. »Ich hoffe sehr, dass sie keine Informationen zurückhält, die sie selbst in Gefahr bringen könnten.«

»Das hoffe ich auch«, sagte Maria und schaute wieder in den Nebel vorm Fenster. »Das hoffe ich wirklich.«

Sie spürte, wie ein Schwindelanfall sie überkam. Die Welt begann sich langsam zu drehen, und jeder Muskel im Leib spannte sich an.

Dann verging das Gefühl schnell wieder.

Maria atmete aus. Ray-Ray musste nicht noch weitere solche Anfälle miterleben.

Ich muss meinen Blutdruck checken, dachte sie. Oder noch mal Kontakt zur Psychologin aufnehmen und fragen, wie lange mir das hier noch nachhängen kann.

Sie war durch und durch frustriert. Weder die Sache mit den stetigen Schwindelattacken noch der Fall, an dem sie arbeiteten, schienen sich irgendwie aufklären zu lassen.

»Wie geht es mit dem Autokennzeichen?«, fragte sie.

»Ich wollte eben deswegen zu Vendela gehen«, sagte Roland. »Wenn du eine Minute wartest, dann … Aber hallo, hier kommt sie ja schon.«

Maria stellte das Telefon auf Lautsprecher und hörte, wie Roland dasselbe tat.

Bald war Vendelas ruhige Stimme im Wohnwagen zu hören.

»Tut mir leid, dass ich mich nicht früher gemeldet habe«, sagte sie, »aber wir ersaufen in Arbeit. Zuerst mal haben wir einen Treffer bei den Fingerabdrücken auf den Blumen. Die sind wirklich von jemandem namens Oskar. Der vollständige Name lautet Oskar Samuelsson, und er ist wegen einer Reihe kleinerer Verbrechen verurteilt, scheint sich aber in den letzten Jahren auf ein ehrbares Leben verlegt zu haben. Aber das Interessanteste ist Folgendes: Er ist der Neffe von Espen Samuelsson.«

Jetzt liefen Marias Gedanken auf Hochtouren.

»August hat doch Espen über Oskars Besuch reden hören, als wäre das etwas ganz Schlimmes, aber als die Einrichtung Kontakt zu den Eltern von Malin aufgenommen und erzählt hat, dass sie Besuch von jemandem namens Oskar bekommen hätte, da haben die so getan, als wüssten sie nicht, wer das sein könnte«, warf sie ein. »Warum wohl? Das ist doch seltsam.«

Das war eine rhetorische Frage, niemand antwortete darauf, und das hatte sie auch nicht erwartet.

»Lass uns stattdessen über das Autokennzeichen reden«, sagte Roland.

Es klang, als würde Vendela auf einem Computer tippen, und Maria und Ray-Ray warteten ungeduldig.

»Das hier wird euch gefallen«, sagte sie. »Der Jeep gehört einer Marta Erlandsson. Sie ist 102 Jahre alt und wohnt in einem Altersheim in Väjern. Das Auto ist abgestellt, und ich habe mit dem Altersheim gesprochen. Es ist vollkommen klar, dass Marta diesen Wagen seit Ewigkeiten nicht gefahren hat, denn sie ist sowohl dement als auch gehbehindert.«

»Aha«, sagte Ray-Ray. »Aber ist das Auto dann gestohlen, oder wer könnte es gefahren haben? Ich meine, es muss ja nicht unbedingt in die Ermittlung hineingehören. Rein theoretisch könnte dies auch eine falsche Spur sein.«

»Theoretisch ja, aber praktisch nein«, entgegnete Vendela. »Denn laut Melderegister hat Marta eine Tochter namens Olga Samuelsson.«

Maria holte tief Luft.

Sie kriegten die Familie Samuelsson aus der Ermittlung nicht raus. Im Gegenteil.

»Der Name von Marta Erlandsson war mit auf der Liste aller Besitzer von Jeeps in der Umgebung, aber wir haben auf ihren Namen nicht reagiert und auch ihre Angehörigen nicht kontrolliert«, sagte Vendela. »In dem Moment war das logisch, aber inzwischen sieht das natürlich anders aus.«

»Solche Abwägungen gehören zu unserem Alltagsgeschäft«, erwiderte Roland streng. »Ich hätte an eurer Stelle auch keine Zeit auf Marta verwendet.«

Maria und Ray-Ray waren derselben Ansicht.

»Man würde doch den Verstand verlieren, wenn man sich bei so was jedes Mal Vorwürfe macht«, sagte Ray-Ray.

»Das klingt, als würdest du ziemlich oft Fehler machen«, meinte Roland.

Dann konzentrierte er sich wieder auf die Familie Samuelsson.

»Haben wir noch mehr zu denen?«, fragte er.

»Ja«, sagte Vendela, die jetzt wieder aufgeregt klang. »Ich habe nämlich den Besitzer hinter der Paycardnummer ausfindig gemacht, mit dem Vilhelm am Tag seines Todes gesprochen hat.«

Maria hielt die Luft an.

Die dritte Nummer, die bisher noch ein Rätsel gewesen war und die ihnen jetzt möglicherweise verraten würde, wen Vilhelm außer Gunnar und Selma noch hatte treffen wollen.

»Sie gehört Espen Samuelsson, der sich, obwohl er offenbar in Kontakt zu Vilhelm stand, nicht spontan bei der Polizei gemeldet hat.«

»Jetzt nimmt es langsam Gestalt an«, sagte Roland.

»*Yes!*«, rief Ray-Ray laut und schlug mit der Hand auf den Tisch.

Doch Marias Blick war auf ihren Bildschirm gerichtet, und sie entdeckte eine Mail von Finn Nielsen aus der Einrichtung in Strömstad.

Sie öffnete sie rasch und las mit steigendem Puls, während Roland und Ray-Ray noch diskutierten, was die jüngsten Entdeckungen für die Ermittlung bedeuten könnten.

»Was ist denn?«, fragte Ray-Ray, als er merkte, dass Maria aus der Diskussion ausgestiegen war.

»Ich habe eine Mail von Nielsen bekommen«, sagte sie.

»Und?«, fragte Ray-Ray.

Maria antwortete nicht, sondern las mit wachsendem Unbehagen weiter.

»Roland, wir rufen euch gleich wieder an«, sagte Ray-Ray und beendete das Gespräch auf Marias Telefon.

Dann wechselte er den Platz am Tisch und setzte sich dicht neben sie.

Er roch schwach nach Snus und Schweiß, und sie fragte sich, was sie wohl selbst ausdünstete. Es war schwer, nach Sommerwiese zu riechen, wenn man einen Job hatte, bei dem es ständig um Leben und Tod ging.

Finn schrieb, dass er noch einmal in Malin Samuelssons Geschichte um den Selbstmordversuch geforscht habe. Er hatte ja erzählt, dass Malin versucht hätte, sich die Kehle durchzuschneiden, doch wie sich nun herausgestellt hatte, stimmte das nicht.

Malin hatte kein Messer benutzt, sondern sich erhängt. Damals wohnte sie noch bei ihren Eltern, und wenn Espen und Olga nicht in dem Moment nach Hause gekommen wären, dann hätte sie niemals überlebt.

»Mein Gott«, flüsterte Ray-Ray.

Maria starrte auf den Bildschirm.

Malin hatte versucht, sich mit einem Drahtseil zu erhängen, das so fest und messerscharf war, dass es sich in ihren Hals geschnitten hatte.

»Vilhelm«, flüsterte Maria. »Der hing auch an einem Drahtseil.«

Es wurde ein angenehmer Vormittag im Laden. Die Kunden kamen in einem steten Strom herein, und August konnte noch mehr lustige Sachen für seine Ecke mit den Backutensilien entgegennehmen. Ein Mann brachte einen rosafarbenen Mörser, und eine Frau, die Nudelhölzer sammelte, kam mit einem ganzen Fahrradkorb voller solcher Exemplare vorbei.

»Jemine!«, sagte August und nahm lachend ein Nudelholz heraus, dessen Rolle mit Kupfer verkleidet worden war.

»Das hat mir mein Mann zur Hochzeit geschenkt«, erklärte die Frau und rümpfte die Nase. »Völlig nutzlos.«

»Das perfekte Verkaufsargument«, sagte August und lächelte. »Völlig unbenutzbares Nudelholz – ein Schnäppchen!«

Die Frau sah peinlich berührt aus.

»So habe ich das nicht gemeint«, sagte sie.

August nahm alles entgegen und versprach, dass es einen guten Platz auf dem Backtisch bekommen würde.

Das Kupfernudelholz stellte er ins Schaufenster.

Er fragte sich, wie es wohl Iben ergangen war und was sie so erschreckt hatte, als das weiße Auto vorbeifuhr. Hoffentlich hatte Maria ihr helfen können. Es wäre auch schön, wenn der Fall, an dem sie so hart arbeitete, eine rasche Lösung finden würde. Er sehnte sich danach, neben der Arbeit noch alles zu genießen, was der Sommer zu bieten hatte.

Als kurz darauf keine Kunden mehr im Laden waren, setzte er sich an den Schreibtisch und ging noch einmal sein Backrezept durch, mit dem er im Wettbewerb antreten wollte. Er meinte, das perfekte Rezept für Schokoladenkuchen mit Karamellsoße und Limettensahne gefunden zu haben, doch konnte man immer noch etwas verbessern. Vielleicht etwas Salz in die Karamellsoße?

Oder vielleicht ein paar fein gehackte Pistazien?

Oder beides?

Als er gerade seine neue Idee niederschrieb, ging die Ladentür auf.

Eine große, schlanke Frau seines Alters kam herein.

In der Hand hielt sie einen flachen Pappkarton.

»Sind Sie August Strindberg?«

Als sie seinen Namen aussprach, sah sie aus wie so viele andere.

August Strindberg? Im Ernst?

Er nickte.

»Das bin ich.«

Sie kam zu ihm.

»Ich bringe Ihnen ein Paket«, sagte sie und reichte ihm die Pappschachtel.

August nahm sie entgegen und las. Das Päckchen kam von der Firma in Göteborg, die das Messerset von Olga geschätzt hatte. In dem Karton lag nun das Messer, das Olga so gerne zurückhaben wollte.

»Wenn Sie hier bitte unterschreiben würden«, sagte die Frau und hielt ihm ein iPad hin, auf dem er dann mit dem Finger unterschrieb.

»Danke«, sagte August.

Ein weiterer Kunde kam in den Laden, ein junger Kerl, den August schon kannte. Er kam in regelmäßigen Abständen vorbei und kaufte Bücher.

Die Botin verließ den Laden, und August öffnete den Karton und sah sich das Messer an.

Olgas Ehemann war sehr empört darüber gewesen, dass sie die Messer mit in den Secondhandladen genommen hatte. Außerdem hatte er ja wissen wollen, ob sie wirklich alle Messer zurückbekommen hatte, und da hatte Olga gelogen und gesagt, sie habe sämtliche Messer zurückbekommen, obwohl doch eines davon noch fehlte. Hieß das, dass es wohl in Ordnung war, gewisse Messer dem Laden zu überlassen, während es bei anderen nicht so war?

August blieb lange mit der Pappschachtel vor sich sitzen.

Er konnte seine Gedanken nicht ordnen, ehe der Junge, der in der Bücherecke herumgesessen hatte, zum Schreibtisch kam und für zwei Bücher bezahlen wollte.

Da rief Olga erneut an.

»Wie steht es?«, fragte sie. »Haben Sie von der Firma etwas über die Messer gehört?«

Sie war außer Atem und ihre Stimme angespannt.

Offenbar war sie verärgert.

August war überrumpelt davon, wie sie sich ausdrückte, und ihm fiel keine Lüge ein.

»Ich habe es gerade eben erhalten«, sagte er.

»Danke, das ist schön«, sagte Olga und klang erleichtert. »Das sind wirklich gute Nachrichten. Können Sie es vorbeibringen?«

Am Telefon wurde es still.

Er hörte, wie Olga mit jemand anderem sprach, doch war nicht zu verstehen, was sie sagte.

Dann war sie wieder am Telefon.

»Können Sie das?«, fragte sie. »Vorbeikommen? Jetzt gleich?«

August zögerte. Das war nichts, was er tun musste. Olga konnte sehr gut in den Laden kommen und das Messer selbst holen.

Er schielte auf die Uhr.

Gunnar würde in ungefähr einer Stunde kommen.

»Kann es bis ein Uhr warten?«, erkundigte er sich.

Olga zögerte und sagte dann:

»Am liebsten nicht. Aber rufen Sie mich an, wenn Sie losgehen, dann komme ich raus.«

Warum das denn?, dachte August.

Er überlegte, was er antworten sollte. Gelinde gesagt, hatte er wenig Lust, Olga noch einmal zu Hause zu besuchen, und es gefiel ihm auch nicht, herumkommandiert zu werden. Andererseits hatte sie ja gesagt, sie würde ihm entgegenkommen, was bedeutete, dass sie ihn nicht im Haus haben wollte.

Da sah er den Bus des Fahrdienstes vor dem Laden anhalten.

Ein fröhlich aussehender Gunnar wurde aus dem hinteren Teil des Taxis gerollt.

August lachte leise.

Gunnar war einfach unmöglich.

Aber heute passte es gut, dass er zu früh kam, denn August war eingefallen, dass er ja auch noch seinen Fahrradhelm holen wollte. Das entschied die Sache.

»Ich komme sofort«, sagte August. »Und bringen Sie gerne meinen Fahrradhelm mit raus, den habe ich letztes Mal bei Ihnen vergessen. Ich werde in einer Viertelstunde da sein.«

Iben wurde schwarz vor Augen, wenn sie an das Gespräch dachte, was sie eben mit der Polizei geführt hatte. Ihre Befürchtungen waren wahr: Vilhelm Eliasson war Mister Private Detective. Und jetzt fand die Polizei es seltsam, dass sie auch auf Hovenäset unterwegs war. Sie hatten es nicht geradeheraus gesagt, aber doch nachdenklich gewirkt.

Iben selbst machte sich mehr Sorgen darüber, was es für sie persönlich bedeutete, dass Vilhelm sich für den Stückelmord interessiert hatte, und diesmal gelang es ihr nicht, all die anstrengenden Gedanken einfach beiseitezuschieben.

Bin ich auch in Gefahr?, fragte sie sich. Sollte ich besser Mama anrufen, und sie bitten, herzukommen und mich zu holen?

Nein, noch nicht.

Denn Iben war noch nicht fertig.

Und außerdem war das mit Vilhelm nicht das Schlimmste, was sie bei der Polizei erfahren hatte.

Nein, am schlimmsten war, dass die Polizei sie nach Leuten gefragt hatte, die Olga und Espen Samuelsson hießen.

Sie hatte Nein gesagt, denn von denen hatte sie noch nie gehört.

Aber der Nachname gab ihr zu denken.

Samuelsson.

Über diesen Namen wusste sie Einzelheiten, die nur wenige andere kannten.

Das machte Iben so viel Sorgen, dass sie sich kaum mehr auf dem Fahrrad halten konnte, sondern immer wieder im Schotter ins Rutschen kam, als sie den Hügel nach Hovenäset herunterrollte.

Am Ende hielt sie keuchend an.

Sie musste nachdenken, jetzt ging gerade alles viel zu schnell.

Und mitten in alldem war ihre Mutter vor Augusts Haus vorbeigefahren. Iben hatte sie zwar nicht hinterm Steuer gesehen, doch war sie fest davon überzeugt, dass sie es gewesen war, und die SMS auf ihrem Handy sagten dasselbe.

Mama und Großvater waren vor Ort.

Und sie suchten nach Iben.

Sie erinnerte sich noch einmal daran, warum sie überhaupt nach Bohuslän gefahren war: Sie wollte der Geschichte auf den Grund gehen, dass ihr Vater angeblich ein Mörder war, und herausfinden, ob er wirklich Lydia Broman ermordet hatte.

Iben hatte sich sehr anstrengen müssen, um ihren Vater zu finden, und wollte jetzt, da sie ihm so nah war, auch nicht aufgeben. Er war bei keiner Behörde als ihr Vater registriert und hatte sich auch nie bei ihr gemeldet. Zahllose Male hatte sie ihre Mutter über ihren unbekannten Vater ausgefragt, und je älter Iben geworden war, desto barscher hatte sie sich ausgedrückt.

»Mit wie vielen hast du damals im Gymnasium eigentlich geschlafen?«, hatte sie ihre Mutter erst vor einem Jahr angeschrien. »Das müssen ja verdammt viele gewesen sein, wenn du dich nicht daran erinnerst, wer mein Vater ist.«

Ihre Mutter war so wütend geworden, dass sie die Hand gehoben hatte, um Iben eine Ohrfeige zu verpassen. Die Hand war in der Luft hängen geblieben, doch hinterher waren sie beide verzweifelt gewesen.

»Diese Frage muss gar nicht so hoch aufgehängt werden«, hatte ihre Mutter weinend gesagt. »Du musst an einen Punkt kommen, an dem du akzeptierst, dass ich nicht weiß, wie er heißt, und dass du es deshalb auch niemals erfahren wirst.«

Dann hatte sie irgendetwas über eine turbulente Zeit in den letzten Jahren auf dem Gymnasium gemurmelt. Von einem Mann, der Deutscher war und in den sie sich verliebt hatte, und über Jungs, die sie in der Schule und im Tennistraining getroffen hatte.

Wie die Dinge wirklich lagen, hatte Iben schließlich von ihrem Großvater erfahren.

Das war im Frühjahr gewesen, als Iben nach einem weiteren Streit mit ihrer Mutter zu den Großeltern gefahren war. Ihr Großvater meinte, eine gute Tat zu vollbringen, und in vielerlei Hinsicht war das ja auch so.

»Jetzt lässt du das mal los«, hatte er gesagt. »Und vor allem erzählst du niemandem, was du gerade erfahren hast, denn dann wird deine Mutter superwütend und vor allen Dingen sehr, sehr traurig.«

Aber Iben konnte das, was sie erfahren hatte, überhaupt nicht loslassen. Natürlich hatte sie zu ihrer Mutter kein Wort darüber verloren, denn im selben Moment, als sie erfuhr, dass ihr Vater ein Mörder sein sollte, hatte sie sich entschieden, in dieser Geschichte mal herumzuwühlen. Ihr schien das alles nicht stimmig.

Ihr Großvater hatte klar und deutlich gesagt, dass er sich eingehend damit beschäftigt hätte, doch sein Schluss daraus ließ Iben keine Ruhe.

»Ich habe in unseren internen Registern bei der Polizei nachgeschaut«, hatte er gesagt. »Dein Vater ist für das, was er getan hat, niemals verurteilt worden, es scheint seiner Familie gelungen zu sein, ihn zu schützen.«

»Woher weißt du dann, dass es überhaupt stimmt?«, hatte Iben widersprochen. »Da ist doch ein ganz anderer für den Mord verurteilt worden.«

»Ich weiß«, hatte ihr Großvater gesagt. »Und der Teil der Geschichte ist wirklich schwierig, aber schließlich war es sein eigener Vater, der deiner Mutter alles erzählt hat. Und so etwas sagen Väter nicht über ihre Kinder, wenn es nicht wahr ist. Aber ich habe dann beschlossen, dass die ganze Geschichte zu viele Jahre her ist, als dass es etwas bringen würde, den Kollegen bei der Polizei zu erzählen, was ich weiß. Mats Broman ist schon Jahrzehnte tot. Es ist zu spät, um ihm Gerechtigkeit zu verschaffen. Es soll ein Geheimnis bleiben, dass dieser Mann dein Vater ist, da sind deine Mutter und ich uns einig. Wenn wir mit dem, was wir gehört haben, zur Polizei gingen, dann wäre es doch schwer, die Sache in der Familie zu halten.«

In gewisser Weise konnte Iben verstehen, warum ihre Mutter, ihre Großmutter und ihr Großvater all die Jahre geschwiegen hatten.

Sie hatten sich geschämt. Und ihre Mutter hatte sicher auch Schuldgefühle, weil sie keinen besseren Vater für Iben ausgesucht hatte.

Sie seufzte schwer.

Um sie herum lag dichter Nebel, der alle Sinneseindrücke dämpfte. Sie sah und hörte schlechter. Die Motorengeräusche vom Straßenverkehr waren da, kamen ihr aber seltsam entfernt vor. Sie hatte das Gefühl, von der richtigen Welt abgetrennt zu sein, und das war ein gruseliges Erlebnis.

Iben wusste nicht mehr, wohin.

Auf ihre Mutter war kein Verlass mehr, sie würde Iben niemals zuhören, wenn sie zu erklären versuchte, was sie da gerade machte. Nicht, wo sie so viel über ihren Vater gestritten hatten.

Sie hatte einen dicken Kloß im Hals.

Im Moment war sie sich überhaupt keiner Sache mehr sicher. Nichts war so geworden, wie sie es sich vorgestellt hatte. Rein gar nichts.

Was sollte sie jetzt tun?

Trotz der unangenehmen Fragen, die man ihr bei der Polizei gestellt hatte, konnte sie sich entscheiden, zu glauben, dass ihr Vater unschuldig war und überhaupt nichts mit dem Mord an Lydia Broman zu tun hatte.

Aber das war es ja: Iben Syrén war es leid, irgendwas glauben zu müssen.

Sie wollte Klarheit, und zwar jetzt.

Sofort.

Was konnte sie noch tun?

Die Zeit lief ihr viel zu schnell davon, und es schien keine gute Idee mehr zu sein, Jagd auf Birger Andersson zu machen. Ein Treffen mit ihm auszumachen, war ja wirklich nicht leicht gewesen, und

Iben wusste immer noch nicht, wo er wohnte, sie hatte also keine Möglichkeit, ihn auf dieselbe Weise zu überraschen wie Selma. Trotzdem versuchte sie ihn anzurufen, landete aber direkt auf der Mailbox.

Sie schob das Telefon in die Tasche. Jetzt blieb nur noch eine Möglichkeit, die sie noch nicht ausprobiert hatte. Es fühlte sich wie die schlechteste an, aber es war die einzige.

Ihre schweißnassen Hände waren rutschig, als sie das Fahrrad herumdrehte, um den Väggabacken, den sie eben noch hinuntergerollt war, wieder hochzufahren.

Sie wusste, wie ihr biologischer Vater hieß, denn das hatte ihr Großvater ihr verraten, und sie hatte bereits herausgefunden, wo er wohnte.

Allerdings hatte sie keine Ahnung, ob er sich freuen würde, sie zu sehen. Aber da konnte sie jetzt auch nichts machen. Entschlossen begann Iben, langsam den Hügel hinaufzustrampeln.

Es war jetzt an der Zeit, den letzten Punkt auf ihrer Liste anzugehen und ihren Vater Oskar Samuelsson zu besuchen.

Löst den Mord an Vilhelm Eliasson, dann werdet ihr auch wissen, ob für den Mord an Lydia der falsche Täter verurteilt wurde.

Das hatte Roland gesagt, und vielleicht würde er recht behalten.

Maria saß im Auto auf dem Weg zu Espen und Olga Samuelsson.

Sie rekapitulierte für sich selbst noch einmal die Ereignisse, die sie hierhergeführt hatten:

Im Sommer 1989 wurde Lydia Broman ermordet und ihre Leiche zerstückelt in ihrem Haus auf Hovenäset gefunden. Ihr Mann wurde, obwohl er seine Unschuld beteuerte, zu lebenslänglicher Haft verurteilt. Kurze Zeit danach versuchte Malin Samuelsson, sich mit einem scharfen Draht das Leben zu nehmen. Sie überlebte, doch die Verletzungen raubten ihr sowohl den Verstand als auch das Kommunikationsvermögen.

Dreißig Jahre später beschloss Vilhelm Eliasson, ein Journalist aus Borås, dem Fall des Stückelmords auf den Grund zu gehen, wurde aber mitten in seiner Ermittlungsarbeit ermordet aufgefunden. Zwar war er ertränkt worden, doch später wurde er mit einem Draht aufgehängt, der dem ähnlich war, den Malin bei ihrem Selbstmordversuch benutzt hatte.

Vor seinem Tod hatte Vilhelm zu seiner Exfreundin gesagt, er habe etwas Entscheidendes in der Ermittlung zum Stückelmord-Fall entdeckt, nämlich eine Zeugin, die die Polizei übersehen hatte. Maria und Ray-Ray nahmen an, dass er die Zeugenaussage von Emmy Mellgren meinte, die am selben Tag, als Lydia verschwand, einen unbekannten schwarzen Jeep auf Hovenäset gesehen hatte.

Ein schwarzer Jeep, der sich wie ein roter Faden durch dieses fast dreißig Jahre währende Drama zog und dessen Besitzerin die Großmutter von Malin Samuelsson war.

»Jetzt ist es genug«, hatte Roland gesagt, als sie ihn anriefen und erzählten, was Finn über Malins Selbstmordversuch herausgefunden hatte. »Wir müssen handeln, und zwar sofort. Ich werde mit der Staatsanwaltschaft sprechen und einen Haftbefehl für Espen und Olga erwirken. Fahrt ihr dorthin und holt sie. Ich schicke eine Streife als Verstärkung.«

Maria schaute wütend durch die Windschutzscheibe des Autos.

Dieser verdammte Nebel.

Was war denn das für ein Bild, das in der Ermittlung jetzt Gestalt annahm? Espen und Olga waren heute in den Siebzigern. Olgas Mutter war über hundert. Malin saß in einer Einrichtung, ohne kommunizieren zu können und ohne zu verstehen, was um sie herum geschah. Und dann gab es Oskar, der Malin aufgesucht und sie absichtlich oder unabsichtlich erschreckt hatte.

Sollte einer oder mehrere der fünf Vilhelm umgebracht haben?

Vielleicht.

Und Lydia Broman?

Das schien schon wahrscheinlicher. Damals waren Espen und Olga um die vierzig gewesen und sicherlich viel vitaler.

»Wir müssen die Verbindung zwischen Lydia Broman und der Familie Samuelsson finden«, sagte Maria. »Wie hängen diese Personen zusammen?«

»Mit der ganzen Verwandtschaft Samuelsson ist doch irgendetwas komisch«, meinte Ray-Ray. »Olga hat zu August gesagt, ihre Mutter wäre tot, aber nun wissen wir, dass das überhaupt nicht stimmt. Und dieses verdammte Messerset, das sie geschätzt haben wollte. Was hat es denn damit auf sich?«

»Vielleicht möchte sie einfach ihre alte Mutter um Geld betrügen«, schlug Maria vor. »Die Messer waren schließlich wertvoll.«

»Möglich«, erwiderte Ray-Ray. »Dann muss sie natürlich sagen, dass die Mutter tot ist, damit August nicht bezweifelt, dass sie wirklich die Besitzerin dieser Messer ist. Die Frage ist nur, was sie mit dem Geld will.«

Schon bald waren sie bei Espen und Olga.

Das war einfach so, wenn man an einem Ort wie diesem Polizist war. Wenn etwas in der Nähe war, dann war es richtig nah. Und wenn etwas weiter weg war, dann mussten sie oft viele Kilometer fahren.

Sie parkten ein Stück von Olgas und Espens Haus entfernt.

Die Verstärkung kam kurz darauf. Sie einigten sich, dass Maria und Ray-Ray klingeln und den ersten Kontakt mit dem Paar aufnehmen würden.

Die Luft war kühl, als sie zur Eingangstür gingen.

Maria drückte auf die Klingel.

Ray-Ray stand direkt hinter ihr.

Sie warteten.

Niemand öffnete.

Maria klingelte noch einmal.

Die Tür blieb verschlossen. Aus dem Haus war kein Geräusch zu hören, das darauf hinwies, dass jemand zu Hause wäre.

Sie schauten durch die Fenster an der Seite des Hauses. Nirgends waren Menschen zu sehen.

Der Rasen war weich unter ihren Schuhen, als sie eine Runde um das Haus drehten. Sie schauten in die Fenster und klopften auch an die Terrassentür auf der Rückseite.

Null Reaktion.

»Wir müssen Roland berichten, dass wir wieder zurückfahren«, sagte Maria. »Dann darf er entscheiden, ob wir uns mit Gewalt Zutritt verschaffen. Aber erst klopfen wir noch mal.«

Ray-Ray stimmte zu.

Sie drehten eine weitere Runde ums Haus und klopften erneut an die Tür. Das Ergebnis war dasselbe wie zuvor. Niemand zeigte sich.

»Hier kommen wir nicht weiter«, sagte Ray-Ray. »Ich würde gern stattdessen zu Oskar Samuelsson fahren.«

»Und ihn holen?«, fragte Maria zögerlich.

»Nein, um ihn zu verhören.«

Das klang wie ein guter nächster Schritt, und der Meinung war auch Roland, als sie sich mit ihm abstimmten.

»Ich sorge dafür, dass sich die Streife zurückzieht«, sagte er. »Ich möchte nicht, dass die Samuelssons sie sehen und Verdacht schöpfen, wenn sie nach Hause kommen.«

»Wenn sie nicht jetzt schon zu Hause sind und uns gesehen haben«, gab Maria zu bedenken. »Das werden wir erst wissen, wenn wir mal im Haus drin sind.«

»Das verstehe ich natürlich«, sagte Roland. »Aber die Streife ist zu auffällig. Ich ziehe sie zurück und lasse stattdessen eine Zivilstreife kommen.«

Sie legten auf.

Maria warf einen letzten Blick zum Haus.

Am Ende der Auffahrt stand eine Garage. Das Tor war heruntergezogen und verschlossen, man konnte also nicht sehen, ob ein Jeep da drin stand.

»Dieser Ort hier und die ganze Situation stressen mich total«, meinte Ray-Ray.

Maria ging es genauso.

Ein unterschwelliges Gefühl des Unbehagens, das sie immer schwerer ignorieren konnte, bemächtigte sich ihrer.

Langsam gingen sie zum Auto zurück.

Als sie gerade durch das Gartentor auf die Straße treten wollte, entdeckte Maria etwas unter einem Busch auf dem Grundstück.

Etwas Rotes.

Stoff?

Sie runzelte die Stirn und ging zurück.

Wegen des Nebels konnte sie es aus der Entfernung nicht erkennen, sie musste näher heran.

»Was ist das?«, fragte Ray-Ray.

Sie ging in die Hocke.

Als sie begriff, was sie da gesehen hatte, zitterte sie.

Ein Teddybär.

Aus braunem weichem Stoff und mit rotem Pullover und blauen Hosen.

Maria hielt den Bären vor sich.

Er war relativ neu und sah nicht so aus, als würde er schon länger unter dem Busch liegen.

Ihr Blick wanderte von dem Teddybären zum Haus.

Da drin wohnte ein Paar um die siebzig.

Ihre einzige Tochter hatte keine Kinder.

Wem gehörte dieser Teddy?

»Wir müssen zur Polizei gehen.«

Ellen saß Oskar am Küchentisch gegenüber. Sie hatte ihre Hände über seine gelegt, und da hatten sie auch die ganze Zeit gelegen, die Oskar gebraucht hatte, um von dem anderen Geheimnis zu erzählen, das er zu verdrängen versucht hatte.

Dass er der Vater eines weiteren Kindes war.

Eines, das er niemals hatte treffen können und das in keiner relevanten Hinsicht als seines betrachtet werden konnte.

Alles, was er wusste, war, dass es ein Mädchen war.

»Ich habe zwei Töchter«, hatte er zu Ellen gesagt. »Aber sieh dich um – im Moment bin ich ganz allein in diesem Haus.«

Da hatte Ellen fest seine Hände gepackt und geflüstert, dass er überhaupt nicht allein war und sie ihn nicht im Stich lassen würde.

»Aber wir brauchen Hilfe«, hatte sie gesagt. »Das hier schaffen wir nicht allein.«

Oskar öffnete den Mund, um Nein zu sagen, bekam aber keinen Ton heraus.

Denn er wusste, dass sie recht hatte.

Ellen spürte, wie er zweifelte, und sie fuhr fort:

»Oskar, so einen Mist kriegt man nicht alleine klar, das gibt es nur im Film. In der Wirklichkeit geht das nicht. Verstehst du, was ich sage? Dein Onkel und seine Frau haben Matilda gekidnappt. Das tun gesunde Menschen nicht.«

Oskar schluckte.

Ellen hatte Kaffee und ein Butterbrot in ihn hineingezwungen, und er konnte überhaupt nicht begreifen, wie er irgendwas davon runtergekriegt hatte.

Der Hals, die Brust, ja der ganze Körper fühlte sich gelähmt an. Oder versteinert.

Oskar konnte weder atmen noch denken.

Trotzdem lebte er.

Das war ein ausgesprochen unangenehmes Gefühl.

»Oskar, hörst du, was ich sage?«

Er wusste nicht, was er antworten sollte.

Natürlich hörte er, was sie sagte, erkannte sie das nicht? Oder war er unsichtbar geworden?

Da spürte er Tonys warmen Leib um sein Bein streichen. Der Hund bewegte sich unruhig durchs Haus, offensichtlich besorgt darüber, was Matilda wohl zugestoßen sein könnte. Als Tony seine achtzig Kilo direkt über Oskars Füße legte, erwachte er zum Leben.

»Ich höre«, sagte er heiser. »Ich höre, was du sagst. Und ich verstehe die Logik. Aber … Was sollen wir denn deiner Meinung nach der Polizei sagen? Dass ich Lydia Broman ermordet habe, und jetzt hat mein Onkel, der mir damals geholfen hat, mir die Tochter weggenommen und …«

Ellen knallte mit der flachen Hand auf den Küchentisch.

»Hör auf!«, brüllte sie. »Hör auf zu sagen, dass du Lydia Broman ermordet hast. Das kann nicht sein – begreifst du das nicht? Und hör auf zu behaupten, dein Onkel hätte dir mit irgendwas geholfen.«

Eine Ader pochte auf Ellens Stirn, als sie das sagte.

Ihr Gesicht war finster vor Zorn, aber auch vor Angst.

Das gefiel Oskar nicht. Es gefiel ihm nicht, wenn Menschen in seiner Nähe Angst bekamen.

»Glaubst du wirklich, dass nicht ich es war, der Lydia ermordet hat?«, flüsterte er.

»Hundertprozentig, Oskar.«

»Aber warum siehst du dann so verdammt ängstlich aus?«

Ellens Augen wurden feucht.

»Weil ich Angst habe, dich zu verlieren«, sagte sie. »Und weil ich wirklich Angst habe, dass Matilda etwas Schlimmes zustoßen kann. Wir wissen beide nicht, was passiert ist, als Lydia starb, aber lass uns mal kurz den Gedanken zulassen, dass dein Onkel und seine Frau ihre Leiche zerstückelt haben ... hinterher. Wenn sie das getan haben, dann gibt es kein Maß der Schrecklichkeiten, zu denen diese beiden nicht fähig sind.«

Oskar jammerte kurz und erhob sich dann so abrupt vom Stuhl, dass er umfiel.

»Verdammte Scheiße«, flüsterte er. »Verdammt, verdammt, verdammt.«

Ellen blieb sitzen.

»Bitte, lass uns zur Polizei gehen.«

Er ließ ihre Worte wirken.

Zur Polizei gehen.

Wie erbärmlich schön wäre das.

Einfach alles vorbei sein lassen.

Sich der Ordnungsmacht und dem Rechtswesen überlassen, und sie bitten, in dem zu ermitteln, wovor seine Familie ihn all die Jahre zu schützen versucht hatte.

Es musste möglich sein, für das bestraft zu werden, was er getan hatte (wenn er es nun getan hatte), es musste möglich sein, ein Verbrechen zu sühnen.

Denn sonst komme ich nicht weiter, dachte Oskar.

So argumentierte die logische Seite in seinem Innern.

Doch die andere Seite gab es auch, die war zornig und viel misstrauischer. Die dachte, dass es für jemanden wie Oskar keinen anderen Weg gab als den Untergang, und die immer noch versuchte, die Reise zum Ende so lange wie möglich hinauszuzögern.

Ellen erhob sich langsam.

Sie vertraute ihm nicht, jedenfalls nicht ganz, und das war so deutlich zu spüren.

»Oskar?«

Er schloss die Augen.

Er musste nachdenken. Und atmen. Vor allem atmen. Wohin war nur all die Luft verschwunden? Eben war sie doch noch da gewesen.

Tausend Gedanken tobten in ihm, doch einer war wichtiger als all die anderen zusammengenommen:

Matilda war in Gefahr.

In großer Gefahr. War das der Moment, um zur Polizei zu gehen und anzufangen, über den Stückelmord zu reden, zu versuchen, die davon zu überzeugen, dass er ganz und gar nicht Lydia Broman ermordet hatte?

Oskar schüttelte den Kopf.

»Nein«, sagte er leise.

»Nein?«, fragte Ellen.

»Nein, ich will nicht zur Polizei gehen. Nicht bevor ich Matilda gefunden habe.«

»Du weißt doch bereits, wo Matilda ist, sie ist bei deinem Onkel. Sie muss nicht gefunden werden.«

»Aber sie muss gerettet werden. Du hast recht, wenn du sagst, dass wir Espen und Olga nicht vertrauen dürfen. Und deshalb können wir auch nicht auf die Polizei warten. Matilda braucht mich. Ich will sie nicht wieder im Stich lassen.«

Mit diesen Worten ging Oskar in die Diele hinaus und zog Schuhe an. Die Autoschlüssel hatte er bereits in der Hosentasche.

Ellen kam ihm nach.

»Wann hast du Matilda jemals im Stich gelassen?«

Oskar richtete sich auf.

»Machst du Witze, Ellen? Bevor ihre Mutter gestorben ist, habe ich sie kaum je gesehen. Ich saß die meiste Zeit zu Hause und habe … gesoffen. Habe versucht, zu vergessen.«

»Exakt. Und dann bist du nüchtern geworden. Und seit dem Tag bist du immer für sie da gewesen. Also tu jetzt weiter das Richtige, Oskar, ruf die Polizei. Fahr nicht zu Espen und streite mit ihm.«

Ellen packte seinen Arm und zwang ihn, sie anzusehen.

»Der Mann ist gefährlich«, sagte sie, und jetzt zitterte ihre Stimme. »Es kann dir und Matilda übel ergehen, wenn du ihn mit alldem konfrontierst.«

Sie hatte recht, und Oskar wusste das.

Aber er hatte auch recht.

Es ging über seinen Verstand, wie er so viele Stunden hatte vergehen lassen können, ohne einen Finger zu rühren, um Matilda zu retten.

Es gab keine Zeit, die Polizei zu rufen.

Nicht jetzt.

Außerdem war er längst nicht so überzeugt von seiner Unschuld, wie Ellen es zu sein schien. Er hatte das vor Angst verzerrte Gesicht seiner Cousine vor sich, als sie ihn erblickte. Irgendetwas Schreckliches musste er getan haben, sonst reagierte ein Mensch doch nicht so. Espens Gerede davon, dass Oskar Lydia überfallen hätte, um Malin vor irgendeiner Art der Bedrohung zu retten, akzeptierte er längst nicht mehr. Oskar hatte seine Cousine zu Tode erschreckt, und mehr gab es da nicht zu sagen.

»Verzeih mir«, flüsterte er. »Verzeih mir, Ellen. Aber ich kann nicht hierbleiben und warten, dass die Polizei nach Matilda sucht. So geht es nicht.«

Dann öffnete er die Tür und verschwand so schnell in den Nebel hinaus, dass Ellen nicht einmal eine neue Diskussion beginnen konnte.

»Ich komme nicht mit.«

Ellens Stimme klang entschlossen.

Er blieb am Auto stehen.

»Ich komme nicht mit«, sagte Ellen noch einmal.

»Das habe ich auch nicht erwartet«, sagte er leise und öffnete die Autotür. »Das hier muss ich allein tun.«

Papa.

Wie oft hatte sie sich nicht den Moment vorgestellt, wenn sie endlich ihren Papa treffen durfte?

Tausendmal.

Und kein einziges Mal hatte sie richtig geraten, wie sie reagieren würde.

Jetzt, da sie im Nebel versteckt stand und den Mann, der ihr Vater war, aus dem Haus kommen, ins Auto steigen und wegfahren sah, liefen ihr die Tränen über die Wangen.

Sie zitterte, als würde sie frieren.

Papa.

Wie hatten nur so viele Jahre vergehen können, ohne dass sie erfahren durfte, wer er war?

Iben war nach Hovenäset gereist, um die Wahrheit herauszufinden, aber jetzt fragte sie sich, ob sie überhaupt bereit dafür war. Denn vor allen Dingen wünschte sie sich doch das, was wahrscheinlich alle anderen auch wollten: einen Papa, den sie mögen könnte.

Jemanden, den sie treffen und kennenlernen könnte.

Jemanden, dem sie von sich selbst erzählen könnte.

Sie hatte ihn noch nie zuvor gesehen. Nicht wirklich, nur auf einem Foto.

Er sah ganz anders aus.

Er war schmaler und hatte so einen Hipsterbart. Iben wusste, dass er jünger war als ihre Mutter, doch tatsächlich sah er älter aus. Als hätte er ein hartes Leben hinter sich. Das war ein Ausdruck, den sie von ihrer Großmutter aufgeschnappt hatte, und sie fand ihn sehr treffend.

Das Leben konnte sanft sein.

Und man konnte es auch hart leben.

Manchmal hatte man auch keine Wahl – es wurde einfach das eine oder das andere.

Mit quietschenden Reifen fuhr er davon.

Ganz schnell, als könnte er gar nicht eilig genug von seinem Zuhause wegkommen.

Offensichtlich war etwas passiert. Etwas Schreckliches.

Sie ging in ihrem Versteck in die Hocke, und um sie herum raschelte es.

Es war einfach nicht die richtige Situation gewesen, um auf die Straße zu laufen, sein Auto anzuhalten und sich vorzustellen.

Iben wischt sich die Tränen ab und beugte sich vorsichtig aus dem Gebüsch.

Das Auto verschwand schnell außer Sichtweite.

»Papa.«

Sie flüsterte das Wort, ließ es auf der Zunge zergehen.

»Papa« war mehr als ein Wort, das war ein richtiger Mensch. Er hatte einen Namen und ein Zuhause und eine Freundin, die nicht mit ihm ins Auto steigen durfte. Oder vielleicht wollte sie nicht? Offensichtlich war Papa sehr aufgebracht und machte den Eindruck, als müsse er etwas tun.

Allein.

Was könnte das sein?, dachte Iben. Was ist so wichtig, dass man es nur allein tun kann?

Sie zog den Reißverschluss ihrer Jacke hoch.

Jetzt, da sie ihren Vater gesehen hatte, begriff sie nicht, wie überhaupt irgendjemand glauben könnte, dass er Lydia Broman ermordet hätte.

Denn als es passierte, musste er so klein gewesen sein.

Das war ihr vorher auch schon klar gewesen, doch jetzt war es noch viel deutlicher.

Sie tastete nach dem Handy in der Jackentasche.

Ihre Hand zitterte, als sie die Nummer suchte.

Ich halte es nicht länger aus, dachte sie. Ich muss erfahren, warum Mats Broman nicht der Mörder sein kann. Und zwar schnell.

Im Telefon klingelte es, wieder und wieder.

Geh ran, dachte Iben. Bitte, Birger, geh diesmal ran.

Dieses Alibi, von dem Birger gesprochen hatte, das war wirklich entscheidend.

Denn es spielte keine Rolle, dass Selma Valtersson von Bromans Schuld überzeugt war. Zu Birger Andersson hatte Mats etwas völlig anderes gesagt als zur Polizei. Er hatte gesagt, er sei unschuldig und könne es auch beweisen. Doch dann hatte er das nicht einmal versucht.

Wer tat denn so etwas Dummes?

»Ja, hier Birger.«

Vor Schreck stolperte Iben aus dem Gebüsch auf den Bürgersteig.

Schnell versteckte sie sich wieder und ging in die Hocke.

»Hier ist Iben Syrén«, sagte sie leise.

Sie spähte zur Eingangstür des Hauses. Die war zum Glück geschlossen, denn Iben war nur wenige Meter davon entfernt.

»Iben«, sagte Birger. »Womit kann ich Ihnen helfen?«

Er klang freundlich, aber abwartend.

»Ich weiß, dass Sie jetzt Nein sagen werden«, begann Iben, »aber ich muss trotzdem fragen.«

Eine Bewegung auf der Straße brachte sie zum Schweigen.

Jemand ging eine Querstraße entlang. Iben schwieg, bis die Schritte verhallt waren.

»Hallo?«, fragte Birger. »Sind Sie noch da?«

Iben schluckte.

»Ja, ich bin hier.«

»Was möchten Sie wissen, Iben?«

Sie umklammerte das Handy ganz fest.

»Mit wem hat sich Mats Broman getroffen, als Lydia verschwand?«

»Auf diese Frage kann ich nicht antworten, das habe ich Ihnen ja bereits erklärt.«

Langsam taten Iben die Knie weh, wie sie da so in der Hocke saß. Das machte sie noch hartnäckiger.

»Was Sie Mats alles versprochen haben, ist mir echt egal«, sagte sie. »Die Polizei sucht nämlich nach der Person, die Vilhelm Eliasson auf Hovenäset ermordet hat, und ich glaube … Ich fürchte, dass alles zusammenhängt.«

»Ich habe von Vilhelm Eliasson gelesen und finde natürlich sehr traurig, dass er nicht mehr lebt«, erwiderte Birger. »Aber glauben Sie mir, ich habe ihn nie getroffen.«

»Das ist seltsam«, meinte Iben.

»Oder auch nicht«, entgegnete Birger. »Wir Journalisten können verdammt misstrauisch sein, dass jemand versuchen könnte, uns einen Scoop zu stehlen. Wenn ich an Vilhelms Stelle gewesen wäre und eine geheime Ermittlung betrieben hätte, dann hätte ich jemanden wie mich auch nicht aufgesucht. Ich hätte mich damit zufriedengegeben, die Artikel zu lesen, und dann vielleicht so spät wie möglich im Arbeitsprozess zu denjenigen, die sie geschrieben haben, Kontakt aufgenommen. Und das, was ich über den Stückelmord weiß, ist nichts, was ich weiterverbreiten kann. Aber ich kann Sie beruhigen, denn die Frau, die das richtige Alibi von Mats war, hat einen hohen Preis für ihr Schweigen gezahlt. In gewisser Weise macht das die Situation rein gefühlsmäßig leichter.«

Birgers Stimme wirkte plötzlich jünger und voller Energie, wenn er so redete. Doch Iben war frustriert und ungeduldig.

Wenn sie irgendetwas bekommen wollte, dann musste sie mehr geben.

Aber ich weigere mich, von meinem Vater zu erzählen, dachte sie.

Und dann fiel ihr etwas ein, was nahelag, aber gleichzeitig nicht zu viel preisgab.

»Die Polizei glaubt, dass Vilhelm etwas Entscheidendes über

den Stückelmord entdeckt hat«, sagte sie. »Sie haben mich nach zwei Personen gefragt, die Olga und Espen Samuelsson heißen. Kennen Sie die? Haben Sie über die mal geschrieben?«

Am anderen Ende wurde es ganz still.

Diese Art Stille, die so laut sprach, dass es nur so dröhnte.

»Sie wissen etwas«, sagte Iben. »Erzählen Sie mir, was Sie über die beiden wissen.«

Birger gab ein leises Stöhnen von sich.

»Mein Gott«, stieß er hervor. »Sollte doch endlich der Tag da sein, an dem die Wahrheit siegt? Ich glaube, ich muss mich mal hinsetzen.«

Ibens Herz klopfte.

»Welche Wahrheit?«, fragte sie.

»Die Wahrheit über das Alibi von Mats Broman«, erklärte Birger. »Dass er an dem Nachmittag, als Lydia verschwand, bei einer Frau zu Hause war, mit der er eine Affäre hatte. Um mit ihr Schluss zu machen.«

Eine Affäre?

Ein Auto näherte sich und schlich langsam durch den Nebel.

Wenn das nur nicht Mama oder Opa sind.

Doch sie waren es nicht. Das Auto, das vorbeifuhr, war dunkel. Und es hielt vor dem Haus von Oskar an.

Verdammter Mist!

Vor Ibens Augen flimmerte es. Jetzt musste sie schnell das Gespräch beenden oder in ihrem Versteck still sein. Sie wollte nicht entdeckt werden.

»Hatte er eine Affäre mit der Frau namens Olga?«, fragte sie.

»Nein«, sagte Birger. »Aber mit der Tochter von Olga und Espen. Max Broman hatte eine Beziehung mit Malin Samuelsson.«

Was für ein unglaublich schöner Ort zum Wohnen.

Das war der erste Gedanke, der Maria durch den Kopf ging, als sie vor dem Haus von Oskar Samuelsson parkten. Trotz des Nebels, der die Luft feucht und rau machte, waren die Stille der Umgebung und die Nähe zum Meer deutlich zu spüren.

Das Haus selbst war entzückend. Ganz weiß gestrichen, mit Schnitzereien und Sprossenfenstern, aber vor allem war es klein. Fast wie ein Puppenhaus.

Maria legte die Hand auf ihre Dienstwaffe, als sie auf das Haus zugingen.

Sie wussten nicht, ob Oskar einem Verhör zustimmen würde, oder ob sie ihn mitnehmen müssten.

»Hallo, ist jemand zu Hause?«, fragte Ray-Ray mit lauter Stimme und klopfte fest an die Tür.

Die ging sofort auf.

»Ja, ich bin hier.«

Eine Frau stand in der Tür. Sie trug grüne weite Baumwollhosen und einen langärmligen Strickpullover. Die kurzen Haare standen struppig um den Kopf, ihre Augen waren rot gerändert, aber der Blick aufmerksam.

»Wer sind Sie?«

Maria und Ray-Ray stellten sich vor und zeigten ihre Ausweise.

»Wir suchen Oskar Samuelsson«, erklärte Maria.

Die Frau sah erleichtert aus.

»Gott sei Dank sind Sie schon hier«, sagte sie. »Das muss ein Rekord sein, ich habe doch erst vor wenigen Minuten bei der Polizei angerufen.«

Maria und Ray-Ray sahen einander an.

Es war durchaus möglich, dass sie wirklich die Polizei angerufen hatte, doch in dem Fall war der Alarm noch nicht bei ihnen angekommen.

»Wer sind Sie, und wo ist Oskar?«, fragte Maria.

Die Frau legte eine Hand auf die Brust.

»Ich heiße Ellen Strand, und ich bin eine Freundin von Oskar.«

»Ist er hier?«, fragte Ray-Ray.

Ellen schüttelte den Kopf, und dicke Tränen stiegen ihr in die Augen.

»Nein«, sagte sie. »Sein Onkel hat seine Tochter gekidnappt, und jetzt ist Oskar losgefahren, um sie zu holen. Ich fürchte, das könnte übel ausgehen.«

Maria und Ray-Ray machten einen Schritt näher zum Haus.

Es war unmöglich, zu begreifen, was diese Ellen da erzählte.

»Warum hat Oskars Onkel denn die Tochter entführt?«, fragte sie.

Eine einsame Träne lief über Ellens Wange.

»Um ihn zum Schweigen zu bringen.«

»Zum Schweigen? Warum denn?«

Ellen schüttelte den Kopf.

»Das ist so eine kranke Geschichte«, sagte sie leise.

»Wir möchten sie gerne hören«, erwiderte Ray-Ray. »Und am liebsten so kurz gefasst wie möglich.«

Ellen holte tief Luft.

»Natürlich«, erwiderte sie. »Es gibt eine ganz kurze Version: Der Onkel hat Matilda entführt, damit er weiterhin darüber schweigt, dass Oskar angeblich Lydia Broman ermordet hat.«

Es wurde ganz still.

Maria kriegte keinen Ton heraus.

Hier haben wir etwas verdammt Großes übersehen, dachte sie.

Laut Melderegister war Oskar 38 Jahre alt.

Als Lydia starb, war er sieben.

»Aber wie soll das denn gehen?«, fragte Ray-Ray und sah Ellen skeptisch an.

»Gar nicht«, sagte sie und wischte sich die Tränen ab. »Aber das scheint dabei nicht wichtig zu sein.«

»Was könnte denn wichtiger sein als das?«, hakte Maria nach.

»Dass Oskar glaubt, es sei die Wahrheit. Und dass er das für den Rest seines Lebens glaubt. Aber ich kenne Oskar, und ich weiß, dass er niemanden ermordet hat.«

Maria wusste nicht, was sie davon halten sollte. Die Behauptung, Oskar hätte als Kind jemanden ermordet, klang total bizarr. Gleichzeitig schien Oskar das selbst ja auch so gesagt zu haben.

»Okay«, sagte Maria. »Hier können wir nicht weiter rumstehen. Lassen Sie uns reingehen, dann können Sie uns die Geschichte von Anfang bis Ende erzählen.«

Sie wollte schon durch die Tür gehen, aber Ellen schüttelte wieder den Kopf.

»Nein«, sagte sie. »Deshalb habe ich nicht um Hilfe gerufen. Sie müssen hinter Oskar herfahren, nach Hause zu Espen und Olga. Sie müssen ihm helfen, Matilda zu befreien.«

Ihr Blick war voller Angst, als sie Maria und Ray-Ray ansah.

»Sie müssen sich beeilen«, flehte sie. »Ich habe solche Angst, dass Oskar sich unglücklich macht.«

August brauchte ein Weilchen, um Gunnar zu erklären, warum er den Laden verlassen musste.

»Dann bin ich heute also wieder alleine?«, fragte Gunnar.

»Nur kurz«, erklärte August. »Aber wenn dir das unangenehm ist, kann ich den Laden auch schließen, solange ich weg bin.«

Gunnar zuckte zusammen.

»Das kommt nicht infrage«, sagte er.

Und damit war es entschieden.

Gunnar würde auf den Laden aufpassen, und August sollte Olga besuchen.

Er überlegte, zu Fuß zu gehen, nahm dann aber doch das Auto.

Der Nebel schien sich noch mehr verdichtet zu haben, seit er am Morgen sein Haus verlassen hatte. Einmal bog er sogar falsch ab und kam deshalb aus einer anderen Richtung auf Olgas Haus zu als letztes Mal. Lachend tuckerte er langsam mit dem Wagen die Straße hinunter. Dieses Wetter war wirklich beispiellos.

Jetzt näherte er sich Olgas Haus. Doch die war nicht zu sehen, obwohl sie wusste, dass er unterwegs war.

August parkte auf der anderen Straßenseite, schräg gegenüber von Olgas Haus.

Er war eigentlich niemand, der herumschnüffelte oder neugierig war. Doch andererseits war er auch nur ein Mensch, und Olga umgab etwas seltsam Trauriges, das ihn zutiefst berührte. Immer wieder hatte er daran denken müssen, wie sie einander vor der Hafenbäckerei begegnet waren und Olga ihn kaum ansehen wollte oder es nicht wagte.

Die Beziehung zu Maria hatte August von Grund auf verändert.

Zwar war ihm immer bewusst gewesen, dass es in manchen engen Beziehungen Gewalt gab, er hatte gewusst, dass viele Männer die Frauen, von denen sie behaupteten, sie zu lieben, unterdrückten, erniedrigten oder misshandelten. Doch erst als er mit Maria zusammenkam und erfuhr, was sie erlitten hatte, war ihm der ganze Umfang dieses Elends bewusst geworden. Vorher hat er nicht begriffen, wie sehr man in einer destruktiven Beziehung verletzt werden konnte, und er hatte sich auch nicht vorstellen können, wie ein solches Dasein aussah.

Inzwischen war er klüger.

Und das machte ihn auch sensibel in seinen Begegnungen mit Menschen, von denen er glaubte, dass es ihnen schlecht erging.

Olga gehörte definitiv dazu, auch wenn das Gespräch, das er zufällig bei ihr zu Hause mitgehört hatte, seine Interpretation des Zusammentreffens vor der Bäckerei verändert hatte. Etwas störte Olga, aber er war nicht mehr so sicher, ob das eine gewalttätige Bedrohung durch den Ehemann war.

Warum betrachtete sie die Welt nur mit so scheuem Blick?

Als er auf die Straße trat und nach Olga Ausschau hielt, hörte er ein Auto hinter sich.

Schnell trat er beiseite, aus Angst, dass der Fahrer ihn vielleicht übersehen könnte.

Das Auto brauste unnötig schnell vorbei. August würde in einem so dicht bebauten Gebiet niemals so fahren, und schon gar nicht, wenn es derart neblig war wie im Moment.

Zu seinem Erstaunen bremste das Auto abrupt ab, nachdem es an ihm vorbeigefahren war.

Der Fahrer warf den Rückwärtsgang ein und rollte rasch wieder an August vorbei.

Was zum …

Dann hielt das Auto erneut an, und die Fahrertür ging auf.

Ein Mann um die vierzig sprang heraus und eilte quer über die Straße.

August beobachtete ihn besorgt. Der Mann ging ja direkt auf das Haus von Olga zu. August konnte sein Gesicht nicht erkennen, sah aber, wie er mit langen, entschlossenen Schritten und leicht vorgebeugt ging, so als stemme er sich gegen den Wind oder als wäre er sehr zornig.

Der Mann blieb an Olgas Tür stehen und schlug dagegen.

August ging langsam näher. Der Nebel stand zwischen ihm und dem Mann und dem Haus, doch würde er schnell beiseitespringen können, wenn der Mann sich wieder herumdrehte und zum Auto zurückkehrte.

Wie wird er sich verhalten, wenn er mich sieht?

Der Mann klopfte noch einmal an die Tür.

Dann passierte alles so schnell, dass August kaum was begriff.

Die Tür zu Olgas Haus ging auf, wurde aber ebenso schnell wieder zugezogen. Allerdings musste der Mann trotzdem einen Fuß in die Tür bekommen haben, denn er riss sie wieder auf und aus den Händen desjenigen, der auf der anderen Seite stand.

»Wo ist sie?«, brüllte der Mann. »Wo ist Matilda?«

Es war ein abgrundtiefes Heulen, so von Angst getrieben, dass es August schauderte.

»Ruhig!«, antwortete eine ältere Männerstimme, die August erkannte. Das war Olgas Mann Espen, der da redete.

»Nein, zum Teufel!«, schrie der Mann. »Gib mir Matilda! Sie ist sechs Jahre alt. Begreifst du nicht, dass ihr sie zu Tode erschreckt?«

Und dann stieß er den alten Mann zur Seite, sodass sie beide aus der Türöffnung verschwanden.

»Jetzt hör mir mal gut zu, Oskar. Ich …«

»Ich habe dir genug zugehört. Dreißig verdammte Jahre habe ich brav wie ein trauriger Hund dagesessen und zugehört, wie du Märchen über mich erzählst. Aber jetzt ist es verdammt noch mal genug!«

Augusts Herz raste.

Hier stimmte gar nichts.

Der Tonfall der Männer nicht, die Wut nicht, die um sie herum brodelte.

Jetzt brüllte auch Olgas Mann:

»Wie konntest du nur so herzlos sein, Malin zu besuchen? Nach alldem, was du …«

»Ich musste mit jemandem reden! Und du wolltest ja nicht hören!«

Dann war es, als wäre den beiden klar geworden, dass die Tür ja offen stand. Mit einem lauten Knall schlug sie zu.

August starrte auf die verschlossene Tür.

Die Männer stritten um ein Kind von sechs Jahren.

Ein Kind, dass Espen geraubt haben sollte.

Mit tauben Fingern holte August das Handy heraus und rief die Polizei an.

Auch dieses Mal wurde Iben von niemandem bemerkt. Sie stand ein paar Meter von Oskars Haus entfernt und hörte zu, als die Polizisten, mit denen sie kürzlich erst im Wohnwagen gesprochen hatte, auf die Freundin ihres Vaters trafen.

Vielleicht waren sie unaufmerksam oder viel zu konzentriert, um sie zu bemerken. Jedenfalls stand sie so nah, dass sie den Anfang des Gesprächs mithörte.

So erfuhr Iben, dass Oskar eine Tochter hatte, die entführt worden war.

Und dass die Frau nicht glaubte, dass Oskar Lydia Broman ermordet hatte.

Außerdem erfuhr sie, wohin er gefahren war.

Zu seinem Onkel Espen und dessen Frau Olga. Die Eltern von Malin, mit der Mats Broman eine Affäre gehabt hatte.

Die Personen, nach denen die Polizisten auch sie gefragt hatten.

Iben zerbrach fast an alldem, was sie da hörte. Sie hatte eine Schwester. Und ihr Vater hatte eine Freundin, die glaubte, dass er unschuldig an dem Mord war.

Er brauchte Hilfe, so viel war klar.

Schnell suchte sie im Netz und bekam die Adresse eines Ehepaars namens Espen und Olga Samuelsson heraus.

Sie wohnten mitten in Kungshamn, nicht weit von Valberget, wo Iben sich gerade befand.

Ich helfe dir, Papa.

Die Frau im Haus flehte die Polizei an, schnell dorthin zu fahren und nach Oskar zu suchen, aber die wollten offensichtlich erst mit ihr reden. Sowie sie ins Haus gegangen und die Tür hinter sich zugemacht hatten, warf sich Iben aufs Fahrrad und radelte los.

Sollten die Polizisten doch so langsam sein, wie sie wollten, Iben jedenfalls hatte nicht vor, Zeit zu verschwenden. Ihr Papa war in Gefahr und vielleicht sogar seine Tochter.

Ibens kleine Schwester.

Als sie das dachte, traten ihr Tränen in die Augen.

Seit sie denken konnte, hatte sie sich eine Schwester gewünscht. Nicht, dass es irgendwie schlecht war, Einzelkind zu sein, aber es wäre doch schöner gewesen, Geschwister zu haben. Und am allerliebsten eine Schwester.

Und jetzt hatte sie eine.

Sie fuhr so schnell sie konnte und war schon bald auf der richtigen Straße. Es war schwer, die Hausnummern zu erkennen, und das machte sie ungeduldig. Sie hatte keine Zeit, groß zu suchen.

Denn ich weiß, dass da gerade etwas Schreckliches passiert.

Noch ehe sie die Hausnummer sah, hörte sie Stimmen.

Zwei Männer schrien einander an.

Sie kannte keine der Stimmen, und das Haus dämpfte ihre Stimmen so sehr, dass man nicht genau verstehen konnte, was sie sagten. Sie musste näher herangehen.

Iben machte sich nicht einmal die Mühe, den Ständer des Fahrrads auszuklappen, sondern warf es nur in den Vorgarten, wo es klappernd aufschlug. Das war ihr egal, zumal niemand sie zu hören schien, denn die Stimmen machten in unverminderter Lautstärke weiter.

Es klang, als würden sich die Personen, die da stritten, ein Stück weiter drinnen im Haus befinden. Die Stimmen konnte man gut hören, aber Iben wollte nicht riskieren, dass jemand, der auf der Straße vorbeikam, sie sah. Deswegen lief sie schnell ums Haus herum, hielt inne und horchte wieder.

Hier konnte man es gut hören, denn auf der Rückseite des Hauses war eines der Fenster gekippt. Und als sie sich auf Zehenspitzen stellte und hineinspähte, sah sie in der Diele hinter dem vorderen Raum zwei Personen. Ein älterer Mann mit tiefen Falten im Gesicht und der Mann, von dem sie jetzt wusste, dass es ihr Vater war.

Espen, dachte Iben. Der Ältere muss Espen sein.

»Ich gehe nicht ohne Matilda«, sagte ihr Vater. »So viel steht fest!«

Die Stimme klang hart, doch am Ende brach sie ab, als hätte er Angst oder wäre traurig.

»Bist du wirklich so dumm, dass du glaubst, du könntest hierherkommen und eine Menge Forderungen stellen?«, fragte der Ältere, von dem Iben glaubte, es sei Espen. »Bist du wirklich so dumm? Wie konntest du etwas so unfassbar Gefühlloses tun, loszufahren und Malin zu besuchen?«

Iben drückte sich so dicht an die Wand und das Fenster, wie sie nur konnte, um nicht entdeckt zu werden.

»Ja, wie konnte ich wohl so etwas Verrücktes tun?«, erwiderte Oskar.

Seine Stimme war jetzt gedämpft und klang sowohl resigniert als auch sarkastisch.

Er fuhr fort:

»Aber ich sage es gern noch einmal: Ich hatte ja verdammt noch mal keinen anderen, mit dem ich hätte reden können. Und ich wusste ja nicht, wie verletzt Malin ist.«

Jetzt war ein Schnauben von Espen zu hören.

»Nach allem, was wir für dich getan haben«, sagte er. »Du hattest nur eine einzige Sache, um die du dich kümmern musstest, und das war deine große Klappe. Wenn du deine Schnauze halten würdest, dann würden wir anderen das auch tun. Ich sage dir, dein Vater hatte bis zum Schluss Angst, dass du dich verplappern und anfangen würdest, in der Vergangenheit zu wühlen. Wenn er dich jetzt sehen könnte, Oskar, was würde er sich schämen.«

Oskars Reaktion war zornig.

Er schlug nur zehn Zentimeter von Espens Kopf mit der Faust in die Wand.

»Komm du nicht und sag mir, ich müsste dankbar sein!«, brüllte er. »Komm mir nicht mit den Lügen über alles, was ihr angeblich für mich getan habt. Was genau hast du denn für mich getan? Das würde ich sehr gerne wissen.«

»Wir haben hinter dir sauber gemacht«, erwiderte Espen heiser. »Wir haben uns um … um die Leiche gekümmert. Ich habe versucht, deinem Vater zu erklären, dass ich glaubte, du hättest versucht, Malin zu retten. Aber er hat nicht zugehört. Das tut mir wirklich leid.«

»Gut, rede du nur weiter«, sagte Oskar. »Aber sprich gerne auch über die anderen Details. Ihr habt euch um die Leiche gekümmert. Was genau habt ihr denn gemacht?«

Um die Leiche gekümmert.

Iben schauerte es, und sie drückte sich noch dichter ans Fenster.

»Das weißt du genauso gut wie ich.«

»Nein, das weiß ich nicht. Sagt, was ihr gemacht habt.«

Espen klang jetzt resigniert.

»Du bist krank, Oskar. Richtig schlimm krank. Und jetzt verschwinde aus unserem Haus und aus unserem Leben.«

»Nichts wäre mir lieber. Aber nicht ohne Matilda.«

»Kannst du wirklich für ein Kind sorgen? Du bist ein Mörder und ein Alkoholiker. Solche sollten keine Kinder haben.«

Das schnitt Iben ins Herz.

Solche sollten keine Kinder haben.

Oskar trat näher zu Espen.

»Und das ausgerechnet von dir, du Schwein. Du, der im Ernst glaubt, einem Kind einen Dienst zu erweisen, wenn du der Polizei nicht meldest, dass es jemanden ermordet hat.«

Espen machte einen Schritt vor.

»Du gibst also trotz allem zu, dass du es warst?«

»Das werde ich verdammt noch mal nicht tun, denn ich erinnere mich ja an nichts! Deshalb habe ich Malin besucht. Ich habe dir letztes Mal schon gesagt, dass ich meine Zweifel habe. Denn ich erinnere mich an rein gar nichts von alldem, was ich eurer Aussage nach angeblich getan habe. Und … ich glaube es nicht. Nicht mehr.«

Im Zimmer wurde es still.

Dann fuhr Oskar fort:

»Es muss jemand anders gewesen sein. Denn ich war es nicht.«

»Und wen beschuldigst du?«

Espens Stimme war ruhig, aber eiskalt.

»Niemanden. Absolut niemanden.«

»Mich vielleicht? Oder Olga?«

»Ich will, dass wir die Polizei einschalten«, sagte Oskar.

»Zur Hölle, begreifst du nicht, was das bedeutet?«

»Für dich bedeutet das gar nichts. Ihr habt die Leiche zerstückelt, aber dieses Verbrechen ist jetzt verjährt. Ich bin der Einzige, der hier etwas riskiert.«

»Du bist ein durch und durch schlechter Mensch, Oskar«, erwiderte Espen. »Dass du nicht einen Gedanken mehr an deine Verwandtschaft verschwendest.«

Iben bemerkte eine Bewegung hinter sich.

Blitzschnell drehte sie sich um und entdeckte eine Katze auf dem Rasen, die nur einen knappen Meter hinter ihr vorbeistrich. Sie atmete auf und widmete sich wieder dem Fenster.

»Zum allerletzten Mal«, sagte Oskar. »Wo ist Matilda?«

»Sie ist in sicheren Händen.«

»Das glaube ich nicht. Ich will sie zurück.«

»Du bekommst sie nur, wenn du versprichst, die Vergangenheit loszulassen und zu lernen, die Klappe zu halten. Du darfst Matilda erst wieder sehen, wenn du aufhörst, in allem herumzuwühlen.«

Oskar holte Luft.

Er sah so einsam aus, dass es Iben im Herzen wehtat, ihn anzusehen.

»Ich weigere mich«, sagte Oskar. »Ich habe schon viel zu lange geschwiegen. Ich will Matilda, und ich will Gerechtigkeit.«

Espen sah Oskar lange an.

Dann sagte er:

»Du kannst wählen. Willst du Matilda oder Gerechtigkeit? Beides wirst du nicht bekommen.«

Befand sich Olga in diesem Haus? Ganz allein mit zwei Männern, die ziemlich viel Adrenalin getankt zu haben schienen? Und wer war Matilda?

August wusste nicht, was er denken oder tun sollte. Die Polizei war unterwegs, doch weder Maria noch Ray-Ray gingen ran, wenn er anrief.

August hatte sich erst ins Auto gesetzt und wollte schon wegfahren, war dann aber doch geblieben. Aus dem Auto heraus konnte er Olgas Haus nicht richtig sehen, und das störte ihn. Er war nicht der Mann, der sich prügelte oder Streit anzettelte, doch fiel es ihm schwer, nichts zu tun, wenn andere in Gefahr waren. Die Frage war, was er tun könnte. Die Polizei hatte ihn ausdrücklich beordert, nicht einzugreifen, doch das fühlte sich jetzt falsch an.

Unsicher, was zu tun war, stieg er aus dem Auto.

Wenn ich schon mal hier bin, dachte er, wie kann ich dann unterlassen, etwas zu tun?

»August?«

Eine gebeugte Figur zeichnete sich ein Stück weiter vorn im Nebel ab. Das war Olgas dünne Stimme, die ihn da rief. Sie hatte ihn erkannt, noch ehe er sie bemerkt hatte.

»Ja, ich bin es.«

Er ging langsam auf sie zu.

»Aus welcher Richtung sind Sie denn gekommen? Ich habe da hinten an der Kreuzung gewartet.«

Olga sah ihn mit einem etwas wilden Blick an. Seinen Fahrradhelm hatte sie auch nicht dabei.

Sie war völlig verändert. Die Person vor August war nur ein Schatten der Frau, die er noch vor einem Tag getroffen hatte. Sie hatte schwarze Ringe unter den Augen, und ihr Gesicht war kreidebleich.

»Ich habe mich verfahren, deswegen bin ich aus der anderen Richtung gekommen«, antwortete August schließlich.

Olga betrachtete ihn.

Plötzlich war aus dem Haus ein gedämpfter Schrei zu hören. Und dann Streit.

»Zum letzten verdammten Mal, Espen, wo ist Matilda?«

Olga schrak zusammen.

»Oh, Jesus«, flüsterte sie.

Sie machte Anstalten, an August vorbeizugehen und ins Haus zu eilen, hielt aber inne.

»Das Messer«, sagte sie. »Bitte geben Sie es mir.«

Sie streckte ihre Hände vor.

August schluckte.

»Was ist hier eigentlich los, Olga?«, fragte er. »Was haben Sie mit dem Messer vor?«

Olga wand sich wie ein Wurm am Haken.

»Es ist besser, wenn Sie das nicht wissen.«

Aus dem Haus war neuerlicher Lärm zu hören. Es klang, als würde jemand jedes einzelne Möbelstück umwerfen.

»Schnell jetzt«, sagte Olga. »Geben Sie mir das Messer. Ehe noch jemand stirbt.«

Letzteres hätte wie eine Drohung klingen können, doch so war es nicht. Ihre Stimme war viel zu traurig, als dass sie ihm bedrohlich vorgekommen wäre. Es klang mehr wie eine verzweifelte Feststellung.

Irgendetwas war wahnsinnig schiefgegangen, und jetzt wusste Olga nicht, wie sie alles wieder ins Lot bringen sollte.

August zögerte.

Das Messer war eine Waffe.

Wurde das in diesem Moment wirklich so dringend in Olgas Haus gebraucht?

»Ich glaube, ich behalte das Messer«, sagte er.

In Olgas Blick loderte etwas auf. Purer Zorn – August bekam es mit der Angst zu tun.

»Her. Mit. Dem. Messer.«

Man hörte an Olgas Stimme, dass sie keine Kompromisse oder Verhandlungen mehr akzeptieren würde. Sie wollte das Messer haben, und zwar um jeden Preis.

Dennoch drückte er den Karton, in dem das Messer lag, fester an seine Brust. Das war dumm, denn Olga bemerkte die Bewegung sofort.

»Haben Sie das Messer da drin?«, fragte sie und sah auf den Karton.

»Nein«, erwiderte er.

Aber offensichtlich log er schlecht, denn Olga begann an der Schachtel zu zerren.

»Hören Sie auf«, rief August. »Ihnen ist ja wohl klar, dass ich Ihnen in dieser Situation kein Messer geben kann. In Ihrem Haus herrscht Chaos, das wäre verdammt gefährlich, wenn ich ...«

Olga unterbrach ihn mit einem empörten Zischen. Mit einem Mal sah sie gar nicht so erschüttert und schwach aus, sondern im Gegenteil ganz aufrecht und stark.

Die Verwandlung ließ August einen Schritt zurückweichen.

Olga machte auf dem Absatz kehrt und ging mit entschlossenen Schritten zum Haus. August hörte ihre heiseren Atemzüge und folgte ihr zögernd.

Er bereute zutiefst, angeboten zu haben, Olga das Messer zu bringen. Was sollte er nur tun, wenn jemand ihm das wegnahm?

Verzweifelt suchte er im Nebel nach Stellen, an denen er es verstecken könnte. In Olgas Haus sollte es definitiv nicht wandern.

Schnell machte August einen Abstecher zum Haus gegenüber. Dort war das Grundstück von einer grünen Hecke umgeben, und mit einer eleganten Bewegung drückte August den Karton mit dem Messer direkt ins Gebüsch.

Das Rascheln ließ Olga innehalten, doch dann war sie ganz schnell bei ihrem Haus. Sie riss die Tür auf und eilte hinein.

August lief hinterher, konnte aber nur Bruchstücke von dem, was darin gesagt wurde, hören, dann schlug die Tür zu.

»Beruhigt euch, man hört euch im ganzen Viertel!«

»Das ist mir scheißegal! Ich habe nichts zu verbergen! Nicht mehr!«

Irgendetwas war in diesem Haus überhaupt nicht in Ordnung. Die bedrohliche Stimmung drang in den Nebel hinaus und machte die Luft schwer.

Hier konnten Menschen sterben.

Zwar hatte niemand eine Todesdrohung ausgesprochen, aber August spürte es ganz deutlich: Die Situation war außer Kontrolle.

Rein theoretisch hatte er alles getan, was man von ihm erwarten konnte.

Die Polizei war unterwegs.

Hilfe war unterwegs.

Und das Messer war fürs Erste aus dem Spiel.

Jetzt hatte er keine andere Aufgabe mehr, als sich von dem Ort zu entfernen.

Aber gerade das konnte er nicht.

Ich muss wenigstens hören, dass sie nicht sich gegenseitig umbringen, dachte er.

Kaum dass er ein paar Schritte näher gekommen war, ging die Tür wieder auf, und die Stimmen hallten erneut über die Straße.

»Ich will haben, was mir gehört. Ich will mein Kind, und ich will das Leben, auf das ich ein Anrecht habe.«

August blieb stehen.

»Du elendes Untier«, antwortete Olgas Mann. »Was du im Laufe der Jahre nicht alles an Mist angestellt hast. Wie oft haben deine Eltern nachts wach gelegen und sich gefragt, ob du noch lebst oder schon tot bist. Und dann kommst du hierher und stellst Forderungen. *Pfui Teufel.*«

Jemand stürmte aus dem Haus.

Nicht Olga.

Nicht der Mann, den August im Auto hatte ankommen sehen.

Ein älterer Mann. Espen.

August trat näher.

Es war eine bizarre Situation. Der Nebel trennte alle Beteiligten voneinander, niemand schien ihn zu sehen, obwohl er doch mitten auf der Straße stand.

Eine Autotür ging auf und wurde zugeschlagen.

Der jüngere Mann rannte auch aus dem Haus.

Er brüllte wie ein Tier.

»Espen! Bleib stehen! Bleib stehen!«

Olga kam hinterher.

Ein Auto setzte aus der Auffahrt zurück, aber wo kam das denn her? Erst als er näher kam, sah August die geöffnete Garagentür. Und dann erkannte er das Auto.

Ein schwarzer Jeep.

Der jüngere Mann lief weiter brüllend neben dem Auto her. Aber er hatte keine Chance. Es half auch nichts, dass er sich an der Autotür festklammerte. Der Jeep fuhr einfach.

Der Mann machte kehrt und rannte zu seinem eigenen Auto.

August wich zurück und ging in die Hocke.

Dann ein neuer Aufschrei.

»Verdammt! Er hat meine Autoschlüssel weggenommen!«

Olga versuchte, ihn zu beruhigen.

»Komm mit ins Haus, Oskar.«

»Sag, dass Matilda nicht in dem Auto ist!«

»Er wird sie nicht anrühren. Ich verspreche es dir. Komm mit, dann rufe ich ihn an. Dieser Wahnsinn muss mal ein Ende haben.«

Der Mann namens Oskar hustete.

Weiter hinten war ein rotes Licht im Nebel zu erkennen.

Das Bremslicht vom Jeep.

Er war stehen geblieben.

Die Tür des Hauses ging zum zweiten Mal zu, und im selben Moment fasste August einen Entschluss.

Während er noch einmal die Polizei anrief, um zu erzählen, was er gesehen und gehört hatte, dass nämlich ein Kind in einem Jeep, der von einem Mann namens Espen gefahren wurde, entführt worden war, rannte er zu seinem Wagen und folgte dem Jeep.

Wut und Angst ließen es vor Oskars Augen nur so blitzen.

Er und Olga standen in der Diele.

Die war zu klein. Die Wände standen zu dicht, und die Decke war zu niedrig.

Mein Gott, ich werde ersticken.

Olga rief Espen an. Einmal, zweimal, dreimal.

Schließlich ging er ran.

»Es ist genug!«, sagte Olga. »Espen, kommt zurück – es ist vorbei.«

Doch ihr Mann schien nicht zu hören, oder vielleicht wollte er nicht.

Der elende Alte.

Olga flehte ins Telefon.

»Begreifst du nicht, wie falsch das hier ist? Wir müssen erzählen, was passiert ist. Mein lieber Espen, wir müssen es erzählen.«

In der Diele wurde es wahnsinnig still. Die Wände schienen auf sie zuzurücken.

Was zum Teufel mussten sie erzählen?

Olga ließ das Telefon mit einem Knall zu Boden fallen.

»Du warst es nicht«, flüsterte sie dann.

Oskar stand wie vom Donner gerührt.

Er spürte nichts, er dachte nichts.

»Du warst es nicht«, sagte Olga noch einmal.

Es war, als wäre sein ganzer Kopf mit Watte gefüllt.

Vor ihm stand eine Person, die er seit seiner Geburt kannte, doch sie war eine Fremde, das musste er jetzt einsehen.

Aus dem Telefon war ein Jammern zu hören.

Das Geräusch lenkte Olga und Oskar ab.

Olga hatte versehentlich die Lautsprecherfunktion eingeschaltet, als sie das Telefon fallen ließ. Oder hatte sie es bewusst getan? Es spielte keine Rolle, gar nichts spielte mehr eine Rolle.

»Was tust du?«, rief Espen.

»Ich repariere, was repariert werden kann«, erwiderte Olga und sah Oskar an.

»Nein, Olga. Nein, das kann niemals repariert werden.«

»Ich glaube, du täuschst dich, Espen. Ich glaube nicht, dass es zu spät ist. Wir hätten das schon längst tun sollen.«

Ihre Stimme klang eintönig.

»Liebling, du bist jetzt erschöpft«, sagte Espen. »Ich weiß, ich bin es auch. Aber das hier ist nicht die richtige Art und Weise …«

Olga beugte sich herab, hob das Telefon auf und schaltete es aus.

»Als Kinder wart ihr einander so ähnlich, du und Malin«, sagte sie und sah Oskar an. »Wusstest du das?«

Er schüttelte den Kopf.

Seine Gedanken kreisten um das, was sie gerade gesagt hatte.

Du warst es nicht.

»Ihr wart beide so zornig, so besinnungslos. Deine Mutter hat mich wieder und wieder angerufen, um über all das zu reden, womit sie konfrontiert war, und ich erkannte mich so gut in ihr wieder. Es gab nur einen einzigen Unterschied, und das war, dass du dich noch mehr geprügelt hast als Malin. Und du warst ja so viel jünger. Als die Probleme deiner Eltern mit dir anfingen, war ich schon auf dem Weg aus dem Sturm heraus. Und als Malin Mats kennenlernte, da dachte ich wirklich, alles würde sich regeln. Denn er machte sie so durch und durch glücklich.«

Oskar hörte, was sie sagte, begriff es aber nicht.

»Mats?«, flüsterte er.

»Sie hatte eine Affäre mit Mats Broman. Oder besser gesagt, *er* hatte eine Affäre. Für Malin war es eine richtige Beziehung, oder sie wollte das zumindest. Sie hat sich mir anvertraut, aber da war die Sache schon weit fortgeschritten. Sie war sehr verliebt, und das hat sie verändert.«

Olga suchte nach Worten.

»Und dann ist etwas passiert, das … das habe ich nicht verstanden. Mats hat davon gesprochen, dass sie Schluss machen sollten, dass sie unterschiedliche Vorstellungen hatten. Sie haben laut und wild gestritten, und du warst offensichtlich auch da, in Malins Schlafzimmer eingesperrt. Sie hat mir hinterher davon erzählt, dass du in die Hose gemacht hättest. Und so ging es einige Tage, und dann kam jener Nachmittag, an dem sie uns in völliger Panik anrief.«

Oskar bemühte sich, ganz langsam zu atmen. Er erinnerte sich daran, wie sich die kalte Hose angefühlt hatte, nachdem er es nicht geschafft hatte, sich zurückzuhalten. Die Erinnerung brannte und glühte. Die Demütigung, die er empfunden hatte, und die Angst, im Stich gelassen worden zu sein.

Sie hatte ihn eingesperrt, weil sie ein Date hatte.

Mit Mats Broman.

»Was ist an dem Tag passiert?«, flüsterte er.

Olga wandte den Blick ab.

»Er hat nur mit ihr gespielt«, sagte sie leise. »Und dieser Betrug hat sie so schrecklich fertiggemacht. Der Tag, an dem er für immer Schluss gemacht hat, glich keinem anderen. Sie … Malin hat an dem Tag auch auf dich aufgepasst. Sie hatte ein Schlafmittel in die Milch getan, die du zum Mittagessen getrunken hast, damit du am Nachmittag schlafen würdest, wenn Mats zu Besuch kam. Sie hoffte bis zum letzten Moment, dass er käme, um sich wieder mit ihr zu versöhnen. Aber er wollte ihre Beziehung beenden und bat sie, niemandem davon zu erzählen. Er fürchtete, dass Lydia sie entdeckt haben könnte, und hatte sich deshalb entschieden, die Affäre abzubrechen. Malin war so traurig, dass sie Panik bekam.«

Oskar stand ganz still da und wartete auf das Finale.

»Kurz nachdem Mats gegangen war, tauchte Lydia auf«, erklärte Olga. »Sie hatte durchaus gespürt, dass Mats sie betrog, und war ihm offensichtlich gefolgt. Nun hatte sie den Beweis. Aber sie wusste nicht, dass Mats eigentlich zu Malin gekommen war, um Schluss zu machen. Lydia glaubte, dass sie gerade ein Schäferstündchen miteinander verbracht hätten, und war außer sich vor Wut, als sie Malins Wohnung betrat. Lydia machte Malin schreckliche Vorwürfe, was aber natürlich verständlich war. Doch irgendwann wurde es zu schlimm für Malin, und sie konnte sich nicht mehr beherrschen.«

Allmählich konnte Oskar klarer denken und verstehen, was Olga hier gerade erzählte.

»Sie konnte sich nicht beherrschen?«, echote er.

»Ich hatte alle Warnsignale verpasst«, sagte Olga, ohne ihn anzusehen. »Ich hatte nicht begriffen, wie verändert sie durch die Beziehung zu Mats geworden war. Was für eine Angst sie davor hatte, verlassen zu werden, und wie ungesund ihre Zweisamkeit im Grunde für sie war. Sie hätte an dem Tag wirklich nicht auf dich aufpassen sollen, sie war ja kaum imstande, für sich selbst zu sorgen. Und du warst in den Tagen davor nicht zu bändigen gewesen, hattest viel geschimpft und gestritten.«

Oskar antwortete schnell und defensiv:

»Ich war doch nur ein Kind. Wie anstrengend kann ich denn gewesen sein?«

»Überwältigend anstrengend«, sagte Olga. »Du hattest mehrere der Kinder in der Schule geschlagen und erwachsene Menschen verschreckt. Ich … ich hatte nicht das Gefühl, dass sich das auswachsen würde. Ich war sicher, dass du kriminell werden würdest. So darf man nicht über Kinder denken, aber ich habe es trotzdem getan. Denn du warst so zornig. Ich weiß jetzt, dass ich mich getäuscht habe, und ich werde das niemals wiedergutmachen können. Und vielleicht würde ich es ja wieder genauso machen, wenn ich die Möglichkeit hätte, denn du musst wissen, Oskar, das eigene Kind steht einem immer am nächsten. Ich war gezwungen, zu wählen. Ich konnte nicht euch beide retten.«

Olga sah völlig fertig aus, und dennoch spürte Oskar, dass er sie und Espen am liebsten so geschlagen hätte, dass keiner von ihnen wieder aufwachte.

Er ballte die Fäuste.

»Hat Espen Lydia ermordet?«, fragte er. »Aus Rache? War es so?«

Olga schüttelte den Kopf.

Und schließlich kam die Antwort auf die Frage, die ihn so lange gejagt hatte:

»Er war es auch nicht, Oskar. Es war Malin. Malin hat Lydia ermordet.«

Erst wurde es ganz still. So still, dass Iben fast keine Luft bekam. Von ihrem geheimen Platz aus konnte sie sehen, wie ihr Vater rot anlief. Hochrot.

Er war es nicht.

Ibens Papa war es nicht, der Lydia Broman ermordet hatte.

»Alle diese Jahre«, sagte Oskar mit erstickter Stimme.

»Verzeih!«, rief Olga. »Verzeih uns! Malin hat angerufen und erzählt, was passiert war. Dass Lydia zu ihr gekommen war und dass Malin in ihrer Wut ein Messer genommen hatte – das größte, das sie besaß –, um sie damit zu bedrohen, aber da hatte Lydia sie nur ausgelacht und kindisch genannt, und das konnte Malin nicht ertragen und hat mit dem Messer auf sie eingestochen. Das muss ziemlich übel gewesen sein, denn Lydia starb schnell. Als wir dorthin kamen, war überall Blut, und dann bist du plötzlich aufgewacht und kamst in die Küche. Verschlafen und wütend. Und da … da hat sich einfach alles so ergeben. Du warst so jung, du würdest gar nicht so viel an das denken, was da passiert ist, als du klein warst. Und …«

»Wie bitte? Machst du dich lustig über mich?«

Iben fuhr zusammen, als Oskar so brüllte.

»Ich würde nicht an das denken, was da passiert ist? Spinnst du? Ihr habt doch die ganze Zeit über nichts anderes geredet. Ich …«

»Es hat sich dann so aufgebläht! So furchtbar aufgebläht. Keiner von uns wusste, was man mit einer Leiche macht. Wir wussten nicht, wie schwer so ein lebloser Körper sein kann. Und Malin hat die ganze Zeit nur geschrien, man kam gar nicht an sie heran. Espen hat gesagt, wir müssten die Leiche woanders hinbringen, also haben wir das getan. Wir haben sie hierhergebracht … in die Garage. Und dann ging es los – Lydia wurde vermisst gemeldet. Und eine Leiche riecht ja so schnell. Wir waren gezwungen, noch am selben Tag zu handeln. Also haben wir mit deinen Eltern gesprochen, und sie … sie waren völlig am Boden zerstört. Wir waren uns einig, dass wir die Leiche auf eine Weise loswerden mussten, dass die Spur auf Mats hinwies und nicht auf uns. Mats hatte doch alles verursacht, da war es nur angemessen, dass er die Schuld bekam. Es war so einfach und gleichzeitig so schwer.«

Olga sah resigniert aus. Und schwach. Iben fürchtete schon, dass sie in Ohnmacht fallen würde.

»Ich war schon mal bei Lydia und Mats gewesen, um Wild zu kaufen, und da hatte ich die Tiefkühltruhe im Keller gesehen«, erklärte Olga mit schwacher Stimme. »Und ich wusste, dass sie die Kellertür nicht abschlossen. Aber es war eine sehr kleine Kühltruhe. Ich fürchtete, dass wir sie womöglich nicht reinkriegen würden. Also überlegten wir erst, sie in unsere eigene Truhe zu legen oder sie ins Meer zu werfen, aber das würde kaum die Aufmerksamkeit auf Mats richten. Und auch wenn wir vor deinen Eltern so taten, als wärest du es gewesen …«

»Warum, zur Hölle, habt ihr das getan?«

»Wir hatten doch keine Wahl! Wir konnten doch deinen Eltern nicht erzählen, dass es Malin gewesen war, die Lydia getötet hatte, und da du sowohl Lydia als auch all das Blut in der Küche gesehen hattest, konnten wir auch nicht sicher sein, dass du stillhalten würdest. Wir … Malin war erwachsen, und du warst ein Kind. Der Preis wäre für dich nicht so hoch wie für Malin, wenn sie festgenommen würde. Und wir haben es ja innerhalb der Familie gehalten. Niemand anders würde erfahren, was du getan hattest. Ich schwöre, dass wir nie vorhatten, dich bei der Polizei anzuzeigen. Und sowohl Espen als auch ich haben versucht, deinen Eltern zu erklären, dass du Lydia aus einer Notwehrsituation heraus getötet und eigentlich versucht hättest, Malin zu schützen. Aber deine Mutter und dein Vater fingen immer wieder davon an, dass es doch krank wäre, wenn ein Kind überhaupt keine Impulskontrolle besäße, und dass du offensichtlich nach deinem Großvater kommen würdest. So ist das alles viel mehr aufgeblasen worden, als wir uns vorstellen konnten. Und es wurde so falsch.«

Iben strengte sich an, normal zu atmen.

Es ging nicht.

Ihre Atemzüge wurden kurz und schnell.

Begriff diese Olga nicht, was sie und ihr Mann angerichtet hatten?

»Ich habe Lydia nicht gesehen«, sagte Oskar. »Ich bin ganz sicher, dass ich nur das Blut gesehen habe und nichts anderes.«

»Du hast Lydia gesehen«, antwortete Olga ruhig. »Aber wahrscheinlich warst du vom Schlafmittel so groggy, dass du gar nicht begriffen hast, was du sahst. Und wir konnten da wirklich nicht sicher sein.«

Sie nickte, wie um noch einmal zu bestärken, was sie gesagt hatte.

»Wenn wir eine andere Idee gehabt hätten, um Malins Verbrechen zu vertuschen, dann hätten wir Lydia wahrscheinlich in der Wohnung liegen lassen und die Polizei angerufen«, flüsterte sie. »Wir hatten keine Ahnung, was wir da taten. Nicht im Geringsten. Als Espen die Säge rausholte, da … Ich habe mich sofort übergeben. Ich konnte das nicht tun. Ich konnte es einfach nicht.«

Sie schüttelte den Kopf.

»Es war so unglaublich schwer«, sagte sie. »Ich konnte mir überhaupt nicht vorstellen, wie es sich anfühlen würde, so etwas zu tun. Sie aufzuteilen … damit sie in die Kühltruhe passte.«

»Zerstückeln«, flüsterte Oskar. »Nicht aufteilen, sondern zerstückeln. Ihr habt einen Menschen zerstückelt.«

Iben meinte, verrückt zu werden.

Was redeten die denn da?

»Hör auf«, entgegnete Olga, »sag das doch nicht so. Es klingt so schrecklich, und ich weiß, dass es so war. Aber wir waren dazu gezwungen, genauso wie wir die Säge und die Persenning Mats unterschieben mussten. Wir haben sie in sein Boot gelegt, nahmen an, dass sie dort gefunden werden würde. All das haben wir für Malin getan. Für unsere Tochter.«

»Sie brauchte einen Arzt!«, schrie Oskar. »Sie war doch krank. Und danach ist sie noch kränker geworden. Ihr habt sie verloren! Sie lebt, aber ihr habt sie trotzdem verloren. Und die ganze Zeit habt ihr mich glauben lassen, dass es meine Schuld sei und dass ich ein Mörder wäre.«

Olga senkte den Kopf und weinte.

»Wir haben so viele Fehler gemacht«, sagte sie. »Es ist alles einfach passiert, und ... dann, als wir einmal gesagt hatten, dass du das Messer in der Hand gehabt hättest, da konnten wir es nicht mehr zurücknehmen. Deine Eltern haben tausendmal mehr gelitten, als ich es mir je hätte vorstellen können, und ich habe deswegen immer ein schrecklich schlechtes Gewissen gehabt. Aber es war keine Zeit dafür, Oskar. Wir hatten keine Zeit zum Nachdenken.«

Da verlor Oskar noch einmal die Fassung. Iben kauerte sich vor Angst zusammen, als er die Stimme erhob.

»Dreißig Jahre!«, schrie er. *»Ihr hattet dreißig Jahre Zeit zum Nachdenken!«*

Jetzt beruhige dich, dachte Iben. Du musst dich beruhigen.

Er war zu wütend, zu empört.

Iben verstand ihn sehr gut, sie war selbst zornig und traurig, aber ihr Vater hatte noch mehr Grund, wütend zu sein. Sie erinnerte sich daran, was seine Freundin der Polizistin gesagt hatte.

Ich habe solche Angst, dass er sich unglücklich macht.

Genau so ging es Iben jetzt auch.

»Ich weiß«, sagte Olga. »Ich weiß. Und Menschen sind gestorben. Das weiß ich auch. Aber wir kamen an einen Punkt, an dem wir einfach nicht mehr zurückkonnten, obwohl es anderen dadurch schlecht erging.«

Oskar sah aus, als müsste er sich zwingen, kontrolliert zu atmen und nicht die Besinnung zu verlieren.

»Dieser Journalist«, sagte er, »der da auf Hovenäset erhängt worden ist. Wart ihr das auch?«

Ein Seufzer entrang sich Olga.

»Ja«, flüsterte sie. »Aber Espen hat ihn getötet. Versehentlich. Der Journalist hatte Malin besucht, und da gingen bei uns beiden die Alarmglocken los. Wir wussten schließlich nicht, welche Kräfte er in Gang setzen würde und ob er irgendwelche Kollegen hatte. Deshalb hat Espen dich gewarnt. Um sicherzugehen, dass du dich melden würdest, wenn jemand wegen der Sache Kontakt zu dir aufnehmen würde.«

Iben zitterten die Beine.

Olga hatte gesagt, Espen habe Vilhelm versehentlich ermordet.

Versehentlich?

Das klang einigermaßen krank.

»Ich will jetzt Matilda haben«, sagte Oskar. »Ich scheiße auf das alles hier, gib mir meine Tochter. Wo ist sie? Wohin ist Espen unterwegs?«

Olgas Blick flackerte.

»Ich weiß es nicht«, sagte sie. »Matilda hat Schlafmittel bekommen und schläft, genau wie du damals. Ich weiß nicht, wohin Espen mit ihr fahren will.«

»Dann krieg das mal schnell raus«, sagte Oskar. »Denn ich habe wegen diesem Scheiß bereits eine Tochter verloren, und ich habe nicht vor, das noch einmal zuzulassen.«

Ibens Herz brannte.

Du hast mich nicht verloren, dachte sie. Ich stehe hier.

»Das tut mir so leid«, sagte Olga. »Ich habe überhaupt nicht kapiert, was in deinen Vater gefahren ist, als er diesem Mädchen, das mit deinem Kind schwanger war, erzählt hat, was du getan hattest. Das war so wahnsinnig falsch, und …«

»Das kann man wohl sagen«, erwiderte Oskar. »Und noch einiges mehr als ›wahnsinnig falsch‹. Ruf Espen an. Jetzt, Olga.«

Olga betrachtete ihr Telefon, ohne einen Finger zu bewegen.

»Bestimmt kommt er bald«, sagte sie. »Und dann musst du aber versprechen, dass du …«

Da riss Oskar endgültig der Geduldsfaden.

Er stürzte sich wie ein wildes Tier auf Olga und drückte sie an die Wand.

»Ich muss überhaupt nichts versprechen! Ruf ihn an oder sag mir, wo er hin ist!«

Olga wand sich und schrie mit gepresster Stimme:

»Ich glaube, er wollte zu unserem Segelboot!«

Da flog die Eingangstür mit einer Kraft auf, die alle drei erstarren ließ.

»Ruhig!«

Die Stimme war ein Brüllen, aber alles, was Iben sehen konnte, war die gezogene Waffe. Und die Menge Personen, die sich durch die Tür drängten.

Polizisten. Viele.

Iben brach in Tränen aus.

»Lassen Sie die Frau los!«, sagte die Polizistin mit der Waffe.

Jetzt erkannte Iben, wer das war. Maria Martinsson.

»Sie haben meine Tochter entführt«, sagte Oskar.

»Das wissen wir. Es ist vorbei. Lassen Sie Olga los, damit Ihr Mädchen einen Papa hat, zu dem sie nach Hause kommen kann.«

Oskar löste seinen Griff und dann ließ er los.

Olga sackte wie eine Marionette auf dem Boden zusammen.

Iben sank im Blumenbeet auf die Knie.

Es war vorbei.

Alles war vorbei.

Autojagden.

Gab es irgendetwas Langweiligeres, was man im Film sehen konnte?

August meinte Nein. Die waren immer zu lang und außerdem völlig unrealistisch. Henriks Traum war immer, sich mit dem Ausruf »Folgen Sie dem da vorne!« in ein Taxi zu stürzen, aber seine Träume hatten sich ja noch nie wirklich mit denen von August gedeckt.

Und jetzt unternahm ausgerechnet August eine Verfolgungsjagd.

Sie fuhren auf einer schmalen Straße Richtung Meer.

Der Nebel ließ den schwarzen Jeep ab und zu aus dem Blick verschwinden, aber er konnte trotzdem dranbleiben. Das bedeutete aber leider auch, dass August selbst wahrscheinlich beobachtet wurde.

Verdammt noch mal.

August Strindberg war einfach nicht James Bond.

Das war keineswegs eine Überraschung, und deswegen hatte ihn selbst sein Impuls, dem Wagen zu folgen, wohl am meisten erstaunt.

Was habe ich mir nur dabei gedacht?

Der Jeep fuhr schneller.

Sie fuhren jetzt siebzig Stundenkilometer auf einer Straße, auf der sie wegen des Nebels besser höchstens vierzig gefahren wären. Die Sicht war schlecht und die Straße schmal.

August merkte, wie er das Steuer zu fest umklammerte.

Irritiert sah er aufs Handy. Er hatte Maria bereits mehrmals angerufen, doch sie ging nicht ran, und als er 112 angerufen hatte, wurde er schnell mit einer Ermittlerin verbunden, mit der er noch nie gesprochen hatte, und die sagte ganz entschieden zu ihm, dass er sofort seine Jagd auf den Jeep einstellen und die Unterstützung der Polizei abwarten sollte.

»Aber wie wollen Sie denn den Jeep finden, wenn ich nicht hinterherfahre?«, hatte August gefragt.

»Das ist nicht Ihr Problem«, hatte die Frau geantwortet. »Es ist für Sie selbst am besten, wenn Sie aus dem Weg gehen. Verstehen Sie das nicht?«

Natürlich verstand er das, doch in der Zeit, die vergangen war, seit er sich ins Auto gestürzt hatte, um dem Jeep zu folgen, war in ihm ein Gefühl von Verantwortung gewachsen.

Und so kam es ihm inzwischen völlig unmöglich vor, das alles loszulassen.

So etwas tut man nicht, dachte August. Nicht, wenn vorn in dem Auto das verschwundene Kind sitzt.

So viel meinte er aus dem Streit in Olgas Haus verstanden zu haben. Denn warum sollte Espen sonst mitten im Streit aus dem Haus stürzen und wegfahren? Er wusste nicht, wie und warum das Kind bei Olga und Espen war, sondern nur, dass es dort nicht sein sollte – mehr musste August nicht nachdenken.

An einen Feigling erinnert sich keiner, dachte er.

Er fragte sich, wohin sie wohl unterwegs waren.

Laut Handykarte würden sie bald in einem Freizeithafen in Väjern sein.

August musste an die Ereignisse im Winter denken, als er von Marias Exmann entführt worden war und Paul ihn umbringen wollte, indem er mit Augusts Dienstwagen geradewegs über eine Uferkante fuhr.

Hoffentlich würde der Jeep bald stehen bleiben.

Aber was würde er dann tun?

Sollte er umdrehen und wegfahren?

Womöglich würde die Situation noch weiter eskalieren.

Eine kleine Chance gab es noch, dass der Fahrer des Jeeps bisher nicht gemerkt hatte, dass er verfolgt wurde. Da wäre es nicht klug, unnötig Aufmerksamkeit auf sich zu ziehen.

Der Jeep fuhr schneller.

Erst nur ein wenig, dann dezidiert und aggressiv.

Das Steuer begann in Augusts Händen zu wackeln. Diese Art Autofahrten war er nicht gewohnt. Er bekam es mit der Angst zu tun.

Das hier kriege ich nicht hin.

Trotzdem fuhr er weiter.

Das Schlimmste war nicht das Gefühl, dass alles zu schnell ging, sondern dass er bemerkt worden war. Warum sollte jemand, der es nicht auf den Jeep abgesehen hatte, dasselbe wahnsinnige Tempo fahren?

August stöhnte leise über seine eigene Dummheit.

Der Fahrer des Jeeps hatte eine Falle gestellt, und er war freundlich reinspaziert.

Jetzt halte ich an, dachte August. Und drehe um.

Da entdeckte er, dass die Straße plötzlich eine Kurve machte.

Viel zu plötzlich.

Er trat auf die Bremse und riss das Steuer herum, aber die Kurve war zu eng und seine Geschwindigkeit zu hoch.

Alles, was er tat, kam zu spät und reichte nicht aus.

Deshalb sah er den Pfeiler erst, als er schon reinfuhr.

Es krachte lauter, als er sich hätte vorstellen können.

Der Lärm quietschender Bremsen und von Blech, das zusammengepresst wurde, und von Autoteilen, die zerschmettert wurden, vermischte sich mit seinem eigenen angstbesessenen Schrei.

Dann wurde es still.

Sehr, sehr still.

Es war noch nicht oft passiert, dass Maria sich als Ermittlerin etwas so Kindischem wie heimlichem Lauschen widmen musste.

Was eigentlich seltsam war, denn das war doch nichts anderes als die analoge Version elektronischen Abhörens.

Maria, Ray-Ray und ihre Kollegen hatten sich entschlossen, in das Drama, das sich in Espens und Olgas Haus abspielte, erst in dem Moment einzugreifen, als Oskar sich nicht mehr beherrschen konnte. Da meinte Maria, dass sie nun auch wussten, wo sich sein Kind befand.

Kurz vor dem Zugriff war die Verstärkung gekommen, und im nächsten Moment war die Straße voller Polizeiautos und uniformierter Polizisten mit schusssicheren Westen und gezogenen Waffen. Maria und Ray-Ray hatten eine ganze Weile dagestanden und zugehört, und auf diese Weise Antworten auf viele ihrer Fragen bekommen. Maria spürte, wie ihr Herz schneller schlug.

Die Leute hatten recht gehabt, was den Mord an Lydia Broman anging.

Ihr Ehemann war nicht ihr Mörder gewesen.

Wie hatte das passieren können?

Auch auf diese Frage würden sie sicher eine Antwort bekommen, doch im Moment mussten sie sich um andere, akutere Dinge kümmern.

Ray-Ray und ein paar der Kollegen setzten sich sofort in einen der Streifenwagen, um Espen und Matilda hinterherzujagen. Das Blaulicht blinkte, als sie losrasten, und das Martinshorn tönte durch den Nebel. Laut Olgas Aussage wollte Espen zu ihrem Segelboot fahren, das am Hafen der Halbinsel Springet lag. Matilda lag auf dem Rücksitz des Jeeps und sollte dann aufs Boot gebracht werden.

Maria strich Iben über den Rücken.

»Es ist vorbei, Liebes«, sagte sie.

Die Tränen liefen nur so über Ibens Wangen.

»Was machst du denn hier?«, fragte Maria. »Kannst du mir das nicht mal verraten?«

»Oskar ist mein Papa«, erklärte Iben. »Das habe ich im Frühjahr erfahren.«

Maria sah sie erstaunt an.

»Ich bin nach Hovenäset gekommen, um ihm zu helfen«, erklärte Iben. »Ich wollte einfach nicht glauben, dass mein Papa als Kind jemanden ermordet haben sollte.«

»Und du hattest recht«, sagte Maria.

Iben weinte leise. Sie sah so schrecklich allein und verlassen aus, dass Maria sie in den Arm nahm.

»Ray-Ray und ich wollen später noch mal mit dir reden, okay?«

Iben nickte.

Maria machte einen Schritt zurück und versuchte, die Lage zu überblicken. Olga war vor Ort festgenommen worden und wartete jetzt in einem Streifenwagen, und Oskar saß auf dem Rücksitz eines anderen Autos.

»Ich will zu meiner Tochter«, sagte er entschieden, als Maria zu ihm kam. »Ich werde kein Wort sagen, ehe ich sie nicht wiederhabe.«

»Das werden Sie so schnell wie möglich«, versicherte Maria ihm. »Aber Sie werden verstehen, dass Sie nicht mitfahren konnten. Um den Zugriff müssen wir von der Polizei uns kümmern.«

Oskar wandte den Blick ab.

»Ich könnte den verdammten Kerl totschlagen, der Matilda entführt hat«, sagte er mit heiserer Stimme.

Maria wartete, bis er den Kopf wandte, sodass sie ihm in die Augen sehen konnte.

»Wirklich?«, fragte sie. »Haben Sie so ein Bild von sich?«

Oskars Blick weitete sich.

Dann schüttelte er den Kopf.

»Nein«, flüsterte er. »Überhaupt nicht.«

»Das habe ich mir gedacht«, sagte Maria, die gerade Iben erblickte, die mit verweintem Gesicht und zerzausten Haaren langsam auf das Polizeiauto zuging.

»Warten Sie hier«, sagte Maria zu Oskar. »Ich komme wieder zu Ihnen, sobald ich etwas über Ihre jüngste Tochter weiß.«

Sie nickte einer Kollegin zu, dass sie auf Oskar achten solle.

»Meine jüngste Tochter?«, sagte er fragend.

Maria wandte den Blick zu Iben und dann wieder zu Oskar.

»Ja, denn Sie haben doch noch ein Mädchen, oder?«, erwiderte sie.

Oskar sah sie sprachlos an.

»Woher wissen Sie das?«, fragte er dann.

Maria machte Platz, damit Iben näher ans Auto kommen konnte.

»Hallo«, hörte Maria sie sagen. »Wir kennen uns nicht ... Aber ich heiße Iben und meine Mutter heißt Anna Syrén. Und ich glaube, du bist mein Papa.«

»Hallo, Iben«, flüsterte Oskar.

Dann begannen sie beide zu weinen.

Von Rührung überwältigt, wandte sich Maria ab. Durch den Nebel konnte sie ihre Kollegen sich wie Geisterwesen hin- und herbewegen sehen.

Das Handy klingelte. Sie wartete ein paar Momente, dann ging sie ran.

Vendela wollte sie sprechen.

»Wir haben das Buchmanuskript von Vilhelm gefunden«, sagte sie. »Es war in der Cloud hinterlegt, und die Kollegen aus Borås haben in der Höhle auch noch eine Kopie gefunden.«

Maria atmete schwer.

»Gut«, sagte sie. »Das wird uns eine große Hilfe sein, wenn wir die Ermittlung zusammenfassen.«

»Dachte mir schon, dass ich etwas spät dran bin«, sagte Vendela.

Maria musste an Vilhelm denken.

Offensichtlich war er ein sehr tüchtiger Journalist gewesen.

Sie bedauerte jetzt schon, dass sie wahrscheinlich nie genau herausfinden würden, wie er seine Informationen bekommen hatte. Und dass er selbst nicht mehr erfahren hatte, dass ihm genau die Enthüllung gelungen war, von der er geträumt hatte.

Sie bedankte sich bei Vendela für die Information und beendete das Gespräch.

Im nächsten Moment rief Ray-Ray an.

»Maria, wir sind jetzt am Hafen. Wir haben das Boot gefunden, aber es ist leer, kein Mensch in der Nähe. Und kein schwarzer Jeep.«

»Ich rede mit Olga«, sagte Maria kurz und legte auf.

Das Auto, in dem Olga saß, war gerade im Begriff, loszufahren, als Maria hinkam.

Sie klopfte an die Fahrerscheibe und lief neben dem Fahrzeug her.

»Stopp! Wartet!«

Die Scheibe glitt herunter, und ein Kollege schaute sie fragend an.

»Was gibt's?«

»Ich muss mit Olga sprechen, ehe ihr losfahrt.«

Auch die Scheibe auf Olgas Seite glitt herunter.

Maria beugte sich zu ihr hinein. Olgas Blick war auf eine Weise erloschen, die Maria an Tod denken ließ. Ein Schaudern durchfuhr sie.

»Olga«, sagte sie sanft, worauf die ältere Frau sie zögerlich ansah. »Espen ist nicht beim Segelboot. Wissen Sie, wo er sonst noch sein könnte?«

Olga schaute Maria an, ohne etwas zu sagen.

»Es ist sehr wichtig, dass wir ihn finden«, sagte Maria. »Das ist Ihnen sicherlich klar.«

Ein schwaches Nicken als Antwort.

»Väjern«, flüsterte Olga. »Er könnte in Väjern sein. Wir haben unser Motorboot kürzlich dorthin verlegt, weil … Ja, es hat sich einfach so ergeben. Meine Mutter wohnt dort, und ich bin ab und zu da.«

Olga verstummte.

»Was für ein Boot haben Sie?«, fragte Maria. »Und wo im Hafen liegt es?«

Die Antwort kam schnell, doch mit so leiser Stimme, dass Maria sich noch weiter vorbeugen musste, um überhaupt zu hören, was Olga sagte.

Dann zog sie sich zurück und rief Ray-Ray an, dem sie erzählte, was sie erfahren hatte. Gleichzeitig fasste sie einen Entschluss. Hier vor dem Haus von Espen und Olga gab es nichts mehr für sie zu tun.

»Ich nehme unseren Wagen und fahre sofort dorthin«, sagte sie zu Ray-Ray. »Dann treffen wir uns da und gehen gemeinsam auf ihn zu.«

»Ausgezeichnet«, sagte Ray-Ray und legte auf.

Im Vorbeigehen sah Maria Iben und Oskar miteinander sprechen.

Das Mädchen sah verlegen aus und wischte sich ab und an die Wangen ab.

Neuer Papa, neue Tränen.

Oskar sah gleichermaßen kaputt und stark aus. Das war eine ungewöhnliche Kombination seiner persönlichen Charakterzüge, doch völlig verständlich, wenn man bedachte, was er durchgemacht hatte.

Maria vermied es, zu den beiden hinzugehen. Sie wollte nicht erzählen müssen, dass Matilda nicht da war, wo man sie zu finden gehofft hatte.

Da vibrierte das Handy in ihrer Tasche.

Sie las, während sie das Auto aufschloss und sich hinters Steuer setzte.

Hallo! Bin allein im Laden. August ist bei einer Kundin namens Olga. Ist schon viel zu lange weg. Geht nicht ans Handy. Weißt du, warum er nicht kommt? Gruß, Gunnar.

Die kurzen Sätze ließen ihr das Blut in den Adern gefrieren.

August ist bei einer Kundin namens Olga.

Aber da war er ja gar nicht.

Sein Auto war auch nicht zu sehen.

Auf ihrem Telefon konnte sie sehen, dass er versucht hatte, sie zu erreichen, aber dass sie sich nicht immer gleich erwischten, war nichts Neues. Sie versuchte ihn anzurufen, landete aber auf seiner Mobilbox. Also rief sie noch einmal an und schickte danach eine kurze SMS, damit er merkte, dass sie ihn wirklich sprechen wollte.

Ungeduldig startete sie den Wagen und fuhr voller böser Ahnungen Richtung Väjern. Es war zutiefst unbehaglich, dass Espen Matilda zum Motorboot mitgenommen haben könnte, und jetzt musste sie außerdem noch darüber nachdenken, wo sich wohl August befand.

War er in einen Streit bei Olga geraten und hatte sich hinreißen lassen, einzugreifen?

Nein, nicht August. Niemals. Dazu war er zu klug.

Aber wenn er sich unter Druck gesetzt fühlte?

Er besaß einen starken Gerechtigkeitssinn. Wenn er das Gefühl hatte, jemand war in Gefahr, dann könnte er durchaus im Eifer des Gefechts meinen, er habe keine andere Wahl, als sich einzumischen.

Hoffentlich war es nicht so gewesen.

Maria rief Ray-Ray an.

»Kurze Frage«, sagte sie. »Hat August versucht, dich zu erreichen?«

»Ja, ich habe gerade gesehen, dass ich mehrere Anrufe gekriegt habe.«

Ray-Rays Stimme klang gedämpft, fast abwartend.

»Weißt du, was er wollte?«, fragte Maria, frustriert darüber, dass sie ihm alles aus der Nase ziehen musste.

»Ich glaube, ja«, erwiderte Ray-Ray. »Aber nicht, weil ich mit ihm gesprochen habe, sondern weil ich eben mit unserer Kommunikationszentrale in Kontakt war. Ich glaube, jemand von denen wollte dich auch anrufen.«

Marias Puls stieg.

»Ray-Ray, hör auf, in Rätseln zu reden. Ich höre doch, dass da irgendwas ist. Und ich weiß schon, dass August zu Olga wollte.«

»Exakt«, erwiderte Ray-Ray. »Offensichtlich war es August, der wegen des Streits zu Hause bei Espen und Olga die Zentrale angerufen hat.«

»Okay, wo ist er denn jetzt?«

»Das weiß ich nicht. Im Moment passiert so wahnsinnig viel gleichzeitig, ich denke, wir sollten Ruhe bewahren. Vielleicht ist er losgefahren, um etwas zu essen zu kaufen oder ...«

»Danke, aber diese Art Aufmunterung benötige ich gerade nicht«, erwiderte Maria und legte auf.

August, wo bist du?

Der Motor des Autos heulte, als sie aufs Gaspedal trat. Zum Teufel mit dem Nebel. Ab und zu warf sie rasche Blicke auf das Handy, wollte nichts lieber, als dass August sich melden würde.

Doch er meldete sich nicht.

Das Telefon steckte schweigend in seinem Halter.

Maria fuhr noch etwas schneller und hätte fast die Abfahrt verpasst, wo sie abbiegen musste. Sie bremste heftig und musste ins Steuer greifen, um das Auto nicht in den Graben zu fahren.

Nun war sie auf einem schmalen, sich dahinschlängelnden Weg.

Sie fuhr langsamer als zuvor, aber immer noch zu schnell.

Hoffentlich war Ray-Ray noch schneller gefahren, sodass er und die Kollegen bereits vor Ort waren.

Als sie sich dem Hafen näherte, wurde ihr klar, dass das wohl nicht der Fall war.

In einer scharfen engen Kurve entdeckte sie nämlich etwas, was ihr Gehirn nicht verstehen konnte – oder wollte.

Ein schief stehender Poller, der im Nebel aussah wie ein gebogener Pfeifenputzer.

Und ein blauer Kastenwagen, der bei hoher Geschwindigkeit mit dem Poller kollidiert sein musste, denn die ganze Schnauze des Wagens war eingedrückt.

Als Maria das Fahrzeug erkannte, trat sie sofort auf die Bremse.

August!

Der Wagen rollte fast noch, als sie die Tür aufriss und zum Unglücksort stürzte.

»August!«

Sie rief seinen Namen so laut, dass sie vor ihrer eigenen Stimme erschrak.

»August!«

Der Boden unter ihren Füßen war weich. Das Auto war hart und abweisend, als sie über den Lack strich, während sie zur Fahrertür ging.

Lieber guter Gott, lass ihn am Leben sein.

Sowie sie zum Fenster an der Fahrerseite kam, sah sie ihn. Der Kopf hing schlaff auf die Seite, und über seinem langen Torso saß der Sicherheitsgurt fest angezogen.

Maria tastete nach der Tür und versuchte, sie zu öffnen, doch die schien bei dem Aufprall so beschädigt worden zu sein, dass sie nicht aufging.

»Nein, nein, nein«, flüsterte sie.

Da hörte sie eine heisere Männerstimme hinter sich.

»Auf der anderen Seite sieht es besser aus. Da können Sie wahrscheinlich die Tür öffnen. Aber tun Sie das nicht, das Auto könnte in Flammen aufgehen.«

Maria fuhr herum. Hinter ihr stand Espen Samuelsson. Und neben ihm auf dem Boden lag in Nebelschleier eingehüllt ein kleines Mädchen und schlief.

Zusammen sahen die beiden aus wie ein seltsames Gemälde.

Auf der Straße bremste ein Auto scharf, und aus der Entfernung hörte sie Ray-Rays Stimme.

»Zurück, Espen. Zurück. Die Hände hoch, sodass ich sie sehen kann!«

Maria rannte ums Auto herum und zog am Griff der anderen Tür.

Espen hatte recht gehabt.

Diese hier ging auf.

»Maria, vorsichtig. Geh nicht ins Auto rein. Aus dem Kühler qualmt es, siehst du das, Maria?«

Ray-Rays Stimme war jetzt ganz nah. Zwei Kollegen waren hinzugekommen und übernahmen jetzt Espen. Aber Maria war das alles egal.

Sie konnte sich nur auf August konzentrieren.

Er sah aus, als würde er schlafen.

Der Kopf sah so schwer aus und der Körper so schlaff.

»Liebling?«

Vorsichtig strich sie ihm über die Wange. Die war warm unter ihrer Hand, und als sie mit den Fingern an seinem Hals tastete, spürte sie einen schwachen Puls pochen.

Die Erleichterung ließ sie kurz alle Sorge vergessen.

»Er lebt!«, rief sie. »Er lebt!«

Hinter ihr rief Ray-Ray einen Krankenwagen.

Und in ihr kam der Schwindel wieder angekrochen. Maria schluchzte auf.

Nicht jetzt.

Doch diesmal gelang es ihr nicht, vom Karussell abzusteigen. Die Welt drehte sich immer schneller, und widerwillig zog sie sich aus dem Kastenwagen zurück. Sie machte einen Schritt zurück, dann zwei. Torkelte nach vorn. Konnte die Angst nicht mehr tragen, die ein Teil von dem ist, was man Liebe nennt.

»Bist du okay?«

Ray-Rays besorgte Stimme.

Etwas stieß gegen ihren einen Fuß, als sie versuchte, vorwärtszugehen. Ein Widerstand. Ein Stein?

Sie richtete den Blick nach unten, sah aber nichts.

Weit, weit entfernt, hörte sie Espen Samuelsson sagen:

»Ich wollte, dass Malin es so gut wie möglich haben würde. Das war das Einzige, was ich jemals wollte.«

Maria schloss die Augen.

Dann fiel sie, und die Welt wurde schwarz.

Mein letztes Jahr mit dir

Du bist gestern gestorben. Du bist noch hier, und doch nicht. Also denke ich an dich als tot. Die Ärzte sagen, dass du nie wiederhergestellt werden wirst. Die Tochter, die wir hatten, ist nicht mehr. Übrig geblieben ist jemand, der nie wird sprechen können und der nie ein eigenes, selbstständiges Leben wird leben können.

Ich kann das nicht begreifen.

Dein Vater und ich haben alles für dich getan, was wir konnten.

Und dann haben wir doch übersehen, dass es dir so schrecklich schlecht ging.

Du hast nicht ertragen, was du getan hattest.

Ich werde mir nie verzeihen, dass wir nicht erkannt haben, wohin es führen würde, dass wir nicht eingegriffen haben.

Ich werde niemals aufhören, zu trauern.

Aber nun ist es, wie es ist.

Du hattest solche Angst, entdeckt und für dein Verbrechen verantwortlich gemacht zu werden, aber du kannst ganz sicher sein, dass niemand jemals die Wahrheit erfahren wird. Ich weiß, dass du deswegen unruhig warst. Und außerdem fandest du es falsch von uns, Oskar vor seinen Eltern zu beschuldigen, aber glaube mir: Alles wäre unendlich viel schlimmer geworden, wenn du den Mord gestanden hättest.

Oskar ist noch so jung, er wird eine gute Jugend verleben und niemals für den Mord an Lydia verurteilt werden. Unglücklich ist nur, dass seine Eltern scheinbar nicht aufhören können, ihm immer wieder vor Augen zu halten, was er getan hat (oder nicht getan hat). Papa hat seinen Bruder um Oskars willen angefleht, die Sache loszulassen, aber der hört nicht auf. Er sagt, er könne keinen unbestraften Mörder in seinem Heim haben, und wenn Rechtswesen und andere Behörden sich nicht um die Bestrafung kümmerten, dann müssten eben wir in der Familie es tun.

Das grämt deinen Vater und mich, denn es kann nicht gut enden. Diese

Ungerechtigkeit gegenüber Oskar wird schrecklich schwer zu ertragen sein, aber wir hatten keine andere Wahl. Das war die einzige Art, wie man dieses Drama beenden konnte.

Ich sage nicht, dass wir recht getan haben, ich meine nur, dass nicht alles falsch war.

Und mit diesen Worten mache ich einen Punkt.

Ich werde keine weiteren Geburtstagtexte mehr an dich schreiben, liebe Malin. Nicht jetzt, da du versucht hast, dein Leben zu beenden, und so deine Zukunft zerstört hast. Dieses Buch werde ich verstecken, und das aus mehreren Gründen. Jetzt, da ich meine früheren Texte lese, wird mir klar, dass es schon lange her ist, dass ich hier für jemand anderen als für mich geschrieben habe. Keine anständige Mutter würde ihrer Tochter ein Buch wie dieses geben.

Alles, was wir hatten, ist vernichtet.

Die Zeit vor uns ist dunkel und ungewiss.

Nur eins weiß ich mit Sicherheit:

Ich liebe dich. Das habe ich immer getan.

3. August

»Goldene Zeiten«

An dem Tag, als der Backwettbewerb vonstattengehen sollte, schien die Sonne über Hovenäset. Das Meer glitzerte, und die Felsklippen glänzten. Der Tisch, auf dem alle Backwerke präsentiert werden sollten, wurde schon um neun Uhr am Morgen aufgestellt, und um zehn begann eine Gruppe von fünf Helfern, die Plätze unter den angemeldeten Teilnehmern – inzwischen mehr als siebzig – zu verteilen.

Die Jury war am Abend zuvor angekommen und im Smögens Hafvsbad einquartiert worden, wo sie den berühmten Fischeintopf des Restaurants gegessen und die besten (und teuersten) Weine des Hauses getrunken hatten.

Henrik war einen Tag vor der Jury angekommen.

Nachdem er gehört hatte, was August zugestoßen war, hatte er alle anderen Verpflichtungen abgesagt.

»Wie zum Teufel kann jemand in deinem Alter so dumm sein, sich im Nebel auf eine Verfolgungsjagd zu begeben?«, hatte er gefragt, nachdem sich die beiden umarmt hatten. »Warst du besoffen?«

»Nein«, hatte August geantwortet. »Ich war nicht besoffen. Und gegen den Nebel konnte man ja nichts ausrichten. An einen Feigling erinnert sich niemand, das sagst du doch immer.«

Das hatte Henrik zum Schweigen gebracht. Beide wussten, dass er diesen Spruch nie wieder von sich geben würde.

August hatte ein weiteres Mal einen Schutzengel gehabt.

Da sein Kopf gegen die Nackenstütze gedonnert war, hatte er eine anständige Gehirnerschütterung davongetragen, was ihm wiederum heftige Kopfschmerzen beschert hatte, die immer noch nicht ganz weg waren. Außerdem hatte er sich zwei Rippen gebrochen und das Knie verletzt.

»Ich kann mich nicht entsinnen, dass du während deiner Zeit in Stockholm auch nur ein einziges Mal in einen Unfall verwickelt gewesen wärest«, sagte Henrik, als sie ein spätes Frühstück auf dem Balkon von August und Maria einnahmen.

»Während meiner Zeit in Stockholm war ich andererseits auch sehr unglücklich«, entgegnete August.

»Du meinst, es gibt dir einen Kick, ständig auf der Grenze zwischen den Lebenden und den Toten zu spazieren?«

»Ich meine, du solltest aufhören, so einen Mist zu reden.«

August zwinkerte Henrik zu.

Der Freund hatte bei ihnen übernachtet und das würde er während der Tage, an denen er sich auf Hovenäset aufhielt, auch weiterhin tun.

Wegen August, wie er beteuerte.

Aber das glaubten weder August noch Maria.

»Was für ein herrliches Wetter wir doch haben«, sagte August und lehnte sich glücklich auf dem Stuhl zurück.

»Genau«, erwiderte Henrik. »Sieht ganz so aus, als würde es uns erspart bleiben, das Festival in Schüttregen und Sturm durchzuführen.«

August lächelte und schaute übers Meer.

»Könnte sein«, sagte er.

Das Lächeln erlosch, als seine Bewegungen die Kopfschmerzen wieder verstärkten.

»Bist du okay?«, fragte Maria und legte ihm eine Hand auf die Wange.

»Nicht ganz, aber es geht in die richtige Richtung«, erwiderte August.

Er war es leid, Schmerzen zu haben, und noch mehr, sich auf Krücken herumschleppen zu müssen, damit das Knie allmählich wieder heilte. Es war alles andere als klar gewesen, ob er es schaffen würde, am Wettbewerbstag dabei zu sein, doch jetzt schien es zu gehen. Henrik hatte ihn entlastet, indem er einen krassen Sidekick geschickt hatte, der mit beeindruckender Energie die letzten Teile des Projekts geregelt hatte. Auch im Laden hatte er Hilfe gehabt: Viggo hatte zusammen mit Gunnar dafür gesorgt, dass immer jemand da war. Es fühlte sich gut an, ein so funktionierendes Netzwerk um sich zu haben.

»Ich muss gleich gehen«, sagte Maria.

Während der vergangenen Woche hatte sie sehr viel gearbeitet.

Die Ermittlung des Mordes an Vilhelm war abgeschlossen und ebenso die berüchtigte Stückelmord-Ermittlung, die nach dem Tod des Journalisten neue Aktualität gewonnen hatte.

August war fast ein wenig erleichtert, dass er in den letzten Tagen krank gewesen war. Auf diese Weise musste er nicht mitverfolgen, wie die Bewohner von Hovenäset verarbeiteten, dass Mats Broman, genau wie so viele von ihnen vermutet hatten, unschuldig am Mord seiner Frau gewesen war. Die Neuigkeit allerdings, dass Mats eine Affäre mit einer zwanzigjährigen Frau gehabt hatte, die Lydia im Zorn ermordet hatte, kam völlig überraschend. Als ein Detail nach dem anderen bekannt wurde, schnappte die ganze Insel nach Luft.

Was war nur mit solchen Leuten los, fragte man sich.

Konnten die nicht einfach bei dem bleiben, was sie hatten?

Und wer war schon so infernalisch destruktiv in seiner Liebe, dass es zu Gewalttätigkeiten der Art führte, denen Lydia ausgesetzt gewesen war?

August teilte alle diese Einwände und dachte auch darüber nach, was passiert war, doch vor allem wünschte er sich seinen Alltag zurück.

Der musste allerdings warten, bis die Kopfschmerzen verschwunden waren, die Rippen geheilt und der Backwettbewerb durchgezogen. Jetzt war es am besten, immer nur einen Tag nach dem anderen ins Visier zu nehmen.

»Lass uns den Tagesablauf noch mal durchgehen«, sagte Henrik, der jetzt wieder die Rolle des Projektleiters übernommen hatte.

»Um zwei Uhr werden sämtliche Teilnehmer vor Ort sein, und die Jury würde mit dem Probieren beginnen. Wie die zum Teufel siebzig Backwerke in neunzig Minuten probieren sollen, ist mir schleierhaft, aber auf jeden Fall ist die wichtigste Frage: Was für ein Wetter ist für zwei Uhr zu erwarten, bleibt es da auch trocken?«

Maria schaute sofort auf ihr Handy.

»Schönes Wetter!«, verkündete sie. »Den ganzen Tag Sonne.«

»Ausgezeichnet!«, rief Henrik. »Ich hatte es ja schon im Gefühl, aber sehr schön, es auch bestätigt zu bekommen. Dann machen wir mal weiter.«

Maria stand auf.

»Ich muss leider abhauen«, sagte sie. »Ray-Ray und ich haben ein Verhör in Uddevalla, aber ich sehe zu, dass ich um zwei Uhr zurück bin.«

Sie küsste August und strich ihm über den Kopf.

»Ich liebe dich«, sagte sie. »Viel Glück mit den Vorbereitungen!«

»Danke«, sagte August und spürte, wie sich Wärme in seiner Brust ausbreitete. »Ich dich auch.«

Er hatte sein Meisterwerk von einem Kuchen im Laufe des Morgens vorbereitet, und jetzt musste er nur noch eine salzige Karamellsoße zubereiten. Henrik hatte ihm beim Backen geholfen, und das war für beide eine neue Erfahrung gewesen, auf die August in der Zukunft gerne verzichten würde.

Maria verschwand im Haus, und bald hörte man ihre schnellen Schritte die Treppe hinunter. August beugte sich über das Balkongeländer und sah, wie sie aus dem Haus kam, den Fahrradhelm aufsetzte und das Rad aufschloss. Sie warf ihm einen Handkuss zu, bevor sie losradelte. Jetzt würde sie zum Wohnwagen fahren und dann zusammen mit Ray-Ray im Auto nach Uddevalla.

»Scheint ihr gut zu gehen«, bemerkte Henrik.

»Hmm«, brummte August.

Aber ganz sicher war er nicht. Maria hatte einen blauen Fleck auf der Stirn, nachdem sie, als sie August leblos im Auto gefunden hatte, in Ohnmacht gefallen war. Offensichtlich war dieser Schwindel schon mehrere Monate lang immer wieder gekommen und gegangen, um sich dann in den letzten Wochen zu verschlimmern.

»Ich verstehe nicht, was in meinem Körper passiert«, hatte Maria gesagt.

So konnte das nicht bleiben, darüber waren sie sich einig. Vor zwei Tagen hatte sie dann einen Arzt besucht, der eine Menge Proben genommen hatte. August hoffte zutiefst, dass sie nicht ernsthaft krank war.

»Hallo, hallo!«

Die Stimme kam von der Straße und veranlasste August und Henrik, über das Balkongeländer zu schauen. Da unten stand Örjan, der Bootshütten-Nachbar von August.

»Hast du über meine Frage nachgedacht, Strindberg?«, fragte er und schaute mit zusammengekniffenen Augen in die Sonne.

August kratzte sich am Kopf.

»Ich glaube, ich weiß nicht mal mehr genau, was du …«

»Vorsitzender«, sagte Örjan auffordernd. »Ich habe gefragt, ob du nicht Vorsitzender der Interessenvereinigung von Hovenäset werden möchtest.«

August konnte sich nicht beherrschen, sondern lachte unwillkürlich los.

»Nein«, sagte er. »Das schaffe ich nicht. Aber vielen Dank für das Vertrauen.«

Örjan blieb stehen.

»Bist du sicher?«, fragte er.

»Ganz sicher.«

Örjan senkte den Blick.

»Ich gebe nicht auf«, sagte er. »Morgen frage ich wieder.«

»Mach das ruhig«, erwiderte August. »Doch auch da werde ich Nein sagen.«

Örjan ging weiter.

Henrik sah August an.

»Ich finde, du solltest Ja sagen«, bemerkte er.

»Machst du Witze?«

Henrik zuckte mit den Schultern.

»Vorsitzender zu sein bedeutet, dass man Macht hat«, sagte er. »Das ist doch nett.«

»Nein«, entgegnete August.

Henrik legte den Kopf schief.

»Ich werde dich morgen auch noch mal fragen«, sagte er. »Und da gehe ich mal davon aus, dass du Ja sagen wirst.«

August sah ihn sprachlos an.

»Dann machen wir mal weiter«, sagte Henrik noch einmal. »Wir müssen die Pressekontakte durchgehen.«

Doch plötzlich wurde er ganz still.

»Was ist denn jetzt?«, fragte August.

Henrik antwortete nicht, sondern schaute wieder auf die Straße hinunter. Da kam Linnea mit raschen Schritten in Begleitung einer gleichaltrigen Frau vorbei. Neben ihr lief der Hund Eskil – offensichtlich wieder gesund. Sie schaute kurz zu Augusts Haus hoch, und als sie Henrik auf dem Balkon erblickte, wandte sie den Blick schnell ab.

»Das tut mir voll leid«, sagte Henrik, als sie außer Hörweite war. »Ich hatte nicht vor, dir irgendwelche Schwierigkeiten zu machen.«

»Bist du sicher, dass ich es bin, bei dem du dich entschuldigen musst?«, fragte August.

»Was denn sonst?«, entgegnete Henrik und klang sowohl defensiv als auch verärgert. »Soll ich Linnea um Entschuldigung bitten, weil ich keine Beziehung mit ihr will?«

»Nein«, erwiderte August ruhig. »Natürlich nicht. Aber du könntest vielleicht etwas sagen im Stil von, dass du nicht beabsichtigt hättest, sie traurig zu machen, und dass du hättest verstehen müssen, welche Signale du mit deiner Einladung nach Stockholm ausgesandt hast.«

Henrik schaut auf sein iPad, das er in der Hand hielt.

»Ja, vielleicht«, erwiderte er. Dann streckte er sich.

»Schaffst du es, in einer Stunde im Radio zu sein und Werbung für den Backwettbewerb zu machen, oder soll ich jemand anderen darum bitten?«

Offensichtlich war das Thema Linnea für ihn beendet.

»Ja, das schaffe ich«, sagte August.

»Gut! Nimmst du auch den *Bohusläningen*, die *Göteborgs-Posten* und SVT Väst? Ich habe eine Maskenbildnerin besorgt, die deine blauen Flecken wegzaubert, wenn du im Fernsehen bist.«

August lachte.

»Selbstverständlich«, sagte er. »Das wird gut.«

Henrik legte das iPad beiseite.

»Das glaube ich auch«, erwiderte er.

Und dann fügte er wie nebenbei hinzu:

»Natürlich werde ich Linnea um Entschuldigung bitten. Gib mir einfach ein bisschen Zeit dafür.«

August lächelte in die Sonne.

Es würde ein guter Tag werden.

»Hast du jetzt alles?«

Ibens Mutter stand in der Diele und wartete. Ihre Stimme war nicht so scharf wie sonst, und das machte Iben nervös.

Das und vieles andere, wie man vielleicht hinzufügen sollte.

Die vergangene Woche war total verrückt gewesen.

Iben hätte sich niemals träumen lassen, dass ihr Wunsch nach Gewissheit an die Geheimnisse von so vielen Menschen rühren würde. Obwohl – eigentlich spielte das alles keine Rolle. Das Einzige, was zählte, war, dass Iben das gelungen war, was sie sich vorgenommen hatte: herauszufinden, ob ihr Vater wirklich der Mörder von Lydia Broman war.

Und er war es nicht.

In Ibens Welt waren das sehr gute Neuigkeiten, im Grunde die besten, die sie sich vorstellen konnte. Aber für ihre Mutter schien das etwas anderes zu bedeuten. Sie war am Telefon unglaublich empört gewesen, und deshalb hatte Iben weiterhin darüber geschwiegen, wo sie sich aufhielt. Mama und Großvater mochten gerne so viele Runden mit ihrem Auto herumfahren – Iben würde dennoch nicht preisgeben, wo sie wohnte.

Schließlich hatten ihre Mutter und der Opa aufgegeben, doch anstatt endlich Ruhe und Frieden zu empfinden, hatte sich Iben plötzlich einsam gefühlt. Und das nicht nur ein bisschen, sondern so wie am allereinsamsten auf der Welt.

Da hatte sie ihre beste Freundin Ronja angerufen und um Hilfe gebeten.

»Ich kann nicht erklären, was ich getan habe und warum ich nicht auf Gotland bin«, hatte Iben gesagt. »Aber ich bin in Bohuslän in einem kleinen Ort, der Hovenäset heißt, und ich brauche deine Hilfe.«

»Ich komme!«, hatte Ronja gesagt.

So war es immer gewesen. Wenn eine von ihnen Alarm schlug, kam die andere herbeigeeilt.

Bereits am nächsten Tag war Ronja da und blieb, bis plötzlich Ibens Mutter auftauchte.

Das war vor zwei Tagen gewesen. Sie hatte auf der Treppe gesessen und auf die Mädchen gewartet, als die vom Baden nach Hause kamen. Iben hatte sie kaum erkannt, so sehr hatten Angst und Trauer ihr bereits zugesetzt.

Angst, dass Iben sie bestrafen würde, indem sie sich gegen sie entschied.

Und Trauer darüber, aus falschen Gründen vor Ibens Vater geflohen zu sein.

»Verzeih mir«, hatte sie gesagt. »Verzeih mir, Iben. Ich wusste nicht, was ich da falsch machte.«

Ronja war nach Hause gefahren, damit Iben und ihre Mutter allein sein könnten. In den letzten zwei Tagen hatte Iben so viel geweint, dass ihre Augen ganz rot und geschwollen waren. Es sah aus, als wäre sie ernsthaft allergisch gegen irgendetwas, und vielleicht war es auch so. Trauer war nicht Ibens Ding, und jetzt musste sie so viel davon verarbeiten. Aber Freude war auch dabei. Denn jetzt hatte sie einen Papa. Einen, der etwas wortkarg und unsicher wirkte, aber definitiv kein Mörder war.

»Gib ihm eine Chance«, hatte Ronja gesagt. »Vielleicht hat er ja verdient, dein richtiger Papa zu werden.«

»Natürlich werde ich ihm eine Chance geben!«, hatte Iben gesagt.

Dasselbe galt für das Kind, das ihre kleine Schwester war.

Matilda.

Iben hoffte, dass sie Freundinnen werden würden. Sie wünschte sich nichts mehr als eine Schwester. Doch jetzt war es an der Zeit, Hovenäset für dieses Mal zu verlassen.

Iben schaute sich im Haus um, das sie gemietet hatte. Das

Eishaus am Kärleksvägen. Die Koffer waren gepackt und das Haus geputzt. Jetzt würden sie nach Kungshamn fahren und die Schlüssel abgeben.

»Dann fahren wir mal«, sagte ihre Mutter.

Iben folgte ihr aus dem Haus.

Sie wusste nicht, ob sie stolz darauf sein sollte, was sie in ihrer kurzen Zeit auf der Halbinsel zustande gebracht hatte. Eigentlich hatte sie ja überhaupt nichts getan, aber auf seltsame Weise hatte sie doch erfahren, was sie wissen wollte.

Die Sonne stach ihr in die Augen, als sie herauskam. Ganz Hovenäset rüstete sich zum Volksfest und zum Backwettbewerb. Überall liefen Leute mit Zimtschnecken und Torten und süßen Teilchen herum.

Ibens Mutter setzte sich für den kurzen Weg zum Marktplatz, wo das Auto stand, eine Sonnenbrille auf. Der Koffer wirkte schwer in ihrer Hand. Iben trug ihr eigenes Gepäck. Sobald sie und ihre Mutter das Haus verließen, spürte sie die neugierigen Blicke der Nachbarn im Rücken. So war es die ganze Woche über gewesen, obwohl Ibens Rolle in dem Drama den meisten immer noch unbekannt war.

»Hast du die Adresse, wo wir den Schlüssel abgeben sollen?«, fragte ihre Mutter, als sie sich ins Auto gesetzt hatten. »Ich habe vergessen, sie aufzuschreiben.«

Iben nickte und holte das Handy heraus.

»Es sind ungefähr zehn Minuten zu fahren«, erklärte sie.

»Perfekt«, sagte ihre Mutter. »Dann werden wir ja irgendwann gegen ein Uhr zu Hause in Trollhättan sein. Oder sollen wir unterwegs anhalten und mittagessen? Du darfst entscheiden.«

Iben legte ihr Handy weg.

»Ich habe Oskar versprochen, dass wir beide, wenn wir die Schlüssel abgegeben haben, zu einem frühen Mittagessen bei ihm vorbeikommen.«

Iben dachte als Papa an ihn, nannte ihn aber Oskar. Eines Tages würde sie das sicher ändern, aber so weit war sie noch nicht. Noch war Oskar hauptsächlich Oskar.

Ihre Mutter erstarrte.

»Aber Iben! So etwas kannst du doch nicht einfach versprechen.«

»Natürlich kann ich das«, erwiderte Iben. »War ganz einfach.«

Ihre Mutter legte eine Hand auf Ibens Arm.

»Iben«, sagte sie. »Eines Tages, wenn du selbst erwachsen bist, dann wirst du verstehen, wie völlig unpassend das ist.«

Iben zog ihren Arm weg.

»Ich bin bereits erwachsen«, entgegnete sie. »Und es ist kein bisschen unpassend, dass wir bei Oskar zu Mittag essen. Nicht nach allem, was du ihm und mir angetan hast. Da ist es eigentlich nur unpassend, dass du trotzdem willkommen bist. Du kannst mich auch bei Oskar absetzen, dann fahre ich mit dem Bus nach Hause. Ich habe ein Recht darauf, meinen Vater zu treffen.«

Im Auto wurde es still.

Nur die schweren Atemzüge ihrer Mutter waren noch zu hören. Auf der Straße waren die Menschen auf dem Weg zum langen Tisch, der auf dem Hovenäsvägen aufgestellt worden war.

»Jetzt fahren wir«, sagte Iben. »Ich will nicht zu spät kommen.«

Ihre Mutter startete den Wagen und fuhr langsam vom Parkplatz herunter.

»Du bekommst, was du willst«, sagte sie. »Wir fahren zu Oskar. Dann habe ich vielleicht Gelegenheit, mich auch bei ihm zu entschuldigen.«

»Danke«, flüsterte Iben.

Seine Terrasse war Oskar noch nie groß vorgekommen, aber im Moment schien sie kleiner denn je. Sie saßen an dem rechteckigen Tisch und aßen ein viel zu frühes Mittagessen, das aus gekaufter Smörgåstorte bestand. Die Einzige, die richtig fröhlich aussah, war Matilda. Sie strahlte wie die Sonne selbst und trug eine witzige Geschichte nach der anderen vor. Das ließ die anderen sich entspannen, und am Ende fühlte sich alles einigermaßen erträglich an.

Oskar beobachtete Matilda, während sie ihre Show abzog. Sie hatte nur wenige Erinnerungen an die Stunden bei Espen und Olga, und es schien ihr dort nicht schlecht ergangen zu sein. Es war ja, gelinde gesagt, eine ungewöhnliche Entführung gewesen. Matilda kannte Espen und Olga beide von früher her und wusste, dass sie, obwohl sie einander nicht oft begegneten, doch Teil ihrer Verwandtschaft waren, und deshalb hatte sie kaum das Gefühl gehabt, entführt worden zu sein. Vor allen Dingen nicht, nachdem sie während der kurzen Zeit, in der sie bei Espen und Olga zu Hause war, etwas Beruhigendes und ein Schlafmittel bekommen und deshalb die meiste Zeit geschlafen hatte. Sowohl Matilda als auch Oskar hatten eine Psychologin aufgesucht, in die Oskar nun großes Vertrauen hatte.

Alles war geregelt, alles fühlte sich spröde und neu an.

Nun war Oskar so nervös, dass er sich kaum mehr an seinen Namen erinnern konnte.

Es war Ibens Idee gewesen, dass sie sich noch sehen sollten, ehe sie und ihre Mutter zurück nach Trollhättan fuhren. Oskar hatte Ja gesagt, weil er eigentlich nichts lieber wollte, als seine Tochter kennenzulernen, doch je näher das Mittagessen rückte, desto mehr wuchs die Panik in ihm.

Wie holte man neunzehn verlorene Jahre ein?

Wie wurde man Vater einer Tochter, die bereits erwachsen war?

Doch nicht nur die Beziehung zu Iben löste Panik in ihm aus, sondern auch die Tatsache, dass er sich selbst jetzt nicht mehr länger als einen Mörder betrachten musste. Er hatte sich nicht vorstellen können, dass das, wonach er sich am meisten gesehnt hatte – Gerechtigkeit –, das sein würde, was am schwersten zu tragen war.

Ellen hatte in den letzten Tagen so viele kluge Sachen gesagt, und eine davon hatte einen ganz besonderen Platz in Oskars Herz bekommen.

»Versuche, nicht an all das zu denken, was du verloren hast«, hatte sie gesagt. »Versprich mir, dass du, wenn sich das Leben mal dunkel anfühlt, dich an alles erinnerst, was du gewonnen hast.«

Das war leichter gesagt als getan, und darüber hatte er auch mit der Psychologin gesprochen. Bisher war er erst ein einziges Mal dort gewesen, aber er würde weiter regelmäßig hingehen.

»Es fühlt sich an, als wüsste ich nicht mehr, wer ich bin«, hatte Oskar gesagt. »Vor einer Woche noch wusste ich das ganz genau, aber jetzt habe ich keine Ahnung.«

»Und wer waren Sie vor einer Woche?«, hatte die Psychologin gefragt.

»Ich war ein in Vollzeit arbeitender, alleinerziehender Vater eines Kindes, ein nüchterner Alkoholiker und ein Mörder.«

Die Psychologin hatte genickt.

»Und heute sind Sie ein in Vollzeit arbeitender, alleinerziehender Vater von zwei Kindern und ein nüchterner Alkoholiker. Das ist doch unglaublich gute Arbeit.«

Oskar war in lautes Schluchzen ausgebrochen und hatte nicht mehr aufhören können zu weinen.

»Ich wünsche mir so sehr, dass meine Mutter und mein Vater das erfahren hätten«, hatte er gesagt. »Ich wünschte, sie hätten hören können, dass ich nicht durch und durch böse bin.«

Diese Trauer hatte die Psychologin ihm nicht nehmen können, doch sie hatte etwas darüber gesagt, dass die Zeit in den meisten

Trauerprozessen Wunder wirkte. Und sie hatte ganz entschieden die Idee der Eltern von einer Erbsünde in der Familie von sich gewiesen.

»Was für ein Quatsch«, hatte sie gesagt. »Wir werden gemeinsam daran arbeiten, damit es Ihnen gut geht. Und glauben Sie mir, der Tag wird kommen, an dem Sie sowohl Ihre neu gewonnene Freiheit als auch die Tatsache, dass Sie nun auch eine ältere Tochter haben, genießen werden.«

Oskar sah Matilda und Iben an. Die beiden saßen nebeneinander, und man konnte schon erkennen, dass sie sich ein wenig ähnlich sahen. Sie hatten unterschiedliche Haarfarben, das Haar fiel aber in derselben lockigen Art. Auch die Form der Augen war ähnlich, und beide waren ein bisschen neugierig, auch wenn sich das bei jeder etwas anders zeigte.

Matilda hatte noch nicht ganz den Hintergrund verstanden, warum sie so plötzlich eine neue Schwester bekommen hatte, doch irgendwann wäre sie schon alt genug, um die ganze Geschichte zu hören.

Er sah verstohlen zu Anna, Ibens Mutter.

Früher einmal war er wahnsinnig verliebt in sie gewesen.

Jetzt spürte er gar nichts.

Sie hatten sich zur Begrüßung die Hand gegeben, und er hatte gesehen, wie sie nah daran war, in Tränen auszubrechen. Aber dann kam Matilda, und da hatte sie sich beherrscht.

Von allen Menschen, die ihn schlecht behandelt hatten, war Anna diejenige, die er jetzt im Nachhinein am besten verstehen konnte.

»Sollen wir einen Spaziergang mit Tony machen?«, fragte Matilda, als sie aufgegessen hatten.

Tony lag im Schatten unter einem Baum, erhob sich aber sofort, als er seinen Namen hörte.

»Ich weiß nicht, ob unsere Gäste dazu noch Zeit haben«, sagte Oskar.

Anna sah auf die Uhr.

»Wir sollten wohl nach Hause aufbrechen«, sagte sie.

»Einen Spaziergang schaffen wir noch«, widersprach Iben und brachte ihre Mutter mit einem einzigen Blick zum Schweigen.

»Und was wir heute nicht schaffen, das machen wir an einem anderen Tag«, sagte Oskar und lächelte Iben vorsichtig an.

»Ja!«, jubelte Matilda. »Kommt ihr wieder hierher?«

Oskar hielt die Luft an, während er auf die Antwort wartete.

Seine Eltern hatten ihn in vielerlei Hinsicht im Stich gelassen, doch am schlimmsten war, dass sein Vater – im Einverständnis mit seiner Mutter – Anna vom vermeintlichen Verbrechen Oskars erzählt und sie so dazu gebracht hatte, Kungshamn vor der Geburt des Kindes zu verlassen. Sie wollten wirklich nicht, dass er Vater wurde. Der Teufel wusste, was sie sich ausgedacht hätten, wenn sie bei Matildas Geburt noch gelebt hätten.

Er hatte so viele Beziehungen verloren und Jahre, die er niemals nachholen konnte. Aber jetzt wäre er einfach nur ungeheuer froh und dankbar, wenn Iben sich vorstellen konnte, sich ab und zu mit ihm zu treffen.

»Ich komme total gerne und besuche euch bald wieder«, sagte sie.

Oskar spürte die Tränen hinter den Augen brennen, beherrschte sich aber.

»Das freut mich sehr«, erwiderte er und lächelte sein ältestes Kind an.

Normalerweise war Maria eine knallharte Verhörleiterin, doch heute wünschte sie sich nichts lieber als die Vernehmung so schnell wie möglich zu beenden, damit sie sehen könnte, wie August sich mit seinem Kuchen im Wettbewerb schlug. Außerdem hätte sie gerne den Tag draußen verbracht, aber das konnte sie jetzt ja nicht, da ein Verhör anberaumt war.

Maria und Ray-Ray saßen Espen Samuelsson und seinem Anwalt gegenüber. Der Raum hatte keine Fenster, war aber kühl und behaglich. Das half ihnen, konzentriert zu bleiben. Die letzten Tage waren ein Inferno aus Verhören und Zusammenfügen von Informationen gewesen, und ihre Arbeit hatte Ergebnisse gebracht. Auf fast alle ihre Fragen hatten sie nun auch Antworten, und die restlichen hofften sie in diesem Verhör zu erhalten.

Ray-Ray sah sie verstohlen an.

Er hatte sich Sorgen um sie gemacht, seit sie in Ohnmacht gefallen war, als sie August verletzt im Auto gefunden hatte. Hätte sie vielleicht länger Urlaub machen sollen? Oder noch einmal ihre Therapeutin aufsuchen?

Maria hatte beide Fragen verneint, denn in ihr war ein Verdacht aufgetaucht, und der hatte überhaupt nichts mit Stress oder Traumabearbeitung zu tun.

»Ich werde zu einem Arzt gehen«, hatte sie gesagt.

Hauptsächlich, um auszuschließen, dass ihr nicht irgendetwas anderes fehlte. Das war nicht der Fall.

Jetzt musste sie nur noch August erzählen, was sie erfahren hatte, und vielleicht schon eher hätte ahnen können, wenn sie nicht so fixiert auf die Arbeit gewesen wäre.

Heute Abend, dachte sie. Sobald wir einen Moment allein sind.

»Gestehen Sie den Mord an Vilhelm Eliasson?«

Ray-Rays bestimmte Stimme ließ sie zusammenzucken.

»Ja«, erwiderte Espen.

»Erzählen Sie, wie Sie in Kontakt mit ihm gekommen sind«, sagte Ray-Ray.

»Er hat angerufen«, sagte Espen. »Er hatte einen Tipp zu einem schwarzen Jeep bekommen, der auf Hovenäset gesehen worden sei, als Lydia verschwand, und hatte alle in der Gemeinde aufgesucht, die zu der Zeit einen schwarzen Jeep besessen hatten.«

Gunnar, erinnerte sich Maria. Gunnar war es gewesen, der ihm diesen Tipp gegeben hatte, nachdem er durch Emmy von dem Jeep erfahren hatte.

Espen fuhr fort:

»Erst hat er meinen Schwiegervater gefunden, der damals das Auto besaß, und danach meine Schwiegermutter, die es geerbt hat, als er starb. Doch als er meine Schwiegermutter aufsuchte, wurde ihm schnell klar, dass sie zu dement war, um über den Jeep oder über den Stückelmord irgendetwas sagen zu können, und deshalb hat er das Personal gefragt, ob sie irgendwelche Angehörigen hätte, zu denen er vielleicht Kontakt aufnehmen könnte. Und da hat dann irgendeine Tratschtante erzählt, dass meine Schwiegermutter eine Tochter habe, die man die ›unsichtbare Olga‹ nannte, und eine Enkelin, die krank geworden und plötzlich aus dem Ort verschwunden war. So hat er uns gefunden, Olga und mich. Und wir waren die Einzigen von allen, bei denen er sich meldete, die nicht geantwortet haben. Das war ein großer Fehler. Ich dachte, ich könnte den ganzen Scheiß totschweigen, aber er wollte stur immer weiter graben. Und als er in Malins Einrichtung auftauchte, wusste ich, dass ich handeln musste.«

»Aber warum ausgerechnet dann?«, fragte Maria. »Malin hätte ja doch nichts erzählen können.«

»Nein«, sagte Espen, »das könnte sie nicht, das weiß ich auch. Aber ich wusste ja nicht, was er noch alles ausgraben würde. Vielleicht würde er auch Oskar finden. Und wer konnte schon sagen, was der erzählen würde? Ich hatte schon das Gefühl, dass Oskar angefangen hatte, an unserer Geschichte zu zweifeln. Das war dann irgendwie der Anlass, könnte man sagen.«

Er schüttelte den Kopf.

»Verdammt«, sagte er.

Das war dann irgendwie der Anlass.

Wirklich?

Maria musste an die Person denken, die 1989 auf den Jeep aufmerksam gemacht hatte, ohne dass man ihr zugehört hatte. Emmy Mellgren. Sie konnten nur froh sein, dass nicht mehr Menschen ermordet worden waren.

Und für den Rest ihres polizeilichen Lebens würde sich Maria dafür schämen, wie ihre Kollegen damals mit Emmys Zeugenaussage umgegangen waren. Die Ermittlergruppe hatte jetzt Vilhelms Manuskript gelesen. Seine Notizen zeigten, wie überzeugt er gewesen war, dass der Jeep und Familie Samuelsson Spuren waren, die er eingehender verfolgen sollte, doch deutete einiges darauf hin, dass er die Spur mit dem Jeep hätte fallen lassen, wenn Espen und Olga nicht so seltsam auf seine Annäherungsversuche reagiert hätten. Keiner der anderen Jeepbesitzer hatte sich vor ihm versteckt.

»Wann haben Sie sich getroffen?«, fragte Maria. »Ich meine, Sie und Vilhelm.«

»Erst am Tag, als er starb«, antwortete Espen jetzt mit heiserer Stimme. »Es war nicht beabsichtigt, dass es so enden sollte. Aber er hat nicht begriffen, wie nah er an allem dran war und wie falsch es sein würde, wenn herauskäme, wer Lydia ermordet hatte. Ich bin Malins Vater und werde mein ganzes Leben lang Verantwortung für sie verspüren. Und dann stand der da und plauderte so verflucht. Ich … ich habe es nicht ausgehalten. Also habe ich ihn gepackt und auf die Knie gezwungen. Dann habe ich ihn nach vorne ins Wasser gedrückt. Er war anscheinend schockiert und überrascht, denn er hat keinerlei Widerstand geleistet. Ich wollte ihn nur erschrecken, nichts anderes.«

Ray-Ray lehnte sich zurück.

»Sie wollten ihn nur erschrecken, haben ihn aber leider versehentlich ertränkt und dann aufgehängt?«

»Ich wollte, dass er aufhört und nach Hause fährt. Aber ich habe ihn zu lange unter Wasser gehalten. Plötzlich war er ganz schlapp.«

»Wo haben Sie sich getroffen?«, fragte Ray-Ray.

»In der Nähe vom Fähranleger Tullboden. Zu Anfang hatten wir gesagt, dass wir uns auf Hovenäset treffen würden. Das war Vilhelms Vorschlag gewesen, aber mir ist klar geworden, dass da zu viele Leute unterwegs sein würden, also fuhren wir gemeinsam von dort weg.«

»Zu viele Leute? Auf Hovenäset?«, fragte Ray-Ray. »Sie hatten also bereits entschieden, ihm etwas anzutun?«

»Ich hatte mich entschieden, den Streit zu gewinnen.«

Maria stützte das Kinn auf. Ihre Zeugin musste die beiden Autos hintereinander vorbeifahren gesehen haben, als Vilhelm und Espen von Hovenäset wegfuhren.

»Erklären Sie mir, warum Sie nicht 112 angerufen haben, als Sie ihn dann schließlich aus dem Wasser holten«, sagte sie.

Espen wand sich.

»Ich wusste, dass es vorbei war, dass er tot war. Und da ging es nur noch darum, wie wir da rauskommen könnten. Malin, Olga und ich. Ich war total auf den Gedanken fixiert, es wie Selbstmord aussehen zu lassen. Das war unsere einzige Chance. Als alles gerade passiert war, als er gestorben war, legte ich ihn ins Auto und fuhr nach Hause zu Olga. Ich wusste, dass ich mit der Leiche Hilfe brauchen würde, und ich konnte niemand anderen fragen als sie. Sie … sie reagierte sehr heftig. Brach vollständig zusammen. Schrie und weinte. Sagte, dass sie nicht begreifen könnte, wie unserer Familie dieselbe Sache ein weiteres Mal passieren konnte.«

Naja, passieren konnte, dachte Maria. Das hier waren doch schließlich Probleme, die sie selbst geschaffen hatten.

»Das machte mich auch sehr wütend«, fuhr Espen fort. »Natürlich nicht auf sie, aber auf Vilhelm und alle anderen, die sich uns aufdrängten.«

»Wie fand denn Olga Ihre Idee, alles wie einen Selbstmordversuch aussehen zu lassen?«, fragte Ray-Ray.

»Ich glaube, Olga hat erst mal gar nicht begriffen, was ich sagte. Sie war unglaublich schockiert. Wir haben die Leiche zu unserem Motorboot gebracht, denn wir waren überzeugt davon, dass wir alles am einfachsten lösen könnten, indem wir im Nebel aufs Meer hinausfuhren. Doch als wir dann draußen waren, wagten wir nicht, die Leiche einfach über Bord zu werfen. In dem Fall würden wir keine Ruhe bekommen, wir würden immer herumlaufen und uns Sorgen machen, dass er auftauchen und an Land geschwemmt werden würde.«

»Sie würden keine *Ruhe* bekommen?«, fragte Ray-Ray empört. »Entschuldigung, aber würden Sie die denn haben, wenn Sie ihn stattdessen an einem Badeplatz aufhängten?«

Espen begrub das Gesicht in den Händen und schüttelte den Kopf.

»Sie verstehen nicht, was das für ein Stress war«, sagte er. »In einer solchen Situation denkt man nicht klar. Man glaubt es, aber es wird doch alles falsch. Wenn ich sage ›Ruhe‹, dann meine ich vor allem, dass ich mir um Malin Sorgen machte, wenn womöglich rauskommen könnte, was sie getan hatte. Das war unser Angstszenario, dass alle Anstrengungen, die wir bis dahin unternommen hatten, vergeblich gewesen wären. Also dachten wir, das Beste wäre, es wie einen Selbstmord aussehen zu lassen. Aber es war alles so unglaublich schwer. Und mit jeder Minute, die im Boot verging, wurde ich wütender. Warum konnte sich der Typ nicht einfach fernhalten? Warum musste er in Sachen herumwühlen, die ihn nichts angingen?«

Espens Blick wechselte von wütend zu traurig, als er eine kleine Pause einlegte. Man konnte sehen, dass es ihm widerstrebte, weiterzureden:

»Olga weinte so verzweifelt. Sie war außer sich vor Angst, resigniert und ganz sicher, dass das hier mit Vilhelm unser Untergang sein würde. Ich wollte uns so gern – *so gern* – eine letzte Chance geben, unsere kleine Familie zusammenzuhalten. Aber mir war klar, dass es schwer sein würde, und das machte mich so wahnsinnig wütend. Als wir uns Hovenäset näherten, waren wir beide im Zustand der Auflösung, und da hatte ich eine neue Idee. Und das war die mit dem Selbstmordversuch.«

»Sie wollten, dass es so aussehen sollte, als ob Vilhelm sich am Sprungturm aufgehängt hätte?«, fragte Maria.

»Ja.«

»Aber Sie müssen doch gewusst haben, dass wir das rauskriegen würden?«

Espen antwortete nicht.

»Und sind Sie zufällig mit dem Drahtseil im Boot herumgefahren, oder wo kam das jetzt her?«, fragte Ray-Ray.

Espen atmete schwer.

»Ehe wir zum Boot fuhren, bin ich in die Garage gegangen, um noch ein paar Sachen zu holen, und da fiel mein Blick auf einen Draht, der da an einem Haken hing. Und den habe ich mitgenommen. Ich dachte an Malin und wusste ja noch nicht, was wir mit der Leiche tun würden. Als wir uns dann entschieden hatten, ihn am Sprungturm aufzuhängen, war ich wahnsinnig wütend. Ich wollte, dass er eine Strafe dafür bekam, dass er in altem Mist herumwühlte, er sollte fühlen, in welche Not Malin getrieben worden war. Er sollte fühlen, wie ängstlich und einsam sie gewesen sein musste und wie ekelhaft es war, sie eine Mörderin zu nennen, wo es ihr doch schon so schlecht ging.«

Espen sank ein wenig auf dem Stuhl zusammen und sah verstohlen zu seinem Anwalt. Innerhalb einer Minute war er ein sehr alter Mann geworden.

»Aber er war doch schon tot«, wandte Maria ein. »Wie sollte er denn überhaupt irgendetwas fühlen oder verstehen können?«

»Es spielte keine Rolle, dass er tot war«, erwiderte Espen. »Ich war so unter Druck und so wütend. Ich wollte, dass irgendjemand dafür bezahlen sollte, was angerichtet worden war, und es gab ja keinen anderen, den man beschuldigen konnte.«

»Das heißt, all das ist um Malins willen passiert?«, fragte Ray-Ray.

Espen nickte.

»Und kein bisschen um Ihretwillen?«, schob Maria nach.

»Ich habe doch gesagt, ich war in Panik«, sagte er mit dünner Stimme. »Ist doch klar, dass ich Angst hatte, dass … dass alles, was Olga und ich hinter uns zu lassen versucht hatten, uns wieder einholen würde. Das durfte einfach nicht geschehen.«

»Wie ist es Ihnen gelungen, Vilhelm auf den Sprungturm zu kriegen?«, fragte Ray-Ray.

»Das Wasser stand hoch, somit war es nicht schwer, ihn auf den Steg zu hieven. Als er erst mal da lag, war es ziemlich leicht, ihn auf den unteren Absatz des Sprungturms zu schleppen, den Draht festzumachen und ihn dann herunterzustoßen, sodass er dort hängen blieb. Es war Abend, kurz nach acht, und kein Mensch war auf dem Steg oder am Badeplatz.«

Kurz nach acht.

Also während Gunnar Wide zu Hause saß und auf einen Besucher wartete, der nie kam.

Maria war eine hartgesottene Polizistin, aber die Kaltschnäuzigkeit und der Egoismus, die sich ihnen hier offenbarten, machte sie schaudern. Espen und Olga hatten durch ihr Tun sowohl früher als auch jetzt das Leben von zahlreichen Menschen zerstört. Weil sie ihre Tochter schützen wollten und weil sie sich selbst schützen wollten. Dennoch zeigte Espen kaum Reue.

»Erzählen Sie von Ihrem Anteil am Stückelmord«, verlangte Ray-Ray.

Espen richtete sich auf.

»Das ist doch jetzt eine alte Geschichte«, sagte er.

»Erzählen Sie sie trotzdem.«

Espens und Olgas Verbrechen im Zusammenhang mit dem Stückelmord, also das Zerstückeln der Leiche selbst, war tatsächlich verjährt. Aber es gab dennoch ein großes Interesse bei der Polizei, ein für alle Mal der Sache auf den Grund zu kommen und zu erfahren, was geschehen war, als Lydia starb.

Also erzählte Espen, und Maria, Ray-Ray und sein Anwalt hörten zu.

Große Teile der Geschichte waren der Polizei bereits bekannt, konnten aber durchaus noch mal wiederholt werden.

Er erzählte von den schrecklichen Stunden, nachdem Malin ihre Eltern angerufen und gesagt hatte, was passiert war. Sie hatte sofort gestanden, hatte von dem Messer erzählt, das sie benutzt hatte, um Lydia zu erstechen, und wie sehr sie das jetzt bereute.

»Aber man konnte es nicht ungeschehen machen«, sagte Espen. »Weder das, was schon passiert war, noch das, was wir dann taten. Mats kam zu uns nach Hause. Malin wohnte nämlich in den Wochen nach Lydias Tod in ihrem alten Mädchenzimmer. Sie wollte nicht allein sein. Er hatte das Gefühl, die Polizei würde ihn verdächtigen, und kündigte an, dass er von seiner Beziehung zu Malin erzählen müsste, da sie sein Alibi war. Malin war zu dem Zeitpunkt in sehr schlechter psychischer Verfassung und wurde hysterisch, als sie Mats erblickte. Er hatte keine Ahnung, dass Malin Lydia getötet hatte und dass wir dafür gesorgt hatten, die Leiche loszuwerden, also begriff er überhaupt nichts. Ich … ich habe ihm gedroht. Habe ihm gesagt, das er null Beweise dafür hätte, bei Malin gewesen zu sein, und dass sie es nicht ertragen würde, in die polizeilichen Ermittlungen hineingezogen zu werden.«

Espen hielt inne, den Blick fest auf den Tisch gerichtet.

»Wenn Sie so heftig reagiert haben, hat Mats dann nicht durchschaut, dass Malin etwas mit dem Mord zu tun haben musste?«, erkundigte sich Ray-Ray.

»Nein«, sagte Espen. »Er faselte irgendwas von einem von Lydias Exfreunden namens Verner, der bei einer Gelegenheit mal gewalttätig gewesen war. Es hat mir sehr zugesetzt, später in der Zeitung zu lesen, dass er ermordet aufgefunden worden ist.«

»Ihretwegen ist es ziemlich vielen Leuten sehr schlecht ergangen«, sagte Maria.

Espen weigerte sich immer noch, sie anzusehen.

»Man tut, was man muss«, sagte er.

»Möglich«, entgegnete Ray-Ray. »Aber ich verstehe immer noch nicht, wie es Ihnen gelungen ist, Mats dazu zu bringen, kein Wort über sein Alibi zu verlieren. Können Sie dazu etwas sagen?«

»Ich habe schon gespürt, dass es nicht ausreichen würde, ihm einfach nur zu drohen, dass ich sein Alibi vernichten würde«, erklärte Espen. »Ich habe ihm gesagt, wenn er der Polizei gegenüber trotzdem auch nur ein Wort verlieren würde, dann würde ich ihn töten. Und nicht nur ihn, sondern auch seine Eltern. Und ich meinte, was ich gesagt habe, das glaube ich zumindest. Denn ich war so wahnsinnig unter Druck. Tags drauf hatte seine Mutter einen Autounfall und kam ins Krankenhaus. Ich hatte nicht das Geringste mit dem Unfall zu tun, aber Mats glaubte das. Danach schwieg er, sogar als die Polizei ihn vor dem Gerichtsverfahren in Untersuchungshaft nahm. Und ein paar Wochen später versuchte unsere Malin, sich umzubringen.«

Er begann zu weinen.

Ein resigniertes Weinen, das zwischen den Wänden widerhallte.

Sein Anwalt schlug eine Pause vor, doch Espen wollte weiterreden.

Er erzählte von dem Streit, den Olga und er über das Messer hatten, das Malin benutzt hatte. Olga hatte das Messer aufgehoben, für den Fall, dass sie irgendwann einmal Oskar vom Mordverdacht befreien müssten. Es war eine Sache, Oskar innerhalb der Familie für den Mord an Lydia verantwortlich zu machen, aber wenn die Polizei denselben Verdacht haben würde, war das etwas ganz anderes. Da verlief die Grenze dafür, was Olga sich ausdenken konnte, um ihre Tochter zu schützen.

Doch alles sah ganz anders aus, nachdem Vilhelm sie aufgesucht hatte. Olga kriegte Panik und musste das Messer einfach sofort loswerden.

Und so landete es bei August. Espen war unglaublich frustriert gewesen, als er erfuhr, was Olga getan hatte. Die Mordwaffe musste wieder von August zurückgeholt werden, und das so schnell wie möglich.

»Wie kam es denn, dass Malin ein so teures Messer besaß?«, fragte Ray-Ray.

»Sie hat das ganze Messerset von ihrer Großmutter zum Abitur geschenkt bekommen. Wir hatten keine Ahnung, dass es so viel wert ist.«

Espens Ausführungen deckten sich mit dem, was in den Verhören mit Olga herausgekommen war. Als Olga gefragt wurde, warum sie versucht hatte, die Mordwaffe zu verkaufen, anstatt sie einfach wegzuwerfen, hatte sie geantwortet:

»Ich habe die schlechte Erfahrung gemacht, dass es schwer ist, Gegenstände so zu verstecken, dass man sie nie wieder findet. Deshalb dachte ich, es wäre einfacher, die Geschichte des Messers zu verändern, und mir auszudenken, dass es etwas ganz anderes für mich bedeutete. Aber das hat wohl ebenso schlecht funktioniert.«

Maria sah auf die Uhr.

Weder sie noch Ray-Ray hatten fürs Erste noch weitere Fragen.

»Ich glaube, wir unterbrechen hier«, sagte sie.

Ein paar Minuten später waren sie wieder zurück in der Abteilung, wo die meisten ihrer Kollegen saßen. Roland kam zu ihnen.

»Ich nehme mal an, dass du schnell nach Hovenäset und zum Backwettbewerb willst«, sagte er zu Maria.

»Ja, ich hatte vor, gleich abzuhauen.«

Ray-Ray grinste.

»Ist es okay, wenn ich mitkomme?«, fragte er. »Ich will auch siebzig Sorten Kuchen essen.«

Maria nickte.

»Natürlich«, sagte sie. »Dann kannst du Henrik Gesellschaft leisten, wenn er der Jury um den Bart geht.«

»Klingt unterhaltsam«, erwiderte Ray-Ray.

Maria sah auf.

»Ich muss nur noch einmal telefonieren, ehe wir fahren«, sagte sie.

Ray-Ray zuckte mit den Schultern.

»Dann gehe ich so lange aufs Klo.«

»Du kannst auch noch einen Kaffee trinken«, erwiderte Maria.

Sie holte das Handy heraus und ging schnell in einen leeren Besprechungsraum. Wieder und wieder klingelte es am anderen Ende. Dann war die spröde Stimme von Vilhelms Mutter zu hören.

»Ja?«

Maria schluckte, ehe sie antwortete.

»Hallo, Gudrun, hier ist Maria Martinsson. Ich möchte Ihnen berichten, dass wir jetzt ein offizielles Geständnis haben. Haben Sie einen Moment Zeit?«

Erfolg.

Ein anderes Wort gab es nicht, um den Backwettbewerb zu beschreiben. Alle waren zufrieden, alle hatten Spaß, niemand war sauer. Und die Sonne schien immer noch.

Maria und August saßen auf dem Balkon und schauten über das Meer. Die Farben des Abendhimmels waren zart und das Sonnenlicht golden. Vom Hafen her waren schwere Bässe zu hören. Die Vorband spielte, und das Fest war in vollem Gange. August und Maria waren nur nach Hause gegangen, weil August sein Knie eine Weile ausruhen musste.

»Ich bin so froh, dass du es geschafft hast«, sagte August.

»Ist doch klar, dass ich etwas so Großes nicht verpassen kann.«

Ihr Lächeln war warm, aber sie schien zerstreut, und so war es schon den ganzen Nachmittag gewesen.

Ungeduldig, dachte August. Sie wirkt ungeduldig.

Und das sah ihr eigentlich gar nicht ähnlich.

»Wo ist Henrik?«, fragte sie.

»Er wollte zu Linnea gehen und ihr zum Sieg gratulieren«, sagte August. »Und gleich um Entschuldigung dafür bitten, dass er so plump war.«

Maria sah ihn erstaunt an.

»Schick«, sagte sie. »Das hätte ich nicht gedacht.«

»Dass Linnea und ihr Moltebeeren-Kuchen den Sieg davontragen oder dass Henrik um Entschuldigung bitten würde?«

Maria lachte.

»Beides«, erwiderte sie. »Aber dieser Kuchen war wirklich wahnsinnig gut. Also, natürlich nicht so gut wie deiner. Aber …«

»Danke, danke«, sagte August und nun lachte er auch. »Genug geschmeichelt.«

Er war im Wettbewerb auf dem neunten Platz gelandet, und das fühlte sich ganz in Ordnung an.

»Hast du Henriks Miene gesehen, als er verraten hat, welche Band heute Abend spielen wird?«, fragte er und streckte sein Bein aus, das er auf einen gepolsterten Sitzhocker gelegt hatte.

Maria sah aus, als würde sie gleich laut loslachen.

»Er war *so* stolz«, sagte sie. »Und es ist mir ein Rätsel, wie ihm das gelungen ist.«

»Mir auch«, sagte August. »Ich wusste gar nicht, dass es die noch gibt. Das dürfte doch satte dreißig Jahre her sein, seit Gyllene Tider die ›Goldenen Zeiten‹ besungen haben.«

Von der Straße war ein quietschendes Geräusch zu hören. August und Maria schauten sofort übers Balkongeländer und mussten dann über ihr eigenes Verhalten kichern.

»Stell dir vor, wenn wir mal Rentner sind und hier sitzen«, sagte August. »Wir werden die ganze Zeit damit zu tun haben, all die neuen Geräusche und Menschen zu checken.«

Maria grinste ihn breit an.

»Das würde ich gern«, sagte sie.

»Neue Geräusche checken?«

»Hier mit dir sitzen, wenn wir Rentner sind.«

August wurde ganz warm ums Herz.

Alles wird gut, dachte er.

Alles *ist* gut.

Im selben Moment erhielt das Quietschen eine Erklärung, denn Gunnar wurde in seinem Rollstuhl vorbeigerollt, und irgendetwas schien sich verhakt zu haben. So klang es zumindest, als Gunnar sagte:

»Wenn du die Handtasche nicht am Griff hängen hättest, dann würde alles leichter gehen.«

Nun wurde August womöglich noch wärmer, denn er sah, wer hinter dem Rollstuhl ging.

Emmy Mellgren.

»Hurra«, flüsterte Maria, die das auch gesehen hatte. »Das wird gut.«

Ihr Blick funkelte.

»Ja, das wird es«, flüsterte August zurück. »Hurra!«

Da wandte Gunnar den Kopf und erspähte sie.

»Hallo, ihr Spione!«, rief er.

Maria und August lachten und winkten.

»Hallöchen«, erwiderte August. »Seid ihr auf dem Weg zum Konzert?«

Emmy nickte glücklich.

»Was für einen herrlichen Tag wir hatten!«, sagte sie.

Sie hatte auch beim Wettbewerb mitgemacht und war mit ihrem glasierten Tigerkuchen auf Platz vier gelandet.

»Wie schön, dass ihr es gelungen findet«, erwiderte August.

Gunnar nickte.

»Sehr gelungen«, sagte er. »Und es freut einen alten Mann, dass du zugesagt hast, die Interessenvereinigung von Hovenäset zu übernehmen.«

August zuckte zusammen.

»Das habe ich überhaupt nicht zugesagt«, entgegnete er.

»Ach so, dein Freund Henrik, der eben vorbeilief und dem ich für einen gut organisierten Tag gedankt habe, hat sich ganz anders ausgedrückt. Im Gegenteil. Ihm war ganz klar, dass du das machen würdest.«

August klappte die Kinnlade herunter. Maria sah ihn erstaunt an.

Das war garantiert Henriks Rache dafür, dass August sich unterstanden hatte, ihm zu sagen, er solle Linnea um Entschuldigung bitten.

»Möglicherweise habe ich gesagt, dass ich mal darüber nachdenke«, erklärte August.

»Sehr gut«, sagte Gunnar und sah zufrieden aus. »Du bist ein kluger Mann und weißt, welche Entscheidung die richtige ist.«

August unterdrückte einen Seufzer. Diese Schlacht würde er verlieren, das war jedem klar.

Gunnar richtete stattdessen seine Aufmerksamkeit auf Maria.

»Ich und viele mit mir sind sehr froh, dass ihr endlich den Mord an Lydia aufgeklärt habt«, sagte er. »Es hat unglaublich viele unnötige Jahre gedauert, aber jetzt ist es zumindest geschafft. Auch wenn die Wahrheit viele von uns fraglos überrascht hat.«

Emmy hinter dem Rollstuhl nickte schweigend. Auch sie hatte nie geglaubt, dass Mats Broman schuldig wäre.

Maria schwieg einen Moment, ehe sie antwortete. August wusste, dass sie empört darüber war, wie man mit diesem Fall umgegangen war. Gleichzeitig konnte sie nicht die Verantwortung für eine Ermittlung übernehmen, die vor mehreren Jahrzehnten schiefgegangen war, als sie selbst noch ein Kind war und noch keinen Gedanken an die Polizei gehabt hatte.

»Ich bin auch sehr erleichtert darüber, dass wir sowohl den Mord an Vilhelm aufgeklärt als auch herausbekommen haben, was Lydia passiert ist«, sagte sie. »Es ist schrecklich, dass es so viele Jahre gedauert hat. Und noch schlimmer ist, dass in der Zwischenzeit so viele Menschen in Mitleidenschaft gezogen wurden. Aber jetzt werden hoffentlich alle spüren, dass diese Sache damit abgeschlossen ist.«

Gunnar nickte.

»Das tun wir«, sagte er. »Hovenäset fühlt sich jetzt fast wie ein anderer Ort an – gerade so, als hätten wir einen neuen Anfang genommen.«

Er sah zu Emmy hin, weshalb nicht klar war, wer hier einen neuen Anfang genommen hatte.

Emmy strich ihm leicht über die Wange.

»Jetzt müssen wir gehen«, sagte sie. »Sonst verpassen wir die Band.«

»Wir kommen auch gleich«, sagte August.

»Das möchten wir hoffen«, sagte Gunnar. »Und auf jeden Fall

werden wir zwei uns ja am Montag im Laden sehen. Wenn du dann schon wieder arbeiten kannst.«

August betrachtete sein Knie.

»Ja, das werde ich wohl«, sagte er. »Ich kann ja nicht ewig hier rumsitzen und Moos ansetzen.«

Gunnar grinste und winkte mit seiner gesunden Hand.

»Vorwärts, Emmy!«, tönte er.

Emmy winkte auch und brachte dann den Rollstuhl in Fahrt.

Die Entscheidung, Gunnar eine feste Stelle im Laden anzubieten, war in der kurzen Zeit gefallen, in der August nicht arbeiten konnte, aber viel Zeit zum Nachdenken gehabt hatte. Viggo würde Kungshamn binnen Kurzem für sein Studium verlassen, und August wollte, wenn der Herbst kam, nicht ohne einen Vertreter sein. Außerdem war es schlicht gesagt eine gute Tat, Gunnar eine vernünftige Aufgabe zu geben, mit der er seine Zeit verbringen konnte. August wollte sich gar nicht vorstellen, in welches alte Unrecht oder Rätsel Gunnar sich ansonsten stürzen würde, nun, da der Stückelmord eine Lösung gefunden hatte, die er akzeptieren konnte.

Er schaute auf die Uhr.

»Die Band legt jeden Moment los«, sagte er. »Willst du hingehen? Ich bin mit den Krücken nicht so schnell, aber wenn du willst, kannst du gerne schon vorgehen.«

Maria richtete sich auf, ohne etwas zu sagen.

Lange saß sie schweigend auf ihrem Stuhl und sah ihn an.

»Alles in Ordnung?«

Er streckte sich über den Tisch und legte seine Hand auf ihre Wange.

Sie nickte.

Und gleichzeitig stiegen ihr die Tränen in die Augen.

»Mit mir ist alles in Ordnung«, flüsterte sie.

August spürte, wie die Panik in ihm explodierte.

Bitte, jetzt keine weiteren schlechten Nachrichten.

»Aber ich sehe doch, dass irgendwas nicht stimmt«, sagte er.

Sie legte ihre Hand auf seine.

Vom Hafen war lautes Lärmen zu hören. Gyllene Tider waren da.

»Bevor wir gehen, muss ich dir noch etwas sagen.«

»Und was?«, fragte August leise und wappnete sich für die schlimmste Nachricht. Was war denn los?

Maria holte tief Luft. Und als sie die Luft wieder herausließ, strahlte sie übers ganze Gesicht.

»Ich bin schwanger, August. Du wirst Papa.«

Nachwort und Dank der Autorin

Als ich zum ersten Mal in Bohuslän Nebel erlebt habe, saß ich auf dem Fahrrad und war auf dem Weg von Smögen nach Hovenäset. Ich erinnere mich noch, wie ich anhielt, als ich die höchste Stelle auf der Smögen-Brücke erreicht hatte, und fasziniert die dicken Nebelwolken betrachtete, die über das Meer angekrochen kamen, um sich in Richtung Land zu bewegen. Kurz darauf konnte ich Kungshamn kaum noch erkennen. Der Nebel hatte eine Aussicht gestohlen, die ich für selbstverständlich gehalten hatte.

Damals wusste ich bereits, dass ich dieses heftige Schauspiel eines Tages in einem meiner Bücher verwenden würde. Und ich wusste, dass ich außerdem den Nebel in meinem Märchen für Erwachsene, das ich schreiben wollte, zu etwas viel Größerem machen würde. Es ist immer noch die Freiheit und das Privileg der Autorin, wenn ein Buch geschrieben werden soll, Teile der Wirklichkeit ihrer Geschichte anzupassen.

Und das ist nicht die einzige Freiheit, die ich mir herausgenommen habe. Ich habe auch noch eine Straße zu einem Hafen in Väjern erfunden, die es überhaupt nicht gibt, und außerdem habe ich die Natur um den Fähranleger bei Tullboden, wo die Fähre nach Bohus-Malmön abgeht, vereinfacht. Dazu kann man noch erwähnen, dass die Anonymen Alkoholiker keine lokale Gruppe in Kungshamn haben.

Obwohl es selbstverständlich ist, wiederhole ich es gerne noch einmal (genau wie ich es in den früheren Büchern über August Strindberg getan habe): Alle etwaigen Ähnlichkeiten mit wirklichen Umständen – zum Beispiel Namen, Häuser oder Ereignisse – sind völlig unabsichtlich geschehen. Das hier ist eine erfundene Geschichte und sollte wie eine solche gelesen werden.

Noch eine andere Sache kann gut immer wiederholt werden: Auch wenn Schreiben eine einsame Aufgabe ist, so engagieren sich hinterher umso mehr Menschen für den Text. Ich kann immer nur wiederholen, was für ein Glück ich habe, in meiner Autorinnenschaft von einer solchen großartigen Gang umgeben zu sein. Und hier sind sie wieder, denn die Alternative – die Welt nicht wissen zu lassen, welchen Menschen ich Dank schulde – ist völlig undenkbar.

Zunächst und vor allen Dingen will ich dem fantastischen schwedischen Buchverlag Forum und meiner großartigen Lektorin Susanna Romano danken. Dies ist das dritte Buch, das wir zusammen machen, und ich bin immer noch wie wild verliebt in unsere Zusammenarbeit. Ich fühle mich so sicher in euren geschickten Händen und werde von eurer niemals versiegenden Energie, eurer hellhörigen Geduld und eurer enormen Arbeitskapazität immer ermuntert.

Ein großer Dank an die bereits erwähnte Susanna, John Häggblom, Caroline Croona, Caroline Ernsth, Charlotta Larsson, Göran Wiberg, Anna Mälberg, Anni Kabala, Klara Johansson, Mette Bjerstedt und alle anderen großartigen Menschen im Buchverlag Forum und Älska Pocket, die unermüdlich mich und August in den Fokus nehmen und allen Leserinnen und Lesern und Hörerinnen und Hörern verkünden, dass jetzt ein weiteres Kapitel im Leben des freundlichen Secondhandhändlers geschrieben ist.

Dank auch an die Salomonsson Agency für eure hartnäckige Arbeit, dass August in noch mehr Ländern zu Hause sein kann. Ein besonderer Dank an meine brillante Agentin Julia Angelin!

Dank an Maria Sundberg für einen superschönen Umschlag.

Dank an Ludvig Josephson, der das Buch so stark eingesprochen hat.

Und genau wie letztes Mal will ich mich an die wirklichen Bewohner von Hovenäset wenden, die alles lesen, was ich schreibe, und immer noch finden, dass es spaßig ist, dass ich versuche, den schönsten Ort der Welt auf die Landkarte zu setzen, sodass noch mehr von unserem kleinen Paradies hören.

Und dann natürlich: Dank an alle herrlichen Freunde und meine großartige Familie! Ich liebe es, euch in meinem Leben zu haben. Danke!